当代文学理论创新发展及其理论反思

赖大仁 著

DANGDAI WENXUE LILUN
CHUANGXIN FAZHAN
JIQI LILUN FANSI

知识产权出版社
全国百佳图书出版单位
—北京—

图书在版编目（CIP）数据

当代文学理论创新发展及其理论反思 / 赖大仁著. —北京：知识产权出版社，2022.10

（学者文丛）

ISBN 978-7-5130-8368-3

Ⅰ.①当… Ⅱ.①赖… Ⅲ.①文学理论-研究 Ⅳ.①I0

中国版本图书馆 CIP 数据核字（2022）第 171541 号

责任编辑：李海波

学者文丛

当代文学理论创新发展及其理论反思

赖大仁　著

出版发行：知识产权出版社有限责任公司	网　　址：http://www.ipph.cn
电　　话：010-82004826	http://www.Laichushu.com
社　　址：北京市海淀区气象路 50 号院	邮　　编：100081
责编电话：010-82000860 转 8582	责编邮箱：lihaibo@cnipr.com
发行电话：010-82000860 转 8101	发行传真：010-82000893
印　　刷：北京中献拓方科技发展有限公司	经　　销：新华书店、各大网上书店及相关专业书店
开　　本：710mm×1000mm　1/16	印　　张：27.5
版　　次：2022 年 10 月第 1 版	印　　次：2022 年 10 月第 1 次印刷
字　　数：388 千字	定　　价：108.00 元

ISBN 978-7-5130-8368-3

出版权专有　侵权必究

如有印装质量问题，本社负责调换。

丛书编委会

主　任：王金平　张艳国
副主任：殷　剑　谢晓国　周毛春　胡小萍
　　　　叶廷峻　谢　康　文　鹏
秘书长：夏克坚
成　员：（按姓氏笔画排序）
　　　　王文勇　王志强　邓　琳　卢小平
　　　　刘　婷　刘永红　孙　扬　严红兰
　　　　杜　枏　李为政　张劲松　张晓娇
　　　　陈　丽　周雨然　俞王毛　徐新爱
　　　　涂序堂　梅　那　常　颖　章可欣
　　　　雷振林

积累学术文化，创新大学文化

南昌师范学院七十周年校庆"学者文丛"代总序

张艳国[*]

今年金秋时节，我们就要迎来南昌师范学院七十周年校庆了。七十年弹指一挥间，攻坚克难，写就光辉校史；七十年"筚路蓝缕，以启山林"，教育培训、师范教育的累累硕果汇入江西高等教育历史长河，为江西高等教育发展贡献了样本和经验；七十年勠力同心，奋发有为，提振精气神，不懈怠、不折腾、不停步，紧跟时代，赶上时代，形成了体现南昌师范学院师德师魂、师风师貌、校风校纪、学规学风、学者学术、学生学习、学科专业、社会服务内涵个性和本质特征的大学精神、大学文化。

七十年接续发展，学校严守自己的学统文脉，坚守自己的初心使命，一路走来，由小到大，由弱变强，不断彰显高校办学特色，办社会满意的师范本科院校，赢得了社会好评。在发展历程中，学校数易其址，几易其名，发展创新成果来之不易，历史记忆是办学治校宝贵的文化教育资源。考论江西高等教育之源，学校是江西省最早的四所高等院校之一，是"老八所"本科院校之一。虽说"英雄不论出身"，但历史

---

[*] 张艳国，南昌师范学院党委副书记、校长，江西师范大学中国社会转型研究省级协同创新中心首席专家、教授、博士研究生导师。国家"万人计划"（国家高层次人才特殊支持计划）哲学社会科学领军人才、中共中央宣传部文化名家暨"四个一批人才"、国务院政府特殊津贴专家、国家社科基金重大项目首席专家，兼任中国史学会史学理论研究分会副会长、江西省历史学会会长。

总归是历史，回望历史、牢记历史、尊重历史，在总结历史经验、掌握历史规律的基础上，充分发挥历史主动性、积极性、创造性，可以看清我们前行的路，更好地开创未来。

七十年前，为谋发展之大计，满足江西省人民对优秀中学教师的渴望，江西省人民政府于1952年4月1日在南昌市豫章中学小礼堂举行江西省中等师资进修学校成立仪式，这也是南昌师范学院的奠基礼。1952年5月，学校开设为期三个月的第一期培训班，集中培训全省中学和师范学校的校长、教导主任以及骨干教师，共计208名。办学四年，学校就培训骨干学员873名，极大缓解了新中国之初江西省基础教育师资不足的压力。1956年3月，在进修培训取得良好办学成绩的基础上，江西省政府决定扩大江西省中等师资进修学校规模，批准筹建南昌师范专科学校。新挂牌的南昌师范专科学校首设语文、数学、俄文、地理四个专修科，招收应届高中毕业生，同时开设教师进修部和教育行政干部轮训部，进行师干培训。其时，南昌师范专科学校是江西省仅有的四所普通高等院校之一，也是其中唯一一所为满足基础教育需要而建立的高校。办学两年间，南昌师范专科学校培养专科毕业生400余人，培训体育教师900余人，集训校长、教导主任2200余人，当时堪称全省基础教育师资力量进修培训的重镇。1958年，江西省人民政府决定创建八所本科高等院校，其中就有在南昌师范专科学校基础上设立的江西教育学院。当时，因南昌师范专科学校校址被调拨给新建的江西大学使用，致使学校师生搬至庐山办学。1958年10月，学校在庐山人民艺术剧院召开了江西教育学院成立大会暨新生开学典礼。从1958年到1962年，江西教育学院主要发挥师范教育功能，为高中应届毕业生提供学历教育通道。1969年，江西教育学院与江西师范学院、江西大学文科合并，先后成为江西井冈山大学、江西师范学院的重要组成部分。1979年，为适应江西基础教育发展需要，江西教育学院重新恢复办学建制，复苏进修培训、高师函授办学功能。1980年，学校的中文系、数学系、外文系开始招收走读本科生，由此恢复了普通本科教育。1999年，江西教育学院恢复普高招生，重启专科办学，但普高教育确定为21世纪江西教育学院的主攻方向。2005年，学校探索新的办学模式，在赣州市成立江西教育学院赣南分院，专职培养小学教师。2008年，为适应新的高等教育发展形势，学校购置南昌经济技术开发区瑞香路地段近500亩土地，建设学校新校区。2009年10月，学校的教育系、旅游系、中文系、外文系共计2000余名师生先行搬到瑞香路新校区。2010年10月，江西教育学院的办学主体搬到昌北校区。自此，学校办学重心由青山湖校区迁至瑞香路校区。2012年，江西教育学院普通高等教育在校生规模首次达到6000余人，远程培训和集中面授中小学教师超过400万人，学校成为江西省成人教育的"领头羊"，也成为江西省基础教育领域名副其实的"工作母机"。自2008年开始，学校"改制办本"工作便紧锣密鼓地展开。全校围绕"改制办本"目标，在省政府暨教育厅指导下，上下一心齐努力，夯实达标各项工作。2013年1月，学校通过教育部组织专家组进行的"改制更名"评议。由江西教育学院更名为"南昌师范学院"，学校的办学性质和方向也变更为一所普通本科院校。"改制更名"后，南昌师范学院确定立足江西、服务社会的办学目标，坚持面向基层、服务基层的办学宗旨，发挥自身办学优势，打通教师职前培养和职后培训，努力在江西建设一所有特色高水平应用型普通本科师范院校。2019年，学校顺利通过教育部普通高等学校本科教学工作合格评估。七十年的发展历程，大体上就是我在"校庆铭文"开篇中所概括的："学脉相传七十载，桃李芬芳满天下。建校之初，其辛也艰；改革发展，其果也实。七秩耕耘正风华，矢志育人再扬帆。"

进入中国特色社会主义新时代，在"十四五"时期，学校党委科学预判高等教育发展形势，明确"南昌师范学院在哪里"的问题意识，科学确立从"十四五"开始"分三步走"的发展战略，向着建设一所新型的高质量、有特色的南昌师范大学目标奋勇前进。目前，学校已被列入江西省教育厅"十四五"新增硕士学位授予单位立项规划重点建设单位；学前教育专业获批教育部国家一流本科专业建设点；学前教育、音乐学、英语三个专业顺利通过普通高等学校师范类专业第二级认证；获批首批国家语言文字推广基地，等等。学校把握新时代高等教育发展新形势、新要求、新任务，研究并驾驭新时代高等教育发展规律，站在江西看南昌师范学院，站在中部看南昌师范学院，站在全国看南昌师范学院，站在世界教师教育看南昌师范学院，学校坚守教师教育底色，守牢育人育才本色，彰显服务基层特色，聚焦师德师风亮色，"四色"有机融合，打造"金色"教师教育，学校找准坐标系，找对参照系，定规划、有目标，"对标对表"做实核心办学指标、打好攻坚发展"组合拳"，凝心聚力、提振精神、鼓足勇气、真抓实干，奋战"申硕更大"新目标，以新的目标牵引学校发展踏上新征程。

历史之路我们已经走过；面向未来并不遥远，严峻挑战摆在我们面前。如何科学回答"南昌师范学院在哪里？""在新时代办一所怎样有教师教育特色的师范本科院校？""师范教育究竟是个什么'范'？"等问题，如果想要直接进行浅层次回答当然很容易；但如果想要进行深层次回答，并且回答准确、回答好，的确很难。在校庆七十周年来临之际，我们推出南昌师范学院七十周年校庆"学者文丛"，就是想借此回答这些问题，并借此积累学术文化，创新大学文化，助力学校内涵式高质量发展。

大学是什么？按照中国传统的说法，"大学"是大人之学；"大学之道，在明明德，在亲民，在止于至善"❶。意思是说，大学是教育成年人立德修身、处世为人、止于至善的教育机构和文化阵地。通俗地说，就是"教做好人"之学。在近代意义上，教育家马相伯说，所谓大学之"大"，并非指校舍之大、学生年龄之大、教员薪水之高，而是指道德高

---

❶ 朱熹撰，徐德明校点：《四书章句集注》，上海古籍出版社、安徽教育出版社，2001年，第4页。

尚、学问渊深❶。大学就是要培养有道德、有修养、有学问、有才干的有用人才。无独有偶，我的博士研究生导师，华中师范大学前校长、著名历史学家、教育家章开沅先生多次在演讲中论述说，所谓高校之"高"，是指学历高、文凭高、学问高、道德高、文化高、素质高。由此看来，"大"和"高"，是大学或高校的重点和关键。因此，大学是培养人才、传承文化、积累文化、创新文化的地方，大学是由学校、教师、学生和社会组成的教育共同体。这个教育共同的要素（元素）是互动耦合的关系，教师乐教、学生乐学、政府乐办、学校积极、家长支持紧密互动，相互支撑，聚合功能；在这个要素群中，各要素都十分重要，缺一不可。

大学是干什么的？明确了何为大学，也就回答了大学的主业主责、教育功能这个问题。毫无疑问，大学所为，全在于帮助学生"成人立人"。围绕人做教育工作，教人成为有用之才，用古人的话说，是"己欲立而立人，己欲达而达人"，设身处地，推己及人，行仁教之法❷。用当代教育家章开沅先生的说法，是立足于人类命运、人类未来，"最重要的是做人教育"❸。总之，为党育人、为国育才，培养社会主义的建设者和接班人，"培养一个人才，振兴一个家庭，造福一方社会"❹。培养人，使人自立成才、有用有为，做有责任的中国人，做有义务的社会公民，做有家国情怀、有使命担当、有人文精神的人类一分子，首先在人格上要是一个"大写的人"，在道德上是一个"高尚的人"，在才干上是一个"有益于人民的人"❺。

自古以来，教与学就是一个矛盾统一体，它体现为教学互动，教学

---

❶ 《马校长就任之演说》，《大公报》，1912年10月26日。
❷ 张艳国：《〈论语〉智慧赏析》，人民出版社，2020年，第110页。
❸ 章开沅：《章开沅演讲访谈录》，华中师范大学出版社，2009年，第172页。
❹ 张艳国：《家长委员会在高校人才培养中的地位和作用》，《中国大学教学》，2016年第11期。
❺ 毛泽东：《纪念白求恩》，《毛泽东选集》第二卷，人民出版社，1991年，第660页。

相长❶。在大学里，从来都存在教学"双主体"的矛盾互动。从受教育一方说，学生是教育的中心，围绕学生、关照学生、服务学生、提升学生是大学教育的根本任务；从教育者一方来说，教师是教学的中心，投入教学、倾力教学、亲情教学，教育教学是教师的唯一职责和最重要使命。在教育体系和教学资源配置中，两者不可偏废，必须评估好、处理好。但是，从教与学的互动和矛盾关系平衡来说，教师是教学主体，"教也者，长善而救其失者也"❷，他是决定教学质量、教学效果的主导和矛盾的主要方面，学生则是学习的主体，他是决定学习能力、学习效果的主要方面。从根本上讲，由于教师具有教导、指导、引导、疏导的重大作用，因此，一所大学的文化、大学精神主要还是由教师引领的。从这个意义上说，没有教师，就没有教学过程，也没有教学文化。虽然我们常说，衡量一所高校的教育质量看学生，衡量一所高校的学术水平看教师，但是，由于教师在高校里具有道德、言行、价值的主导性和支配性，因此，在一定意义上讲，大学文化、大学精神也出自大学教师。由此可见，教师及教师队伍建设在大学发展中具有非常重要的地位，甚至起决定性作用。

大学教师为何如此重要？除了抽象地说，大学教师是教育的主导者外，更重要的则是，大学教师还是师德师风的引领者，探求知识、追求真理、关切人类命运的领跑者和示范者，特别是在他们中间，有着灿若星河、生生不息、标志着求知求真求善最高水平的名学者和"大先生"，他们既是学术的标杆、知识创新的推手，又是社会的脊梁。所以著名教育家梅贻琦先生说："所谓大学者，有大师之谓也，非谓有大楼之谓也。"❸ 大学重视教师队伍建设，这是抓一般，抓经常，抓根本；关键的是，要培养教师中的教师，即培养教育家、学问家，培养那些堪称"大

---

❶ 胡平生、张萌译注：《礼记·学记》下册，中华书局，2017年，第698页。
❷ 胡平生、张萌译注：《礼记·学记》下册，中华书局，2017年，第705页。
❸ 梅贻琦：《梅贻琦谈教育》，辽宁人民出版社，2015年，第7页。

先生"的好老师。学术大师、学术名家和大先生,他们是大学的教育标志、学术高度和学术名片,他们体现和代表着大学的学术质量和教育知名度。吸引学生报考入校、影响学生人生规划与行程的,往往是一所大学的著名学者。我曾到东北师范大学、南京师范大学访问。在交流中我注意到,两所学校极具教育眼光和学术眼光地为著名历史学家、教育家日知先生,著名心理学家、教育家高觉敷先生铸立铜像,这两尊铜像在学生和来访人员中极具魅力和吸引力,瞻仰者常年络绎不绝,铜像四周四季鲜花不断。山东大学建设的"八马同槽"文化园,也是如此。"八马同槽"❶,既是高等教育界的经典佳话,也是大学文化的宝贵案例。他们之所以能够成为大学的教育名片、学术名片,产生被家长、学生追慕的"社会效应",除了他们所达到的学术高度令人敬佩外,最重要的则是他们的教育情怀和学术追求体现为一种伟大的精神和高尚的文化,他们视学术为生命,书写了感天动地的学术人生、教育人生,产生了"润物细无声"的文化辐射力、渗透力和育人功能。在他们身上,终生学习,毕生钻研,进入人生自觉,达到学习的"知之,好之,乐之"的精神境界❷,达到学术的"独上高楼,为伊消得人憔悴,蓦然回首"三重治学境界❸,使教育与学术臻于善美,这实为大学文化、大学精神的灵魂。我们发自内心地尊崇学术大师的精神品格、意志情操、学术贡献,就是对大学文化、大学精神的推崇、敬仰和弘扬。

在南昌师范学院建校七十周年之际,学校围绕大学文化开展校庆活动,就是要固守大学文化的根,守牢大学精神的魂,不忘我们从起点出发走向未来的本,用现代大学文化、大学精神培养我们的下一代和接班人。其中一项重要的内容,就是出版一套校庆学者文丛,它由袁牧

---

❶ "八马同槽"的典故,是说新中国之初,山东大学拥有八位享誉中外的文、史、哲大家名家,令人敬仰。参见许志杰:《山大故事》,山东大学出版社,2013年,第69页。
❷ 张艳国:《〈论语〉智慧赏析》,人民出版社,2020年,第104页。
❸ 王国维:《人间词话》,上海古籍出版社,2008年,第6页。

(1925—2015)、周文英（1928—2001）、吴东兴（1931）、李才栋（1934—2009）、郑清渊（1935—2016）、刘法民（1945）、谢苍霖（1947—2006）、李满（1953）、孙宪（1954）、赖大仁（1954）（按出生先后排列）十位名家之作构成，涉及中国逻辑史、中国书院史、马列文论、语文教育、拓扑学、文化研究、国画艺术、文艺评论、文艺美学、生物教育等学科领域。他们在学校的学科专业建设上，数十年如一日，潜心学问，精心育人，是南昌师范学院令人尊敬的大学者、好老师。"一代人有一代人的学术"，学术总是在传承中发展进步。我们出版这套"学者文丛"，就是要以教育文化样本形态，厘清学校发展的大楼与大师关系，彰显深蕴学校发展史中的学术文化，揭示学校倡导的学术标识，弘扬大学文化、大学精神，让师生从中受到教育和启示，激励后人，传承学术，滋养学脉，培养涌现出更多的学术名家大师，使学校为传承江右文化、建设时代新文化作出更大贡献，为建设一所新型的高质量有特色的南昌师范大学提供深厚的文化资源和强有力精神动力！

是为序。

2022 年国庆节于南昌

目 录

当代文论变革发展的演进逻辑及其理论反思 …………… 001
当代中国文论的学科反思与建构的理论基点 …………… 019
当代中国文论面临的问题及其理论反思 ………………… 033
当代中国文论研究的观念与方法问题 …………………… 045
当代文论研究：反思、调整与深化 ……………………… 061
新时期三十年文论研究 …………………………………… 079
当代文论嬗变：知识生产与理论重建 …………………… 091
文学理论的科学性与人文性问题 ………………………… 100
重铸新时代中国文论主体精神 …………………………… 115
当代文艺理论批评中的后现代性 ………………………… 127
当前文艺与理论批评中的价值观问题 …………………… 140
当前文艺与理论批评中的审美价值观 …………………… 157
当前文艺与理论批评中的人性观 ………………………… 171
文学价值观问题探析 ……………………………………… 185
文学评价与文学价值标准问题 …………………………… 196
文学批评的价值观念问题探析 …………………………… 206
唯物史观视野与当代文艺批评 …………………………… 227
试论文艺与政治的"张力"关系 ………………………… 242
文艺学反本质主义：是什么与为什么
　　——关于文艺学反本质主义论争的理论反思 ……… 258
历史主义视野中的文学本质论问题 ……………………… 271
当代文学本质论观念嬗变的"人学"向度 ……………… 286

当代文学本质论观念嬗变：从意识形态论到审美论 ……………… 299
"反本质主义"语境下的文学本质论探索 ……………………………… 315
文学本质论观念的历史嬗变及其反思 ……………………………… 332
当代文艺学研究：在本质论与存在论之间 ………………………… 349
"后理论"转向与当代文学理论研究 ………………………………… 368
反向性强制阐释与"文学性"的消解
　　——兼对某些文学阐释之例的评析 …………………………… 383
解构批评与文学阐释
　　——张江与米勒的对话讨论及其理论启示 …………………… 398
文学批评阐释的有效性及其限度
　　——从一个文学批评阐释之例说起 …………………………… 415
后　　记 ……………………………………………………………… 423

当代文论变革发展的演进逻辑及其理论反思

近年来在庆祝改革开放 40 年的背景下,对于当代文论变革发展的回顾总结与理论反思,已经形成新的研究热点而引人关注。回顾当代文论特别是新时期以来文论的变革发展历程,无论从哪个角度来看都具有相当的复杂性。正如有学者所说:"新时期的文学理论与批评由于处在开放多元的时代,新论层出、新潮迭起,各种观点错综交织,充满复杂性,许多问题至今仍未尘埃落定,如何总结这段当代文论史,难免见仁见智。"❶ 因此,当代文论界在回顾总结与理论反思时往往有各种不同的看法,这不仅十分正常而且非常有益,多维度的观照更有利于形成更加切实和全面的认识。笔者试从学术史研究的角度,对近期相关研究进行粗略梳理和比较,在此基础上阐述笔者的一些认识思考,参与这方面的研究探讨。

一、当代文论变革发展的理论探讨

我国当代文论的变革发展有其自身的历史演进逻辑,特别是改革开放以来显得更为突出,因而成为当代文论研究的重心所在。这个历史时期文论的变革发展,既可以作为一个整体过程来认识,也可以细分为不同阶段进行研究,从而更清晰地认识把握它的演进过程及特点。实际

---

❶ 鲁枢元、刘锋杰等:《新时期 40 年文学理论与批评发展史》"绪论",浙江文艺出版社 2018 年版,第 2 页。

上,由于不同阶段的时代背景和所面对的文学实践与具体问题不同,当代文论探索创新及其形成的理论形态也很不相同。从学界的研究情况来看,研究者往往会从自己独特的视角出发,以不同的阶段划分来进行回顾和总结,由于观照视角不同,所进行的总结分析和阐述的理论见解也各有不同,能给予我们不同的理论启示。

比如有学者认为,"改革开放"本来不应该是一个时间概念,而是一个时代主题及指导思想的概念,改革开放以来的发展是一个完整过程,如果要划分阶段性,可以大致划分为两个阶段,即 20 世纪 80 年代和后 80 年代。❶ 这种理解和表述显然意在凸显"80 年代"的某种特质及其特殊意义。也许可以说,80 年代是改革开放的发轫和狂飙突进时期,最充分地体现了改革开放的时代精神。就当代文论的变革发展而言,从解放思想冲破僵化陈旧的文学观念与理论模式的束缚,到探求文学研究方法和文论观念的全面变革,都无不表现出极大的变革勇气和空前的创造激情。因此,在近年来当代文学和文学理论批评的回顾总结性研究中,都有这样一种特别瞩目 80 年代的现象,甚至发出"回到 80 年代"的呼声。有学者总结说:"20 世纪 80 年代的中国文学也就成了整个新时期文学运动的核心,其历史地位堪与现代文学史中的'30 年代文学'相比肩。此后,经由 90 年代的'转型期'、新世纪最初十年的'综合期',中国社会渐渐转入'常态',文学曾经焕发出的'新'的色彩渐渐隐退,即使再有新的东西涌现出来,也已经不再是原先的那个'新'了。"❷ 如今回过头来看,那个年代所表现出来的激情澎湃和勇于创新的精神,的确值得怀念和重新弘扬。虽然学界未必全都认同"回到80 年代"的说法,但对于回顾和总结当代文论变革发展无疑富有启示意义。

---

❶ 赵宪章的看法,参见张利群等:《"改革开放四十年文学批评学术史研究"七人谈》,《南方文坛》2019 年第 3 期。

❷ 鲁枢元、刘锋杰等:《新时期 40 年文学理论与批评发展史》"绪论",浙江文艺出版社 2018 年版,第 4 页。

还有一种观照视角是把改革开放以来文论的变革发展，划分为"新时期"和"新时代"两个阶段。蒋述卓《重视新时期，面向新时代》一文认为，新时期中国文论走过了雄迈而壮阔的道路，重点在于它对改革开放进程的呼应，探索构建了当代中国文论的新思想、新观念、新方法，表现出开放的心胸和探索的勇气，开放—引进—消化—反思—创建是我们已经走过和正在走的道路。如今面对新时代，需要思考新的理论构建路径，要求保持一种与时代相向而行的理论情怀和炽烈激情；在深植本土文化之根的基础上继续保持全球化视野；保持创新创造的勇气从而理性地寻求建构有中国特色话语的实现途径。面对当今时代文化转型加速带来新的审美冲突，如何建构新的理论话语去阐释与缓和这种审美冲突将是当代文论创新创造的新契机。❶自从"新时代"概念提出以来，以此作为一个与"新时期"相对应的概念，用来观照和认识改革开放以来的历史发展进程，这在学界已比较常见。这种阶段划分及其观照视角，通常对前一个阶段偏重回顾和总结，即回顾新时期变革发展历程和总结其中的经验教训；对后一个阶段则偏重展望和探究，即展望新时代的发展前景和探究所要面对的现实问题。上述研究也是如此，一方面是回望新时期文论已经走过的道路，分析这种开放性探索发展所带来的得失；另一方面是面对新时代的发展要求，着力探讨当代文论创新建构需要解决的主要问题和探索路径，这种宏观研究虽然显得粗略一些，但所提出的问题和阐述的见解也很富有启示意义。

学界采用三阶段划分进行研究总结比较多见，但观照视角和对当代文论变革发展特点的把握却各不相同。鲁枢元和刘锋杰等著《新时期40年文学理论与批评发展史》是一部颇为厚重的全面总结性著作，它的总结分析是：第一阶段从1978年至1989年为崛起期，对应"新时期文学"的繁荣发展，主要特点在于"拨乱与反正"重新阐释文学特性，把当代文论与批评范式从社会政治范式调整转换到审美范式上来，建构起

---

❶ 蒋述卓：《重视新时期，面向新时代》，《文艺报》2019年5月22日。

以文学审美为核心观念的理论模式。第二阶段20世纪90年代为转型期，对应"后新时期文学"的多样化发展，主要特点在于"受困与固本"寻求文论话题的重建，使当代文论与批评范式从审美范式再次调整转换到文化研究范式上来，实现文学理论观念与模式的再次转型和多向度拓展。第三阶段即新世纪以来为综合期，对应"新世纪文学"的新发展，主要特点在于"分途与坚守"再询文学的意义，一方面当代文论与批评受文化研究思潮影响继续分途发展，另一方面则又努力坚守文学特性和文学研究的独立性，寻求文学研究与文化研究之间的合理交结，在更宽广的视野中重新认识文学的意义价值。[1]论者的总结分析主要着眼于当代文论与批评的理论范式转换，将其概括为从社会政治范式调整转换到审美范式，然后调整转换到文化研究范式，再进一步走向寻求文学研究与文化研究的分途和综合发展，这种理论视角无疑很有意义。从论者所描述的宏观理论图景来看，应当说也比较符合当代文论与批评变革发展的走向，其中不少理论分析也很有学术见解。不过问题在于，把新时期以来文论与批评变革发展的历史进程概括为"崛起期—转型期—综合期"的历时性推进是否准确，后一阶段的综合性发展形成了什么样的理论形态以及其中的问题与得失如何等，似乎都还缺少有说服力的论证。

朱立元《当代中国文艺理论的演进与思考》一文，也在宏观上划分为20世纪80年代、20世纪90年代和新世纪以来三个阶段进行总结。第一阶段先是兴起了关于文艺与政治、形象思维、人道主义和人性论问题的讨论，然后是方法论和文学主体性问题讨论，以及从审美反映论到审美意识形态论的讨论等，极大地活跃了文论界的学术思想，强烈地冲击了传统研究范式和思路，开阔了文艺学研究视野和思维空间。第二阶段先后掀起了人文精神和新理性精神文论的讨论，各种西方文论思潮被

---

[1] 鲁枢元、刘锋杰等：《新时期40年文学理论与批评发展史》第一章"新时期文学理论与文学批评的发展分期、基本特征与历史定位"，浙江文艺出版社2018年版。

大量引进，极大丰富了中国文论概念和话语，随后引起了"失语症"及"中国古代文论现代转换"问题的深入讨论，对当代中国文论建设具有重要意义。第三阶段文论界相继提出并展开了"日常生活审美化"和"文化研究"转向讨论，本质主义与反本质主义的争鸣，图像和视觉文化问题讨论，"文学终结论"的讨论，"强制阐释论"的讨论等。总体而言，当代文论通过贯穿始终、一场接一场的学术争鸣，取得了前所未有的扎实进展，展示出它不断追求理论创新的强劲生命力。❶ 论者着重把当代文论问题的争鸣凸显出来，以此作为历史回顾总结的切入点和观照视角，显然有独到之处。这些当代文论问题论争不仅反映了不同阶段社会改革开放的特点，更反映了文论本身变革发展的要求，其中既有不同文论观念所形成的激烈冲突，也有在论争中逐渐达成的理论共识。以这种问题论争为线索来全面观照当代文论变革发展，总结分析历史经验教训，显示了高度的理论概括性和深刻的历史洞察力。

高建平《新时期、新世纪、新时代——改革开放40年中国文论的三次转向》一文，也采用了三阶段划分来进行观照和总结。一是"新时期"文论，以思想解放、形象思维讨论和文艺"向内转"为标志，成为文艺理论和文艺思潮的精神起点，由此走向了文艺理论探索发展的新天地。二是"新世纪"文论，以全球化和文学研究的跨界与扩容为特点，从中国古代文论研究到西方文论研究以及中外文论关系研究等，都走向了与其他学科交叉的跨界研究，使当代文论研究领域得到了很大拓展。但也出现了一些新的情况，一些人的研究严守学科边界更加走向学院化和体制化；另一些人的研究则走出学科边界不再局限于文学研究，跟着西方学者走而脱离中国现实等，成为这个阶段所遗留下的最大问题。三是"新时代"文论，所面临的突出任务是如何在吸收古今中外理论资源的基础上，建立既是当代的又是中国的文学理论。❷ 这里值得关注的是

---

❶ 朱立元：《当代中国文艺理论的演进与思考》，《中国社会科学》2018年第11期。
❷ 高建平：《新时期、新世纪、新时代——改革开放40年中国文论的三次转向》，《中国文艺评论》2018年第11期。

论者对当代中国文论整体性转向的观照视角,如果说鲁枢元等人着眼于范式"转型"研究,比较偏重考察已经演变成型的文论形态,那么这里所着眼的文论"转向"研究则更为关注开放性的演变走向,从这种动态开放性的演变现象中发现和提出一些富有挑战性的问题,引起学界进一步思考和探讨,这也自有其学术意义。

总的来看,上述研究各有不同的切入点和观照视角,所阐述的理论见解也都富有启示意义,然而并非没有局限性。比如,基本上都是把当代文论变革发展看成一种线性的历时演进,这种认识把握显得比较单一。在笔者看来,当代文论的变革发展,无论从范式转型还是理论转向来看,它的发展轨迹和演进逻辑可能都不是简单的线性推进,而是颇为复杂的螺旋式循环演进,对此值得我们转换一下观照视角来进行研究探讨。

二、当代文论在"破、引、建"交织互动中的循环演进

从宏观视野来看,20世纪以来的中国现当代文论,基本上是在中外古今交汇的时空背景下,在中外各种理论资源彼此冲突与融合的历史语境中,在"破、引、建"三者交织互动的作用下变革发展过来的。从20世纪初"文学革命"浪潮中在西方文论影响下的文论转型,到中华人民共和国成立后受苏联文论模式影响的文论形态建构发展都是如此。新时期以来文论的变革发展,同样面临中外各种理论资源彼此冲突与融合的现实语境,也重新启动了"破、引、建"三者交织互动的变革发展进程。所谓"破"即破除此前所形成的文学理论观念与模式,"引"即引进国外各种文学理论与批评的理论资源,"建"即重建适应当下社会和文学发展要求的文学观念与文论形态。这既是对20世纪初中国文论变革发展的历史回应,也是当代文论一种新的循环演进。当然,从当代文论发展演变的轨迹来看,并不是简单的历史回归和线性推进,而是构成了颇为复杂的螺旋式循环演进,具体而言至少构成了"三轮"即三个阶段的"破、引、建"交织互动的变革发展。

第一轮"破、引、建"三者交织互动中的突破与探索。从新时期初到 20 世纪 90 年代中期这十多年，是第一个阶段的变革发展。改革开放初期，首要问题是"破"，即破除长期束缚文学发展的僵化文学观念与理论模式。这个阶段的主要"文论事件"，有关于文学与政治关系、恢复现实主义传统、文学"向内转"与形象思维论、人性论与人道主义等问题的讨论。这些文学理论问题论争的意义，首先在于破除为政治服务和机械反映论等理论观念的禁锢，使人们的思想得到解放，这是推动文学实践创新发展的首要前提。实际上，当时这种突破并不那么容易，各种激进和保守观点的争论十分激烈，反映了改革开放初期人们思想观念的裂变与冲突，但这种文学观念的突破和解放显然是一种必然趋势。

与此密切相关的是"引"，即大力引进外国文论特别是西方现代文论资源，如象征主义诗歌、意识流小说、荒诞派戏剧、先锋文学、形式主义、精神分析和神话原型批评等。外国文论的引进与借鉴，一方面让人们眼界大开，另一方面也带来了新旧文学观念的激烈冲突，由此引发了文学研究方法论的大论争，成为当时影响甚大的"文论事件"。从引进与借鉴的实际效果来看，一是有力促进了对过去文学观念的突破，为其提供了突破的理论参照；二是直接影响了文学创作和文学批评的实践探索，当然也存在直接模仿和照搬的问题；三是在一定程度上激发和促进了新时期文论的理论重建，这无疑是更值得重视的方面。

这个阶段的"建"，是在"破"与"引"的合力作用下的结果。一方面，突破过去文论观念的束缚是一种普遍要求，但实际上又不可能把它完全抛弃；另一方面，引进和借鉴外国文论资源是迫切需要，但也不能简单照搬和模仿，因此就需要在这两者之间达到一种平衡。此时的重建策略，是在反思和改造过去文论模式的基础上适当吸收外国文论的新东西，进而重建新的文学观念和理论形态，以适应新时期文学的创新发展要求。比如现实主义文论重建，首先是对过去伪现实主义进行批判反思，对"五四"以来现实主义文学传统重新认识，重新恢复和确立现实主义文学真实性的基本原则，努力吸收外国各种新现实主义的理论观念,在这种合力作用下重建新的现实主义理论形态,从而对新时期现实主义文学思潮起到了极大的推动作用。又如审美意识形态文论,一方面是对过去意识形态论文学观念的扬弃;另一方面是受国外美学思想影响,力图用审美论去改造原来的文论形态,从而达到审美论与意识形态论之间的有机契合。虽然学界对这种理论形态一直存在争议,但从历史观点来看,它的理论探索意义以及对文学实践的影响,都值得充分肯定。再如文学主体论的理论建构,应当说是"文学是人学"理论观念深化发展的结果。它积淀了此前人性论与人道主义讨论的成果,也是对"五四"时期"人的文学"和20世纪50年代"文学是人学"讨论的历史回应,并且吸纳了西方现代人本主义文论的理论资源,具有新的时代特点和深远影响。还有后来的新理性精神或新人文精神文论形态,是在市场经济发展和大众文化兴起的背景下,针对文学精神价值取向面临的新挑战,在关于人文精神问题大讨论中努力建构起来的,对文学在市场化和大众化变革发展中的精神价值取向起到了积极的引导作用。总的来看,这个阶段的文论创新重建充满了生机活力,取得了显著成绩和积累了不少有益的经验,形成了新时期文论的新格局。

第二轮"破、引、建"三者交织互动中的突围与拓展。从20世纪90年代中期到21世纪前十年这十几年,是当代文论第二个阶段的发展变革。从"破"的方面来看,除了延续对新时期以前文论的批判性清理以外,还包括对新时期以来重建的文论形态进行理论反思和突破。这一阶段的主要"文论事件",一是关于中国文论"失语症"的讨论。有学者认为,从20世纪初以来,我们过于激烈地批判和消解了中国文论传统,大量引入和移植西方文论话语,造成中国现代文论的严重"西化"倾向;中华人民共和国成立后又照搬苏联文论话语,导致中国当代文论的明显"苏化"倾向;改革开放以来再次全面引进和移植西方现代文论话语,新时期文论建构仍然是外国文论话语占主导地位,这是一种严重的"失语症"现象。当代文论要创新发展就必须破除这种理论迷误。"失语症"的讨论切中时弊,在文论界引起很大反响。二是关于"文学终结论"的讨论。它旨在破除新时期以来着力建构起来的审美论文论形态，以及精英化、经典化的传统文学观念，认为大众文化时代传统文学形态不断萎缩乃至走向终结，代之而起的则是后现代消费主义文化，因此传统的以经典文学为对象、以"文学性"为目标的文学研究和文学理论也将难以为继而走向终结。这种观点虽然引起很大争议，但它所形成的冲击力显然无可回避。三是当代文论"反本质主义"讨论。它主要针对当代文论的理论模式进行批判反思，有学者认为，当代中国文论的根本问题在于始终受到本质主义思维方式的困扰，不仅新时期之前的文论模式是本质主义的，就是新时期以来重建的各种理论形态也仍然没有摆脱本质主义的羁绊，这在一些影响很大的文学理论教科书中显得尤为突出。他们极力主张破除这种根深蒂固的本质主义思维方式和理论模式，走向当代文论的开放性发展。总的来看，这个阶段所表现出来的理论突破具有相当程度的颠覆性。

上述理论突破同样关涉"引"的问题，只不过各有不同的理论主张。"失语症"论者显然反对继续引进外国文论，主张开掘中国传统文论资源进行理论重建，才能使当代文论面貌得到根本改变。"文学终结论"本来就是从西方学界引入的理论命题，它当然需要引进更多的外国理论资源来加以支撑，包括后现代主义文化理论、大众消费文化理论、"日常生活审美化"理论、"文化诗学"理论、"文化研究"转向理论等。在这十多年时间里，这些理论学说被大量翻译介绍进来，并迅速形成各种文化理论研究热潮，与"文学终结论"遥相呼应。"反本质主义"命题也是从西方学界引入的，只不过引入之后主要是针对中国当代文论，相应引进的理论资源主要是西方解构主义哲学和美学理论、解构主义文论与文学批评、各种后现代反本质主义理论等。如果说改革开放初期主要是引进西方现代主义文论资源，那么这个阶段则主要是引入西方后现代主义文化理论资源，形成"破"与"建"的理论支撑。

这个阶段的"建"也是各取所需，有不同主张。"失语症"论者提出了"中国古代文论现代转换"的命题，主张以中国传统文论为基础，通过现代转换来重建当代中国文论，学界对此进行了多年的专题讨论，产生了很大学术影响，然而从这种转化重建的实绩来看似乎并不理想。"文学终结论"者主张破除过去狭隘的"文学研究"观念而倡导走向"文化研究"，并且致力于建构将文学纳入更宽泛视野的跨学科文化研究范式，但从实际成效来看，这种建构努力显得目标不清和过于杂泛，也乏善而陈。"反本质主义"在极力解构过去文论研究范式的同时，提出了各种建构主义主张，有的追求建构历史性、地方性的文论知识系统，有的寻求在关系主义思维框架中描述文学理论知识图景，有的借鉴国外关键词研究范式而走向文学理论与批评的关键词研究，还有的借鉴国外知识考古学研究思路而走向文学理论知识学或知识生产论研究等。总的来看，这个阶段的变革发展再次打破了新时期以来形成的文学理论格局，出现了更加多元开放的发展走向。但比较而言，这一轮变革发展的理论建构显得不足，没有形成比较系统和富有阐释力的理论形态，它对文学实践的积极介入和影响作用也很有限。

第三轮"破、引、建"三者交织互动中的反思与重建。21世纪10年代之后中国社会以新的姿态进入"新时代"，在倡导重建文化自觉和文化自信的时代背景下，当代文论也相应调整姿态，自觉加强了基于文学理论本体的反思与重建，从而寻求向文学研究的回归和深化。这个阶段的标志性"文论事件"，是关于"强制阐释论"和"理论中心主义"等话题的讨论。其理论指向首先是"破"，一方面是破除对西方文论的盲目迷信，旨在增强理论自信；另一方面是破除当代中国文论自身的理论迷误，旨在唤起理论自觉。就前者而言，主要针对当代西方文论的一些根本缺陷，比如强制阐释，用场外征用的各种文化理论强制阐释文学作品，根本不顾作品文本的自在意义；又如理论中心主义，崇尚理论为王、理论至上，脱离文学实践和文本对象成为"没有文学的文学理论"，造成文学理论与批评的本体迷失。从后者来看，当代中国文论盲目追逐西方文论潮流，加上自身在变革发展中的焦虑与浮躁，也越来越脱离文学实践经验和时代发展要求，陷入了失去文学本体目标的理论迷误。面对这些现实问题显然需要进行理论反思，破除对西方文论的盲目迷信和当代文论自身的理论迷误，才能重建当代中国文论的自觉与自信。

由此同样关涉如何对待和处理"引"的关系问题。一是引进和借鉴文论资源不能单一化，除西方文论之外，马克思主义文论、中国古代文论等也应当引进来发挥作用。如近年来兴起的阐释学文论研究，除了引入西方阐释学理论外，也注重了中国传统阐释学理论资源的开掘与阐发，这显然有重要意义。二是无论引入什么样的理论资源，都不能消极被动地照单接收，跟在别人的理论后面进行推销和炒作，而是应当强化自我主体精神，走向双向互动"对话"和真正为我所用。近年来在阐释学文论、当代马克思主义美学与文论研究等领域，显然都更加强了与国外学界的交往，既有"请进来"也有"走出去"的双向对话讨论，显示出一种新的积极变化。三是理论资源引进之后的充分讨论也十分重要，有利于辨识其优劣与利弊，知道什么样的东西才真正值得我们学习借鉴，使其真正发挥积极作用。自从"强制阐释论"问题提出以来，文论界针对西方文论引进的讨论增强了不少，这显然是一种积极的变化。

近年来在展开"强制阐释论"问题讨论的同时，学界再次提出了"当代中国文论话语体系重建"的命题，并显示出这种理论重建的发展趋向。例如，针对"强制阐释论"的批判反思，相应提出了"本体阐释论"和"公共阐释论"等建构性论题，不少学者都被吸引和参与到这一研究中来，形成了当代文论研究中的一个理论热点。通过认真梳理中外阐释学理论传统，确立当代文学阐释论建构目标，深入探讨其中的具体问题，这种理论研究不断推进和取得实际成效。又如，针对此前文化研究转向中过于脱离文学实践，以及过于去文学化、去情感化、去审美化等带来的问题，也开始出现文学审美论、文学情感论、文学意义论、新现实主义文论，以及伦理学批评、新审美批评等研究的回归与理论重建。这一方面受到当代西方文论"后理论"转向的影响，开始从"理论"逐渐回归"文学理论"；另一方面则是呼应当今文学的新发展，要求文学研究回归到对文学意义的关注上来。此外，适应新时代文学发展的各种新文论话语形态也正在逐步建构起来，如当代新媒介文学研究及其理论建构，当代文学与图像关系研究及其理论建构，当代科幻文学研究及其理论建构，当代人工智能写作研究及其理论建构等，也都显示出良好的发展趋势。总的来看，这一轮"破、引、建"交织互动中的反思与重建，又一次打破了前一时期形成的以跨学科文化研究为主导的格局，将当代中国文论的创新发展推进到一个新的阶段。当然，这种创新发展的建设性成就可能显得不足，但其发展前景应是清晰可辨和值得期待的。

三、当代文论变革发展的理论反思

以上是对当代文论变革发展进程的一种粗略描述，在此基础上还有必要推进理论反思，从而总结历史经验教训以推进新时代文论创新发展。

首先，从当代文论的螺旋式演变轨迹来看，反映了文学研究内与外关系维度上一种辩证运动和演进逻辑。这在一定程度上受到当代西方文论演变的影响，当然更有当代中国文论变革的现实根源和基本特点。

我们不妨以当代西方文论的历史演变为参照。学界普遍认为，20世纪西方文论总体上经历了从外部研究走向内部研究，再走向外部研究，然后有所回归的演进过程。总体而言，西方文论在20世纪之前主要是外部研究，20世纪初从形式主义文论开始转向内部研究，建立了关于内部研究的种种理论形态；然后在20世纪中期以解构主义为先导发生向外转，形成后来盛极一时的文化研究转向；再到20世纪末以来又形成所谓"后理论"转向，出现某些回归文学理论研究本身的发展趋向。那么，它所关涉的文学研究内与外的关系维度究竟是怎样的呢？或者说其中具体包括哪些方面呢？在笔者看来，至少包含三重维度：一是基于作品文本内外关系的维度，二是基于文学对象与研究目标的维度，三是基于研究方法的维度，这几个方面往往相互交织，表现出一定的复杂性。最初以俄国形式主义文论为标志的向内转，主要是针对此前社会学派的文学研究过于强调作品与外部世界的关系，力图转向以文本分析为中心和以"文学性"为目标的研究方向，后来韦勒克等人也正是从着眼于作品文本的内部还是外部关系来区分内部研究与外部研究。20世纪中期的向外转，可以说是以"文学性"问题作为转捩点。"文学性"作为形式主义文论的关键概念，主要指文学作品文本的语言陌生化及其文本结构特征，它被认为是使一部作品成为文学作品的根本标志，成为形式主义文论所确立的研究目标。后来"文学性"理论得到不断阐发，于是带来了两个变化：一是它的含义不断丰富和扩大，即不再局限于作品文本的语言形式，而是把关涉文学基本特点的各种因素如修辞性、虚构性、故事性、叙事性、象征性、隐喻性、审美性等都纳入其中，这样它的所指就十分宽泛了；二是在一些人看来，"文学性"并不只是在文学作品中存在，在文学作品以外的其他文本中也普遍存在，因此，文学研究不一定要局限于文学作品，而是可以扩大到文学以外的各种文本，这就出现了作为文学研究对象与目标的由内转外，即转向了"文学性"泛化的文化研究。而文学研究一旦转变为文化研究，那么也就不一定局限于研究文学问题，而是不知不觉中转向研究文化问题，而且研究方法也越来越转向跨学科的开放性研究，这样的向外转就更加没有边际了。由于这种极端化转向发展过于背离文学研究的意义指向，所以才在后来的"后理论"转向中引起西方学界的理论反思，并且形成某种意义上的向文学研究的回归。

当代中国文论研究的内外转向发展显然有很大不同。所谓"文本论"意义上的内外转向，虽然有所关涉但实际上并不太突出，而且不太具有独立和单纯的意义。此外，特别凸显出来的主要是两个关系维度：一个是基于"文学论"的关系维度，关涉对文学特性与功能的理解，以及文学内部规律与外部规律的认识；另一个是基于文论资源的内外关系维度，关涉内承传统还是外引资源的关系问题。

从前者来看，新时期初文论变革中的"破"与"建"，主要在于打破反映论和文学为政治服务的"他律论"文学观念与理论模式，这被认为是一种特有的文学外部规律研究。随之而来的"向内转"，不是像形式主义文论那样转向"文本论"的内部研究，而是转向"文学论"的内部研究，即转向重视文学本身的特性和规律，如审美性、情感性、人文性、语言艺术特性等，从而建构"自律论"的文学观念与理论范式。当然，这种文学"自律论"的理论建构实际上又有各种不同的目标指向与理论形态，如纯审美论、审美意识形态论、文学主体论或人的文学论、语言艺术本体论等。随着大众文化兴起和纯文学遭遇"终结论"挑战，上述"自律论"的文论范式连同此前的"他律论"文论模式，又全都被当作"本质主义"的东西质疑与解构，于是当代文论再次向外转，但它不是回到原来的外部研究，而是转向更加宽泛的文化研究，即不再局限于文学对象以及文学本身的特性、规律和意义价值，几乎所有文化对象与文化问题都可纳入其中。这样一种外向性、开放性变革发展，由于远离文学实践而缺失应有的阐释力，当然也要引起人们质疑，于是在后来兴起的"强制阐释论"的批判追问之下，文论界增强了理论反思，一定程度上重新回到对文学本体问题及其意义价值的研究探讨，显示出某种向内回归的发展趋向。

再从后者来看，20 世纪以来中国文论的变革发展，无不关联着一个如何对待内外理论资源的问题，对此始终摇摆不定和争议不断。改革开放初期要改变封闭已久的局面，当然需要全面引进西方文论理论资源，一时出现照抄照搬和消化不良现象也在所不顾，当时文论界的整体氛围和文论话语都有很明显的"西化"色彩。这种状况后来引起文论界不少人反感，于是提出"失语症"问题加以质疑与反思，并进而提出"中国古代文论现代转换"以图纠偏，然而从实际成效来看似乎并不明显。紧随而来的"文学终结论"和"反本质主义"讨论，很快把这种转向进程打断了，学界又转向了对西方文化研究理论的引进和讨论，外来理论资源的影响重新占据主导地位，其结果是带来了更多的理论迷误。此后兴起的"强制阐释论"以及当代中国文论话语体系重建的讨论，虽然并非要否定和排斥对西方文论的借鉴，但还是希望扭转过于依赖和盲从外来理论的偏向，这也是内外关系的辩证运动和螺旋式演进的结果。

上述两个方面的内外关系维度，一方面各有其自身演变的内在逻辑，另一方面两者之间又彼此交织和相互影响，形成当代文论变革发展的整体性辩证运动和演进逻辑。

其次，从当代文论"破、引、建"三个方面的变革发展来看，也都有各自的目标指向，都会涉及一些相关的具体问题，同样有必要从这些问题着眼进行一些理论反思，从而达到更深入的理论认识。

一是关于"破"的理论反思。通常说破与立是辩证统一的，没有破就没有立，因此破除旧事物具有革命性意义。但人们对破的理解往往容易简单化，即简单理解为破除、破坏、解构、否定、抛弃等；同时在价值判断分析方面也容易陷入简单化的二元对立思维：非此即彼、非是即非、非对即错、非好即坏等，因此很容易出现矫枉过正，对此应当有清醒的理性认识。尤其是理论观念方面的突破，更不应当是简单的否定和抛弃，而是哲学意义上的批判反思和辩证扬弃。在西方现代哲学中，"批判"的本意是指通过哲学思考来进行理性辨别，其内核是哲学反思，因此常有"批判反思"的说法。而所谓"扬弃"也显然不是简单的否定和抛弃，而是基于理性辨别而有所取舍，即所谓去粗取精、去伪存真，促进事物的辩证发展和演进。批判反思与扬弃是内在相通的，扬弃要通过批判反思才能达到。从当代文论变革发展来看，破除旧的文学观念和理论模式束缚无疑具有变革进步的意义，但极端化的解构和否定也会带来新的问题。比如，新时期初大力破除机械反映论和为政治服务的文学观念和理论模式，为审美论等新的理论形态发展开辟了道路，其积极意义不言而喻，但后来几乎一边倒地批判否定反映论和意识形态论，导致当代文论过于反认识论和去政治化、去道德化、去意识形态化，这种片面性及其弊端也是显而易见的。又如"文学终结论"和文化研究转向，从它旨在突破纯文学研究的局限而言也是有意义的，但它过度走向反文学本体论和去文学化、去审美化，又容易导致文学研究目标和意义的迷失。再如文艺学"反本质主义"讨论，就其破除教条化和极端僵化的思维方式与理论模式而言无疑具有历史合理性，但如果走向极端，把文学本质论问题及其理论研究也当作本质主义的东西全都反掉，导致过度去本质化、去理论化,也是大谬不然的,如此等等。经过几十年变革发展,人们的思想水平和认识能力已经有了很大提高,如今回过头来看,上述这些曾被当作破除对象的东西,其中也并非没有历史合理性的因素,理应通过辩证的批判反思和积极扬弃,适当纳入当代文论的重建系统中来。近年来关于当代中国文论话语体系重建的讨论中,上述各种问题都被重新提出来进行探讨,正可以说明这一点。

二是关于"引"的理论反思。当代文论变革发展始终离不开对外国文论资源的引进和借鉴,但也始终存在各种问题和引起各种争论,那么其中又有哪些东西值得我们进行理论反思呢?实际上,外引理论资源所带来的主要是一个"影响的焦虑"问题。"影响的焦虑"本来是美国批评家哈罗德·布鲁姆提出来的一个诗学命题,指当代诗人面对前人强大的诗歌传统,总是希冀能够超越前人进行创新,但实际上却难以摆脱这种传统的影响,就会产生一种焦虑感,于是他们就会选择"误读"方式和运用各种"修正比"来贬抑前人的诗歌传统,从而树立自己的诗歌创新形象。[1] 从我国现当代文论对外国文论的学习借鉴来看,好像也存在类似情况。一方面,中国文论在现代转型发展中总是要不断寻求各种外国文论资源的参照与借鉴;另一方面,近百年来我们又经常为是否过于"西化"和割断传统等问题而纠结与争论,因而总是难以摆脱这种"影响的焦虑"。那么值得反思的问题在于,一是我们究竟能不能拒绝和排斥对外国文论的学习借鉴?恐怕谁也无法作出肯定回答,因为我们的文论传统中缺少应有的现代性因素,不能不向外国文论学习借鉴。二是既然如此我们需要解决什么样的问题?也许这里的根本问题是,如何真正确立中国文论自身的主体性,包括主体身份、主体地位、主体意识和主体精神等。反思过去我们引进外国文论资源方面的经验教训,如果中国文论的主体性不强乃至丧失,就很容易跟在别人后面照抄照搬和跟风炒

---

[1] 哈罗德·布鲁姆:《影响的焦虑》"绪论",徐文博译,生活·读书·新知三联书店1989年版,第3–15页。

作，随之而来的焦虑和逆反情绪也会比较严重；反之，能够确立和强化我们的主体性，真正明白我们自身的现代变革发展究竟需要解决什么问题，知道应当向别人学习借鉴什么东西，就可以避免盲目照搬和东施效颦，从而在一定程度上克服焦虑感。其实，我们对外国文论的引进研究通常有两种情况：一种是客观性的还原式研究，主要介绍各种外国文论知识，了解它是一种什么样的理论形态；另一种是联系实际的借鉴性研究，其目标是探究我们引入的某种理论具有什么样的参考价值和借鉴意义，可以启发我们用来思考和研究什么样的现实问题。后一种情况显然更需要增强主体自觉性，有时出于"洋为中用"的借鉴目的而发生某种"误读"或"修正比"也是正常和可以理解的，甚至是必要和有积极意义的。实际上，我国现当代文论的许多创新建构，如人的文学理论、现实主义文论、审美意识形态论、文学主体论、新理性精神文学论、文学阐释论等，都有引入外国文论加以借鉴吸收的因素在内。反过来说，回顾历史当然也有不少过于"西化"或教条化的教训。所谓理论反思，也正在于总结这些经验教训而获得应有的历史启示。

三是关于"建"的理论反思。当代文论变革发展的落脚点应该是创新性的理论建构，以此介入现实起到推进当代文学发展的积极作用。比较而言，新时期以来第一轮文论变革发展所取得的创新建构成绩比较突出，而且也在积极介入社会和文学变革发展进程中发挥了应有的作用。第二轮变革发展的特点，是文论界本身的自我反思得到了加强，但富于创新性的理论建构则显得不足，表现出某种程度的自我迷失和焦虑困惑。这既有比较复杂的现实原因，也在很大程度上受到当代西方文论思潮的影响和误导。进入第三轮变革发展以来，当代文论重建问题再次提出并且引起讨论，一些具有现实挑战性的问题也再次凸显出来，其中有几个根本性问题是值得特别引起关注和进行深入讨论的。比如，怎样重新认识文学理论的功能问题？关于理论是什么，美国文论家乔纳森·卡勒认为，理论是跨学科的研究，是对事物所包含的东西的分析和推测，它具有自反性（反思性），包括对常识质疑与批评。[1]这些看法都有一定道理，但又显然并不全面，有关理论的建设性探究、阐释和思想观念建构的功能，被论者有意或无意地忽视和遮蔽了。有些人受到这种理论观念影响，也往往特别强调文学理论的反思性而贬抑其建构性，只会带来理论功能不断弱化。实际上，文学理论的反思性与建构性都同样重要，在前者已经得到充分重视而后者相对薄弱的情况下，增强文学理论的建构性功能，特别是回应现实要求建构新时代所需要的文学观念，为文学实践良性发展提供必要的理论观念支撑，应当是更值得倡导和努力推进的方面。又如，怎样重新认识和突出文学本体性的问题？如前所说，文学理论研究跨学科、跨边界的开放性发展已是不争之实，它的利与弊也都显而易见，现在的问题在于如何克服它的根本弊端，即过于"去文学化"的问题。针对这种弊端，有必要重新认识和突出文学的本体性。真正的文学理论应当坚持以文学为本体，包括以文学现象特别是经典性作品和创新性文学实践作为主要研究对象，以新时代面临现实挑战的文学问题作为主要研究目标，以寻求当今时代文学与人们生活的价值关系即文学意义作为主要价值取向。当代文论研究的开放性，主要表现为研究方法方面的多向度借鉴与开拓，而在基本理论观念方面仍然应当坚守以文学为本体，否则就失去了作为文学理论研究的意义价值。再如，怎样重新认识和强调文学理论的实践导向问题？文学理论不只是一种知识形态，而且应当具有实践品格。作为当代文论更应当始终面向文学现实，关注文学实践的发展趋向，研究当前文学发展现实中提出的问题，积极回应社会对于文学的现实关切，通过应有的文学观念建构为文学实践提供必要的理论支撑。历来有影响的文学理论都具有这样的特点和功能，我们可以从中获得许多有益的启示。

原载《文艺理论研究》2020 年第 6 期

《中国社会科学文摘》2021 年第 5 期转载

---

[1] 乔纳森·卡勒：《文学理论入门》，李平译，译林出版社 2013 年版，第 16 页。

当代中国文论的学科反思与建构的理论基点

近一时期，我国学界正围绕如何坚定文化自信，从而加快构建中国特色哲学社会科学的话题，展开广泛而深入的讨论。在此背景下，我国文论界也相应提出了当代中国文论话语体系建构的理论命题。要实现这个目标，可能有一个基本前提，就是需要对前一时期特别是新时期以来，当代文论的变革发展进程以及所存在的根本性问题，进行必要的学科反思；在这种反思的基础上，进而找到并确立当代中国文论话语体系建构的理论基点，有针对性地解决其中的某些关键问题，才能使其得到切实的推进。目前文论界正在展开相关问题的讨论，笔者根据自己的粗浅认识，从以下几个方面试作探讨。

一、当代中国文论变革发展中的学科反思

新时期以来，当代中国文论始终是在"破、引、建"三者交织互动的历史循环中变革发展不断推进。首先是"破"，就是破除过去各种陈旧过时的文学理论观念与模式；其次是"引"，就是积极引进国外文学理论与批评的各种新学说、新观念、新方法、新话语；最后是"建"，就是力图回应当代社会和文学发展的现实关切，寻求当代文论的重新建构。[1] 从新时期初破除过于僵硬和政治化的文论话语，致力于恢复重建现实主义文学理论，到后来相继构建审美意识形态论、文学主体论、新

---

[1] 赖大仁：《新时期三十年文论研究》，《文学评论》2008年第5期。

人文精神论、新理性精神文学论等，在这种不断创新探索的历史进程中，应当说从来都不缺少学科反思，也不缺少寻求当代文论话语体系重建的积极努力。特别是在20世纪90年代之后，我国文论界先后有过几次影响较大的学科反思，也引起了较为广泛的争论。

20世纪90年代中期，有学者提出当代中国文论"失语症"的问题，由此引起学界的争论和反思。这是在改革开放后全方位引入西方文论的背景下，针对外国文论话语引入后，逐渐在我国当代文论研究中占据主导地位，从而导致中国传统文论边缘化的现实下展开的。在这部分学者看来，近现代以来中国文论最大的问题是"失语"。具体而言，就是我们过于迷信外国文论的先进性和普适性，盲目搬用外国文论的理论命题来建构当代文论话语体系；用外国文论的观念、方法和话语来阐释中国文学经验，而没有我们自己的一套文论话语，以至我们一旦离开了西方文论话语，就几乎没有办法说话。针对这种现实状况，他们相应提出了当代中国文论重新建构的基本思路，这就是"中国古代文论现代转换"的建构思路，对此学界展开了较为广泛而深入的探讨。[1] 当然，学界也有人并不认同这样的判断，而且认为中国古代文论的现代转换并不能解决当代文论创新建构的问题。这场讨论持续了较长时间，争辩也比较激烈，在某些方面，如对20世纪中国文论现代转型发展历程的回顾，包括中国古代文论现代转换的历史经验总结方面，都取得了一些成果。[2]但就当代文论如何改变"失语症"的现状，以及如何实现古代文论现代转换的理论建构而言，似乎并未取得多少公认的成效。不过这场讨论的最大收获，在于唤起了文论界比较普遍的学科反思意识。

紧接着在20世纪与21世纪之交，受西方文学研究向文化研究转向

---

[1] 以上讨论主要参见曹顺庆：《文论失语症与文化病态》，《文艺争鸣》1996年第2期；曹顺庆：《再说"失语症"》，《浙江大学学报》2006年第1期；曹顺庆：《重建中国文论话语的基本路径及其方法》，《文艺研究》1996年第2期；钱中文等：《中国古代文论的现代转换》，陕西师范大学出版社1997年版；陈雪虎：《1996年以来"古文论的现代转换"讨论综述》，《文学评论》2003年第2期。

[2] 代迅：《断裂与延续：中国古代文论现代转换的历史回顾》，西南师范大学出版社2002年版。

的影响,在我国文论界也普遍兴起文化研究转向的背景下,有学者提出当代中国文论的"反本质主义"问题,由此引起更为激烈的争论。应当说,这一次讨论的学科反思意识更强,"反本质主义"的倡导者首先就是针对大学文艺学的学科反思而提出这个问题的。❶ 在他们看来,当代中国文论最主要的问题,还不是在理论话语方面,而是在更根本的理论观念和思维方式方面,是一种封闭性的文学研究,存在着严重的本质主义倾向。这种弊端在当代文艺学理论体系(文学理论教科书)中,表现得尤为突出,形成广泛而深远的影响,由此必然祸及当代文学研究和文学批评。因此,就有必要引入西方"反本质主义"的理论资源,对当代文论的本质主义理论观念和思维方式进行批判反思,从而改弦易辙,另寻当代文论的建构之路。为此,一些论者从各自的角度,纷纷提出了建构主义、关系主义等种种理论重建思路。当然,同样有不少学者并不认同这样的反思,认为学界对于什么是"本质主义"并没有一个准确明晰的界定,随意把某种理论学说判定为"本质主义",未免过于简单武断。而且,反本质主义只是一种解构性的理论反思,它并不必然导致建构性的理论探讨。如果这种反本质主义的思维方式走向极端,它就有可能成为一种否定主义和虚无主义,并不利于当代文论的建设发展。❷ 这场争论也持续了较长时间,各种观点一直争论不已。从积极方面来看,它进一步推进了当代文论的学科反思,但从建设性成效方面来看,却并不尽如人意。对于一些学者提出的理论建构思路,似乎既没有形成多少共识,也很难说取得了多少实际效果。

其后则是近一时期,在中西文化冲突日益加剧,因而明确要求加强文化自信的背景下,有学者提出了文学理论研究的"强制阐释"问题,同样直指当代文论的学科反思,正在引起普遍关注和讨论。"强制阐释

---

❶ 陶东风:《大学文艺学的学科反思》,《文学评论》2001年第5期。
❷ 有关反本质主义问题的讨论,有陶东风、南帆、童庆炳、陆贵山等众多学者参与。参见赖大仁:《文艺学反本质主义:是什么与为什么——关于文艺学反本质主义论争的理论反思》,《华中师范大学学报》2014年第3期。

论"当然主要是指向对当代西方文论的认识分析，认为一直被我们盲目崇拜的当代西方文论，其实存在着研究方法上的根本缺陷，这就是场外征用其他学科的研究方法和理论模式，对文学作品和文学现象进行随意性的强制阐释，根本无视文学本身的特点。这种文学研究的结果，当然只会是离文学越来越远，完全违背文学本身的规律。实际上，我国当代文论也在很大程度上受到西方文论误导，同样存在着"强制阐释"的弊端。针对这一现实问题，论者相应提出了"本体阐释"的理论命题和设想，作为救治这种根本弊端的良方，并以此作为当代文论建构的努力方向。❶ 然而，学界也有不同看法，认为文学研究并不存在某种固有的研究方法，因此，借鉴其他学科的研究方法是无可厚非的，问题只在于如何进行研究，以及追求什么样的价值目标。目前这些问题也都还在讨论之中，能否通过这些讨论求得更多的共识和理论成果，从而对当代中国文论话语体系构建起到切实的推进作用，现在还殊未可知。

应当说，上述一些学者提出的学科反思命题都有一定的道理，都能够引起我们对一些现象及理论问题的关注和思考。之所以要进行这样的学科反思，是因为需要确认学科自身所处的方位，看到学科发展中存在的问题，校正学科发展的方向和路径，从而建立必要的理论自觉。而且，必要的学科反思与寻求理论建构是相互作用的。如果没有后者，所谓学科反思就没有方向和目标；如果没有前者，所谓理论建构也就没有现实针对性，难以取得真正的成效。提出构建当代中国文论话语体系，这是一个大课题，关涉为什么要构建、依据什么来构建，以及怎样构建即按照什么样的思路和目标来构建等问题，这实际上关涉当代中国文论话语体系构建的理论基点问题。而要回答这个问题，就有必要回到学科原点上来，对当代中国文论进行整体性学科反思。

---

❶ 张江：《当代西方文论若干问题辨析——兼及中国文论重建》，《中国社会科学》2014年第5期；张江：《强制阐释论》，《文学评论》2014年第6期。

二、当代中国文论的自我迷失问题

从当今时代的现实出发，对当代中国文论进行整体性学科反思，也许可以说，这里最根本的问题，可能还不是文论话语方面的"失语症"问题，也不只是思维方式方面的"本质主义"问题，甚至也不见得是研究方法方面的"强制阐释"问题。笔者以为，这里更值得关注的根本问题，是当代中国文论的"自我迷失"问题，而其他各种问题可能都根源于此。这种"自我迷失"表现为，当代文论在改革开放的时代变革中，不断追逐某些外在的目标和理论潮流，不断追求创新拓展和理论蜕变，在埋头追逐中逐渐失去了自我主体性，失去了应有的理论自觉和自信。要进行学科反思和理论重建，就有必要正视当代中国文论的"自我迷失"问题，对此进行全面深刻的反思，找回自我主体性，重建理论自觉和自信。否则，所谓当代中国文论话语体系建构，就会缺少必要的理论前提。在笔者看来，当代中国文论的自我迷失，具体而言表现为以下三重意义上的迷失。

其一，当代文论迷失了作为"文学理论"所应有的对象目标和理论功能，这是一种学科特性的自我迷失。这应当说是 20 世纪 90 年代以来，在大众文化兴起和文学走向泛化发展的背景下，受西方文化研究转向思潮影响，当代文论过于追逐后现代文化研究所带来的问题。文学理论作为一门成熟的理论学科，自有其特定的研究对象、范围边界和研究目标，使它与艺术理论、文化理论等相区别。而且，从理论功能而言，既然文学是一种重要的社会人文现象，在社会文明发展中具有重要意义，那么按照文学理论的学科职能，就理应以文学为研究对象。一方面，从历来文学发展的事实出发来研究文学的特性和规律，从而形成一定的理论认识；另一方面，这种理论可以为人们认识文学现象提供参照，同时也能够对当代文学实践产生积极影响。在 20 世纪 90 年代之前，这种认识在文论界并不成为问题，然而到 20 世纪 90 年代中期以后，当代文论发展便逐渐陷入迷误之中。一方面，在市场经济改革的推动下，大众消费文化蓬勃兴起，文学实践趋从于市场消费，的确出现了向大众消费文化不断泛化发展的趋向；另一方面，则是西方文化研究转向的理论思潮被引入，并在当代文论界产生强势影响。两者彼此契合，便对当代文论研究产生强烈冲击波，导致传统的文学理论研究开始发生裂变。这种裂变可从当时颇有影响的"文化诗学"问题讨论中看出来。"文化诗学"本来就是西方文化研究转向中提出的命题，又恰好适合当时中国文化和文学泛化发展的现实，因而引起中国学界的极大关注。这个命题被引入我国学界后，出现了两种完全相反的阐释路向。一种路向是在文化诗学研究中偏重强调"诗学"，即仍然重视和突出文学的审美与人文特性。之所以要借助于"文化诗学"的命题来进行讨论，是因为不得不面对当代文化和文学泛化发展的现实，因而不得不改变原来的纯文学研究格局。即便如此，一些学者仍然坚持认为，在当代社会和文化转型的背景下，可以拓展理论视野，把文学作为一种文化现象来认识，适度引入文化学的方法来研究，但文化诗学研究的中心问题，应当是"诗学"问题，即文学的审美与人文特性和价值问题。另一种路向则显然是偏向"文化学"研究。按照西方的后现代理论观念，所谓"文学性"几乎蔓延到所有文本中，因此，没有必要固守所谓文学研究，而是应当转向更广泛的文化研究。❶ 这种文化研究，只是把"诗学"或"文学性"作为某种文本因素和中介看待，所关注的中心问题，是诸如性别、身份、种族、后殖民等社会文化问题。到后来，则干脆连文学性也不谈，完全转向研究大众文化和日常生活的审美化了。在后现代文化转向的大背景下，显然还是后一种文化研究越来越占据主导地位。其结果，是当代文论越来越迷失了自己的对象目标，越来越陷入后现代文化研究的迷误之中。由此而来，当代文论的理论功能也越来越弱化，既对

---

❶ 参与讨论的文章主要有王宁：《全球化语境下的文化研究和文学研究》，《文学评论》2000年第3期；童庆炳：《植根于现实土壤的"文化诗学"》，《文学评论》2001年第6期；徐润拓：《文学的文化研究和文化研究中的文学》，《文艺理论研究》2003年第4期。另参见赖大仁：《全球化语境与文学研究的转向——近年来"文化研究转向"问题讨论述评》，《江汉论坛》2004年第7期。

当代文学实践发展漠不关心，也缺乏对这种文学现实所应有的阐释力和影响力。一段时间以来，人们对当代文论现状普遍不满，其根源正在于此。因此，要讨论当代文论的重新建构，首先需要面对上述现实，解决学科特性迷失和理论功能弱化的问题。至于当代文论研究应当以什么作为对象目标和价值目标，这个问题后面部分再作探讨。

其二，当代文论迷失了作为"中国文论"所应有的主体性，这是一种主体身份的自我迷失。这可以说是一个时期以来，在文化全球化的背景下，我们过于追逐当代西方文论新潮所带来的问题。从20世纪初以来，在中国社会和文化现代转型发展的进程中，始终有一个是否需要学习借鉴外国经验，以及如何学习借鉴的问题，这是一个让国人感到十分纠结的问题。在近百年来中西文化与文学（文论）的论争中，究竟何为先进与落后，应当"中体西用"还是"西体中用"，一直争论不休。在新时期改革开放的条件下，这个问题无疑变得更加突出。从新时期初文论界拨乱反正进行学科反思，到20世纪80年代中后期全面引进西方文论，并由此引发文学研究和文学批评方法大讨论，学界普遍意识到我们的文学观念和研究方法比较简单僵化，不能不承认西方文论的开放性和先进性。于是我们纷纷学习借鉴西方文论的研究方法来进行文学研究，开辟了新时期文学批评和文论研究的全新格局。进而在这种学习借鉴的基础上，立足于新时期文学变革发展的现实进行理论创新，从审美意识形态论、文学主体性理论、新理性精神文学论等影响甚大的理论建构中，可以看出中西文论融合创新的积极努力，而且其中仍有中国文论主体性的坚守。然而到20世纪90年代中期以后，在全球化的背景下，西方后现代文化思潮对我们形成更为强势的影响。这种以解构主义为内核的后现代文化思潮具有很强的解构性，在很大程度上把我们当代文论所坚守的主体性消解了。此后我们文论界差不多是一边倒地追随在西方时兴的文化研究潮流后面，热衷于追逐研究西方学界讨论的热点问题，而对中国文学发展中的现实和理论问题，显然关注和研究不够。这里有一个文论界普遍存在的心结或观念误区，就是始终纠结于中国文论在国际舞台上没有声音和地位，因而总想加入与外国文论的交往和对话中去，以求争得一席之地。于是，我们就要去追逐国际论坛上的热门话题，就要去参与西方文论家所主导的热点问题讨论。其结果，必然是跟随在当代西方文论后面亦步亦趋，而作为中国文论所应有的本土问题意识和主体性，却在不知不觉中逐渐迷失了。如上所述关于"失语症""强制阐释论"等问题的讨论，实际上都是这种状况的反映，其深层次问题，正在于当代中国文论主体身份和主体精神的迷失。当然，这种情况不仅仅是当代文论界，在其他学科领域可能同样存在，因此就更值得引起关注和反思。话说回来，提出这方面的问题进行学科反思，并不是要否定对外国经验的学习借鉴，也不是要拒绝与外国文论交往对话，回到自我封闭发展的老路，否则无疑是消极和没有出路的。习近平在哲学社会科学工作座谈会上的讲话中强调：哲学社会科学研究要立足中国、借鉴国外，挖掘历史、把握当代，关怀人类、面向未来；要坚持古为今用、洋为中用，融通各种资源，不断推进知识创新、理论创新、方法创新；要坚持不忘本来、吸收外来、面向未来。[1] 很显然，这里仍然强调要"借鉴国外""吸收外来"，但基本前提则是"立足中国""不忘本来"，即确立我们自己的主体地位。因此，对于当代中国文论的学科反思和理论重建而言，最关键的问题是，正视前一时期盲目追逐西方文论思潮而导致自我主体身份迷失的现实，回归自我，重建中国文论的主体精神。

其三，当代文论迷失了作为"当代"理论所应担当的责任和使命，这是一种当代性即当代实践品格的自我迷失。这也可以说是一个时期以来，受西方文论影响，过于把文论研究作为一种自我循环的知识生产，忽视现实问题的针对性和弱化理论介入现实的功能所带来的问题。记得新时期初的十多年里，当代文论界曾经非常热烈地讨论过"现代性"问题。这种"现代性"精神表现为，对新时期社会文化变革转型的积极关注和介入，力图通过文学理论的影响力，去推动新时期文学的变革创

---

[1] 习近平：《在哲学社会科学工作座谈会上的讲话》，《人民日报》2016年5月19日。

新，进而以这种文学的整体性力量，去影响和推动社会文化的现代变革发展。从新时期初围绕伤痕文学、反思文学、改革文学的讨论，以及恢复现实主义传统的理论探讨，到后来关于审美意识形态论、文学主体性理论、新理性精神文学论等理论问题的讨论，都具有很强的现实针对性，体现了那个时期特有的现代性精神。这正是作为当代文论的"当代性"的意义价值之所在。然而，到20世纪90年代中期以后，文论界的"现代性"声音逐渐被"后现代性"声浪所遮蔽。如前所说，后现代文化思潮具有很强的消解性，不仅消解了当代文论的主体性，也在很大程度上消解了新时期以来文学和文论的现代性精神。随之而来的是，当代文论研究中有两种倾向比较突出。一种倾向是文学理论的"知识化生产"现象。这是在西方的知识生产论、知识谱系学之类学说传入后，受其影响而出现的一种文论研究趋向，颇受学院派研究者的青睐。其主要特点是，把文论研究看成一种纯粹的知识生产，它无须去关注文学实践的发展，更不必跟在作家创作后面作注解式研究；相信文学理论是一种专门化知识，这种知识生产本身就有意义，而不必通过文学实践来检验，也不必通过介入和影响文学实践来证明其意义价值。在这种理论观念的支配下，当代文论研究就很容易成为一种自说自话、自我证明、自我循环的知识生产。这无论是在此后许多文学理论教材编著中，还是在一些新潮理论的译介研究中，都能看到这种"知识化生产"的趋向。文学理论"知识化"的结果，相应地便是其实践性即理论功能的弱化与丧失。文学理论无关乎文学和社会现实，那么反过来，文学和社会现实也不看好文学理论，这便成为一段时间以来当代文论面临的尴尬处境。另一种倾向则可能相反，不仅没有远离现实，甚至还极为贴近现实，主动积极地迎合和拥抱现实，对日常生活审美化和大众消费文化的市场化、娱乐化现象，表现出极大的热情。研究者站在后现代文化立场，对当下的社会和文学（文化）现实，只作"存在即合理"式的注解性和认同性研究，缺乏应有的理论审视和价值判断，对各种庸俗化、低俗化、媚俗化和精神低迷、价值迷乱现象视若无睹，听之任之，这同样是丧失了应有的理论功能，是一种当代性理论品格的自我迷失。

总之，当代文论的学科反思，除了学界已经关注到的理论话语、思维方式和研究方法等方面的问题外，还有必要关注如上所说的学科特性、主体身份和当代性品格的自我迷失问题，这可以说是一个更带有根本性的前提性问题。如果我们不能通过必要的学科反思，找出问题的症结所在，有针对性地解决当代文论发展中的自我迷失问题，就难以真正实现当代中国文论话语体系的重新建构。

三、当代文论话语体系建构的理论基点

在近一时期针对"强制阐释论"的讨论而形成的新一轮学科反思中，再次提出了当代中国文论话语体系建构的问题。这无疑是一个大课题，关涉为什么要建构、依据什么来建构，以及按照什么样的思路和目标来建构等问题，这些实际上是一个有关当代中国文论话语体系建构的理论基点问题。目前，文论界正在积极行动，在对"强制阐释论"问题进行深入讨论的同时，还在积极推进中西文论关键词比较研究，这无疑都是十分必要和极有意义的。但笔者以为，同时还有必要对当代文论建构的理论基点问题展开探讨，这也许是更为重要的基础性问题，就如同建造房屋，打地基比垒砖石更重要一样。如果粗略梳理一下，笔者认为以下一些问题是可以作为理论基点问题来加以探讨的。

第一，当今时代谁需要文学理论，以及需要什么样的文学理论？这关涉为什么要建构，以及面向什么来建构当代文论的问题。当今许多领域都在关注和讨论"供给侧"改革问题，这似乎也可以引入当代文论界来借以反思。在历来的文论知识生产中，也许从来都是"供给侧"占主导地位，很少考虑"需求侧"方面的情况。从上述学科反思中我们可以发现，当今文论界的理论研究，可能在很多时候和很大程度上，是出于我们文论界和文论家自己的需要。比如，或是把这种研究探讨作为个人的理论兴趣和爱好，或是要通过这种理论言说来表现自己的才能和证明自己存在的价值等。这些当然也自有道理，但仅限于这一方面显然不

够。除此之外，我们是否也应当关注另一方面，即从社会需要方面加以考量，究竟在多大程度和什么意义上需要文学理论。比如，来自文学实践活动方面的需要，从作家的文学创作活动，到读者的文学接受活动，还有文学评论和文学研究活动等，他们是否需要文学理论提供必要的文学观念和艺术方法等方面的有益参照？文学理论究竟能够对文学实践产生什么样的积极作用？实际上，当今文学理论对当代文学实践的影响作用是非常有限的，原因何在很值得反思。再如，来自社会生活实践方面的需要，我们是否需要考虑这个时代对于文学理论的期待？当代文论有没有可能更积极地介入社会现实，在引领文学和文化价值观方面发挥应有的作用？此外，还有来自文学教育方面的需要，比如在高校的文学理论教学中，我们究竟应当用什么样的文学观念与理论方法去教育和培养学生？文学理论究竟应当在文学教育和人才培养中起到什么样的积极作用？如此等等。概而言之，当今时代所需要的文学理论，应当不是文论家自身或文论界小圈子里的自说自话、自娱自乐的智力游戏活动，不是文论家需要理论来证明自己，也不是要追逐外国文论潮流去争夺话语权，而是首先要面对当代社会的现实需求，承担更重要的责任和使命，力求对社会的文明进步发挥更积极有力的作用。这种文学理论的基本立场和价值理念，是值得我们文论界加以反思的，从而在反思中建立我们应有的理论自觉性。

第二，当今时代的文学理论究竟是"知识"生产，还是"理论"建构？这关涉如何进行当代文论建构的学科定位，以及把它建成什么样的理论形态的问题。这里有两种不同的建构思路。一种是"知识论"的建构思路，即把文学理论主要看成一种学科知识，按照其知识谱系来加以建构。这不能说毫无道理。应当承认，文学理论如同其他各种学科理论一样，自有其学科知识的特性，建立一门学科比较完整的知识系统，以及历史传承的知识谱系，无疑是有必要也有价值的。但是，"知识"并不等同于"理论"，因为一般性的"知识"是非功能性的，它主要告诉我们关于某种事物有什么和是什么，而并没有明确的问题指向性和针对性，它主要起知识参照的作用。实际上，当代文论中就有这样一种现象，就是努力使文学理论"知识化"，把文学理论研究当作一种"知识"生产。比如，有些文学理论新著或新编文学理论教科书，往往注重罗列各种历史化、地方性的知识，而不太重视作为"理论"来建构，从而导致理论功能的不断弱化。另一种则是"功能论"的建构思路，即更为重视文学理论应有的理论功能。"理论"不同于"知识"，就因为它是功能性的。当然，这种理论功能或许是多方面的，如美国著名解构批评理论家乔纳森·卡勒在《文学理论入门》中，就特别重视文学理论的自我反思功能，尤为强调对理论常识的批评。[1] 这是富于启示意义的，但这并不是理论功能的全部。文学理论更重要的功能，还在于它要面对历史和现实，研究和回答来自社会实践的问题。特别是作为当代文论，就更需要具有很强的现实针对性和"问题意识"，致力于研究和回答来自当代社会和文学发展中的现实问题，一方面对当代文学实践经验进行理论观照与总结；另一方面力求能够介入当下现实，对当代文学实践起到积极的引导作用。

第三，当今时代的文学理论应当以什么样的文学作为主要阐释对象？这关涉究竟依据什么样的文学事实或文学对象来进行理论建构的问题。文学理论建构的基本要求或原则，应当是从文学事实（经验）出发，而不能从抽象的原则出发。但问题在于，任何时代的文学事实（经验）都是非常复杂多样的，任何文学理论都不太可能把所有文学现象都完全包罗进去。那么究竟应当根据什么样的文学事实或经验进行阐释？或者说应当以什么样的文学作为主要阐释对象？从文论史的情况来看，那些比较有影响的文学理论，往往都是基于那个时代最有创造性、最有特色、最有成就和影响，最能体现这个时代的文学精神，因而也最有代表性的文学形态，以这种最具有经典性也最值得重视的文学现象和文学经验，作为主要对象进行说明和阐释，因而成为那个时代最有代表性的

---

[1] 乔纳森·卡勒：《文学理论入门》，李平译，译林出版社 2013 年版，第 16 页。

文学理论和文学观念。西方亚里士多德的《诗学》，古典主义文论、浪漫主义文论、现实主义文论等，我国古代不同时期的诗论、文论、小说和戏曲理论等，差不多都是如此。我们今天面临的问题在于，文学现象太复杂也太多样化了，尤其是在网络文学蓬勃发展的当下就更是如此。那么当代文论应当面对什么样的文学现实呢？笔者的看法是，在当今文学极为开放多样发展的情况下，可以有不同的文学理论建构，如网络文学理论、大众文学理论等。某种专门文论偏重对某些特别值得关注的文学现象进行说明和阐释，有助于对此类文学现象的认识和引导，这自有其价值。而作为基础性也理应是主导性的文学理论建构，则无疑更应当面对历代经典化的文学现象和文学作品，以此作为主要阐释对象。就当代经典化的文学现象而言，也就是要能够从当代开放多样的文学发展潮流中，发现和关注那些更富有创造性、更具有丰厚的文学品质、更能体现当今时代精神的文学现象和文学作品，主要面向和基于这样的文学现实，主要以此类经典化的作品，来进行理论概括和文学阐释。只有这样，才能避免如前所述文学研究对象目标的迷失，克服面对复杂多样文学现象而无所适从的焦虑与困惑，从而建构具有相对稳定性和先进性的文学观念与理论系统，以此影响文学批评和介入文学实践，对当今文学发展起到应有的引导作用。

第四，当今时代的文学理论应当追求什么样的价值目标？这关涉应当按照什么样的思路和目标来进行当代文论建构的问题。文学并不只是一种艺术审美现象，更不是像有些人所看待的那样，是一种语言文字的智力游戏，从最根本的意义上来说"文学是人学"。因此，作为专门研究文学现象的理论学科，文学理论并不只是关乎语言艺术或叙事技巧的技术性学科，它更是关乎人们精神价值追求的人文学科。它与自然科学研究的不同之处，在于它不是完全科学的"求真"的研究，作为社会人文学科的理论探索，具有双重的目标指向。一方面，指向说明事实存在"是什么"和"怎么样"，即对文学存在的说明和阐释。它要说明文学的基本特性是什么，它是一种什么样的存在，以及文学的存在方式如何和存在形态怎样，还有关于文学存在的发生学（文学起源论）问题，文学存在的历史演变（文学发展论）问题等。这是一种事实性、规律性的认识和探索，体现研究者的学理态度。另一方面，则还要指向思考和探究"应如何"，即在认识说明文学基本特性的基础上，注重对文学价值功能的研究阐释，探究文学在人们的生活实践中究竟起什么作用，以及它应该起什么样的作用等。这是一种价值性、目的性的研究探讨，包含研究者的价值信念在内。应当说，事实性、规律性的研究和价值性、目的性的研究都是重要的，实际上两者也是密切相关和相互作用的。在理论研究中，坚守什么样的价值理念，可能是更为值得重视的问题，它会在根本上影响我们的研究思路和目标指向。以文学本质论问题的研究为例，其实并不存在所谓纯然客观的文学本质特性，往往是研究者基于一定的文学事实，按照自己心目中的文学价值理念，从而建构起来的一种文学理论观念。按照有些学者的说法，文学本质其实有"实然性本质"与"应然性本质"的不同，前者指向说明文学事实，后者指向确立文学价值。[1] 在文学本质论研究中，也许有人更为偏重"实然性本质"，即更多基于文学事实的观照与理论概括；也有人可能更为偏重"应然性本质"，即更多基于心目中所理想的文学品质。当然，比较理想的状态，还是应当注重两者的有机统一。其他一些理论问题的研究，道理也同样如此。

综上所述，对当代中国文论的变革发展进程进行必要的学科反思，特别需要关注和反思当代中国文论的自我迷失问题，从根本上来说，这关涉如何克服当下文论界普遍存在的困惑和焦虑情绪，重建当代中国文论的自觉和自信的问题。而最终的落脚点，则还是需要找到并确立当代文论建构应有的理论基点和价值目标，推进这种文论话语体系的重新建构，从而对当下的社会和文学发展现实作出应有的理论回应。

原载《学术月刊》2017 年第 9 期

---

[1] 余虹：《在事实与价值之间——文学本质论问题论纲》，《天津社会科学》2006 年第 5 期。

当代中国文论面临的问题及其理论反思

从 20 世纪"五四运动"前后，中国文论在新文化运动和文学革命的背景下开始现代转型，到现在已经走过近百年发展历程。对这百年来中国文论的回顾与反思，就成为近一时期文论界的热门话题。在这种历史回顾与反思中，重心应该是改革开放以来近四十年的变革发展，尤其是当下中国文论所面临的现实境遇及其问题。在笔者看来，新时期以来我国文论的变革发展历程，大致可以划分为两个阶段来进行回顾和比较。通过这种回顾和比较，可以看出这两个阶段变革发展的不同特点，以及认识当代文论发展中所面临的现实问题，从而有助于推进当代文论的学科反思和理论重建。

一、新时期以来文论变革发展的两个阶段及其特点

回顾新时期以来近四十年我国文论的变革发展进程，可以划分为以下两个大的阶段来进行总结和反思。

前一个二十年左右，也就是从新时期初到 20 世纪 90 年代中期，当代中国文论在"破、引、建"三者交织互动的作用下变革发展不断推进，多有与时俱进的理论创新和拓展。所谓"破"，就是努力破除过去"文艺为政治服务"之类比较单一僵化的理论模式，寻求文艺理论观念的变革。所谓"引"，就是积极引进国外特别是西方各种现代文论资源，努力拓宽理论视野获得启示借鉴。这既是破除旧的理论观念的需要，也是重建新的理论观念与范式的需要。所谓"建"，就是在破除过去旧的

理论观念和模式的同时，寻求新的理论观念与范式的重建。也许可以说，新时期这二十年左右的变革发展，是当代中国文论最富于生机活力和创造性的时期，既打破了过去单一封闭的文论体系一统天下的局面，也重新提出和建构了具有新时代特点的新文论形态，如审美反映论、审美意识形态论、文学主体性理论、新人文精神文学论、新理性精神文学论等。从这些不断探索创构的理论学说中，可以看出这个时期文论界比较充分的理论自觉和理论自信。

后一个二十年左右，也就是从20世纪90年代中期以来到现在，我国市场经济改革不断推进渗透到社会生活的各个方面，全球化浪潮汹涌而来对本土经济社会带来极大冲击，后现代主义文化思潮的影响也越来越强劲深入。在这样的时代背景下，我国当代文学艺术呈现出更加开放多元发展的格局和趋向，当代中国文论又似乎进入新一轮"破、引、建"三者交织互动的循环运动之中。所谓"破"，就是把包括如上所述新时期以来重新建构起来的一些理论学说，也视为过时了的、陈旧的理论观念试图进一步加以破除；所谓"引"，就是极力引进和阐发西方后现代理论学说，特别是解构主义、文化研究和"后理论"学说等，以此作为质疑和破除前述文论形态的理论依据；所谓"建"，即试图推出一些新的理论命题或理论构想来对此前的理论形态取而代之。然而，在这新一轮的变革循环运动中，我们好像已经失去过去那样的理论自觉和自信了，恰恰相反，让人感觉到当代中国文论似乎陷入了空前的焦虑与困惑之中。

这样说并不是没有依据的，这种焦虑与困惑，可以从近二十年来几次影响甚大的学术论争当中看出来。如果说新时期初的二十年也存在着激烈的学术论争，但那是对于当代中国文论应当如何更好地建构的论争；而近二十年来的论争，则是出于对当代中国文论自身质疑与反思的论争。要说它陷入了空前的焦虑与困惑之中，也正是根源于此。对于这几次论争的情况，我们不妨略加回顾。

一是20世纪90年代中期兴起的关于中国文论"失语症"问题的讨

论。这场讨论的由来或所依据的基本事实，是中国文论近百年来的发展，很大程度上是在接受或移植外国文论的基础上建构起来的。前半个多世纪主要是受马克思主义文论、苏联文论和西方近现代文论影响，新时期以来则主要受西方现当代文论影响。对于这个基本事实学界并无多少争议，问题只在于对此如何认识和评价。一种看法认为，这种横向移植式的文论发展失大于得，所导致的严重后果是使中国文论患了"失语症"，既没有真正切实地讨论中国文学问题，也不能用中国文论自己的理论话语加以言说，因此无法对中国人自己的文学经验进行有效阐释，也难以对当下的文学实践形成有益的引导。有鉴于此，他们开出了"中国古代文论现代转换"的药方，试图通过复归和承传中国文论的既有传统，来疗救当代中国文论"失语"的病症。另一种看法则认为，所谓"失语症"的判断是不能成立的，应当说近百年来对外国文论的引进和借鉴有得有失，总体上得大于失。如果没有这种理论借鉴，就不可能实现中国文论的现代转型，也不可能形成中国文论的现代传统。如果说当代中国文论确实存在某些弊端，不能适应当代文学实践发展的要求，除了对西方文论话语的生搬硬套之外，更重要的原因还在于，不能真正面对当代中国的社会和文学现实，不能针对这些现实问题给予切实有效的回答。对于这样的现实问题，仅仅在文论话语的层面上寻找原因，以及企望通过某种文论话语转换来寻求解决之道，恐怕是难以奏效的。时过境迁，如今看来，当年那场论争持续时间不短也颇为热烈，确实反映了文论界普遍存在的困惑与焦虑，但从理论探讨的成效来看，却并没有解决多少实际问题。在此后的文论发展中，有些问题反而显得更加突出，如照抄照搬西方文论的问题，文论研究脱离当下社会和文学现实的问题等，都并没有得到根本改变。

二是20世纪与21世纪之交关于当代文论"反本质主义"问题的讨论。可以说这个话题本身就是从当代西方学界直接引入的，只不过它所针对的是当代中国文论的现实。这里的核心问题是，当代中国文论是否陷入了"本质主义"误区？是否需要引入西方"反本质主义"的理论观念和思维方式来加以批判反思？一种观点认为，当代中国文论最根本的弊端就是本质主义，不仅新时期之前的文论是本质主义的，而且新时期以来当代文论的变革重建，也仍然没有走出本质主义的理论误区，因此在根本上还是比较僵化封闭的，不能反映当代文学开放多元发展的事实，也不能回应当下现实变革的要求。他们所提出的应对之策，便是引入西方反本质主义的理论观念和思维方式，有针对性地加以批判反思，然后走向建构主义、关系主义抑或别种新思维的理论重建。与此同时，则是主张面对后现代文化蓬勃发展的现实，把过去模式化的文学研究引向开放性的文化研究，从而走出文论与文学研究的当下困境。另一种看法认为，所谓本质主义与反本质主义不过是人为构设的一种对立，随意把别人的某种理论学说宣布为"本质主义"加以讨伐，是颇为轻率和不负责任的。如果用有些学者所倡导的历史性、地方性和语境化、事件化的思想方法来看待，那么过去的一些文论形态，即便是一些被视为"本质主义"的理论学说，在一定历史条件下也并非没有一定的道理和历史合理性，理应去追问和分析它在那个历史阶段，何以会形成那样的理论，以及它的历史合理性和历史局限性何在，从中获得历史的借鉴和启示，而不是简单化地给它贴上"本质主义"标签，粗暴地把它完全否定掉。问题还在于，当今是否还有必要进行文学本质论研究？避开此类问题是否更有利于对文学活动的认识理解？如果要重新寻找和说明文学本质，又怎样才能不被后人当作"本质主义"来加以清算？还有，把文学研究引向文化研究之后，就能找到它应有的出路和前途吗？这些问题也仍然没有谁能给予确切的回答。[1]如今人们普遍的感觉是，经过这样一场讨论之后，长久困扰学界的一些基本理论问题不仅没有得到澄清，反而被搅得更加迷糊了；文论界的困惑与焦虑不仅依然存在，而且比以往更加严重了。

---

[1] 赖大仁：《文艺学反本质主义：是什么与为什么——关于文艺学反本质主义论争的理论反思》，《华中师范大学学报》2014年第3期。

三是近年来越来越引起关注的有关"强制阐释论"问题的讨论。这个问题看上去主要是针对当代西方文论的缺陷提出来的，但并非与当代中国文论无关。因为如前所说，当代中国文论一直是紧紧追随西方文论寻求新的发展，无论是得是失都无不与其本源休戚相关。在有些论者看来，长期以来我们文论界对当代西方文论过于迷信和盲从，似乎它总是最现代和最先进的理论形态，好像我们离开了西方文论的引领就找不到自己的方向，就不知道应该怎样进行文学研究。然而，当代西方文论本身实际上存在着根本缺陷，其中最突出的问题，就是脱离文学实践和文本实际，按照某种主观化的理论预设，或者场外征用其他学科的某些理论范式，对文学进行主观随意的"强制阐释"，根本无视文学本身的基本特性和意义价值。对于这种弊端理应有清醒的认识，不应盲目追逐。❶实际上，当代西方文论中存在的这种缺陷，已经不可避免地对当代中国文论产生了相当程度的影响，问题只在于我们能否正视这种现实，并自觉进行理论反思。由此而来，需要进一步思考和探讨的问题是，我们还要不要继续引入和接受西方文论？究竟应当如何对待西方文论的影响？以及当代中国文论应当走什么样的发展道路？这也许可以说是比如何认识和评价当代西方文论更为重要也更值得关注的问题。从当前学界讨论的情况来看，仅就如何认识和评价当代西方文论而言，也仍存在各种不同的看法，而对于当代中国文论应当如何发展，可能就更是莫衷一是。从这些争论中仍然可以看出，当代文论界的困惑与焦虑依然存在，甚至可以说有增无减。

二、对当代中国文论面临问题的理论反思

倘若如上描述分析不无根据，那么值得进一步反思的问题就是，当代文论界的焦虑与困惑根源何在？或者说，这究竟是一种什么样的焦虑

---

❶ 张江：《当代西方文论若干问题辨析——兼及中国文论重建》，《中国社会科学》2014年第5期；张江：《强制阐释论》，《文学评论》2014年第6期。

和困惑？在哪些方面突出地表现出了这种焦虑和困惑？在笔者看来，问题的根源始终在于，究竟应当如何建立当代文论的理论自觉和理论自信，以及当代文论应当如何面对当代文学实践，建构能够呼应时代要求的文学观念和理论范式，能够对当代文学现实作出切实有效的理论阐释和评价分析，能够切实介入文学实践从而起到应有的价值导引的作用。

近年来，"当代中国文论话语体系重建"问题被再次提出来，无疑跟以上所说的理论背景有关，这的确是一个值得认真讨论的问题。然而，理论重建的前提，是应当对当代文论所面临的问题进行必要的理论反思，首先重建理论观念，并找到重建的理论基点。具体而言，联系上面所作的探讨，笔者以为目前值得着重反思和探讨的，主要有以下几个方面问题。

第一个问题："后理论"时代理论何为？理论的功能是重在解构还是建构？彼此构成怎样的互动关系？当今时代文学理论还有建构的必要与可能吗？美国文论家乔纳森·卡勒在《文学理论入门》中专章讨论了"理论是什么"的问题，他的简要回答概括了四点：第一，理论是跨学科的，是一种具有超出某一原始学科的作用的话语。第二，理论是分析和推测。它试图找出我们称为性质的东西，或语言，或写作，或意义，或主体的东西中包含了些什么。第三，理论是对常识的批评，是对被认为自然的观念的批评。第四，理论具有自反性，是关于思维的思维，我们用它向文学和其他话语实践中创造意义的范畴质疑。[1] 在他看来，理论最重要的特质与功能是"自反性"或反思性，特别是对常识的批评。从他的一些具体论述来看，也可看出他所强调的更多是解构性反思。对于文学理论而言，这种解构性反思当然也是必要的。过去时代传承下来的各种文学理论，显然是那个时代的人们面对当时的社会现实和价值诉求建立起来的，肯定会有它的历史局限性，后人不可能全盘接受拿来就用，理应对它进行必要的怀疑乃至批判性反思。然而问题在于，当今的

---

[1] 乔纳森·卡勒：《文学理论入门》，李平译，译林出版社2013年版，第16页。

文学理论是否也需要面对当代的社会和文学现实，以及当代人的价值诉求来进行建构，从而适应当今时代的发展要求？对于这个方面的问题，解构主义理论家们则似乎并不关心。毫无疑问，理论的解构与建构是相辅相成、彼此互动的，缺少怀疑反思精神的理论建构很难说是真正自觉的；反过来说，没有建构性价值诉求的所谓解构反思也将是盲目和没有多少实质性意义的。解构过度而建构不足，很容易导致理论功能的迷失。当代文论无论如何也回避不了面对现实要求进行建构的问题，至于如何建构，站在什么样的理论基点上建构，则正是需要加以讨论的问题。比如，对于文学本质论问题的探讨，一方面有必要对过去时代的理论观念嬗变进行历史梳理和反思；另一方面也需要对此作出当代人的探讨和回答，建立当代人应有的文学观念、价值理念和审美理想。这种理论探讨与建构，确实如有些人所说，未必要一味去追问和解答文学的终极本质何在，但至少有必要回答当代人应该如何来理解和对待文学的问题。在这种探讨之中，实际上又无法回避文学的终极价值追求问题，否则就谈不上文学价值理念与审美理想的建构。从体、用合一的观点来理解，文学本质观念与文学价值观念之间的内在联系，也仍然是值得我们深入思考和探讨的基本理论问题。

第二个问题：当代文论所要面对的研究对象是什么？面对当代中国文论的现实进行反思，也许可以说，文论界普遍存在的焦虑与困惑，在很大程度上关乎文学研究的对象问题，或者说是根源于研究对象的迷失。有论者指出，从19世纪末到20世纪后期，西方文论的发展经历了从"以作者为中心"到"以文本为中心"再到"以读者为中心"三个重要阶段，此后以现代主义特别是解构主义的兴起为标志，当代西方文论总体放弃了以作者—文本—读者为中心的追索，走上了一条理论为王、理论至上的道路，进入了以理论为中心的特殊时代。其基本标志：放弃文学本来的对象；理论生成理论；理论对实践加以强制阐释，实践服从理论；理论成为文学存在的全部根据。这样一来，就成为一种没有文学的"文学理论"。❶ 这种情况不仅在西方文论中成为突出问题，而且受其影响，在当代中国文论中也同样比较严重。还有一种情况，就是由于当今时代文学本身不断泛化发展，与各种大众消费文化包括图像文化、网络文化等混杂在一起，远不像过去的文学那样纯粹和引人注目。在这种情况下，加上受西方"文化研究"转向的影响，当代文论也往往转向研究各种泛文化现象或大众文化现象，对文学本身却并不怎么关注了，或者说对文学关注的热情大大降低了，这就在一定程度上带来了研究对象的迷失。其结果是文学理论变得不伦不类，变成某种泛文化理论，导致文学理论自身的"身份"迷失。或者也有的研究者热衷于阐释某些边缘化的文学现象，把所谓便条改作的诗，车祸报道分行排列而成的诗，甚至列车时刻表之类，也都作为文学对象来进行所谓"文学性"的理论阐释。这种做法不仅无助于说明文学区别于其他事物的根本特性，反而更容易模糊对于文学性问题的认识理解，甚至有可能导向对于真正文学性的消解。❷ 笔者以为，文学理论应当以公认的经典或优秀的文学作为主要研究对象，在此基础上建立基本的文学观念，确立应有的文学价值导向，这样才有助于文学事业良性发展，使文学在当代社会文明进步中发挥应有的作用。

  第三个问题：当代文论应当研究什么样的问题？是否需要重新梳理当代文论所要着重关注和研究的基本问题？一段时间以来文论界普遍存在的焦虑情绪，突出地表现为过度追求所谓"创新"，过度强调所谓理论研究的"前沿性"。在有些人看来，过去文学理论着力研究的一些基本问题，如文学本质论、文学价值论、文学本体论、文学主体论、文学审美论，以及文学与政治、文学与道德、文学与意识形态，乃至曾经极为热烈讨论的"文学性"等问题，似乎都早已过时，没有什么可谈论的了。当代文论要追求创新，就要努力搬弄出一些前人没有谈论过的话题

---

❶ 张江：《理论中心论》，《文学评论》2016 年第 5 期。
❷ 赖大仁：《反向性强制阐释与"文学性"的消解——兼对某些文学阐释之例的评析》，《文艺争鸣》2015 年第 4 期。

来，似乎这样才能体现学术研究的前沿性。如此盲目追逐的结果，恰恰容易导致当代文论所要研究问题的迷失。应当说，理论研究要注重创新和前沿性本身并没有错，而问题在于，什么样的研究才是真正的理论创新和前沿性？在笔者看来，当代文论的创新探索主要有两种情况：一种情况是，当代文学实践得到新的发展，有许多新的问题需要提出来研究。比如，在市场经济和文化产业化条件下文学发展所面临的问题，大众文化潮流中文学发展所面临的问题，新媒体时代文学发展所面临的问题等。另一种情况是，当代文学实践的新发展，对一些文学理论基本问题提出了新的挑战，需要进行与时俱进的研究探讨，作出呼应当今时代要求的新的回答。对于如上所述一些文学理论基本问题，也许可以说，过去的理论研究所形成的一些理论观点或文学观念，或许存在某种历史局限性，可以认为已经过时了，但是这些问题本身仍然存在也并不过时。这些文学理论基本问题在新的时代条件下遇到挑战，也就成为前沿性问题；能够对这些问题作出呼应当今时代要求的新的回答，这也是一种理论创新。然而，当代中国文论界如果跟在西方文论后面，热衷于搬弄谈论一些新潮前沿的问题，如种族、性别、身份、身体、文化符号等，则会离文学问题越来越远直至没有多少关系。主张文学理论的跨界或跨学科研究不能没有前提，这个前提就是以文学为本体，是着眼对文学问题的研究，否则，对所要研究问题的迷失，也就必然导致文学理论的自我消解。当今提出"当代中国文论话语体系重建"，也理应对当代文论的基本问题进行系统梳理，确立所要研究的主要问题及相关问题，然后才谈得上有针对性的创新探索和理论重建。

第四个问题：当代文论研究的价值功能与价值目标何在？文学理论研究要向何处去？它又要将文学研究和文学实践引向何方？通常说"文学是人学"，是关乎人的生命意义和精神价值的审美活动。同样，对文学的研究包括文学理论在内，也应该是与文学的意义价值追求相一致的。当然也应该承认，文学还是一种语言艺术，它有艺术表达的文学性问题，同样，文学研究也要注重对文学性问题的研究，包括语言学、修辞学、叙事学、符号学的研究等。但是，从根本上来说，语言艺术是服从于人学与审美的，文学性也是服务于文学的生命意义和精神价值表达的，同样，对文学性问题的研究，包括语言学、修辞学、叙事学、符号学的研究在内，也应当是以阐释文学的人文意义与审美价值为前提、出发点和归宿的。然而，从西方形式主义文论研究转向开始，却把文本的"文学性"作为研究的中心，将注意力集中在语言学、修辞学、叙事学、符号学的研究上。这种偏向也在相当程度上影响了当代中国文论的走向。在一些人的观念中，文学创造就成了如何摆弄语言结构的一门"技术活"，文学研究也就主要是语言学、修辞学、叙事学、符号学的问题，文学理论成为某种专门化的"知识"，文学理论研究也被看成一种"知识生产"，如此等等。在这种理论观念的转变中，文学的人文意义和审美价值，也就在不知不觉中被淡忘或者被遮蔽了。这不仅仅是文学研究问题的误置，更是文学价值目标的迷失。从文学理论的价值功能而言，它不只是理论本身的自说自话和自娱自乐，也不是在文论系统内部的自我循环式知识生产，而是要对文学实践发生影响的理论创造活动，应当有利于促进文学实践的良性发展，导引文学在当代社会文明进步中发挥应有的作用。如果是这样，文学理论本身就需要有自己的价值信念、审美理想和文学信仰，否则，就会缺少理论应有的思想力量，也难以对文学实践起到积极促进和引导的作用。在当下文学实践本来就陷于多元混杂价值迷失的情况下，倘若文学理论不能进行积极的价值引导，反倒自身陷于价值迷误形成误导，那就是一种更大的失误。还有一个问题是，文学理论研究不只是要说明文学事实如何，更要回答文学应该如何。因此，就不能仅限于对当下文学事实作"实然"性的、"存在即合理"式的分析研究，而是有必要引入"应然"的价值维度，进行更高层次的理论观照与价值评判，建立应有的符合时代要求的文学价值理念和审美理想。在这方面，新时期初至20世纪90年代中期这个阶段，在现实主义复归论、文学审美论、文学主体论、新人文精神论、新理性精神论等理论建构中，可以明显看到这种价值目标追求。然而在20世纪90年代中期以后，这种价值目标追求则明显地弱化了。对此显然值得认真反思，并且理应在当代中国文论话语体系重建中得到重视和强化。

第五个问题：当代文论研究，特别是当代中国文论话语体系重建，是否需要一定的理论资源为依托，以及应当依托什么样的理论资源？应当说，这个问题在"失语症"和"强制阐释论"等话题的讨论中已经被凸显出来了，但是并没有得到认真的研讨和回答。从抽象的原则意义上说，中国传统文论、西方文论、马克思主义文论的理论资源无疑都是需要的，然而一旦具体化，实际上面临着很多复杂问题。中国古代和现代文论本来是我们的传统，理应得到传承，但究竟如何传承并没有得到具体落实。"失语症"问题讨论中曾提出过"中国古代文论现代转换"的命题，也得到了学界的热烈呼应，从总体上看，好像还是宏观层面上的原则性问题讨论居多，而在具体的理论观念、范式、方法、话语的层面上，如何进行现代转换，如何与当代文论研究的具体问题对接，以及如何在当下的文学研究中实际运用，似乎并没有得到切实推进。还有中国现代文论，究竟是过于移植外国文论已经"失语"了，还是在借鉴外国文论资源的基础上形成了现代文论新传统？当代文论话语重建能否完全抛开这个传统，其中有些什么样的经验教训值得总结？对这些问题文论界的看法仍然分歧很大。为什么会是这样的情况，无疑值得反思。马克思主义文论本来是极富于革命性和批判精神的理论资源，而且具有极为丰富深刻的人学价值内涵，非常有助于我们的当代文论建构。然而在当今复杂的社会文化语境中，它或者被神圣化、原则化或"指导思想化"而高高悬置，并没有把它的思想灵魂真正注入当代文论的价值理念中去；或者被一些人有意无意地贬抑排斥，或者被一些人严重误读扭曲，并没有得到真正合理而有效的阐发和运用。所有这些都容易使它陷入脱离实际的更大困境，这同样值得认真反思。❶ 在新时期以来的文论变革发展中，对西方文论的接受影响无疑是最大的，然而究竟孰得孰

---

❶ 赖大仁：《马克思主义文论研究的当代困境与理论反思》，《学术月刊》2016年第10期。

失？在当今以"强制阐释论"为命题对当代西方文论的弊端质疑批驳的背景下，对西方文论还应该怎么全面认识？其中还有没有积极可取并值得我们继续学习借鉴的东西？这是需要我们理性面对的。对于当代西方文论中那些明显给我们带来误导和不利影响的东西，学界正在进行批判清理，这无疑是必要的。但从正面的意义来看，西方文论中究竟还有哪些东西是有价值的，是可以作为理论资源在当代中国文论话语体系重建中合理地加以借鉴和吸收的？这同样有必要进行一番清理和讨论，力求能形成一定的共识。目前学界这方面的讨论显得相对比较薄弱，与对其弊端质疑批驳相比，这种建设性的清理和讨论可能难度更大，人们的顾虑和困惑也会更多，但无疑也显得更为重要。在这里，仅仅强调"批判借鉴"的抽象原则并不能解决实际问题，这也正是当下的现实矛盾之所在。

总之，只有对以上所面临的这些问题进行必要的理论反思，重新建立应有的理论自觉和理论自信，才有可能真正走出当代文论研究的当下困境，在新的理论基点上寻求新的理论重建。

原载《江西师范大学学报》2017年第4期
《新华文摘》2017年第23期全文转载
《中国社会科学文摘》2018年第1期转载
人大复印报刊资料《文艺理论》2018年第1期全文转载

当代中国文论研究的观念与方法问题

当代中国文论历经 70 年变革发展，对此我们既需要回顾也需要前瞻，既需要全面总结也需要理性反思，既需要看到成绩也需要直面所存在的问题，这样才能不断温故知新而砥砺前行，更好地担负起时代赋予我们的重要使命。对于当代中国文论，也许不能仅限于描述几十年来的发展历程和已经取得的理论成果，而是有必要提升一步，从研究观念与方法层面进行总结和反思。当代中国文论要面向未来继续创新探索，致力于建构新时代文论的话语体系，就难以回避这方面的问题。本文试提出以下几个方面至今仍争议甚大的问题来进行探讨。

一、当代文论研究对象：是否以文学为中心？

自现代文论开始建构以来，文学理论的研究对象似乎不言自明，理所当然以文学现象作为研究对象。什么是文学现象呢？就是人们的现代文学观念所认同的那些文学作品以及作家创作现象，现代以来各种中外文学史著作和文学作品选本，都是这种经典性文学现象的具体描述或呈现方式。现代以来的文学理论（特别是教材）就是以这样的文学现象作为阐释对象而建构起来的，它与上述中外文学史著作和文学作品选本形成了同构性的相互阐释关系。当代文学理论研究也是这样延续下来的，人们对此已经习以为常，并不感到这会有什么问题。

然而在新时期以来文论的变革发展中，这个看似不成问题的问题在文论界的不断反思中逐渐凸显出来。这个问题所面临的挑战主要来自以下几个方面。其一，当代文论反本质主义提出的疑问。有人认为，"文学"是一个不断建构的概念，不同时代的"文学"概念有不同的能指与所指，所以根本无法确定"文学"所指对象究竟是什么。而且从文学现象而言，所谓文学与非文学难以区分，就像杂草与作物难以区分一样，既然无法划分文学的边界，便无法确定什么是文学。如果要确切说明什么是文学，这本身就有本质主义之嫌；如果不能确定什么是文学现象（对象），那就难以对其进行研究，这就构成了一个永远无解的逻辑悖论。其二，文化研究转向形成的冲击。文化研究针对此前盛行的文本中心论过于狭隘的弊端，主张回到文学研究的历史文化语境中来，这无疑具有积极意义。但后来这种文化研究转向越走越偏，有的主张文论研究不一定要研究文学现象或文学问题，在一些所谓跨学科研究中实际上已经没有多少文学因素了，成为所谓"没有文学的文学理论"，也就是由"文学理论"变成了"理论"。其三，当代文学泛化发展带来的问题。有人认为如今文学已经完全泛化，与各种泛文化现象混而不分，没有什么纯粹的文学，而且所谓"文学性"在各类文本中都能找到，因此不必局限于所谓文学研究。还有人干脆认为当今文学已经死了，根本没有什么文学研究对象可言，如此等等。这就构成了当代文论研究中的"去文学化"现象。这种情况过去的文学理论研究没有遇到过，如今这些具有挑战性的问题已经提出来了，需要当代文论研究去面对和作出回答。

笔者以为，无论文学的内部与外部关系发生了怎样的变化，当代文论研究都应当坚持以文学为中心，否则就是名不副实。正如有学者所强调的那样："任何一种成熟的理论，都有自己确定的对象。理论依据对象而生成，没有对象就没有理论。放弃和改变对象，理论就不再是关于该对象的理论。""一个对象模糊、论域失范的学科，不可能成为有生命力的学科。对象的存在和生长是学科存在和生长的必备条件。"[1] 文学理论学科当然也是如此，过于"去文学化"，必然导致文学理论研究的自

---

[1] 张江：《理论中心论——从没有文学的"文学理论"说起》，《文学评论》2016年第5期。

我迷失。其实，上述问题有的可能属于观念迷误，有的则正是需要我们进一步思考的问题。比如，所谓文学的边界以及文学与非文学的区分界线问题，从根本上说是一种自寻烦恼的观念迷误。因为任何现象都是复杂的，任何事物的区分都是相对的，不可能像楚河汉界那样划出泾渭分明的边界，文学与其他文化现象之间显然也是如此。任何一种文学（文论）研究，都不可能也不需要事先划定好明确的边界，而往往是面对某些特定的文学现象（对象）展开，在此基础上建构相应的文学观念。要求划定明确的文学边界，并且把所有文学现象涵盖无遗，这样的文学（文论）研究恐怕永远没有人能够做到。再如关于"文学"的概念，它的能指与所指无疑都是历史地建构的，必定随时代发展而不断嬗变，不可能有永远不变的文学观念。正因为如此，才需要当代文论研究面对当代文学发展现实作出理论阐释，从而建构当今时代所需要的文学观念。因此，"文学"概念能指与所指的因时而变，并不足以构成对文学研究对象的怀疑与否定。对当代文学实践与文学形态的变异性发展，则恰恰要求当代文论对之作出应有的事实分辨与理论阐释，而不能把文学研究对象的问题模糊化、虚无化。至于所谓文学死亡的论断，则多属危言耸听，并不足以构成对文学研究对象的消解。

从中外文论史的情况来看，实际上没有哪种文学理论是可以无所不包、说明所有文学现象的。一定时代最有影响和阐释力的文学理论，往往都是基于那个时代最有创造性成就和最有特色的文学对象进行理论阐释，并且致力于建构反映那个时代文学精神的文学观念和理论形态，从而引导和促进文学实践发展。西方从古希腊《诗学》到后来的新古典主义文论、浪漫主义文论、现实主义文论，以及各种现代主义文论等，我国从古代到现代不同时期的诗文理论、小说和戏曲理论等，几乎都是如此。当今时代的文学理论研究，应当依据这种历史经验，一方面，基于当代文学的开放性和多样化发展，致力于各种专门化的文学理论研究，如网络文学理论、大众文学理论及各种文体类型的文学理论等，对某个方面的文学对象进行说明和阐释，建构相应的文学观念和理论形态，从而起到应有的理论认识和引导作用；另一方面，即使是基础性的文学理论研究，也未必要求无所不包，涵盖所有文学现象，而是应当将历代和当代的经典化文学现象作为主要阐释对象，建构当今时代所需要的文学观念和理论形态，从而起到应有的理论支撑和引导作用。如果说人们对于从古典到现代的经典化文学现象已有一定的共识，那么当代的经典化文学现象，恰恰需要我们从各种泛文学现象中去搜寻和发现，把那些更富有艺术创造性和丰厚文学品质、更能体现时代精神的文学对象发掘出来，以此为对象进行理论概括和文学阐释，重建当今时代所需要的文学观念和理论形态，应当说这是当代文论研究最重要的使命。以所谓"文学"概念说不清楚、文学对象模糊不清无法把握为理由，否定以文学为中心的研究目标，甚至走向"去文学化"，就失去了文学理论研究的基本前提，也放弃了文学理论研究的职责和使命，必然导致当代文论研究的自我迷失。

二、当代文论研究向度：向内还是向外？

文学理论研究的向度可以说是一个现代性文学理论问题。从西方文论情况来看，20世纪之前并没有所谓文学研究的内外之分，都是一种整体性和综合性的研究。进入20世纪之后，从俄国形式主义文论开始，逐步建立以文本为中心和以"文学性"为目标的理论观念与研究范式，这样一来，文学理论研究的向度就成为一个突出问题。韦勒克与沃伦合著的《文学理论》从理论上对文学的外部研究与内部研究做了明确区分，把从文学的背景、环境等外在因素出发，即从作品产生的原因去评价和诠释作品的"因果式"研究称为文学的外部研究；而把对文学作品本身的语言形式结构的研究称为文学的内部研究。虽然他们并不否认适当认识那些外部条件有助于理解文学作品，但其主导性倾向显然还是倡导和推崇文学的内部研究。[1] 实际上，20世纪上半叶的西方文学研究，

---

[1] 韦勒克、沃伦：《文学理论》，刘象愚等译，生活·读书·新知三联书店1984年版，第65、145页。

主导性趋向是走向内部研究，而西方文论在建构内部研究的文学观念、理论范式和研究方法，引导和助推这种内部研究方面，无疑起到了极大的作用。这种文本中心主义的文学研究极力排斥外部因素，把重视外部因素的观点称为起因谬说、意图谬说、感受谬说等予以否定，从而确保内部研究的纯粹性。然而物极必反，这种极端封闭性的内部研究带来了很大的弊端，于是在20世纪中后期出现向外转。后来所谓文化研究转向，不仅研究对象不限于文学作品，而且理论范式与研究方法也多从其他学科移植而来，许多以文学名义进行的研究，实际上已经失去了文学的意义。走向另一个极端的外部研究，其根本弊端在于非文学化的"强制阐释"，它从文本中心主义的"围城"中走出来，却又陷入了内外失据的尴尬境地。对这种现象西方学界多有反思，我国的文学研究也不能不引以为鉴。

我国新时期以来的文学研究，很大程度上受到西方文论影响，当然更有我们自身的特殊性。新时期之初我国文论界也曾提出过"向内转"，这样就把文学理论研究的向度问题凸显出来了。当时的"向内转"主要是针对过于强调文学反映社会生活和文学为政治服务的"他律论"文学观念，转而强调文学本身的特性和规律，重视文学的审美性、情感性、人文性、艺术性，要求从"文学是人学"的根本特性出发理解和阐释文学，重建自主性和自律论的文学观念。这种文论研究转向及其重建的文学观念，对此后一个时期整个文学研究的影响无疑是巨大而深刻的。当然，后来也出现了一些比较复杂的情况。比如，有的走向倡导纯审美论、纯艺术论，完全排斥各种外部因素对文学的干扰，极力维护文学审美的纯粹性；也有的提出审美反映论、审美创造论、审美意识形态论等，主张以文学审美为本体，内部与外部因素兼顾、自律与他律融合，稳步推进当代文学观念变革。此后当代文论研究在向内与向外或者内与外如何兼顾的问题上一直争论不断，反映了当代文论观念变革的开放性与复杂性。20世纪90年代中期以后，受西方文化研究转向影响，我国文论研究也出现了类似的"向外转"：一方面是研究对象从过去的纯文学研究走向泛文学研究；另一方面是研究范围与方法，从文学问题研究走向跨学科的泛文化问题研究。这种转向既拓宽了文学研究的范围与视野，也导致了当代文论研究陷入迷误。近一时期文论界关于"强制阐释论"的讨论，虽说是针对西方文论弊端的批判性辨识而来，但主要意义还在于引起对当代文论研究本身存在的问题进行反思，这是更值得关注和重视的方面。

总的来看，当代文论研究的确有一个向内与向外的关系问题。具体而言大致有以下两种情况。

一种情况是以"文本论"为基点的区分。所谓内部研究就是注重文本细读，对文学作品内部各种艺术要素及其关系进行细致入微的解读，达到对文学作品从语言结构艺术形式到思想情感审美意蕴的深入分析；而外部研究就是将文学作品与产生它的各种外部因素关联起来进行考察，以意逆志、知人论世，达到对文学作品完整而深刻的理解与阐释。从我国当代文论研究的实际情况来看，一方面，我们的内部研究普遍不足。虽然新时期以来出现了"向内转"现象，但并不是真正文本研究意义上的向内转，我们至今仍未建构起一套可与西方文论相比的关于文学文本研究的观念、方法、话语与范式的理论系统，因而在建构有本土特色的文学文本研究理论方面仍有不断开拓的空间。另一方面，我们对外部研究虽然一直都很重视，但往往显得比较狭隘，对文学作品与现实生活的对应性关系、与政治意识形态的功能性关系等方面强调有余，而对文学作品与社会心理、历史文化等方面的关联性研究则显得不足，同样有进一步拓展的空间。

另一种情况是以"文学论"为基点的区分。所谓"向内"就是以文学为中心的研究，"向外"则是向文学以外的领域扩展延伸的研究。其中有两个基本方面，一是涉及研究对象，向内研究坚持以文学作品、文学现象为中心，而向外研究则面向各种泛文学、泛文化现象。如果把文学对象领域想象为一个同心圆圈，虽然我们难以确切知道这个圆圈的外围边界在哪里，但至少应该明白，越是向内探究就越是接近经典性文学现象，越是接近文学的本质特性。在当今开放性研究格局中，克服过去那种过于狭小封闭的局限向外拓宽视野或许是必要的，但作为文学理论研究的主导方面，显然应当倡导向内研究，以经典性文学现象为中心，而不是相反。二是涉及研究的问题，向内研究强调以文学问题为中心，向外研究则引向文学以外的各种泛文化问题，在上述文化研究转向中有不少就属于这种情况。这里的关键在于什么是文学问题。按我们的理解，文学问题的根本与核心是人学或情学问题、美学问题、语言艺术问题。"文学是人学"是一个永恒命题，正如有学者所说，这里的人学"不是人类学、社会学、心理学和生理学那种将人当作类来研究的'人学'，不是体现在统计数、一般心理规律、生理解剖学意义上的'人学'，而是作为个体情感体验，展现人的喜怒哀乐、爱恨情仇的'人学'"[1]。美学问题与人学问题相通，要求研究文学的审美特性与规律，尤其是文学审美对于人的自由健全发展的意义，即如朱光潜所强调的，文学审美如何使人心净化、人生美化。语言艺术问题根源于文学作为语言艺术的根本特性，如修辞性、象征性、隐喻性等各种有关"文学性"的方面。当代文论应当以这些根本性文学问题为中心，对文学的各种内部与外部关系问题展开研究，特别是要研究这些根本问题在当今时代遇到的新挑战，从而更好地介入文学现实，起到文学观念的支撑作用。文学的跨学科研究有其意义，但应当以研究文学问题为基本原则，否则就不具有作为文学研究的意义价值。

三、当代文论研究基点：理论中心还是实践导向？

长期以来我国文论教科书所阐述的一个基本观念，就是认为文学理论是文学实践经验的总结，对文学实践具有理论指导作用。这个说法并不错，但问题在于，这只是一种总体性和原则性要求，并没有具体阐明究竟依据什么样的文学实践经验来进行理论总结，以及用什么样的方式

---

[1] 高建平：《文学艺术就是要传情达意》，《光明日报》2019 年 5 月 15 日。

对文学实践起到指导作用。在新时期以来文学理论观念的嬗变中，上述观念受到质疑。有人认为，文学理论不能只是为文学实践作注解，不能总是跟在文学实践后面亦步亦趋地跟进研究，而是应当超越文学实践进行理论创新，追求文学理论自身的意义价值。所谓"没有文学的文学理论"这个说法就包含这方面的意思。这样一来，当代文论研究到底应当以什么为基点，究竟是以理论为中心，还是以实践为导向，就成为让人困惑和纠结不已的问题。

这种理论观念的变化显然受到西方文论影响。与我国传统文论偏重诗意感悟和审美经验阐释不同，西方文论比较注重理性思考和理论观念建构，具有更强的理论阐释力。当代西方文论更是接连不断地创建了一套又一套的文论体系，以此介入和引导文学批评。后来的文化研究转向开启了一个理论中心、理论为王的时代，西方文论已不是一般意义上的文学理论，而是与各种学科交叉混合的大文化理论，如新历史主义、后现代主义、后殖民主义、女性主义等，它们的阐释范围和理论功能被无限放大，在文学批评中也似乎无所不能。这种理论中心主义风行一时之后，西方学界对此也产生了某种怀疑，于是就有了所谓"后理论"转向，对此前的理论中心主义现象进行某种批判反思。有些理论家提出，还是要从以前那种"大理论"回到现在的"小理论"，文学理论还是要研究具体的文学现象和文学问题。不过，无论西方文论界怎样批判反思，那种注重理论观念建构和强调理论阐释功能的特点还是一以贯之的。

当然，受西方文论影响只是一种外因，根源还在于我们的现实状况本身。实际上，20世纪90年代以来，在市场经济和大众文化兴起的背景下，文学实践的泛化发展已是不争之实，而我国传统文学理论观念难以适应这样的现实，难以对这些越来越复杂的现象作出理论解释。在文学实践创新的主导潮流下，当代文论已经跟不上这种实践创新步伐。恰在此时，西方文化研究转向及其理论中心主义观念输入进来，让文论界更加确信"没有文学的文学理论"是可以成立的，认为文学理论不必纠缠于文学实践也可能实现自己的价值。由此，当代文论研究也就更多转向了自说自话与自娱自乐，或者跟在某些西方文论话语后面加以炒作。这种情况让一些文学界人士产生反感，对此多有批评嘲讽，有人甚至提出"告别理论"的主张，对这种脱离实际的文学理论质疑，这成为"去理论化"的缘由之一。然而由于当代文论研究存在某些不足而对理论功能产生整体性的怀疑否定，这种理论虚无主义显然是不可取的。关键的问题在于，我们今天究竟应当怎样理解文学理论的特性与功能，以及文学理论与文学实践的关系？

笔者认为，中国的文论传统虽有偏重文学经验和审美感悟的长处，但文学观念和理论范式建构不足始终是一个突出问题。比较而言，西方文论虽有种种弊端，但注重理论观念建构以及理论阐释作用的长处值得我们借鉴。总体而言，文学理论有多方面的特性与功能，但其中最根本的方面，应当是通过对文学现象的研究和阐释建立基本的文学观念，为文学批评、文学研究提供必要的理论观念支撑。当代文论研究更应该有这样的自觉意识和理论追求。不少学者早有这种认识，如钱中文说："文学理论的核心问题是文学的观念问题。"❶王元骧认为，"理论科学不同于经验科学，它不是描述性、说明性的，而是反思性、批判性的，所以它的核心是一个观念的问题"，文学理论著作就是按照一定的文学观念来阐释文学现象，文学理论的创新从根本意义上说也只能从观念上求得突破。❷新时期以来文论变革创新的经验也确证了这一点。当然，重视文学理论观念建构及其理论阐释功能，并不意味着要以理论为中心，当代文论界对理论中心主义倾向的批判辨析是必要的，应当对此倾向保持必要的警惕。同时，强调当代文论的理论功能也是必要的，在这个问题上应当形成辩证的认识。

文学理论观念建构及其理论阐释功能的发挥，离不开与文学实践的

---

❶ 钱中文：《文艺理论的发展和方法更新的迫切性》，《文学评论》1984年第6期。
❷ 王元骧：《论美与人的生存》，浙江大学出版社2010年版，第334页。

关系，需要合理地认识文学理论的实践导向问题。具体而言，这里涉及理论对于实践的跟与引的关系，以及理论阐释如何处理实然与应然的关系问题。一方面，文学理论观念的建构需要通过对文学现象的说明和阐释来实现，因此它就必须"跟"，紧跟文学现象，对之进行考察。当代文论要跟踪文学实践的创新发展，目的在于对那些"实然"的文学现象、文学事实有比较切实的认识，这样才能上升到理论层面，对之进行说明和阐释。另一方面，文学理论仅仅跟在文学现象后面说明事实是远远不够的，它还有更重要的使命就是"引"，应适当超越现实，走在文学实践前面，用超越性理论思维对文学的"应然"发展加以展望，建立一个时代应有的审美理想和文学信念，从而对这个时代的文学给予必要的引导。这不仅是文学理论本身的特性与功能所在，同时也反映了文学实践发展的内在要求。上述两个方面实际上是彼此互动的。当我们在跟进文学实践进行实然性理论研究时，并不是也不可能做到对所有文学现象照单全收，消极被动地对这些文学事实加以说明，而是必然有选择性，主要对那些经典性文学现象，或者代表文学创新发展方向和体现时代精神的文学现象进行阐释，这就不能缺少"应然"的文学观念和审美理想的观照。反过来说，当我们超越现实建构应然性的审美理想和文学观念时，也必定要立足于"实然"的根基，着眼于文学实践创新的现实发展趋向，从而作出具有前瞻性的预测和展望。所以，对于文学理论的实践导向，同样需要形成辩证的认识。

四、当代文论研究路径：本质论还是知识论？

我国文论界的反本质主义讨论，充分显露出当代文论研究的观念之争，它一方面关涉对过去几十年我国文论研究的整体性认识评价，另一方面关涉当代文论研究以后的目标指向或发展方向。

从前一个方面来看，在一些学者看来，过去几十年包括新时期以来当代文论的主要问题是本质主义理论观念与思维方式，对此必须进行深刻的批判反思，如果不能走出这种理论误区，就不可能有当代文论的创造性发展。但笔者以为，如果把"本质主义"定义为一种极端僵化、形而上学和教条主义的理论模式，以此概括和整体评价过去几十年的文学理论研究，应当说是不太准确和严肃的。我们主张在进行这种历史反思时，应当把"本质主义"与"本质论"两个概念区分开来。过去的文论研究中的确部分地存在某些本质主义问题，理应进行实事求是的批判反思，但若因此认为过去的文论研究整体上是本质主义的，则言之太过，如果换个说法称为"本质论"研究，大概较为符合事实。在过去特定时代条件下，几乎所有学科研究都要受统一的哲学思想指导，形成统一的"本质论"理论观念与研究模式。其特点在于，文学理论（特别是教科书）首先要确立文学本质论的核心观念，集中阐明文学的本质特性与功能，乃至明确给文学下定义，然后根据这个文学本质论的核心观念，按照逻辑和历史的思路对文学的各种具体问题展开系统性理论阐释，建构相应的理论体系。不同的文学理论学说（教科书），由于所确立的文学本质论观念不同，便会有不同的理论体系建构。这种本质论的理论观念与研究思路自有其特点和长处，笼统地将其归结为"本质主义"加以否定排斥未免过于简单粗暴。过于激烈地反本质主义，实际上造成文学理论普遍"去本质化"，导致回避或者放弃文学本质论研究，造成文学理论的肤浅化和理论功能的普遍弱化。

　　从后一个方面来看，按照一些人的认识，既然以前的文论研究陷入了本质主义误区，那么经过反本质主义讨论的反思与清理之后，当然不应再走这样的老路，而是需要另辟蹊径，从后来的发展趋向看，便出现了一种"知识论"的探寻路径与目标指向。有学者认为，历来的文学理论都是在文学发展进程中不断建构起来的，是一种历史性和地方性的理论知识，因此可以纳入知识论的视野和谱系中进行研究。西方学界已有不少关于知识社会学、知识考古学、知识谱系学之类研究，可以为当代文论的知识论研究提供必要的经验借鉴，如有关文学理论关键词、概念史的研究就属于这种情况。这可能给了反本质主义之后陷于困境的当代文论界某种启发和鼓舞，于是有些人自觉或不自觉地走上了这条研究道路。从一些新编文论教材来看，已经很少看到关于文学本质论问题的探讨，一个明显变化是偏重按照一些文学理论基本问题来梳理和概述文论史上的各种理论知识，形成一种拼盘式或链条式的理论知识谱系。还有一些文学理论关键词研究，各种文学理论知识读本，以及关于文学理论知识学、知识生产论等研究也逐渐兴盛起来。对当代文论这种从本质论到知识论的研究转向，值得进行深入分析。

从根本上说，这种知识论研究是偏重"史"的研究类型。当然，它不同于一般文论史按照历史线索编排相关内容，而是以文学理论问题为中心汇集各种理论知识。这种研究自有其意义，能够拓宽知识视野、增强历史意识和反思性，让我们用多维的、历史的眼光认识文学理论问题，但它毕竟不能代替"论"的研究。"论"的研究之所以重要，一是因为它要求有很强的问题意识，尤其是当下问题意识，要求针对当代文论观念变革和文学实践发展所面临的前沿性问题展开研究；二是因为它还要求致力于文学观念和理论系统的建构，提出具有标识性的理论命题和理论概念，创建新的理论观念、研究方法和话语体系，体现应有的理论建构性和创新性。正因为如此，"理论"具有很强的功能性，它要回答来自理论和实践中的问题，要建构应有的文学理论观念，从而给当下文学实践、文学批评和文学研究提供必要的理论观念支撑。比较而言，把文学理论作为"知识"来看待，虽然有认知性的历史参照意义，但它的理论功能性显然不足。如果把当代文论研究过度引向"知识论"途径，难免会导致"去理论化"和"去功能化"，不利于当代文论建设发展。

就"论"的研究方面而言，文学本质论仍然是不可回避的，它具有不同于其他方面理论研究的特殊功能。首先，文学本质论旨在认识、把握文学的根本特性、功能和意义，以此为基础建立根本的文学观念。它并非某种完全抽象化的理论观念或概念，而是必然与价值论、功能论、意义论相关联，能够凸显某个时代或时期的根本问题和核心文学观念，并且把一系列文学理论基本问题凝聚起来构成一定的理论体系，从而发挥文学理论的系统性功能。文论史上各种有过重要影响的理论学说,其中都包含有某种文学本质论观念,新时期以来比较有影响的文学理论创新建构同样如此。反过来说,如果我们感到某些历史阶段的理论创造及其影响力不足,也可能与这种理论观念弱化的因素有关。对当代文论研究而言,文学本质论问题永远存在,就像文学价值论、文学功能论之类基础理论问题永远存在一样。问题只在于我们对此是否关注,以及是不是致力于研究和思考。其次,对文学本质问题的回答以及文学本质论观念是与时俱变的。因为所面对的文学对象不同,时代所提出的文学问题也已不同,应当面对新的文学对象,回答新的文学问题,从而重新建构与时代要求相适应的新的文学观念。最后,某个时代的文学本质论观念可能并不只有一种。在改革开放时代,有多种理论观念的阐释与建构,相互碰撞、相互补充、彼此呼应和形成张力关系未必不是好事,新时期以来文论的变革发展正是这样走过来的。总之,对于过去文论中存在的问题(包括本质主义方面的问题)进行批判反思是必要的,但过度"去本质化"不利于当代文论创新发展。

五、当代文论研究方法:论证、描述与阐释

正如有学者所说:"按唯物辩证的观点来看,在一切理论包括文艺理论中,观点与方法总是统一的。"❶ 还有学者说:"一般说来,理论制约着方法,方法服务于理论……不同的文学观念规定着不同的方法。"❷ 只不过在当代文论研究中,通常我们对理论观念方面的问题更为敏感,对研究方法方面的问题则可能并不那样自觉。虽然新时期之初文论界曾兴起文学研究方法问题的大讨论,但主要兴趣在于引进外国文学研究方法,而对自身研究方法问题则缺少深刻反思。任何一种文学理论的系统建构,提出某种理论观念并进行全面阐述是理所当然的,问题在于提出

---
❶ 王元骧:《读张江〈理论中心论〉所想到的》,《文学评论》2017年第6期。
❷ 钱中文:《文艺理论的发展和方法更新的迫切性》,《文学评论》1984年第6期。

这种理论观念的依据何在，以及这种理论的生成路线、推演逻辑和思维方法是否合理，这往往决定某种理论的学理性和说服力，以及阐释的有效性。当代文论研究方法大致有论证、描述与阐释三种主要类型，这里简单做些比较分析。

新时期前后较长时间里，文学理论研究中比较流行"论证"式研究方法，主要表现为"观点+例子"的论证方式，这与传统本质论研究思路和理论观念恰相适应，其中既有苏联文论的深刻影响，也与我国历史悠久的"原道、征圣、宗经"的传统相契合，因而容易得到普遍认同和应用。然而从现代学术观念来看，这样的研究方法或论证模式是值得怀疑的。首先是理论"观点"，既不是从文学对象或文学实践经验的归纳推理中生成，也不是基于文学现象的高度抽象概括与逻辑演绎生成，而是像过去的"注经"传统那样，直接把某种"圣人之言"确立为总体观点，由此推演出其他具体观点，而这些观点都被认为是具有权威性的，不能怀疑和动摇的。其次是"论证"方式。最突出的特点，一是"名言"论证，从理论上阐述这些基本观点时，注重引用中外古今著名理论家的论述作为依据，以此证明理论观点的正确性；二是"选例"论证，为了体现理论联系实际，往往也要从古今中外的文学现象和作家作品中精选一些实例进行分析，既是用理论观点来阐释文学实例，同时也是用文学实例来证实理论，达到彼此相互阐释与确证。从这种理论模式和论证方法自身的封闭系统来看，似乎具有其自洽性，然而这种论证实际上又是经不起质疑的。因为按照这种论证逻辑，同样可以找到一些与此不同甚至相左的名人之言，或者与此不合甚至相反的文学之例，来证明关于文学的理论与实践并非如此。只不过在那种惯常的论证方式中，凡是不利于这种理论建构的东西都会被过滤和遮蔽掉，积久成习，也就成了我们习以为常的思维惯性和研究方法。其实这种惯性思维和研究方法在后来各种研究中仍然普遍存在，只不过把原先的"名言"论证换成了后现代理论大师的高论，把"选例"论证的对象扩大到文化范围，对此仍然需要有足够的认识。

在文艺学反本质主义讨论中，上述理论模式和研究方法被当作本质主义弊端之一受到质疑，这是很有必要的。此后当代文论转向"知识论"研究范式，它在理论观念上是反本质论的，当然也就不存在要对某种理论观点进行"论证"的问题。它的基本观念是把文学理论看成一种历史性、地方性的学科知识，或者把文学放在多维文化关系中进行观照，从而建立一种知识系统，文学理论就是把这种关于文学的知识系统呈现出来，因此它在研究方法上的突出特点就是"描述"。在不同的理论框架中，这种描述的对象和方式可能各有不同，有的是着眼于文学现象或文学存在方式的描述，有的是着眼于文学的各种关系维度及其特性的描述，有的是着眼于文学理论知识谱系本身的描述等。总的来看，无论是哪种情况的描述，都是以某种理论知识形态使文学存在的图景得到不同方式的呈现，从这个意义上来说无疑是有价值的。但从理论功能方面来看，文学理论仅限于描述和提供某种学科知识，又显然有很大的局限性。所以有学者批评这种现象，认为有些文学理论教材只是按照某些西方文论模式，以新的方式重新编排文学理论问题，无法形成完整的理论系统，看上去更像是文学理论关键词研究，也有的只是梳理连缀历史上的文学理论知识，成为文学理论专题资料汇编，使文学理论知识反而被解构为碎片。[1] 在当代文论的"知识论"研究转向中，这方面的问题显然也是值得关注的。

近期关于"强制阐释论"的讨论，把"阐释"论研究方法问题凸显出来了。从文学理论的研究与阐释而言，关涉理论的生成路线、生成逻辑、阐释方式等问题。张江提出"强制阐释论"首先针对西方文论的理论中心主义现象，明确提出了"理论的生成路线，即理论从哪里出发，落脚于哪里"的问题。他认为理论中心论的总体倾向是："文艺理论不是从文艺经验和实践出发，而是从概念和范畴出发；概念生成概念，范畴生成范畴；理论是唯一的出发点和落脚点，理论成为研究和阐

---

[1] 章辉：《反本质主义思维与文学理论知识的生产》，《文学评论》2007年第5期。

释的中心。"❶ 这种情况在过去那种以"圣人之言"立论而加以论证的理论模式中就早已有之,只不过在后现代主义理论中显得更加突出罢了。实际上对文学理论研究而言,"阐释"也许是比"论证""描述"更值得重视的研究方法,问题只在于如何避免"强制阐释"而走向合理阐释,在这方面有待于形成当代文论研究的方法论自觉,从而推进阐释论方法研究。张江在批评"强制阐释论"的同时,相应提出了"本体阐释论"的建构性命题,大力倡导从文学实践、文学经验和文学作品出发进行研究阐释,认为文学理论应该是文学直接经验的映照和总结,"理论的成长,由感性和对表象的体验出发,经过反复归纳推理,零碎散乱的表象集合抽象为概念、范畴,再由实践多重调整校正,形成与对象本身生成及运动规律相一致的规则、范式,最终达到深入本质、把握规律的理论目的"❷。王元骧认为,提出文学理论的生成路线问题来进行讨论很有必要,但他认为理论研究只强调从具体经验出发进行归纳推理是不够的,还应通过抽象思维把握事物本质,以此为逻辑起点运用演绎推理进行理论阐释,充分"肯定演绎推理在理论建构中的重要作用"。❸ 通过这样的讨论,有助于将阐释论方法的研究不断引向深入。实际上近年来已经有一些学者在努力摆脱过去那种简单化论证模式,自觉或不自觉地走上了阐释论方法的研究探索之路,值得关注。如今更应当加强这种自觉性,把阐释论提升到文学理论研究方法论的层面上进行更深入的探讨,这对推进当代文论话语体系重建大有益处。

原载《文学评论》2020 年第 3 期
《新华文摘》2020 年第 23 期全文转载
《中国社会科学文摘》2020 年第 8 期转载

---

❶ 张江:《理论中心论——从没有文学的"文学理论"说起》,《文学评论》2016 年第 5 期。
❷ 张江:《理论中心论——从没有文学的"文学理论"说起》,《文学评论》2016 年第 5 期。
❸ 王元骧:《读张江〈理论中心论〉所想到的》,《文学评论》2017 年第 6 期。

当代文论研究：反思、调整与深化

近一时期，在西方后现代主义理论思潮影响下，在文论界关于本质主义与反本质主义论争的当下语境中，我国当代文论似乎正遭遇着茫然四顾无所适从的种种困扰。一些学界同仁主张引入和借鉴西方"反思社会学"的理论资源，从而促使当代文学理论走向自觉的理论反思与重建。[1] 这种理论自觉无疑是难能可贵也极有必要的。然而实际上，所谓理论反思也存在着"解构性"反思与"建构性"反思的分别，前者以否定批判已有理论范式为主要诉求，后者则以理论创新建设为根本旨归。当然，从理论逻辑上来说，理论反思中的解构性与建构性并不必然对立，关键在于反思者的理论立场和学术态度如何。我们认为，对于中国当代文论的变革发展而言，可能既需要质疑、批判即解构性的理论反思，更需要积极的建构性的理论反思。换言之，理论反思的根本目的，在于使根本性的理论问题呈现和明晰起来，进而使我们的研究思路、观念与方法得到调整，从而有利于将当代文论的创新探索继续深化下去。

一、当代文论变革发展之反思

数年前，笔者在对我国新时期以来文学理论研究进程进行反思时，曾表达过这样的看法，认为这三十余年来我国文学理论的变革发展，总

---

[1] 陶东风：《文学理论基本问题》"导论"，北京大学出版社2004年版；邢建昌：《理论是什么——文学理论反思研究》导言"文学理论的自觉：走向反思"，人民出版社2011年版。

体上来说是"破、引、建"三个方面相互作用共同推进的。首先是"破",即在拨乱反正、改革开放和思想解放的时代背景下,致力于破除过去各种极左僵化的文学理论观念与模式,由此带来文学理论与批评范式的大革新。其次是"引",即在对外开放的时代条件下,积极引进西方现代文学理论与批评的各种新学说、新观念、新方法、新话语,从现代主义到后现代主义的各种理论批评学说,几乎都被全方位引进,从而使我国当代文学理论批评的面貌焕然一新。最后是"建",即在上述变革发展中,力图回应社会和文学的现实发展要求,寻求当代文论的重新建构,如关于文学审美反映论、审美意识形态论、文学主体性理论、新理性文学精神论等问题的探讨,都取得了建设性的理论成果,并且产生了很大的影响。在这三十余年的变革发展进程中,"破、引、建"三者彼此交织互动,形成了新时期生机勃发的繁荣景象,显示出人们求变求新的冲动与激情。❶

也许可以说,在近一时期当代文论变革发展中,这种"破、引、建"三者交织互动的基本格局依然未变,只不过在新的时代条件下和后现代文化语境中,开始了新一轮的历史循环运动,带来了一些值得关注的新变化和新问题。

首先,就"破"的方面而言,在解构主义及后现代主义思想观念的影响作用下,文学理论界的"反本质主义"浪潮逐渐兴起并形成不小的声势,它所指向的主要目标,恰恰是新时期以来所逐步建构起来的那些有代表性的文学观念及其理论系统,如审美论或审美意识形态论的理论系统,文学主体论的理论系统,新理性精神文学论的理论系统等。从"反本质主义"者的理论立场来看,这些在破除过去政治意识形态僵化观念过程中建构起来的新观念新理论,其基本的思想观念、思维方式和理论模式仍然是"本质主义"或"逻各斯中心主义"的,虽然具体观点跟过去相比有很大的不同,但在基本的理论逻辑上则并无根本差异。

---

❶ 赖大仁:《新时期三十年文论研究》,《文学评论》2008 年第 5 期。

因此，只有从根本上破除这种"本质主义"或"逻各斯中心主义"的思想观念、思维方式和理论模式，才能进一步解放思想，推进当代文学理论的变革发展。当然，理论界也有各种不同的看法，因而引起了持续不断的争论。

其次，从"引"的方面来看。很显然，上述关于"反本质主义"理论思潮的形成，是与从国外传入的"文化研究"转向直接相关的。通常认为，西方社会从20世纪五六十年代开始形成所谓"文化研究"，它本来是一种新兴的研究文化的方式，它的主要特点是跨学科性，如人类学、社会学、历史学、人文地理学等都把各自的学科关注带入对文化的研究之中，极大地拓展了文化研究的领域。❶ 这种跨学科的"文化研究"当然也把文学研究纳入其中，或者也可以反过来说，文学研究在历经了约半个世纪的形式主义研究"自闭式"缠绕，正难乎为继急于摆脱困境之时，恰逢这样一种跨学科文化研究"收编"的机遇，于是顺理成章地发生了学界所说"文学研究"向"文化研究"转向。而这样一种理论风潮也在20世纪90年代我国市场经济改革和大众文化兴起的背景下传入，并逐渐形成气候。其实，就我国这一次的"文化研究"转向而言，除了大众消费文化兴起这一现实语境条件之外，并无其他可供借鉴的理论资源，于是就如同新时期初全方位引进西方现代文学理论批评资源一样，也差不多是把国外文化研究及各种相关理论学说，从热点问题到理论观念和学术话语等，都悉数引进介绍，从解构主义到"文学终结论"，从"反本质主义"到"日常生活审美化"，从"身体美学"到"消费美学"等，都被频频引入和大加阐释发挥张扬。其结果是，既使得这样一些后现代理论观念传播甚广，也对此前所建构起来的理论观念带来很大的挑战乃至一定程度的消解。

最后，则是"建"这个方面的问题。也许可以说，这是当代文学理

---

❶ 阿雷恩·鲍尔德温等：《文化研究导论》，陶东风等译，高等教育出版社2004年版，第3页。

论变革的新一轮历史循环运动中最为薄弱的一个方面。从当代文论界的整体情况来看，似乎人们更容易产生怀疑与"解构"的冲动，而难以燃起探究与"建构"的热情。虽然我们也注意到，在文论界关于"本质主义"与"反本质主义"的争论中，也有学者提出过"建构主义"的理论主张，认为在反思文艺学学科中的普遍主义和本质主义倾向的同时，还是应当重建文艺学的知识论基础，并且也提出了一些思路与构想。❶尽管我们也知道，即便是这种所谓"建构主义"的理论主张，其实也仍然是来自西方的"文化研究"理论，是从其中的"社会建构主义"理论以及福柯、布迪厄等人的学说中获得思想资源及其理论启示。❷当然，这种借鉴本身并没有什么不好，问题在于，我们的当代文论自身究竟应当如何建构？在什么样的理论基础上建构？围绕哪些基本问题进行建构？站在什么样的理论立场和用什么样的价值观念进行建构？这一系列问题似乎都不甚明确，更难以达成理论界的"共识"。在这种情况下，恐怕就很难取得实质性的所谓"建构"成效。现在看来，在近一时期"文化研究"转向背景下的当代文论研究，能够得到学界公认的本土化的建构性理论成果似乎并不多见，不管人们是否愿意这样挑明来说，但这毕竟是客观存在的事实。

如果说以上所述可以视为对新时期以来当代文论变革发展的"过程性"反思，那么也许有必要再推进和深化一步，进入对它的"问题性"反思。如上所述，近一时期当代文论的变革发展，总的来说可谓"破""引"有余而"建构"不足，笔者以为问题的根源也许在于：一是过多受到国外"文化研究"转向的影响，文学研究"泛化"为文化研究，作为文学理论失去了对其特定的研究对象即文学本身的关注，尤其是对当代文学实践日益疏离，因而也就失去了文学理论自身存在的理由和合

---

❶ 陶东风：《文学理论基本问题》"导论"，北京大学出版社2004年版；陶东风：《建构主义还是本质主义?》，《文艺争鸣》2009年第7期。

❷ 阿雷恩·鲍尔德温等：《文化研究导论》，陶东风等译，高等教育出版社2004年版，第142页。

法性依据。二是过多受到国外解构主义及反本质主义理论观念的影响，往往把对问题的理论性追问与探究都当作"本质主义"加以怀疑和否定，甚至干脆把关于文学的"问题"本身也当作"本质主义"的根源加以抛弃，于是当代文学理论的"问题"模糊了、遮蔽了、消失了，人们只能在所谓"文化研究"的重重迷雾中盲目摸索，既没有确定的"对象"，也没有明确的"问题"，又还能指望抓到一些什么有价值的东西呢？三是过多受到国外各种相对主义、多元主义思想观念的影响，不相信有什么确定性、实质性的东西可以把握，也不相信有什么真理性或普世性的价值存在，于是就会轻易放弃对问题应有的思考，往往会停留在表面，以对某些现象的描述、阐释代替对问题的"思考"，导致"思"的弱化与消解。四是过多受到国外所谓"知识论"思想观念的影响，自觉不自觉地把"理论"变成了"知识"，把对理论问题的追问与探究变成了所谓"知识生产"，于是作为一种理论学说应有的"理论品格"丧失了，其精神价值也在不知不觉中被淹没或消解了。此外，可能还有其他方面的问题。总之，由于上述一些问题的存在，所谓当代文论的"建构"将会如何也就可想而知。

在这种情况下，如果真要有效推进当代文论的进一步建构和创新发展，那么也就有必要在全面深刻反思的基础上，致力于廓清某些观念迷误和调整理论思路。下面笔者再谈谈这方面的思考。

二、当代文论研究思路之调整

针对上面所说近一时期文学理论变革发展中存在的问题，的确有必要在反思中调整我们的理论立场和研究思路，以适应当代文论进一步建构和创新发展的要求。按笔者的认识看法，这种理论立场和研究思路的调整至少可从以下几个方面着眼。

其一，由追逐"文化研究"回归到立足"文学研究"。

如前所说，一段时间以来，受到国外"文化研究"转向的影响，我国的文学理论或文学研究也更多"泛化"为一种文化研究，文论家们的兴趣和兴奋点，都更多放到了当今时兴的文化理论和时尚文化现象的关注上，而对文学本身的研究却越来越薄弱，与当代文学实践也越来越疏离。其原因一方面是缘于当代文学本身的变化，即它与各种大众文化现象交织混杂在一起，愈来愈成为一种"泛文学"现象；另一方面则是当今大众消费文化空前繁荣夺人眼球，而"文化研究"也正是当下的热门时髦学问，因此"跟着潮流走"抛下文学而追逐文化研究也就成为一种"明智"的选择。但由此带来的问题，一是如果文学理论不再研究文学，那么它存在的理由和合法性依据何在？二是当今时代真的无须关心文学的命运，真的不再需要文学研究了吗？

前一个问题属于文学理论自身的问题。不言而喻，任何一种学科理论，都应当有它特定的研究对象和范围，有其特定的理论命题和学科边界，当然还有它的特定功能与作用，这正是一种学科理论存在的理由和合法性依据。文学理论作为一种研究文学的特性和规律的学问，它的研究对象理应是文学存在。文学现象自古以来就存在，至今也仍然以各种方式存在和发展，虽然对于什么样的现象属于文学现象，什么样的文本属于文学文本，不同的人会有不同的认识，但是对于哪些现象可以作为文学现象来研究，以及这种研究对象的大致范围和边界，人们还是有基本共识的，由此奠定了文学理论的学科基础。不同形态的文学理论，可能会构设不同的理论框架，使用不同的理论范畴，关注特定的文学对象和研究各自的理论问题，但毕竟总是以文学现象及其文学问题作为基本的学科边界，否则就难以称得上文学理论。当然，这并不意味着文学理论要自我封闭，在当今文化语境中，适当将某些文化研究的观念与方法引入文学研究，适当拓宽文学研究的理论视野或学科边界，应当说都不成为问题。而问题在于，如果文学理论抛开文学研究不顾，转而追逐大众文化研究，从而成为一种没有确定研究对象和边界的"泛理论"，那么就必然带来其存在的理由和合法性的危机，导致文学理论的自我迷失乃至自我消解。

后一个问题关涉对于当今文化与文学现实如何认识判断。毋庸讳言，如今大众消费文化日益繁荣已是不争之实，文学的"泛化"发展本身也的确是值得关注和研究的现象。但是这种关注客观事实本身，并不意味着价值判断上的完全认同。站在理性的文化立场上看，大众消费文化的过度泛滥，以及文学随波逐流式的"泛化"发展，似乎并不是完全值得肯定的事情；对于文学的沉沦与危机冷漠对待弃之不顾，或者推波助澜任其消亡，也许都是一种不负责任的态度。这里实际上关涉一个文学信念的问题，即我们是否有理由相信：当今大众消费文化的普遍泛滥并非值得完全肯定和顺应的，当代社会仍然需要精神价值的支撑和审美情感的滋养，而文学的良性发展恰恰有利于这种价值体系建设，有利于人与社会的健全发展。因此，我们现在应当做的，不是任凭大众消费文化大潮把文学完全裹挟进去而陷入灭顶之灾，而是恰恰需要把文学从"泛文化"中凸显出来，把文学的精神价值从欲望消费的沉沦中打捞出来，并使之加以高扬。当代文学理论如果具有这种信念，就理应坚守自己的学理和价值立场，通过对当今文学现象和文学问题的研究，为大众文化时代的文学发展提供必要的理论支撑，在当代文学的良性发展中有所担当和有所作为，这也正是它的价值所在。因此，呼唤当代文学理论调整好自己的理论姿态，由追逐"文化研究"回归到"文学研究"的立场上来，无疑是十分必要的。

其二，由注重阐释现象回归到致力思考问题。

当今时代，可能人们都普遍感觉到了理论的"疲软"，现象描述阐释有余而对问题的思考不足，缺乏思想的力量和力度。文学理论方面的情况可能也是如此。究其原因可能也是两个方面的因素造成的：一方面是当今社会变革转型加快，各种社会文化现象和文学现象层出不穷纷繁复杂，各种新潮理论知识也纷至沓来目不暇接，理论家们要及时跟进加以把握殊为不易，恐怕难以停下脚步和凝聚心智来潜心思考；另一方面也可能由于如今怀疑解构之风颇盛，容易浇灭人们积极思考的热情，阻断学术探索的进路。西谚云：人类一思考，上帝就发笑。如今的现实则是：人们一思考，后现代主义和反本质主义者们便发笑。学理性思考在这个时代似乎成了很可笑的事情，于是不少人便也因此学得聪明起来，放弃对理论问题的研究思考，转向对一些常见现象的描述和阐释。只是这样一来，现实中的"问题"往往难以揭示出来，甚至还有可能更加被遮蔽起来，理论的阐释力和有效性进一步弱化，这些都是目前我们所能切实感受到的现实。

应当说，当代文学变革发展中的确出现了许多新的现象，如文学地位的边缘化、文学形态的多样化、文学生产的市场化、文学功能的娱乐化，以及文学日益被图像文化挤压和被网络文化收编，不断被大众消费文化吸附而失去自主性，从而面临着走向消亡的种种危机，等等。一段时间以来，文论界对于这样一些新出现的文学现象并不缺少关注，但很大程度上只是一种现象的描述和事实的阐释，很多情况下或许还是一种事不关己乃至幸灾乐祸式的渲染与炒作，而对其背后所存在的问题却不甚关心，缺少应有的认真深入思考，因此理论就无法不显得"疲软"。当然，现象描述和事实阐释无疑也是必要的，但显然又是远远不够的，因为仅限于此容易让人们产生一种错觉，似乎"存在即合理"，一切都是必然结果，既无须改变也无法改变，我们只能顺应接受。这是一种观念的迷误，只会导致一种犬儒主义或庸人的价值观，而不是我们这个时代应有的改革发展的积极价值观。作为理论学说，更重要的是从这些现象变化或事实背后发现和提出问题，在对问题的研究思考中提出有价值的思想见解，这样才能体现出作为理论研究所应有的阐释能力，进而充分发挥它"介入"文学现实，影响文学和社会发展进程的积极作用。

比如，对于图像文化扩张形成对文学的挑战，仅仅描述和阐释这种现象也许于事无补，更重要的是要研究其中的问题，如图像化的直观认知方式与文学性的想象感悟方式究竟有何不同？从人性发展与丰富的意义而言，它们都各自满足或作用于人的精神需求的哪些方面，为什么都是不可或缺的？文学究竟可以在哪些方面与图像文化形成互补？文学审美在何种意义上能够克服图像认知的片面性，从而在人性的健全发展与不断丰富中发挥作用？等等。对这些问题的深入思考和探讨，比只是描述现象或争论文学会不会在图像化扩张中消亡，可能会更有意义价值。❶再如文学娱乐化现象，这显然也是当今大众文化时代难以回避的问题。大众娱乐可以有很多的方式，文学当然也可以是其中的方式之一，或者反过来说，文学也自有其娱乐消费的价值功能。但问题在于，是否要把娱乐消费当作文学最主要乃至唯一的价值功能？倘若以娱乐为主要价值取向，文学显然远不及其他的娱乐形式，在这种娱乐化比拼中文学就可能真要陷于危机乃至走向消亡。然而这个社会难道就只需要娱乐，除此之外是否还需要别的精神价值？人性难道就只能沉迷于娱乐而不需要更丰富的精神追求？娱乐过度是否也会带来人性的迷失？真正富有德性和审美精神的文学，在人性的丰富发展和精神价值建构中究竟能够起到什么样的积极作用？这些问题也都比文学娱乐化现象本身更值得关注和思考。看来当代文学理论的确需要从过于追逐新潮现象中回过神来，强化"问题意识"，直面现实挑战，对那些难以回避的文学现实问题作出自己的思考和回答。

其三，由注重生产"知识"回归到努力重建"理论"。

当今文学理论界流行着一种理论"话语化"或"知识化"的现象。按有些学者的看法，后现代转折的特点之一，便是从"理论"到"话语"。"后现代以前，理论只有用理论一词才具有理论性，到后现代，理论一词反而没有了理论的本质性和普遍性，要在'理论'一词的后面加上'话语'，成为'理论话语'才能获得理论的本质性和普遍性。因而不是理论概念，而是话语概念成为后现代时代的理论形态的基础。"那么理论与话语的区别何在呢？"不妨说，概念、逻辑、体系意味着超越话语的理论，谈论、言说、随感就是非理论的话语。"❷ 这种所谓"话语化"如果换一种说法，实际上也可叫作"知识化"。如今在文学理论界可以看到一种现象，所谓"理论研究"已经不大有人提起，似乎这种

---

❶ 赖大仁：《图像化扩张与"文学性"坚守》，《文学评论》2005年第5期。
❷ 张法：《走向全球化时代的文艺理论》，安徽教育出版社2005年版，第29、35页。

说法或者观念早已过时，一些人更愿意将有关研究活动称为"知识生产"，这无疑显得更为新潮。其实这也并不仅仅是说法的不同，而的确是一种实质性的变化。一段时间以来我们可以看到，一些新编的文学理论教科书，并不注重自身的理论建构，而是在某些章节标题框架之下，罗列介绍各种中外文论知识，差不多就是一种文论知识的杂烩"大拼盘"。一些理论新著也并不注重理论系统性和逻辑性，也不追求多少研究的学理深度，往往也是在一些看似理论化的标题之下，介绍各种理论知识，引述各家各派的论述，成为一种平面化理论知识的集束式堆集。这样的"知识生产"实际上是一种"来料加工"式的机械制作，只要采集各种学科知识，引入形形色色的后现代文化理论，再糅合某些文学理论元素加以拼装组合，便可以生产出适合各种口味需求的知识拼盘，摆下一场话语盛宴。然而此类"知识生产"一旦成为一种模式和时尚，无疑将导致理论的进一步萎缩和蜕化。

正是针对这种理论危机，西方学者尼尔·路西在《理论之死》一文中提出了对于"知识化"倾向的批判性反思。文中引用卢梭的看法，"卢梭认为知识在本质上是危险的，因为它唤起我们天性上的恶习，并因此败坏我们在其他方面向善的强烈倾向。此外，没有理由认为伟大的科学发现已经导致了人类在美德方面的增进。相反，大量的事实（不包括那些没有意义的）已经证明了它们对社会来说是相当无用的"。在卢梭看来，这种偏向由来已久，"在雅典和古罗马社会的晚期，越来越多的时间被耗费在了对美学知识和科学知识的追求上，损害了社会的和谐，也损害了在伦理学上对于'同自己交谈、在激情的静默中倾听自己良心的声音'的根本关注，对卢梭而言，后者正是'真正的哲学家'"。[1] 西方学者对于"知识化"导致思想和情感迷失的这种理论反思，无疑也是值得我们借鉴的。当今是一个所谓"信息爆炸"的时代，

---

[1] 尼尔·路西：《理论之死》，任真译，阎嘉主编：《文学理论精粹读本》，中国人民大学出版社2006年版，第229-230页。

我们实际上并不缺少"知识"。但丁《神曲》开篇说"我们在丛林中迷失了方向",我们当今所应该担忧的恰恰是在生活和知识的"丛林"中迷失方向。为了避免这种迷失,就需要努力增强我们的主体性,增强我们对价值方向的辨别、判断和思考,这正是理论的功能。理论不同于一般性知识的独特品格就在于,它坚守应有的理论立场和价值信念,具有强烈的问题意识和反思精神,具有深刻的思想性和现实穿透力。真正的理论研究要求从实际问题出发,从理论与实践的结合上深入思考,对所面临的现实问题作出富有学理深度的回答,从而起到推动现实变革发展的作用。当然,在此过程中同时也实现理论自身的创新发展。对于当代文学理论的变革发展而言,如何克服这种过于追逐"知识生产"的偏向,回归到"理论重建"的根本立场上来,看来也是一个无法回避的现实问题。

三、当代文论研究探索之深化

如前所说,当代文论的变革发展经历了三十多年的曲折历程,文学理论的学科边界、研究领域和视野都不断得到拓宽,这既是一种历史性进步,同时也带来了新的问题,表现出过于"泛化"的变化趋向,容易在后现代文化语境中陷入自我迷失。因此,当代文论有必要进行自我调整,回归到文学研究的立场,注重对当下问题的思考探讨,寻求研究探索的进一步深化,从而致力于理论重建。

那么,这种深化研究探索走向理论重建的方向何在?笔者以为,在当今时代条件下,可以寻求朝着人学的方向,从人学与美学(艺术哲学)结合的向度上进行深入开掘探索。如果说以往的文学理论研究,曾经在唯物反映论和意识形态论的向度、美学或审美论的向度、社会学与文化研究的向度,以及心理学、语言学等各种向度都进行过不断探索,既取得了相当丰硕的成果,也实际上存在着较大的局限性,那么如今调整聚焦到人学的向度上来,从人学与美学的视界融合中来观照和研究文学问题,应当是一种比较切实可行的深化研究探索的路径。按笔者的认识，美学与人学本身就是可以在哲学的基础上融为一体的，或可称为人学的美学，或者是人学的文论。通常说"文学是审美的艺术"，又说"文学是人学"，那么这两者之间就必定存在着内在的必然联系。将美学与人学融合起来，从两者的视界融合中来观照和研究文学问题，既是进一步深化当代文论研究的学术路径和学理探索，更应当是将文学和文论引向"介入"现实，促进现实变革实现人与社会健全发展的现实需要和价值诉求。

具体而言，从人学与美学的视界融合中来观照和研究文学问题，可以在以下一些方面深化推进当代文论的理论建构。

首先，从最根本的意义上回答文学存在的原因、理由和根据问题，为文学的创新发展奠定深厚的理论基础。

这实际上关涉文学本体论或存在论、文学本质论、文学价值论等文学理论基本问题的深化探讨。以往的文学理论，曾分别从自然模仿论方面、生活反映论或社会认识论方面、情感表现论方面、艺术审美论方面、艺术或文化生产论方面、艺术形式本体论方面等，已经对文学存在的原因或本源问题进行了各种不同的探究。然而，这些方面的探究虽然都各有意义价值，但都还没有真正切入文学存在论的实质，没有从根本上回答文学存在的原因、理由和根据问题。在我们看来，仅仅从文学本身或一般社会学的层面来说明文学存在，都是不可能彻底的，只有深入人学层面，从人的生命活动实践的根本意义上探讨，才能得到更为深入切实的认识。

我们认为，"文学是人学"这一传统命题，正可以作为文学本体论命题，从最深层的意义来加以理解。从这个意义上看，文学的本体存在与人的本体存在就是一致的，也就是说二者具有某种意义上的同构性，因此，可以把文学存在放到人的生存发展的根基上，与人的自由自觉生命活动联系起来加以考察。从历史上看，在不同的社会历史条件下，文学曾以各种不同形态出现过，然而透过种种文学存在的表象，就文学活动的内在本性而言，可以说它正是人的生命实践活动的一种特殊方式。

马克思曾说过："艺术创造和欣赏都是人类通过艺术品来能动的现实的复现自己，从而在创造的世界中直观自身。"[1] 文学艺术创造是人的精神领域的创造活动，它一方面是对人的现实生命实践活动的复现与直观，另一方面也是人的精神本质力量（如想象、情感、意愿、理想等）的自我实现方式，这两个方面就构成了人的自由自觉生命活动的全面实现与自我确证。当然，人们在文学艺术创造中复现自己和直观自身的方式是多种多样的，可以有模仿再现的方式、自我表现的方式、想象幻想的方式、象征隐喻的方式等，不论何种方式和形态的艺术创造，本质上都是人对自身的复现与直观，都是人的本质力量的自我实现和确证。从这个基本认识出发，我们就可以在文学存在论的基础上不断追问下去，比如，文学作为人的自由自觉生命活动的产物，必定根源于人的生命活动的内在需要，那么人为什么需要文学，或者说在什么样的意义上需要文学？反过来说，文学究竟满足人们什么样的需要？文学与人的生命意义价值有什么关系？人们究竟是怎样来创造文学的？其中究竟有些什么样的内在逻辑或规律性？如此等等。换一个角度看，当然还有文学的存在方式问题，文学的存在形态问题，以及文学的基本特性问题等，都可以在这一文学本体存在与人的本体存在同根并存的逻辑链条上，展开对文学理论基本问题的追问与探究。

当然，仅仅是逻辑的展开是不够的，还需要进入历史的观照。正如人的生命活动和人的本质力量都是在实践发展的历史进程中不断展开和丰富一样，人们对于文学的需要，以及文学的创造方式、存在形态、价值功能等，也都会随着上述历史进程而不断发生变化。从认识文学变革发展的事实和原因而言，当然可以从文学本身着眼，也可以从某些社会因素着眼，但要真正深化下去，还是可以从人的现实生存与发展、人性的历史变化、人的自由解放的现实要求等方面得到更深刻的说明。如果要从这种文学变革发展的价值评判而言，也许就不能简单套用历史进化

---

[1]《马克思恩格斯全集》第46卷（上），人民出版社1979年版，第50页。

论原则，以为存在的就是合理的，发展的就是进步的，还是需要基于人与社会合理健全发展，以及"合乎人性的生活"的理念，作出应有的价值判断和理论阐释。如此看来，文学理论就永远是一个历史与现实交织互证的建构过程。当今的文学理论当然也是置于这样一个历史建构的过程之中，它可以在对当代文学变革发展与人的发展问题的理论阐释中，实现自身的创新发展并获得自我确证。

其次，从人学视野观照和阐释文学的关系，既深化对文学特性与规律的认识，也为文学"介入"现实提供充分有效的理论依据。

按照马克思主义观点，人的生活在本质上是实践的，人的生命活动实践使人成为"社会关系的总和"，人的生存发展只能在现实关系的制约或改变中实现。如前所说，文学的本体存在与人的本体存在具有某种意义上的同构性，那么，说人是关系中的存在，同时意味着文学也是一种关系中的存在，人的生命活动及其现实关系的展开维度，与文学实践活动及其关系的展开维度，也具有相当程度上的同构性。比如，从文学的内向性关系而言，这种关系在个体自我表现的维度上展开，包括文学与情感、文学与想象、文学与审美、文学与主体性、文学与价值观等。也许可以说，人的个体生命活动特别是精神活动延伸到哪里，文学敏感神经的触角就会延伸到哪里。再从文学的外向性关系而言，这种关系在人的社会实践活动的维度上展开，包括文学与生活、文学与社会历史、文学与意识形态、文学与政治、文学与道德、文学与文化、文学与教育等。同样可以说，人的社会实践活动及其现实关系延伸到哪里，文学外部关系的展开也会延伸到哪里。此外还有一层关系，即作为文学本体自身的各种内在关系，如文学与文本、文学与文体、文学与语言（符号）、文学与形式、文学与媒介等。这些关系看似属于纯文本形式问题，好像与人学无关，然而文学作品毕竟是人的创造物，任何文本形式方面的因素，都必与文学主体的审美感知与表达的方式相关，与人对语言、文体、形式等的认知把握能力相关，乃至与人的艺术想象力和创造力相关，因此仍然可以而且应该置于人学视野中来加以观照和研究。

我们知道，在以往的文学理论研究中有一种趋向，就是努力把文学从各种复杂关系中剥离出来，试图孤立地集中研究文学之所以成为文学的"文学性"何在，其重心多是落在审美或文本形式上面。从局部的意义而言，此类研究对于我们更好地认识文学的文本形式方面的特性与规律是有价值的；但从整体上来看，这种趋向又是有很大局限性和弊端的。尤其是在此过程中出现了一些极端化的理论主张，如一味倡导文学去政治化、去道德化、去意识形态化等，由这种文学观念影响到文学实践，便出现了文学疏离现实走向玩文学的偏向。有鉴于此，还是应当把文学放回到它所生存发展的关系系统，在人学视野中，从不同的关系维度，观照和阐释文学多方面的特性和规律，这既是文学理论本身的学理性和科学性要求，也是引导文学介入生活促进社会变革发展的现实要求。❶至于有人鉴于过去的教训，担心重建文学的各种关系维度，是否会使文学重新沦为某种意识形态的工具，这应当说是另外一个问题，即如何改善社会文化生态环境的问题，这本身就需要文学和文学理论积极参与。如果只是消极地回避文学的各种现实关系，好像只要不承认它就不存在，那只能说是一种"鸵鸟式"的态度，既不利于在学理上阐明问题，也不利于文学实践的良性发展。

最后，从人学视野观照和阐释文学审美问题，为文学审美实践提供积极的价值引导。

之所以要将文学审美问题单独提出来加以探讨，这主要是因为，在人们的文学观念中，审美是文学最重要的特性，有人甚至认为审美是文学的"本性"。究竟如何认识和理解审美，不仅关系到文学理论本身的学理性，同时也会影响到文学审美实践的价值导向。

我们略加反思可知，新时期以来文学变革转型的一个基本向度和路径，正是文学从过于政治意识形态化逐渐回归审美，文学理论也在文学审美特性与规律的探讨方面多有创新建构。但这种文学审美观念在后来

---

❶ 赖大仁：《文学理论要"介入"文学实践》，《文艺报》2012年8月20日。

的发展中，出现了两种值得注意的趋向：一种是审美的过度"纯化"，以为审美是纯艺术化、纯形式化的东西，要把各种社会性、思想性的因素从文学审美中"过滤"出去；另一种是审美的过度"泛化"，尤其是在大众消费文化兴起的背景下，在"日常生活审美化"的现实语境中，把各种娱乐、游戏、搞笑、快感刺激等也都当作审美因素纳入文学中来，导致文学品质和审美精神的不断滑落。也许可以说，在一些人的文学观念中，仅仅是在一般性的美学层面上，或者说是在很肤浅的"感性学"层面上，来理解所谓审美的，实际上并没有真正领悟审美精神。笔者以为，需要将文学审美问题纳入人学视野中来，从人学与美学的视界融合中来观照和阐释审美问题，才能深刻领悟应有的文学审美精神。

从人学观点看，审美是人的一种内在需要，审美意识和审美能力是人的本质力量之一。这种审美意识和审美能力在人的生命活动实践中形成和发展起来，同时人的内在审美需求也日益生长起来。在这种动力的驱动之下，便出现了人类生活中各种形式的审美活动，乃至形成越来越发达的文学艺术活动。反过来看，人类的各种审美活动，特别是作为高级形态的文学艺术审美活动，既使人的审美需要得到满足，同时也使人的精神生活得到充实，人的本质力量得到丰富发展，人性不断得到完善。具体而言，文学审美满足人的内在需要并不只有单一的意义，而是具有非常丰富的内涵，大而言之至少有以下三个层面：一是审美具有令人愉悦的特性与价值。英国学者梅内尔在谈到审美价值的本性时说，"审美的善，或有价值的艺术品的特征，是一种在适当的条件下能够提供愉悦的事物"[1]。给人提供所需要的审美愉悦，为人们的生活带来愉快，应当说是文学审美最基本的价值功能。二是审美具有令人解放的特性与价值。黑格尔最早提出审美解放的命题，认为审美具有令人解放的性质。马克思在《1844年经济学哲学手稿》中也深刻论述了审美对于人的全面解放的意义。"西马"学派理论家马尔库塞也强调说："艺术的

---

[1] H. A. 梅内尔：《审美价值的本性》，刘敏译，商务印书馆2001年版，第2页。

使命就是在所有主体性和客体性的领域中，去重新解放感性、想象和理性。"❶ 那么这就意味着，真正的审美，并不仅仅停留在精神愉悦的层面，更关乎人性的解放，以及人的全部本质力量的解放和丰富发展。三是审美具有使人超越的特性与价值。英国哲学家休谟说："美并非事物本身的属性；它仅仅存在于观照事物的心灵之中。"❷ 从这个意义上说，审美本身就具有主观性和理想化的性质，尤其是在文学艺术的审美创造中，更是体现了人们的审美升华或审美超越的愿望诉求。在马尔库塞看来，这种审美升华或审美超越，与审美批判和审美解放具有内在的一致性，"审美升华在艺术中构成肯定、妥协的成分，虽然它同时又是通向艺术的批判、否定功能的桥梁。艺术对眼前现实的超越，打碎了现存社会关系中物化了的客观性，并开启了崭新的经验层面。它造就了具有反抗性的主体性的再生。因此，以审美的升华为基础的个体，在他们的知觉、情感、判断思维中就产生了一种反升华，换句话说，产生了一种瓦解占统治地位的规范、需求和价值的力量"❸。思想家们之所以特别强调这种审美批判与审美解放、审美升华与审美超越的特性和价值，其根本之处在于，提醒人们不要陷入过于"物化"的生存现实，避免人性在这种过于"物化"的生存中异化。这无论在理论还是实践上都具有重要意义，在当今时代可能尤其如此。

在对当代文论变革发展的历史反思与当下思考探索中，我们认识感悟到，任何理论问题及其观念都不是自明的，不是可以先验预设的，而是需要在历史发展进程中进行建构的，并且也是要在解构与重构的矛盾运动中推进发展的。从这个意义上说，避免绝对化的本质主义思维方式，坚持开放性的建构主义理论观念，无疑是值得倡导的。从建构性的理论立场来看，真正意义上的文学理论建构应当是两个方面的统一，即

---

❶ 赫伯特·马尔库塞：《审美之维》，李小兵译，广西师范大学出版社2001年版，第197页。
❷ 艾·阿·瑞恰兹：《文学批评原理》，杨自伍译，百花洲文艺出版社1992年版，第164页。
❸ 赫伯特·马尔库塞：《审美之维》，李小兵译，广西师范大学出版社2001年版，第196页。

事实与价值的统一，或者说是学理与信念的统一。从事实与价值的统一而言，文学理论并不仅仅是陈述和说明文学事实，它还应当阐释缘由和作出价值判断；不仅需要告诉人们"是什么?"更需要引导人们思考"应如何?"从而寻找应有的价值方向，否则就难免陷入"一切存在即合理"的误区之中。从学理与信念的统一而言，文学理论作为一门人文科学，它既需要充分的学理性，即努力探究和揭示文学存在本身的特性和规律；同时它也是一种信念，往往寄托和表达人们对于文学的价值诉求及其审美理想。我们主张将文学理论研究置于人学基础之上，正是基于这样一种理论信念，相信文学问题在根本上是人学问题，人们的文学观念及其审美理想，必与一定的人学价值观密切相关。正因此我们也相信，朝着人学的方向，将人学与美学融合起来，从两者的视界融合中来观照和研究文学问题，也应当是当今时代条件下，深化推进当代文论的理论建构的有效途径。

原载《文艺理论研究》2013 年第 3 期

新时期三十年文论研究

一

新时期以来三十年我国文学理论的变革发展，应当说是三个方面相互作用共同推进的：一是"破"，即在拨乱反正、改革开放和思想解放的时代背景下，致力于破除过去各种极左僵化的文学观念与模式，由此带来文学理论与批评范式的大革新。二是"引"，即在对外开放的时代条件下，积极引进西方现代文学理论与批评的各种新学说、新观念、新方法、新话语，从现代主义到后现代主义，乃至西方最新潮的各种理论批评学说，几乎都被全方位引进，从而使我国当代文学理论批评的面貌焕然一新。三是"建"，即在上述变革发展中，力图回应社会和文学的现实发展要求，寻求当代文论的重新建构，如关于文学审美反映论、审美意识形态论、文学主体论、新理性文学精神论等问题的探讨，都取得了一定的理论成果。在这三十年的变革发展进程中，"破、引、建"三者彼此呼应互动，形成了新时期生机勃发的繁荣景象，显示出当今时代人们求变求新的冲动与激情。

然而，反思转型发展进程，人们又似乎觉得，"破、引、建"三者之间的推进并不平衡。比较而言，前两个方面显得更为突出，而当代文论的重新建构却显得相对不足。从整体上看，真正富有时代精神和创新性的理论建构并不多见，即便是如上所说一些影响较大的理论命题，如文学主体论、审美意识形态论、新理性文学精神论等，也仍然存在较大争议。有人甚至认为，在激烈反传统和大量引进西方文论话语的情况下，中国文论整个患了"失语症"，这意味着我们已经中断了传统，失去了创造力和自我言说的能力。这种文论传统的断裂与失落，往前可追溯到"五四"时期过激地反传统和引入西方理论，当然更严重的还是新时期以来，西方文论话语的全面输入，乃至形成独霸的局面。在他们看来，现在"这种'失语症'已经达到了如此严重的地步，以至于我们不仅在西方五花八门的时髦理论面前，只能扮演学舌鸟的角色，而且在自己传统文论的研究方面也难以取得真正有效的进展"。这种"失语"的深层原因是精神上的"失家"，是作为我们民族安身立命之本的精神性的丧失，因而丧失了精神上的创造力。❶ 正是基于上述"失语症"的分析判断，并力图克服这种病症，他们有针对性地提出了"中国古代文论现代转换"的理论主张，即通过古代文论的现代转换来实现中国当代文论的重建（以下简称"转换重建论"）。

这种理论观点及其主张，自从20世纪90年代中期提出以来，在我国文论界引发了广泛而激烈的争论，并且一直持续至今。这些争论涉及的问题大致有三：一是对我国当代文论的得失如何认识评价，问题的症结何在，是否存在"失语症"？二是如果存在"失语症"，那么又究竟是"失"的什么"语"？三是当代文论的重建究竟应当解决什么问题，走什么道路？这三个方面的问题显然又是相互关联的。由于不同学者所持守的学术理念不同，审视历史与观照现实的角度不同，因而对同样的历史进程与现实问题，就表达了各不相同的看法。

有些学者对"失语症"与"转换重建论"表示赞同和呼应，并根据自己的理解来加以论证。如张少康先生认为，近百年来我们的文艺学从理论体系到名词概念大都是搬用西方或苏联模式的，始终没有走出以"西学为体"的误区，因此必须"改弦更张"，要有我们自己的"话语"，这就必须以古代文论为母体和本根，实现古代文论的"现代转

---

❶ 曹顺庆、李思屈：《再论重建中国文论话语》，《文学评论》1997年第4期。

换"，深入研究和发掘中国古代文论的内在精神和当代价值，这是建设当代文艺学的历史必由之路。❶ 罗宗强先生认为，"失语症"问题的提出，"确实反映了面对现状寻求出路的一个很好的愿望。因它接触到当前文学理论界的要害，因此引起了热烈的响应，一时间成了热门话题"。❷ 钱中文先生避开"失语症"的判断，而对"转换重建论"给予比较审慎的呼应，认为有必要大力整理与继承古代文论遗产，使其成为一种自成理论形态、具有我国民族独创性的古代文论体系。同时也需要站在当代社会历史的高度，将具有丰富文化底蕴的我国古代文论融入当代文论之中，并在融合外国文论的基础上，激活当代文论，使之成为一种新的理论形态。❸ 季羡林先生呼吁："我们中国文论家必须改弦更张，先彻底摆脱西方文论的枷锁，回归自我，仔细检查、阐释我们几千年来使用的传统术语，在这个基础上建构我们自己的话语体系。"❹ 中国现当代文论界也对这一问题表示关注，认为中国当代文论的"失语"与"话语重建"，已经成为20世纪中国文学理论批评的一个基本问题。❺

当然也有一些学者对上述命题表示反对或质疑。蒋寅先生指出，所谓"失语症"与"转换重建论"都属于毫无意义的"伪命题"，它缘于持论者自身文化上的自卑和理论创造上的浮躁，实际上是少数人的学术炒作。而问题的实质在于，"中国当代文学理论日益与现实的文学生活、与时代的发展隔膜，在很大程度上丧失理论的发言权和解释能力，变成无对象的言说"。因此可以说，"文学理论对话中的'失语'，就决不是中国文论的失语，而只是某些学者的失语"。可以说每个时代的文学理论都是在特定的文学经验上产生的，是对既有文学经验的解释和抽象概

---

❶ 张少康：《走历史发展必由之路——论以古代文论为母体建设当代文艺学》，《文学评论》1997年第2期。

❷ 罗宗强：《古文论研究杂识》，《文艺研究》1999年第3期。

❸ 屈雅君：《变则通，通则久——"中国古代文论的现代转换"研讨会综述》，《文学评论》1997年第1期。

❹ 季羡林：《门外中外文论絮语》，《文学评论》1996年第6期。

❺ 黄曼君：《中国20世纪文学理论批评史》（下册），中国文联出版社2002年版，第819-821页。

括，当新的文学类型和文学经验产生，现有文学理论丧失解释能力时，它的变革时期就到来了。古代文论的概念、命题及其中包含的理论内容，活着的自然活着，像"意象""传神""气势"等，不存在转换的问题；而死了的就死了，诸如"比兴""温柔敦厚"之类，想转换也转换不了。❶ 郭英德先生也同样认为"转换重建论"完全是个"伪命题"，他指出，即便是在古典文学研究领域，其实根本问题也并不在于过多使用了西方话语而导致"失语"，而在于越来越严重的"私人化"倾向，"'私人化'的学术研究导致日益狭隘的学术视野，日益浅薄的学术素养，日益僵化的学术思维，日益封闭的学术心理"，这样"独语"式的言说如何能走向交往与对话，又如何能不失语呢？当今中国文论的问题，实质上并不是一个所谓"话语"问题，而是研究者的心态问题，"在我看来，'现代转换'也好，'失语'也好，都是一种漠视传统的'无根心态'的表述，是一种崇拜西学的'殖民心态'的显露。'世人都晓传统好，惟有西学忘不了'，如此而已，岂有他哉？"❷ 朱立元先生认为，"中国当代文论的问题或危机不在话语系统内部，不在所谓'失语'，而在同文艺发展现实语境的某些疏离或脱节，即在某种程度上与文艺发展现实不相适应"。按他的看法，既然"失语症"的诊断本身值得怀疑，那么针对这种诊断所开出的药方当然也就很成问题了。那种只承认古代文论传统，而全盘否定20世纪特别是"五四"以来形成的新传统的看法是值得商榷的。他明确指出，"建设新世纪文论只能立足于现当代文论新传统，而无法以中国古代文论为本根"。❸ 王志耕先生也指出，特定的话语总是在特定的语境中存在的，中国古代文论生成的语境

---

❶ 蒋寅：《如何面对古典诗学的遗产》，《粤海风》2002年第1期；蒋寅：《文学医学："失语症"诊断》，《粤海风》1998年第9-10期；蒋寅：《对"失语症"的一点反思》，《文学评论》2005年第2期；蒋寅：《就古代文论的"转换"问题答陈良运先生》，《粤海风》2003年第2期。

❷ 郭英德：《论古典文学研究的"私人化"倾向》，《文学评论》2000年第4期；郭英德：《文学传统的价值与意义》，《中国文化研究》2002年春之卷。

❸ 朱立元：《走自己的路——对于迈向21世纪的中国文论建设问题的思考》，《文学评论》2000年第3期。

已经缺失，因而它只能作为一种背景的理论模式或研究对象存在，而将其运用于当代文学的批评，则正如两种编码系统无法兼容一样，不可在同一界面上操作。正因此，当代文论的话语重建，只能说是以中华文化为母体和家园，而不可能回归古代文论。❶

对于来自文论界各个方面的这些批评意见，持"失语症"与"转换重建论"观点的学者并不接受，他们一方面毫不客气地反唇相讥，另一方面则不断著文重申自己的基本理论观点。❷曹顺庆先生自称是"失语症"的"始作俑者"，在有关著述中，他回应并评述了学界对于"失语症"的一些有代表性的反对意见，认为多数反对意见是在"误解"的基础上进行商榷的，并没有真正理解"失语症"的理论内涵。他具体阐释说，"失语症"所指的"语"主要有两个方面：一方面是意义生成和话语言说的固有文化规则，而并非古代文论的某些范畴和话语本身。他认为这种文化规则主要有二，一是以"道"为核心的意义生成和话语言说方式；二是儒家"依经立义"的意义建构方式和"解经"话语模式。另一方面是文化的"杂交优势"，即中国与西方在跨文化对话中产生理论成果的良性机制。之所以提出"失语症"与"转换重建论"，其用意在于警醒人们认识到中国文化的危机，设法引导中国文化走从"西方化"到"化西方"的转变之路，逐步寻回中国文化之骨骼血脉，在文化杂交之中，既趁势推出中国文化，又能达到理论创造的新高峰。他主张，应当从研究中外文论的异质性与变异性入手，来对待中外文论交流与对话。"通过变异，以我为主，融汇西方来重建中国文论话语，我们不但倡导中国古代文论的现代转化，也倡导'西方文论中国化'，这是中国当代文化、文论建设新的制高点。"❸ 由此可见，尽管曹顺庆等学者

---

❶ 王志耕：《"话语重建"与传统选择》，《文学评论》1998年第4期。
❷ 曹顺庆：《再说"失语症"》，《浙江大学学报》2006年第1期；曹顺庆、翁礼明：《"失语症"再陈述——兼与蒋寅教授商榷》，2005年11月，文化研究网；曹顺庆、靳义增：《论"失语症"》，《文学评论》2007年第6期。
❸ 曹顺庆、靳义增：《论"失语症"》，《文学评论》2007年第6期。

仍然坚持"失语症"与"转换重建论"的基本立场，但他们的一些观点与表述已悄然加以调整和补充修正，对问题的认识逐渐引向深入。然而他们的看法仍然值得进一步商榷和讨论。

二

总的来看，尽管由"失语症"与"转换重建论"引发的争论持续了十多年，但至今仍众说纷纭分歧甚大。笔者以为，有必要把其中的一些基本问题梳理一下，以便于进一步深入探讨。

首先，由"失语症"与"转换重建论"所引发的理论探讨与争论，并不仅仅是一个如何看待外国文论的引进，以及如何对待中国古代文论资源的问题，实际上关涉对新时期以来乃至20世纪如何认识评价我国文论转型发展，以及应当如何重建当代文论的问题。一方面，20世纪中国文论的转型发展必然有得有失，问题肯定存在。一些学者描述的"失语症"，如果是指某些客观存在的现象和问题，这当然不难理解；然而一旦简单以"失语症"来概括和诊断我国现当代文论的整体状况，则难免以偏概全评判失当；进而以此完全否定新时期以来乃至整个20世纪中国文论的转型发展，那就更难以使人认同接受，因此引发纷争便在所难免。至于他们提出"中国古代文论现代转换"的主张是否可行，以及它是否能真正有效医治"失语症"，当然也同样令人怀疑。但从另一方面看，"失语症"与"转换重建论"问题之所以引起人们的普遍关注和热烈争论，其原因也许正在于，新时期以来文学理论批评的转型发展，的确存在着如前所说"破、引、建"之间的不平衡性或片面性，其中富有中国特色的创新性理论建构明显不足。"失语症"与"转换重建论"的提出，恰好为人们全面反思新时期以来乃至整个20世纪中国文论转型发展的得失，以及进一步思考探讨当代文论的重新建构，提供了一个难得的契机。许多学者积极参与这一理论话题的讨论，但未必真正认同这个命题，更未必赞同提出者的观点，只不过是借此话题的讨论阐发自己的思考。从这个意义上说，无论"失语症"与"转换重建论"命题本身是否能够成立，它所引发的对上述问题的理论反思与学术探讨，则是值得充分重视的。

其次，如果不过分拘泥于提出者赋予"失语症"的特定含义，而是把它作为我国当代文论存在问题的代名词来理解（在一些讨论中事实上如此），那么就的确有必要追问一下：我国当代文论究竟"失"的什么"语"？如此"失语"的原因又是什么？这方面的看法显然分歧甚大。

曹顺庆等"始作俑者"所说的"失语症"，是指中国现当代文论中断了传统，失去了中国文论应有的言说方式，这不仅仅是指传统的文言文和文论范畴等表层话语被中断使用，更是指支配这些范畴的深层文化规则已经失去作用。那么是什么原因导致了这种"失语"状态呢？他们认为是在多重话语霸权的打压之下，中国传统文论话语处于边缘化状态。具体而言则在于：一是不正常的文化教育，不注重经典的学习研究；二是国人一味崇洋的殖民心态；三是学界没有充分认识中西文论的异质性而盲目套用，等等。应当说，曹顺庆先生说的这些现象都是事实，20世纪初以来（更不必说新时期以来），中国文论的确远离了古代文论的话语言说与意义生成方式，而是更多借鉴吸收了包括西方文论、俄苏文论、马克思主义文论等各种文论资源，从而转换生成现当代文论的话语言说与意义生成方式。至于为什么会如此，曹顺庆先生所分析的因素也许存在，但笔者以为，最根本的原因并不在此，而在于中国社会的现代变革转型与文化转型，其中当然也包括文学艺术的转型。

众所周知，中国古代文学以言志抒情写意的诗文为主，可称为古典表现主义文学形态；在此基础上形成发展起来的中国古代文论，也主要是诗文理论，是一种古典表现主义文论。这两者是彼此适应的，而且它们又整体上与中国古代社会形态、文化形态及社会意识形态的特性相适应。而到了20世纪，中国社会在内忧外患中开始走上现代变革转型的艰难历程，启蒙与革命成为新时代的主题。与此相适应，新时代的文学便转换为以叙事写人、认识反映生活的现实主义文学为主，即便是抒情写意性的诗文，也已大不同于古典形态的吟咏性情，而是走向诅咒现实、讴歌理想和追求个性解放，是一种全新的现代表现主义。这种现代性的文学（包括文化）形态，才有可能承担起启蒙与革命的时代使命。面对中国社会形态与文学（文化）形态的这种变化，中国古代文论形态显然难以适应这种变革转型发展的时代要求，难以对新的文学形态作出阐释。相反，倒是西方文论、马克思主义文论、俄苏文论中的诸多理论观念、范式与话语，恰恰能更切实地对这种文学现实作出批评阐释，从而有利于推动社会文化的现代转型发展。从这个意义上来说，国外各种文论和思想资源的引入，就是一种积极的"得语"，而并非消极的"失语"。也许可以说，在一个社会与文化大变革大转型的特定历史时期内，古典形态的文化及其文论被疏离乃至断裂，几乎是不可避免的命运；而富于现代性精神的外国文论被"拿来"，就成为一种合乎逻辑的选择。❶ 对于新时期思想解放与改革开放背景下，中国社会形态与文学（文化）形态的再次变革转型，以及当代文论的转型发展，也仍可作如是观，恕不赘论。

　　对于这样一种时代性的变化，"失语症"论者似乎很不理解，针对有学者表述的如下观点，"相比于中国古代文论，西方现当代文论在解释中国的现当代文学时要相对合适一些，这是因为中国的现当代文学，特别是新时期以后出现的文学，与西方现当代文学存在更多的近似性"，因此，"我们的文论重建之路恐怕更多地只能借鉴西方的理论"❷，他们很不以为然，认为强调以"当今现实"为主，但当今现实已经是西化了的现实；中国已经走了近百年的"西化"老路，是一条向西方靠拢而继续"失语"的老路❸，因此不足为据。那么这里的问题就在于，如果认为当今现实已经是"西化了的现实"，那就不仅近百年的文论是西化了的现实，而且它所阐释的对象即近百年的文学也是西化了的现实，而这种文学与文论在根源上又是与中国社会现代变革转型相适应的，那岂不

---

❶ 赖大仁：《文学批评形态论》，作家出版社2000年版，第260-262页。
❷ 陶东风：《关于中国文化"失语"与"重建"问题的再思考》，《云南大学学报》2004年第5期。
❸ 曹顺庆、靳义增：《论"失语症"》，《文学评论》2007年第6期。

意味着近百年来中国社会变革也是西化了的现实？如果要避免走这种"西化"的老路，岂不是要回到古代社会形态去？这有可能吗？社会历史发展有其必然性，退回去是不可能了。那么随之而来，"失语症"论者所提出的试图复归古代文论意义生成和话语言说的固有文化规则，就必然会遭遇与现实格格不入的尴尬与麻烦。比如，在现代思想理性已普遍建立的当代社会，古代道家那种以"道"为核心的"无中生有"的意义生成和话语言说方式，还有可能完全复活吗？再如，现代社会已经确立了启蒙主义、民主主义、马克思主义等新经典话语（意识形态），那么还有可能依古代儒家的经典理念与注释方法去"依经立义"和"解经"吗？也许"失语症"论者也意识到在当今现实条件下，要完全实现古代文论的"转换重建"是难以做到的，因此不得不调整策略，转而强调文化的"杂交优势"，主张在中国与西方的跨文化对话中进行文论重建。然而"杂交"的前提是先"杂"后"交"，没有外国文论的引入，如何谈得上"杂交"？而一旦引入外国文论又惊呼"西方化"和"失语"，岂不陷入"叶公好龙"式的悖论？应当说曹顺庆先生等人强调应处处以我为主，以中国文化为主来"化西方"，而不是处处让西方"化中国"，这显然是对的。但问题是，这有一个渐进的历史过程。在社会文化变革转型的一定历史阶段，对外国文论的引入比较粗疏而消化（即所谓"化西方"）不足，乃至出现某些"失语"现象，这可能是难以避免的，但不宜以"失语症"作为整体判断否定其历史的合理性。也许要经过一个比较漫长的消化融合过程，才有可能真正形成以我为主、中西融合的"杂交优势"，曹顺庆先生等人的期待自在情理之中，但需假以时日，难以操之过急。

实际上，我国当代文论转型发展中出现的主要问题，如果也借用"失语症"称之，则恰恰是另一种情况的"失语"，即当代文论与我国社会发展要求脱节，不能面对当代社会现实和文学现实发言，不能描述和阐释当代文学经验，在很大程度上丧失了文学理论的解释功能和批判反思精神；更进一步说，则是当代文论缺乏当下的"问题意识"，不能抓住当下社会发展与文学发展中的根本问题,不能提出富有挑战性和创新性的理论命题,不能创建富有时代精神的文学思想,不能张扬时代发展所需要的文学精神,不能以自身创造性的理论贡献有效参与社会的现代化变革发展进程,不能让人们感到它不可缺少的意义价值,那么它作为"多余的存在"就难免陷入"失语"状态。其实在近百年中国文论发展史上,不管是用什么话语言说,凡是能够提出和回答中国现实发展中的重大问题的理论,就并不让人感到"失语",如鲁迅的文学是"国民精神灯火"论,毛泽东的人民文学论和生活源泉论,新时期以来的文学主体论、新理性文学精神论,等等。而当代文论中人们所描述的诸多文论"失语"现象,又都无不与回避现实问题相关。比如曹顺庆先生所批评的那种"西化"学者,其实他们的问题并不在于用西方话语言说,而主要在于一门心思只顾照搬翻炒外国文论以显示学问获得实惠,根本不研究中国问题,不关心当代文学发展,这种现象如今仍然存在。再如有学者指出当今文学研究中越来越严重的"私人化"倾向,除了一己之兴趣,毫不关心文学发展问题,拒绝与他人交往对话,这样的自我封闭式"独语",能不失语吗?还有在市场化的背景下,一些文学理论批评干脆随波逐流,或参与文化市场炒作谋取利益,或玩理论批评游戏自娱自乐,全无"问题意识"与精神担当。人们曾一再感叹当代文学理论批评的"缺席"与"失语",问题的实质也正在于其功能性的缺失。总之,不关心、不应对、不研究解答当下社会和文学发展现实中的根本问题,才是一切所谓"失语"的总根源。

三

关于"失语症"的梳理讨论至此,问题应当比较清楚了,那么当代文论重建又该解决什么问题,走什么道路呢?笔者以为主要有以下三个方面。

第一,调整好理论立场。从"失语症"与"转换重建论"的理论主张中,我们可以明显感受到某种民族主义情绪,这在全球化和后殖民主义的时代背景下，是可以理解的。然而问题是，当代文论重建显然不宜从单纯的民族主义立场出发。如果只是因为不甘心于近百年来外国文论引入而导致中国传统文论的边缘化，因而力图夺回失去的地位和话语权，那就未免显得狭隘。站在这种立场对近百年中国文论转型发展加以否定，不仅"反对无效"，而且对真正总结经验教训也并无助益。当代文论重建还是应当站在当今时代的现代性立场，从我国社会文化及其文学发展的时代要求出发，着力于研究和回答当下社会和文学发展现实中的根本性问题，以与时俱进的理论创造，介入文学发展与社会发展现实，有效参与和推动社会的现代化变革发展进程。其中当然也包括充分重视中国文论的民族化、本土化，但这也应主要立足于现实向前看，着眼于当今民族本土文论的创新发展，而不是总是向后看，试图从古代文论传统的开掘与转换中去寻找济世良方。

第二，强化"问题意识"和理论反思精神。站在当代文论重建的现代性立场，必然会提出这样的要求。如上所述，如果说当代文论存在"失语"现象，那么主要就表现在它与现实要求脱节，缺乏当下的"问题意识"，不能抓住现实中的根本问题，不能提出有针对性的理论命题，不能创建有价值的文学思想和文学精神，丧失了作为文学理论的应有功能。笔者赞同王元骧先生的看法，文学理论不只是说明性的，而且是反思性的；它不能仅仅以说明现状为满足，还需要为我们评判现状提供一个思想原则和依据。文学理论的核心问题是一个文学观念的问题，是在观念层面上对于文学的一种理解和把握。[1] 所以当代文论的重建，应当主要是当下"问题意识"的重建，当代文学观念、文学思想和文学精神的重建。在当前，尤其是文学与理论批评中的价值观问题，更值得给予充分重视和深入探讨。

第三，以现代化为体，各种理论资源为用。近百年来中国文化（包括文学及其文论）的现代转型发展，始终回避不了这样一个现实：一方

---

[1] 王元骧：《当今文学理论研究中的三个问题》，《文学评论》2008年第1期。

面，国外文化引入打破了中国文化既有的封闭格局，将中国社会文化引上了现代转型的道路；另一方面，我们的传统文化面临挑战，如何才能延续这种民族文化传统？于是就有了"全盘西化"论、"中体西用"论和"西体中用"论等各种主张。李泽厚先生曾在"西体中用"的提法之下，作过这样的阐述：所谓"西体"就是现代化，因此也就是以现代化为"体"，以民族性为"用"。❶应当说他的"以现代化为'体'"的思想是极富启发性的。笔者试图改其意而用之，把所谓"现代化"理解为我们自己国家的现代化而不是西方的现代化，从而提出以现代化为"体"，以各种理论资源为"用"，立足现实面向未来，重建我国的当代文论（文化）形态。❷所谓以现代化为"体"，就是如上所说，从我国当代社会及其文学的现代化发展现实出发，以近百年特别是新时期以来我国文论的现代转型发展所取得的成果为基础，在对现实问题的研究探讨中建构富有现代性精神的创新理论。所谓以各种理论资源为"用"，就是说不管是中国传统文论资源，还是马克思主义文论资源，俄苏文论资源，西方古典主义、现代主义、后现代主义文论资源，只要有助于我们研究探讨现实问题，有利于当代文论的创新建构，并推动我国社会文化（文学）的健康发展，都是可以而且应该为我们所用的，不必人为地扬此抑彼。当然，正如对来自现实中的现象观照及其理论研究不能缺少批判反思精神一样，对任何理论资源的开掘、转换与利用，都不能失去应有的批判反思精神。我们的理念和目标只有一个，不是为传统而传统，不是为理论而理论，而是为了让理论介入和参与社会的现代化发展进程，推动社会的文明进步，实现人的更加合乎人性的自由全面发展。

原载《文学评论》2008年第5期

《新华文摘》2008年第23期全文转载

人大复印报刊资料《文艺理论》2008年第12期全文转载

---

❶ 李泽厚：《中国古代思想史论》，人民出版社1986年版，第317-318页。
❷ 赖大仁：《文学批评形态论》，作家出版社2000年版，第266-267页。

当代文论嬗变：知识生产与理论重建

一

近期西方理论界有一种看法，认为20世纪末以来，随着一批著名理论家如拉康、列维-斯特劳斯、阿尔都塞、巴特、福柯、威廉斯、布尔迪厄等人相继去世或退场，文化理论的黄金时代已经一去不复返，其影响也日渐式微，这就标志着开始进入"后理论"时代。又随着伊格尔顿《理论之后》等一批以"后理论"命名的著作逐渐流行，所谓"后理论"的影响也不断扩展开来。在一些人看来，就像"后现代"一样，"后理论"也并不仅仅是一个时段划分的标志，同时也意味着某种理论上的根本转向。比如，以那些理论大师为代表的现代性理论范式进一步解体走向终结；过去那种宏观性的"大理论"逐渐消退，转换成众多的、小写的"小理论"；过去那种专门化的"纯理论"（如文学理论）日益退化，转换成跨学科交叉的"杂理论"（如各种"文化研究"），等等。

在这种背景之下，传统的理论形态也悄然转型，更多呈现为一种"话语—知识"形态。有学者认为，后现代转折的特点之一，便是从"理论"到"话语"。"后现代以前，理论只有用理论一词才具有理论性，到后现代，理论一词反而没有了理论的本质性和普遍性，要在'理论'一词的后面加上'话语'，成为'理论话语'才能获得理论的本质性和普遍性。因而不是理论概念，而是话语概念成为后现代时代的理论形态的基础。"那么"理论"与"话语"的区别何在呢？"不妨说，概念、逻辑、体系意味着超越话语的理论，谈论、言说、随感就是非理论的话语。"❶ 而"理论"一旦转换成"话语"，它也就随之变身成一种"知识"，通常意义上的理论研究就转换成一种"话语言说"或"知识生产"。于是我们看到，关于"知识生产"之类的概念也就日益流行起来。

受西方后现代文化以及这种"后理论"转向的影响，近一时期我国文论界也随之发生一些变化。一是有些学者对西方"后理论"转向给予很大关注并加以介绍和研究；❷ 二是在当今的理论研究中，也有不少人自觉或不自觉地追随这种"后理论"趋向，越来越习惯或热衷于使用诸如"知识生产""知识范式""知识谱系""知识图景"之类的概念术语，这似乎意味着一种新时尚。当然，使用什么样的名词概念并不是多大的问题，更值得注意的是其背后的那种实质性的变化，在某些不知不觉的转换中，作为理论研究的一些内在特质实际上也在悄然改变，这对于当代文论显然会带来一定的影响和挑战。那么，这种转向是怎样发生的，它究竟会带来一些什么，我们应当如何认识这种现象，以及当代文论究竟何往与何为等，这些问题也许都值得我们关注和探讨。

二

从西方学界的情况来看，所谓"后理论"转向也只是一种文化表征，从根本上来说，还是根源于西方社会整体上的后现代文化转型，尤其是解构主义思想观念带来的普遍性影响，对于文学理论的影响尤为明显。

比如，解构主义瓦解了形式中心主义、文本中心主义乃至整个文学观念，从而瓦解了文学理论的前提和基础，导致文学研究向文化研究转

---

❶ 张法：《走向全球化时代的文艺理论》，安徽教育出版社2005年版，第29、35页。
❷ 周宪：《文学理论、理论与后理论》，《文学评论》2008年第5期；李西建、贺卫东：《理论之后：文学理论的知识图景与知识生产》，《陕西师范大学学报》（哲学社会科学版）2012年第2期。

向。如果说西方文论的现代转型开启了专门化的文学研究，进入20世纪以来更是聚焦到了对于"文学性"的研究，从俄国形式主义、英美新批评到结构主义等，建构了各自的理论体系，形成了以"形式""文本"为中心的研究范式，那么随着后结构主义转型，则直接指向了对这种理论体系和研究范式的解构，从语言能指符号的不确定性、文本的"互文性"到任何阅读都是"误读"等问题的提出，彻底打破了封闭性的文本观念，使形式中心主义、文本中心主义的研究范式走向解体。与此同时，随着电信时代图像文化兴起，后现代大众消费文化勃兴，文学自身不断泛化并融入后现代文化潮流之中，由此也就带来关于"文学"观念的进一步消解，传统文学研究也随之向文化研究转向，文学理论的学科边界被打破，汇入跨学科交叉互通的众声合唱之中。在这种背景下，文学理论便失去了作为独立自足的理论系统的前提基础，成为一种多元混杂中的理论话语或知识形态，文学问题虽然仍是人们经常谈论的话题之一，但系统性的理论建构已不多见。

再如，作为后现代思想基础的解构主义思想观念，基本倾向是反中心主义、反总体性、反体系性。这在德里达那里，是要彻底消解"逻各斯中心主义"，打破一切理论体系的深度结构模式及其封闭性，而更为重视一切存在的差异性、替补性、播散性等。在利奥塔那里，则是要彻底解构一切"宏大叙事"，还原为平面化、日常化的小叙事。在德勒兹和瓜塔里那里，他们的目标是要解构思想理论的"树状模型"，而重新建立"块茎模型"。在他们看来，前者是有结构、有等级、一元论和封闭性的；后者则是无结构、无等级、开放性和散漫性的，是并列和缠绕性的。对于存在不要试图去进行理性化的追根问底，而只遵循动力和欲望的非决定性的律令，让思想自由游牧从而成为一种"游牧学"。在福柯那里，他的"知识考古学"和"知识谱系学"意在引向对知识的历史考察，但他反对理想意义和无限目的论的元历史叙事，反对进行形而上学的起源论或知识的本源性研究，而是把知识归结为对于物（事实）的"陈述"，这种陈述行为实际上是一种"话语"，认为包括历史在内的各种陈述都往往是非连续性的、断裂的，由此还原为对散落性细节知识的考据式研究。如此等等，这一切集中到一点，就是力图消解理论的体系性和深度模式，还原为知识的无结构、无等级、平面性、开放性状态，从而解构形而上学的思维惯性，达致对事物的重新认识理解。这种思想观念无疑对文学理论研究也产生了直接影响，与以往形式主义文论那种严整的体系性理论建构不同，后现代文论已解体成多元无中心的"话语—知识"形态。

又如，与上述反中心主义、反体系性相联系，在对具体问题的研究中则是主张反本质主义、反普遍主义、反规律性。如果说现代性思维还是承认事物的本体性存在及其内在的规律性，相信事物的现象与本质、表层结构与深层结构之间的必然联系，只是因为我们寻找的方法不对，所以还没有很好地发现和认识它，而后现代性思维则认为，找不出来不是因为方法不对，而是因为这些所谓本质、规律和普遍性的东西根本就不存在，过去人们的那种寻找都不过是一种观念迷误。他们更相信事物是一种偶然性而非必然性的存在，要说事物或现象之间有某种联系，那也只是一种当下性、暂时性的联系。在这种思想观念的支配下，后现代主义者显然无意于去追问文学存在的本质规律性，也不打算对所谓元理论、元问题进行追根寻源式的学理性探讨，而是更多走向对某些文学现象的描述和阐释，或者谈谈如何对作品进行阅读理解，文学理论便也更多成为一种导读性的文学知识。

此外，后现代主义在解构"中心"之后，在价值论上便走向相对主义、多元主义。在这种价值观念中，既没有所谓绝对真理，也不存在所谓终极价值，一切言说都自有其理由和根据。将其应用于文学研究之中，那么就可以说，文学无所谓好坏优劣，文学经典既可以建构也可以解构；理论也无所谓是非对错，问题只在于是否有人相信和接受。既然如此，那么各种"话语"都可以自由言说和参与对话，一切"知识"都可以摆放在同一个平台上供人选择，于是理论判断便悄然隐退，而过滤了价值判断的"话语—知识"形态便被推上前台。

总的来看，正如人们通常所认为的那样，后现代美学风格的特点就是断裂、碎片、平面、拼贴、挪用、仿真、拟象等，这可以说既是后现代文化的普遍现象，也是包括文学理论在内的许多西方理论话语的基本特征。如前所说，在西方整体性的后现代转型以及"后理论"转向中，从形式主义文论到结构主义文论那种体系性的理论建构已不多见，乃至西方文论那种独立自足的理论传统也已解体，后现代文论已成为一种多元混杂中的"话语—知识"形态。如今我们所看到的一些以文学理论名义流行的论著，往往以"话语"或"知识"命名，似乎要极力与"理论"区别开来；不少论著实际上更注重各种理论知识的拼贴与汇编，在"理论"的名义下其实已经"知识化"。英国著名理论家拉曼·塞尔登接连编著了《当代文学理论导读》《文学批评理论：从柏拉图到现在》等影响甚大的著作，他敏感地注意到了西方文论界那种"反理论""反历史"的倾向，指出："解构主义和拉康派理论的许多支持者都把1968年以前所有的文学理论看做天真的'逻各斯中心主义'，因而要用后结构主义的新观点完全取代它（这显然是非历史的）。"这种后现代理论"坚持一种完全与历史切断联系的立场。这种情形非常显著地表现在'后现代主义'的论述中，后现代主义常常强调自身与以往的文化存在深刻的断裂，甚至不承认自己与刚刚过去的'现代主义'阶段的联系"。他本人试图克服这种弊端，努力建立起历史知识的连续性，将古今文论纳入一个对话的理解框架中，成为一种具有历史连续性的可以古今对话的"知识体系"。❶ 即便如此，在这里"理论"很大程度上也已经"知识化"了。

有学者形象地将当代西方文学理论和批评的面貌称为"马赛克主义"，并具体阐释说："当今西方的各种文学理论和批评不仅呈现出碎片化、杂糅、拼贴的特征，而且都极力表明自身与众不同的特色，力图成

---

❶ 拉曼·塞尔登：《文学批评理论：从柏拉图到现在》"原序"，刘象愚、陈永国等译，北京大学出版社2003年版。

为'马赛克'中的一种色彩,既不愿吸纳他者,也不愿被他者吸纳。这种各自为政的'马赛克'局面,正是极力追求'多元化'的后现代的典型特征,也是当今西方思想和文化的基本面貌。在外表上,后现代的'马赛克主义'一方面以'多元化'来对抗主流意识形态控制或操纵的'中心化';另一方面又以'碎片化'来表明自身不以建构宏大的理论体系为目的,往往只从一个特殊的角度,或者阐发一种观点,或者对传统理论进行拆解,甚至打破传统学科的边界,在跨学科、跨领域的层面上来探讨某个'专业'问题(例如'性别'问题),结果往往使文学问题溢出自身而渗透到其他领域之中。换句话说,我们现在已经很难找到'纯粹的'文学理论或批评问题了。"[1] 这种所谓"马赛克"状态,正是当代西方文论"话语—知识"形态的具体表征。

三

从我国文论界的情况来看,如前所说,受西方后现代文化以及这种"后理论"转向的影响,近一时期也随之发生一些值得注意的变化。一是随着对西方后现代理论以及近期"后理论"的不断引介和借鉴,诸如"知识生产""知识范式""知识谱系""知识图景"及"理论话语"之类概念术语已被不少人普遍接受,并作为一种新潮学术标识在文学理论研究中频繁使用,通常意义上的理论研究概念似已成为过时的东西而被逐渐淡忘。二是某些比较新潮的理论研究,也有意无意地模仿西方的"后理论"形态,在一些看似理论化的研究论题之下,其实并不研究多少实质性的理论问题(这在有些人看来似有"本质主义"之嫌),也并不注重理论的系统性和逻辑性,不追求多少研究的学理深度,而是热衷于引述各家各派的西方理论,足以显示出知识的丰富与广博,成为一种"知识生产"或"再生产"新范式。三是一些新编的文学理论教材,或类似于教科书之类的读物,并不注重自身的理论建构,而是在某些理论

---

[1] 阎嘉:《文学理论精粹读本》"导论",中国人民大学出版社2006年版,第1—2页。

框架之下，罗列介绍各种中外文论知识，成为一种平面化理论知识的集束式堆集，差不多就是一个文论知识的杂烩"大拼盘"。实际上如今的文学理论课程教学，理论性也已大为减弱，而知识性则更为凸显，文学理论作为一门人文性理论学科，越来越蜕变成一门人文精神日益弱化的知识性学科。

从历史的观点看，上述变化也并非没有一定的历史合理性。比如，相对于过去把文学理论批评仅仅当作"思想斗争工具"的极端化做法，适当让其回归"话语—知识"形态，也许是某种意义上的一种纠偏。正如拉曼·塞尔登所言，将各种不同的文论知识整合到一定的"知识体系"中，有利于形成一种比较和对话，从而克服单一话语的独断性，这未尝不是一种进步。再如，相对于过去那种"大理论"的宏大叙事，过于形而上、过于空泛而不切实际，那么适当转换成某种"小理论"，或某些具体的知识点进行比较探讨，也许会更有意义。还有，相对于过去那种纯文本论、纯形式论、纯审美论等"纯理论"研究而言，适当引入跨学科性的文化研究，似乎也有利于拓宽视野和丰富知识，这些也都不言而喻。

然而问题也许在于，从整体上来看，随着这种"后理论"转向，以及文学理论研究随之进一步向"知识生产"转型，那么就有可能走向另一个极端，从而带来一些新的问题。

首先，如果文学理论研究过于"跨学科化"，过于"越界"，就可能带来研究对象的过于泛化与迷失，导致文学理论基本问题的模糊与遮蔽。如果我们的文学理论不再以文学为研究对象，而是转而去追逐研究流行文化；不是着力于研究文学理论本身的问题，而是转而去研究各种大众文化问题，那么它就仅有文学理论之名而并无其实，甚至可以说是文学理论本身的自我消解。在这种情况下，所谓文学理论的规范化与科学性更无从谈起。

其次，如果文学理论越来越成为一种"知识生产"，有可能导致理论的进一步萎缩和蜕化。在有些人那里，理论研究一旦变成简单的"知识生产"，实际上就成为一种"来料加工"式的机械制作，只要采集各种学科知识，引入形形色色的后现代文化理论，再糅合某些文学理论元素加以拼装组合，便可以生产出适合各种口味需求的知识拼盘，摆下一场话语盛宴。这种知识拼盘看上去内容丰富多姿多彩，实际上只是一些零散化、平面化的知识堆集，在这里，作为理论研究所应有的"问题意识"和学理深度不见了，作为理论学科的有机系统性和逻辑性可能也没有了，这又还有什么理论性和科学性可言？

更为值得关注的问题也许还在于，如果将文学理论导向"知识化"而削弱其理论性，容易导致脱离现实和走向价值迷失。一般而言，理论不同于知识之处在于，理论要求从实际问题出发，从理论与实践的结合上对所面临的问题进行思考并作出回答，起到推动现实变革发展的作用，同时也实现理论自身的创新发展。如果理论研究变身为"知识生产"，就很容易导致丧失理论的思考能力和思想含量，它的理论性和科学性也必将大打折扣。西方学者尼尔·路西在《理论之死》一文中，对于"知识化"倾向进行了批判性反思，能给我们一定的启示。文中引用卢梭的看法，"卢梭认为知识在本质上是危险的，因为它唤起我们天性上的恶习，并因此败坏我们在其他方面向善的强烈倾向。此外，没有理由认为伟大的科学发现已经导致了人类在美德方面的增进。相反，大量的事实（不包括那些没有意义的）已经证明了它们对社会来说是相当无用的"。在卢梭看来，这种偏向由来已久，"在雅典和古罗马社会的晚期，越来越多的时间被耗费在了对美学知识和科学知识的追求上，损害了社会的和谐，也损害了在伦理学上对于'同自己交谈、在激情的静默中倾听自己良心的声音'的根本关注，对卢梭而言，后者正是'真正的哲学家'"。[1]在当今被称为知识信息"爆炸"的时代，我们所缺少的可能不是各种学科知识，而是应有的价值方向和思想信念，真正的理论

---

[1] 尼尔·路西：《理论之死》，任真译，阎嘉主编：《文学理论精粹读本》，中国人民大学出版社2006年版，第229-230页。

研究，包括文学理论在内，正需要在这种理论建构上有所作为。

笔者以为，我国当代文论在经历了前一时期的历史性变革发展之后，如今需要走向"正—反—合"的辩证式超越发展：既有必要克服过去那种过于意识形态化的"大理论"的弊端，也有必要克服"后理论"转向所带来的理论研究蜕变为"知识生产"的偏向，从而回归到"理论重建"的根本立场上来。而"理论重建"的应有之义，应当是知识、方法、观念三者的有机统一，这不仅对于文学理论研究是如此，而且对于文学理论教学更有必要加以强调。

从"知识论"的层面看，无疑可以把文学理论视为一种"理论话语"或"知识形态"，在一定的话语平台上将各种各样的文论知识加以呈现，使之形成相互比较与对话的场域和机制，作为理论知识的这种基础性意义不言而喻。不过问题在于，如果只是把文学理论作为一种"知识形态"来对待，仅仅在"知识论"的范围内进行重复性的知识生产或再生产，显然又是有问题的。其实作为理论形态来看，在知识的背后隐含着"方法"，而方法所针对的则是"问题"，是我们发现和思考问题的方式。任何真正的理论学说背后，往往都有某种独特的认识与阐释方法蕴含其中。对于当代文论的理论重建而言，可能也需要重视这种理论研究方法和思维方式的自觉建构，而不是仅仅在知识论的层面上，热衷于生产某些新概念、新话语，或者追求各种"话语转换"，而更应注重在方法论的意义上，即在如何更切实有效地认识阐释文学的方法与策略上下功夫。倘若再深入一步来看，作为理论形态的根本应当说是"观念"，观念决定方法、话语及其知识形态。对于文学理论来说，最重要的是对于文学的根本看法、信念和价值观。从当今的文学及其理论形态来看，最值得关注的也许正在于文学信念的缺失和价值观的迷乱，这既是一个无法回避的现实问题，因而也是当代文论重建中需要着重思考探讨的理论问题。在我们看来，文学理论的科学性与人文性，正体现在这种知识、方法、观念三者的有机统一中。

原载《杭州师范大学学报》2012 年第 6 期

文学理论的科学性与人文性问题

一、当代文论变革发展之反思

从新时期初开始，我国文学变革发展的趋向是要求"回到文学本身"，与此相适应，文学理论的变革发展也是要求"回到文学理论本身"。它所针对的是过去的文学理论过于把文学当作实现政治意识形态意图的"工具"来看待，而未能充分重视文学本身的特性和普遍规律。"回到文学理论本身"也就意味着，要求把文学作为一种艺术形态来看待，对文学的特性和普遍规律作出合乎实际的科学的理论解释，这通常被认为是当代文学理论回归"科学性"的一种不懈努力。

从新时期以来文学理论变革发展的具体进程来看，可以说呈现出这样两种基本趋向：一是努力破除过去比较僵化的文学观念，针对过去文学理论过于"政治化"或"意识形态化"的弊端，致力于在文学理论中"去政治化""去意识形态化"；与此同时，则是努力回归学科规范和学理立场，大大强化了对文学的审美特性与规律、文学的形式因素以及内部规律的研究阐释，后来在"文化研究"转向的背景下，又加强了对文学的文化特性及其规律性的探讨，力求从文学本身的特性和规律出发来重新建构当代文学理论的学科体系。二是致力于改变过去那种主要从社会学的单一视角认识和解释文学的陈旧模式，努力效仿西方文论模式，注重运用各种科学理论与方法，从美学、语言学、心理学、人类学、符号学、文化学、传播学以及信息论、系统论、控制论等多学科角度，对文学进行全方位、多层面的观照阐释，力图将文学理论建立在科学理论的基础上，使之朝着"科学化"的方向转型发展。当然，在这个过程中，我国文学理论显然大量借鉴了国外文论资源，不仅将各种观念、模式、方法和话语引入研究中，而且直接把一些国外文论知识搬用过来，用以改造既有的理论形态，这从一些颇有影响的文学理论教材或著作中不难看到这种现象。这些也都可以看作我国当代文论努力追求科学性，力求与国际文论界接轨和对话的一种表征。

从总体上来看，当代文论的变革进步是显而易见的。一是推进了文学理论的学科化建设。应当说，文学理论在我国作为一门学科来建设也经历了近百年的发展历程，从20世纪初文化教育的现代转型开始，文学理论便作为一门学科开始建设，到中华人民共和国成立后高校推广开设文学理论课程并开始进行教材建设，直至20世纪60年代前期，以蔡仪、以群主编的文学理论教材问世为标志，作为一门学科的理论体系得以初步建立。问题只在于，在当时的时代背景下，这门学科还具有较大的依附性：一方面是思想倾向上过于依附政治意识形态，另一方面是理论基础上过于依附唯物论哲学原理，而它所应有的学科自主性则比较欠缺。新时期以来，当代文学理论在拨乱反正和变革发展中，努力摆脱依附性而强化自主性，按照应有的学科规范性要求，寻求重建其学科理论体系，虽然这种建构还未必令人满意，但毕竟有了比较大的推进。二是拓展了文学理论的学术视野。如前所说，过去的文学理论视角比较单一，差不多就是从哲学反映论和文学社会学的范围内说明阐释文学问题，其视野有很大的局限性。新时期以来文学理论的变革与创新，其主要表现之一，就是努力将其他各种理论视角和理论资源引入进来，从多方面、多层面和多角度、多维度对文学加以观照和说明，从而不断拓展文学理论的学术视野，明显提高了文学理论的阐释能力。三是丰富了文学理论的学理内涵。如果说过去的文学理论主要是着眼于文学的外部关系，重在阐述文学的表层特性和外部规律，那么，新时期以来的文学理论建设，显然自觉加强了对于文学内在特性和内部规律的研究探讨，既丰富了文学理论的学理内涵，也将文学理论研究不断引向深入。

如上所述，当代文学理论的变革进步，无疑是当代文学理论寻求回归自身，不断追求科学性的一种不懈努力，它的成效及意义不言而喻。但是，在此过程中仍然存在一些难以忽视的问题，尤其是在近一时期文学理论所面临的新一轮变革当中，一些内在矛盾和问题更加凸显出来。比如，在一些看似追求强化文学理论"科学化"的努力中，实际上并不符合其科学性本身的内在要求，有的恰恰是对文学理论的科学性带来某种新的危机和挑战，成为一种悖论式的矛盾现象。再者，在强调和追求文学理论科学性的时候，有意或无意地忽视或遮蔽了它的人文性的一面，造成其科学性与人文性的失衡乃至分裂，由此带来文学理论功能的弱化及其对文学实践的不利影响。在当今的时代条件下，我们究竟应当怎样来理解文学理论的科学性与人文性以及两者之间的关系，既是一个值得重视的理论问题，也是一个无可回避的现实问题，有必要对此进行研究探讨。

二、关于文学理论的科学性问题

如前所说，经过近百年现代学术转型和理论建设，文学理论在我国当代学科体制中形成一门独立的学科已是不争之实。既然是一门独立学科（科学），那么当然就有其科学性的必然要求。

按通常看法，所谓科学是反映自然、社会、思维等客观规律的知识体系，它是人们"以理性的手段对确定的对象进行客观、准确认识的活动及其成果"[1]。科学可以说是理性和严密性的化身，而科学性的基本要求是客观、理性、严密，建构系统化的理论知识。当然，不同学科的科学性会有不同的特点和具体要求，对于人文社会科学而言，显然不能用自然科学的那种科学性来要求它，但是，既然是一门学科（科学），就应当对它的科学性有恰当的定位。那么，文学理论作为一门人文学科（科学），我们如何来理解它的科学性？或者说它究竟是一种什么意义上

---

[1] 肖峰：《科学精神与人文精神》，中国人民大学出版社1994年版，第11页。

的科学性？按笔者的理解，大概主要有以下几个方面。

一是学科的规范性。既然是一门理论学科，就应当有作为理论学科（科学）的规范要求，包括这门学科特定的研究对象、研究范围和学科边界，它的主要理论命题和基本理论问题，而这些理论命题和问题应当是这个学科所独有的，是别的学科问题所不可取代的。文学理论是一种研究文学的特性和规律的学问，它的研究对象便是文学存在。文学是一种自古以来就存在的现象，至今也仍然是客观存在着的社会现象，尽管对于什么样的现象属于文学现象，什么样的文本属于文学文本历来都有不同的认识，但是对于哪些现象可以作为文学现象来研究，以及这种研究对象的大致范围和边界，文学理论界还是有基本共识的，由此而奠定了文学理论的学科基础。在此前提下，对于文学存在的研究大而言之可有两个大的方面：一方面研究文学是一种什么样的存在。比如，文学的存在方式问题，即文学是以什么样方式存在的；文学的存在形态问题，即文学究竟有些什么样的存在形态；以及文学的特性问题，即文学区别于其他事物的根本特点何在，如此等等。另一方面则是研究文学为什么存在，即文学存在的理由和根据问题。文学作为一种人类文化现象，是人所创造出来的东西，那么，人为什么要创造文学？人在什么意义上需要文学从而创造了文学？文学究竟满足人们什么样的需要？文学与人的生命意义价值有什么关系？人们究竟是怎样来创造文学的？其中有些什么样的内在逻辑或规律性？如此等等。这两方面的问题，前者关涉对于文学存在本身特点的认识，后者关涉对于文学存在目的性的认识。上述追问便构成文学理论的主要命题和基本问题。作为科学的文学理论，不管研究者构设什么样的理论框架，使用什么样的理论范畴，都需要按照学科本身的规范要求，对这些主要命题和基本问题作出合乎实际的理论解释，否则，就很难说是具有科学性的。

二是理论的体系性。科学性的要求和具体体现之一，便是学科理论的体系性。黑格尔曾经说过："哲学若没有体系，就不能成为科学。"[1]

---

[1] 黑格尔：《小逻辑》，贺麟译，商务印书馆1980年版，第56页。

不仅哲学如此，其他理论性学科也理应如此。文学理论作为一门理论学科也应当致力于建构自身科学的理论体系。当然，这种科学的理论体系并不是先验地预设形成的，而是研究者在对研究对象的认识把握中不断进行建构的过程。在笔者看来，理论体系的形成实际上是发现与建构的统一。一方面，客观事物或对象世界本身就可能存在着某些外在或内在的相互联系，存在着这个对象世界系统本身的某种秩序和规律性，研究者需要用自己的慧眼去"发现"这些联系、秩序和规律性，从而用理论的方式加以概括和阐述。另一方面，如果说对象世界本身并不总是那么有序或具有必然规律性（与自然界相比，人类社会现象更复杂多变，难以认识把握），那么，理论的基本要求之一，便是需要研究者借助已知去把握未知，通过理论思维给看似无序的对象世界建构起一种联系和秩序，使其能够在我们现有的认知能力范围内得到说明和解释，从而尽可能缩小我们认识上的盲区和避免实践上的盲目性，这就是理论的"建构"功能。就具体的理论体系建构而言，笔者以为首先应当确立本学科的主要命题和基本问题，然后围绕这些主要命题和基本问题构设该学科的理论体系框架，在此基础上紧扣这些主要命题和基本问题，按照逻辑的和历史的结构关系展开研究，寻求答案进行理论阐释，从而形成比较完整的理论体系。当然，由于学科理论体系很大程度上是人们"建构"起来的，这就难以避免其局限性，随着认识的进步和深入，显然还需要不断调整和完善。还有就是，理论体系的建构本身也容易陷入悖论式处境：一方面，理论的学科化（科学化）必然要求建立理论体系，否则就很难称得上是科学；另一方面，理论一旦体系化便成为某种原理，成为一种元理论、元叙事，这样又容易造成封闭性和思想束缚，因此就需要对理论体系的封闭与僵化保持必要的警惕，有时甚至要打破原有的体系结构加以重构。也许可以说，理论体系的解构与重构的矛盾运动，也正是理论科学化的一种必然要求。

三是研究的学理性。人文社会科学研究与自然科学研究的不同之处在于，它比较容易受到各种主客观因素的干扰和影响，因此强调其理论研究的学理性就显得非常重要。如果说在人文社会科学研究领域不好轻言真理性，那么要求注重学理性是理所当然的，学理性正是其科学性的具体体现。笔者以为，文学理论研究的学理性应当包括以下要求：第一，摆脱和避免各种非学术因素的干扰，坚守理论研究所应有的学理立场。第二，保持对问题本身的学理审视态度，就是说，所提出来研究的理论命题和问题是经过学理考量的，这些问题本身来自文学现实，的确是值得研究探讨的真问题而不是伪问题。第三，对这些理论命题和问题的研究，能够遵循科学的思想方法，注重科学的提问方式及入思方式，充分考虑问题形成的历史语境、问题展开的逻辑结构关系，以及问题所关涉的不同维度，力求给予比较富于学理性、比较科学的理论解释。当然，人文社会科学包括文学理论中的许多问题都是历史性的，是在历史发展进程中形成和展开，也需要在历史过程中来深化研究，未必有什么最终答案，因此我们也不必奢望得到一个最后结论。但富有学理性的理论，总是能够不断接近对文学现实本身的认识，从而确证其科学性。第四，在对问题的研究中，有一个处理个人见解与学术共识的关系问题。一方面，学术研究的可贵之处在于有个人的独到见解和理论创新，这不言而喻；另一方面，也需要避免个人的主观随意性和好恶偏见。换言之，我们在理论研究中坚持个人"见识"是重要的，但也应当懂得尊重理论"常识"和注重学界"共识"，这样才能保证一切学术对话和讨论，都建立在学理性和科学性的平台上，共同推动学科发展和理论进步。第五，理论研究中的反思性，也应当说是其学理性、科学性的必然要求。在伊格尔顿看来，这种自我反省正是理论的基本品格，他在谈到西方人文学科的现状时说，"它如还想继续生存，停下脚步反省自己的目的和担当的责任就至关重要。正是这种批评性的自我反省，我们称它为理论"[1]。当然，这种反思既包括学科本身的反思，也包括研究者的自我反思，应当说这两个方面的反思都是必要的。只有经常保持这种清醒的反省意识，随时校正理论研究中可能出现的偏误，才能避免在不自觉

---

[1] 特里·伊格尔顿：《理论之后》，商正译，商务印书馆2009年版，第27页。

中陷入误区而背离学理性或科学性。

四是理论的实践性。有人把实践性视为文学理论的外在要求,而笔者认为这理应是它的内在品格,是其科学性的现实表征之一。应当说,真正的科学理论应当既能够说明实践,又能够能动地作用于实践甚至指导实践,影响实践的积极发展,同时理论自身也要在实践中接受检验,从而使理论与实践形成良好的互动关系。特别是在人文社会科学领域,如果理论脱离实践,不能对实践起到积极的影响作用,那就很难说得上是具有科学性的理论。就文学理论而言,虽然它不一定非要从具体的文学事实和实践经验中概括总结出来,但它应当能够说明解释文学现象与经验事实,能够介入文学实践从而发生影响作用,否则它就充其量只是一堆"知识"而不是"理论"。知识与理论的区别就在于:知识是抽象化、平面化、书本化和被悬置了的东西,宛若风干了的陈年干果,有如词典之类工具书上的客观介绍;而理论则是根植于生活实践的土壤,富有思想和生命活力,它总是力图"介入"现实、"干预"生活,因而时时与生活实践保持某种紧张(张力)关系,以理论的特有方式对生活实践产生现实的影响作用。这样的理论才是有意义的,才有科学性品格可言。

上述关于文学理论科学性的认识显然还是不完全的。然而仅就以上认识来反观当今文学理论的变革,可以发现其中存在着的一些问题。一方面,理论界有些人基于对以往文学理论"学科化"建设的不满,努力寻求破除过去的理论观念和学科体系,致力于引进国外的最新理论模式和话语,力图重建更为"科学化"的理论形态;另一方面,某些看似追求文学理论"科学化"的努力,却恰恰容易导致对其科学性的悖反与消解,值得我们关注和思考。

比如,其一,在近一时期的"文化研究"转向中,文学理论研究的"越界"和"跨学科化"成为一种新的时尚,这从一方面来说有利于拓展理论研究视野;从另一方面来说,则又带来了研究对象的泛化与迷失,文学理论基本问题的模糊与遮蔽。如果我们的文学理论不再以文学为研究对象，而是去追逐研究流行文化；不是着力于研究文学理论本身的问题，而是去研究各种大众文化问题，那么它又何以成为文学理论，更何谈文学理论的规范化与科学性？在"文学理论"的名义下所发生的这一切，岂不恰恰是对文学理论本身的弱化与消解？其二，在当今的后现代语境下，文学理论界也比较流行反体系化、反中心主义、反本质主义等，一些文学理论命题和问题频遭质疑，文学理论的学科体系性面临着被过度解构的危机。如前所说，学科理论建设的确容易陷入两难困境，理论的学科化要求建构理论体系，而学科理论体系的建立又难免造成封闭与僵化，因此，对学科理论体系保持一定的解构性反思无疑是必要的。但是，解构性反思只是保证科学不陷入封闭与僵化的必要手段，它本身并不是目的。理论研究的目的无论如何都在于积极建构，因此它还需要建构性反思，通过解构与重构之间的矛盾运动，达到推进学科理论体系建设的目的。如果将解构主义普遍化和绝对化，导致文学理论学科体系的过度解构，显然也是违背基本的科学精神的。其三，与上述理论研究转向相关，当今文学理论界存在一种理论"话语化"或"知识化"，以及知识"拼盘化"的现象。按有的学者的看法，后现代转折的特点之一，便是从"理论"到"话语"。"后现代以前，理论只有用理论一词才具有理论性，到后现代，理论一词反而没有了理论的本质性和普遍性，要在'理论'一词的后面加上'话语'，成为'理论话语'才能获得理论的本质性和普遍性。因而不是理论概念，而是话语概念成为后现代时代的理论形态的基础。"那么理论与话语的区别何在呢？"不妨说，概念、逻辑、体系意味着超越话语的理论，谈论、言说、随感就是非理论的话语。"[1] 这与上面所说的反体系化、反中心化趋向是一致的。"理论"一旦解体成"话语"，它也就成为一堆零散的理论"知识"。于是我们看到，一段时间以来不少文学理论教科书或理论著作，往往成为各种国外文论知识的杂烩拼盘。在这里，理论的有机系统性和逻辑性没有了，研究问题的学理深度也不见了，所能看到的只是一些平面化的知

---

[1] 张法：《走向全球化时代的文艺理论》，安徽教育出版社2005年版，第29、35页。

识堆集。然而这样零散堆集起来的拼盘式理论"知识",又究竟有多少科学性可言呢?其四,理论"知识化"带来的一个直接后果,便是在有些人那里,文学理论变成了简单的"知识生产",而不是真正的理论研究。二者的区别在于:"知识生产"可以是一种"来料加工"式的机械制作,采集各种学科知识,引入形形色色的后现代文化理论,再糅合某些文学理论元素,加以拼装组合,便可以生产出适合各种口味需求的知识拼盘;而理论研究则无疑要求从"问题"出发,从理论与实践的结合上对本学科面临的现实问题作出回答,起到推动现实变革发展的作用,同时也实现理论自身的创新发展。如果理论研究变身为"知识生产",就很容易导致脱离文学现实和社会现实,丧失现实关怀精神,丧失理论的思考能力和思想含量,它的理论性和科学性也必将大打折扣。应当说上述问题在我们当今的文学理论研究中仍不同程度地存在,如果不能得到应有的重视和有效的克服,那么要增强文学理论研究的科学性就只会是一句空话。

三、关于文学理论的人文性问题

一段时间以来,对于文学理论究竟属于社会科学还是人文学科的问题,理论界似乎有不同认识。有人认为文学理论(或文艺学)应当归属于社会科学,因为文学是一种社会现象,应当从社会结构关系进行研究和说明。如此强调的目的在于,避免像过去那样过于随意地将文学当作政治意识形态或别的什么现象看待,避免理论研究过于受到某些主观化的思想观念的影响,从而强化文学理论研究的科学性。还有一个原因就是,西方文论从20世纪初的形式主义转型到后来的文化研究转向,都更多体现出科学主义的倾向,以为只有顺应这种全球化潮流才能增强文学理论的科学性。当然,在我国的文化语境中,不少人还是认为,文学理论应当归属于人文学科。笔者以为,文学理论既是社会科学,也是人文科学,二者并不矛盾。从社会科学的角度看,文学的确是一种社会现象,与其他社会存在和社会现象相互交织,有必要把它作为社会现象来研究，揭示它的社会性质及其规律性。而从人文学科的角度来看，它显然与别的社会科学如经济学、政治学、社会学等不同，无论是它所研究的文学现象，还是文学理论研究本身，都直接关乎人的精神生活和人的内心世界，关乎对于人生、人性以及人的生命意义价值的感悟和理解。通常说"文学是人学"，而作为研究文学的理论学说，它也必然具有"人学"特性或人文性特征。

看来问题并不在于如何进行学科归类，而在于如何理解文学理论的科学性与人文性的关系，以及对科学性与人文性本身如何认识。关于科学性的问题我们前面已讨论过，这里拟对另两个问题加以探讨。

第一个问题，关于文学理论的科学性与人文性的关系问题。

有学者曾对科学与人文的不同视野进行比较，认为二者存在着"排我"与"融我"、情感中立与偏向、透视与感悟、多用概念与偏于形象、显示智力与表现智慧等区别。[1] 也就是说，科学是强调客观性而排斥主观性的，它只关注"是什么"即存在的事实性，注重对于事物之"物性"的探求，而无关乎价值判断。反过来说，只有尽可能排除主观因素的介入，才能最大化地保持研究的客观性与科学性。这样的要求对于自然科学来说也许是能够成立的，而对于社会科学来说是否切合实际？即它怎么可能做到只描述现象与事实，对此却不作说明和阐释，完全排除价值判断与分析？或者说它如果这样做到了，那么这样的社会科学研究又还有多少意义可言？社会科学研究如此，人文学科研究就更不言而喻，它关乎对于人的生存状态及其生命意义价值的认识，必定关涉"是什么"与"应如何"两个方面的问题，前者关乎事实分析，后者关乎价值判断，在这里，人文性显然是不可或缺的。毫无疑问，作为科学研究当然不能放弃科学性要求，但对于人文社会科学来说，其科学性应当是体现在如上所述的学科的规范性、理论的体系性、研究的学理性、理论的实践性，以及严谨的态度和科学的方法等方面，而不是要把价值判断和人性关怀等人文性因素排除出去。进而言之，在笔者看来，人文社会

---

[1] 肖峰：《科学精神与人文精神》，中国人民大学出版社 1994 年版，第 25—34 页。

科学中的科学性与人文性甚至是可以相互包含的。比如，研究的学理性和科学性的基本要求，就是要尊重事实从事实出发，而由人的生活实践构成的各种社会现象，包括文学艺术现象在内，其本身都是包含政治、道德、人性等各种因素的，都要关涉对道德价值、人性善恶等作出富于学理性的说明和判断，这既是科学性的体现，也包含着人文性的内涵。反过来说，如果我们的研究为了某种科学性理念，非要把对象世界中所包含的这些现实因素排除出去或回避过去，这恰恰是违反科学性的。笔者非常认同伊格尔顿的看法："道德价值存在于我们这个世界，而不在于我们的心灵。在那个意义上，道德价值看起来类似意义，它首先存在于历史，而不存在于我们的头脑。""客观性并不意味着不带立场的评判。相反，只有身处可能了解的局面，你才能知道局面的真相。只有站在现实的某个角度，你才可能领悟现实。"❶只有深入人的生活实践及其现实关系中去，深入具体的人生与人性中去，才能真正理解什么叫"文学是人学"，才能真正揭示文学的人学蕴含，从而对文学的特性与规律作出说明与阐释，难道不是这样吗？

然而一个时期以来，从西方到我国的人文社会科学研究似乎形成了一种趋向，就是过于强调和追逐科学主义，以为事实与价值是可以分离的，好像排除了价值判断就能够提升科学性。就文学理论研究而言，大概有这样两种情况：一种情况是将文学的形式与内容相分离，有意无意地淡化或遮蔽文学的内容因素，将文学作品"文本化"和"形式化"，这样就比较容易将文学作品"固化"为一个比较确定的文本事实，一个封闭式的语言形式结构，然后就可以对这个"文本事实"和"形式结构"，从语言与结构、技术与技巧等各个方面进行"科学化"的解剖了，所得到的也就是比较客观化或科学化的认识，由此文学理论的"科学性"似乎也就相应提高了。从历史的观点看，相对于过去的文学理论对"文本事实"研究的欠缺，加强这方面的研究无疑有利于提高其科学性；但是，从文学作为一种与现实人生相关联而存在的"事实"而言，它的

---

❶ 特里·伊格尔顿：《理论之后》，商正译，商务印书馆2009年版，第130-131页。

现实联系、价值内涵及其人文特性却又被忽视和遮蔽了，这能否说是另一种意义上的科学性缺失？另一种情况则是前面说到的文学理论的"知识化"转向，理论一旦变成"知识"，从某种意义上说它的客观性和普遍性得到了强化，而它的现实性和思想性却被隐匿遮蔽了，这种知识形态与价值形态的分离，也正是当今文学理论科学性与人文性分离的一种表征，如何看待这种现象，值得我们思考探讨。

当然，这种科学主义领先而带来的文学理论转向，首先发端于西方然后才被我们当作"先进"的东西学过来。然而正所谓"三十年河东三十年河西"，西方理论界也并非总是一风吹到底，那里的循环式转向仍时时在发生。据有的西方学者所言，近一个世纪以来，西方国家的文学研究经历了一个追求科学性而贬低价值评判，然后回归到为价值挽回一些地位的过程。他们认为，20世纪文学研究可谓一个"放逐评价"的时期，其"源头可追溯到启蒙运动时期科学与人文学科的分裂，即事实与价值的分裂。20世纪上半叶，英美文学研究为'科学的'严密性而进行的斗争，把贬低价值评判推上了前台，因为价值评判与解释文学的学术性关系不大"。这种状况一直延续到后现代主义，"后现代主义已经对价值进行了一种无可挽救的诋毁。后现代主义与后结构主义共谋，使元叙事失败，瓦解自主的主体，从而使得建构任何新的以客体为中心或以主体为中心的伦理学、美学和价值论变得不可能"。在这种情况下，一些理论家试图作出"重振和提升价值之地位"的努力，"为价值挽回一些地位"，从而"把价值从无限倒退的黑洞里拯救出来"。[1]从近一时期一些西方著名思想家的文论著述中，我们的确可以看出这样一种新的变化趋向。在这种背景下，我们是否也应该对此前的观念迷误重新反思，从理论观念和研究方法上作出必要的调整，寻求事实与价值或科学与人文的相互融通，从而适应当今时代发展的新要求呢？

第二个问题，如何理解文学理论的人文性内涵的问题。

---

[1] 凯瑟琳·伯加斯：《后现代的价值观》，毛娟译，阎嘉主编：《文学理论精粹读本》，中国人民大学出版社2006年版，第283-284、290页。

对于人文性及其内涵，不同的人可能各有不同的理解。在笔者看来，似乎可以从这样一些方面寻求探讨文学理论的人文性问题的切入点。比如，可以把人文性理解为一种研究视野。人文视野也就是人学视野，既然说"文学是人学"，那就当然有必要将文学置于人学视野中来加以说明和解释。曾有人解说"文学是人学"，说文学是人写的，写人的，写给人看的，这当然不错，但仅止于此显然远远不够。作为文学研究至少还需要进一步说明：人为什么要写以及为谁写？他对于人怎样理解以及怎样写？他写给人看的目的何在或要告诉人们什么？等等。如果说这些问题都只是一种目的论的追问，那么从存在论的意义而言，对于文学这样一种存在物或现象，既可以从文学的存在方式和存在形态方面着眼研究，更需要从文学存在的理由和根据方面加以观照与阐释；既可以从形式主义或唯美主义方面研究文学的"文本事实"，更需要从文学主体论与审美实践论方面研究文学的各种价值关系。文学理论的这种人学视野或人文视野不是外加的，而是"文学是人学"这个命题本身带来的内在要求。再如，可以把人文性理解为一种价值理念。从这种价值理念出发来看待对象世界，特别是人类社会生活中的各种现象包括文学现象，可以说并不存在与价值无关的客观"事实"，因此，文学研究在根本上应当坚持事实与价值的统一，人文价值应是其中不可缺少的因素和维度。进而言之，无论对于文学实践活动还是理论研究来说，人文性的核心问题都是价值观问题，如文学中的审美价值观、社会历史价值观、道德价值观、人性价值观、文化价值观等。然而在如今的后现代文化语境中，文学理论与批评的价值评判弱化，以及价值观多元化所带来的困惑与迷乱，恰是当今人文性所面临的现实挑战。

此外，在讨论和理解文学理论的人文性时，可能还有一些难以回避的敏感问题，如文学与政治、道德、意识形态等的关系，都属于人文性视野中所应关注的问题。以文学与政治的关系而言，过去极左政治意识形态对于文学的粗暴介入与控制，不仅造成对于文学理论科学性的伤害，同时也造成对其人文性的遮蔽，因此在后来拨乱反正的过程中，几乎是把政治当作文学理论科学性与人文性的破坏性因素而排除在外。即便是现在，理论界也很少看到关于文学与政治关系的正面探讨。然而无论是从事实上还是学理上来看，它都应当是人文视野中理应关注的问题，因为无论是在社会现实还是文学现实中，政治都往往是潜隐其中的重要内容，政治关怀也是我们的生活中无法缺失的最重要的人文关怀，因此对于文学的研究它也应是重要的维度之一。英国马克思主义理论家伊格尔顿在为中国读者所写的中译本前言中，明白宣示他的一个重要结论："即'文学理论'和文学批评不论显得多么公允，从根本上说它们永远是政治性的——不应该被误解为是企图把文化产品中独特的东西简化为直接的政治宣传目的。相反，整个文化和政治社会之间的关系，尽管无疑是密切的，但却永远是复杂的，而且常常是间接的。"❶ 在他的另一本著作中，借助于阐释亚里士多德的伦理学与政治学密不可分的关系，他指出："能否过上道德的生活，也就是说人类独有的一种臻于完善的生活，最终取决于政治。""因为我们所有的欲望都具有社会性，所以必须放在一个更宽阔的背景之下，这个背景就是政治。……积极参与政治生活本身就是善行。……积极投身政治有助于我们为德性创造社会条件，积极投身政治本质上也是德性的一种形式。它既是手段，也是目的。"❷ 在另一处他再强调说："我们天生就是政治动物，只有在社会中才舒适自在，这是事实。除非互相合作，否则我们就不能生存。但社会性也能表示一种积极的、正面的合作形式，某种令人喜爱、而不仅仅是生物学意义上不可避免的东西。"❸ 笔者理解他之所言大概有三重意思：第一，人生来就是政治动物而且始终生活在政治性的社会关系中，人的社会活动包括文学理论和文学批评也都摆脱不了政治性；第二，政治虽然具有复杂性，但它在根本上就是人们相互合作中的社会关系即权力关系；第三，政治可以表现为积极的、正面的形式，我们也可以以积极的

---

❶ 特里·伊格尔顿：《当代西方文艺理论》中译本前言，王逢振译，江苏教育出版社 2006 年版。
❷ 特里·伊格尔顿：《理论之后》，商正译，商务印书馆 2009 年版，第 124-125 页。
❸ 特里·伊格尔顿：《理论之后》，商正译，商务印书馆 2009 年版，第 165 页。

态度投身政治，这本身就是一种良好德性的表现。那么我们可以由此获得的启示是：如果说过去的极左政治及其对于文学的粗暴介入与控制，是政治的一种消极的、负面的表现形式，的确带来了多方面的问题，但这并不是政治的唯一形式。无论从历史还是现实来看，政治都还可以表现为积极的、正面的形式，对那种消极负面的政治形式的批判斗争本身也是这种积极正面的表现形式之一。而且，问题还取决于我们的态度，如果一味以消极的态度回避政治现实，那么也许一切都于事无补，倘若能够以积极的态度面对生活现实与文学现实，那就完全可以对文学与政治之类的问题作出合乎学理逻辑的阐释，表现出应有的人文精神，这也正是作为人文学者良好德性的表现。

对于文学与意识形态、文学与道德、文学与人性等问题，同样可以作如是观。如果说当今文学理论面临着在反思中重建，其中应当包括人文精神的反思与重建，那么如上所述的一些问题恐怕是难以回避的，可以寻求在学理性立场上重新思考和探讨。无论过去的历史和理论形态有过多少迷误与教训，都不应当导向对所有价值的怀疑和消解，否则一切所谓研究都会变得毫无意义。

原载《学习与探索》2012 年第 11 期
人大复印报刊资料《文艺理论》2013 年第 2 期全文转载

重铸新时代中国文论主体精神

坚定文化自信是党的十八大以来提出的理论命题,对推动社会主义文化繁荣兴盛、实现中华民族伟大复兴具有重要理论意义。党的十九大报告指出:"没有高度的文化自信,没有文化的繁荣兴盛,就没有中华民族伟大复兴。"坚定文化自信并不是一个抽象的命题和空洞的口号,而是具有特定的理论内涵和现实针对性。其中最根本的内在要求,就是要确立和强化当代中国文化的主体精神。文化的繁荣兴盛,包括文学艺术的繁荣兴盛。而当代中国文论的创新建构,在文艺观念及其精神价值导向方面,对当代文艺繁荣兴盛起着不可或缺的支撑和引导作用,其中同样有一个坚定文化自信的问题。当然,当代文论不同于一般的文化形态,它有自身所面临的具体问题及其现实挑战,需要从自身的特点出发进行理论反思,从而坚定文化自信,重铸新时代中国文论的主体精神。

一、当代中国文论创新探索的理论反思

要讨论新时代中国文论的进一步发展问题,可能首先需要对新时期以来文论的变革发展与创新探索进行必要的理论反思,以求获得一些基本的认识。这在一定意义上可以归结到当代文论主体精神的问题上来认识思考,应当说其中既有经验也有教训。

从当代文论创新探索的经验方面来看。新时期以来有不少理论建构,呼应了当代文艺创新发展的时代要求,努力吸收融合各种理论资源,较好地实现了创造性转化与创新性发展,对当代文艺创新发展起到

了积极影响和导向作用，在相当程度上体现了当代中国文论的理论自觉和自信。

例如，关于审美意识形态论的探讨与建构。对这一理论的学理逻辑等方面的问题，文论界存在一些不同看法，这可以继续讨论。笔者认为，这一理论命题在新时期初被提出来讨论，显然有一定的现实针对性，即为了解决当时文艺观念上的矛盾困惑，从而回应文艺实践的变革发展要求。当时文艺观念上的矛盾困惑，主要表现为意识形态论与审美论的对立。从新时期之前承袭下来的文艺观念，仍然突出文艺的意识形态性质与功能，比较忽视文艺本身的艺术特性与规律，这样的文艺观念，实际上不能适应新时期文艺的变革发展要求。于是文论界不少学者从不同角度提出审美论（如审美反映论、审美创造论等），力图对那种过于意识形态化的文艺观念加以纠偏。在此过程中却出现了另一种偏向，有些人强调所谓纯审美，不承认文艺的意识形态性，甚至主张"去意识形态化"，这显然是另一种片面性。这两种文艺观念冲突与融合的结果，便形成了审美意识形态论的理论建构。从这个理论命题的提出，到许多学者参与讨论，逐渐形成了比较广泛的共识。从历史观点看，审美意识形态论的学理逻辑是否严密自洽另当别论，从实际效果来说，它较好地解决了当时文艺观念上的矛盾困惑，避免走向两个极端，容易为多方面所理解和接受，并且对文艺实践产生良好的引导作用。

再如，关于新理性精神文学论的探讨与建构。20世纪90年代，随着市场经济改革的发展，大众文化蓬勃兴起，文学艺术也出现了更加多元开放发展的新格局。一方面，文艺创作的多样化能够适应和满足人民群众多方面的精神文化需求；另一方面，也确实带来了过度娱乐化和精神价值迷乱的问题。在文艺理论观念方面，也出现了一些比较混乱的现象，有的提出走向世俗，有的倡导感性主义和欲望化写作，有的嘲笑理性主义和人文精神，提倡非理性主义甚至反理性主义，如此等等。针对当时从文艺观念到文艺实践的种种乱象，文艺界和理论界展开了关于当代人文精神问题的大讨论。有一些学者提出了重建当代文艺（文化）新人文精神的主张，文论界的学者则相应提出了新理性精神文学论的命题，吸引了众多学者参与讨论和进行理论建构。新理性精神文学论明确针对当代文学艺术意义与价值的下滑，以及人文精神的淡化与贬抑，倡导以现代性为内核、以新人文精神为基点来重建当代文学艺术新的理性精神。这种新理性精神既反对过去时代非人性化和理性至上的旧理性主义，也拒绝欲望化和感性至上的非理性主义，而是追求一种人的感性精神与理性精神相统一、更加符合人与社会合理健全发展要求的新文艺精神价值。这种现实针对性很强的文艺观念建构，既得到了文论界的广泛认同，也对文艺实践起到了介入作用和积极影响。

此外，还有实践论美学与文论、主体论美学与文论、存在论美学与文论、生态主义美学与文论等，也都在新时期以来文论的变革发展进程中，在不同的理论向度上作出了富有建设性的创新探索与理论建构。由此可以看出，这个时期文论界的创新探索具有比较充分的理论自觉与自信。一些理论观念仍然具有广泛影响和启示意义。更为重要的是，这种积极进取有所作为的理论探索，为当代文论的创新发展积累了弥足珍贵的有益经验。

从当代文论变革发展中的教训方面来看。当代文论与时俱变的探索发展，从20世纪90年代后期开始，进入了一个相对来说比较焦虑与困惑的时期。由于市场经济改革广泛渗透到社会生活和人们精神生活的各个方面，西方后现代文化思潮也借助全球化浪潮席卷而来，广泛影响了人们的思想价值观念。在这种空前复杂多变的社会文化语境中，当代文艺的变革发展显得更加活跃而杂泛，同时人们在文艺观念与价值取向方面也显得更加无所适从。在这种情况下，当代文论似乎也表现出某种程度的主体精神弱化或迷失，既缺少以往那种理论自觉与自信，也缺失了此前那种积极有为的创新探索与理论建构，从而陷入了焦虑与困惑。如果要对此稍加分析，笔者以为主要有以下两个方面的表现。

首先，对新的复杂社会背景下当代文艺变革发展更加活跃而杂泛的现实，当代文论似乎没有及时找到自己的角色和身份定位，对大众化的当代文艺发展潮流也缺乏比较明晰的认识与判断,在文艺观念与价值取向方面也不知究竟该如何加以引导,因而显得有些茫然无措、无所适从或者左右摇摆,在一定程度上表现出主体精神的弱化或迷失。一方面,大众化的文艺发展,适应了市场化和文化产业化的发展要求,具有娱乐化、消费性的特点,能够满足大众的娱乐消费需求,因而这种发展潮流具有一定的必然性与历史合理性,对此我们应当有一定的理性认识。另一方面,大众化的文艺发展,既然适应市场化、文化产业化发展,满足大众娱乐消费需求,无疑就会有诸如资本逻辑和人性弱点之类的东西在其中起作用,从而导致娱乐主义与消费主义泛滥,使得文艺精神品格下滑,产生消极负面作用。因此,需要一种机制和力量,来约束和引导这种文艺潮流健康有序发展,其中当代文论在文艺观念与价值取向方面应当发挥更加积极有效的引导作用。然而,在相当一段时间里,当代文论比较缺乏这种理性辩证和积极有为的理论建构与有效引导,而是表现出相当程度上的焦虑困惑和浮躁。具体而言有两种情况。一种情况是,用习以为常的精英化、文人化的思想观念去看待这种新兴大众文化现象,看不到它的合理性和积极意义,简单粗暴地对其加以否定和指责,缺少现实关怀与理性批判相统一的评论引导,这种错位的理论批评实际上起不到应有的作用。另一种情况则是,完全顺应和不加分析地欢呼叫好,甚至引入西方后现代消费主义文化理论,包括日常生活审美化理论等,为其作合法化与合理性解释,为娱乐主义、消费主义推波助澜,同样缺少应有的理性判断、评论和引导。一段时间里,人们纷纷责备当代文论与批评"缺席""失语",正是针对这种情况而言,由此不难看出当代文论与批评在复杂的现实变革面前所表现出来的无力感和主体性缺失。

其次,对当代西方文论各种新思潮、新理论,我们往往只是注重了表面上的快速跟进与译介引入,而缺少对其内在关系和理论逻辑的深入研究;至于如何根据我们的现实需要,对这些理论资源进行必要的扬弃与创造性转化,从而有针对性地创建适应时代发展要求的新理论,则更是显得不足。

例如，有一段时间，文论界热烈讨论从西方引入的"文化研究"转向之类话题，最终却不了了之。其实，现代西方文论从"文学研究"向"文化研究"转向，所针对的是20世纪前半期形式主义文论过于注重文学"内部研究"的弊端，力图打破文本中心主义的研究模式与套路，寻求从过去文学研究的"围城"中转出来，向"外部研究"的方向转型，以各种所谓"文化研究"的新观念与新方法，使文学研究重新介入当下现实。西方的"文化研究"转向，有他们自身的理由、针对性和历史演变的内在逻辑，对此应当加以研究，从中获得有益的借鉴和启示。然而当代文论界多是表面化的追逐与炒作，少有从历史和学理逻辑方面进行深入研究，更缺少具有现实针对性的创造性转化与利用。实际上，我们的文学研究历来都并不忽视外部研究，而恰恰是"内部研究"方面显得不足，因而简单地将西方"文化研究"转向移用过来，缺少应有的现实针对性，也难以解决多少实际问题。

再如，从西方引进的"反本质主义"问题的讨论，同样存在某种程度上的盲目与错位。西方文论中的"反本质主义"有比较明确的针对性，即反对文本中心主义理论观念及其批评传统，并形成新审美批评、新伦理批评、新政治批评等各种新的发展趋向。而我们引入"反本质主义"理论是要针对和解决什么问题呢？似乎并不明确。如果说是针对当代文论中的"本质主义"问题，那么有哪些理论属于"本质主义"？如果把这些被认为是"本质主义"的理论（包括新时期以来重建起来的一些理论）都抛弃掉，那么又还有什么样的理论更能适应现实需要？实际上，当代中国文论中存在的问题，可能未必是什么"本质主义"问题，而是"实用功利主义"的问题——过去是过于政治化的实用功利主义，现在则又成了别的实用功利主义，其实都不过是对文学的功利化利用而已。我们并没有真正从"文学是人学"的根本意义上，认真研究文学的本质特性及其价值功能问题，也没有从西方反本质主义和"文化研究"转向中获得有益的借鉴，而是在"反本质主义"的名义下，盲目地去政治化、去道德化、去审美化乃至去文学化，等等，把一些原本属于文学本质特性的东西都阉割掉了。其结果是，大家极力回避讨论文学本质论等根本理论问题，导致当代文论陷入更大的误区，从而带来更大的焦虑与困惑。

当然，文论界对于此类现象也有所反思。如对当代文论"失语症"问题的争论，由"反本质主义"话题引起的反思，近一时期围绕"强制阐释论"展开的讨论等，都从不同角度提出这方面的问题，并从各种理论向度上展开了探讨。如今的问题是，我们如何在反思与总结过去经验和教训的基础上，重新找回当代文论应有的理论自觉与自信，重铸新时代文论的主体精神，从而推进当代文论的积极建构与创新发展。

二、重铸新时代文论主体精神值得讨论的问题

要重建新时代中国文论的自觉与自信，从而推进其创新发展，一方面有必要加强理论反思，另一方面还应当进行积极的建构性探索，才能使其真正落到实处。近年来，文论界再次提出了重建当代中国文论话语体系的命题。围绕这个理论命题，着眼于新时代文论主体精神的重铸，笔者拟提出以下几个方面的问题来进行具体探讨。

其一，当代中国文论的理论身份问题：理论还是文学理论？

这本来不成为一个问题，但在当代西方文论观念影响下，却成了一个难以回避的问题。有学者研究晚近西方文论从"文学理论"到"理论"再到"后理论"转向的重大变局，并进而深入探讨了发生这种变革的深层机理，可以给我们许多启发。[1] 西方文论自身的历史演变，自有其内在文化逻辑在起作用。前一次转向所针对的"文学理论"，主要是20世纪前半期形成并占主导地位的形式主义或文本中心主义的文学理论，它在开辟文学的"内部研究"领域方面有重要历史功绩，但由此而导致文学研究去历史、去政治、去伦理、去价值、去审美、去主体，等等，其片面与偏执的弊端也显而易见，因此，也就导致了如前所说的

---

[1] 姚文放：《从文学理论到理论——晚近文学理论变局的深层机理探究》，《文学评论》2009年第2期。

"文化研究"转向，其中包括从"文学理论"到"理论"的转型，力求从此前形式主义文论的象牙塔与"围城"中突围出来，变成更大范围里的"理论"即文化理论。这种极为宽泛和多元化的"理论"（被称为"大理论"），很快就把所谓"文学理论"淹没和消融了，在无所不能的"文化研究"中，好像再也无须这样的"文学理论"。然而，无论是所谓大文化"理论"还是"文化研究"，实际上也并非无所不能，在风光一时之后同样难乎为继，于是就出现了再一次的"后理论"转向，在一定程度上又回到"小理论"，其中也包括重新回到某种新的文学理论研究。

那么，从西方文论这种历史演变中，我们能够获得一些什么样的认识与启示呢？乔纳森·卡勒在《文学理论入门》一著中曾讨论"理论是什么"的问题，他简要归纳了四个要点：第一，理论是跨学科的；第二，理论是分析和推测；第三，理论是对常识的批评；第四，理论具有自反性（或译为反思性）。[1] 从总体上说，他主张文学理论的开放性。这种观点自有道理和启示意义，因此常被文论界引用和阐释。但理论的开放性和反思性（自反性）理应有一定的限度，不能无限扩张和泛化。笔者想在乔纳森·卡勒观点的基础上表达以下看法：第一，理论是跨学科的，应当努力从其他相关学科中学习借鉴理论观念与方法，用来拓展和深化对于文学对象的研究和评论，但是，这种跨学科性并不意味着没有学科边界，更不意味着不要学科本体和主体意识，不应当在跨学科研究中导致学科本体和主体意识的自我迷失。第二，理论是分析和推测，它是推测的结果，而这种结果可能是不可预测的，它未必指向某种预定的结论，因此就需要努力去探究研究对象与问题的各种可能性，从而不断有新的发现和新的理论创造，但是，承认这种理论探究的不确定性与开放性，也不应当导致以下结果，即怀疑和否定事物的客观规律性、理论探索的累积性和传承性，以及理论成果中所包含的原理性和真理性。第三，理论是对常识的批评，这当然有一定的道理，因为常识中可能包

---

[1] 乔纳森·卡勒：《文学理论入门》，李平译，译林出版社2013年版，第16页。

含错误，所以应当通过批评来进行分析，更需要通过实践来加以检验，以避免受到常识的误导。但是，对常识的批评并不意味着所有常识都无效，不应当由于对常识的批评而导致完全不相信常识，走向不要常识或彻底反常识，这种极端怀疑主义与否定主义显然也是不可取的。第四，理论具有自反性，应当经常保持理论的反思状态，通过不断反思发现存在的问题和寻求创新发展的可能性，这是理论永葆生机活力的根本所在，但是，这种反思不应当是单向度的，即不是像有的极端化解构主义理论那样，只是强调批判性、解构性反思，而是也应当重视建构性反思。这就是说，反思的根本目的不是怀疑和否定过去的理论，而是更好地建构新的理论。如果没有这样一种清醒的认识，即便是理论反思也有可能走向自我迷失。

当代中国文论在一定程度上受到上述西方文论思潮的影响，在"文化研究"转向和"反本质主义"问题讨论中，围绕文学理论边界扩容问题、文学理论与文化理论的关系问题等，曾展开过激烈争论，带来了相当程度的理论困惑与自我迷失。具体而言表现为三重迷失：一是作为"文学理论"之学科特性的迷失，二是作为"中国文论"之主体身份的迷失，三是作为"当代文论"之当代品格的迷失。当代文论重建的首要前提，是要确认其理论身份，即它应当是文学理论而不是其他什么理论。一切所谓理论观念与研究方法变革问题，都应当在文学理论学科定位与学理逻辑的基础上来加以探讨。无论怎样的跨学科研究和多样化研究方法，最终都要落到具体的文学对象及其意义价值上来。只有确立了这个基本前提，才有可能合乎逻辑地展开对当代中国文论具体问题的研究探讨。

其二，当代中国文论的理论功能问题：自为还是他为？

过去的传统文论观念比较明确，就是重视文学理论的他为性，强调要对文学实践活动起指导作用。但后来人们似乎不太能接受这种观念，反感其高高在上和脱离实际，对文学实践指手画脚干预太多。于是一段时间以来，当代文论就变得不那么自信了，开始更多转向自为性的自我言说和自慰自足。有人认为，当代文论不必依附于文学实践为其作注释，而是应当转向理论自身的生产，文论自身就可以生产思想和意义。此后，在"后理论"转向的背景下，受西方知识谱系学观念的影响，文论界又出现了一种"知识论"观点，认为任何理论研究都是一种知识生产，都可以归入相应的知识谱系中去看待其意义价值。文学理论也同样被看成某种历史性、地方性知识，被纳入知识生产论和知识谱系学中去加以阐释。以上种种现象表明，当代文论不断在现实困境中寻求突围与转向，试图找到某种新的寄身之所和意义价值所在。然而问题在于，这种突围与转向的努力，似乎并未走向当代文论的主体性自觉，而是陷入了新的自我迷失。

在笔者看来，关于文学理论的特性与功能显然不能一概而论，上述看法在特定论域内也不能说没有道理。比如按照"知识论"的观点，以历史的眼光把以往的文论看成一种知识生产，将其归入文论史的知识谱系中去进行考察和研究，从中获得有益的经验与启示，这无疑是有意义的。又如按照"自为论"的观念，不必要求所有文论都关联文学现实，应当承认理论自身也可以生产思想和意义，它可以有相当程度上的自为性。但是，如果我们要在"当代文论"的论域中讨论问题，就仍然需要重视和强调文论的他为性，注重当代文论与批评实践的关系，强化其对于文学现实的介入和引导功能。这是作为"当代文论"的根本特性与功能所在，也是判断其是否具有理论自觉性和主体精神的重要标准。对此类问题，其实当代西方文论家也有所反思和强调，可以为我们所借鉴。如当代英国文论家拉曼·塞尔登等人认为，文学研究中的关键问题是理论与批评的关系，近来所谓"理论的失败"就表现为理论与批评实践的分离，以为理论可以高高在上，不承认理论与实践相互印证、相互改变的辩证关系。他们强调"理论是要被使用的、批评的，而不是为了理论自身而被抽象地研究的"。[1] 当代法国文论家孔帕尼翁也指出："只要我

---

[1] 拉曼·塞尔登等：《当代文学理论导读》，刘象愚译，北京大学出版社2006年版，第10-11页。

们谈理论，就预设了一种实践（此说法并不只属于马克思主义），理论面向实践，理论基于并指导实践……文学理论不教我们如何写小说——它教的反而是文学研究，即文学史和文学批评，或者说文学探索。"❶ 当代美国文论家米勒也曾阐述类似的观点。❷ 从根本上说，当代文论处于历史与现实的交叉点：面对历史，需要通过理论反思总结经验教训，为当代文学和文论自身的发展提供借鉴；面对现实，需要关注和研究文学实践中的问题，不只是要"跟"在后面进行评论阐释，而且还要努力赶到前面去，通过创新性理论建构在文艺观念（核心是文艺价值观）方面起到"引"的作用。因此，如果没有足够的理论自觉与主体精神，是难以实现这样的理论功能的。

其三，当代中国文论的理论建构问题：本体阐释与理论资源转化融合。

近年来，在对当代文论进行整体性学科反思的基础上，文论界重新提出了当代中国文论话语体系建构的命题，并引起了学界的广泛关注与讨论。这里笔者着重谈两个方面的看法。

首先，当代中国文论的理论建构应当立足于文学的本体阐释。笔者比较认同有学者提出的"本体阐释论"命题❸，对此也有自己的一些认识思考。具体而言，所谓文学本体问题关涉以下几个方面。一是文学存在本体，即作为文学活动的存在方式、形态以及所涉及的领域。当今时代文学活动显然比过去广阔和丰富得多，但无论怎样广阔和丰富，仍有其基本的特性与范围，从文学研究的意义来说，不应当无限泛化。作为当代文论建构的阐释对象（也是当代文学批评的评论对象），除了传统经典文学是不言而喻的依据与参照之外，就当代文学现象而言，也许可

---

❶ 安托万·孔帕尼翁：《理论的幽灵——理论与常识》，吴泓缈、汪捷宇译，南京大学出版社2011年版，第10页。

❷ 希利斯·米勒：《当前文学理论的功能》，见《重申解构主义》，郭英剑译，中国社会科学出版社1998年版，第226页。

❸ 《当代文论重建路径：由"强制阐释"到"本体阐释"——访中国社会科学院副院长张江教授》，《中国社会科学报》2014年6月16日。

以设想，以那些更能够得到普遍认同的具有优秀文学品质的文学现象为中心，把当代文学整体现象视为一个不断扩展的圆圈，应着重关注那些靠近中心地带的文学现象。实际上任何时代都有各种泛文学现象，如果把无论什么泛文学或泛文化现象都无所不包地纳入文论研究，既不可能也无必要，而且无益于对真正的文学问题的探讨。就文学阐释目标而言，应着重关注优秀文学品质的方面，同时观照文学的多样化特性，以及不断生发出来的新质，努力对其作出不离文学存在本体而又丰富多样的理论概括和阐释。二是文学作品本体。应当从文学作品（特别是具有优秀文学品质的作品）的文本事实出发，注重从作品文本的阅读感悟中，作出更切合文学实际的理论概括与阐释。当然，理论研究常有从抽象到具体和从具体到抽象两种思维方式与路径，文论研究同样两者都需要。但比较而言，后一个方面可能更为重要，一些真正的文学研究者，几乎不约而同地强调从文学阅读入手。据说伽达默尔在一次学术报告之后，耐心倾听青年学子的提问，当问到何种方法才适用于严肃的文学研究时，"在难以捉摸的微笑中，伽达默尔回答道：'慢慢阅读'"❶。解构批评家米勒也不厌其烦地强调，他所提倡的文学研究和文学批评，就是要在文本阅读（修辞性阅读）上下功夫，甚至认为教授阅读与有效的写作，培养一种精于阅读的能力，应当成为人文学科的基本任务和新的原理。❷ 总的来说，如果文学研究包括理论阐释不能从文本事实和阅读感悟出发，就很容易成为玄虚蹈空的空洞理论，这应当不是当代文论建构发展的正途。三是文学特性与价值功能本体。可将其理解为文学理论的本体论问题，对它的回答与阐释可称为文学本体论观念。随着文学实践不断变革发展，以及文学价值功能在我们日常生活中更加多样化和更加充分的实现，我们应当能够对这样的文学本体论问题，作出更加符合实际和更加具有丰富多样意义的理论阐释。

---

❶ 卜松山：《中国的美学和文学理论》，向开译，华东师范大学出版社2010年版，第3页。
❷ 希利斯·米勒：《当前文学理论的功能》，见《重申解构主义》，郭英剑译，中国社会科学出版社1998年版，第226-227页。

其次，当代中国文论的理论建构应当注重各种文论资源的创造性转化融合。关于这方面的问题文论界已有不少讨论，如关于中国古代文论现代转化问题的讨论，关于马克思主义文论中国化与当代化问题的讨论，关于西方文论的中国本土化问题讨论等。现在的主要问题在于，如何才能实现各种文论资源的创造性转化与融合，而不是像过去那样简单地转换移用？这里可能需要着力探讨两个方面的问题。一是要找到合适的切入点。从一段时间以来文论界的讨论情况看，可能较多以话语（或关键词比较）问题作为切入点，这当然是一个重要研究角度。但这类研究不能只是停留在话语方式的表层，而是需要往更深层次掘进，即深入文学理论观念与方法的层面进行探讨，才能真正切入实质性问题。此外，或许还可以设想，以某些文学理论基本问题或重要命题作为切入点，如围绕某个基本问题或重要理论命题，着重考察和比较在这个问题上不同理论观念、方法与话语等方面的异同，从中找到彼此之间的相通之处，从而寻求实现转化融合的可能性。二是应当与当代文论创新性建构相对接，找到转化融合的理论基点。这也许更为重要，当然也可能更为困难。这种理论基点也可能有各种不同的层面，有的或许是某种话语形态，有的也许是某种理论观念或方法，更重要的还是一些具有全局性和根本性意义的理论命题，其理论建构的体系性更强，实现各种理论资源转化融合的可能性也更大。之前曾谈到新时期以来的前二十年左右，在当代文论变革发展与创新探索中，相继提出了一些新的理论命题，重建了具有新时期特点的新文论形态，其中就转化融合了各方面的理论资源，这种历史经验仍有可借鉴之处。

原载《文学评论》2018年第3期

当代文艺理论批评中的后现代性

在我国新时期改革开放的条件下，国外各种文艺思潮蜂拥而入，其中现代主义和后现代主义文艺思潮几乎是接踵而至，既彼此冲突又相互融合，共同对当代文艺变革发展产生深远影响。如果说对于现代主义思潮，我们的接受似乎要更为自觉主动积极一些，那么对于后现代主义思潮，则可能更多是在全球化潮流中一种较为被动的影响渗透，并且人们的态度也显得比较复杂暧昧。时至今日，虽然还不能说我国已形成多大规模的后现代主义文艺思潮，但当代文艺创作和理论批评中的后现代性无疑日益突出，已成为当代中国文化语境中不可忽视的重要因素。对于当代文艺创作中的后现代性我们暂且不论，这里仅就当代文艺理论批评中的后现代性问题略加考察。这种后现代性，主要表现为对"中心论"和"本质主义"之类文艺理论观念的质疑与消解，由此导向对文艺本质特性的多向度探寻，乃至倡导文艺理论批评的多元主义、相对主义，文艺审美的大众化、日常生活化以及"文学性"的泛化等。它不仅带来了人们思维方式和文艺理论批评观念的转变，而且悄然影响当代文艺实践的变革发展，值得关注研究。

一

按通常看法，新时期初文艺理论观念的拨乱反正，是从现代性的理性批判反思开始的。然而，如果按西方后现代学者的看法，后现代性本来是从现代性中孕育而出，并且在某些情况下现代性中也就包含着后现

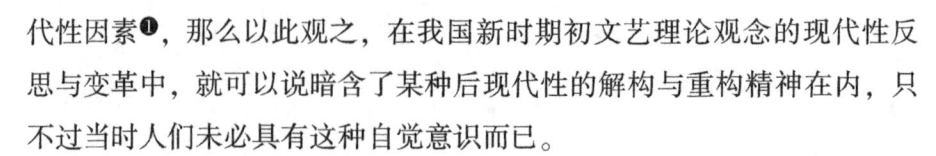

代性因素❶，那么以此观之，在我国新时期初文艺理论观念的现代性反思与变革中，就可以说暗含了某种后现代性的解构与重构精神在内，只不过当时人们未必具有这种自觉意识而已。

新时期初文艺理论批评的变革，首先表现为对当时某些重大理论观念反思与质疑。比如在文艺本质特征论方面，主要是对传统的社会生活反映论、社会意识形态论等进行反思，经过不断的调整、阐释与融合，逐渐形成审美反映论、审美实践活动论、审美意识形态论等新的理论观念。在文艺价值功能论方面，则主要是对"工具论"观念，如"文艺是阶级斗争的工具"论、"文艺为政治服务"论、文艺认识论等进行反思，最终使得这些在相当长时期内占据中心地位的理论观念，有的被完全否定，如"阶级斗争工具"论；有的被策略性地放弃而改换为别的提法，如"文艺为政治服务"改换为文艺为人民服务、为社会主义服务；有的突破原有的理论模式而加以改造，如文艺认识论改造为审美认识论，等等。从总体上看，这无疑标志着长期以来以政治为内核的一元论文艺理论观念开始被打破或解构，文艺审美的特性愈来愈受到重视，并且在文艺实践中也产生越来越大的影响。

在这个过程中，显然交织着解构性与建构性的双重变奏：一方面，从传统的以政治为中心的意识形态本质论和工具论的文艺观念而言，总体上不断走向弱化乃至逐步消解；另一方面，文艺审美论的观念则逐渐抬头并且不断强化，二者交互作用此消彼长。在这里，审美论既是质疑和拆解过去教条化文艺观念的利器，同时也成为新的文艺观念生长的基点。当时文艺界曾有人明确提出"纯文学"的口号和"回到文艺本身"的主张，乃至极力论证文艺审美本性论的观点，试图为文艺寻找自身的家园即审美论的家园。有学者认为，上述主张其实是当时"新启蒙"或"思想解放"运动的产物，具有相当强烈的革命性意义，它是对传统的现实主义编码方式的破坏、瓦解甚至颠覆，使写作者的个性得到淋漓尽致的发挥，从而获得真正意义上的创作自由；借助于"纯文学"等概

---

❶ 弗朗索瓦·利奥塔：《非人》，罗国祥译，商务印书馆2000年版，第26、37页。

念,在当时成功地讲述了一个有关现代性的"故事",一些重要的思想概念,如自我、个人、人性、无意识、自由、普遍性、爱与性等,都经由"纯文学"等叙事范畴被组织进各类故事当中。因此,它一开始就代表了知识分子的权利要求,包括文学的独立地位、自由的思想和言说、个人存在及选择的多样性、对极左政治或者同一性的拒绝和反抗、要求公共领域的扩大和开放,等等,因而具有非常强烈的现实关怀和意识形态色彩,这是当时文学能够成为思想先行者的原因之一。❶虽然这种概念或主张具有一定的极端性和夸张性,但为了突破已被神圣化的文学传统观念的巨大牢笼,那么振聋发聩的夸张就是必要的,它正是在20世纪八九十年代的历史文化网络之中产生了批判与反抗的功能,从另一个方向切入了历史。❷

然而实际上,在当时特定的历史条件下,审美论还不可能真正确立自己的独立地位并完全取代原有的文艺观念,它只能采取某种策略性的折中妥协立场,也就是用审美论对原有的文艺观念进行改造,如审美反映论、审美认识论、审美意识形态论等,就被认为是这种审美改造的结果。特别是其中的"审美意识形态论",后来逐渐成为取代原来以政治为中心的文艺意识形态观念的一个文艺本质论命题,产生了更为久远的影响。不过从这一理论主张的具体阐发来看,似乎各有不同的理论表述,如有的理解为文艺审美与意识形态的相互融合,有的认为是文艺审美中包含意识形态,还有的主张把文艺审美作为意识形态的一种表现形式来看待,等等。不管这些看法有多少不同,它们的基本出发点应当说是比较一致的,即通过强化文艺的审美特性与功能,以削弱和抵消原来过强的政治意识形态性质与功能,从而力图把文艺扳回到审美的轨道上来。也许正是这种策略性的退守或折中妥协,使人们感到它既坚守了文艺审美论的立场,同时又并未完全抛弃文艺意识形态论的观念,因而容易被更多人接受认同。

---

❶ 蔡翔:《何谓文学本身》,《当代文学评论》2002年第6期。
❷ 南帆:《空洞的理念》,《上海文学》2001年第6期。

总的来看，不管是把"审美意识形态论"理解为审美与意识形态二元折中的理论观念，还是理解为实质上的"审美中心论"观念，应当说都包含着解构与重构的双重意义：一方面它是对过去政治意识形态一元中心论观念的拆解，另一方面它又试图将"审美论"这一元作为文艺的本质之一乃至中心本质建构起来。然而这种重建起来的理论观念，在西方形式主义文论的影响下，曾一度受到语言论、文本论、形式结构论等的冲击，只不过并未对其造成多大的触动。而当进入20世纪90年代，随着市场经济改革的推进和社会文化的进一步转型，大众文化蓬勃兴起，文艺的大众化审美倾向日益凸显，在这种历史背景下，上述审美论文艺观念则又进一步发生解构与重构相交织的自我裂变。

毫无疑问，在前一时期重建起来的文艺审美观念，主要还是一种传统的精英化和经典化的审美观，更多体现了人文知识分子的理性精神与审美价值诉求。而在20世纪90年代以来大众文化兴起，文艺也向大众化转向的情况下，这种传统的文艺审美观便不可避免地遭遇来自大众消费文化的挑战与颠覆，从而发生自我分化：一方面，相当一部分人文知识分子仍然坚守自己的审美立场，对大众审美文化保持某种批判审视的态度；另一方面，大众娱乐审美观则不可遏制地蓬勃生长起来，并迅速成为占压倒优势的文艺观念，反过来对精英化和经典化的审美观构成消解颠覆之势。按有些学者的看法，这种大众文艺审美观念的形成显然有其自身的逻辑，它经历了"政治群体意识—个体审美意识—大众文艺审美意识"的演进过程。如果说在20世纪70年代末以前，文艺审美活动中是政治群体意识之网笼罩一切，个体审美意识是被压抑的，那么到70年代末80年代初，审美意识发生激变，政治群体意识逐渐解体，从而生成个性审美意识，然后在90年代的时代条件下，快速形成另一种带有群体性特征的审美意识，即大众文艺审美意识。一方面，它表现了审美趣味的广泛民主性，满足了广泛的审美需求，显示出审美意识的极大自由度和审美意识激变所能达到的广度。从另一方面看，它又往往导向生存虚无，贬斥意义，淡化价值，显示出粗俗性与庸俗化的价值取向。❶换言之，它又在一定程度上构成了对文艺审美精神的某种自我消解，显示出重构与解构的悖论性。当然，也正是这种不断的裂变与分化，才逐渐形成当今文艺观念多元并存的基本格局。

二

从20世纪90年代末到21世纪，全球化浪潮空前高涨，西方后现代主义文化全面扩张，后现代主义理论观念的影响也显著加大。如果说在前二十年左右的历程中，我国文艺理论批评受后现代主义的影响还是比较零散的、不那么自觉的，那么从90年代末以来，显然就转变成更为系统自觉的接受与阐发，整个理论批评界的后现代性氛围也变得更为浓厚。

比如以德里达和米勒等为代表的解构主义理论批评学说，就一时成为热门话题。其中关于"文学终结论"的问题，自从米勒带到中国学术讲坛上以后，引起了我国文艺理论批评界前所未有的关注和讨论。德里达提出的理论命题是：在全球化时代，在特定的电信技术王国中，确定无疑地将会导致文学、哲学、精神分析学乃至情书的终结。米勒显然认同这一"文学终结论"命题，并对此进行了具体论证，他认为，由于电信传媒技术的普遍运用，正改变文学存在的前提和共生因素，即媒介传播的公开性和开放性，打破了个人的空间，改变了文学表达和接受的个人性以及某种隐秘性；再加上大众文化时代的图像化转向，传统的以语言为中心的文化，转向以图像为中心的文化，使得以语言为介质依托的文学日益边缘化，这就使文学不可避免地走向终结。西方理论家的这些看法，虽然并不是所有人都认同和接受，甚至有不少中国学者站出来进行对话与辩驳，认为这种论断未免言过其实危言耸听，但也有一些人认为德里达和米勒等所描述的现象及其所提出的问题并非毫无根据，值得

---

❶ 钱中文：《文学理论现代性问题》，《文学评论》1999年第2期。

认真面对和探讨。❶ 时至今日，不管人们是否赞同"文学终结论"的观点，事实上这一理论观念已经产生了巨大的影响作用，乃至成为当今文艺理论批评界一种后现代性的现实语境，只要是讨论当代文学及理论批评的发展前景，无论进行怎样的判断论析，可能都回避不了对这个问题的回应。因此可以说，这一理论命题与观念，对我们一直坚守的文学观念而言，其显性与潜在的解构性作用都是难以低估的。

其实，在文艺理论与批评观念上，这种解构性又何止于"文学终结论"，此外还有德里达等人的解构"逻各斯中心主义"和"反本质主义"等理论观念，一段时间以来也引起了理论界空前热烈的讨论。在解构主义观念看来，根本就不存在任何中心本原和确定不变的本质，认为只有解构一切形而上学的既定理论规范，才有可能为新的认识理解开辟新的空间与途径。德里达主张在讨论文学问题时，首先应当中止那些形而上学的命题，他认为文学是不可定义的，没有所谓确定的"文学本质"，甚至没有确定的所谓"文学性"。因为，"没有内在的标准能够担保一个文本实质上的文学性。不存在确实的文学实质或实在。如果你进而去分析一部文学作品的全部要素，你将永远不会见到文学本身，只有一些它分享或借用的特点，是你在别处，在其他的文本中也能找到的，不管是语言问题也好，意义或对象（'主观'或'客观的'）也好。甚至允许一个社会群体就一种现象的文学地位问题达成一致的惯例，仍然是靠不住的、不稳定的，动辄就在加以修订"。❷ 正因为此，德里达才试图用"文学行动"取代"文学本质"，也就是用"行动"的复杂性否定"本质"的纯粹性；并且极力倡导文学阅读，认为凡"适用于'文学作品'的东西也适用于'文学阅读'"。❸ 这一观念为国内相当一部分理论批评家所接受并加以阐发，形成一种颇有影响的反本质主义的理论批评观念。这种理论批评观念不断否定和消解文艺的本质，从它的意识形

---

❶ 赖大仁：《全球化时代的文学与文论：何往与何为？》，《文艺评论》2004年第5期。
❷ 雅克·德里达：《文学行动》，赵兴国等译，中国社会科学出版社1998年版，第39页。
❸ 雅克·德里达：《文学行动》，赵兴国等译，中国社会科学出版社1998年版，第18页。

态本质、社会历史本质，直至审美本质，往往都被当作"本质主义"的观念加以质疑和解构，最终使文艺的本质消失在没有确切所指的所谓"文学性"之中。这种反本质主义的观念，旨在破除文艺的神圣化，这一方面固然给文艺理论批评观念带来很大的解放，另一方面也使其陷入某种虚无主义的迷茫之中。

三

如果说"文学终结论"是后现代条件下文学边缘化状态的理论描述，而反本质主义的理论则直接指向对传统文学观念的彻底颠覆，那么随之而来的"文学性"泛化、审美日常生活化及其文化研究转向的理论，则可以说进一步导向了对文学艺术边界的拆除，具有一种更为内在的解构性。

"文学性"原本是形式主义文论的一个核心概念，指一部文学作品之所以成为文学作品的根本特性，而这个特性是由语言叙述及其结构形式决定的，这实质上是一种"语言中心论"或"文本中心论"的文学观念，或者说是一种形式美学和语言美学的观念。然而随着文学朝着大众化、娱乐化方向发展，以及不断滑向边缘化，所谓"文学性"也不断泛化乃至发生自我变异。按某些西方和国内学者的看法，所谓文学的边缘化似乎只是一种表面现象甚至是假象，实际上"文学性"已经渗透到各种学科中，成为其潜在的支配性成分，如历史叙述成为故事的讲述，哲学、人类学和各种理论表述也讲求具体性和特殊性，非文学性话语也开始迷恋修辞等，这表明在后现代条件下文学已完成了对各种学科的全面统治。如今在日常生活的各个领域，也到处可见"文学性"的身影，如消费社会的商品生产、消费及其广告中的文学性，各种媒体信息中的文学性，公共表演中的文学性，等等。❶ 这作为一种现象描述显然是客

---

❶ 余虹：《后现代文学研究的任务》，王岳川主编：《中国后现代话语》，中山大学出版社2004年版，第224-237页。

观存在的，要说"文学性"渗透到各种学科和日常生活之中，便意味着文学已完成了它的全面统治，这种看法当然也可备一说。不过换一种角度来看，那些渗透在各种学科和日常生活之中的东西，充其量只是文学性的"某些成分"，而并非"文学性"本身。正是在"文学性"的这种分解、泛化与渗透中，它的本体性已自我解构而不复存在；即便是在大众化的文学发展中，所谓"文学性"也已发生极大变异。所有这些又正可以看作"文学终结论"的另一种确证。

与"文学性"泛化理论相关的是所谓"审美的日常生活化"。这本是西方学者费瑟斯通等人对后现代性艺术走向的一种理论描述，在他们看来，传统的艺术观念是把"审美"限定于艺术领域，使其与日常生活隔离开来，成为象牙塔里的高雅享受，而后现代条件下的艺术审美则走向日常生活，"在艺术中，与后现代主义相关的关键特征便是：艺术与日常生活之间的界限被消解了，高雅文化与大众文化之间层次分明的差异消弭了；人们沉溺于折中主义与符码之繁杂风格之中；赝品、东拼西凑的大杂烩、反讽、戏谑充斥于市，对文化表面的'无深度'感到欢欣鼓舞；艺术生产者的原创性特征衰微了；还有，仅存的一个假设：艺术不过是重复"❶。这样文学艺术就更多转变成一种消费文化。如果说以上描述在二三十年前还只适用于西方社会现实，对我们而言相距遥远，那么到了20世纪与21世纪之交，我国的社会现实也正发生这样的变化，因而西方学者的这种理论观念近年来也为国内一些学者所认同和阐发，并进而提出文艺理论应当打破原来的学科边界，拓宽研究视野，充分关注和研究文艺审美走向日常生活的发展趋势，以及日常生活中的各种审美现象。尽管此类主张在理论界引起了比较激烈的争论，但这种理论观念对于当代文艺研究及其文艺学学科建设的影响显然是不容忽视的。

与此相关的还有文学研究向文化研究转向的问题，这也是近年来理论界讨论颇为热烈的一个话题。据说这种转向在西方社会早已发生，其

---

❶ 迈克·费瑟斯通：《消费文化与后现代主义》，刘精明译，译林出版社2000年版，第11页。

原因主要在于，由于电信传媒的高度发达，当今的文化形态由印刷文化为主转向以图像文化为主，纯粹审美的文学艺术为即时性消费文化所取代，此外还有政治意识形态的淡化等其他一些因素的作用，这就使建立在审美现代性基础上的语言论诗学及其文学研究难乎为继，由此形成向文化研究的转向。而我国近一时期的文学发展，也同样在发生此类变化：传统文学形态已向着大众消费文化转型，从而与各种文化形态相交织、相融合；"文学性"也已泛化和渗透到各种学科与文化形态之中，艺术与审美的日常生活化如今也已既成事实。那么文艺理论研究与批评也就不可能再保持其原有的封闭性与独立自足性，它必将随之发生扩张、越界与转向，即打破传统文学研究与批评的疆界，转向与文化研究的交织融合。当然，对于这样一种转向，理论批评界也存在不同看法，有人认为是一种必然趋势，也有人对此质疑。如有学者认为，文化研究在给文学批评带来崭新天地的同时也存在若干不足，其适用范围有限，不能充当所有文学的有效阐释手段，如果生搬硬套就会造成不具创新性的误读，造成"过度阐释"。此外，文化诗学有时也会掩盖对作品文学价值的发现，文学之为文学必然有自身不可取代的独特性，文化批评虽然会重新发现一些过去被忽视了的文学作品的价值，但并不能涵盖文学的全部特性。由此，"文化诗学""文化批评"无法成为文学批评的唯一方向，更无法取代狭义的文学批评，我们必须建立一种不拘一格的开放的理论研究框架，强调理论原创性，以促成新的批评或美学范畴的生成。❶

实际上，无论在西方还是中国，当今的"文化研究"大致有两种理论形态：一种是完全脱离文学的文化研究，它面向整个大众文化，并且与当代传媒关系密切，把消费文化、大众传播媒介等都囊括进来，传统意义上的文学研究被吞并或淹没。另一种则是文学研究中的"文化批评"，它使传统文学研究的疆界逐渐扩大，使之变得越来越包容和具有跨学科、跨文化的性质；它容纳了种族研究、性别研究、区域研究、传

---

❶ 徐润拓：《文学的文化研究和文化研究中的文学》，《文艺理论研究》2003年第4期。

媒研究等,即试图把文学研究置于一个广阔的文化研究的语境之下。随着这种转向,不仅原来文学研究的对象被转移并泛化,而且文学研究和文学批评的本体功能与审美价值取向也进一步消解,不过对于文艺所关联着的文化特性与功能,以及文艺理论与批评中的文化维度,却由此而凸显出来。这实际上意味着当代文论与批评走向更为开放多元的发展。

四

如果说上述考察主要偏重文艺理论观念方面,那么也许还有必要单独考察一下当代文学批评。无论西方还是中国,文学理论的批评化都是一种新的潮流和趋势,在这种变革过程中,当代文学批评的后现代特性也许更为突出。

从西方文学批评的演变来看,后现代性历史转折的标志是后结构主义批评对此前整个形式主义批评传统的解构(就像形式主义批评对它以前的各种批评传统的颠覆一样),它所解构的主要是"语言中心论"的文学文本观。对文学作品文本及意义的认识转变,便导致文学批评观念的根本转变。后结构主义不再将文本看成一个具有中心意义的封闭结构,而看成一种具有无限多样性和多重意义的符号游戏,因此文学批评的任务就不再是重建文本结构,而恰恰是强调对文本结构及中心意义的颠覆与拆解,强调多元性、扩散性以及解释的多义性,这样就逐渐导向重视阅读阐释。解构主义的基本批评观念就是:任何文本都是不确定的,一切文学文本都表现出一种自我分解的性质;因此,文学文本研究必然依赖于阅读行为,而且一切阅读都可能是"误读",即都是一个破坏原有文本、产生附加文本的过程。由此便走向强调阅读的重要性,强调批评阐释的权力和自由。这显然并不限于对文本中心与意义中心的解构,同时也是对新批评和结构主义等固有批评模式与方法的解构,从而导向德里达和米勒等人所主张的修辞性阅读与阐释的批评。正如有学者所说:"解构主义,由于认为文本无定解,从根本上不崇尚任何批评模式,而认为文本不可能穷解,阅读阐释受文本间(intertexurality)的影响，因此也是无定论的。这种对阅读的新的认识很难被习惯于寻求答案、评价、解码的评论家们所接受。解构主义告别文本为主的评论时代，而是从文本中解放出来，站在更高的制高点，重新审视语言与文化、人、文学间的关系。"❶ 此外，再深入一步看，它甚至还是对批评价值标准的解构，正如戴维·哈维所说："各种价值和信念中的这种历史连续性的丧失，加上把艺术作品变成突出不连续性和讽喻的一种文本，向美学和批评性的判断提出了各种问题。后现代主义拒绝（并积极地'解构'）一切有权威的或在想象上永远不变的审美判断的标准，它对表演的评判只可能根据它如何成为表演之物。"❷ 正是在这种解构主义批评观念的驱动下，开辟了走向相对主义与多元主义的批评前景。

与西方文学批评的上述演变不同，我国当代文艺批评首先要解构的对象，不是形式主义批评，而是高度政治化的社会历史批评传统；它所追求的也并非某种向度的阅读阐释权力与自由，而是全方位的开放式探索。20世纪80年代中期开始的文艺批评方法论变革，可以说一举打破了长期以来文艺批评的僵化局面，形成文艺批评方法多元化探索的格局。当然在这个阶段还谈不上什么后现代性解构，而主要是一种压抑束缚太久要求解放与自由的冲动。不过到了90年代，情况就有所不同了，文艺批评界对世界风行的后现代主义思潮已经有了更多的认识，解构主义及其相对主义、多元主义批评观念，也被作为一种颠覆性的批评策略，用来进一步解构传统的文艺批评观念与方法。当时有一批新派批评家极力提倡和实践相对主义批评或"第三种批评"，反对对文艺作品和文艺现象进行价值评判。他们认为当今世界的文化主潮已是后现代主义，而后现代主义文化的标志则是个体主义与相对主义，对于文艺批评来说，适逢其时的当然也应当是以个体本位为基础的相对主义、多元主

---

❶ 郑敏：《20世纪中国文学评论与西方解构思维的撞击》，王岳川主编：《中国后现代话语》，中山大学出版社2004年版，第241页。

❷ 戴维·哈维：《后现代的状况》，阎嘉译，商务印书馆2003年版，第79页。

义批评。我国市场经济的诞生意味着以个体为本位的社会代替了以阶层为本位的社会,使得人的群体性下降、个体性上升,在日常生活中表现为个体的生活方式,具体到文化领域则形成个体本位文化。而处于个体文化时代的批评策略,理所当然是相对主义批评——相对主义,也就是个体主义,也可以说是多元主义。❶ 这种相对主义批评观,一方面坚决反对传统文艺批评的价值观及其意义追寻方式,不仅否定文艺批评的价值判断本身,甚至否定文艺批评具有进行价值判断的可能性与权力,认为一切公共性的批评立场,以及客观性和普遍性的价值判断都将会导致批评霸权;另一方面则极力提倡艺术的民主与平权原则,批评的包容意识与宽容精神,主张站在个体主义立场来建立自己的世界,推崇个人审美趣味及其个体主义、相对主义的真理观,认为有多少个体就有多少真理,从而将个体化批评立场和相对主义价值观绝对化。这种相对主义批评观可谓充满了悖论❷,也有学者批评这是"一种反人文精神、反美学的文学批评,其价值取向上的消解性和消极性,严重影响了文学创作和文学批评的正常发展"❸。实际上,这种相对主义批评的兴起与风行,也许并不仅仅是少数人的鼓吹使然,其中既有西方后现代批评观念的影响作用,同时也与20世纪90年代文艺界所弥漫的后现代主义氛围相适应。由于相对主义文艺批评的基本导向是消解文艺的社会意义,中止价值判断,这就使得文艺批评必然走向平面化、印象式的现象描述与文本阐释,乃至成为批评游戏的狂欢。尤其是在大众消费文化兴起的背景下,与文艺的市场化和消费性转型相适应,当代文艺批评也更多扮演了广告推销、媒体炒作与娱乐大众的角色,它所显现的价值虚无、评判缺席与理性精神的消解,使其解构性和游戏化的后现代特性更为突出。相

---

❶ 葛红兵:《相对主义的可能立场》,《作家报》1997年2月15日;葛红兵:《第三种批评:个体文化时代的批评策略》,《文论报》1997年8月1日;范钦林、葛红兵:《关于相对主义批评观的讨论》,《文艺争鸣》1998年第1期。
❷ 赖大仁:《相对主义批评的逻辑悖论》,《文论报》1998年9月24日。
❸ 钱中文:《文学批评中的价值取向问题》,《人民日报》1997年6月19日。

对于文艺理论观念的变革，要说当代文艺批评更多解构而缺少建构，应当说是一个基本事实。

综上所述，如果将当代文艺理论批评这种变革发展纳入后现代主义文艺思潮的视野中来看，可以说它的每一步推进，都无不交织着解构性与重构性的彼此互动，尽管这种努力未必是完全理性与自觉的。如果将这种变革完全归结为后现代主义思潮，恐怕未必令人信服，但要说其中没有后现代主义观念的重要影响作用，大概也不是事实。应当说愈到后来，这种影响就愈是显著。如今，从当代文艺理论与批评的整体格局来看，一元中心论的理论观念可以说已被彻底解构，人们对文艺本质特性的认识愈来愈趋向多元，从审美、意识形态到文化，从形象、情感到语言形式，已形成多视角、多维度进行观照、研究与批评的新格局。这一方面使当代文艺理论批评充满活力，另一方面也带来了某些新的片面性。如果说后现代性的颠覆解构带来的是思维的解放，它并不只是单纯的消解，同时还要求重构与创造，那么如何在一种更为宏阔的视野中寻求多元综合与创新，特别是思维方式的开放、批评方法的多元，如何与文艺价值观念的积极建构有机统一，也许是当代文艺理论批评面临的新问题，有待于更进一步深入探讨。

原载《文艺研究》2007年第8期

《新华文摘》2007年第20期辑目

当前文艺与理论批评中的价值观问题

一段时期以来，文艺已得到充分开放多元的发展，从创作题材、形式、风格，到文艺理论批评方法等，无论怎样借鉴创新与多元化都已经不是问题。当今真正需要特别关注的，是文艺创作与理论批评中的价值观问题。而实际上这又并不只是文艺自身的问题，因为文艺与现实生活中人们的价值行为之间构成了一种彼此互动的关系：一方面，现实生活中人们的生活态度与价值观念，会自觉不自觉地影响文艺家和批评家，并在他们的创作或批评实践中反映表现出来；另一方面，文艺创作和理论批评中反映表现出来的价值观，又会潜移默化地影响现实生活中人们的生活态度与价值观念。正因为如此，才极有必要对此加以关注和讨论。

首先应当肯定的是，当前文艺创作与理论批评中的价值取向，总体上是积极健康的。文艺家们以极大的热情和自己熟悉擅长的文艺形式，多方面反映时代生活，讴歌人民群众进行现代化建设的伟大实践，既反映人民精神世界又引领人民精神生活，充分激发人民群众的奋斗热情。不少作品以可贵的现实主义精神，自觉站在社会公正和道义良知的立场，深刻描写现实生活和揭示社会矛盾，体察群众疾苦，反映人民心声，使人们的愿望得到寄托，情感得到慰藉，表现出高度的社会责任感；有些作品怀着善意的宽容与人道的理解来描写普通人的生活冲突与情感纠葛，表现出化解矛盾冲突、调和人际关系的良好愿望与人道情怀，使文艺在传播这种宽容与理解、促进人际和谐交往方面发挥出更为积极的作用；还有许多作品以严肃的态度反映历史生活，表现出对历史规律的洞察与深沉思考，使沉没在历史中的文化传统与民族精神得到艺术的表现和审美的升华；特别是一批现代革命历史题材的作品，以史诗般的艺术手笔，展现了血与火交织的壮阔历史画卷，以及革命先驱和仁人志士可歌可泣的人格精神，给人以强烈的心灵震撼和情感陶冶。这些创作在社会历史观、实践观、群众观、人生观与审美观等方面，都显示了良好的导向。当代文艺理论与批评同样以极大的热情，积极关注和评论研究这些文艺现象，发掘其中的思想与审美内涵，引导人们从社会历史、道德、心理、人生与人性等多方面进行感悟思考，同时还从理论上积极倡导文艺的新理性精神、新人文精神和现代性的审美诉求，从而给文艺创作和人们的审美实践，在价值观上给予积极的引导。

然而也毋庸讳言，在一个时期以来的文艺创作与理论批评中，也存在着一些价值观念与审美导向上的迷乱现象，甚至可以说陷入了某些误区，很容易造成艺术审美实践上的误导，因此有必要加以反思与辨析。在笔者看来，目前此类问题比较突出地表现在以下一些方面。

一、关于社会历史观

描写社会历史生活的文艺作品，一方面是一定社会历史生活的反映再现；另一方面又无不表现出作者对这种生活的认识评价，即他的社会历史观。从一个时期以来这方面的创作与评论来看，尤其是那些写历史题材的作品（包括改编）及其评论阐释，所表现和张扬的社会历史观可能是存在问题的。其中表现得比较突出的有以下一些观念。

一是历史即偶然，无规律。

这可能主要来自西方"新历史主义"观念的影响。新历史主义为了颠覆以往机械僵化的"历史决定论"观念，反其道而行之，以另一种极端的方式张扬"历史偶然论"，认为历史并没有必然规律可言，历史发展是由各种不可预测的偶然因素促成的，历史过程也完全是由一系列偶然事件构成的，有时候某个关键性历史人物的一个偶然性动机与行为，就有可能改变历史的面貌与发展进程。这种观念往往特别为文艺家们所接受，其原因也许在于它与文艺本身的某些特性恰相吻合，因为文艺作品叙写社会历史生活，恰恰在于写个别性、特殊性甚至偶然性的生活事件，以及人物的独特个性。巴尔扎克曾说过，偶然是世上最伟大的小说家❶，大概就是这个意思。也许正因为如此，国外一些新历史主义写作特别热衷于张扬偶然以颠覆历史。受这种新思潮影响，我国也有一些作家和评论家，以这种新历史主义观念为时尚，极力推崇"新历史"写作策略。在某些所谓"新历史小说"以及同类型的影视作品中，热衷于写事件的偶然性和突发性，人物的个人动机与偶然性行为所造成的矛盾冲突及历史转折，给人带来的阅读观感，除了历史的扑朔迷离和命运的变幻无常，并不能给人提供更多的东西。这种以偶然性颠覆历史规律性的写作，所表现的是一种非理性的社会历史观，这与唯物史观是恰相背离的。唯物史观并非不承认某些历史事件的偶然性，而是认为历史的偶然性与必然性是辩证地统一于历史过程之中，一个历史过程虽然包含着若干偶然性事件，但在其背后，仍然有某种必然性和规律性的因素在发生作用。文艺作品当然可以选取某些偶然性的生活事件作为创作题材，但仍然有充分的理由要求它写出偶然性当中所包含的某些必然性的东西，以及个人的偶然性行为动机中所包含的历史动机。恩格斯在批评拉萨尔的历史悲剧《济金根》时，并不是批评他写了济金根领导骑士暴动并最终失败这样一个具有相当偶然性的历史事件，而是批评他没有写出这个事件背后深刻的"历史根据"，只注意了人物琐碎的个人动机，而忽视了他们所处的历史潮流。❷ 如果无视社会历史事件背后的历史根据或历史潮流，而是仅仅着眼于写这个偶然性事件本身，除了让人感到扑朔迷离和命运无常之外，不能给人提供更多一点历史认识与启示，那么它的意义价值何在？倘若这种写作不只是为写偶然事件本身，而是为了颠覆

---

❶ 巴尔扎克：《〈人间喜剧〉前言》，伍蠡甫主编：《西方文论选》下卷，上海译文出版社1979年版，第168页。

❷《马克思恩格斯选集》第4卷，人民出版社1995年版，第558页。

历史，张扬非理性的社会历史观，从而导向历史相对主义和历史虚无主义，那就更将贻害无穷，不能不引起充分关注。

二是历史即争斗，无是非。

把社会历史看成斗争的历史，这当然算不上什么新观念。马克思早就说过，至今一切社会的历史都是阶级斗争的历史。❶ 马克思主义者所要做的，是如何对这一历史作出解释，从中认识历史发展的规律，进而寻求社会进步与人民解放的道路。然而在一些新历史主义者看来，阶级斗争的观念早已过时，而且用这种观念来认识判断历史是非也已不合时宜，他们所感兴趣的只是某些历史斗争本身，所要追求的是所谓"历史还原"，至于这种争斗的原因与是非，则可以中止判断。在这种观念的影响支配下，一些文艺作品不管缘由是非，大写各种各样的人间争斗：诸如君王霸权之争，宫廷王权之争，朝野势利之争，军阀派系之争，党派利益之争；还有各种各样的明争暗斗：为统治地盘而斗，为权力而斗，为财富而斗，为情色而斗，为帮派私利而斗，为种种个人私欲的满足而斗，等等。有的甚至把我国近现代的改良与革命的斗争，以及民主革命过程中的各种政治与军事斗争，也都归入这种历史争斗的模式加以描写。而在各种大肆铺张的描写与渲染中，人们看到的是形形色色密室里的阴谋算计，疆场上的血腥搏杀，明枪暗箭的无情中伤，处心积虑的残酷陷害，人面鬼胎的权术角逐……这样的描写看上去是所谓"历史还原"，即还原为争斗的事实本身，好像并没有对此作出什么历史解释，然而其中实际上仍然包含着某种认识判断，这就是把一切争斗的根源都归结为人的欲望与野心。既然凡人都有欲望与野心，并且都是在此驱使下加入争斗行列，那么彼此就无所谓君子与小人、英雄与流氓，充其量不过是胜者王侯败者寇而已。然而，对于各种历史争斗，果然没有什么是非可言吗？倘若如此，岂不又会陷入历史虚无主义？在笔者看来，虽然历史上的各种纷争错综复杂，但并非没有基本的是非可辨，这里起码还

---

❶《马克思恩格斯选集》第1卷，人民出版社1995年版，第272页。

有一个"人民性"的标准，即人民的普遍愿望与人心向背，国家民族的根本利益，历史发展的必然要求，等等。站在这个立场上，就不能说历史是笔糊涂账，也不难判断各种历史争斗的根本是非。问题只在于，我们的文艺创作与理论批评是否把这种人民性的价值立场根本抛弃了？

三是历史即人性表演，无善恶。

在一些人看来，社会历史无非是一个大舞台，各色人等纷纷登台表演彼此较量，只不过其中有些人善于抢占先机成了历史主角，其他各色人等也都各自扮演不同的角色，从而把一部历史活剧演得有声有色。而每个历史人物登台表演又各有其动机，如抱负或野心，反叛或复仇，自我价值实现或青史留名，等等。这一切又都可以归结到人性上来，历史活剧中的表演虽有成败荣辱之别，然而在人性展示的意义上则可同等视之，并无善恶高下之分。这种观念在那些写宫廷斗争或朝野纷争的作品与评论中比较常见：反正都是统治阶级中的人物，无所谓好人与坏人；彼此的恩怨争斗，无所谓是非对错；人物的种种言行表演，也都根源于人之本性，无所谓善恶高下。还有某些写现代共和革命题材的作品，将众多历史人物，置于中国近现代社会转型的历史背景之下，展现他们如何在这个历史大舞台上，共同演出了这样一部"走向共和"的历史活剧，其中每个人物都扮演了某种角色和起着某种作用。创作者力图在"人性的深度"上加以开掘，这样我们看到的是，不管什么人，也不管他在历史上的作用如何，其行为都自有"人性"上的根据与合理性；而且从"人性"的方面看，无论革命者还是改良主义者，封建统治者还是军阀，在人性上也都各有弱点与可称道之处。于是一场历史斗争也就转化成了历史人物的"人性"表演或展示，历史的是非善恶也就在"人性论"的观念中淡化或消解了。也许正是由于这种"人性论"观念的影响，一些为历史人物翻案的创作也就层出不穷，而此类翻案文章，往往不是做在历史事实方面，而恰恰是着眼于"人性"方面。即便是某些历史上有定论的大奸大恶的人物，也可以撇开其"历史"评价而在"人性"的意义上加以开掘，称扬其雄才伟略、权谋机变、修身治家、重情好义等，似乎历史烟云早已消散，是非善恶也已模糊可以不必计较，唯有"人性"是可以超越历史时空而彰显意义的。这种以"人性"展示来遮蔽和消解历史是非善恶的价值导向，无疑将使社会历史题材的创作与评论陷入深重的误区。

四是历史即游戏，无意义。

在历史题材创作领域，一个时期以来特别流行的是"戏说"历史。此类创作之所以风行一时，也许有两个方面的原因：首先是不必花功夫去研究考辨史实，也不必表现严肃的主题和追求多高的艺术境界，无非是拿历史来搞笑取乐而已，这样既比较轻松随意，又不必承担历史责任。其次是具有广阔的消费市场。说不清是游戏化的创作培育了读者观众的观赏趣味，还是读者观众的游戏化观赏趣味刺激了此类创作，总而言之，在文化艺术游戏化、消费化的现实语境中，此类戏说搞笑的东西有了市场。在这种市场导向下，"戏说"成风也就不足为奇了。本来在一个审美趣味多元化的时代，某些野史之类题材拿来戏说搞笑一番似无不可，但问题是在"戏说"成风之后，不仅民间野史被"戏说"，而且一些重大历史事件与人物也拿来"戏说"。更值得注意的，是在这种"戏说"历史中所有意或无意传达出来的历史观：似乎历史既非悲剧，也非喜剧，而只是一场闹剧，是一场没有导演、没有规则也没有真实意义可言的游戏。所以在那些"戏说"类作品中，真实的历史背景被抹去了，严酷的现实苦难被淡化了，各种矛盾斗争也都虚拟化了，各色人等打打闹闹、哭哭笑笑，皆是在玩各种误会巧合的游戏，到处皇天乐土，其乐融融；君主臣民个个天真有趣、风流多情、可亲可爱，使人误以为古代社会原来是如此温情的人间乐土！这种"闹剧"般的"戏说"方式无疑是对历史的嘲弄，并且在这种调侃游戏中将导致对历史意义的根本消解。如此"戏说"下去，就如那个《逗你玩》的相声所寓示的那样，一切有价值的东西都将在"逗你玩"的游戏中悄然丧失。

上述种种归根到底，是社会历史题材的文艺创作与理论批评是否需要坚守历史理性的问题。应当说历史既有喜剧，也有悲剧，更有正剧，

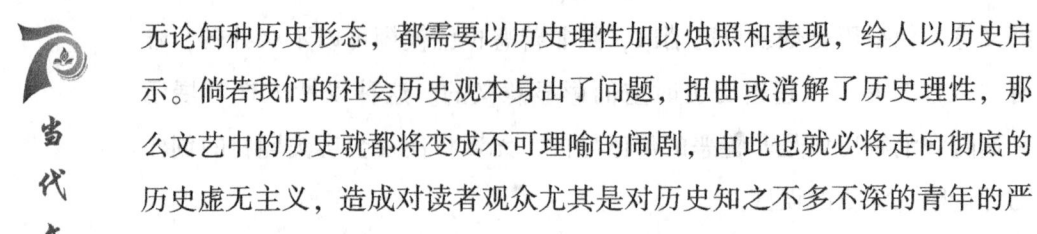

无论何种历史形态,都需要以历史理性加以烛照和表现,给人以历史启示。倘若我们的社会历史观本身出了问题,扭曲或消解了历史理性,那么文艺中的历史就都将变成不可理喻的闹剧,由此也就必将走向彻底的历史虚无主义,造成对读者观众尤其是对历史知之不多不深的青年的严重误导,其反历史主义的负面作用不可低估。有鉴于此,当今倡导重建历史理性应当说是极有必要的。

二、关于人性观

我国新时期的伟大历史功绩之一,是在改革开放进程中不断实现人的解放。这在当代文艺创作和理论批评中更得到了充分表现,其人性解放的基本取向,是对人的个性及感性生命需求加以肯定与张扬。从人性论与人道主义问题的讨论,到关于文学主体性、文学人文精神的探讨,其实都关涉这一基本主题。从历史的观点看,其历史进步意义不言而喻。然而历史的悖论是,从过去强大的理性力量压抑人的感性,走向把感性当作人的生命本性来加以解放,在这种"物极必反"的历史矫正运动中,好像合乎逻辑地同时也是不可避免地走向了"矫枉过正",即走向了对人性解放的片面性理解和追求,某些抽象人性论观念重新抬头,从而导致陷入了人性观的某些误区。在一个时期以来的文艺创作与理论批评中,以下一些观念大概是比较流行的。

其一,人性即"性"。

"性"既是一切物种生殖繁衍的必然条件,同时对个体生命存在而言,也是构成其生命本体及其生命活动的基本内容之一。马克思说过,男女关系是人与人之间"最自然的"关系,它以一种"感性"的形式存在,是人的一种"自然性"的行为;另一方面,它又毕竟是一种"人的"行为,表征着属人的本质,据此可以判断出人的整个文明程度。[1]似乎可以这样说,人的生命活动中如果缺少了"性"的关系,人性将是

---

[1] 马克思:《1844年经济学哲学手稿》,刘丕坤译,人民出版社1979年版,第72-73页。

不健全的；反过来说，"性"的关系只有从自然性（动物性）提升到人性的层次，即在人的社会实践中获得情与爱的内涵，这种生命活动才因此而变得丰富多彩和浪漫美好。

然而不幸的是，"人性"却遭遇了人自身的扭曲。曾经，"性"被视为肮脏下流的东西，甚至连男女爱恋之情也被否定批判，成为话语禁区，这可以说是对人性的阉割。因此，新时期人性解放在文艺上的表现，首先从突破爱情描写的禁区开始，然后逐步推进到突破性描写的禁区，乃至如《男人的一半是女人》中描写主人公章永璘被压抑的性本能的恢复，就被看作人性复归的一个标志。像这样在思想解放的背景下，将男女性爱关系（包括性描写）置于一定的社会实践关系中，从人性解放与人性复归的意义上加以反思和艺术表现，显然是具有积极意义的。此外，还有一些文艺创作将情爱性爱与人的美好生活追求融合起来描写，表现出对健全人性的理解与审美追求，也是能给人以人生感悟和美感的。

但是，在相当一部分文艺创作中，"人性"却被抽去了人的丰富内涵只剩下了"性"，特别是那些以"身体写作""下半身写作"之类相标榜的写作，性的描写则几乎到了泛滥成灾的地步。在有些人笔下，写人必写"性"，无"性"不成书，不仅作品内容几乎通篇都与性事相关，而且在写法上也大多采用放纵式的描写，追求强烈的感官刺激效果，其目的不过是以此吸引读者眼球，从而获取最大的市场效益。然而一些写作者非要自我标榜，把这说成是"人性化"的表现；一些文艺评论也对这种现象大加赞赏，誉之为"人性"描写的突破与深化，具有何等的"人性解放"意义云云。这里似乎又走向了另一个极端，即把"性"直接等同于"人性"。当前一些文艺创作中这种"性"描写的泛滥，以及文艺评论中对"性"观念的张扬，恰恰又是与现实生活中一些人的"性解放"观念和"乱性"行为彼此呼应互动的。当人们把"性"看作了人性的根本内涵，人性中只剩下"性"，并且把"性"描写视为人性解放的根本标志之时，这就必然导向一个极大的观念误区。马克思在谈到两性关系时早就说过,"诚然,饮食男女等等也是真正人类的机能。然而,如果把这些机能同其他人类活动割裂开来并使它们成为最后的和惟一的终极目的,那么,在这样的抽象中,它们就具有动物的性质"❶。由此可见,把"性"看作人性的根本内涵,那绝不是人性的提升和深化,而恰恰是将人性降低成"动物性";当我们仅仅把性的解放看作人性解放的标志时,那也绝不表明人性的新觉醒,而恰恰将导致"人性"的又一种迷失。

其二,人性即"欲"。

"欲"即欲望,除上面所说"性"的欲望外,还有物欲、财欲、贪欲、权力欲、名利欲、占有欲等,概言之,即人的种种私欲。人从动物进化而来的事实表明,世俗中人具有一定的本能欲望是正常的,不过人性之所以高于一般的动物性,不仅在于人的情与欲有更加复杂丰富的内容,而且还在于人能够以自身的理性与理智,超越本能欲望而达到一定的人性修养与道德自律的境界。即便是普通人的生活伦理,也意味着他一方面有自己的欲望和利益诉求需要表达,并力图通过正常的方式手段寻求满足;另一方面还具有起码的向善向美之心,自觉追求比本能欲望满足更丰富的人生意义价值,由此而显示人性的丰富性和应有的道德诉求。

然而同样不幸的是,人性在这里也被反复扭曲。曾经,人的基本权利被剥夺,合理的生命诉求被漠视,人性被普遍压抑和扭曲。所以,新时期的改革开放,首先要从解放和发展生产力以满足人的基本需求开始。文艺历史性地复归对人性的表现,不可避免地要表现人的欲望,这本身也正是社会变革进步的一种历史见证与标志。不过问题在于,是适度肯定人性中包含欲望,以保持世俗生命活动的本真丰富性,还是把人性直接等同于欲望,并将人生的意义价值仅仅归结为欲望的满足,这是完全不同的价值立场。现实生活中不乏这种现象,在有些人那里,欲望解放如同潘多拉盒子里放出的魔鬼那样失去控制,私利追逐与欲望满足

---

❶ 马克思:《1844 年经济学哲学手稿》,刘丕坤译,人民出版社 1979 年版,第 48 页。

成为人生意义的全部，最终这种欲望之火便有可能烧毁一切，包括生命价值本身。作为对现实生活的反映，此类人性观念在文艺活动中同样也有种种表现：有人极力追逐所谓"欲望化"写作，或者把欲望直接当作人性本身来咏唱，或者把笔下人物的欲望化生存方式当作人性来表现；也有人在理论上将本能欲望当作人性加以张扬，并在对文艺作品的评论阐释中贯穿这种观念。还有的文学史家把人性抽象化、自然化为"欲望世界的展示"，以"本能的追求"和"欲的炽烈"作为人性标准来阐释评判古代文学作品的意义价值，这必然导致文学评价标准的迷乱和思想导向的失误。[1] 虽然他们的出发点也许在于以"人性论"的观念来打破"阶级论"的僵化文艺批评模式，从人性解放的角度来看待和阐释作品的反封建意义，然而一旦把本能欲望当作人性本身加以张扬，则很可能陷入另一个误区，既消解了人性应有的丰富内涵，也将造成对文艺作品意义的曲解和价值观念上的误导。

其三，人性即"情"。

"情"即情感，包括各种人之常情，如爱情、亲情、友情，以及各种个人化的隐秘私情等。与"性"与"欲"相比，"情"显然包含更为丰富的内涵，因而也更容易被当作人性本身来理解看待。但这里经常出现的问题是，将情感表现抽象化和庸俗化。

新时期文艺观念变革的一个重要方面，就是针对过去把文艺表现人情当作资产阶级"人性论"加以批判的错误倾向，努力复归"情"在文艺中的重要地位。文艺理论中的"情感说"，即把表现情感视为文艺的根本特性，同时也成为文艺评价的基本标准。在这种理论观念的影响下，文艺创作在表现人性人情方面也实现了历史性的突破。但毋庸讳言，也有一些文艺创作及其评论，在情感表现的观念及其方式上可能存在相当的偏差。一种情况是，片面强调艺术表现个人情感。曾有"自我表现论"者宣称，文艺只适于表达自我情感，而不屑于表现自我以外的

---

[1] 王元骧：《关于文学评价中的"人性"标准》，《文学评论》2006年第2期。

任何东西，由此陷入深重的"自恋情结"，所谓人性关怀与人文关怀，也就只剩下了自我关怀的含义。另一种情况是，为了改变过去按"阶级论"观念反映生活描写人物的旧模式，赋予人物形象更丰富的人性内涵，即所谓将"扁平人物"写成"圆形人物"，于是就要在人情关系的复杂性与人物情感的丰富性上下功夫。而如果将"情"视为可以超越一切社会关系的基本人性，不仅与阶级性无关，甚至可以与理智无关，与道德无关，那么在这种无限拔高与抽象中，其他的社会性价值维度就将被遮蔽与消解，其可能带来的价值观上的混淆与迷乱可想而知。

在近期的文艺创作中可以看到这样的现象，即以某种"情"为核心和主线来编织人物故事，在"情"与"爱"的名义下，各种矫情的、煽情的、滥情的作品大行其道层出不穷。有些作品热衷于写多角情爱，将"爱不是过错""爱不需要理由"之类后现代情爱观念奉为神圣准则，并抬举到"人性"的高度加以张扬，其实它所迎合的也正是当下现实中所谓"情感消费"的时尚。还有一些经典名作改编，也往往是在男女情爱上做文章，极力在各色人物身上挖掘其有情有义"人性化"的内涵。创作者的本意也许在于通过这种"多重性格组合"，来写出人物性格的丰富性与复杂性，显示某种"人性"的深度，然而问题在于，这种性格的"多重组合"及其"人性"的复杂性，是人为拼贴的还是有机统一的？它建立在什么样的现实关系基础之上？马克思说："人的本质不是单个人所固有的抽象物，在其现实性上，它是一切社会关系的总和。"[1] 理解人的阶级性如此，理解人性人情同样应当如此。倘若没有对人的现实关系的深刻理解，没有对人性复杂性之现实根据的深入把握，而只是简单地用各种情感描写来进行"人性"拼贴，打造出各式各样亦好亦坏、亦善亦恶的"多重性格组合"的人物来，那就不仅无助于人物性格描写的创新与深化，更会带来人性价值观上的迷乱与误导，因而值得警惕。

---

[1]《马克思恩格斯选集》第1卷，人民出版社1995年版，第56页。

三、关于审美观

新时期以来文艺观念的重大变革之一，是把文艺不断扳回到审美轨道上来，从探讨审美反映论、审美认识论、审美创造论、审美活动论、审美意识形态论，到讨论文艺科学本身的自主性与自律性等，都表征着这种审美价值立场的回归。但是，究竟应当如何理解文艺的审美特性与价值功能，人们的认识看法往往存在很大分歧，各种争论也在所难免。而这并不仅仅是理论观念上的纷争，必然还要影响到文艺实践中的审美价值取向。在近一时期的理论探讨与创作追求中，某些影响较大的审美观念也是值得进行辨析的。

其一，审美即艺术本性。

所谓审美本性论，就是将"审美"视为文艺的根本性质，即使承认还有诸如意识形态性、社会历史与文化特性等，也认为它们不过是某种附加的东西。与此密切相关的，则是一度影响甚大的"纯文学"观念，以及"回到文艺本身"的主张等。从历史的观点看，文艺回归审美价值立场，显然具有充分的现实根据与历史合理性。以"纯文学"等观念而言，正如有学者所说，它在20世纪80年代的历史背景下提出，是当时"新启蒙"或"思想解放"运动的产物，具有相当强烈的革命性意义。尽管所谓"纯文学"之类概念不过是"一个移动的能指"，其"所指"模糊不定，然而从它的基本价值取向来看，无非是强调文艺的"审美本性"。常有人把文学比喻为一架马车，长期以来它承载了太多本不属于它自己的东西，现在应该把那些东西卸下来，包括国家、社会、政治、意识形态等。在这些东西卸下来之后，那么"文学本身"还剩下些什么呢？无非就是审美、诗意与自我之类。❶

这里的问题在于，能否因为过去的文艺马车承载了太多的极左意识形态重负，有着审美特性压抑太久的痛苦经历，如今就可以置文艺的基

---

❶ 蔡翔：《何谓文学本身》，《当代文学评论》2002年第6期。

本规律于不顾，把文艺历史发展中积淀下来的意识形态特性、社会历史与文化特性等，当作文艺本体存在之外的累赘而剥离抛弃掉？如此剥离之后，这种纯粹化的文艺"审美"又还会剩下什么呢？它所带来的结果又将如何呢？首先从理论上说，所谓文艺"审美本性"论，仍然是预设主义和本质主义的，它既不能解释文艺的历史发展，更无法回应当今时代文艺的发展要求。以辩证唯物论的观点看，文艺的本质特性应是一种"系统质"，它是多方面、多层次性的，由此构成其综合系统本质；❶同时文艺的多重本质特性又是历史的、开放的，是在历史实践的过程中不断展开和丰富的，唯有在唯物史观的视野中才有可能对它作出合乎实际的理解阐释。其次从文艺实践来看，以"纯审美"为价值取向的"纯文学"，实际上意味着文艺拒绝责任与使命，仅仅以自我为中心，自娱自乐，自恋自闭。其结果"它除了使'精英立场'变本加厉，使文学变得更加'小家子气'，更加'伪贵族'，还能为我们提供些什么呢？"❷这的确是"纯审美"论与"纯文学"论在历史变革中所遭遇的尴尬和悖论。其实，上述文艺审美观念所带来的问题还并不仅限于此，沿着这一轨道继续下滑，还将导致如下所论的其他各种问题。

其二，审美即娱乐快感。

倘若从美学观念上追根溯源，美学最初被解释为"感性学"，审美也就被理解为对美的事物的感受、感觉和体验，是一种感性地把握美的方式。在马克思看来，艺术原本是人类掌握世界的一种方式❸，它以感性的、审美的方式把握对象世界，既能达到对对象世界的认知，同时也有利于保持人的审美情感体验，进而保持人们精神世界之感性的丰富性。

不过一旦说到感性，可能就会有不同的理解：有生物学即肉体生命意义上的感性，指肉体感官的各种本能性感觉、感受与欲求；也有精神

---

❶ 陆贵山：《试论文学的系统本质》，《文学评论》2005年第5期。
❷ 蔡翔：《何谓文学本身》，《当代文学评论》2002年第6期。
❸ 《马克思恩格斯选集》第2卷，人民出版社1995年版，第19页。

现象学意义上的感性，指人的精神情感生活中的各种感觉与体验。当然后者又可以有各种不同的层次境界：有的追求情欲的满足与快感，它可能更多与人的肉体生命的本能性欲求相关；也有的追求精神性的愉悦与美感，可能更多导向精神境界的提升和人性的丰富拓展。那么审美究竟与什么样的"感性"相关联，是指向本能快感还是精神美感，这就关涉审美观的问题。德国美学家韦尔施认为，"感性"本身有"粗俗的感性"与"经过培育的感性"之分，快感也有高低层次之别，只有"感性的精神化、它的提炼和高尚化才属于审美。它可以一直延伸到意指过于讲究的高雅、崇高，甚而缥缈的仙境"。所以"审美"这个语词一开始便固有一种特殊的张力，既指感性，同时又与粗俗的感性形成一种距离，它的目标不是普通的感性，而是一种更高的、经过分辨的、特殊培育过的感性态度。正因为此，我们并不称一切感性的东西，一切感觉或快感为"审美的"。"审美"绝不是低层次的、为生命利益驱动的本能快感，而是一种高层次的快感，或者适用于自然而然给人愉悦的物体中那些非关本能的方面。[1]

从历史实践的方面看，审美始终与人性的发展丰富相关。从动物的快感到人的美感，应当说是人性生成的标志之一，审美既保持着人的感性体验的丰富性，同时又朝着人的精神情感生活的更高境界提升。它一方面与人类理性精神的建构和人性的丰富发展相一致；另一方面又以其感性体验的丰富性，在人性的发展中起着一种平衡的作用。倘若我们把感性与理性的平衡发展看作人性的正常状态，那么理性膨胀而压抑感性固然会导致人性异化；反过来说，感性膨胀而排斥理性，乃至走向非理性主义，也同样会导致人性异化。审美虽然是一种感性地把握美的方式，但真正合乎人性的审美，是既包含感性的丰富性，而又不排除理性精神的。人类美学史上的各种审美观，应当说大多包含了这种审美精

---

[1] 沃尔夫冈·韦尔施：《重构美学》，陆扬、张岩冰译，上海译文出版社 2002 年版，第 17—19 页。

神，从黑格尔到马克思的"审美解放"命题同样如此。但是随着现代非理性主义思潮的扩展，特别是到了后现代主义时代，文艺审美就更多走向张扬感性而排斥理性精神，当精神情感的内涵深度被消解之后，剩下的就只有娱乐游戏与感官的快适，这样图像化时代的视觉快感就代替了精神美感，传统理性主义范畴内的美感文艺，就转化成后现代思潮下的快感文艺。❶ 我国新时期以来的文艺审美实践，同样显示出这样一种变化。如果说新时期初十多年文艺审美的回归，还更多表现为传统审美精神的回归，那么此后在市场化改革和后现代思潮全球化扩张的双重影响下，文艺审美则在"人性解放"的名义下，继续向着感性化的方向下移。从当初有人倡导"痞子化"写作，消解文艺审美中的理性精神，到后来争相追逐"游戏化""狂欢化"写作，大力张扬"娱乐至上"和审美快乐主义，直至如今风行一时的所谓"身体美学"及其"身体写作""下半身写作"之类，更把这种审美理性精神彻底解构。这样，审美学意义上的感性解放，被悄然替换成了生物学意义上的感官欲望的放纵，人的精神美感下降为动物式的官能快感。当代审美观或审美精神的这种滑落，显然已影响到当代文艺实践中的审美价值取向。由此带来的问题是，必将使审美活动中的感性与理性重新失去平衡，这不仅会造成审美本身的异化，同时也将导致人性的异化。

其三，审美的日常生活化。

"审美的日常生活化"被认为是一种更新潮的后现代审美观念，它与"日常生活审美化"的潮流密切相关。

所谓"日常生活审美化"，是指日常生活中的审美装饰，即"用审美因素来装扮现实"，按韦尔施的看法，这实质上是一种浅表层次的审美，它一方面与人们的享乐主义生活及其价值观相关，另一方面也作为消费社会的一种经济策略而被运用，大都服务于经济目的。❷ 不仅如此，

---

❶ 耿文婷：《美感文艺与快感文艺》，《清华大学学报》（哲学社会科学版）2003年第1期。
❷ 沃尔夫冈·韦尔施：《重构美学》，陆扬、张岩冰译，上海译文出版社2002年版，第5-7页。

实际上"全面的审美化会导致它自身的反面。万事万物皆为美，什么东西也不复为美。连续不断的激动导致冷漠。审美化剧变为非审美化"。正因为此，韦尔施倡导"反思的美学"，呼唤以"审美的理性"来打破这种"审美化的混乱"，期望"在甚嚣尘上的审美化当中，留出一些比较悠闲的审美领地"。❶而这正意味着呼唤艺术审美的出场。

"审美的日常生活化"意为艺术审美走向日常生活。如果说过去的古典主义美学观念把"审美"限定于艺术领域，使其与日常生活隔离开来，成为象牙塔里的高雅享受，那么19世纪后期以来，艺术审美就开始走出传统，走向日常生活与民间大众，在20世纪大众文化蓬勃发展的背景下，艺术审美与日常生活合流更成为一种流行趋势。文艺审美的日常生活化，一方面使文艺从圣坛回归民间，从精英回归大众，在民间生活中获得一种世俗性的生命力，以及比较广阔的消费市场；另一方面，它又往往不得不屈从日常生活消费的潮流，不断降低艺术审美的水准，乃至消解真正的艺术审美精神。当人的审美感觉只会跟着流行趣味走的时候，独立的自由审美就必然会被取消。早在20世纪上半叶，法兰克福学派的阿多诺等人，就已经激烈批判过这种艺术的大众化、时尚化倾向，并提出"否定的艺术"与"艺术的否定"之命题，坚决反对艺术与现实的同一合流，主张艺术站在否定批判性的立场，与现实保持应有的距离与"张力"，使其不至于完全堕落，被生活现实"同化"吞并掉，这既是艺术避免走向没落的自我拯救之途，也是通过艺术对生活平庸化的拯救。然而将近一个世纪过去了，艺术似乎并没有改变继续走向日常生活与流行时尚的进程，尤其是到了当今后现代消费社会，更进一步与日常生活审美化合流。

本来当今的日常生活已经是"过度审美化"了，这种浅层次而又过度的审美化，导致处处皆美却终归无处有美，使人们持续兴奋之后归于冷漠麻木。在这种情形之下，如果艺术审美仍一味向日常生活妥协下

---

❶ 沃尔夫冈·韦尔施：《重构美学》，陆扬、张岩冰译，上海译文出版社2002年版，第42页。

移,试图为日常生活审美化"锦上添花",那么这种消解了深度审美精神的浅层次艺术审美就将毫无特色,不仅造成此类艺术本身过剩,而且使日常生活的"过度审美化"之弊更加"雪上加霜"。在这样的现实面前,艺术就不应当是这种审美化的延续,它的真正任务是"挺身而出反对美艳的审美化,而不是去应和它";"艺术应该采取步骤,反对这种美艳的审美化及其混合物,中断这些东西。名副其实的公共艺术,将不得不干预这审美化的无边漫延"。艺术完全可能以抗拒的姿态进入公共空间,展示自身与日常生活审美化的不协调特征,给那些被"过度审美化"搞得冷漠麻木的人以"刺痛",从而"引起震惊",这样才能凸显当代艺术的价值,并且也"才能避免自身被日常生活审美化所吞并"。[1]这既可以看作对20世纪阿多诺等人"否定的艺术"的一种历史回应,也可以说是面对当代艺术危机所发出的当下警示。

如此看来,对当今一些人所极力张扬的"审美的日常生活化"理论,以及在这种理论观念的影响下,文艺实践中那种几乎是一边倒的媚俗审美倾向,也许的确有必要进行理性的审视与反思。"日常生活审美化"已然是后现代消费社会的既成现实,这也许不是文艺的力量所能够扭转,但至少文艺审美本身,应当避免一味追逐这种现实潮流,否则就只会愈来愈消解应有的艺术审美精神,愈来愈肤浅化,最终在日常生活的浅层次审美潮流中陷于灭顶之灾而万劫不复。现在应该是批判反思那种无限度地将文艺审美导向"日常生活化"的庸俗化审美价值观,重建艺术的深度审美价值观的时候了。

原载《文学评论》2007年第4期

《新华文摘》2007年第18期辑目

---

[1] 沃尔夫冈·韦尔施:《重构美学》,陆扬、张岩冰译,上海译文出版社2002年版,第167—169页。

当前文艺与理论批评中的审美价值观

在新时期以来文艺的多元开放发展中,文艺审美一直是人们讨论较多的热门话题之一。这一方面是因为,过去很长一段时间,由于不断强化文艺的政治意识形态特性与价值功能,而对文艺的审美特性与价值功能则重视不够,因此新时期以来文艺观念的重大变革之一,就是把文艺不断扳回到审美的轨道上来,从探讨审美反映论、审美认识论、审美创造论、审美活动论、审美意识形态论,到讨论文艺科学本身的自主性与自律性等,都表明当代文艺观念不断向审美价值立场回归,审美成为文艺的基本问题也就不言而喻了。另一方面还因为,文艺审美问题实际上又并非不言自明的,它本身仍具有相当的复杂性,究竟应当如何理解文艺的审美特性与价值功能,人们的认识看法往往存在很大的分歧,各种争论也就在所难免。而这还不仅仅是理论观念上的纷争,它必然还要影响到文艺创作观念及其创作实践,影响文艺实践中的审美价值取向。从一段时期以来文艺创作及其理论批评的情况看,有一些审美观念在文艺实践中影响较大,并且也引起了较多的争论,也许有必要进行一些辨析探讨。

一、关于文艺审美本性论

所谓文艺审美本性论,就是将"审美"视为文艺本原的基本的特性,或者说是文艺的根本性质。在有些论者的阐释中,认为审美是文艺与生俱来的特性,而且也是文艺的唯一本质,除此之外或者不承认文还有别的什么性质，或者即使承认还有别的某些特性如意识形态性、社会历史与文化特性等，也认为它们不过是派生的或附属的特性。与此密切相关的，则是一度影响甚大的"纯文学"观念，以及"回到文艺本身"的主张等。

如上所说，回归审美价值立场，是新时期以来文艺观念的重大变革，从历史发展的观点看，它显然具有充分的现实根据与历史合理性。以"纯文学"观念和"回到文艺本身"的主张而言，正如有学者所说，它在20世纪80年代的历史背景下提出，是当时"新启蒙"或"思想解放"运动的产物，具有相当强烈的革命性意义，它是对传统的现实主义编码方式的破坏、瓦解甚而颠覆，使写作者的个性得到淋漓尽致的发挥，从而获得真正意义上的创作自由；借助于"纯文学"等概念，在当时成功地讲述了一个有关现代性的"故事"，一些重要的思想概念，如自我、个人、人性、性、无意识、自由、普遍性、爱，等等，都经由"纯文学"等叙事范畴被组织进各类故事当中。因此，它一开始就代表了知识分子的权利要求，包括文学（实指精神）的独立地位、自由的思想和言说、个人存在及选择的多样性、对极左政治或者同一性的拒绝和反抗、要求公共领域的扩大和开放，等等，因而具有非常强烈的现实关怀和意识形态色彩，这是当时文学能够成为思想先行者的原因之一。❶虽然这种概念或主张具有一定的极端性和夸张性，但为了突破已被神圣化的文学传统观念的巨大牢笼，那么振聋发聩的夸张就是必要的，它正是在20世纪八九十年代的历史文化网络之中产生了批判与反抗的功能，从另一个方向切入了历史。❷

那么，什么是"纯文学"？什么是"文艺本身"？尽管如有学者所说，此类概念不过是"一个移动的能指"❸，意即它的含义所指是模糊不定的，然而从它的基本价值取向来看，应当还是明了的，这就是指向

---

❶ 蔡翔：《何谓文学本身》，《当代文学评论》2002年第6期。
❷ 南帆：《空洞的理念》，《上海文学》2001年第6期。
❸ 蔡翔：《何谓文学本身》，《当代文学评论》2002年第6期。

文艺的"审美本性"。曾有人在阐述文艺的价值功能时认为，在"常态"下，文艺的本性是审美的、娱乐的、休闲的，而在革命战争的"异常时期"，往往把它当成武器、工具来使用，这不过是一种"功能性的借用"，是可以理解的。这种"审美本性"论的理论观点，与人们经常引用的那个比喻所表达的意思可谓恰相吻合：文学就像一架马车，它本来只应该承载审美的功能，但在某些特定历史时期，或在某些特殊情况下，人们往往会给它加载一些别的社会功能。对于这种情况，如果像上述观点那样，具有一定的历史主义态度，会将此当作可以理解的"功能性借用"；而在另一些比较偏激的观点看来，便会认为文学长期以来承载了太多本不属于它自己的东西，因此现在已经是时候了，应该把那些不属于文学的东西卸下来了，这些东西包括国家、社会、政治、意识形态等。在这些东西卸下来之后，那么"文学本身"还剩下些什么呢？无非就是审美、诗意与自我之类。❶

不过这里的问题在于，究竟应当如何理解文艺的审美特性？具体来说，"审美"究竟是文艺的特性"之一"，还是"唯一"的特性，甚或是它的"本性"？如果像有些人所理解的那样，把"审美"视为文艺的根本特性乃至"本性"，那么诸如意识形态的特性、社会历史与文化的特性等，岂不都成了文艺之外的附属物乃至于累赘？其实这种观点不过是过去"纯审美"学派的理论翻版。这样的"审美本性"论或"纯审美"论实际上并无益于文艺观念的拨乱反正。

但问题的复杂性在于，一是由于过去极左年代过于强化文艺的政治意识形态性，将文艺的审美特性压抑得太久，因此在新时期的文艺观念变革中，极力要求复归文艺的审美特性，显然是合理和必要的；二是过去在文艺这驾马车上所负载的，又恰恰是极左的政治意识形态，不仅给文艺本身，而且通过文艺对人本身都造成了极大的扭曲和压抑，因而在新时期的拨乱反正中，强烈要求把这些极左的东西抛卸下去，以实现自

---

❶ 蔡翔：《何谓文学本身》，《当代文学评论》2002年第6期。

身的解放和自由发展,这方面的意义也是不言而喻的。然而正如那个泼洗澡水把婴儿一同泼掉的比喻所告诫的那样,不能因为有如上所说的历史曲折与教训,就置文艺本身的基本规律和健全发展于不顾,把文艺历史发展中积淀下来的意识形态特性、社会历史与文化特性等,当作文艺本体存在之外的累赘而剥离抛弃掉。退一步说,倘若如此剥离之后,这种纯粹化的文艺"审美"又还会剩下什么呢?它所带来的结果又将如何呢?首先从理论上说,所谓文艺"审美本性"论,仍然是预设主义和本质主义的,是经不起理论追问的,它既不能解释文艺的历史发展,更无法回应当今时代文艺的发展要求。以辩证唯物论的观点看,文艺的本质特性应是一种"系统质",它既是多方面、多层次性的,由此构成其综合系统本质,同时文艺的多重本质特性又是历史的、开放的,它不仅向着历史而且向着现实开放,是在历史实践的过程中不断展开和丰富的,唯有在唯物史观的视野中才有可能对它作出合乎实际的理解阐释,对此这里姑且不论。其次从文艺实践来看,以"纯审美"为价值取向的"纯文学"和"回到文艺本身",实际上意味着文艺拒绝责任与使命,仅仅以自我为中心,自娱自乐,自恋自闭。当此之时,"'纯文学'被赋予某种形而上学的性质。一些理论家与作家力图借用'纯文学'的名义将文学形式或者'私人写作'奉为新的文学教条。他们坚信,这就是文学之为文学的特征。这个时候,'纯文学'远离了历史语境而开始精心地维护某种所谓的文学'本质'"。当历史向人们提出一系列重大的社会问题时,"然而这时的'纯文学'拒绝进入公共领域。文学放弃了尖锐的批判与反抗,自愿退出历史文化网络。'纯文学'的拥护者不惮于承认,文学就是书斋里的一种语言工艺品,一个语言构造的世外桃源"。[1]此时的"纯审美"与"纯文学",就有可能重新成为一种文学教条主义和保守主义,"它除了使'精英立场'变本加厉,使文学变得更加'小家子

---

[1] 南帆:《空洞的理念》,《上海文学》2001年第6期。

气'，更加'伪贵族'，还能为我们提供些什么呢？"❶ 这的确是"纯审美"论与"纯文学"论在历史变革中所遭遇的尴尬和悖论。其实，上述文艺审美观念所带来的问题并不仅限于此，沿着这一轨道继续下滑，还将导致如下所论的其他各种问题。

二、关于审美快感论

如果说上面所讨论的，是能不能把文艺完全归结为"审美"的问题，那么与此密切相关的，就是一个如何理解文艺"审美"的问题。

如上所述，"纯文学"之类的概念不过是"一个移动的能指"，并没有确切的内涵，那么"审美"这个概念可能同样如此。倘若从美学观念上追根溯源，众所周知，美学最初被解释为"感性学"，审美也就被理解为对美的事物的感受、感觉和体验，是一种感性地把握美的方式。在马克思看来，艺术原本是人类掌握世界的一种方式，它不同于哲学、宗教、实践精神等其他的掌握方式。❷ 它的特点就在于是以感性的、审美的方式把握对象世界，既能达到对对象世界的认知，同时也有利于保持人的审美情感体验，进而保持人们精神世界之感性的丰富性。黑格尔曾提出"审美是对人的解放"的命题，这在很大程度上是指，资本主义的工业化发展使得科技理性膨胀，人们的感性生活不断萎缩，造成了人性的束缚压抑，因此需要从感性的方面解放人性，而审美正是这样一种感性的解放。

不过一旦说到"感性"，可能就会有不同的理解。比如有的可以理解为生物学即肉体生命意义上的感性，指人的肉体感官及其各种本能性的感觉、感受与欲求；也可以理解为精神现象学意义上的感性，指人的精神情感生活中的各种感觉与体验。当然后者又可以有各种不同的层次境界：有的追求情欲的满足与快感，它可能更多与人的肉体生命的本能

---

❶ 蔡翔：《何谓文学本身》，《当代文学评论》2002年第6期。
❷《马克思恩格斯选集》第2卷，人民出版社1995年版，第19页。

性欲求相关；也有的追求精神性的愉悦与美感，可能更多导向精神境界的提升和人性的丰富拓展。那么审美究竟与什么样的"感性"相关联，审美究竟指向快感还是美感，这就关涉审美观的问题。德国美学家韦尔施曾认为，从非常广泛的意义上说，"审美"一词指的是感性，它多多少少可用作"感性的"同义词，但严格地说，我们并不将一切感性的东西都称为"审美的"。因为"感性"本身有"粗俗的感性"与"经过培育的感性"之分，快感也有高低层次之别，只有"感性的精神化、它的提炼和高尚化才属于审美。它可以一直延伸到意指过于讲究的高雅、崇高，甚而缥缈的仙境"。所以"审美"这个语词一开始便固有一种特殊的张力，既指感性，同时又与粗俗的感性形成一种距离，它的目标不是普通的感性，而是一种更高的、经过分辨的、特殊培育过的感性态度。正因为此，我们并不称一切感性的东西，一切感觉或快感为"审美的"。"审美"绝不是低层次的、为生命利益驱动的本能快感，而是一种高层次的快感，或者适用于自然而然给人愉悦的物体中那些非关本能的方面。[1]

从历史实践的方面看，审美在根本上是一个人学问题，审美解放说到底也是一个人性解放的问题。在人类发展史上，审美始终与人性的发展丰富相关。从动物的快感到人的美感，应当说是人性生成的标志之一，审美既保持着人的感性体验的丰富性，同时又朝着人的精神情感生活的更高境界提升。它一方面与人类理性精神的建构发展和人性的丰富相一致；另一方面又以其感性体验的丰富性，在人性的丰富发展中起着一种平衡的作用。如果说人类的前期发展，是由动物性的生命活动向着人的自由自觉生命活动不断提升，审美也从动物的快感向着人的美感不断提升，从而在这个过程中不断实现人性的丰富，并逐步达到人的感性与理性的平衡发展，那么到了资本主义时代，这种平衡就随着科技理性

---

[1] 沃尔夫冈·韦尔施：《重构美学》，陆扬、张岩冰译，上海译文出版社2002年版，第17—19页。

的高度膨胀而被打破，带来人性的异化。因此，从黑格尔到马克思提出"审美解放"的命题，在本质上就具有"人的解放"的意义。此后包括"西马"学派在内的诸多理论学说，不断倡导"审美现代性"，以抗衡所谓"社会现代性"或"资本主义的现代性"，其实也始终没有脱离这样一个主题。而在我国的历史文化语境中，这种人的感性与理性发展的不平衡，可能更多表现为封建专制主义的政治道德理性对人的感性生命的压抑，这在过去的极左年代就更是如此。因此，我国新时期的审美实践，同样具有"审美解放"和"人性解放"的意义。

此外，如果我们把感性与理性的平衡发展看作人性的正常状态，那么理性膨胀而压抑感性固然会导致人性的异化；反过来说，感性膨胀而排斥理性，乃至走向非理性主义，也同样会导致人性的异化。审美虽然是一种感性地把握美的方式，但真正合乎人性的审美，应当是既保有感性的丰富性，而又不排除理性精神的。人类美学史上的各种审美观，可以说大多包含了这种审美精神，从黑格尔到马克思的"审美解放"命题同样如此。但是随着现代非理性主义思潮的扩展，特别是到了后现代主义时代，文艺审美就更多走向张扬感性而排斥理性精神。当精神情感的内涵深度被消解之后，剩下的就只有娱乐游戏与感官的快适，这样图像化时代的视觉快感就代替了精神美感，传统理性主义范畴内的美感文艺，就转化成后现代思潮下的快感文艺。[1]

我国新时期以来的文艺审美实践，同样显示出这样一种变化。如果说新时期初十多年文艺审美的回归，还更多表现为传统审美精神的回归，那么此后在市场化改革和后现代思潮全球化扩张的双重影响下，文艺审美则在"人性解放"的名义下，继续向着感性化的方向下移滑落。从当初有些人倡导"痞子化"写作，消解文艺审美中的理性精神，到当今一些人干脆走向"怪诞化"写作和无厘头"恶搞"，更把这种审美理性精神彻底解构；从当初争相追逐"游戏化""狂欢化"写作，大力张

---

[1] 耿文婷：《美感文艺与快感文艺》，《清华大学学报》（哲学社会科学版）2003年第1期。

扬"娱乐至上"和审美快乐主义，到如今风行一时的所谓"身体美学"及其"身体写作""下半身写作"之类，更将本能欲望作为基本人性来表现，从而也将这种彻底感性化的肉欲快感打造成新的"审美"时尚。有学者对当下大众娱乐文艺所追求的审美快乐作过这样的剖析：快乐的本质是什么？人们在倾听一位妙龄歌女歌唱爱情，如泣如诉，感人至深；然而，人们同时在观赏。歌女总是打扮得十分性感，在这个情境中，观赏压倒了倾听，情感的外表退去——在歌唱者上台时情感的外表就明确被否定了，她的性感形象规定了观赏效果。也许人们会说，歌声也得到喝彩，但有必要分辨"最高兴奋值"和"最低兴奋值"。在这种情境中，"最高兴奋值"一般是由性感形象决定的。那些情感价值不过是铺垫、渲染和遮掩，它们是一片绿叶，在朦胧的情感启示录中读出性感的本质内容，这是娱乐文化最需要的"挡不住的诱惑"那种效果。在某些娱乐场所最受欢迎的"时装表演"中，那几块布头何以能叫"时装"，当"高潮"由泳装系列推进时，娱乐工业制造的快乐的本质已真相大白。❶ 在这种快感化"审美"时尚及其娱乐消费市场的诱导下，当下一些所谓艺术生产，也就愈来愈追逐欲望生产、快乐原则和当下身体感，审美趣味的下滑不言而喻。

这也正如韦尔施所指出的那样，当今粗俗的感性与审美的感性这两层之间的距离愈益接近，"从前，人们说到'审美'，必有高远的需求需要满足；在今天，低层次的要求亦足以敷衍。故而取悦感官的某种安排，亦被称之为'审美的'。升华因素如此降尊纡贵，审美需求已经接近了本能领域，甚至是在此一领域中孕育而出"❷。在这里，审美学意义上的感性解放，被悄然替换成了生物学意义上的感官欲望的放纵，人的精神美感下降为动物式的官能快感。当代审美观或审美精神的这种滑落，显然已影响到当代文艺实践中的审美价值取向。由此带来的问题

---

❶ 陈晓明：《填平鸿沟，划清界线——"精英"与"大众"殊途同归的当代潮流》，王岳川主编：《中国后现代话语》，中山大学出版社2004年版，第269页。

❷ 沃尔夫冈·韦尔施：《重构美学》，陆扬、张岩冰译，上海译文出版社2002年版，第19页。

是，必将使审美活动中的感性与理性重新失去平衡，这不仅会造成审美本身的异化，同时也将导致人性的异化。

三、关于审美日常生活化

与上面所讨论的问题既相关联又有所不同，这里关涉如何理解文艺审美的"边界"及其品位的问题。

在近一时期理论界的有关讨论中，"日常生活审美化"与"审美的日常生活化"这两个概念往往混而不分，似乎说的是一回事，然而笔者以为，还是有必要把两者区分开来讨论，才能把其中所包含的审美观念分辨得更清楚一些。

所谓"日常生活审美化"，是指日常生活中的审美装饰，或者说是"用审美因素来装扮现实"。❶ 如果说在物质生产和经济社会发展的不发达阶段，无论是人们对生活资料的生产，还是人自身的需求与感觉，都还只是"囿于粗陋的实际需要"，食物也只具有最粗糙的形式，人们还感受不到事物的美和特性❷，那么到了后工业化社会乃至消费主义时代，就有了足够的条件实现日常生活的审美化。君不见在当今到处建花园城市和休闲广场，遍地搞街心花园和美化亮化工程，艳丽刺激的广告夺人眼球，五彩缤纷的商品包装令人眼花缭乱，美食服饰不断花样翻新，居室装修新潮迭出，化妆美容美发早已普及……这恰如韦尔施所描绘的那样，"审美化明显地见之于都市空间中，过去的几年里，城市空间中的几乎一切都在整容翻新。购物场所被装点得格调不凡，时髦又充满生气。这股潮流长久以来不仅改变了城市的中心，而且影响到了市郊和乡野。差不多每一块铺路石、所有的门户把手和所有的公共场所，都没有逃过这场审美化的大勃兴"❸。

那么应当如何看待这股日常生活审美化的潮流与趋势呢？辩证地

---

❶ 沃尔夫冈·韦尔施：《重构美学》，陆扬、张岩冰译，上海译文出版社2002年版，第5页。

❷ 马克思：《1844年经济学哲学手稿》，刘丕坤译，人民出版社1979年版，第79-80页。

❸ 沃尔夫冈·韦尔施：《重构美学》，陆扬、张岩冰译，上海译文出版社2002年版，第4页。

看，应当说这既是一种社会的进步，但同时对审美而言，可能又恰恰包含着一些反美学的东西。按韦尔施的看法，审美化有表层的审美化与深层次的审美化之区别，而日常生活的审美化，实质上是审美因素对现实的包装，是一种浅表层次的审美化。❶ 这种日常生活审美化，一方面与人们的享乐主义生活及其价值观相关。当今日常生活日益时尚化，"经验和娱乐近年来成了文化的指南。一个日益扩张的节庆文化和娱乐，侍奉着一个休闲和经验的社会"。日常生活审美化的事实确证着，"在表面的审美化中，一统天下的是最肤浅的审美价值：不计目的的快感、娱乐和享受"。另一方面，审美化也作为消费社会的一种经济策略而被运用，大都服务于经济目的。一旦商品通过包装与审美联姻，便能提高身价，甚至原来无人问津的商品也能销售出去。这样，原先是硬件的物品，如今成了附件，而原先是软件的美学，则赫然占了主位，成为一种自足的社会指导价值。再加上"倘若广告成功地将某种产品同消费者饶有兴趣的美学联系起来，那么这产品便有了销路，不管它的真正质量究竟如何。你实际上得到的不是物品，而是通过物品，购买到广告所宣扬的生活方式。而且由于生活方式在今天为审美伪装所主宰，所以美学事实上就不再仅仅是载体，而成了本质所在"❷。当然问题还并不仅限于此，这种没有限度的"日常生活审美化"，势必导致"审美疲劳"，从而带来"审美化的混乱"，如韦尔施所言，"全面的审美化会导致它自身的反面。万事万物皆为美，什么东西也不复为美。连续不断的激动导致冷漠。审美化剧变为非审美化"。正因为此，韦尔施倡导"反思的美学"，呼唤以"审美的理性"来打破这种"审美化的混乱"，期望"在甚嚣尘上的审

---

❶ 童庆炳在 2004 年 2 月 5 日《社会科学报》也撰文指出，审美问题有不同层次，日常的生活审美问题，只是就审美活动构成的形式要素而言的，它是审美的浅层次，不是深层次。它不触及人的感情与心灵，仅仅触及人的感觉，是人的感觉对于事物的评价而已。现代商业的特点之一，更多的是调动人的感觉，而不是调动人的感情，它以赢利为最高目标，使人容易忘掉那些深层的属于感情领域的种种问题。

❷ 沃尔夫冈·韦尔施：《重构美学》，陆扬、张岩冰译，上海译文出版社 2002 年版，第 5—7 页。

美化当中，留出一些比较悠闲的审美领地"。❶而这正意味着呼唤艺术审美的出场。

"审美的日常生活化"命题，显然更多与艺术审美相关。在过去相当长的一个时期里，在人们的传统观念中，"审美"是专属于艺术的特性与功能，审美的领域也就是艺术的领域，"审美"与"艺术"几乎就是同义语。这从审美实践来说，应当是人类审美活动不断向艺术审美提升的结果；而从审美观念方面来看，则可能与古典主义美学观念的强化有关。当初鲍姆加登创立美学学科时，仅将其界定为"感性认知的科学"，作为认识论的一个分支，它的认识对象并不仅限于艺术，还包括其他审美现象。而半个世纪后，黑格尔则明确地将美学理解为"艺术的哲学"，更精确地说是"美的艺术"的哲学。在古典主义美学时代，这一观念被普遍接受并不断强化，对艺术与审美实践产生了极大的影响，以至于普遍把审美限制在艺术上面，而艺术审美与日常生活的距离则被拉得愈来愈远，乃至彼此隔离开来，成为象牙塔里的高雅享受。到19世纪后期，西方艺术开始走出古典主义传统，艺术与日常生活之间原有的森严壁垒被打破，艺术审美开始走向民间大众。在20世纪大众文化蓬勃发展的背景下，艺术审美与日常生活合流便成为一种流行趋势。至于到了当今的后现代消费社会，艺术审美的日常生活化就更被当作一种后现代审美时尚而广被追捧。英国学者费瑟斯通描绘说："在艺术中，与后现代主义相关的关键特征便是：艺术与日常生活之间的界限被消解了，高雅文化与大众文化之间层次分明的差异消弭了；人们沉溺于折中主义与符码之繁杂风格之中；赝品、东拼西凑的大杂烩、反讽、戏谑充斥于市，对文化表面的'无深度'感到欢欣鼓舞；艺术生产者的原创性特征衰微了；还有，仅存的一个假设：艺术不过是重复。"❷ "审美的日常生活化"所表征的是，文艺的降尊纡贵走向民间大众，融入日常生

---

❶ 沃尔夫冈·韦尔施：《重构美学》，陆扬、张岩冰译，上海译文出版社2002年版，第42页。
❷ 迈克·费瑟斯通：《消费文化与后现代主义》，刘精明译，译林出版社2000年版，第11页。

活。从社会文化背景看,它显然与日常生活中的快乐化、享乐化倾向对文艺审美的"召唤"相关,是生活享乐化与审美娱乐化二者一拍即合的结果;而从文艺审美本身来看,则显然是如上所说的审美精神不断下移,走向"泛化"发展的一种必然归宿。

文艺审美的日常生活化可能带来两个方面的结果:一方面,使文艺从圣坛回归民间,从精英回归大众,从艺术回归生活,在民间生活中获得一种现实的、世俗性的生命力,以及比较广阔的消费市场;另一方面,文艺审美在大众化、世俗性的同时,往往不得不屈从日常生活中审美消费的潮流,从而不断降低艺术审美的水准,消解真正的艺术审美精神。正如阿诺德·豪泽尔所说:"每当艺术受众的圈子扩大一层,他们的鉴赏水平就下降一级";"受众越多,它的艺术消费行为就越被动,越无鉴别性和批判性,它越是欣然接受那些标准化的、效果有所保证的艺术作品"。❶就像流行歌曲一样,它不但支配大众,而且塑造大众,当人的审美感觉只会跟着流行趣味走的时候,"独立的自由审美就必然会被取消,因为美必须同时被个人体验,一旦只是被公共地体验它就会走样,就会使审美经验消失在公共经验之中"❷。其实早在20世纪上半叶,法兰克福学派的阿多诺等人,就已经激烈批判过这种艺术的大众化、时尚化倾向,并提出"否定的艺术"与"艺术的否定"之命题,坚决反对艺术与现实的同一合流,主张艺术站在否定批判性的立场,与现实保持应有的距离与"张力",使其不至于完全堕落,被生活现实"同化"吞并掉,这既是艺术避免走向没落的自我拯救之途,也是通过艺术对生活平庸化的拯救。然而将近一个世纪过去了,艺术似乎并没有改变继续走向日常生活与流行时尚的进程,尤其是到了当今所谓后现代消费社会,更进一步与日常生活审美化合流,正如韦尔施所看到的那样,"做日常生活的美化者和建筑设计师,是许多艺术家已经在走的路"❸,而且

---

❶ 阿诺德·豪泽尔:《艺术社会学》,学林出版社1987年版,第253、258页。
❷ 潘知常:《反美学——在阐释中理解当代审美文化》,学林出版社1995年版,第65页。
❸ 沃尔夫冈·韦尔施:《重构美学》,陆扬、张岩冰译,上海译文出版社2002年版,第165页。

一些人是自觉自愿这样做的，即使这样会加速艺术的自我"终结"，在"日常生活审美化"的潮流中陷入灭顶之灾，似乎也全然不顾、在所不惜。

然而问题恰恰在于，存在的是否就是合理的？已然的趋势是否就是必然的命运？艺术审美难道只有向日常生活妥协一途吗？这种妥协与屈服又会给生活和艺术带来什么呢？在韦尔施看来，当今的日常生活，从公共空间到我们的身体，都已成年累月地受制于一种"伪后现代的整容术"，到处都充斥着装饰、装点、美化，审美化的浪潮正席卷四面八方，在许多公共领域，"甚至在艺术进入其中之前，就已经是过度审美化了"。这种浅层次而又过度的审美化，导致的是处处皆美却终归无处有美，给人们带来的是持续兴奋之后归于麻木不仁。在这种情形之下，如果艺术审美仍一味向日常生活妥协下移，试图为日常生活审美化"锦上添花"，那么这种"日常生活化"的艺术审美就将毫无特色，不仅造成此类浅层次艺术本身过剩，乃至使"过度审美化"的现实之弊"雪上加霜"。在这样的现实面前，艺术将何以自立并凸显自身的价值呢？韦尔施认为，"如果公共空间中的艺术还想具有任何意义，那么它就不应当是审美美化的延续。它应当立身在其他地方"。具体而言，"在今天，公共空间中的艺术的真正任务是：挺身而出反对美艳的审美化，而不是去应和它"；"艺术应该采取步骤，反对这种美艳的审美化及其混合物，中断这些东西。名副其实的公共艺术，将不得不干预这审美化的无边漫延"。艺术完全可能以抗拒的姿态进入公共空间，展示自身与日常生活审美化的不协调特征，给那些被"过度审美化"搞得麻木不仁的人以"刺痛"，从而"引起震惊"，这样才能凸显当代艺术的价值，并且也"才能避免自身被日常生活审美化所吞并"。❶ 这既可以看作对 20 世纪阿多诺等人"否定的艺术辩证法"的一种历史回应，也可以说是面对当代艺术危机所发出的当下警示。

---

❶ 沃尔夫冈·韦尔施：《重构美学》，陆扬、张岩冰译，上海译文出版社 2002 年版，第 164—169 页。

如此看来，对当今一些人所极力张扬的"审美的日常生活化"理论，以及在这种理论观念的影响下，文艺实践中那种几乎是一边倒的媚俗审美倾向，也许的确有必要进行理性的审视与反思。"日常生活的审美化"已然是后现代消费社会的既成现实，这也许不是文艺审美的力量所能够扭转的，但至少对于文艺实践本身而言，应当批判反思和改变这种肤浅的审美观，重建艺术的深度审美观，避免一味追逐与日常生活审美化同流合辙的现实潮流，避免艺术所应有的审美精神在这一潮流中被完全消解掉。这既是对艺术审美精神的救赎，更是对人性的救赎。

原载《中州学刊》2007年第4期

当前文艺与理论批评中的人性观

我国新时期的伟大历史功绩之一,是在社会改革开放的进程中不断实现人的解放,包括个性解放和人性解放,这在当代文艺创作和理论批评中更是得到了充分的表现。新时期人性解放的基本取向之一,是把人的个性和感性生命需求,作为人的基本权利和人性的基本内容加以肯定与张扬,从20世纪80年代关于人性论、人道主义与异化问题的讨论,到关于文学主体性的讨论,直至90年代以来关于当代文学发展与人文精神的探讨,其实都关涉这一基本主题。而在当代文艺创作与理论批评中,这一基本主题则显得更为鲜明突出。从历史的观点看,这种对人的个性解放和人性解放的张扬与追求,其历史进步意义不言而喻。然而历史的悖论是,从过去强大的理性力量压抑人的感性,走向把感性当作人的生命本性来加以解放,在这种"物极必反"的历史矫正运动中,好像合乎逻辑地同时也是不可避免地走向了"矫枉过正",即走向了对人性的片面性理解,走向了对个性解放和人性解放的片面性追求,某些抽象人性论观念也重新抬头,从而导致陷入了人性观的某些误区。从一段时期以来文艺创作及其理论批评的情况看,有一些人性观念是比较流行的,对文艺实践的审美价值取向影响甚大,因而有必要进行一些辨析与探讨。

一、人性与"性"

一段时期以来关于人性的种种观念中,被搞得最为混乱的莫过于人性与"性"的关系，这反映在近一时期的相当一部分文艺创作与理论批评中，就是对"性"的放纵无度的描写与张扬，并将其理解为文艺实践中的人性解放和复归。在这里，"性"被赋予"人性"的名义并借此大行其道；反过来说，则是"人性"被抽去了人的丰富内涵只剩下了"性"的存在方式。这样一切是非美丑都被轻易混淆，各种"性"的放纵无度描写与张扬也就变得司空见惯了。

本来，大凡有生命的存在物都有性别之分，"性"既是一切物种生殖繁衍的必然条件，同时对个体生命存在而言，也是构成其生命本体及其生命活动的基本内容之一。凡生命体都有"性"的本能及其要求得到满足的欲望，然而作为从自然界进化而来的人类，其"性"的表征及其行为，显然具有区别于一般动物的根本特性，即体现人的历史进化与文明程度的特性。马克思说过："**男女之间的关系**是人与人之间的直接的、自然的、必然的关系。……这种关系以一种**感性**的形式、一种显而易见的**事实**，**表明**属人的本质在何种程度上对人说来成了自然界，或者，自然界在何种程度上成了人的属人的本质。因而，根据这种关系就可以判断出人的整个文明程度。根据这种关系的性质就可以看出，人在何种程度上对自己说来成为**类的存在物**，对自己说来成为人并且把自己理解为人。男女之间的关系是人与人之间**最自然的**关系。因此，这种关系可以表现出人的**自然的**行为在何种程度上成了**人的**行为，或者，**人的本质在**何种程度上对人说来成了**自然的**本质，他的**属人的自然界**在何种程度上对他说来成了**自然界**。这种关系还表明，人之**需要**在何种程度上成了**人的需要**，也就是说，**其他人**作为人在何种程度上对他说来成了需要，他在他个人的存在中在何种程度上同时又是社会的存在。"❶ 如果说"性"是动物的生命本能之一，构成动物性的一部分，那么"性"也是人的生命本能之一，成为人性的一部分，中国古人说"食色，性也"，即把饮食男女当作基本人性来看待的。不过问题在于，人性毕竟不同于动物

---

❶ 马克思：《1844年经济学哲学手稿》，刘丕坤译，人民出版社1979年版，第72—73页。

性，就"性"的关系而言，如马克思所说，一方面，它是人与人之间"最自然的"关系，它以一种"感性"的形式存在，是人的一种"自然性"的行为；另一方面，它又毕竟是一种"人的"行为，表征着人的属人的本质，据此可以判断出人的整体文明程度。似乎可以这样说，人的生命活动中如果缺少了"性"的内容，人性将是残缺和不健全的；反过来说，"性"的关系只有从自然性（动物性）提升到人性的层次，即在人的社会实践中获得情与爱的内涵，这种生命活动才因此而变得丰富多彩和浪漫美好。

然而不幸的是，人性却遭遇了人自身的扭曲。曾经，"性"被视为肮脏下流的东西，并且成为话语禁区，甚至连男女爱恋之情也被当作不健康的东西给予否定批判，不仅在现实生活中如此，在文艺创作与批评中也同样如此。这种对"性"的完全排斥和压抑，可以说是对人性的阉割。因此，新时期人性解放在文艺上的表现，往往首先从突破爱情描写的禁区开始，然后逐步推进到突破性描写的禁区，乃至如《男人的一半是女人》中描写主人公章永璘被压抑的性本能的恢复，也被看作人性复归的一个标志。像这样在思想解放的背景下，将男女性爱关系（包括性行为描写）置于一定的社会实践关系中，从人性解放与人性复归的意义上加以反思和艺术表现，显然是具有积极意义的。此外，还有一些文艺创作将情爱性爱与人的美好生活追求融合起来描写，表现出对健全人性的理解与审美追求，也是能给人以人生感悟和美感的。

然而我们也可以看到，在那些以"身体写作""下半身写作"等相标榜的写作中，性生活的描写则几乎到了泛滥成灾的地步。在有些人的笔下，写人必写"性"，无"性"不成书，不仅在作品内容上几乎通篇都与性事相关，而且在写法上也大多采用放纵式、作践式的描写，追求强烈的感官刺激效果，其实目的仅在于以此吸引读者眼球，从而获取最大的市场效益。一些写作者却非要自我标榜，把这说成是"人性化"的描写与表现；一些文艺评论也对这种现象大加赞赏，誉之为"人性"描写的突破与深化，具有何等的"人性解放"的意义云云。这里似乎又走向了另一个极端，即把人性直接理解为"性"，人性就是"人"等于"性"。当前一些文艺创作中这种"性"描写的泛滥，以及文艺评论中对"性"观念的张扬，恰恰又是与现实生活中一些人的"性解放"观念及其"乱性"行为彼此呼应互动的。当人们把"性"看作了人性的根本内涵，人性中只剩下"性"，并且把"性"的描写视为人性解放的根本标志之时，这就必然导向一个极大的观念误区。其实马克思在谈到两性关系时早就说过，"诚然，饮食男女等等也是真正人类的机能。然而，如果把这些机能同其他人类活动割裂开来并使它们成为最后的和惟一的终极目的，那么，在这样的抽象中，它们就具有动物的性质"❶。当我们把人性仅仅理解为"性"的内涵时，那绝不是人性的提升和深化，而恰恰是将"人性"降低成"动物性"；当我们仅仅把"性"的解放看作人性解放的标志时，那也绝不表明人性的新觉醒，而恰恰将导致"人性"的又一种迷失。

倘若再深入一步看，其实人性被"性"所扭曲，并不仅限于性生活的放纵与沉沦。按英国社会学家齐格蒙·鲍曼的看法，性除了合乎自然的肉体关系之外，还有另外一面，即非自然的诱惑与权力控制。他在谈到西方后现代社会的"第二次性革命"时曾指出，如果说"第一次性革命"的意义在于"把性活动从压制力比多冲动（往往伴随着有害的结果）的附属的社会功能中解放出来"，因而还比较富于罗曼蒂克意味的话，那么这次革命就打破了第一次革命所带来的东西，"这种进程的文化表征是，从性爱中揭去了罗曼蒂克的外衣，并使其性的本质昭然若揭"。这个本质就是非自然的诱惑与权力控制。他认为，"与人类的身体与灵魂相比，性更适合这样的目的；性是自然的，然而，它又充满了非自然的诱惑。性是不可避免的，然而，它充满了危险。性是无所不在的，并被所有的人类所共享。由于这些特点，性似乎是被用来衡量无处不在的权力，并下决心去管理人类的身体与灵魂——一个健康身体里的

---

❶ 马克思：《1844年经济学哲学手稿》，刘丕坤译，人民出版社1979年版，第48页。

健康灵魂……它提供了所有的一切：这样的一种权力可能需要安置自身，并同时复制其机制和对象"❶。这就是说，在当今的后现代社会中，性活动已不仅仅在于满足肉体快乐本身，而是往往被用作进行诱惑和权力控制的工具。"如已经所发生的，这种变化的副效应是，性与社会关系——尤其是婚姻与父母关系——的分离，是私有化与市场化进程的强有力的工具，而不是结果。今天，个体首先是通过他们作为消费者而非生产者的角色而变得无比繁忙；对新欲望的唤起代替了规范性调节，宣传代替了强迫，诱惑使必要的压力变得画蛇添足与难以看见。"❷

这种性的开放及其被非自然的利用，不仅导致人性的扭曲，而且进一步带来人际关系的异化：性的关系处处被利用，因而"性的弦外之音处处被怀疑，处处被发现……我的一个很优秀的社会学家朋友告诉我，他敞开大门，准备接受女学生的随时咨询——为了避免性引诱的指责；不久他发现，这扇门在男学生访问期间也必须敞开。恭维女性的漂亮或妩媚很可能被审查为性引诱，而提供一杯咖啡可能被视为性骚扰。现在，性的幽灵出现在了办公室和大学'席明纳'教室里；在每一个微笑、每一次凝视或每一次谈话中，威胁都可能卷入其中。总的结果是，人类关系由于失去了亲密性和感情而迅速解体，进入这些关系并使之继续下去的欲望开始枯竭"。"今天，性在它的各个维度都已变成了松弛家庭结构的强有力的工具。"性的开放与泛滥甚至还会导致泛性论意识蔓延。❸

由此可见，性的开放与放纵，已经不仅仅是"人性"降低为"动物性"的问题，而且还带来人与人的关系全面异化。这种现象不只是在西方社会，在我们当下的生活实践（包括文艺活动）中，也已开始出现。

---

❶ 齐格蒙·鲍曼：《后现代性及其缺憾》，郇建立、李静韬译，学林出版社2002年版，第176-177页。

❷ 齐格蒙·鲍曼：《后现代性及其缺憾》，郇建立、李静韬译，学林出版社2002年版，第179页。

❸ 齐格蒙·鲍曼：《后现代性及其缺憾》，郇建立、李静韬译，学林出版社2002年版，第180-183页。

如果说前一时期开放发展中"性"的解禁，还具有类似于西方社会"第一次性革命"的意义，那么在当今后现代消费社会语境下，性的开放与放纵更有被滥用到其他方面，从而导致人性进一步异化的可能。从"文学是人学"的意义而言，理应站在人性的价值立场，对此类现象进行批判反思才对，倘若自身也在现实的诱惑下卷入性泛滥的潮流，那无疑将导致"人性"与文艺本性的双重迷失。

二、人性与"欲"

"欲"即欲望，除上面说到的"性"方面的欲望外，还有物欲、财欲、贪欲、权力欲、名利欲、占有欲等，概言之，即人的种种私欲。如上所说，人从动物进化而来的事实表明，世俗中人具有一定的本能欲望应当是正常的；不过人之所以为人，人性之所以高于一般的动物性，不仅在于人的情与欲有更加丰富复杂的内容，而且还在于人能够以自身的理性与理智，超越这种本能欲望，达到一定的人性修养与道德自律的境界。

当然，人类社会本身是复杂的，人之超越本能欲望达到某种道德境界，实际上又有各种不同的层次。比如有宗教道德，那是倡导普世之爱和追求无欲至善的境界；有圣贤道德，那是倡导和追求公而忘私、无私奉献的境界，古圣先贤留下的"自强不息，厚德载物"，"富贵不能淫，贫贱不能移，威武不能屈"，"先天下之忧而忧，后天下之乐而乐"等古训，即昭示着这样一种境界。当然，更普通常见的应是世俗道德，也就是日常生活中普通人的生活伦理：一方面，他有自己的欲望和利益诉求需要表达，并力图通过正常的方式手段寻求满足。另一方面，在现实的社会关系中，至少能够做到推己及人，"己所不欲，勿施于人"，利己而不损人；在自身修养方面，具有起码的向善向美之心，自觉追求比本能欲望满足更丰富的人生意义价值的实现，由此而显示人性的丰富性和应有的基本道德尺度。

然而同样不幸的是，人性在这里也被反复扭曲。曾经，人的各种合情合理的私利与欲求都被无情否定压抑。这实际上意味着把宗教道德和圣贤道德的要求，当作世俗道德加以普泛化，强加给平民百姓。这在既没有相应的物质基础和思想基础，同时又缺乏人的主体自觉性的时代条件下，所带来的结果就必然是：一方面，人的合理要求被漠视，人的生存发展的基本权利被剥夺，从而造成人性的被压抑；另一方面，在政治高压之下，人们或者在"循规蹈矩"的虚假表象之下把自己的本能欲望与私心杂念掩藏起来，或者转换为政治投机，通过对政治权力的追逐而曲折地谋求各种私利，这无疑更是一种人性的扭曲和异化。新时期的改革开放，首先从承认我们还处于社会主义初级阶段开始，从解放和恢复社会生产力以满足人的基本需求开始；与此相适应，在经济伦理和法律观念上，也肯定和保护个人的合法私有财产，维护人们通过合法手段谋取自身利益的权利。其中所包含的，则是对人的生命本能与欲望的承认，即在思想观念上承认人性中包含欲望。文艺活动历史性地复归对人性的表现，就不可避免地要表现人的欲望，这本身也正是社会变革的一种见证和历史进步的一个标志。

不过问题在于，是适度肯定人性中包含欲望，以保持世俗生命活动的本真丰富性，还是把人性直接等同于欲望，并将人生的意义价值仅仅归结为欲望的满足？这可是完全不同的两种价值立场。现实生活中不乏这种现象，在有些人那里，欲望一旦解放出来，并在某些因素的刺激下不断膨胀，就如同潘多拉盒子里放出的魔鬼那样不可控制，私利追逐与欲望满足成为人生意义的全部，最终这种欲望之火便有可能烧毁一切，包括生命价值本身，这难道不是人性的迷失与人生的悲哀吗？

作为对现实生活的反映，此类人性观念在文艺活动中同样也有种种表现。有人极力追逐所谓"欲望化"写作，如在有的当代诗歌中，就几乎是赤裸裸地把本能欲望直接当作人性本身来加以表达和咏唱；在有的小说和影视作品中，也热衷于把笔下人物的享乐追逐和欲望化生存方式，直接当作人性化的东西来表现。也有人在理论观念上力图翻新，极力将本能欲望当作人之本性加以张扬，并在对文艺作品的评论阐释中贯穿这种观念。如有的文学史家把人性抽象化、自然化为"欲望世界的展示",以"本能的追求"和"欲的炽烈"作为基本的人性标准,来阐释评判古代文学作品的意义价值,从"原欲的解放"视角,来看待作家创作个性的形成及其推进文学发展的意义,等等。正如有学者所指出的那样,如此的价值观念转变,必然导致文学评价标准的迷乱和思想导向的失误。[1] 平心而论,一些论者的本意和出发点,也许在于以"人性论"的观念来打破原来"阶级论"的僵化文艺批评模式,试图从人性解放的角度来看待和阐释作品的反封建意义,然而问题在于,一旦把本能欲望当作人性本身来加以张扬,则很可能陷入另一个误区,既消解了人性应有的丰富内涵,也将造成对文艺作品意义的曲解和价值观念上的误导。实际上我们从一段时期以来某些古代戏曲作品的改编中就不难看出此种端倪。比如有人把《牡丹亭》《西厢记》等打造成现代版或青春版,一方面将原作中的反封建主题意义隐去或消解,另一方面则真正将"原欲的解放"和"欲的炽烈"等加以开掘与张扬,改编者宣称这是以"现代意识"对古代作品"推陈出新",是与现代审美观念接轨,从而充分适应和满足现代青年观众的审美趣味与需求,等等。对于这样一种"现代观念"与"推陈出新",笔者是表示怀疑的,姑且不说这将在何种程度上造成对古代经典作品的误读,以及对传统文化精神的消解,仅就这种以"欲的炽烈"为导向的"现代"审美观念与趣味而言,它将会带来些什么,这本身就是值得反思的。

看来还是需要回到对人性与欲望如何理解的问题上来。应当说,人性与欲望并非天然对立的,也不是自然同一的。一方面,正常的、合乎人性的欲望理应得到满足,它构成人生意义的一部分,封建社会及其一切专制性社会的"存天理、灭人欲",显然是反人性的,因而从来都被视为一种罪恶。《牡丹亭》《西厢记》等古代作品"以情反理"的反封建意义正在这里,新时期以来一些文艺创作把"欲的解放"作为人性的

---

[1] 王元骧:《关于文学评价中的"人性"标准》,《文学评论》2006年第2期。

复归对待也是具有历史合理性的，因为这是当时社会条件下，社会与人性合理健全发展这一矛盾的主要方面。另一方面，欲望又并非可以完全放纵而不加约束的，任何社会都不可能没有基本的道德规范，而任其物欲横流、人欲横流。当社会的变革发展已经出现这种物欲横流、人欲横流的趋向时，那么作为社会与人性合理健全发展的矛盾的主要方面，就会相应转化为寻求建构必要的社会道德规范。当然，这种对人性欲望的规约，不应是重新回到对它的野蛮压抑与束缚，也不是专制性的训斥与说教，而更应当成为一种合乎情理的引导和自由自觉的追求。英国学者阿兰·斯威伍德在谈到大众文化对人的欲望的引导作用时，曾引述托洛斯基的话说："人类欲望的本质是什么？渴求娱乐、散心、观光与欢笑，如此而已。援引较高的艺术质素，来满足这些欲望，是我们有能力，而且也是必须做的。甚至，我们可以把娱乐转换成为一种武器，进行集体教育，摆脱说教式的君师姿态，剔除道德感化之类的习气。"❶ 当代文艺包括大众化的文艺在内，完全可以而且应该将人类欲望引向积极的、合乎人性的方面，引导人们在健康的快乐中提升人性和丰富人生意义价值，而不是与此相反。

三、人性与"情"

"情"即情感，包括各种人之常情，如爱情、亲情、友情，以及各种个人化的隐秘情感等。与"性"与"欲"相比，"情"显然包含更为丰富的内涵，因而也更容易被当作人性本身来理解和看待。但在文艺活动中比较容易出现的问题是，将情感表现抽象化和庸俗化。

新时期以来文艺观念变革的一个重要方面，就是针对过去把文艺表现人情当作资产阶级"人性论"加以批判的错误倾向，努力复归"情"在文艺中的重要地位甚至是中心地位。文艺理论中的"情感说"，即把

---

❶ 阿兰·斯威伍德：《大众文化的神话》，冯建三译，生活·读书·新知三联书店2003年版，第42页。

表现情感视为文艺的根本特性，同时也成为文艺评价的基本标准。在这种理论观念的影响下，文艺创作在表现人性人情方面的确实现了历史性的突破，从新时期初的《牧马人》《爱是不能忘记的》《天云山传奇》等，到20世纪90年代风靡一时的电视剧《渴望》，再到近期如《大哥》《贫嘴张大民的幸福生活》等一批作品，都以其深厚的生活底蕴，情感表现上的深广内涵，艺术表现上的朴素真诚而感人至深，从而获得广泛好评。

但毋庸讳言，也有一些文艺创作及其评论，在情感表现的观念及其方式上可能存在相当的偏差。一种情况是，片面强调艺术表现个人情感，而盲目排斥表现社会情感。由于过去的时代曾有过以集体主义泯灭个性情感的惨痛教训，这种历史记忆的阴影仍久久萦绕在人们的心头挥之不去，致使在有些人的观念中，似乎个体性与社会性是必然对立的，如果重视社会性就必然淹没个体性，因此，只有尊重个性、关爱个人情感才是符合人性的。曾有"自我表现论"者宣称，文艺只适于表达自我情感，而不屑于表现自我以外的任何东西，顺着这个趋向发展，难免陷入深重的"自恋情结"，所谓人性关怀与人文关怀，也就只剩下了自我关怀的含义，由此导致另一种片面性。另一种情况是，为了改变过去按"阶级论"观念反映生活描写人物的旧模式，赋予人物形象更丰富的人性内涵，也就是如有评论家所说将"扁平人物"写成"圆形人物"，于是就要在人情关系的复杂性与人物情感的丰富性上下功夫。而如果将"情"视为似乎可以超越一切社会关系的基本人性，不仅与阶级性无关，甚至可以与理智无关，与道德无关，那么在这种无限拔高与抽象中，其他的社会性价值维度就将被遮蔽与消解，其可能带来的价值观上的混淆与迷乱可想而知。

在一个时期来的文艺创作中，可以看到这样的现象，即以某种"情"为核心和主线来编织人物故事，在"情"与"爱"的名义下，各种矫情的、煽情的、滥情的作品大行其道层出不穷。比如在一部作为"主旋律"作品推出的电视剧中，表面上看交织着两条情节线索：一条是写三个男人在某海岛经济建设中各自的创业行为，似乎意在体现和张扬开拓奋进的时代精神；另一条则是写这三个男人与同一个女人之间的多角情爱关系，似乎意在表现人性人情。实际上，所谓海岛经济建设充其量不过是一个背景，以此获得一定的"现代感"与"时代特色"，而对三个男人的创业描写也不过是使他们获得一个"成功者"的身份，剧作刻意突出和渲染的情节主线，还在于这段"情事"。它力图证明大凡男人都有爱漂亮女人的"天性"，创业者也不例外，或许更甚，他们不仅要追求事业上的成功，而且在情场上也不甘失败，事业与爱情"一个都不能少"。其中男主人公抛开曾深爱过的妻子和美满幸福的家庭移情别恋，当面对妻儿的责问时，他的辩解就是："我不能欺骗自己的感情"；"爱不是过错，爱不需要理由！"在这里，"爱"高于一切，成了可以超越和凌驾一切社会道德规范之上的神圣准则和最充足的理由，只要是为了"爱"，就可以问心无愧地回避道德良心的拷问，一切不轨行为都变得合情合理，一切为了"爱"的背叛都理应得到宽恕和谅解。"爱不需要理由"，这大概就是当今一些人在"人性"（天性）的名义下所张扬的"后现代"情爱观念，它所迎合的也正是当下现实中所谓"情感消费"的时尚。殊不知现实中有多少人就是从这种"爱"的情感黑洞中陷落的，又有多少情感黑洞的陷落者最终又是以"爱"为理由来进行自我辩护和开脱的！当代文艺中张扬这样的情爱观、人性观，难道也不需要理由吗？

　　此外还有一些所谓经典名作改编，也往往是在男女情爱上做文章，如《阿Q正传》就被改编成了以阿Q与几个女人的情爱关系为主线的荒唐故事；《沙家浜》被改编后，其故事主线也变成了一个女人与三个男人之间不明不白的情感角逐，这在一些人看来似乎就具有了超越阶级性的"人性"意义。还有某些写辛亥革命走向共和的作品，明明是不同阶级间的殊死斗争，也要在慈禧太后和袁世凯等人物身上挖掘其有情有义"人性化"的一面；也有写缉毒题材的作品，以毒枭为主人公，一方面写他如何疯狂作恶犯罪，另一方面又写其如何极尽孝道真情感人，等等。创作者的本意也许在于通过这种"多重性格组合",来写出人物性格的丰富性与复杂性,显示某种"人性"的深度,但问题在于这种性格的"多重组合"及其"人性"的善恶两面,是人为拼贴的还是有机统一的,并且又是统一在什么样的现实关系基础上的?马克思早就说过:"人的本质不是单个人所固有的抽象物,在其现实性上,它是一切社会关系的总和。"[1]如果说理解人的阶级性应当如此,那么理解人性人情同样应当如此。倘若没有对人的现实关系的深刻理解,没有对人性复杂性之现实根据的深入把握,而只是简单地用各种情感描写来进行"人性"拼贴,打造出各式各样亦好亦坏、亦善亦恶的"多重性格组合"的人物来,那就不仅无助于人物性格描写的创新与深化,更会带来人性价值观上的迷乱与误导,因而值得警惕。

四、人性与"乐"

"乐"即娱乐、快乐、享乐等。一般而言,求乐避苦当属人之常情,因此追求人生快乐,应当说是符合人性的,而文艺自古以来就具有审美娱乐功能,借文艺以取乐也并不是什么问题,人生快乐与文艺的审美娱乐似乎天然地联系在一起。从历史发展来看,如果说在过去的年代,人们不仅在经济生活上过于贫困沉重,而且在精神生活上也过于束缚压抑,文艺也承载了过重的政治教化功能而显得过于严肃沉重,那么在改革开放的时代条件下,人们经济生活上富裕起来了,精神生活上也开放丰富了,文艺也有可能充分满足人们的审美娱乐需求,这无论从哪个方面看,都可以说具有人性解放的意义。

不过问题在于,凡事都必有其合理性的限度,换言之,凡事都不可能孤立地理解看待,一个事物与其他事物,一个道理与其他道理,往往是相互关联和彼此依存的,如果孤立地强调某一个方面,就有可能走向悖谬。以"乐"而言,一方面如上所说,追求人生快乐是人之天性;另

---

[1]《马克思恩格斯选集》第1卷,人民出版社1995年版,第56页。

一方面，人生快乐其实又与劳动创造和责任担当联系在一起。因为只有首先创造生活，然后才能享受生活；只有担负起应有的社会责任，才能使我们的快乐生活获得应有的社会条件，否则一切所谓快乐、享乐、娱乐都会失去必要的前提。还有一点需要指出的是，所谓幸福快乐之类，应当说是一种个体性和主观性很强的生命感受体验，其中包含着极为丰富的人性内涵，也许并非只有吃喝玩乐才算人生快乐。对有些人而言，可以助人为乐，可以奉献为乐，可以尽责为乐，这不同于从感官快慰上获得快乐，而是从精神体验上获得快乐，这也许是一种别人体会分享不了的、具有更丰富深厚内涵的快乐幸福感。倘若有人以自己对人生快乐的理解，来嘲笑他们"傻"且不懂得享受快乐，恰恰会反衬出自身的低俗浅薄。

然而不幸的是，一个时期以来社会现实中确实流行这样一种庸俗化的人生快乐观，即以灯红酒绿纸醉金迷的奢华生活为快乐，以放纵物欲情欲肉欲最大限度满足个人感官享受为快乐。而当今的某些文艺理论与文艺创作，也往往迎合这种享乐主义的人生观和价值观，一方面极力张扬文艺消遣娱乐的特性功能，排斥文艺的理性精神与责任担当，似乎前者才是合乎人性和文艺本性的，后者则是异化的；文艺实践上更是以追逐低级趣味和庸俗化的搞笑取乐为时尚，在迎合满足一些人的感官享乐需求的同时，也不断撩拨刺激人的感官享乐欲望，由此形成享乐欲望开发与享乐消费满足之间的互动循环。有人说某些文艺擅长于"瞄准人性的弱点赚钱"，大概也包括这种现象。另一方面，则是在一些作品及其评论中，自觉或不自觉地播撒这种玩世不恭享乐主义的人生价值观。而这一切又往往是在某种人性解放或人性复归的名义下受到肯定和推崇的，至于它会给民众特别是青少年的人生观与价值观带来什么负面影响，似乎并没有人深究。

实际上，"乐"的人生观与文艺观并非没有限度，倘若在文艺观上仅仅以娱乐为其本性而拒绝理性精神与责任担当，那么它就难以既反映人民精神世界又引领人民精神生活，难以成为引导国民精神前进的灯火，它自身也容易在娱乐消费狂潮中陷入沉沦。而在人生观上如果以享乐快乐为生命本性，仅仅以追逐感官享受为乐，从娱乐至上到有人极而言之的"娱乐至死"，那么这种轻量化的生存也终将导致人生虚无，迷失真正的生命本性与人生意义，从而带来生命之不能承受之"轻"，乃至人性的沦落。在这里，文艺娱乐与人性沉浮依然是密切关联在一起的。

总之，"文学是人学"，显然回避不了文艺表现人性的问题。如果说这在过去的历史时期里曾经是个沉重的话题，文艺与人性都遭遇过沉痛的压抑和扭曲，那么在后来"人性解放"的历史运动中，则又出现了某些新的偏向，它又变成了一个十分随意的话题，似乎什么都可以借"人性"的名义在文艺活动中加以表现与张扬，造成新的人性迷误。笔者以为，关于人性及其文艺表现人性，在今天仍然是一个严肃的话题，究竟应当如何理解人性，建构什么样的人性价值观与审美价值观，既关乎当代文艺的健康审美价值导向，更关乎当代人性的健全发展，因而值得引起足够的关注。

原载《青海社会科学》2008年第1期

文学价值观问题探析

从价值论的角度来看,文学活动是一种价值特性极为突出的审美活动。文学创作活动中始终贯穿着作家的价值发现、价值判断和价值创造;文学接受活动中始终贯穿着读者的价值领悟、价值选择和价值认同;文学批评(研究)活动中始终贯穿着评论(研究)者的价值观照、价值阐释和价值评判。而这一切都与文学主体的文学价值观念直接相关。在文学活动中,如果说生活决定文学的根源基础,而观念则决定文学的价值方向。因此我们认为,在文学价值论研究中,一方面需要重视文学价值问题的研究,如文学价值的特性,文学价值的生成与实现的规律性等;另一方面也需要注重文学价值观念问题的研究,如文学价值观的内涵要素,文学价值观的基本特性,文学价值观与价值标准的关系,文学价值观的意义等。我们这里根据自己的理解,对文学价值观念方面的问题试作探析。

一、关于文学价值观的理解

一般来说,价值观是人们关于事物价值评判的观点或观念。有学者认为,"'价值观念'或'价值意识',简单说来,就是评价主体对于'什么有价值'之回答,这种观念发生并贯穿于具体的评价活动的整个过程之中",它"决定着人们的价值选择或价值取向"。[1] 应当说,凡是

---

[1] 毛崇杰:《颠覆与重建——后批评中的价值体系》,社会科学文献出版社2002年版,第60页。

社会生活中的人都会有一定的价值观,即都会具有某种对事物进行价值评判的观点或观念。之所以如此,是根源于人的生命活动的特点。与其他动物的生命活动根本不同,人与外部世界或对象世界的关系,有三个主要方面:首先是认识关系,即认识对象物的特点及其规律性;其次是价值关系,即判断对象物对自己有什么样的用处或意义价值,这显然要根据人自身的需求以及对象物如何满足主体需求来加以判断;最后是实践关系,即主体根据已有的对事物的认识,以及所形成的价值判断,来决定如何利用或改变对象世界,或在此基础上创造新的对象物。当然,实践关系是人与对象世界最根本的关系,认识是为了使人的实践活动"合规律性",价值判断则是为了使人的实践活动"合目的性",这样,人的实践活动就成为合规律性与合目的性的有机统一。在这个过程中,人们的价值观念与价值判断起着关键性的作用,因为它决定着人们实践活动的目标和方向,使人的实践活动真正成为自由自觉的活动。文学活动作为一种实践活动当然也是如此,人们从事文学活动(文学创作、阅读接受、批评研究等),也都会有自己的文学价值观,并且它在人们的文学实践活动中同样起着重要作用。

所谓文学价值观,是指人们对于文学价值的认识看法,以及在文学活动中所体现的价值观点或观念。具体而言,就是文学活动主体在认识文学的特性规律的基础上,对于文学起什么样的作用,在哪些方面起作用,以及如何认识和评判文学的意义价值的观念系统。有学者认为,"文学价值观念是文学价值内化为文学活动主体的意识的产物,是人们关于文学价值的情感态度,理性思考,以及文学价值的参照模式、理想预期等因素的系统化"[1]。

按照我们的理解,文学价值观的内涵要素主要有以下方面:一是对文学价值的认识。对于文学究竟有什么作用,人们的认识可能各有不同的侧重点,如注重真实反映生活及其认识作用;或注重情感表现与传达

---

[1] 李春青:《文学价值学引论》,云南人民出版社1995年版,第124页。

作用；或注重艺术表现和审美作用；或注重娱乐消费作用，等等。对文学作用的认识不同，就会有不同的价值追求和文学评价。二是审美理想。所谓"理想"，是指对未来事物的想象或希望。而"审美理想"，则是指人们对至善至美境界的想象与向往，其中包括思想、道德、情感等丰富内容。真正的文学艺术家都会有自己的审美理想和追求，包括社会美、道德美、人性美，以及艺术本身的美，等等，这一切都将内化为文学主体的文学价值观念。也许可以说，"审美理想"在文学价值观中起着核心和统摄的作用。三是审美判断。在具体的文学活动中，文学家的价值观，会表现为对所描写对象世界的价值评判。比如在反映社会历史生活时，会表现出对这种社会历史生活的认识评价，即表现出一定的社会历史观；当描写某种道德生活时，会表现出对人物道德行为的态度，即表现出一定的道德观；当描写人生命运与人性善恶时，会表现出某种人生态度，以及对人性和人生意义价值的理解，即表现出一定的人生观和人性观；当描写事物的美丑形态以及进行某种艺术表现时，会表现出特有的审美态度和价值判断，即表现出一定的审美观，等等。从文学批评的角度来看，批评主体对文学中所描写的生活内容，以及其中所表现的价值观念进行评判，或者肯定这种描写及其价值取向，或者批评这种表现及其价值观念，所依据的当然也是评论者自身的文学价值观，包括他的审美理想，以及他的社会历史观、道德观、人生观与人性观、审美观等。我们不能责备文学主体具有自己的文学价值观，而只能评析这种价值观是积极还是消极的。当然，这本身也是一个见仁见智的问题，恐怕很难确定某种统一的标准，只能是在讨论甚至争论的过程中逐渐形成一定的基本共识。

关于文学价值观念与价值标准的关系问题。如果说文学价值观念是一种存在于文学主体头脑中的个人主观性的东西，那么，文学价值标准就往往是这种文学价值观念的"外化"表现，从而成为具有一定社会普遍特性的价值评价尺度，这种文学价值标准显然是具有社会性和时代性的。有学者认为，"任何一种价值观念的核心都是价值标准问题，因此，要弄清楚一种文学价值观念的本质所在,就必须检验它奉行怎样的价值标准。文学价值观念的时代性主要表现在文学价值标准的时代性上"❶。

文学价值标准体现在文学批评中,就成为通常所谓文学批评标准,如果完整地加以表述,应该叫作"文学批评的价值标准"。这种文学批评的价值标准,显然来源于文学评论者的某种文学价值观念,它或者在一定的批评实践中被标示出来,或者作为一种批评理论表达出来,如果在特定的社会背景条件和文化语境中得到一定的认同,便成为在一定范围内通行的文学批评标准。比如中国古代的"尽善尽美""温柔敦厚""乐而不淫,哀而不伤""发乎情,止乎礼义"等诗学观念,便成为中国诗学史上传承不衰的诗学批评标准。还有关于文学批评的政治标准和艺术标准的理论,实际上也反映了特定时代条件下的文学价值观念,反映了文学批评价值标准的时代性。同样的道理,如今文学评价标准的多元混杂,乃至价值迷失,实际上也反映出后现代社会文化语境中,文学批评标准或文学价值标准的某种时代性特点。

从表面上看来,文学价值观念似乎是纯主观化的东西,然而实际上它既具有个体性,也具有社会性,是二者的辩证统一,这也就是文学价值观念的"二重性"问题。

从文学创作的意义而言,作者无论反映社会历史生活,还是抒情言志表情达意,都会自觉不自觉地表现出对生活的认识,对历史的感悟,对人生的理解,对事物的道德情感和审美态度,以及是非、善恶、美丑判断等,总体而言就是表现对所描写事物的价值观念。而这种价值观首先是个体性的,与个人的生活经历相关,具有个人的独特性。另外,文学所描写的社会生活或所表现的思想情感内容,又并不仅仅属于个人,必定与一定时代的社会价值体系相关。因此,文学作品中所潜存的文学价值观念,都会具有个人性与社会性的二重性特点。正如有学者所指出的那样,"文学价值观念又不仅仅与个体意识相关,它又是社会历史的

---

❶ 李春青:《文学价值学引论》,云南人民出版社1995年版,第128页。

产物，因而必然联系到特定时代的社会生活、社会心理、时代精神、政治伦理观念，又规定着这个时代文学活动的总体价值取向"❶。正因为如此，"对于任何一种文学价值观念，只有将其置于特定的社会生活、文化结构中才能得到正确阐释。对于任何一部文学作品，也只有将其置于一定的文学价值观念之下，才能理解它的真正价值"❷。

从文学批评的意义而言，当然也是如此。任何文学评价，应当说都首先是评论者个人的一种认识见解，是其个人文学价值观的一种体现。然而评论者的这种文学价值观念，也无不受社会价值观的影响，无不打上他那个时代的精神烙印，因而无不具有其二重性。更何况，在文学批评实践中，实际上还存在着与作品中所潜存的文学价值观之间的相互影响和碰撞。如前所说，在文学创作中就已经有着作家价值观的物化表现，并且物化在文学作品中的这种价值观，本来就具有二重性的特点，因而到了文学批评中，一方面评论者要对作品中的价值内涵加以评判，另一方面文学作品中所表现的价值观也会对评论者产生一定的影响，二者之间的交织互动，更使得这种价值评判关系及其价值二重性特点显得十分复杂。有学者对此做了十分透辟的分析，"文学评价的二重性一方面来源于评价主体自身的二重性，一方面又来源于文学文本潜价值的二重性，在文本的'有意义的结构'之中，实际上已经潜在地包含了两种价值可能性：一种诉诸接受个体审美和精神自由需求，获得实现后便成为文学个体价值；一种诉诸社会意识和社会秩序，获得实现之后，便成为文学的社会价值。文本结构中价值潜能的二重性只能是创作主体自身的二重性在作品中的外化形式。这种二重性其实在文学价值实现的整个过程中，都存在着。价值潜能的二重性直接表现为评价的二重性，而评价的二重性也必然导致价值效应的二重性。评价的二重性也罢，价值效应的二重性也罢，都是人的存在的二重性的反映"❸。对于文学评价中所

---

❶ 李春青：《文学价值学引论》，云南人民出版社 1995 年版，第 124 页。
❷ 李春青：《文学价值学引论》，云南人民出版社 1995 年版，第 127 页。
❸ 李春青：《文学价值学引论》，云南人民出版社 1995 年版，第 127 页。

关涉的文学价值观，无疑需要充分注意到这种复杂性。

关于文学价值观念的多样性与复杂性。文学价值观是一种观念形态的东西，是文学活动及其价值特性在文学主体头脑中的观念反映，反过来也可以说是人们对文学价值认识的结果。一方面，文学活动及其价值特性本身是复杂的，不仅各种各样的文学实践活动丰富多彩多种多样，反映出不同的价值取向，就是文学作品本身所蕴含的价值内涵也是多种多样的，这些都会在文学主体的头脑中反映出来，也都会作用于文学主体的头脑并产生影响；另一方面，任何文学主体作为社会生活中的存在，除了受到来自文学实践的作用和影响，也会受到来自其他社会实践的作用和影响，在这种多方面因素的作用和影响下，文学主体的文学价值观念必然会表现出它的丰富多样性和复杂性。由于存在这种文学价值观的丰富多样性和复杂性，那么不仅在不同的文学实践活动中会表现出不同的价值取向，即使面对同样的文学现象，也会表现出不同的态度和价值判断，无论是在文学创作、文学接受还是在文学批评中，可能都是如此。

二、关于文学价值观的意义

文学价值观的意义，是指在文学实践活动中，文学价值观究竟起什么作用？它会给文学带来什么样的影响？对此，我们大致可从以下几个方面来认识。

第一，从文学创作活动方面来看，作家的文学价值观，决定着从选取创作题材到创造加工全过程的价值选择、价值判断，直至最后文学作品的价值生成。

一般来说，在文学创作中，题材决定"写什么"，而观念则决定"为什么写"和"怎样写"，有什么样的文学观念，就会有什么样的写作。过去有一种理论叫作"生活决定论"，意思是有什么样的生活经验，就会有什么样的写作，这从生活是文学的源泉这一角度来讲，自有其道理在其中。但从创作活动的实质来说，更有可能是"观念决定论"，尤其是作家的文学价值观，起着关键性甚至是决定性的作用。

这种文学价值观的潜在作用，可能从题材选择阶段就已经显示出来。比如鲁迅小说创作的基本价值取向，是对封建社会形态及其国民性的批判，其出发点则是中国社会的现代变革。在他的思想观念中，实现中国社会的现代变革，首先需要改造国民性，要重铸国民的灵魂，这实际上也是近代启蒙思想家如梁启超等人提出的"新民"思想的延续。而要改造国民性和重铸国民灵魂，又首先需要认识和批判国民的劣根性，即根深蒂固的奴性，所谓愚昧、麻木等都是这种奴性的具体表现。那么这种国民的奴性从何而来？归根到底在于封建社会形态，包括封建专制制度和封建意识形态长期统治奴役的结果，因此，对国民性的批判必然导向对封建社会形态的批判。也只有从根子上认识批判封建社会的腐朽落后并且致力于改造它，才能使民众得到解放，才能使国民性得到根本的改造和重铸。也只有在这样的基础上和前提下，中国社会的现代变革转型才是可能的。在那个旧社会风雨飘摇、新兴社会变革风起云涌的时代，从西洋留学归来的一批热血知识分子，极力倡导教育救国、科学救国、实业救国等，固然具有十分积极的意义，然而如果不能根治中国社会及其国民性的弊端，则中国社会的现代变革发展，就将依然是困难重重。鲁迅看到了这一点，他作为那个时代的思想家和新文化的代表，其深刻性也正在于此。正是这种思想观念和价值取向，使得他将目光投向了当时社会的底层，投向了在社会底层挣扎的那些不幸的人们，以文学的方式反映了他们生活的苦难，也批判揭示了他们身上存在着的国民劣根性即奴性，从而将批判的矛头，指向封建专制制度和封建意识形态的统治、压迫和奴役，传达出变革社会和解放民众的强烈呼唤。从鲁迅的创作可以看出，他的小说题材到人物创造，都无不显示出这种文学价值观念的决定性作用。

同样是那个时代的小说家，巴金的创作更多是写，在那个黑暗腐朽的社会，封建家庭的没落及其令人窒息的生活，以及青年知识分子的苦闷焦虑和寻求出路的艰苦努力。在谈到自己的小说写作动机及其价值取向时，巴金谈得最多的是这样两个方面：一个是基于对封建时代社会生活的认识以及自己的亲身体验，表达对黑暗腐朽不公平不合理社会现实的批判抗议。在谈到《家》的创作时他曾说过："自从我执笔以来我就没有停止过对我的敌人的攻击。我的敌人是什么？一切旧的传统观念，一切阻止社会进化和人性发展的不合理的制度，一切摧毁爱的努力，它们都是我的最大的敌人。我始终守住我的营垒，并没有作过妥协。"❶ 另一个是为摆脱苦闷寻找出路，表达对纯洁与善良的追求，既有利于己，也有益于人。他说："我开始写小说，只是为了找寻出路。"❷ 又说："我过去的爱和恨，悲哀和欢乐，受苦和同情，希望和挣扎，一齐来到我的笔端，我写得快，我心里燃烧着的火渐渐地灭了，我才能够平静地闭上眼睛。心上的疙瘩给解开了，我得到了拯救。"❸ "我写小说从来没有思考过创作方法，表现手法和技巧等等问题。我想来想去的只是一个问题：怎样生活得更美好，做一个更好的人，怎样对读者有帮助，对社会、对人民有贡献。我的每篇文章都是有所为而写作的，我从未有过无病呻吟的时候。"❹ 他还曾多次谈到，在一篇小说中借一位医生的口说过一句话，"变得善良些，纯洁些，对别人有用些"，并以此作为自己的价值诉求和一直坚持写作的文学信念。❺ 从巴金的小说创作中，同样可以看出作家的文学价值观念的主导性作用。

其实，一个作家的写作如果不是盲目的，而是真正自由自觉的，那么就无论他选择写什么样的生活题材，都必然要表现他的思想认识和价值观念。比如选择写历史（包括革命历史）题材，总有一个用什么样的历史观来认识理解历史的问题，从而表现出一定的社会历史价值观。又如有的作品选择写个人的生活经历和命运遭遇，也总有一个为什么要写

---

❶ 巴金：《创作回忆录》，人民文学出版社1982年版，第10-11页。
❷ 巴金：《创作回忆录》，人民文学出版社1982年版，第1页。
❸ 巴金：《创作回忆录》，人民文学出版社1982年版，第3页。
❹ 巴金：《创作回忆录》，人民文学出版社1982年版，第10页。
❺ 巴金：《创作回忆录》，人民文学出版社1982年版，第7、22页。

这种人生故事，以及通过写这种人生故事究竟要告诉人们什么东西的问题，其中必然要涉及对人性善恶、人生意义价值等的理解，从而表现出一定的人生观与人性观等。总之，在文学创作过程中，作家的文学价值观念起着关键性的作用，它最终决定着文学作品的思想内涵与价值取向。

第二，从文学接受活动方面来看，读者的审美价值观（这里不单指一般的美感，而是包括内容与形式全部因素在内的综合性审美观念），关涉其阅读接受中的价值选择和价值实现的取向。

如果从文学接受活动的整个价值关系来看，应当说是文学接受的主客体之间一种互动性的关系。一方面，读者的审美价值观首先决定他会选择什么样的接受对象和接受方式；另一方面，接受对象中所蕴含的价值内涵，无疑也会在一定程度上对读者的思想认识和价值观念产生影响渗透作用。

从前一个方面来说，值得接受理论深入研究。比如在一定的时代条件下和文化语境中，读者阅读是否有一个价值取向问题？具体来说，读者究竟为什么读、读什么以及怎样读？是积极的阅读还是消极的阅读？积极的阅读不可能是没有选择的，那么应当选择什么样的阅读？等等。由此想到当年《废都》这部小说问世时，曾围绕如何读、读什么和怎样读的问题，引起过一场争论。有些人把它当作当代《金瓶梅》，即当作色情小说来读，批评者也以此指斥小说无聊；而作者则大诉委屈，称绝大多数读者的阅读都是"误读"，强调这是一部文化批判小说，其内涵实质在于对当代文化人及文化价值观的沦落进行批判反思，小说中的性描写只是一种"形而下"的表现形式，而文化反思批判才是其中"形而上"的价值内涵。这里的确有一个阅读接受中的价值选择与价值取向的问题，有一个积极阅读与消极阅读的问题，其中所呈现出来的读者的审美价值观的差异也的确不容忽视。

美国著名文学批评家哈罗德·布鲁姆在《如何读，为什么读》一书中明确提出一个"为什么读"的问题，在他看来，"如果人们要保留任何形成自己的判断和意见的能力,那么他们继续为自己而阅读就变得很重要。他们如何读,懂不懂得读,以及他们读什么,都不能完全取决于他们自己,但他们为什么读则一定是为自己的利益和符合自己的利益。你可以只为消磨时间而读,或带着明显的迫切性而读,但最终你会争分夺秒地读。……读书的其中一个用途,是为我们自己做好改变的准备,而那最后的改变啊,是适合任何人的"❶。这就意味着,如果是一种积极的阅读,就必有读者一定的利益诉求在其中,而这种利益诉求也必与其审美价值观念相关。

换一个角度来看,在阅读接受过程中,文学作品中所蕴含的价值内涵,也必定对读者的思想观念特别是价值观产生相当的影响作用,这不言而喻。也正是从这个意义上,需要上推到文学创作的环节,要求作家创作拥有自觉的文学价值观,在作品中表现积极的价值取向,从而对读者形成健康有益的价值引导,这自不必多论。

第三,从文学研究与文学批评方面来看,文学研究者或批评家的文学价值观,关涉从什么样的角度和层面来认识文学的价值,以及对文学作品的价值内涵进行怎样的阐释评价。从某种意义上说,对文学作品意义价值的评价如何,可能首先并不取决于文学作品的价值内涵本身,而是取决于研究者或评论者的价值观念。当然,研究或评论者的这种文学价值观念,则又未必完全是研究或评论者个人的因素,同时也受一定时代的整体文学价值观念的制约。比如文学史上一些作家作品评价的起落沉浮,其实与这些作品本身没有直接的关系,作品一旦定型流通,它的价值内涵与内在品质并没有多少变化,而之所以会有不同的评价,显然是由于文学研究或评论者的价值观念与评价尺度发生了变化。文学价值观念不同,文学评价便差异甚大,这从一段时间以来对鲁迅、茅盾以及钱锺书、张爱玲等作家作品的评价中,便可以看得很清楚。

其实问题并不在于这种文学评价发生变化的本身,因为不管对具体

---

❶ 哈罗德·布鲁姆:《如何读,为什么读》,黄灿然译,译林出版社2011年版,第5页。

的作家作品的评价如何变化，实际上并不影响文学作品的价值内涵，对它的内质并不构成损益。真正的问题在于，如果是有影响的文学评价，它会影响读者对文学作品的阅读接受，会影响文学作品的传播范围，因此也就会影响文学作品价值的实现。再进一步说，由这种文学评价所彰显出来的文学价值，会在一定范围形成某种文学价值的风标，从而对文学实践形成某种价值引导，这也许是更值得关注的。在我们看来，文学批评的价值观之所以更值得关注，其原因正在于此。

在文学评价当中，还有一种现象值得注意，那就是文学评奖。实际上，文学评奖应当被视为文学评价的一种比较特殊的方式，它的意义并不仅仅在于把某个范围内的优秀文学作品评选出来，给予一定的荣誉和奖励，显示某种肯定性的评价，而且它实际上还会产生一种"示范效应"，即成为某种文学价值的范本，它所彰显和昭示的文学价值观显然会对一定时期和范围的文学实践产生相当程度的影响。对于文学评奖本身来说，实际上重要的并不在于最终是哪些作品获奖，而是在于究竟确立什么样的评价标准，这种评价标准就意味着我们究竟肯定什么、倡导什么。换言之，由一定的文学价值观所决定的这种评价标准，既关涉最终将评选出什么样的获奖作品，更昭示着应有的文学价值导向。如果说给予某些作家作品荣誉和奖励只是文学评奖活动的表层意义，那么，由这种文学评价方式所昭示的文学价值导向，才是它的深层意义。

原载《贵州社会科学》2013 年第 5 期
人大复印报刊资料《文艺理论》2013 年第 7 期全文转载

文学评价与文学价值标准问题

按通常的理解，文学批评是对各种文学现象（其中主要是文学创作现象及其作家作品）的一种评价活动。而一旦涉及"评价"，问题就会变得十分复杂，因为它关联到各方面的因素。正如有学者所说，"'评价'是人类实践—认知活动中的一种独特形态，即主体通过实践对于同自身种种欲求和需要有关的对象属性之判断或认知，也就是对价值的认识。评价活动由三大要素构成：（1）被评价的对象——其客观属性构成评价主体关注的要素，在进入评价关系前这些客观属性处于'价值'的潜在状态；（2）具有一定价值观念或意识的评价主体，在实践中由于自身种种需求而与各种对象处于一具体评价活动关系之中；（3）在评价的实践认识中评价赖以实行的共同标准"。具体到文学批评这种评价活动而言，"文学批评又是人们在广泛的评价行为中的一种特殊形态。其特殊性首先是一个直接面对文学文本的读者、评论者或批评家，这样的主体具备对文学文本进行领悟、鉴赏、分析与研究的种种素质；其次便是作为对象，具有种种艺术特质的文学文本；再就是主体用以评判对象的带有社会通约性的尺度"。[1] 如此看来，文学批评并不是一种单一性的活动，它关联着文学活动的各个环节、各种因素，这些环节和因素往往规约着文学评价的功能与特性，值得进一步探讨。

---

[1] 毛崇杰：《颠覆与重建——后批评中的价值体系》，社会科学文献出版社2002年版，第59页。

一、关于文学评价的特性

如前所说,文学批评可能具有多重功能,也有多种角色定位及价值取向,但无论什么样的文学批评,其中最本质、最根本的特性应该是文学评价,即对文学对象作出应有的价值评判。如果文学批评中缺失了应有的价值评判,那就不是真正意义上的文学批评,或者说这样的文学批评是缺少实质性含量的,它的效用也将是极为有限的。

在传统的文学批评观念中,往往都把文学评价放在首要的地位来强调。虽然在现代文学批评观念多元化之后,对文学评价的强调有所弱化,但也并不意味着文学批评可以回避文学评价问题。如果文学批评回避文学评价,将文学价值归于虚无,那么也就将使文学批评自身陷入尴尬境地。美国批评家约·舒尔特-萨斯在《文学评价》一文中,在对各种批评理论进行评析时曾感叹,"价值是相对的还是绝对的这个问题在很长一段时间内曾经使有关评价的传统思想陷入瘫痪"[1]。倘若文学评价及其价值系统真的瘫痪了,那么文学批评自身也将陷入无序,这应当说不言而喻。

文学评价之所以不可回避和重要,是因为"只有在评价中,现实才表现为道德的、审美的、功利的等等范畴"[2]。从哲学存在论的意义而言,在日常生活中,一切事物都以其自然形态存在着,无所谓应当存在还是不应当存在,它本来就是这样不以人的意志为转移客观地存在着,所谓"存在即合理"的基本含义之一,也正是表明,一种事物或现象既然存在着,便自有其存在的理由和根据,这种客观存在的确无可回避,抱着"不承认主义"的态度实际上也无济于事。而从价值论的意义而言,却又不能说凡是存在的就是合理的。人的生命活动作为自由自觉的实践活动,并不只是被动地接受现实,也不甘于逆来顺受,所以人的生命活动中还有一个价值判断与价值选择的问题,这就关涉对存在着的事

---

[1] 约·舒尔特-萨斯:《文学评价》,马克·昂热诺等主编:《问题与观点》,史忠义、田庆生译,百花文艺出版社2000年版,第379页。

[2] 弗·布罗日克:《价值与评价》,李志林、盛宗范译,知识出版社1988年版,第59页。

物的评价。这可以说是人的实践活动的第一层关系。在此基础上的第二层关系，是文学家以文学的方式对现实存在的事物加以反映或表现，这本身就已经包含着一定的价值判断与价值选择，并且还融入了创作主体的价值取向与审美理想。再进一步说，文学家对现实存在的反映究竟如何，对生活如何理解和评价，对事物作出了什么样的价值判断与价值选择，表现了什么样的价值取向与审美理想，以及这一切艺术表现究竟具有什么样的意义价值，对社会、对民众是否有益，同样需要给予一定的分辨与评价，这就是文学批评的评价功能。当然，这种评价链条还可以继续往下推延，如文学批评对文学现象的评判分析是否合理、准确与恰当，也需要得到其他人的评价与检验。总之，在人的自由自觉生命活动的整个进程中，都离不开价值判断与价值选择，在文学活动系统中无疑也是如此。文学批评作为整个文学活动系统中的一个部分或环节，也显然是不可或缺的。所以，美国批评家艾略特在《批评的功能》一文中直截了当地说："我们必须判断什么是对我们有用的和什么不是。"[1] 因为只有通过文学评价，才能把存在着的事物（也包括文学），从存在论的范畴引入价值论的范畴中来，接受价值评判与价值选择；而只有经过价值论范畴的价值评判与价值选择，才能有效推进到实践论范畴，更好地引导实践活动进程。之所以需要文学批评及其评价，其根源正在于此。

当然，就文学评价本身而言，它也并不那么简单。比如，从文学评价的内在关系来说，评价关涉价值，但这两者之间又并非天然融为一体，其中仍有一种相互契合的关系与条件。苏联学者列·斯托洛维奇在《审美价值的本质》中，对此做了很细致的辨析阐述，他认为："价值和评价的区别在于，价值是客观的，因为它在社会历史实践的过程中形成。而评价是对价值的主观关系的表现，因而既可能是真的（如果它符合价值），也可能是假的（如果它不符合价值）。只有区分'价值'和

---

[1] 托·斯·艾略特：《批评的功能》，《艾略特文学论文集》，李赋宁译注，百花洲文艺出版社1994年版，第75页。

'评价'两种概念，主观评价真伪的问题本身才能够产生。"❶ 既然评价是主观的，那就与评价主体的价值观相关。而评价主体的价值观，则与一定的价值观念系统相关。这样也就自然引出下面一个问题，即文学评价的个体性与社会性的关系问题。

应当说，凡是评价都具有主观性，即都是由评价主体作出的评价，因此，文学评价首先就具有个体性特点，在相当程度上反映出评论者的主观兴趣与偏好，正如有理论家所说："评价的手段不是别的，而正是主体兴趣的表现。"❷ 正如文学创作一样，文学批评也理应倡导个性化，有自己独特的审美感悟与判断，有独到的见解与表达，乃至形成独特的评论风格，这都应当不成问题。但这只是问题的一个方面，而与此相关的另一个方面的问题是，文学评价同样具有不容忽视的社会性。如果我们只承认和强调文学评价的个体性，那么在有些情况下，就很可能导致文学评价的随意性，而众多的主观随意性凑到一起，那就难免带来价值的"不可通约性"。因此，文学评价的个体性与社会性应当寻求和实现一种"视野融合"，否则就难以实现文学批评应有的功能，正如有学者所认为的那样，"评价虽然是主观行为，但却是受到规范制约的主观行为，随意性的评价是毫无意义的，因为它不能与价值潜能沟通，不能引导潜价值实现为价值"❸。当然，从文学批评的实际来看，又正如一位苏联美学家所说："没有，也不可能有不反映一定社会群体的意见的个体审美评价；没有，也不可能有离开了个人意见而能够获得实现的社会评价。"❹ 这里的差别只在于，文学批评主体是否具有这样一种自觉意识，将个人审美趣味与社会价值诉求契合起来，将个体性评价与社会性评价有机统一起来，使文学批评的价值功能得到更为充分有效的实现。

---

❶ 列·斯托洛维奇：《审美价值的本质》，凌继尧译，中国社会科学出版社1984年版，第33页。
❷ 弗·布罗日克：《价值与评价》，李志林、盛宗范译，知识出版社1988年版，第59页。
❸ 李春青：《文学价值学引论》，云南人民出版社1995年版，第95—96页。
❹ 符·斯卡捷什科夫：《论审美趣味》，转引自李春青：《文学价值学引论》，云南人民出版社1995年版，第95页。

二、关于文学评价的"效用"原则

所谓文学评价的"效用",是指文学评价的有效性,即它能否起到应有的作用。如前所说,文学批评的质的规定性在于文学评价,因而文学批评的有效性很大程度上体现在文学评价上,而文学评价是否切实有效,当然也就决定着文学批评的有效性。

按我们的理解,文学批评不只是为了完成一种言说,甚至也不仅仅是为了对文学现象或文学作品作出某种或好或坏的评价,而在于真正体现出文学评价的价值判断与价值选择功能,在文学的精神价值和审美价值导向上能够起到切实的作用。换言之,什么样的文学批评是有效的?从最根本的意义上来说,就是需要作出一定的价值评判,而且这种价值评判要能够揭示真理,体现一定的价值导向,从而对文学实践起到一定的价值影响作用。否则,文学评价的"效用"或有效性就是值得怀疑的。

其实,在社会实践的各个领域,人们的任何实践活动都无不体现一定的"效用"原则,即体现对活动有效性的追求,而这种"效用"原则的内核,正在于真理性的价值引导作用。美国实用主义哲学家詹姆士曾指出:"真理主要是和把我们由经验的一个瞬间引导到其他瞬间上去的方式联系着的,而事后足以说明这种引导是很有价值的。根本上,在常识的水平上说,思想状态的真理意味着一种有价值的引导作用。"❶ 另一位实用主义哲学家杜威也指出:"我们不能把任何享受的东西都当作价值,以避免超验绝对主义的缺点,而必须用作为智慧行动后果的享受来界说价值。如果没有思想夹入其间,享受就不是价值,而只是有问题的善;只有当这种享受以一种改变了的形式从智慧行为中重新发生的时候,它们才变成价值。"❷ 这就是说,任何实践活动都有"效用"的问

---

❶ 威廉·詹姆士:《实用主义》,孟宪承译,商务印书馆1979年版,第42页。
❷ 约翰·杜威:《确定性的寻求》,傅统先译,上海人民出版社1966年版,第195页。

题，而这种"效用"，从其内涵来说，是由其内在的真理性价值含量所决定的；而从实践性方面来看，则是由它的这种真理性价值所形成的导向性作用来实现的。

从文学活动方面来看，法国存在主义哲学家和文学家萨特曾明确表达他的文学观念，认为文学的功能与效用就在于介入现实、干预生活、影响人心，否则何以需要文学？看来文学的"效用"大致有这样两个方面：从文学的价值内涵来说，包含着对现实的批判反思性认识，以及对生活真理的理解与把握，具有其特定的真理性价值内涵；而从文学的外向性价值指向来看，则表现出对生活现实的有效介入与干预，显示出价值引导的积极作用。由此而推延至文学批评来看，应当说也是同样的道理，如果文学批评不能在文学评价方面作出应有的价值评判，并且以足够的力量影响文学实践乃至社会实践的价值导向，那么它的有效性就是容易让人怀疑的。语义学美学代表人物瑞恰兹在《文学批评原理》中，开篇便指出了现有"批评理论的混乱"，而其中最明显的缺陷，是未能在关于艺术的价值方面提供人们需要的答案，这也使得批评理论"无法令人满意地探讨价值方面更加基本的问题"。同样，"美学中一个比较严重的缺陷就是避免价值方面的考虑"。[1] 正是由于存在这种缺陷，此类文学批评的有效性大打折扣。

如果我们可以确认文学评价的有效性在于其应有的价值判断，以及由此形成的足以影响现实的价值导向，那么如何确定这种文学评价的价值坐标，就成为一个至关重要的问题。按有的批评理论家的看法，文学批评不能缺失文学评价，而文学评价所关涉的价值判断则离不开比较，文学批评往往在比较中找到应有的价值坐标，也同样是在比较评判中显现批评的效用。如瑞恰兹认为，文学批评不应回避比较与评价，而且这种比较与评价不可能限于个别作品本身孤立进行，还必须将其置于与之相关的整体环境中。他指出，在文学批评中，要"单独观照一个相对简

---

[1] 艾·阿·瑞恰兹：《文学批评原理》，杨自伍译，百花洲文艺出版社1992年版，第4、6页。

单的客体本身是困难的，也许就行不通，观照者势必把它置于某种环境，使其成为某个范围较大的整体的一部分"。❶ 与此相联系，批评家还理应注重价值评判，而这种价值评判同样也不可能是孤立进行的，它离不开与之相关的价值理论体系。"如果缺乏一个总体理论和一套明确原则，有益的批评就难以存在下去。""有人相信文学艺术具有价值，他们所需要的是一种可以为之辩护的立场，唯有能够显示文学艺术在完整的价值体系中的地位和功能的总体理论才能提供这样一个堡垒。"❷ 从这个意义上来看，文学评价的效用或有效性，可能既与它的价值内涵及其现实关联度有关，也与这种价值内涵所关联着的文学价值观念体系相关。

三、文学评价与文学价值标准

如前所说，文学评价的本质在于价值判断，而要进行文学评价，就需要找到进行比较评价的基本坐标及其价值尺度。这种文学评价的价值尺度，过去也直接称为文学批评的标准，如今在某些情况下也仍然这样表述。按有的学者的看法，"构成文学批评价值体系的核心是文学批评的标准，就是一种文学特有的评价标准，也就是说对一部文学作品的优劣做出判断的依据"❸。对于一种自觉而理性的文学批评来说，这样的评价标准或依据显然是不可或缺的。

实际上，文学批评中常见的问题在于随意性，而文学评价的有效性必然要求避免随意性。仅仅表态性地说明喜欢什么和不喜欢什么，或者说什么好什么不好，这并不难做到，但这并非真正意义上的文学批评，也难以起到文学批评的应有效用。真正的文学批评必然要求建立在自觉和理性的价值立场上，有一定的价值标准作为文学评价的基本依据。瑞恰兹将此作为文学批评的基本要求，他说："为了使批评家胜任愉快，维护公认的标准而抵制托尔斯泰式的攻击，缩小这些标准与通俗趣味的

---

❶ 艾·阿·瑞恰兹：《文学批评原理》，杨自伍译，百花洲文艺出版社1992年版，第4页。
❷ 艾·阿·瑞恰兹：《文学批评原理》，杨自伍译，百花洲文艺出版社1992年版，第29-30页。
❸ 毛崇杰：《颠覆与重建——后批评中的价值体系》，社会科学文献出版社2002年版，第61页。

差距，保护文学艺术而反对清教徒及反常变态者赤裸裸的道德说教，必须提出一种总体性的价值理论，它将不会停留在'这是好的，那是坏的'一类说法上。这类说法不是含糊便是武断，可以说别无选择。价值理论并非是文不对题，脱离了人们想象中的深入文学艺术本质的探索。因为如果说一种有根有据的价值理论是批评的必要条件，那么同样确凿无疑，理解文学艺术中发生的一切乃是价值理论所需要的。'什么是好的？'和'什么是文学艺术？'这两个问题是互为照明的。实际上二者缺少任何一个都无法给予充分的解答。"❶ 从某种意义上来说，比文学评价本身更为重要和关键的，其实就在于确立进行文学评价的价值标准。这与文学评奖相类似（其实文学评奖也可以看成文学评价的一种方式），曾有人说，文学评奖与其说是评价文学作品，不如说是评定文学标准，因为评价标准不同，评出的结果便不同，一旦评定了文学标准，结果也就基本明确了。同样的道理，对于文学批评中的文学评价来说，确立什么样的价值标准，便会形成什么样的文学评价。

当然，按照上面所说的文学评价的个体性与社会性统一的原则，文学评价的价值标准一方面具有个体性特点，另一方面还有社会性或公共通约性的要求。那么作为文学评价标准有没有某种形成机制呢？在我们看来，文学评价标准的形成机制，也许可以从以下两个方面来认识。

一是文学评价的标准不应当是什么人先验性地规定的，而应当是建立在对文学本身特性与规律认识，以及对文学价值本身理解的基础上，它应当是从文学中来，再运用到对文学的评价中去。在普希金的时代，那时的文学批评理论远没有后来那样发达，当时对于文学批评还是一种很朴素的认识，所以普希金在论及文学批评时，便朴素地表明这样的看法，他在《论批评》中说："批评是揭示文学艺术作品的美和缺点的科学。"为了达到这样的目的，"它是以充分理解艺术家或作家在自己的作品中所遵循的规律、深刻研究典范的作用和积极观察当代突出的现象为

---

❶ 艾·阿·瑞恰兹：《文学批评原理》，杨自伍译，百花洲文艺出版社1992年版，第31页。

基础的"。这样当然就要求评论者面向文学存在本身，抱着对文学的挚爱去认识文学本身的特点和规律，从而找到进行文学评价的准则和依据，"谁在批评中遵循着对除了对艺术的纯洁的爱以外的无论什么东西，谁就降低到盲目地被卑微自私的动机所操纵的人们之中"。"哪里没有对艺术的爱，哪里就没有批评。"❶ 现代文学批评家艾略特也同样注重从文学本身的认识和研究中找到文学评价的依据，然后才有可能对文学进行切实的评价，他以诗歌批评为例说："我想文学批评是一种思想体系，它是为着去探寻诗歌是什么，诗歌的用途是什么，诗歌满足什么欲望，为什么要写它、读它和背它；并且要在自觉或不自觉地认为我们已经知道以上这些问题的答案的前提下，对实际的诗歌进行评价。"❷ 尽管时至今日文学批评理论已经甚为发达，可供参照的批评方法和价值标准已非常丰富，但直接面对文学本身来认识文学的特点和规律，以此作为建立文学评价的价值标准的一个方面，仍然是值得重视的。

二是文学评价的价值标准同样离不开传承与比较，尤其是从以往文学经典的认识评价中形成的某些价值标准和审美规范，对后人仍然具有重要的影响作用，在无形中成为一种重要参照，影响着人们对当今文学现象与文学作品的评价。西方马克思主义学派理论家马尔库塞曾说："我们称之为'真正的'和'伟大的'艺术作品是指这样一类作品，这些作品能符合以往人们确定的审美标准，也就是说，这些作品具有'真正的'和'伟大的'艺术要素。……在漫长的艺术史中，撇开那些审美趣味上的变化不论，总存在着一个恒常不变的标准。这个标准不仅使我们能够区分出'高雅的'与'低俗的'文学作品，区分出正歌剧与轻歌剧，区分出喜剧与杂耍，而且在这些艺术形式中，还能进一步区别出好的和坏的艺术。"❸

---

❶ 普希金：《论批评》，伍蠡甫主编：《西方文论选》下卷，上海译文出版社1979年版，第373页。

❷ 刘若愚：《中国的文学理论》"绪论"，中州古籍出版社1986年版。

❸ 赫伯特·马尔库塞：《审美之维》，李小兵译，广西师范大学出版社2001年版，第190页。

当然，建立在过去文学经验基础上的价值标准，显然有它的历史性和时代性，对于当今的文学评价来说，只能作为一种重要的参照，而不宜直接拿来套用。可以设想，将以上两个方面统一起来，在借鉴过去文学经验及其评价标准的基础上，面对当下文学现实中的新经验，形成对文学规律和文学价值的新认识，从而建立古今贯通融会的新的审美规范和价值标准，应当说是一种必然要求，也是一条可行的途径。

原载《江汉论坛》2013 年第 9 期

文学批评的价值观念问题探析

文学批评在根本上是一种文学评价，文学评价不仅关乎对文学中价值内涵的认识，更关乎文学批评的价值立场与价值观念。对于文学的评价，不管是对于作家作品的评价，还是对某种文学现象的评价，都不可能从它自身得到说明，而是需要放到一定的结构系统及其价值关系中，才能得到比较切实的认识和评价。从文学批评对象方面而言，文学的价值内涵是丰富多样的，不同方面的文学价值构成彼此关联的文学价值系统。同样，文学批评的视角及其价值观念也不是单一的，与不同的观照和评价维度相关联，也会形成多维度的价值观念，其中主要有审美价值观、社会历史价值观、人性价值观、道德价值观、文化价值观等，由此构成文学批评的价值观念系统。在当今社会文化变革的现实语境中，当代文学批评所面临的不只是批评方法创新的问题，更有批评价值观念变革带来的现实挑战。本文拟从当代文学批评的理论与实践出发，就文学批评价值观念系统中的一些主要方面，分别对其理论内涵和价值关系，以及在当今文化变革发展中所面临的问题，从学理探究与现实思考的结合上试作探析。

一、审美价值观

在文学艺术的价值体系中，审美价值应当说是最基本也最重要的价值。同样的道理，在文艺批评中，审美价值判断也应当是最基本和最重要的价值评判。如果我们不能判断一部文艺作品的审美价值，那么也就难以说明它的整体价值，因为文艺作品的整体价值是以它的审美价值为前提的。正如苏联美学家列·斯托洛维奇《审美价值的本质》中所说："忽视审美的价值本质，就不能揭示美的标准。"❶而失去了最根本的美的标准，显然难以对文艺作品作出准确切实的价值评判。面对当代文学发展和文学批评的现实，建构当今应有的文学审美价值观，关键在于我们如何理解文学的审美价值内涵。在笔者看来，也许可以主要从以下两个方面着眼来理解和探讨。

一是艺术的"审美形式"。

对于艺术的"审美形式"及其审美价值的认识评价，究竟应当从哪些方面着眼，可能难以一概而论，不同的艺术类型有不同的特点，而不同的评论者也可能会有不同的着眼点。比如梅内尔在谈到文学的"审美价值"时认为，"文学作品的价值确实与以下四方面相关：（1）它们对人生真谛的说明和揭示；（2）语言使用的创造性以及对情节、人物、情景等等的处理；（3）个性、事件、环境的表现；（4）主题和效果的多样统一"❷。看来这里所罗列的也并非纯艺术形式的因素，而是也关联着一定的内容要素，这自然也有一定的道理。如果按马尔库塞的理解，审美形式本来就是与审美内容密不可分的，或者说它本身就是一定审美内容的形式化，"所谓'审美形式'是指把一种给定的内容（即现实的或历史的、个体的或社会的事实）变形为一个自足整体（如诗歌、戏剧、小说等）所得到的结果。有了审美形式，艺术作品就摆脱了现实的无尽的过程，获得了它本身的意味和真理"❸。这似乎启示我们，在认识和评判文学作品的审美价值时，既要特别注意到文学作品在艺术表现形式方面的特点，以及它所显现出来的审美特色与审美价值，同时也要注意到，这种艺术的"审美形式"，也并非完全是纯形式的，它总是与文学的表现内容相关联，并且在一定程度上影响着内容的表现效果，从而在

---

❶ 列·斯托洛维奇：《审美价值的本质》，凌继尧译，中国社会科学出版社1984年版，第17页。
❷ H. A. 梅内尔：《审美价值的本性》，刘敏译，商务印书馆2001年版，第50页。
❸ 赫伯特·马尔库塞：《审美之维》，李小兵译，广西师范大学出版社2001年版，第196页。

"内容的形式化"的整体意义上显示作品的审美价值。这就需要我们的文学批评,不是从过去所习惯的那种"内容与形式"二分的方式,而是从"内容的形式化"的整体意义上,深入阐释和切实评价文学的审美价值。

二是艺术的"审美特性"。

建构当代文学批评的审美价值观,除了充分重视文学"审美形式"方面的因素外,更有必要深化对于文学审美本质特性方面的认识,即更为注重从人学方面,着眼于人与文学的审美关系来理解文学审美的根本特性与重要意义。综合各种审美价值理论来看,文学艺术作用于人的生活与自由全面发展,从而显示其审美特性与意义价值,大致包含以下几个层面的内涵。

第一,审美具有令人愉悦的特性与价值。英国学者梅内尔在《审美价值的本性》一书中,开篇便提出这样一个问题:"审美判断的本质和基础是什么?我们有什么根据,凭什么权利,按什么原则能够断定一件艺术品是好的、伟大的,或是不好的,为什么它和另一个艺术品比起来更好或更差?"作者所给出的回答是,艺术作品应当提供一种"审美的善",而它的具体内涵则是"审美愉悦"。他说,"审美的善,或有价值的艺术品的特征,是一种在适当的条件下能够提供愉悦的事物。"[1] 按梅内尔的看法,判断艺术作品是不是包含"审美的善",是不是能够提供人们所需要的"审美的愉悦",并不看它是否给某一个人带来愉快,也不是看它是否在短时间内的娱乐功能,而是着眼于它的长远功效,能够在更广大的范围和更长久的时期给人们带来愉悦。那么很显然,这就已经不只是一种表层的、肤浅化的娱乐,而是一种更深层的审美愉悦的潜质。

第二,审美具有令人解放的特性与价值。真正的审美,并不仅仅停留在情感愉悦的层面,更关乎人性的解放,包括人的全部本质力量的解

---

[1] H. A. 梅内尔:《审美价值的本性》,刘敏译,商务印书馆2001年版,第1-2页。

放和丰富发展。在西方美学史上，黑格尔率先作出"审美带有令人解放的性质"的论断。❶马克思在《1844年经济学哲学手稿》中，也深刻论述了审美解放对于人的全面解放的意义和价值。❷后来"西马"学派的理论家们更进一步阐发了艺术对于人的感性与理性解放的意义。如马尔库塞就特别提出了艺术"审美之维"的特殊功能，他说："艺术的使命就是让人们去感受一个世界。这使得个体在社会中摆脱他的功能性生存和施行活动。艺术的使命就是在所有主体性和客体性的领域中，去重新解放感性、想象和理性。"❸他进而认为，虽然"艺术不能改变世界，但是，它能够致力于变革男人和女人的意识和冲动，而这些男人和女人是能够改变世界的。"❹从马克思主义实践论的观点来看，主体与对象世界的改变本身就是相互作用的，这并不难理解。

　　第三，审美具有使人超越的特性与价值。英国哲学家休谟说过："美并非事物本身的属性，它仅仅存在于观照事物的心灵之中。"❺从这个意义上来说，审美本身就具有主观性和理想化的性质，尤其是在艺术审美中，就更是往往把主体的审美理想或审美超越的愿望寄托和物化在艺术创造中。如此一来，文学艺术中的审美价值，就理所当然包含着审美理想的因素，体现着审美超越或审美升华的诉求。在马尔库塞看来，这种审美升华或审美超越，与艺术批判和审美解放具有内在的一致性，他说："审美升华在艺术中构成肯定、妥协的成分，虽然它同时又是通向艺术的批判、否定功能的桥梁。艺术对眼前现实的超越，打碎了现存社会关系中物化了的客观性，并开启了崭新的经验层面。它造就了具有反抗性的主体性的再生。因此，以审美的升华为基础的个体，在他们的知觉、情感、判断思维中就产生了一种反升华，换句话说，产生了一种

---

❶ 黑格尔：《美学》第一卷，朱光潜译，商务印书馆1979年版，第147页。
❷ 马克思：《1844年经济学哲学手稿》，人民出版社2000年版，第85—87页。
❸ 赫伯特·马尔库塞：《审美之维》，李小兵译，广西师范大学出版社2001年版，第197页。
❹ 赫伯特·马尔库塞：《审美之维》，李小兵译，广西师范大学出版社2001年版，第212页。
❺ 艾·阿·瑞恰兹：《文学批评原理》，杨自伍译，百花洲文艺出版社1992年版，第164页。

瓦解占统治地位的规范、需求和价值的力量。"❶ 苏联美学家列·斯托洛维奇也认为,"既然人和社会的自由的发展物化在审美价值中,那么按照理想的人道性和人民性审美价值为理想所固有"❷。这就意味着,如果不是孤立地看待审美理想的价值,而是将其与社会理想及人的自由发展联系起来,就能够在更深广的意义上理解艺术审美的价值。

事实上,文学艺术并不是孤立的存在,它需要在人们生活的整个社会结构系统中才能发挥作用,那么同样,也只有在一个更宏阔的"人学"视野及其价值系统中,才能更好地认识和说明文学艺术的审美特性与价值。倘若进一步来看,在各种艺术形式中,应当说文学的"人学"特性要显得更为突出,因而对于人的审美愉悦、审美解放、审美超越等也自有其特殊意义。从文学本身的特征而言,文学作为语言艺术和想象的艺术,以其特有的艺术想象性,拓展和丰富人们的审美想象。如果我们把想象力本身就作为人的一种本质力量来看待,那么文学的这种审美解放和审美超越的特性便不言而喻。另外,文学更多还在于反映人与外部世界的关系,包括反映这种关系中所存在着的扭曲与异化,以及人性自身的种种异化,倘若作者具有这种"人学"视野,自觉融入这样的审美观照与审美批判,就无疑会具有独特的审美价值。与此相联系,作为文学批评,倘若我们具有这样一种"人学"视野及其审美价值观,则有可能从文学作品中发现更多的审美价值内涵,从而作出更切实到位的价值评判。

二、社会历史价值观

文学反映社会生活是历史上最古老的文艺观念,至今仍具有重要地位和影响。自古以来人们大多相信,文学反映生活并非纯客观反映,其

---

❶ 赫伯特·马尔库塞:《审美之维》,李小兵译,广西师范大学出版社2001年版,第196页。
❷ 列·斯托洛维奇:《审美价值的本质》,凌继尧译,中国社会科学出版社1984年版,第158页。

中包含着主体对于社会历史生活的认识评价，必然反映出人们的价值观念。而文学批评要对文学反映社会历史生活作出价值评判，当然也会关涉这方面的文学价值观念，即社会历史价值观问题。对于其中所包含的具体内涵，也许可从以下一些方面来认识。

一是真实性价值观。

文学反映社会生活，首先关涉真实性问题，特别是现实主义文学观念，几乎把真实性视为文学的第一要素。人们之所以看重文学反映社会生活的真实性，是因为它关联着文学的认识价值，如果文学反映生活缺乏真实性，那么它的认识价值必然大打折扣。因此，对于文学批评来说，把真实性作为评价文学的重要价值尺度，应当是合乎逻辑的。

问题在于应当如何理解文学的真实性，是否把生活现象搬进文学作品，就自然具有了文学的真实性和认识价值？俄国批评家杜勃罗留波夫谈到文学真实及其价值时曾说过："然而真实是必要的条件，还不是作品的价值。说到价值，我们要根据作者看法的广度，对于他所接触到的那些现象的理解是否正确，描写是否生动来判断。"[1] 这就是说，作为文学价值的真实性，一方面来源于对生活现实真情实况的真实再现，另一方面包含着作者对生活的正确认识理解和判断，对于描写历史生活来说，则还要求包含"历史理性"在其中。所以，文学真实性看似是一个外在性的评价尺度，实际上具有很值得探求的价值内涵。

在文学批评实践中，对于文学反映社会生活（历史）的真实性，其实也不能笼而统之一概而论，其中仍有其不同的层次内涵。笔者以为，至少可以从这样几个层面着眼来加以考察和评价。其一，生活现象描写的真实性，包括人物、故事、场景和描写，要求从情节到细节都具有生活的逼真性，真正富有一种生活的质感，其中尤其不能忽视细节的真实。其二，生活（历史）氛围的真实性，即要求写出这个时代生活的整

---

[1] 杜勃罗留波夫：《黑暗王国的一线光明》，《杜勃罗留波夫选集》第2卷，辛未艾译，上海文艺出版社1959年版，第362页。

体气氛，将所描写的人物、故事、场景都融入这种如雾气般浓厚的生活氛围之中。如果说生动的人物故事具有打动人的力量，那么真实的生活氛围和历史场景则更具有一种感染人的力量，达到生活氛围的真实无疑是一个更高的要求和境界。其三，写出社会生活变革发展趋势或者历史潮流的真实性，要求把潜藏在人物故事背后那种社会历史变革发展的必然性表现出来。文学不仅写人物做什么，更需要洞悉人物为什么这样做，驱动和支配他们这样做的动机是从哪里来的。如果能够把这种社会生活变革发展的趋势以及历史的必然要求写出来，应当说是一种更深刻的、更具有本质意义的真实性，当然也就更具有认识意义和文学价值。

二是人民性价值观。

自从俄国民主主义批评家提出文艺的"人民性"范畴以来，其就一直成为人们评价文艺作品的一个重要尺度。马克思主义文艺批评，从列宁到毛泽东《在延安文艺座谈会上的讲话》，同样也把文艺的人民性纳入自己的理论视野。从当代文学批评而言，所关涉的"人民性"及其价值内涵，主要有以下两个方面的问题。

其一，文学反映社会历史生活，究竟是坚持人民史观还是英雄史观的问题。马克思主义的社会历史观是人民史观，而英雄人物适应时代需要产生，顺应时代潮流并在人民革命或社会变革的实践中才发挥其作用。因此，描写社会历史生活理应写出时代发展的大趋势、社会变革的大潮流，以及人民的普遍愿望、要求和人心向背，把英雄人物置于其中加以表现，才能写出真实的社会历史生活，也才能对历史人物作出正确的历史评价和恰当的艺术表现。然而实际上，一些作品往往自觉不自觉地陷入英雄史观，英雄人物成为救世主，而民众则只是被解放拯救的对象。在这样的描写中，"人民性"便无从谈起，其社会历史观也必然会被扭曲。

其二，"人民性"是否要改变为"公民性"的问题。在当今大众文化兴起的背景下，有人提出应当从"公民性"的意义来理解和重建文艺的"人民性"，而这种"公民性"的内涵，其实就是作为个人而存在的

"个体性"。实际上，马克思主义语境中的"人民性"有其特定含义，国外马克思主义理论家布莱希特认为："人民即指那些不仅全力以赴于历史发展中的人，而且人民事实上还是把握历史发展、推动历史发展、决定历史发展的人。人民，在我们看来，就是创造历史的人，也是改变自身的人。"❶ 国内学者也认为，"人民性"范畴有两个基本内涵：一个是它的广大性，另一个是它的革命性。前者是在范围上显示人民的广泛性，后者则是在内质上凸显人民的先进性。❷ 我们认为，在当今时代条件下，重视文艺的大众化发展趋向是必要的，但不能因此而放弃应有的价值理念，坚守文艺的"人民性"价值立场，就是既要肯定其广大性，充分尊重和满足最广大人民群众多样化的精神需求，又要倡导其先进性，坚持用来自人民的先进思想与时代精神，引领人民的精神生活。如果放弃和丧失了这种价值理念，那么当代文学批评就更容易走向迷乱。❸

三是关于"历史观点"。

恩格斯曾提出文艺批评的"美学观点"与"历史观点"，这里的"历史观点"，显然不同于一般所谓"历史主义"，而是具有唯物史观的特定含义，即要求洞察人物事件所关联着的那些历史条件和现实关系，把握人物事件所处的历史潮流，从历史的必然要求与其实现的可能性之间的关系中，才有可能对人物事件作出正确而深刻的分析评价。这种"历史观点"，正体现了马克思主义文艺批评对文艺现象深刻观照的特殊要求。就其中所包含的价值内涵而言，主要有两个方面：一方面是强调"历史理性"精神，就是文艺作品反映社会历史生活及描写人物事件，并不只是按照事实本身来描写，而是要求包含对历史发展潮流和发展规律的正确理解与把握；另一方面是在这种社会历史生活的反映描写中，应当体现历史进步的必然要求。这已不是一般意义上的历史观，而更多体现为一种价值观。如果说文学创作需要有这样的自觉意识，那么文学

---

❶ 赫伯特·马尔库塞：《审美之维》，李小兵译，广西师范大学出版社 2001 年版，第 213 页。
❷ 严昭柱：《关于文艺人民性的思考》，《文艺理论与批评》2005 年第 6 期。
❸ 赖大仁：《文艺"人民性"价值观》，《人民日报》2007 年 4 月 19 日第 9 版。

批评就更需要有这样的历史眼光加以审视与评判。从马克思、恩格斯和列宁文艺批评的一些经典范例来看，正体现了这样的基本精神和价值理念。

从这种"历史观点"来看，当代文学创作过多受到"新写实主义""新历史主义"之类文学观念的影响，只强调还原性、原生态地真实"呈现"社会历史生活，而无意于表达对生活的认识评价，实际上放弃和消解了"历史理性"。而当代文学批评也同样在不断弱化"历史观点"，放弃和消解了"历史理性"。其结果，只会带来文学创作和文学批评中社会历史观的更大混乱，这个问题的确值得引起足够的重视。

三、人性价值观

"文学是人学"，因此文学描写和表现人性，几乎是天经地义的事情。然而问题在于，无论是文艺创作描写和表现人性，还是文艺批评对这种人性描写与表现的评价，都有一个基本前提，那就是对人性的理解，对人性优劣善恶的判断，对人性发展的价值信念与诉求，而这一切也就构成了文学与文学批评的人性价值观。对于从事文学活动的主体来说，这种人性价值观是不可缺少的，也是需要不断建构的。

按英国当代马克思主义理论家塞耶斯的看法，人性观大致有两种类型：一种是"普遍人性的本质主义观念"，或称"广义的人道主义人性观念"；另一种则是马克思主义的人性观，即"历史主义的人性观念"，或称"历史人道主义"的人性观。[1]通过两者之间的比较，可以使我们对人性问题有一个更为切实的理解。

所谓"普遍人性的本质主义观念"（相当于所谓"抽象人性论"），其主要特点：一是主要着眼于人作为一种肉体生命的自然存在物和个体性生存，努力寻找存在于所有个体身上的那些共同性的特征，如吃、喝、性、欲、爱等自然特性的东西，从而将其确定为人的基本特性。二

---

[1] 肖恩·塞耶斯：《马克思主义与人性》，冯颜利译，东方出版社2008年版，参见该书第九章。

是将人的这种特性看成普遍的、永恒的人性。因为不管什么人种、民族，也无论什么文化习俗中生活的人们，都无不具有这些特性。三是建立在这种人性观念基础上的人性价值观，也必然与之相适应，即人的各种本能需要如果得到满足就快乐，反之则痛苦，因此便以快乐主义、享乐主义之类作为价值归宿。然而正如塞耶斯所指出的那样，那些广义的人道主义人性观念的倡导者，他们自己也承认所列出的人类那些需求和功能，也只是一种模糊的说明，那么它所能达到的，也只是提出某种"非常模糊的善的理论"，以为这样就可以为人类繁荣发展提供基础。❶实际上，这连他们自己也没有把握，因为这只是一种抽象的理论假设，一旦进入生活实践当中，很多东西便难以解释，更难以形成真正"善"的价值引导。

塞耶斯将马克思主义人性观称为"历史主义的人性观念"，因为这种理论并不只是抽象地想象和假设某种确定不变的人性，而是从人的生活实践着眼，从人的实践活动的历史进程中来理解人性。概括而言可以形成以下基本认识。

第一，人不仅是自然存在物，而且是社会存在物，因此，对人性的认识不能仅仅着眼于人的自然的个体存在的特性，还需要看到人的社会存在的特性。人的自然特性只是人性的一部分而不是全部，而且它充其量也只是一种"基础的人性"，它在社会实践中实现和展开，会带来比它本身丰富复杂得多的社会特性。比如唯物史观认为，人为了创造历史必须能够生活，而为了生活，首先就需要吃喝住穿以及其他一些东西。❷但问题在于，人类解决吃喝需求的方式与自然界的动物根本不同，马克思说："饥饿总是饥饿，但是用刀叉吃熟肉来解除的饥饿不同于用手、指甲和牙齿啃生肉来解除的饥饿。"❸这样一来，人的吃喝需求的自然特性就与解决这个需求的社会特性融为一体，具有了极为丰富复杂的内

---

❶ 肖恩·塞耶斯：《马克思主义与人性》，冯颜利译，东方出版社2008年版，第204页。
❷ 《马克思恩格斯选集》第1卷，人民出版社1995年版，第78-79页。
❸ 《马克思恩格斯选集》第2卷，人民出版社1995年版，第10页。

涵。人的其他欲望需求的满足同样如此。马克思强调说："可以根据意识、宗教或随便别的什么来区别人和动物。一当人开始生产自己的生活资料的时候，这一步是由他们的肉体组织所决定的，人本身就开始把自己和动物区别开来。"❶所谓人性，也只有从这个基点上才能得到确认。

第二，如果承认人性是自然特性与社会性的统一，那么就同样应当承认，人性实际上是在人的社会实践活动中不断丰富发展的。正是从这个意义上，如马克思所说："人的本性"是"在每个时代历史地发生了变化的"；如果我们要研究人性，那么就"首先要研究人的一般本性，然后要研究在每个时代历史地发生了变化的人的本性"❷。从这个观点来看，"整个历史也无非是人类本性的不断改变而已"❸。即使把人的那些自然特性的东西视为人的一般本性，那么重要的也不在于这个"起点"上的普遍性，更重要的还在于它的历史性变化所带来的特殊性。

第三，由于人性是在人的社会实践活动中历史地发展的，那么这种发展很可能不是直线的，不完全是积极的即合乎人本身的发展要求的，换言之，人性有可能被扭曲乃至异化，会表现出不同程度的善恶，会出现人性的各种变异形态。比如，就饥饿或吃喝的需求本身而言并无所谓善恶，然而人在社会实践中通过什么方式手段获取食物来满足这种需求，则是有人性善恶之别的。人的其他欲望满足和利益追逐当然也是如此。马克思主义作为一种深刻的"历史主义的人性观"，恰恰看到了这一点，因此，它并不像其他所谓"广义的人道主义"那样一味为人性唱赞歌，而是和他们在其他历史领域所做的一样，坚持以辩证的、批判的态度看待人性，对人性的扭曲、异化和人性的丑恶，以及造成这种人性异化的社会条件和现实关系进行无情的批判，而这种批判所导向的价值目标，正是人性异化的扬弃与复归。

第四，马克思主义人性观作为一种"历史人道主义"，并不仅仅表

---

❶《马克思恩格斯选集》第1卷，人民出版社1995年版，第67页。
❷《马克思恩格斯全集》第23卷，人民出版社1972年版，第669页。
❸《马克思恩格斯全集》第3卷，人民出版社1960年版，第142页。

现在它的历史的批判立场，同时还表现在它关于人性的价值理念或者理想。正如塞耶斯所认为的那样，马克思主义在人性本质观方面是历史主义的，而在人性价值观方面则是人道主义的。针对有人对马克思主义人性观的指责，他为其辩护说："它本质上是一种人道主义的理论，它只是为各种道德价值提供了一个现实的社会历史背景。"[1] 将人性放到这种社会历史背景中来看，可以说历史是人性发展的结果，而人性也同样是历史发展的产物。人的社会生产促进了人性的发展，同时也导致了新的生产活动方式的产生，这是一个辩证的发展过程，一种社会活动与人性的互动。而这种互动性发展的未来目标，则是人的自我发展与自我实现，是人的自由的全面的发展。在塞耶斯看来，像"本质主义"者那样，"相信生命与健康是人类普遍价值的观点，是完全错误的，因它必然会否定马克思社会理论中最基本和最经典的论断——人性的社会历史特征"。建立在自然主义人性观基础上的传统享乐主义或功利主义的幸福观，也是消极的。通过这种比较，"由是观之，马克思主义对人性的认识是历史的；它给人的满足之说注入了具体的历史性的内容。这种历史的人性观不会破坏人类的精神价值；相反，它是马克思社会主义理论学说的根基，也是其精神视界的现实的物质基础"。[2]

从我国的具体情况来看，关于人性问题长期未能得到充分讨论，对人性的认识也总是处于某种似是而非的模糊状态，甚至难免陷入某些认识误区。"文革"前后在极左思潮影响下，几乎完全回避人性问题，把人性、人道主义完全当作资产阶级理论加以否定批判，文艺创作和文艺批评也都不敢涉及人性问题。人性在文艺中的隐匿或退场，也就意味着文艺的"人学"特性及其价值的丧失，这样文艺生命的枯萎也就毫不为奇。新时期以来文学艺术领域出现了人性、人道主义复归的思潮，但是从文艺创作到文艺批评界，也并没有搞清楚什么是真正的人性，究竟

---

[1] 肖恩·塞耶斯：《马克思主义与人性》，冯颜利译，东方出版社2008年版，第205-206页。

[2] 肖恩·塞耶斯：《马克思主义与人性》，冯颜利译，东方出版社2008年版，第206、212-214页。

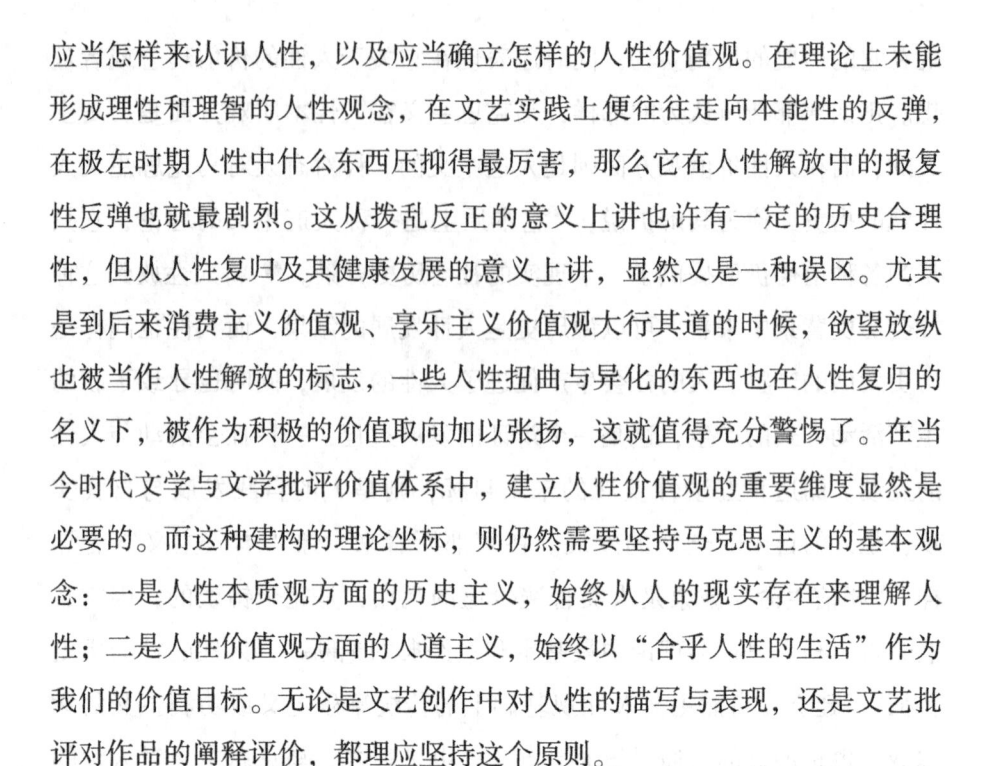

应当怎样来认识人性，以及应当确立怎样的人性价值观。在理论上未能形成理性和理智的人性观念，在文艺实践上便往往走向本能性的反弹，在极左时期人性中什么东西压抑得最厉害，那么它在人性解放中的报复性反弹也就最剧烈。这从拨乱反正的意义上讲也许有一定的历史合理性，但从人性复归及其健康发展的意义上讲，显然又是一种误区。尤其是到后来消费主义价值观、享乐主义价值观大行其道的时候，欲望放纵也被当作人性解放的标志，一些人性扭曲与异化的东西也在人性复归的名义下，被作为积极的价值取向加以张扬，这就值得充分警惕了。在当今时代文学与文学批评价值体系中，建立人性价值观的重要维度显然是必要的。而这种建构的理论坐标，则仍然需要坚持马克思主义的基本观念：一是人性本质观方面的历史主义，始终从人的现实存在来理解人性；二是人性价值观方面的人道主义，始终以"合乎人性的生活"作为我们的价值目标。无论是文艺创作中对人性的描写与表现，还是文艺批评对作品的阐释评价，都理应坚持这个原则。

四、道德价值观

道德观与人性观密切相关，但又有很大不同。人性更多关乎人的内在特性，更多在个人的生命活动中体现出来；而道德则更多关乎人的外在言行，更多体现在人与人之间的相互关系之中。马克思认为"人是社会关系的总和"，这种社会关系，一方面是家庭与血缘关系，其中无疑要反映出人们的伦理道德关系；另一方面则是以生产关系为基础构成的人们的社会关系，如经济、政治等关系，其中也仍然包含经济伦理、政治伦理等要素。因此应当说，伦理道德关系是人与人之间最基本的关系，道德是社会生活中的重要内容，道德价值也是人类生活中最基本的价值。从人们的生活理想来说，任何所谓幸福生活，也都应当是一种有道德的生活。

社会生活的性质往往决定文学的性质。文学要反映社会生活，就难以回避道德内容。一方面，文学描写人的生活，除了个人生活便是人际关系，从家庭关系到社会关系，包括亲情、友情、爱情等；另一方面，从个人生活方面而言，也涉及人的道德修养、道德品质以及道德评价。因此，在文学艺术的价值体系中，道德价值也应当是其中一个重要的价值维度。在传统的文学批评中，人们曾把"道德批评"作为一种专门的文学批评形态来看待和加以研究，这自有其道理。然而在现代文学批评系统中，道德批评作为一种批评形态显然也已走向式微。不过我们以为，把道德批评作为当今文学批评的一个重要维度，把道德价值观念作为现代批评价值体系中的一个重要方面，仍然是有必要的。

从当代文学和文学批评的角度来看，这种道德价值观念的建构，也有几个问题值得进一步探讨以深化认识。

第一，文学和文学批评中所关涉的道德，并不同于一般道德家的道德，它不是说教而是感染，它也许无力改变现实生活中的道德秩序，但有助于建构人的生命中不可或缺的道德素养和良好趣味。瑞恰兹在《文学批评原理》中，曾专门论及"艺术与道德"问题，他说："道德家总是倾向于不信任或者无视艺术家。……道德家对艺术的这种忽略几乎意味着他们没有资格谈论道德。正如雪莱所强调的，道德的基础不是由说教者而是由诗人奠定的。不良的趣味和粗野的反应在某个其他方面值得称赞的人的身上不仅仅是瑕疵。它们实际上是其他缺点由以产生的一个祸根。内在基本的反应要是缺乏组织而陷于混乱，任何生命都无法达到出类拔萃。"[1] 在这位批评家看来，艺术家对道德的影响甚至比道德家的说教更重要，因为道德的基础更在于人的素养和良好趣味，而并不在于那些道德信条，它往往在人的生命的内在深处发生作用，文学艺术的道德感染恰恰容易抵达人的生命活动的最深层面。因此，对文学艺术道德价值的关注，具有更充分的理由和根据。

第二，在文学艺术的道德价值观念中，并不只有善与恶这样的抽象

---

[1] 艾·阿·瑞恰兹：《文学批评原理》"附录"，杨自伍译，百花洲文艺出版社1992年版，第52页。

概念，也并非只存在这样的两极化价值判断，其中的价值内涵是极为丰富复杂的。一般的伦理学说或道德理论，在建立关于道德价值的理论体系时，无疑首先需要确立善与恶的道德价值坐标，这样才能确立可供道德评判的价值尺度。对于文学艺术和文学批评来说，虽然也无法回避关于道德善恶的基本价值判断，但又可能并不仅限于此，或者说仅仅执其两端显然是不够的。所以瑞恰兹说，"我们如果始终根据善与恶这类大的抽象概念去思维，那就永远无法理解什么是价值和哪些经验是最高价值的"[1]。比如，就文学创作表现而言，所面对的人物并不只有善恶两类，文学比生活更有魅力，正在于它能写出人性和道德人格的多样性与复杂性，为现实人生贡献可供参照的多棱镜。而对于文学批评来说，也并非要它对文学中所表现的东西，作出简单的善恶判断，人们更希望看到的，是对文学中所表现的东西，包括各种复杂的人格与人性，进行深刻的剖析，对作品所蕴含的价值内涵包括道德价值内涵，给予多维度多层面的深入阐释，从而让人们获得更切近的感悟与启示。问题只在于，我们的文学批评具有怎样的能力，以及能做到什么程度。

第三，文学艺术中的道德可能更多关涉个人的精神生活，表达艺术家有价值的生活经验。文学批评更应当注重这种精神的健康，理顺精神生活中有可能发生的道德紊乱。瑞恰兹在《文学批评原理》中，特别列出"艺术与道德"一章加以讨论，他强调说，"我们已经说过，批评十分注重精神的健康，正如任何医生注重身体的健康一样，以批评家自居就等于以价值的鉴定者自居。……因为文学艺术是对生存的一种评价，这是在所难免的，不管艺术家抱有任何意图。马修·阿诺德说诗歌是对人生的一种批评，这时他话中的道理极其明白，结果反而一直为人忽视了。艺术家关心的是把那些他以为最值得拥有的经验记载下来，并且使之永存不朽。……艺术家同时是这样一种人，他最可能拥有值得记载的

---

[1] 艾·阿·瑞恰兹：《文学批评原理》"附录"，杨自伍译，百花洲文艺出版社1992年版，第52页。

有价值的经验。他是一个契机，精神的成长在此显现出来。他的经验，至少那些使其工作具有价值的部分，体现着冲动的调和，而在绝大多数精神中这些冲动仍然处于一团混乱、相互约束、彼此冲动的状态。他的工作在于理顺绝大多数精神中发生紊乱的一切。"❶ 尽管如上所说，道德更多关乎人的外在言行，更多体现在人与人之间的相互关系之中，但它的根源仍在于人的内心生活，在于人的道德观和精神价值取向。文学艺术反映生活，不仅需要关注人们的外在道德行为，可能更需要关注人们的内心世界。不同境况中的人们，各有其自身的道德价值诉求，这也许不是简单的善恶所能判定，特别值得注重其中的个体性经验，使其作为一种精神价值得到表现。作为文学批评，则本来就具有这样一种价值评判与选择的功能。问题只在于文学批评自身有没有这样的自觉意识。

历来的道德批评，或者说文学批评的道德维度，都首先关注文学与道德的关系，注重用道德的观点看待文学，主要着眼于作家的道德态度和作品的道德内容，并致力于文学的道德评价。托尔斯泰对于莫泊桑的评论，被认为是道德批评的一个范例。他在《〈莫泊桑文集〉序》中，一方面高度评价莫泊桑创作中表现出来的才华和天赋，另一方面也尖锐批评他的一些创作违背了文学的道德律，"缺少了艺术作品的价值所需要的第一个、甚或是主要的条件，即对其表现对象的正确的、合乎道德的态度，也就是说他缺少辨别善恶的认识，因此他便会去爱和表现那些不应去爱和表现的东西，而不去爱和表现那些应当去爱和表现的东西"❷。莫泊桑未能摆脱这种矛盾，这成为他一生的悲剧。托尔斯泰本身是一个道德主义者，无论是文学创作还是文学批评，都始终坚守自己的道德信念和价值判断，这正是他的文学创作和文学批评的可贵之处。相比之下，这正是我们当今文学和文学批评的欠缺之处。当然，这也并不

---

❶ 艾·阿·瑞恰兹：《文学批评原理》"附录"，杨自伍译，百花洲文艺出版社1992年版，第51—52页。
❷ 列夫·托尔斯泰：《〈莫泊桑文集〉序》，《托尔斯泰读书随笔》，王志耕译，上海三联书店2000年版。

仅仅是文学界的问题，也许可以说，当今社会改革发展中最大的问题，一是道德信念（信仰）的缺失；二是价值观念的混乱或杂乱、迷乱。正如有人所言，"人是万物的尺度"，如今正变成"钱是万物的尺度"或"利是万物的尺度"。在这种现实环境中，文学和文学批评更有可能陷入价值迷乱，尤其是道德价值的失范，因此更有必要重建当代文学批评的道德价值维度。

五、文化价值观

把文学作为一种文化现象或文化形态来看待，注重文学的文化特性及其价值，是西方20世纪后期形成的一种新观念。随之而来，传统的文学研究或文学批评转变成"文化研究"或"文化批评"。在全球化浪潮的影响下，这种后现代文化观念也在我国文化界流行开来，带来包括文学价值观在内的整个文化价值观念的深刻变革。就目前而言，在文学批评的理论观念及其实践中，都显然存在着各种不同文化价值观念的冲突与协调，其中可能主要涉及对以下两种文化价值观的认识问题。

一是经典文化价值观念。

通常所谓"经典"，是指历代传承经久不衰的最有价值的作品，它们具有原创性、典范性，因而也具有相当的权威性和永恒性，从而在各民族文化乃至整个人类文化的发展中产生巨大而久远的影响。经典是经过历史汰选得到普遍公认的，它们代代相传，永久留在人们的记忆里。经典的传承并不依赖于外部的力量，而是取决于经典本身的价值内涵及其永恒魅力。在那些经久不衰历代传承的文化（包括文学）经典当中，总是不同程度地蕴含着一些容易得到公认的价值内涵，如某种具有特定内涵的民族精神和时代精神，经久传承丰富博大的人文精神，在丰富人生体验感悟基础上积淀而成的人生智慧，体现民族生活美好愿望的审美理想，以及体现民族文化生命力的文化独创精神，等等。正是由于一些优秀作品中蕴含着这样一些价值内涵，它们才成为经典，甚至成为一种典范，一种衡量价值品位高低的尺度和标准。正如马尔库塞所说："我们称之为'真正的'和'伟大的'艺术作品是指这样一类作品，这些作品能符合以往人们确定的审美标准，也就是说，这些作品具有'真正的'和'伟大的'艺术要素。……在漫长的艺术史中，撇开那些审美趣味上的变化不论，总存在着一个恒常不变的标准。这个标准不仅使我们能够区分出'高雅的'与'低俗的'文学作品，区分出正歌剧与轻歌剧，区分出喜剧与杂耍，而且在这些艺术形式中，还能进一步区别出好的和坏的艺术。"[1]

不过问题在于，在当今网络传播与大众文化普遍盛行的情况下，文化经典有的备受冷落，有的则在"戏说"之类的游戏化阐说中被消解，文化经典价值观也被一些人当作过时的观念调侃嘲讽。这些都无疑会对包括文学在内的当代文化发展产生很大的消极影响。在此情况下，当然有必要重建经典文化价值观。实际上，当今重新关注和讨论文化（文学）经典问题，其意义并不仅仅在于对那些历史上的经典作品本身如何看待和评价，更在于引起我们的认真反思：当代人应当拥有什么样的文化价值观？经典文化所体现的文化价值观是否还值得我们珍视和传承？我们认为，即便当今社会不可能让所有人都普遍阅读经典，但至少有一些人更应该崇尚经典，这些人包括文学教育工作者、出版家、作家和批评家等。[2] 这是因为，我们的文化传承和文化评判不能缺少应有的文化理念和价值标准，倘若连这样的价值参照也没有，任凭当代文化教育跟着后现代文化随波逐流，那么一切所谓文化建设都将是盲目的。特别是对于当代文学批评或文化批评来说，即使是按照当今时尚观念，把文学作为一种文化现象或者文化形态来看待，偏重文学的文化特性及其价值，那么也需要首先确立应有的文化价值观，这样才能相应确立进行评判的价值坐标，而经典文化价值观理应是其中不可缺少的一个方面或维度。

---

[1] 赫伯特·马尔库塞：《审美之维》，李小兵译，广西师范大学出版社2001年版，第190页。
[2] 赖大仁：《当今谁更应该读经典》，《文艺报》2010年3月8日第3版。

二是大众文化价值观念。

曾有西方学者说:"举今之世,并无大众文化或大众社会这样的实体存在;有的只是大众文化与大众社会这样的意识形态。"❶ 这种看法是有道理的。换言之,所谓"大众文化"概念,所反映出来的实际上是一种文化价值观。在当今大众文化已是普遍流行的时代条件下,对任何问题的文化观照,都无法回避大众文化这个现实,问题只在于我们对此抱一种什么样的态度,或者秉持一种什么样的大众文化价值观念。对于当代文学批评来说同样如此。

不过值得注意的是,在中西不同的文化语境中,"大众文化"概念的内涵和意义既有相通之处又有很大不同。西方社会的大众文化,是20世纪初随着资本主义发展进入后工业社会而兴起的一种文化形态,是在现代科技发展的条件下,资本与文化有机结合,成为后资本主义社会一种新的生产方式,也被称为"文化工业"。这种大规模生产并普遍流行的大众文化,正好满足了后现代消费社会的新需求。按西方学者的看法,这种所谓大众文化,具有"流行(为大量受众而存在)、瞬间即逝、唾手可得、成本低廉、大量生产、主要以年轻人为诉求对象、诙谐而带点诘慧、撩拨性欲、玩弄花招而显得俏皮、浮夸、足以带来大笔生意等十一项特质"❷。不管这些描述是否准确,至少反映了西方学界对大众文化的基本看法。毫不令人奇怪,素有批判传统的西方理论界,一开始便对大众文化抱强烈质疑态度,甚至给予激烈批判。例如以利维斯为代表的文化学派,仍然坚守"高雅文化"的理论立场,对大众文化的同质化与低俗化予以拒斥。而法兰克福学派的理论家们,则更是站在社会批判立场激烈批判大众文化,指出它丧失文化的批判性,成为一种犬儒主义的消极文化。"他们都认为大众文化替现代之极权主义奠定了基础,认

---

❶ 阿兰·斯威伍德:《大众文化的神话》,冯建三译,生活·读书·新知三联书店2003年版,第168页。

❷ 阿兰·斯威伍德:《大众文化的神话》"译者导论",冯建三译,生活·读书·新知三联书店2003年版,第7页注释。

为大众文化使得反抗现代资本主义物化趋势的力量，无复可见。"[1] 他们甚至毫不避讳"精英主义"的文化立场，只不过是以现代"知识分子"，替代传统意义上的"文化精英"，认为他们理应承担起文化批判的社会责任。

与西方社会不同，我国从20世纪"五四"时期起，作为文化进步的标志之一，便是倡导文化的大众化（包括文艺大众化），其基本内容是反对封建文化专制，使广大人民群众获得充分的文化解放和自由发展。如今作为我国文化建设的目标，仍然倡导建设民主、科学、大众的社会主义新文化，在科学发展观及"以人为本"的理念中，也包含着充分保障大众文化权利的要求。因此可以说，文化大众化或者说大众文化，在中国的特定文化语境中，具有值得充分肯定的进步意义。

然而问题的复杂性在于，在当今全球化时代背景下，受西方后现代文化影响，我们的大众文化也越来越表现出与西方后现代文化的某些同质性特征。与此同时，西方大众文化批判理论的引入，也使我们的文化理论界和批评界，不能不以批判反思的态度和审视的眼光，来重新看待我们身边日益蓬勃发展的大众文化。从文学角度来看，当然也难以避免大众文化的影响，这种影响可能并不仅仅表现在文学题材、表现方式和传播方式上，更表现在文学观念和内在的价值取向上。而对于文学批评来说，则关涉站在什么样的文化立场，来对文学发展的这种文化转向，以及文学作品中的文化价值内涵加以评判的问题，这就是说，评论者不能没有自己对于大众文化的价值观念。

我们认为，从我国目前的文化语境而言，既不能像西方一些理论学派那样，对大众文化完全取怀疑批判态度；也不能像我们过去那样，对大众文化只有肯定，毫无批判反思意识。面对当今文化和文学大众化的现实，我们可能更需要在吸取各种理论资源的基础上，寻求对大众文化

---

[1] 阿兰·斯威伍德：《大众文化的神话》，冯建三译，生活·读书·新知三联书店2003年版，第24页。

的积极肯定与批判反思两个方面的视界融合，找到一种比较辩证的价值立场。一要充分看到和肯定大众文化中所蕴含的民主性价值诉求，防止站在"精英文化"立场贬抑大众文化。二要充分看到大众文化中的消极方面，如庸俗化、低俗化、媚俗化现象，对此给予必要的批判抵制，作为文化（文学）批评的理性批判立场不能丧失。三要确立这样的理念，即任何文化都应当有利于增强人的主体性和自主性，有必要警惕大众文化重新造成对人的主体性、自主性的淹没和消解。如果说人的主体性和自主性的形成是人的解放的标志之一，也是文化艺术所应该有的独立品格，那么大众文化（包括文学艺术在内）如果失去了这种主体性和自主性，无疑会导致走向自身的异化。作为当今的文化（文学）批评，尤其应当关注这方面的问题，坚持应有的价值理念，形成良好的价值导向。

原载《求是学刊》2014年第1期

人大复印报刊资料《文艺理论》2014年第4期全文转载

唯物史观视野与当代文艺批评

一、当代文艺批评变革发展及其带来的问题

新时期以来，我国当代文艺批评不断变革发展，并与当代文艺实践的创新发展相互呼应，形成了互动性影响。

总的来看，这种变革发展主要表现在：首先，文艺批评的理论资源更加丰富。如果说我们过去主要是借鉴马克思主义文论、俄苏文论、西方现实主义和浪漫主义等传统文艺理论资源，以此作为我们建构中国现当代文艺理论体系以及进行文艺研究与批评的理论依据，那么新时期以来，显然更多引入了西方20世纪以来各种现代、后现代文艺理论资源，而且也更加注重对本土传统文艺理论资源的开掘阐发与研究转化，使当代文艺批评可资借鉴利用的理论资源更加多样化，更加丰富广泛。其次，作为文艺批评理论支撑的文艺观念更加开放。过去很长时期，支撑当代文艺批评的基本文艺观念，主要是反映论与意识形态论为基础的文艺本质观、认识论与教化论为主导的文艺价值观、政治内容与艺术形式完美结合的作品观、政治标准与艺术标准统一的批评观，等等。而新时期以来则逐步打破了这些文艺观念的束缚，在各种文艺理论研究与文艺批评中所反映出来的文艺观念，无疑是充分开放和多样化的，如文艺审美论的观念、人生艺术论的观念、语言形式本体论的观念，等等。作为一种历史的反拨，总的趋向是努力把文艺从社会政治功利关系中剥离出来，从文艺活动或作品文本本身着眼，从审美规律、人性诉求和艺术形

式等方面，来重新认识、理解和说明文艺现象，从而不断拓展文艺批评的广度与深度。再次，与此相关联的是文艺批评方法也更加多样。过去文艺批评的方法比较单一，主要是社会历史批评方法。而新时期以来全面引进和借鉴西方现代文艺批评方法，包括心理学批评、语言学批评、人类学批评、神话原型批评、结构主义批评、叙事学批评等各种批评方法，使当代文艺批评更深入文艺作品的各个层面，在一定程度上提高了我们的艺术审美能力。最后，当代文艺批评学科更加追求独立性和自律性。在外向方面，极力要求摆脱依附于政治学、社会学的附庸地位，致力于与其他学科划清界限和疏离关系，以求确立本学科的合法性与权威性，越来越追求自主性与自律性；在内向方面，越来越重视"向内转"即回归文艺自身，力图从文艺现象本身来认识文艺的特性，探寻文艺本身的规律，实现文艺自身的价值，争取更为自由的发展。这些历史性的进步及其取得的成绩是不言而喻的。

但是，当代文艺批评在这种历史性的变革推进中，也在某种程度上存在着"矫枉过正"之弊，带来了一些值得注意的新问题。大而言之，笔者以为主要有以下三个方面。

第一，由于一段时期以来过于强调反传统，过于重视对西方现代文艺批评理论资源及批评方法的引进和借鉴，把凡是"新""后"的各种时髦理论与方法都当成先进的东西极力追捧，把过去各种传统的理论与方法，都当作僵化过时的东西彻底抛弃，这样就把原本富有价值的思想理论资源也自觉不自觉地疏离了，甚至是不加分析地摒弃了。其中就包括马克思主义唯物史观的理论视野、现实主义的文艺观念，以及美学的历史的批评原则与方法，等等。我们都知道，马克思主义所创建的唯物史观，对人类社会及其历史发展作出了前所未有的唯物主义的透彻解释，它把一切社会存在都放到人们的生产生活实践及其所形成的现实关系中来理解和说明，从而也把其中的文艺现象放到这种社会关系系统中来观照和说明；进而在他们的文艺思想与文艺批评中，把文艺作品所反映的社会历史生活、所描写的人物情节、所表现的情感与思想意识，也都放到这种现实关系中来认识与评析。在这样的唯物史观视野中，原先被掩盖了的各种关系，包括文艺现象与生活现实之间的深层联系，都清晰地揭示出来了。然而，随着现代新思潮追波逐浪席卷而来，这种唯物史观视野在当代文艺批评中则又逐渐疏远模糊，使得原本被揭示出来的东西又重新被掩盖起来，这不能不使人深思。

第二，与上述情况紧密联系，由于当代文艺批评过于强调文艺活动的自主性和自律性，极力把文艺现象从各种社会关系中剥离出来，特别是把文艺作品孤立起来进行认识和分析研究，这样就带来了两个方面的结果：一方面，固然是把文艺自身的某些特性，如语言形式、文本结构、叙事手法、审美规律等，认识研究得更具体细致深入了；另一方面，却又往往把文艺问题狭隘化、简单化了，把文艺与社会人生的复杂关系割断了，将文艺的某些更根本的特性和重要问题悬置、遮蔽甚至虚无化了，导致对一些文艺基本问题的认识不是更清楚更深化，而是重新变得褊狭、片面、肤浅了。

第三，由此而来，还关联着当代文艺批评的价值取向问题。新时期以来，当代文艺批评从解构"政治第一"的文艺价值观念，走向张扬人性和回归审美，进而强化主体性与自我表现；在文艺批评方法论热潮中又曾崇尚方法模式，淡化意义价值；乃至后来的大众化批评不断走向多元化与泛化，价值取向更为迷乱。对一些人而言，似乎除了娱乐之外，不知当代文艺还能有什么样的价值归宿，正如现实生活中的某些人，除了快乐消费，不知还有什么人生意义值得追求一样。这种价值观念与价值取向上的迷乱，更带来了当代文艺实践中的种种乱象。而这种价值迷乱，显然又并不仅仅是文艺批评方法论层面的问题，它还与当代文艺批评的理论视野相关。

在这种现实背景下，我们再来重温一下马克思主义唯物史观及其文艺观念，并对当代文艺批评中的某些突出问题略加辨析，应是颇有必要也有意义的。

二、唯物史观视野及其文艺观念

唯物史观是马克思主义观照解释人类社会历史的一种思想体系。唯物史观的基本精神在于：要求将人类社会及其历史发展中的一切存在，都放到整个社会结构系统及其现实关系中来加以认识说明，而这个社会结构系统及其现实关系，最终又是由物质生活的生产这个基础所决定的。既然如此，那么社会生活中的一切现象，无疑都必须放到这种理论视野中来认识理解。

文艺是一种重要的社会存在或社会现象，在人类社会生活中具有不可忽视的意义和地位。在马克思主义唯物史观的思想体系中，实际上包含着对文艺现象的认识理解，由此形成了独特的马克思主义文艺思想；反过来也可以说，在马克思主义文艺理论观念中，无不体现着唯物史观的基本精神与理论视野。从文艺批评的角度来看，最值得我们重视的主要有以下三个方面。

第一，在马克思主义唯物史观视野中，将文艺活动作为一种精神生活过程，纳入社会意识形态系统，从而与整个社会结构、社会生活联系起来，从它们的相互关系中来认识说明文艺活动的特性及其价值功能。这就为文艺批评与文艺研究确立了一种宏观指导思想。

应当说，在各种纷繁芜杂的社会现象中，文艺现象无疑具有相当的特殊性和复杂性。尽管如此，从宏观整体上来看，文艺活动仍不过是人们精神生活的一部分。按照唯物史观的观点，这种精神生活过程显然不能从它们本身来理解，也不能从所谓人类精神的一般发展来理解，而必须将它与整个社会生活联系起来，从社会生活、政治生活和精神生活的相互关系中来理解。马克思说："人们在自己生活的社会生产中发生一定的、必然的、不以他们的意志为转移的关系，即同他们的物质生产力的一定发展阶段相适合的生产关系。这些生产关系的总和构成社会的经济结构，即有法律的和政治的上层建筑竖立其上并有一定的社会意识形式与之相适应的现实基础。物质生活的生产方式制约着整个社会生活、政治生活和精神生活的过程。"正因为如此，整个社会结构，以及一切社会存在及其现实关系，都只能由这个现实基础来解释。马克思特别提到："法的关系正像国家的形式一样，既不能从它们本身来理解，也不能从所谓人类精神的一般发展来理解，相反，它们根源于物质的生活关系，这种物质的生活关系的总和。"❶法的关系是如此，其他各种现实关系如政治关系、道德关系、宗教关系也是如此。那么文艺活动显然也是一种关系中的存在，它以艺术的方式关联着社会历史、人们的现实生活，以及人与现实的审美关系，当然需要放到这一现实关系的基础上来认识理解。

不过这里常常有一个误解，以为把文艺纳入这种现实关系与社会结构系统来理解，无非就是要突出和强调文艺的意识形态特性与功能价值，或者说，只有当人们关注文艺的意识形态性之时，才需要去做这样的理解，似乎除此之外文艺的其他特性与功能价值，就可以与此无关。按笔者的理解，唯物史观的意思是，人类社会历史中的一切现象和事物，以及事物的一切特性与功能，都无不根源于人们的现实生活关系，归根到底都必须由这种现实生活关系来说明。就文艺现象而言，并不仅仅是它的意识形态性，还包括审美的、人生的、文化的种种特性与功能价值，还有艺术生产方式以及与艺术消费的关系等，最终都需要落到这个基本点上来才能得到切实的理解和说明。

第二，马克思主义文艺思想的核心，是现实主义文艺观念，它不同于一般意义上的现实主义，就在于它是植根于唯物史观的思想体系，具有一般现实主义理论不可比的深刻性，启示着我们如何从文艺与现实生活的关系，来深刻理解文艺的特性与功能价值。

从特征论的层面看，虽然凡是标榜现实主义或自然主义的文艺理论都无不强调"真实性"，但与其他文论仅仅倡导对生活现象的如实描写不同，马克思主义的现实主义理论更进一步强调对"现实关系"的真实

---

❶《马克思恩格斯选集》第2卷，人民出版社1995年版，第32页。

描写，要求写出人物与环境即人们的现实关系之间的内在联系，从而深刻地反映生活，帮助人们深入认识生活，有利于促进社会现实的变革。在恩格斯对敏·考茨基的小说《旧人和新人》的评析中特别强调："如果一部具有社会主义倾向的小说，通过对现实关系的真实描写，来打破关于这些关系的流行的传统幻想，动摇资产阶级世界的乐观主义，不可避免地引起对于现存事物的永恒性的怀疑，那么，即使作者没有直接提出任何解决办法，甚至有时并没有表明自己的立场，但我认为这部小说也完全完成了自己的使命。"❶ 这就是说，对于现实主义文学而言，真实的生活描写，鲜明的个性刻画，甚至进步的思想倾向性等，固然都是应当肯定的，但这些又都还不是最重要的，重要的还在于如何做到对"现实关系"的真实描写。一般所谓"真实性"也许只能做到如实描写生活的表面现象，而"真实描写现实关系"，则要求能够揭示生活表象背后所隐含着的复杂的社会关系，特别是阶级关系，反映人们真实的现实处境，从而引起人们对于这种现实关系的永恒性的怀疑，进而唤起人们的觉悟，走向变革现实的实践，而这正是现实主义文学的精髓所在。在恩格斯对哈克奈斯小说《城市姑娘》的评论中，提出了"真实地再现典型环境中的典型人物"的著名命题❷，这里所谓"典型环境"，其实就是人物生活中的"现实关系"，即由人物的经济地位所决定的、包括阶级关系在内的复杂的社会关系；其中不仅包括人物的具体生活处境，而且包括这个具体生活处境所依存的时代条件和社会背景。既然"人是社会关系的总和"，那么要写出真实的人物尤其是典型人物，就必然要求写出人物所处的真实的"现实关系"，这样才有真正的认识价值。如果作品只有真实的细节描写和人物的某些个性刻画，那就显然还不是真正现实主义的。

从价值论的层面看，马克思主义的现实主义理论，还不只是通常所

---

❶《马克思恩格斯选集》第4卷，人民出版社1995年版，第673—674页。
❷《马克思恩格斯选集》第4卷，人民出版社1995年版，第683页。

理解的创作观念与方法，更内含着深刻的文艺价值观。马克思主义特别重视现实主义文学，不仅关注它对现实关系的真实描写即现实反映，更关注它所指向的现实批判、现实变革与现实解放。而这种现实运动所指向的最终目标，则是人的解放和自由全面发展，其中包括每个人与一切人的解放和自由全面发展，包括人的社会解放与精神解放、人性解放，包括人性的丰富与人格的健全发展，等等。因此，马克思主义的现实主义理论的价值观，就并不仅限于文艺的认识价值，也包括它的审美价值、人生价值，即它还关联着人的精神解放、审美解放、人性解放，以及人的本质力量的全面丰富与发展。即便是现实主义文艺的认识价值，其实也并不仅仅指向认识社会历史，也还包括认识身处现实关系中的人自身，从而通过这种认识，将人的解放和自由全面发展与社会解放和变革进步联系起来。而这一切，无疑都体现着唯物史观的基本精神。

第三，马克思主义文艺批评的"历史观点"，更是唯物史观在文艺批评中的具体体现，对于文艺批评实践具有直接的指导意义。

恩格斯在作家作品评论中所提出的"美学观点"与"历史观点"，被认为是马克思主义文艺批评的基本原则。其中"美学观点"是着眼于考察作家作品的艺术特点和审美价值，无须多论。而"历史观点"却并非一般所谓"历史主义"，而是具有唯物史观的特定含义。一般意义上的"历史主义"，也要求具有一定的历史意识、历史眼光、历史视野，将事物放到特定的历史范围之内加以认识分析；而马克思主义文艺批评的"历史观点"，除了上述基本含义之外，还要求洞察人物事件所关联着的那些历史条件和现实关系，把握人物事件所处的历史潮流，从历史的必然要求与现实可能性之间的关系中，深刻认识和准确评价人物事件。例如马克思、恩格斯对拉萨尔的历史悲剧《济金根》的评析，认为剧本描写济金根领导骑士暴动失败这个历史事件，把失败原因归结为济金根仅凭个人欲望动机而盲目决策，是缺乏历史观点的。恩格斯认为："主要的出场人物是一定的阶级和倾向的代表，因而也是他们的时代的一定思想的代表，他们的动机不是来自琐碎的个人欲望，而正是来自他们所处的历史潮流。"❶ 实际上,"济金根(而胡登多少和他一样)的覆灭并不是由于他的狡诈。他的覆灭是因为他作为骑士和作为垂死阶级的代表起来反对现存制度,或者说得更确切些,反对现存制度的新形式"❷。剧本没有把历史人物事件放到这种真实的现实关系和历史潮流中描写,而只是凭作者的主观政治观念描写,显然是违背历史真实的。再如恩格斯对歌德的论析,尖锐批判格律恩等人所谓"从人的观点"论歌德,实际上抽去了歌德身上的真实内容,虚化了他的实际意义,把他变成了一个抽象人性论的符号。恩格斯强调应当还原歌德所处的社会历史条件与现实关系,这样看来,"歌德在德国文学中的出现是由这个历史结构安排好了的"。在歌德身上实际上存在着"伟大诗人"与"渺小庸人"的矛盾二重性,如果说前者是出于一个天才诗人的个性气质,那么后者则根源于他所处的现实关系,是当时充满德国社会的"鄙俗气"包围侵蚀了他,"连歌德也无力战胜德国的鄙俗气;相反,倒是鄙俗气战胜了他;鄙俗气对最伟大的德国人所取得的这个胜利,充分地证明了'从内部'战胜鄙俗气是根本不可能的"。❸ 结论只有一个:不改变这种现实关系,就不可能有真正人的解放与人性的健全发展。这里的"历史观点"也正是唯物史观的具体体现。

马克思主义文艺批评的"历史观点",并不仅仅适用于对历史人物与社会历史事件的评判,也同样适用于对文艺中所涉及的人性观、审美观、文化观等的评析。

三、当代文艺批评中的问题评析

如前所述,新时期以来我国当代文艺批评实现了历史性的变革推进,但也带来了一些值得注意的新问题,需要放到唯物史观视野中来加以认识评析。

---

❶ 《马克思恩格斯选集》第 4 卷,人民出版社 1995 年版,第 558 页。
❷ 《马克思恩格斯选集》第 4 卷,人民出版社 1995 年版,第 553-554 页。
❸ 陆贵山等:《马克思主义文艺论著选讲》,中国人民大学出版社 1999 年版,第 143-145 页。

首先，从宏观层面上看，有些人不相信文艺有普遍原理和规律，认为外来的文艺理论不适用于中国文学研究，因而在排斥外来文艺观念的同时，把马克思主义文艺观也一并排除了，这其实并不利于文艺批评和文学研究的拓展与深化。

比如有学者在总结反思中国文学研究的经验教训时认为，20世纪中国文学研究主要受外来理论观念影响，这就使得中国文学研究和文艺批评陷入了误区。作者认为，普遍适用于一切文学的理论或思想是不存在的，不能用某种理论体系去规范另一种文艺思想。比如"文学反映生活"的理论，是一种注重文学外部关系研究的"外向的文论""客观的文论"，它只适用于西方文学研究，因为西方文学正是一种外向的、客观的、知识的文学。而中国文学是以抒情文学为主流，是一种内向的、主观的、力量的文学，在此基础上形成的"诗言志"的理论，也是一种"内向的文论""主观的文论"，正适用于中国文学的研究评论。作者还以钱锺书《宋诗选注》和李泽厚《美的历程》为例，批评他们用"文学反映社会生活"的观念评析宋诗，用经济生活决定精神文化的观念来研究艺术发展，都是误入歧途。[1]

应当说，在过去较长时期的文学研究和文艺批评中，盲目迷信西方理论而忽视本土理论资源，不顾本土文艺实际而简单机械地套用外来文艺观念与批评方法胡乱评说的现象，的确是存在的。其实岂止是过去，当今照搬乱套西方现代、后现代理论与方法的现象又何尝少见？因而对此进行反思辨析是必要的，强调更为重视本土理论资源和文艺特点来进行文艺研究也是合理的。但问题是需要避免走向另一种极端。

比如就上述理论而言，就有这样一些问题：其一，对中西文学与文论作这样截然相对的划分，是否过于简单和绝对？难道西方就没有抒情的文学和注重主观表现的文论传统？同样，中国难道没有偏重反映生活的文学和注重客观再现的文论资源？明清以来的小说戏剧，还有现当代

---

[1] 王文生：《二十世纪中国文学研究的回顾与前瞻》，《文艺理论研究》2007年第2、3期。

现实主义文学，难道也只适用"诗言志"的观念来研究评论？其二，能否将"文学反映生活"的命题，简单等同于"叙事文学理论"？其实，"文学反映生活"作为文学的基本原理来理解，强调的是文学与生活的必然联系，生活是文学的唯一源泉；并且文学所描写和表现的"生活"也未必仅仅理解为外部生活、客观生活、社会生活，而是也包括个人生活、精神生活、内心情感生活，等等。对于文学研究和文学批评来说，秉持"文学反映生活"的观念，意味着不能仅仅从文学本身来说明文学，而要求将文学与生活联系起来，把文学放到它所产生以及发生作用的现实关系中去理解和说明，这正是唯物史观的基本要求。其三，经济社会因素是否可以引入文艺研究？我们的看法是肯定的。问题只在于，这种引入是为了获得一种唯物史观视野，而不是简单化地直接用经济因素来说明艺术。俄国马克思主义者普列汉诺夫根据他对唯物史观的理解，认为从经济基础到"更高地悬浮于空中"的思想领域之间，包含着一些"中间环节"或"中介因素"，具体可划分为五个层次："一定程度的生产力的发展；由这个程度所决定的人们在社会生产过程中的相互关系；这些人的关系所表现的一种社会形式；与这种社会形式相适应的一定的精神状况和道德状况；与这种状况所产生的那些能力、趣味和倾向相一致的宗教、哲学、文学、艺术。"❶ 他还特别注意到"社会心理"的因素，认为："一切思想体系都有一个共同的根源，即某一时代的心理。"❷ 经由这个过渡，他进一步考察了文学艺术的特点，指出："任何一个民族的艺术都是由它的心理所决定的；它的心理是由它的境况所造成的，而它的境况归根到底是受它的生产力状况和它的生产关系制约的。"❸ 这种唯物史观视野，不能说只对西方文学、叙事文学适用，对中国文学、抒情文学就无效。钱锺书说得好："东海西海，心理攸同；南

---

❶《普列汉诺夫哲学著作选集》第2卷，生活·读书·新知三联书店1974年版，第186-187页。
❷《普列汉诺夫哲学著作选集》第2卷，生活·读书·新知三联书店1974年版，第196页。
❸ 普列汉诺夫：《论艺术·没有地址的信》，生活·读书·新知三联书店1963年版，第47页。

学北学，道术未裂。"❶ 既然如此，在艺术基本原理的层面上，中西文论是可以相通的。

其次，当代文艺批评一反过去的社会历史批评模式，过于强调文艺的自主性、自律性和"内部规律"，反对"外部研究"，极力切断文艺的各种外部联系，试图建立"纯粹""科学"的批评理论体系；在文艺批评实践中有意无意地抛开现实关系，回避意义追寻与价值评判。其结果实际上导致了文艺批评自身的功能弱化和意义消解。

这种变革转向，一方面显然有本土自身的原因，因为过去过于强调文艺的社会性，甚至把文艺绑在政治的战车上，作为历史的反拨，便极力要求摆脱这种束缚，追求文艺自身的自由、自主与自律；另一方面显然也受到西方现代文艺思潮的影响。应当说西方文艺批评自古以来在模仿论、表现论观念的支配下，也是极为重视文艺与社会历史、种族环境时代以及作家的联系的，力图从这种关系中来认识说明文艺的特性与功能价值。康德对"目的论"质疑，将"依存美"与"纯粹美"区分开来，从而把美学研究和文艺批评引向关注自身，寻求艺术与审美的独立性、自主性与自律性。此后，从唯美主义文论到现代形式主义批评，都继续在这一轨道上推进，甚至走向另一个极端，完全将文学艺术孤立乃至封闭起来进行研究解析，由此带来新的问题。有西方批评家在反思"新批评"时指出，相对于传统批评方法总是把艺术作品本身当成次要的东西，把它只用作对"背景"的解释，新批评的确使文学研究发生了一次革命。在新批评家看来，文学具有一种内在的价值，它并不仅仅是传授传记和历史知识的一种媒介，新批评纠正了许多因运用老方法不当而产生的错误解释。从这个意义上说，它提高了我们对文学艺术的洞察力和欣赏力。但新批评在竭力这样做的时候，却犯下了一个也许更为严重的错误，即忽视不存在于作品本身的任何信息，无论这种信息是多么有用和必要。因此，罗伯特·朗鲍姆曾宣布新批评"死了"——它死于

---

❶ 钱锺书：《谈艺录·序》，生活·读书·新知三联书店 2001 年版。

自身的成功。在他看来，文学批评并不仅仅是理解作品文本，理解文本只是文学批评的起点而不是终点。新批评一度使我们离开了从亚里士多德、柯尔律治到阿诺德的"批评的主流"，然而我们现在有了新批评家们给予我们的分析解释的工具，就应该回到那个"主流"中去了。这就是说，我们不应该再坚持文学的独立性，而是要恢复文学跟生活和思想的联系。❶

马克思在论到自由问题时曾打比方说："在宇宙系统中，每一个单独的行星一面自转，同时又围绕太阳运转，同样，在自由的系统中，它的每个领域也是一面自转，同时又围绕自由这一太阳中心运转。"❷ 文艺与社会现实的关系也是同样的道理。文艺活动不过是整个社会生活"星系"中的一颗"行星"，它固然有其"自转"的自律性，但同时也有围绕着社会运行的中心"公转"的他律性。因此，文艺的自律性与他律性是共存的和互动的，那么文艺批评的"内部研究"与"外部研究"也同样应该是统一的。这种关系也类似于人的生命有机体，身体的每个器官都是与这个有机体相联系的，但有时为了把某个器官研究得更为精细，如眼科医生对眼球的研究，就可能把这个眼球单独取出来，对它的结构、特性与功能等进行专门研究。这样单独的、专门的研究当然是必要的，因为有助于把这个器官本身认识得更加精细清楚。但我们从实践活动的意义上可别忘了，这个器官是生命有机体的一部分，是处于这个生命有机体复杂的必然的关系之中，如果将它单独剥离出来，离开了它所生长的生命有机体，那它就只具有解剖标本的意义，而不具有真正生命活动的意义。文艺作为一种社会文化现象，一方面当然有其独特性，即它区别于其他事物的独有特性与价值，因而重视和加强对这种独特性的专门研究无疑是必要的；但从另一方面看，文艺原本就是社会关系中的存在物，理应放到它所生存发展的社会现实关系中才能得到切实的认

---

❶ 威尔弗雷德·L.古尔灵等：《文学批评方法手册》，春风文艺出版社1988年版，第24-25、161-162页。

❷《马克思恩格斯全集》第1卷，人民出版社1995年版，第192页。

识说明。如果硬要将文艺与社会人生的关系割断，则文艺的意识形态特性、审美特性、文化特性，以及相应的功能价值问题，显然都不可能得到真正切实的解释，这也成为当代文艺批评面临的一个现实问题。

最后，在当代文艺批评和文学研究中缺乏马克思主义的"历史观点"，在一些文艺问题上导致理论认识的迷误和价值观的迷乱，并由此对文艺实践形成误导，不利于当代文艺与理论批评的健康发展。

比如，当代文艺批评中一直涌动着一股"人性论"的潮流，这一方面是对过去政治论、阶级论文艺观压抑人性的一种历史反叛；另一方面也是根源于"人的文学"的传统理念。"文学是人学"，因此从人学、人性的视角研究评论文艺现象本无可厚非，问题只在于怎样以历史的观点来理解人性，以及如何历史具体地看待文艺中的人性描写。马克思在《资本论》中曾说过："首先要研究人的一般本性，然后要研究在每个时代历史地发生了变化的人的本性。"❶ 笔者理解所谓"人的一般本性"，是从一般抽象的意义而言的，是与动物性相区别，以人的自由自觉生命活动为出发点，满足人的基本生活需要与发展要求为内涵，以人的自由全面发展为目标指向的。而"每个时代历史地发生了变化的人的本性"，则是指人在生活实践中所表现出来的具体化的人性，是具有历史具体性和打上了时代烙印的现实的人性。由于受时代条件和现实关系制约，这种现实的人性有可能是符合人的本性的发展要求的，也有可能是在某种程度上扭曲异化了的。对于文艺表现人性及其文艺批评来说，实际上就有一个秉持什么样的人学观与人性观的问题。马克思、恩格斯在《神圣家族》一书中，曾以很长的篇幅评析欧仁·苏的小说《巴黎的秘密》，通过对小说主人公玛丽花等人物的分析，批驳了小说作者和评论者施里加等人，在宗教与道德的名义下宣扬扭曲的人性观，将人性抽象化、道德化、宗教化，他们不是以历史的观点理解人性，不是以人的现实解放和自由发展为目标，而是把人物皈依宗教视为人性的复归，"把人身上

---

❶《马克思恩格斯全集》第23卷，人民出版社1972年版，第669页。

一切合乎人性的东西一概看作与人相左的东西，而把人身上一切违反人性的东西一概看作人的真正的所有"。❶ 这无疑是人性的异化和人性观的扭曲。而在我国当前的文艺创作中，则愈来愈显露出另一种趋向，即在"人性"的名义下描写人的感性冲动，实际上将人性动物化、本能化、欲望化、肉欲化。当代文艺批评也往往迎合这种趣味，把这种现象当作"人性解放"的标志加以推崇，更加重了这种误导。也有人以人性论的观念"重写文学史"，以"本能的追求"和"欲的炽烈"作为基本的人性标准，来阐释评判古代文学作品的意义价值，从"原欲的解放"视角，来看待作家创作个性的形成及其推进文学发展的意义。正如有学者所指出的那样，如此的价值观念转变，必然导致文学评价标准的迷乱和思想导向的失误。❷

同样的情况也表现在当今的文艺"审美论"中。作为对过去一统天下的政治论、阶级论文艺观的突破与历史反拨，新时期以来的文艺观不断向审美论转向，这无疑具有某种必然性与历史合理性。但后来的问题是，这种文艺"审美论"也越来越误入歧途了。其实，"审美"问题也类似于"人性"问题，套用上述马克思的话似乎也可以说，既有"一般意义上的"审美，也有"在每个时代历史地发生了变化的"审美。前者指一般意义上的审美精神，马克思主义是从人学根本上来理解审美的，它是人在自己的生命活动中逐渐生成和不断发展，并通过自己的实践活动实现出来的一种本质力量，审美诉诸人的感觉和感性，但并不仅仅具有感性生命的意义，所谓"审美解放""审美自由"，意味着它在根本上关联着人的解放与自由全面发展，关联着人性的丰富与健全。而"在每个时代历史地发生了变化的"审美，则意味着审美也是具有历史性和时代性的，并不存在一成不变的审美观念与审美内涵。审美总是历史具体的，有的审美观及其价值取向也许是符合人性发展要求的，也有的可

---

❶ 陆贵山等：《马克思主义文艺论著选讲》，中国人民大学出版社1999年版，第46页。
❷ 王元骧：《关于文学评价中的"人性"标准》，《文学评论》2006年第2期。

能会发生扭曲异化。正因为此，才需要我们以马克思主义的"历史观点"加以辨析。然而从当今的现实情况来看，仍然存在各种问题。比如有人主张文艺"审美本性论"，似乎文艺天生就是审美的产物，与生俱来就拥有某种"审美本性"且亘古不变，这是有违唯物史观的。实际上这种观点关联着另一种文艺观念，即"纯文学"论，或文艺审美"纯化"论——既然文艺以审美为本性，那么它就没有义务承载"非审美"的东西，因而就有理由把意识形态性的东西，乃至社会责任、历史理性、民族精神、时代意识、人文关怀等从文艺中清除出去。然而问题是，一旦文艺将这些东西清除抛弃了，还能剩下一些什么呢？这"纯审美"又还能有多少意蕴内涵与意义价值？耐人寻味的是，这种极端化的"纯审美"论恰与另一个极端化的东西相联系，这就是文艺审美"娱乐化"——既然文艺不屑于承担社会历史责任，而专玩形式技巧文本游戏又毕竟只是少数人的兴趣，对一般人而言剩下的就只是娱乐了。实际上，在当今市场化条件下的大众文化潮流中，文艺审美是越来越走向"泛化"了，有的甚至可以说是以文艺"审美"的名义游戏化、低俗化、"愚乐化"，这并非有益而是有害于人的健全发展。而当代文艺批评在这种现实面前或者"失语"，甚至推波助澜，这显然是违背应有的文艺审美精神的。

总之，经过改革开放三十多年来的变革发展，对于当代文艺批评来说，已经不缺理论资源，也不缺批评方法，真正缺乏的是唯物史观视野，以及当今时代应有的价值观。这有待于从马克思主义理论资源中吸取，同时也需要我们在新的时代发展中不断进行重新建构。

原载《中国人民大学学报》2010 年第 3 期

人大复印报刊资料《文艺理论》2010 年第 9 期全文转载

试论文艺与政治的"张力"关系

六十多年前,毛泽东《在延安文艺座谈会上的讲话》中明确提出了"文艺从属于政治"的观点和主张,从此,文艺与政治的关系,就成为我国现当代文艺理论中的重要理论命题,乃至进入文艺理论教科书,作为文艺的基本原理被不断阐发。在新时期改革开放和思想解放的时代背景下,文艺与政治的关系问题,则又引起了广泛讨论乃至激烈争论。在邓小平的主张下,倡导文艺为人民服务、为社会主义服务。从此,文艺与政治的关系这一理论命题,从人们的理论视野中淡出,理论界甚至有意无意地回避谈论这个问题。然而实际上,文艺与政治的关系,无论是作为文艺实践中的一个现实问题,还是作为文艺理论与批评中的一个基本理论问题,都是难以真正回避的。目前文艺理论与批评界的实际状况是:一方面,人们有意无意地回避对这个问题的探讨,唯恐招致思想理论观念僵化的嫌疑;另一方面,则又为文艺实践和理论批评中难以回避的现实问题感到困惑不已。问题实际存在却又被悬置起来,得不到切实深入的探讨,于是就难免走向虚无主义:有人说,文艺与政治的关系,是政治问题而不是文艺问题,是实践问题而不是理论问题,其言下之意,这个问题在理论上是说不清道不明的。然而笔者以为,凡事皆寓理,任何现实关系及其问题既然存在,必有其存在的道理,一时未能认识和说明清楚,只意味着我们自己的认识能力有限,或者干脆说是我们的思维认识存在障蔽,而并不意味着这个问题本身永远说不清楚。在当今时代条件下，面对文艺实践和理论批评中的种种现实问题，重新认识探讨文艺与政治的关系，也许仍有一定的理论与现实意义。

一

要重新认识探讨文艺与政治的关系，首先当然有必要对已有的各种理论观点进行一番梳理，并对这些理论观点的思维路径、历史合理性与局限性进行分析。总的来看，关于文艺与政治的关系，大概主要有以下理论观点。

一是"从属"与"服务"论。毛泽东《在延安文艺座谈会上的讲话》中首先提出并阐述了这一观点。在他看来，"在现在世界上，一切文化或文学艺术都是属于一定的阶级，属于一定的政治路线的。为艺术的艺术，超阶级的艺术，和政治并行或互相独立的艺术，实际上是不存在的。……文艺是从属于政治的，但又反转来给予伟大的影响于政治"❶。从这一观点出发他提出文艺批评的政治和艺术两个标准，并强调政治标准第一，艺术标准第二。中华人民共和国成立后，这一观点进一步转换为"文艺为政治服务"的观念与口号，一方面成为文艺的指导思想与方针政策，另一方面也进入文艺理论教科书，作为文艺的基本原理被系统阐发。如蔡仪主编《文学概论》专设了"文学和政治的关系"一节，提出"文学离不开政治并为政治服务"基本观点，并具体论述道："阶级社会的文学，既是属于一定的阶级并为一定阶级的利益和需要服务的，也就必然是离不开一定的政治并为一定的政治服务的。因为从整个社会来说，政治原是经济的集中表现，而从各个阶级具体地说，政治也就是阶级的利益和需要的集中表现，而且只有经过政治，阶级的利益和需要才能集中地表现出来。阶级社会的文学，从来就是、现在也是离不开政治并为政治服务的。"按照这个逻辑，教材进一步论证了

---

❶ 毛泽东：《在延安文艺座谈会上的讲话》，《毛泽东选集》第3卷，人民出版社1991年版，第865-866页。

"文学为政治服务,也就是为阶级斗争服务","文学为政治服务,是不依人的意志为转移的客观规律"。❶ 这个基本观点,从中华人民共和国成立以来到新时期初普遍流行且影响深远。

二是"脱离"论。新时期文艺观念的拨乱反正,可以说就是从文艺与政治关系的讨论开始的。1979年,上海《戏剧艺术》《上海文学》相继发表文章,呼吁为文艺正名,对"文艺是阶级斗争的工具"论、"文艺为政治服务"论提出驳难,由此引发了关于文艺与政治的关系,文艺的基本特性与功能的大讨论。在这场大讨论中,除了少部分人仍坚持"文艺为政治服务"的观点外,大多数人都对此质疑,认为"文艺为政治服务"违背了文艺的特殊规律,把文艺的社会功能简单化为政治宣传工具,容易导致文艺创作的概念化、公式化,以及文艺批评的简单粗暴等,从而危害文艺的健康发展。因此,一些人倡导文艺应当与政治拉开距离,回归审美,这样才能保持文艺的相对独立性。按这种观点和思路推演发展到极致,便是有人主张文艺彻底脱离政治,离政治越远越好。在新时期初的历史背景下,这种主张反映了人们的一种情绪,具有一定的代表性和社会影响。

三是"既不从属也不脱离"论,即认为文艺既不从属于政治,但也不能脱离政治。最有代表性的是邓小平的论述,他在总结历史经验教训的基础上,重新论述了文艺与政治的关系。1979年10月,邓小平在中国文学艺术工作者第四次代表大会上的祝词中指出,党对文艺工作的领导,不是发号施令,不是要求文学艺术从属于临时的、具体的、直接的政治任务,而是根据文学艺术的特征和发展规律,帮助文艺工作者获得条件来不断繁荣文学艺术事业。❷ 1980年年初,他又明确提出,"不继续提文艺从属于政治这样的口号,因为这个口号容易成为对文艺横加干涉的理论根据,长期的实践证明它对文艺的发展利少害多"。但是,针对那种"文艺离政治越远越好"的主张,他又特别强调,"这当然不是

---

❶ 蔡仪:《文学概论》,人民文学出版社1983年版,第49—53页。
❷《邓小平文选》第2卷,人民出版社1994年版,第213页。

说文艺可以脱离政治。文艺是不可能脱离政治的。任何进步的、革命的文艺工作者都不能不考虑作品的社会影响，不能不考虑人民的利益、国家的利益、党的利益。培养社会主义新人就是政治"。❶ 这一权威性论述在当时影响很大，对新时期文艺实践和理论批评产生了重要影响。

四是"平行"论。在新时期初关于文艺与政治关系的讨论中，有学者根据马克思主义关于社会结构的学说，认为文艺和政治都是建立在一定经济基础之上的上层建筑，它们都受经济基础的制约，同时也对经济基础发生反作用，因此二者之间不是主从关系，而是平行关系。❷ 这种观点在当时也产生了较大影响。

五是"召唤与应答"论。有学者认为，文学与政治的关系既不是从属关系，也不是平行关系，而是一种"召唤—应答"关系。它们中的每一方都在向另一方发出召唤，并有意无意地要求对方作出应答。而对于一方的召唤，另一方也必定要作出应答，由此形成一种对话关系。这种应答既可以是认同性的，也可能是对抗性的，由此形成一种特定历史语境中双向互渗互动的功能性关系。❸ 这种观点的确富有新意，从而引起了理论界的关注和讨论。

综观以上各种理论观点，各有其特定的理论视角，也可能各有一定的历史合理性，但未必完全解答了这样一个理论之谜；而且实践中还在不断提出新的问题，过去的理论也未必能切实回答和解决这样一些现实问题。比如"从属"与"服务"论，的确能够说明阶级社会的某些文艺现象，并且在某些特定的历史时期，文艺的这种特性与功能也的确比较突出；在民主革命的背景下，提出这一理论也无疑适应了时代要求，因而具有一定的历史合理性。但它并不能解释全部复杂的文艺现象，及至后来进一步演变为"文艺为政治服务"的口号，就更造成对文艺精神的严重扭曲，在这方面教训深刻。"脱离"论的主张是在新时期初拨乱

---

❶《邓小平文选》第2卷，人民出版社1994年版，第255—256页。
❷ 蔡厚示：《作为上层建筑的文学之特殊性》，《文学评论》1980年第4期。
❸ 张开焱：《召唤—应答：文学与政治关系的理论表述》，《文艺报》1999年12月9日。

反正的特定历史背景下提出来的，它反映了当时文艺摆脱极左政治的羁绊、追求自由解放和独立自主的普遍愿望，从历史发展的观点看，作为一种历史的反拨，似乎不无可理解之处。但这种理论主张毕竟过于极端化和情绪化，不仅理论上比较偏激，而且实践上过于"去政治化""去意识形态化"，也容易导致文艺自身的消极后果，属于矫枉过正，并不利于文艺的健康发展。邓小平提出文艺"既不从属也不脱离"政治论，主要是在文艺政策层面上，重新阐明了新时期文艺与政治的辩证关系，但如何进一步从文艺自身的规律出发，在理论上将文艺既不从属也不脱离政治的关系阐述清楚，仍有待深入探讨。"平行"论显然主要是一种理论逻辑上的推导，同时也反映了某些人的一种主观意愿，即希望文艺与政治彼此相对独立，各自走自己的道路和发挥自身作用，彼此相安无事井水不犯河水。然而实际上，文艺与政治怎样才能做到像两条铁轨那样始终平行永不相交，这在理论上是否站得住脚，并且在实践上如何行得通，却成为人们最大的疑问。"召唤与应答"论主张文艺与政治彼此都有自己的立场，双方平等对话彼此呼应，这种理论设想很有新意，也能够给我们一些启示。但真要探究起来，文艺与政治是否真的只是召唤与应答这样简单的互动关系，仍然是值得质疑的。

基于以上认识，并且从各种历史事实和文艺实践情况来分析，笔者认为，文艺与政治的关系，实际上是一种颇为复杂紧张的"张力"关系，从"张力"论的视角来加以探讨，或许有助于将这一问题的认识推进一步。

二

在讨论文艺与政治的"张力"关系之前，作为一个前提性问题，首先需要探讨一下对"政治"本身的理解。实际上，在以往关于文艺与政治关系的争论中，人们对什么是"政治"的理解本身就存在差异分歧，前提问题上差之毫厘，结论便难免失之千里。因此有必要先对这一前提性问题进行理论定位。

据有人研究，古往今来关于政治的定义，有数百种之多。传统的政治观，主要着眼于国家政治。据说英语中politics（政治）一词源于希腊语，初指城堡或卫城，后来与土地、人民及其政治生活结合在一起而被赋予"邦"或"国"的意义，指城邦中的统治、管理、参与、斗争等各种公共生活的总和，再后来又衍生出政治制度、政治家等概念。亚里士多德《政治学》中所说的政治，就主要是国家政治体制的含义。中国先秦时代也使用过"政治"一词，如《周礼》曰"掌其政治禁令"，指治理国家所实行的一切措施。但在更多的情况下是将"政"与"治"分开使用，"政"主要指国家的权力、制度、秩序和法令；"治"则主要指对人民的管理和教化。总的来看，传统意义上的政治，主要指国家政事，即统治阶级对国家的治理及其对人民的统治。

马克思主义政治观显然不同于历史上的各种政治观。首先，马克思主义并不是孤立地理解政治的含义，而是将政治纳入唯物史观视野，从政治与各种社会关系，尤其是与经济生活的关系来加以理解说明。马克思、恩格斯在《德意志意识形态》一书中，第一次把政治同一定的生产活动方式联系起来，提出了经济决定政治的观点。此后，他们在《共产党宣言》《〈政治经济学批判〉序言》《社会主义从空想到科学的发展》等著作中一再强调，政治是从经济基础上产生的"上层建筑"，社会经济关系决定着社会政治关系，一切政治变革的终极原因，都应当从一定时代经济生活方式的变革中去寻找；反过来说，政治又相对独立于经济，有其自身的发展规律，并对经济有着巨大的反作用，由此确立了马克思主义关于政治和经济关系的历史唯物主义观点。其次，从社会实践方面看，政治的实质是阶级关系和阶级斗争，或者说"一切阶级斗争都是政治斗争"[1]。他们之所以强调这一点，目的在于让人们认识到，历来统治阶级利用国家机器进行政治统治并不具有天然的合法性，这种政治统治必然包含阶级矛盾，其实质就是阶级压迫，因此，被统治阶级完全

---

[1]《马克思恩格斯选集》第1卷，人民出版社1995年版，第281页。

可以而且应该通过阶级斗争获得自己平等的权利，这正是人民革命的充分理由和根据。后来列宁更鲜明地提出："政治是经济的最集中的表现"❶，并且他认为，"要是用旧观点来理解政治，就可能犯很大的严重的错误"，为什么呢？因为"在资产阶级世界观的概念中，政治好像是脱离经济的。资产阶级说：农民们，你们想活下去，就要工作；工人们，你们想在市场上得到一切必需品，生活下去，就要工作，经济和政治方面的有你们的主人管"。为了揭穿这个把戏，列宁明确指出，经济与政治是不可分离的，而且"政治就是各阶级之间的斗争，政治就是反对世界资产阶级而争取解放的无产阶级的关系"。工人农民不仅需要通过经济活动获得生活资料，而且更需要通过政治斗争求得自己的彻底解放，正是从这个意义上说，"政治应该是人民的事，应该是无产阶级的事"❷。这就把资产阶级政治与无产阶级政治、人民的政治区分开来了。

　　接下来再看毛泽东的政治观。在《新民主主义论》中，他全面阐明了经济、政治、文化三者之间的关系，指出："一定的文化（当作观念形态的文化）是一定社会的政治和经济的反映，又给予伟大影响和作用于一定社会的政治和经济；而经济是基础，政治则是经济的集中的表现。这是我们对于文化和政治、经济的关系及政治和经济的关系的基本观点。"❸ 在此基础上，他具体论述了新民主主义政治所关涉的"国体"和"政体"问题，其核心就是代表人民意志，实施民主政治。他非常明确地指出："在中国，事情非常明白，谁能领导人民推翻帝国主义和封建势力，谁就能取得人民的信仰……在今日，谁能领导人民驱逐日本帝国主义，并实施民主政治，谁就是人民的救星。"❹ 后来《在延安文艺座谈会上的讲话》中，他又明确区分了两种不同的"政治"，即阶级的、群众的政治与少数政治家的政治。他说："我们所说的文艺服从于政治，

---

❶《列宁全集》第40卷，人民出版社1986年版，第212页。
❷《列宁选集》第4卷，人民出版社1972年版，第370页。
❸ 毛泽东：《新民主主义论》，《毛泽东选集》第2卷，人民出版社1991年版，第663—664页。
❹ 毛泽东：《新民主主义论》，《毛泽东选集》第2卷，人民出版社1991年版，第674页。

这政治是指阶级的政治、群众的政治，不是所谓少数政治家的政治。政治，不论革命的和反革命的，都是阶级对阶级的斗争，不是少数个人的行为。革命的思想斗争和艺术斗争，必须服从于政治的斗争，因为只有经过政治，阶级和群众的需要才能集中地表现出来。革命的政治家们，懂得革命的政治科学或政治艺术的政治专门家们，他们只是千千万万的群众政治家的领袖，他们的任务在于把群众政治家的意见集中起来，加以提炼，再使之回到群众中去，为群众所接受，所实践，而不是闭门造车，自作聪明，只此一家，别无分店的那种贵族式的所谓'政治家'，——这是无产阶级政治家同腐朽了的资产阶级政治家的原则区别。正因为这样，我们的文艺的政治性和真实性才能够完全一致。不认识这一点，把无产阶级的政治和政治家庸俗化，是不对的。"❶

综观历史上关于政治的各种思想观点，并联系当代政治生活的现实，我们对"政治"也许可以从这样几点来理解。

第一，政治是一切社会关系及其根本利益的集中表现。无论是统治阶级、政党或政治集团的利益，还是人民群众的利益和需要，都只有经过政治才能集中地表现出来。在阶级社会，政治显然具有阶级性，不同的政治总是代表不同阶级的意志和利益诉求。

第二，从历史的观点看，在不同的历史阶段，政治的具体表现形式可能是不同的：在古老的君主专制时代，经济社会发展还很落后，政治主要表现为国家政事，即君主对国家的治理及其对被统治者的奴役，民众的利益愿望根本得不到尊重和体现。到了近代社会，在经济仍不很发达的时代条件下，民族国家之间的矛盾冲突，无产阶级和资产阶级等不同阶级的矛盾冲突不断激化，而这种矛盾冲突的实质，其实就是国家、阶级利益特别是经济利益之争，对此一时期的政治及其政治斗争而言，的确可以说是经济及其经济斗争的集中表现。在全球化的现代社会，不

---

❶ 毛泽东：《在延安文艺座谈会上的讲话》，《毛泽东选集》第 3 卷，人民出版社 1991 年版，第 866-867 页。

同民族国家之间、不同社会群体之间的关系显然更为复杂化也更为普泛化，而并不只是表现为经济关系了。因此现代社会的政治，正可以说是各种利益关系的集中表现。这种利益关系，除经济因素外，还包括民主、平等、自由、人权等全面的利益诉求。换言之，对现代社会的政治，显然不能仅限于"政治是经济的集中表现"这种比较传统的理解，而应理解为比较宽泛的"一切社会关系及其根本利益的集中表现"。

第三，按照马克思主义的政治观，现代社会的政治应当与过去时代的政治不同。如果说从古代君主国家到资产阶级的政治，主要表现为统治者利用国家机器、资本等对民众进行统治奴役，那么现代社会的民主政治，就不仅仅是国家的政治，政党（政治家）的政治，还包括阶级的政治，群众的政治。换言之，现代社会的政治，实际上存在着两个方面：一方面表现为国家和政党（特别是执政党）的政治，即通过国家机器、意识形态和政策政令等对国家的治理；另一方面表现为群众的政治，即社会生活中人民群众的愿望需要和利益诉求。既然如此，现代社会的政治就应当说存在于社会生活的各个方面，或者说政治在生活中无所不在，在我们每个人身边，甚至在我们每个人自己身上。如果一说到政治，就只想到国家和政府的政治，政党和政治家的政治，各种政策政令和官方意识形态等，这种理解显然是片面性的。

第四，政治作为"一切社会关系及其根本利益的集中表现"，随着社会历史的发展，这种社会关系及其根本利益会不断发生变化，因而政治也会显得越来越复杂。特别是现代社会的政治，既表现为国家、政党和政治家的政治，也表现为群众的政治，这两个方面的政治既有可能是和谐统一的，也有可能存在差距和矛盾冲突，彼此难免会形成一定的紧张关系；又由于政治在社会生活中无所不在，无不对人们的各种社会实践活动产生重要影响，而文艺作为对人们社会生活的全方位反映与表现，也必然会与政治发生复杂的"张力"关系。这些正是我们下面所要探讨的问题。

三

"张力"（tension）是美国批评家艾伦·退特在《论诗的张力》一文中提出的，原本是新批评派对诗的文本意义分析所使用的一个理论概念，"作为一个特定名词，是把逻辑术语'外延'（extension）和'内涵'（intension）去掉前缀而形成的。我所说的诗的意义就是指它的张力，即我们在诗中所能发现的全部外展和内包的有机整体"。而文学批评不过是在终极内涵和终极外延之间，沿着无限的线路在不同点上选择意义。❶ 后来这一概念的含义不断被西方批评家所引申和发展。作为一个应用广泛的术语，它实际上包含着来自辩证法的基本思想方法，西方批评家认为，"一般而论，凡是存在着对立而又相互联系的力量、冲动和意义的地方，都存在着张力"❷。据此，我们对"张力"也许可以这样来理解：它指在一个有机整体中对立而又相互联系的力量所构成的既彼此冲突又彼此依存的一种紧张关系，这种紧张关系因语境等条件的变化而不断拓展其内涵与外延空间，并在内涵与外延的彼此延展互动中，不断生发新的整体性意义。这种"张力"关系意味着，一个有机整体中两个或多个不同方面的力量因素，既不是可以互相分离彼此无关的，也不是可以相互取代彼此同一的；相互之间既可能存在对立与冲突，也可能存在妥协与呼应，从而将事物的内在关系及其意义全面充分地显现出来。

笔者以为，文艺与政治的关系，正可以置放于这种"张力"关系中来进行考察。具体而言，可以从以下两个层面来进行认识探讨。

首先，从文艺与社会生活的宏观层面进行认识探讨。

从整体上说，文艺与政治具有天然的不可分割的联系，文艺不可能脱离政治。一方面，无论哪个历史时代，也无论何种政治，都必定会要

---

❶ 艾伦·退特：《论诗的张力》，姚奔译，赵毅衡编选：《"新批评"文集》，百花文艺出版社2001年版，第130页。

❷ 王先霈等：《文学理论批评术语汇释》，高等教育出版社2006年版，第336-337页。

求、呼唤、诱导甚至强制各种意识形态为其服务，文艺作为社会意识形态之一，当然不可能摆脱这种社会关系的制约；另一方面，文艺自身的特性也决定了它与政治的必然联系，必然被纳入社会的整体结构系统中发挥作用。通常认为，文艺有内部关系与外部关系这样两个方面（正因为此，文学研究也相应区分为"内部研究"和"外部研究"），而文艺与政治的关系，应当说是文艺的各种外部关系中最重要的一个方面。如前所说，政治（既指国家政治也包括群众的政治）在社会生活中无所不在，作为"人学"意义上的文艺活动，无不多方面、多纬度地反映人们的现实生活，表现人们的思想情感，其中必然包含人们的愿望需要和利益诉求，因而必然与政治相关。鲁迅先生在《魏晋风度及文章与药及酒之关系》一文中，论及魏晋文人风度及其诗文的时代特点，认为这既与当时的社会风气有关，也与当时的政治相关，无论嵇康、阮籍还是陶潜，都并没有摆脱当时的政治。鲁迅先生的基本结论是："据我的意思，即使是从前的人，那诗文完全超于政治的所谓'田园诗人'，'山林诗人'，是没有的。完全超出于人间世的，也是没有的。既然是超出于世，则当然连诗文也没有。诗文也是人事，既有诗，就可以知道于世事未能忘情。"[1] 鲁迅先生的见解显然是深刻的。如果说魏晋时代的山林田园诗人尚且无法摆脱与政治的关系，那么当今泛政治化时代的文艺就更不可能脱离政治了。

只不过问题在于，从政治的内涵与外延关系来看，政治本身就是复杂的，社会生活中不同的政治诉求本身就可能形成一定的"张力"，并由此带来文艺与政治之间的张力关系。如前所说，现代社会的政治，既有国家、政党（政治家）的政治，也有群众的政治，这两个方面既有可能在某种程度上统一，也有可能在某种程度上形成矛盾冲突。毛泽东《在延安文艺座谈会上的讲话》中说，革命的政治家是千千万万群众政治的领袖，他们把群众的意见集中起来加以提炼，再使之回到群众中

---

[1] 鲁迅：《而已集》，人民文学出版社1973年版，第97—98页。

去，为群众所接受、所实践。而当时中国政治的第一个根本问题是抗日——打败日本侵略者，建设新中国，这既是中国共产党人的政治主张，也是全中国人民的共同利益诉求，因此中国共产党人的政治与群众的政治是完全一致的。正是在这个前提下，《在延安文艺座谈会上的讲话》把文艺服从于政治，与文艺为群众服务、为抗日救国的革命事业服务看成一致的，而文艺的政治性和真实性也是完全一致的。这在理论逻辑上显然是自洽的，对于当时的文艺实践也是积极有益的。

新时期改革开放的历史进程，再次使社会生活中的各种关系尤其是政治关系得到了根本调整，拨乱反正、解放思想与改革开放，以经济建设为中心，建设社会主义现代化强国与人民生活的根本改善，成为新时期以来我国最大的政治，这既是党和政府的基本政治方针，也是全国人民的根本政治愿望和利益诉求。在新时期初，邓小平曾号召广大干部群众，"都要做解放思想的促进派，安定团结的促进派，维护祖国统一的促进派，实现四个现代化的促进派。对实现四个现代化是有利还是有害，应当成为衡量一切工作的最根本的是非标准"[1]。作为执政党的这一政治诉求，显然符合人民群众的利益愿望因而得到了极大拥护，当然也得到文艺界的广泛认同。实际上，从新时期初的"伤痕"文学、"反思"文学到后来的改革文学，都无不呼应了当时全国上下的政治要求，无不伴随着拨乱反正、解放思想与改革开放的历史进程，因而从宏观上看，这一时期文艺与政治的呼应显示了相当程度的一致性。

当然具体而言，任何时候文艺与政治都不可能完全同一，而且社会生活中不同阶层、不同生活处境中的人们，其政治愿望与利益诉求也不可能完全一致，因此政治本身及其与文艺之间的紧张关系就仍然是存在的。一方面，社会改革与转型本是个长期历史过程，目前的社会改革转型显然并未完全到位；另一方面，随着社会改革不断深化，各种利益关

---

[1] 邓小平：《在中国文学艺术工作者第四次代表大会上的祝词》，《邓小平文选》第2卷，人民出版社1994年版，第209页。

系不断调整，社会生活中的矛盾可能会更加复杂。社会生活中利益关系的复杂性，决定了作为利益集中表现的政治本身的复杂性，其中的矛盾冲突正反映了现代政治的某种紧张关系。而当代文艺显然不能不面对这种社会生活现实，因而也就不能不以自身的方式介入现实，从而与现实政治构成一定的张力关系。

从主观方面而言，文艺与现实政治究竟构成什么样的关系，显然取决于文艺家的政治观念、政治态度与价值立场，以及他在艺术实践中如何处理与政治的关系。从古往今来的文艺实践看，通常有这样几种情况：一是对某种政治现实持比较积极认同的态度，从而以肯定赞颂的方式反映现实表达情感，为某种现实政治服务。当然其中有的是主动自觉的，也有的或许是在某种现实压力下被动的、被迫的，值得具体分析。二是对某种政治现实持比较怀疑甚至反叛的态度，从而以否定批判的方式反映现实表达情感，所表现的是另一种强烈的政治诉求。三是对政治现实采取消极回避的态度，在这种看似"不问政治"的表象背后，其实仍内在地隐含着一定的政治倾向，只是没有那么明白地表现出来而已。此外，问题的复杂性还在于，当某些文艺家对某种现实政治特别是上层政治表现出疏离之时，却可能自觉不自觉地转向对另一种政治即群众政治的介入，在对民间疾苦的反映与民众情绪的表达中，显示出另一种政治倾向与利益诉求。这里就不是文艺是否与政治有关，而是与哪一种政治相关的问题。还有，某些文艺家本来具有很强的政治诉求，但在某种特定的现实处境中，却要以某种方式对此加以掩饰，从而表现出相当的矛盾复杂性。比如，在我们的印象中，南朝诗人谢灵运是著名的山水诗人，似乎是与政治不相干的，然而在毛泽东看来，这不过是一种假象。在一本《古诗源》所录谢灵运的山水诗代表作《登池上楼》旁边，毛泽东写下这样一段批语："通篇矛盾。'进德智所拙，退耕力不任'，见矛盾所在。此人一生矛盾着。想做大官而不能，'进德智所拙'也。做林下封君，又不愿意。一辈子生活在这个矛盾之中，晚节造反，矛盾达于极点。'韩亡子房奋，秦帝鲁连耻。本自江海人，忠义感君子。'是造反的檄文。"❶ 这种骨子里有割不断的政治情结，而表面上却表现得淡雅空灵的矛盾现象，在中外文艺史上恐怕都并不少见，上面提到鲁迅所论的嵇康、阮籍、陶潜，大抵也是如此。文艺与政治的复杂性及其张力关系，也正表现在这些方面。这在当今社会生活及其文艺实践中恐怕仍然如此。

其次，文艺与政治的张力关系，还可以从文艺作品的内容与形式或内涵与外延关系的层面进行认识探讨。

按传统的文艺观念，文艺作品的内容与形式是一个对立统一体，彼此既相互依存又未必完全统一，由此形成一定的矛盾关系。而文艺作品的意义价值，就存在于二者对立统一的关系之中。在毛泽东看来，文艺作品的内容主要表现为政治内容，于是他提出："我们的要求则是政治和艺术的统一，内容和形式的统一，革命的政治内容和尽可能完美的艺术形式的统一。缺乏艺术性的艺术品，无论政治上怎样进步，也是没有力量的。因此，我们既反对政治观点错误的艺术品，也反对只有正确的政治观点而没有艺术力量的所谓'标语口号式'的倾向。"❷ 在这段论述中，实际上隐含了"张力"论所阐述的基本问题。

按"张力"论的观点，艺术作品的意义存在于作品全部内涵和外延的有机整体之中，具体而言，存在于这种内涵和外延对立统一所形成的"张力"关系之中。在笔者看来，文艺作品的内涵关系，既包括作品文本的语言形式结构，也包括它所蕴含的丰富意蕴，无论这种意蕴是通过反映现实直抒胸臆的方式表现出来的，还是通过创造意象意境以隐喻象征的方式传达出来的。对于作为"人学"的艺术作品，应当说它的内涵意蕴越丰富越好，其中可能包含创作主体对自然、社会、历史、人生的各种认识感悟在内，关联着包括物质生活、道德风尚、宗教信仰、文化习俗等社会生活的各个方面，当然也包括政治在内。从孔孟老庄到屈原

---

❶ 陈晋：《毛泽东读评谢灵运》，《党建研究》2007年第1期。
❷ 毛泽东：《在延安文艺座谈会上的讲话》，《毛泽东选集》第3卷，人民出版社1991年版，第869-870页。

陶潜，从李杜白居易到关汉卿曹雪芹，从鲁迅郭沫若到茅盾曹禺，他们的传世之作都无不或明或暗地包含着政治因素。其实外国文艺中的经典之作也大抵如此。或许正是这种政治因素的介入，并与其他道德、宗教、文化、审美等因素融合形成一种内在的张力关系，才成就了它们的丰富深刻与不朽魅力。当然，在文艺实践中也会出现各种不同的情况，如有的让艺术服从观念需要，极力迎合和追逐某种政治风向，刻意突出和强化某种政治观念，就往往容易打破作品内涵因素及其艺术上的平衡关系，导致公式化、概念化倾向而削弱艺术的意义；有的则可能相反，把政治看成是与艺术审美对立的，极力避开政治因素的介入，刻意从艺术中"去政治化"，其结果则往往会使艺术变得狭小浅薄，同样会削弱艺术的意义。

从文艺批评的角度看，按艾伦·退特的看法，所谓批评不过是在终极内涵和终极外延之间的某个点上选择意义，分别只在于，有些批评（如新批评）往往是从文本内涵的一端开始，而传统批评则习惯于从作品外延的一端开始，每一方都靠充分的想象尽量向对方的一端推展其意义，借以填满全部内涵—外延的领域。[1] 在这种内涵—外延之间富于"张力"的推展及其阐释之中，文艺作品的意义价值才得以逐渐敞开而显现出来。如上所说，对许多作品而言，其内涵意蕴当中本来就包含着一定的政治因素；而从外延关系来看，政治又是文艺最重要的外部关系之一，这种内涵与外延之间的张力关系，也必然影响着文艺作品的意义生成。作为文艺批评，恰恰应当充分注意到这种张力关系，并在这种张力关系所形成的结构系统中，去读解和阐释作品的意义价值，而不要为了某种所谓"纯审美"观念，把政治的意涵刻意遮蔽掉。

学界有一种看法认为，新时期以来三十年我国文艺的变革发展，经历了一个从"去政治化"到"再政治化"的演变历程，这也许有一定

---

[1] 艾伦·退特：《论诗的张力》，姚奔译，赵毅衡编选：《"新批评"文集》，百花文艺出版社2001年版，第133页。

道理。不过值得分辨的是，新时期初的"去政治化"显然有其特定的含义，即一方面表现为对教条化僵化的极左政治的远离和拒斥，另一方面表现为抛弃公式化、概念化模式向尊重艺术规律回归，其实这本身就极富于政治意味。而当今文艺的"再政治化"，显然不是再回到过去那种状态：一方面，文艺所关联的政治，是包括国家政治和群众政治在内的现代性政治，它具有更广阔丰富的内涵；另一方面，文艺与政治的相互介入，是建立在自觉的文艺主体意识基础上的，因而更体现为一种艺术的自觉追求。当今文艺的"再政治化"，意味着文艺不必也不应当拒绝政治，无论从文艺实践与社会生活的宏观层面，还是从文艺作品的微观层面上看，让文艺与政治保持一定的张力关系，无论对社会生活还是对文艺自身的健康发展都是大有益处的。

原载《社会科学辑刊》2010 年第 5 期
人大复印报刊资料《文艺理论》2011 年第 2 期全文转载

文艺学反本质主义：是什么与为什么

——关于文艺学反本质主义论争的理论反思

进入21世纪以来，在西方后现代文化和理论观念不断引进，当代文学随着大众文化扩张不断走向泛化的背景下，围绕当代文艺学的学科反思和文学理论知识生产的转型重建问题，文学理论界展开了比较广泛深入的探讨。从某种意义上说，这一理论探讨是由文学本质论问题引起的，或者更直接说，是对文学理论的本质主义质疑引发的，在相当程度上也是在本质主义与反本质主义的论争中展开和推进的。这场论争是由反本质主义引发的，那么究竟什么是本质主义和反本质主义？这是首先应当搞清楚的问题。然而有意思的是，论争中学者们对这个问题的理解可谓大相径庭。因此，有必要先把关于本质主义与反本质主义的不同认识梳理辨析一下。

一、关于"本质主义"的认识问题

什么是本质主义？正如有学者所说，本质主义并不是一种"有头有尾""有名有姓"的思潮，而是一种后来被追加的命名。[1] 那么，这种命名是由谁提出和追加，又是为什么提出和追加的呢？大致而言，在西方理论界，这一命名的提出和追加者是那些后现代理论家，他们主张所谓"后理论"，其目标首先是要颠覆和解构此前的"元理论"。正如伊

---

[1] 童庆炳：《反本质主义与当代文学理论建设》，《文艺争鸣》2009年第7期。

格尔顿在《后现代主义的幻象》一书中所说："后现代思想的典型特征是小心避开绝对价值、坚实的认识论基础、总体政治眼光、关于历史的宏大理论和'封闭的'概念体系。它是怀疑论的，开放的，相对主义的和多元论的，赞美分裂而不是协调，破碎而不是整体，异质而不是单一。它把自我看作是多面的，流动的，临时的和没有任何实质性整一的。后现代主义的倡导者把这一切看作是对于大一统的政治信条和专制权力的激进批判。"❶ 如果将后现代主义所反对的这些东西归结起来给予一个命名，那就叫作"本质主义"。他们认为，"本质主义是一种教条，这种教条把一些固定的特性或本质作为普遍的东西归于一些特定的人群……把任何文化的分类编组加以模式化的基本原则，都是在用本质主义的方式进行运作"❷。"后理论"正是想要彻底打破"元理论"的垄断地位，彻底颠覆和解构这种流行的理论观念和思想方法，从而为"后理论"自身赢得合法性和生长空间。

如此看来，无论在历史上还是在现实中，都并没有一个所谓本质主义的"实体"存在，它实质上不过是反本质主义者设置的一个"他者"概念，用以指称他们意欲针对的批判对象。它有时候可能是个"标靶"，把所要批判的东西钉在这个标靶上以便瞄准射击；它有时候也可能是一顶"帽子"，可以随意扣到他们所选定的对象头上，使其置于被批判的地位。至于这个"本质主义"的确切含义是什么，似乎难以形成什么权威的界定，而且也未必能形成什么共识。

在我国理论界，随着"后理论"及其反本质主义思潮被引进和流行开来，"本质主义"这个概念也就随之被普遍使用。然而从近一时期的讨论情况来看，对这个概念的认识理解和态度更可谓莫衷一是，概而论之，大致有以下几种情况。

其一，将"本质主义"作为贬义词，当作完全错误的东西，视为僵

---

❶ 特里·伊格尔顿：《后现代主义的幻象》"致中国读者"，华明译，商务印书馆2000年版。
❷ 阿雷恩·鲍尔德温等：《文化研究导论》，陶东风等译，高等教育出版社2004年版，第142页。

文艺学反本质主义：是什么与为什么
——关于文艺学反本质主义论争的理论反思

化、绝对化、教条化的理论和思维方式的代名词，从而理所当然地将其作为理论批判的对象和标靶。这种认识和态度实际上来源于西方后现代主义对它的定性，正如伊格尔顿所说，所谓本质主义，"这是后现代主义著作中提到的最为十恶不赦的罪恶之一，几乎是首要罪行，或者相当于神学中的反对圣灵罪"❶。因此，对于本质主义，无论怎样对它吐口水，也无论怎样对它进行贬抑和批判，都完全属于正义之举。这种理论预设和定性，无疑也为我国的反本质主义提供了依据和口实。

首先是一些在理论姿态上取攻势的学者，对本质主义给予定性和批判。其中比较有代表性的说法，如有学者说："此处我们所说的'本质主义'，乃指一种僵化、封闭、独断的思维方式与知识生产模式。"❷ 也有学者说，"'本质主义'通常是作为贬义词出现。哪一个理论家被指认为'本质主义'，这至少意味着他还未跨入后现代主义的门槛……'本质主义'典型症状就是思想僵化，知识陈旧，形而上学猖獗"❸。如此说来，本质主义显然一无是处，对它怎样指责批判都不算过分。

于是一些在论争中取守势的学者，也不能不予以招架作出回应。他们一方面严正声明自己并不是本质主义者，并列举一系列理论创新的事实，来回击那些所谓"本质主义"的无端指控；另一方面则对反本质主义的理论立场表示完全认同，并对本质主义表现出同样的义愤和批判态度，认为本质主义是自柏拉图、亚里士多德开始，直至康德、黑格尔的某种西方哲学思潮，其特点是追求非历史化的绝对真理、绝对理念等。19世纪以来，从马克思到尼采、萨特、海德格尔，都是持反本质主义立场，因此，这些论者"不认为今天的思想界仍然抱着本质主义思维方法，本质主义与反本质主义的战争其实早就已经结束，已经没有了悬念"❹。与上面的理论观点比较，在认定本质主义是一种坏东西这一点上

---

❶ 特里·伊格尔顿：《后现代主义的幻象》，华明译，商务印书馆2000年版，第112页。
❷ 陶东风：《文学理论基本问题》，北京大学出版社2004年版，第3页。
❸ 南帆：《文学研究：本质主义，抑或关系主义》，《文艺研究》2007年第8期。
❹ 童庆炳：《反本质主义与当代文学理论建设》，《文艺争鸣》2009年第7期。

是一致的，而区别只在于，激进的反本质主义极力要把目标引向现实批判，而后者则更多指向历史的批判反思。

其二，认为"本质主义"并不必然是坏的，或者说它并无好坏之分，应当具体考察某种本质主义理论的含义，以及它在一定理论系统中所起的作用，而不能抽象地判定它的性质与好坏。

这一看法首先是来自英国学者伊格尔顿，他对后现代主义者先验推定本质主义的十恶不赦之罪不以为然，乃至为其辩护。他说："本质主义的比较无伤大雅的形式是这样一种信念，即认为事物是由某些属性构成的，其中某些属性实际上是它们的基本构成，以至于如果把它们去除或者加以改变的话，这些事物就会变成某种其他东西，或者就什么也不是。如此说来，本质主义的信念是平凡无奇，不证自明地正确的，很难看出为什么有人要否定它。照这样看，它没有什么特别的直接政治含义，没有什么好或者坏。"[1] 他并且认为，既不能简单地用本质主义来区分好坏，更不能用它来划定政治派别，"本质主义并不必然是政治右派的特征，而反本质主义也并不必然是左派的一种必不可少的特点。卡尔·马克思是一个本质主义者，而资产阶级功利主义之父杰里米·边沁则是一个狂热的反本质主义者"[2]。联系前面有学者认为马克思是持反本质主义立场，伊格尔顿这里的说法则又耐人寻味，显然他们对本质主义的理解是不一样的。

国内学者也有类似的观点，认为本质主义作为一种传统的理论模式，其实是在不断演变。就西方而言，本质主义从古希腊开始，经历了"独断论本质主义""认识论本质主义""辩证唯物论本质主义""现象学本质主义""逻辑实证主义本质主义"等各种形态，"每一种新的本质主义的出现，都是以克服旧的本质主义为前提的"[3]。这就是说，即使

---
[1] 特里·伊格尔顿：《后现代主义的幻象》，华明译，商务印书馆2000年版，第112页。
[2] 特里·伊格尔顿：《后现代主义的幻象》，华明译，商务印书馆2000年版，第115-116页。
[3] 汤拥华：《告别与执守：有关文学理论的论争——由一篇商榷文章引发的商榷及感想》，《浙江社会科学》2004年第1期。

认为那种"独断论本质主义"是不好的,也并不等于说所有本质主义都是不好的和应当否定的。换言之,不能说本质主义是绝对的好或者坏,应当看它在历史发展进程中所起的作用,这本身也正是一种历史主义的态度。

其三,认为对于"本质主义"不能一概而论,似乎好就一概都好,坏就一概都坏,实际上既有坏的本质主义,也有好的本质主义,应当区别对待。

有学者明确指出:"不能断论,凡反本质主义均好,凡本质主义皆坏。不能笼统地一概而论,把所有的理论、学理和理性都视为理障,都视为研究对象所蕴含着的真理的掩盖物和遮蔽物。"针对那种将马克思、恩格斯归为反本质主义的看法,作者认为,"这种说法是不正确的,至少是不全面的。马克思、恩格斯不只是反本质主义者,他们首先或同时是科学的本质主义者。援用当代富有时尚感的学术话语来说,他们既是旧的本质理论和思想体系的解构主义者,又是新的本质理论和思想体系的建构主义者。实际上,这是一个问题的两个方面"。❶ 这一看法与前面提到的童庆炳和伊格尔顿的看法各有相通之处,显然是一种更为辩证的认识。在论者看来,本质主义并不只有一种,而是有不同的形态。既有坏的本质主义,即那种极端的、僵硬的、教条的本质主义,对它进行学理上的清理和批判是完全应该的。但也有好的本质主义,即科学的本质主义,如马克思主义就是这样一种科学的本质主义,"马克思、恩格斯为了追求更加合理的思想体系和社会制度,积极探索历史的发展规律和资本主义社会的隐秘,从而用新的本质主义理论取代旧的本质主义理论,为社会的进步和无产阶级的解放提供强大的科学的思想武器"❷。正是秉持着这样一种理论信念,作者站在科学的本质主义的立场上,对文学本质论问题进行了持续不断的全面系统的探讨。❸

---

❶ 陆贵山:《本质主义解析与文学理论建构》,《文学评论》2010年第5期。
❷ 陆贵山:《本质主义解析与文学理论建构》,《文学评论》2010年第5期。
❸ 陆贵山:《试论文学的系统本质》,《文学评论》2005年第5期。

二、关于"反本质主义"的认识问题

从逻辑上来说，反本质主义就是对本质主义的否定和批判，只要锁定了本质主义这个对象标靶，这种否定批判的针对性应当是不成问题的。然而如前所说，实际上并不存在本质主义这样一个"实体"，它更像是一个飘浮不定的"影子"，因此对它的否定批判就并不那么容易目标明确火力集中。更何况，有些人并不认为本质主义一定就坏，反本质主义一定就好，从而在理论立场上便有种种不同。因此，从反本质主义这个方面来看，也相应地显现出一定的复杂性，有必要加以辨析。

讨论反本质主义问题，首先需要关注陶东风教授的观点，这是因为他在我国文论界最早提出反本质主义的话题，并且也被很多人认定为反本质主义的代表人物。然而从陶东风本人的一些表述来看，却显得颇为复杂甚至不无矛盾之处。比如，他有时承认自己是个反本质主义者，并且明白无误地表明自己反对本质主义的理论立场。在回应学界的质疑时，他明确说自己"是一个反本质主义者，我对自己的反本质主义的文学观持有'确定性'的信念"。而在另一些场合，他又声明自己并不是反本质主义者，他说，学界一些人"一致认定我是反本质主义者，尽管我在文章和教材中反复且明确表白我不是反本质主义者而是建构主义者，对于'反本质主义'我只是'有条件地吸收'"。❶ 在这里，他显然感到自己的立场观点被别人误解了，因此有必要强调他所坚持的反对本质主义立场，并不是人们所普遍认为的那样一种反本质主义。

那么陶东风对于反本质主义究竟是一种什么态度呢？从下面一段话我们可以了解他的完整看法："本质主义的文学理论不是文学本质论的代名词，不是所有关于文学本质的理论阐释都是本质主义的。本质主义只是文学本质论的一种，是一种僵化的、非历史的、形而上的理解文学

---

❶ 陶东风：《文学理论：建构主义还是本质主义——兼答支宇、吴炫、张旭春先生》，《文艺争鸣》2009 年第 7 期。

本质的理论和方法。""对本质主义文学理论的反思和扬弃并不必然导致反本质主义。或者说，我们可以把反本质主义分为'反本质主义'与'反本质的主义'两种，建构主义属于'反本质主义'，而不是'反本质的主义'。'反本质的主义'以后现代主义为代表，它不是对本质主义的反思，而是彻底否定关于本质的一切言说，认为本质根本不存在。"应当说，这段话的意思是清楚明白的，陶东风的理论立场也是毫不含糊的。他并不赞成后现代主义那种激进的极端的反本质主义，即彻底否定关于本质的一切言说；他所坚持的也许可以说是一种有限度的反本质主义，即既保持对那种僵化的、非历史的、形而上的本质主义理论的反思和扬弃，同时也不放弃对文学本质问题的建构性探索。因此他强调说："我的反本质主义（如果可以这样称呼的话）更接近于建构主义的反本质主义，而不是后现代主义的激进的反本质主义。"[1] 以此观之便可以明白，当他否认自己是个反本质主义者的时候，是从前一种意义而言的；当他承认自己是个反本质主义者的时候，是从后一种意义而言的。这样看来二者不仅并不矛盾，而且恰恰显示了论者严肃辩证的理论立场，就这一点而言，学界对陶东风反本质主义理论的质疑和批评，的确多有误解和不当之处。

其实，在这场本质主义与反本质主义的论争中，还有人比陶东风走得更远，秉持更加激进的反本质主义的理论主张。比如有学者明确提出"本质的悬置"，认为长期以来，我们把过多的精力放在了对"文学是什么""文学发展的规律是什么"等问题的研讨上，导致了文学理论的僵化与滞后，"如果把'规律''原则'等问题抬到不适当的高度，就会出现与文学理论研究的学理客观性不相称的、不讲道理的伦理性评判，'文学'和'文学理论'也便成为一个'虚构的神话'"。"只有暂时把本质'悬置'起来，文学理论才有可能与当下已发生巨大变化的文学活

---

[1] 陶东风：《文学理论：建构主义还是本质主义——兼答支宇、吴炫、张旭春先生》，《文艺争鸣》2009年第7期。

动的生产、传播与消费方式进行有效的对话，才有可能走出'失语'的困境。"❶ 也有学者主张将后现代思想引入当代文艺学建设，"这里说的后现代是一种怀疑和反对作为现代观念的本质主义、普遍主义的思想状态"，它反对"简约的、虚假的、永恒化的、粗暴的、均质化的使用本质概念"，提倡将"本质语境化、历史化、相对化、多元化"，这样，"对永恒本质的界定的渴求就让位于对事物本质这种'知识'的历史化和多元化的描述"。❷ 从这种观念的理论逻辑来看，似乎执着于对"文学是什么"之类关于文学的本质、规律、原则等问题的研讨，就势必会走向本质主义，只有引入后现代思想，把本质问题"悬置"起来，避开对"本质"概念的界定和使用，才能走出本质主义的理论误区，这种看法显然又容易导向另一种简单化和片面性。

应当说，在讨论过程中，更多学者对于"反本质主义"还是持比较审慎的态度，注意到"反本质主义"本身所存在的两面性，即它有可能带来的积极作用与消极影响。比如，前面所引述陆贵山先生的观点，认为不能简单判断说，凡反本质主义均好，凡本质主义皆坏。反对教条主义和绝对主义的本质主义是必要的，但一概拒绝本质沉思和理论思维的偏向则是必须加以防止的。童庆炳先生也明确反对把反本质主义扩大化，认为对于反本质主义要有明智的看法，不能走向极端和偏执。"走向极端的反本质主义必然要导致不可知论和虚无主义。我们赞成的是作为思维方式的反本质主义，而不是它的某些确定性结论……我隐隐感到担心的是，有些作者在有意无意间似乎把凡是给事物下定义的，凡是想明确回答问题的，凡是把事物分成现象与本质二元对立的，凡是想搞体系化的著作的，都叫做本质主义。如果把这四个'凡是'作为衡量是否是本质主义的模式，那么这种给学术设置禁区的做法本身，给学术立这些规则的做法本身，就是本质主义的。这样，他们就不是为学术研究开

---

❶ 秦剑：《"本质的悬置"：文学理论学科性之反思》，《黄冈师范学院学报》2005 年第 2 期。
❷ 李秀萍：《关于建国以来文艺学教材建设的思考》，《首都师范大学学报》2005 年第 1 期。

辟道路，而是设置障碍了。"❶ 也有学者在谨慎肯定我国反本质主义文艺学的积极意义的同时，认为"反本质主义思维走向极端就是绝对的相对主义，文学在这种相对主义看来没有任何固定的本质，从而文学也就无法区别于原始森林、太阳、行星，甚至无法区别于音乐、建筑、雕刻、绘画等艺术。如果一味拆解和反本质，文学理论必然陷于碎片化而无法成为体系性的理论思考，从而无法承担人文精神提升和文学现象解说的功能"❷。在学界的讨论中，不少学者都持类似看法。在笔者看来，这种理论观念力求避免论争中容易出现的情绪化、简单化和片面性，体现了一种应有的理性反思态度，是更为值得重视的。

三、反本质主义论争带来的理论反思

近一时期文艺学界出现的本质主义与反本质主义的论争，也许不是偶然发生的，而是与传统文艺学在"后文学"时代遇到的困境和挑战有关，与文艺学界在这种挑战面前努力寻求突破的理论焦虑有关，与当代文学理论知识生产转型重建的价值选择有关。那么，这种反本质主义的理论思潮究竟是怎样兴起的？它究竟是什么与为什么？这场论争究竟具有什么样的意义？对于这些问题，也许正是这场论争归于相对平静之后我们应当理性反思的。

首先，反本质主义的理论思潮兴起的原因是什么？理论界或许有各种不同的认识看法，不过在笔者看来主要有三个方面的原因。其一，从外部原因方面来看，主要是西方后现代主义思想观念的影响。伊格尔顿在其著作中一再描述后现代思想观念的特点，除上文引述外，在近年推出的《理论之后》一著中又指出，"'后现代主义'，我认为，粗率地说，意味着拒绝接受下列观点的当代思想运动：整体、普遍价值观念、宏大的历史叙述、人类生存的坚实基础以及客观知识的可能性。它怀疑

---

❶ 童庆炳：《反本质主义与当代文学理论建设》，《文艺争鸣》2009年第7期。
❷ 章辉：《反本质主义思维与文学理论知识的生产》，《文学评论》2007年第5期。

真理、一致性和进步，反对它所认为的精英主义，倾向于文化相对主义，赞扬多元化、不连续性以及异质性"[1]。这种后现代主义思想观念，导致了西方的"后理论"转向，即转向伊格尔顿所说的反理论主义，其内涵之一便是所谓反本质主义。在文学研究方面，也带来了所谓文化研究转向，即从对文学本身问题的研究，转向开放性的文化问题的研究。理论上的反本质主义，与文化研究转向中对文学问题的泛化和悬置是恰相呼应的。西方后现代主义以及文化研究的一些思想观念，引起了一些国内学者的兴趣和追捧，并且也成为一些反本质主义论者重要的理论资源。实际上一些持守反本质主义立场的学者对此并不讳言，在当今更加多元开放的文化背景下，这种外来思想观念的影响显然不可低估。其二，从现实因素方面来看，也许可以说是反映了当今"后文学"时代的一种理论困境。随着20世纪90年代以来大众文化兴起，文学不断走向开放性多元化的泛化发展，面对这种文学现实，当代文论界普遍表现出某种理论焦虑与困惑，沿用以往的理论观念和模式，已经难以对当下的文学现象作出合理的理论阐释和回答。于是，一些学者便由此转向对这种理论观念和模式本身的怀疑，以为一切关于文学的本质和规律性问题的探究，都难免陷于本质主义的误区，因而都是不合时宜的。而反本质主义的思想观念，正好为这种"后文学"时代的理论突围提供了依据。其三，从当代文艺学自身方面来看，正如陶东风等学者在进行学科反思时所指出的那样，以往的文艺学理论建构中，的确一定程度上存在比较简单化和绝对化的倾向，比如过于强调文学的某种普遍规律性而忽视其特殊性和多样性，或者过于以某种社会意识形态观念主宰文学理论话语，缺乏现实的应变阐释能力，因而表现出比较明显的理论弊端和局限性，这在有些学者看来无疑就是一种本质主义的表现。而反本质主义作为对这种理论弊端的逆反与反拨，甚或还是对某种意识形态威权力量支配文学理论话语的一种抵制与抗争，它的兴起显然有其内在的某种必然性。

---

[1] 特里·伊格尔顿：《理论之后》，商正译，商务印书馆2009年版，第14页。

其次，反本质主义是什么？对此究竟应当如何认识？从讨论的情况来看，有一点大概是可以肯定的，即反本质主义并不构成为一种理论形态，因为它不是建构性的理论，它没有自身理论建构的基点，因此它不可能形成某种理论形态。除此之外，它还能是什么呢？从讨论情况看，大致有以下三种含义。其一，表现为一种理论立场和态度，即根源于对以往文艺学理论观念和理论体系的不满，从而以反本质主义的姿态，表明其对以往理论的反叛性、批判性、反思性的立场和态度。对于多数主张或者认同反本质主义的学者来说，恐怕主要是这样一种含义。其二，不只是一种立场和态度，更是一种理论策略，即通过反本质主义的解构策略，以求达到新的理论建构的目的。比如陶东风有时否认自己是反本质主义者，有时又承认自己是反本质主义者，不过他又特别强调，"我的反本质主义（如果可以这样称呼的话）更接近于建构主义的反本质主义，而不是后现代主义的激进的反本质主义"❶。其实他的本意在于，提出反本质主义的命题，并不是真的要否定对文学本质问题的探讨，而是试图以此打破既已形成的某些文艺学体系的一统格局，彻底解构其理论范式，随之而来，则是要极力推出他的"建构主义"的理论主张取而代之。同样，南帆等人的反本质主义也是这样一种策略，他曾说得明白："关系主义只不过力图处理本质主义遗留的难题而已……在本质主义收割过的田地里再次耕耘。"❷ 这就是说，反本质主义无非是要清理文艺学这块田地里的本质主义遗留物，为推出新的理论清除障碍和开辟道路，以利于他所倡导的"关系主义"理论在这块田地里重新生长。这种以反本质主义的解构开道以求实现新的理论建构的策略不言而喻。其三，把反本质主义视为一种思维方式或者理论方法。比如，童庆炳先生就明确提出把"反本质主义作为一种开放的思维方式"，而不是把它看成一种理论形态。在他看来，本质主义的根本问题是思维方式上的极端化和绝

---

❶ 陶东风：《文学理论：建构主义还是本质主义——兼答支宇、吴炫、张旭春先生》，《文艺争鸣》2009年第7期。

❷ 南帆：《文学研究：本质主义，抑或关系主义》《文艺研究》2007年第8期。

对化，那么反本质主义所针对的当然也是思维方式问题，所以他表示，"我们赞成的是反本质主义求解问题的方式和超越精神，即不能把事物和问题看成是僵死的、一成不变的，并且要有不断进取精神，超越现成之论，走创新之路"。❶ 也有学者认为："反本质主义只能是方法、手段或过程，而不是目的，不是结果。"❷ "我们只有把反本质主义提升到方法论的层面并放在整个人类思想史的脉络里来详加审视才能真正明白其重大意义。"❸ 由此可见，对于反本质主义是什么的问题，理论界各有不同的认识理解，可能未必那样容易形成理论共识，但这也许并不重要，重要的是我们能够从各种不同角度的认识理解中获得什么样的启示。

最后，对于这场论争的意义，我们应当如何认识？文艺学界关于本质主义与反本质主义的论争已持续多时，现在看来并没有也不太可能形成什么结论，但这并不意味着这场论争没有意义。在笔者看来，它的启示意义主要有以下几个方面。一是通过这种论争增强了当代文艺学的批判反思性。应当说，批判反思性是理论创造的基本品格之一，如果缺少这种品格就难以有真正的理论创新。有学者把包括马克思在内的许多理论大师都视为反本质主义者，也许正是着眼于他们的这种怀疑和批判反思精神。新时期以来文艺学的创新发展，也是在这种怀疑和批判反思中不断推进的。不过问题在于，对于前人的理论进行怀疑批判可能比较容易，而对于当代建构的理论学说进行批判反思则可能比较难。与以往主要着眼于某些理论观念和方法的批判反思有所不同，反本质主义者试图从根本上对当代文艺学的理论范式和思维方式质疑，这可能会让一些人感到难以接受。但不管怎样，通过这场论争刺激和搅动一下，引起当今文艺学界的自觉反思，应当说还是很有好处的。二是通过这种论争引起我们对于解构性理论立场的必要反思。就反本质主义的本意和实质而言，它显然是一种解构性的理论指向，在理论创新发展的过程中，这种

---

❶ 童庆炳：《反本质主义与当代文学理论建设》，《文艺争鸣》2009 年第 7 期。
❷ 章辉：《反本质主义思维与文学理论知识的生产》，《文学评论》2007 年第 5 期。
❸ 王伟：《文学性、反本质主义及空间转向》，《文艺理论研究》2012 年第 5 期。

解构性无疑是必要和具有积极意义的,因为不破不立,没有解构也就没有建构,这不言而喻。然而问题在于,理论解构应当有其自身的限度,它可以是一种策略、一种方法,但解构本身并不是目的,它不应当导致对一切文学本质理论的怀疑和否定,更不应当导致对一切关于文学本质探讨的愿望及其可能性的怀疑和否定。如果把反本质主义理解为一种颠覆性的解构,那就将从一种极端走向另一种极端,走向绝对化的怀疑主义、否定主义和虚无主义,那就任何理论创造都无从谈起。从这场论争的情况来看,某些反本质主义者一定程度上存在着这样的偏向,这不能不引起理论界应有的关注和警惕。对这种解构性思维方式的反思本身,也应当是深化理论认识的必要前提。三是通过这种论争也增强和激发了理论建构的自觉性。如果说我们既无法回避过去的理论思维中存在着的本质主义嫌疑与弊端,又难以接受反本质主义对文学本质论的彻底颠覆,那么,我们所应当作出的选择,便是面对现实重新寻求理论建构,既力求克服本质主义的弊端,同时也回应反本质主义的挑战。从建构性的理论立场来看,在经过了这场反本质主义的论争反思之后,就理应更加增强理论的自觉性,包括理论观念和思维方式上的自觉。当我们重新思考探索一些文学问题和建构某些理论学说时,就应当更加切近对文学的合规律性与合目的性的认识,更加意识到这种建构的历史性与当下性的关系,更加意识到这种建构的理论限度和适用性(适用对象与范围)的问题,从而避免像过去那样把某些理论观点随便说成文学的"基本原理"或"普遍规律",以免重新陷入本质主义理论观念和思维方式的误区。倘若如此,这场论争所带来的就不仅仅是一种批判反思性的意义,而是更具有一种促进理论建构的积极意义。

原载《华中师范大学学报》2014年第3期

人大复印报刊资料《文艺理论》2014年第7期全文转载

《新华文摘》2014年第18期辑目

历史主义视野中的文学本质论问题

文学本质论问题，是文学理论的基本问题之一。新时期以来，文学本质论观念不断嬗变，从打破以反映论为基础、意识形态论为内核的单一性文学本质观，走向对文学本质特性的多维度探索。近年来，则又出现了文学本质论中的本质主义与反本质主义的论争，进一步带来了问题的复杂性和一定程度的理论困惑。本质主义观念往往是先验论的，追求和满足于对文学本质简单地下定义，因而容易走向绝对主义和极端化，形成排他性和封闭性，并不利于对文学本质问题的科学认识。反本质主义基于其反思性理论立场，致力于破除本质主义的思维方式和理论观念，就此而言是具有积极意义的。但如矫枉过正走向对一切文学本质的怀疑和否定，则又容易陷入相对主义、虚无主义和不可知论，导致对文学理论信念的根本瓦解。当今关于文学本质问题的认识探讨，有"建构主义""关系主义"等种种理论主张，应当说都具有一定的启示意义和理论价值。我们认为，也许可以适当调整理论思路，从历史主义的观点出发，将文学本质论问题放到历史主义视野中来进行反思与探讨。

一、文学本质问题论争的方法论反思

在我们看来，前一时期文艺学界关于本质主义与反本质主义的论争，从实质上来说并非属于文学本体论的问题，而是属于文学研究方法论的问题。也就是说，不是争论文学有没有本质，或者说文学本质是什么以及在哪里，而是关于"如何对待"文学本质论研究，以及"如何去研究"文学本质的问题，这就是关于文学研究方法论的问题。

从方法论的角度来看，所谓"本质主义"的根本问题，并不在于它肯定文学本质的存在，以及致力于去揭示这种文学本质，甚至也不在于它给文学下了什么样的定义，而是在于理论观念和思维方式上，它相信文学具有某种与生俱来、一成不变的本质，文艺学研究就是去寻求并确认这种文学本质；而一旦确认了某种文学本质，便相信它是绝对的、永恒的、普遍性的东西，它似乎就成了某种绝对或终极真理，是只能接受而不容怀疑的。这其实是一种极为简单化和封闭性的理论观念与思维方式。

从逻辑上来说，反本质主义就是对本质主义的否定和批判，它不接受也不承认有什么绝对的、永恒不变的文学本质，更反对那种极端的、僵硬的、独断的、教条化的理论模式。但从反本质主义论争的情况来看，只有很少人是从本体论的意义上反对本质主义的，即从根本上怀疑文学本质是否存在，以及质疑进行文学本质探寻的可能性，因而主张"悬置"或者放弃这种本质论研究的努力。而多数人主张或者赞成反本质主义，并非不承认文学本质的存在，也不是反对研究文学本质，更不是要把文学本质统统反掉，而是反对那种简单化、绝对化的研究文学本质的理论观念和方法、模式。比如，我国文艺学界最早提出反本质主义命题，并且被认为是反本质主义代表人物的陶东风教授，就曾多次声明他并不是反对文学本质论研究，而是反对本质主义的研究方法。在他看来，"本质主义的文学理论不是文学本质论的代名词，不是所有关于文学本质的理论阐释都是本质主义的。本质主义只是文学本质论的一种，是一种僵化的、非历史的、形而上的理解文学本质的理论和方法"。他认为，"对本质主义文学理论的反思和扬弃并不必然导致反本质主义。或者说，我们可以把反本质主义分为'反本质主义'与'反本质的主义'两种，建构主义属于'反本质主义'，而不是'反本质的主义'。'反本质的主义'以后现代主义为代表，它不是对本质主义的反思，而是彻底否定关于本质的一切言说，认为本质根本不存在"。❶ 由此可见，陶东风所提出的反本质主义，并不是一个本体论意义上的命题，而是一个方法论意义上的命题。童庆炳先生曾被一些学者视为本质主义文艺学的代表人物，但他并不接受这种说法，并且明确表示赞成一些学者提出的反本质主义主张。而他所理解和赞成的反本质主义，也正是一种"开放的思维方式"，他说："我们赞成的是作为思维方式的反本质主义，而不是它的某些确定性结论……我们赞成的是反本质主义求解问题的方式和超越精神，即不能把事物和问题看成是僵死的、一成不变的，并且要有不断进取精神，超越现成之论，走创新之路。"❷ 这说到底仍然是一个方法论的问题。还有其他学者也认为："反本质主义只能是方法、手段或过程，而不是目的，不是结果。"❸ "我们只有把反本质主义提升到方法论的层面并放在整个人类思想史的脉络里来详加审视才能真正明白其重大意义。"❹ 由此可见，理论界对于反本质主义问题的讨论，差不多都指向了一种文学研究方法论的反思，这也许正是问题的关键所在。

当然，这场讨论还并不止于对以往文艺学的批判性反思，而且进一步引向了对文学研究的建构性探索。在我们看来，这些探索从根本上来说仍然不是本体论意义上的理论建构，而是方法论意义上的理论探讨。比如，陶东风一方面提出了反对本质主义的论争命题，另一方面则推出了"建构主义"的理论构想。如果说前者更多是一种消解性的批判解构策略，意在为创建新的理论清扫地盘，那么后者就直接引向了对新的理论问题的建构性探讨。从"建构主义"论者的一些理论阐述来看，也只是强调任何关于文学本质的理论，都是在特定的历史条件下建构起来的，而不可能是先验地设定的。"建构主义反对本质主义，但它同时也

---

❶ 陶东风：《文学理论：建构主义还是本质主义——兼答支宇、吴炫、张旭春先生》，《文艺争鸣》2009 年第 7 期。
❷ 童庆炳：《反本质主义与当代文学理论建设》，《文艺争鸣》2009 年第 7 期。
❸ 章辉：《反本质主义思维与文学理论知识的生产》，《文学评论》2007 年第 5 期。
❹ 王伟：《文学性、反本质主义及空间转向》，《文艺理论研究》2012 年第 5 期。

可以是一种关于本质的言说。建构主义的文学理论并不完全否定本质，而是认为文学的'本质'是受到社会历史条件制约的文化与语言建构，我们不能在这些制约语境之外，也不能在语言建构行为之外谈论文学的本质（好像它是一个自主的实体，不管是否有人谈论都'客观存在'着）；也就是说，建构主义不是认为本质根本不存在，而是坚持本质只作为建构物而存在，作为非建构的实体的本质不存在。本质主义文学观的核心是认为文学的本质是先验的、非历史的、永恒不变的，是独立于语言建构之外的'实体'，即使没有关于文学本质的言说行为，文学本质仍然像地下的石头一样'客观'存在着，只是没有被人发现罢了。""相反，建构主义认为离开了人的建构行为，文学的本质就不存在，不是'本质'本来就在那里，只要方法得当就可以发现（也就是获得了关于文学的'绝对真理'）。本质不是发现的而是建构的。"[1] 从这些论述可知，论者所倡导的建构主义，所针对的仍然是所谓"本质主义"的那种先验的、绝对化的理论观念与思维方式。与此相对应，他们更为强调的是文学本质的建构性，以及这种建构的历史性与地方性，多样性与差别性，等等。应当说，它所主要着眼的仍然是关于建构的理论观念和思想方法问题，而并没有切实阐明，究竟应当如何进行建构，以及具体建构什么。

建构性探索中的另一种影响较大的理论主张，是南帆先生提出的"关系主义"，它所针对的是本质主义那种孤立、封闭、二元对立的思维模式，强调理论的相对性、开放性和多元性。"让我们总结一下本质主义与关系主义的不同工作方法。本质主义力图挣脱历史的羁绊，排除种种外围现象形成的干扰，收缩聚集点，最终从理论的熔炉之中提炼出美妙的文学公式……关系主义强调进入某一个历史时期，而且沉浸在这个时代丰富的文化现象之中。理论家的重要工作就是分析这些现象，从中

---

[1] 陶东风：《文学理论：建构主义还是本质主义——兼答支宇、吴炫、张旭春先生》，《文艺争鸣》2009年第7期。

发现各种关系，进而在这些关系的末端描述诸多文化门类的相对位置。""关系主义倾向于认为，围绕文学的诸多共存的关系组成了一个网络，它们既互相作用又各司其职。总之，我们没有理由将这些交织缠绕的关系化约为一种关系，提炼为一种本质。文学的特征取决于多种关系的共同作用，而不是由一种关系决定。"❶ 由此可见，关系主义也只是从文学研究的理论观念和思维方式上，提出了应当怎样和不应当怎样，而并没有对文学本质问题本身阐述新的见解。如此看来，无论是建构主义还是关系主义，以及其他什么理论主张，其实都是关于如何来认识和研究文学本质的方法、思路问题，而并不是关于文学本质论本身的理论建构。因此，它更多是一种方法论上的启示意义，而并非本体论上的创新意义。当然，这种方法论上的意义也是值得充分肯定的。

也许可以这样认为，近一时期文艺学界关于文学本质论问题的论争，最大的收获和最根本的意义，并不在于对文学本质问题提出了多少新的见解，或找到了什么新的答案，而在于引起了文艺学界对于文学研究的方法论反思，增强了文学研究的方法论自觉，这种意义显然不可低估。

二、历史主义的理论视野及其方法论意义

从上一部分的反思性探讨，我们也许可以获得这样一种启示，即如果期望文学本质问题的探讨取得实质性突破，必要的前提是先解决理论观念与视野的问题，增强文学研究的方法论自觉。落实到这个层面上来进行反思，我们以为，上述建构主义、关系主义等理论主张，都还只具有一般方法论的意义，而并不具有根本性的元方法论的意义。真正具有这种根本性的元方法论意义的，则莫过于"历史主义"。从方法论的角度看，"本质主义"的对立面不是别的，正是"历史主义"。换句话说，"本质主义"的实质和要害正在于它是一种"非历史主义"。从严格的

---

❶ 南帆：《文学研究：本质主义，抑或关系主义》，《文艺研究》2007 年第 8 期。

意义上说，反本质主义并不构成一种方法论，实质上它只是一种反叛性的理论立场和态度，甚或是一种解构性策略；而建构主义、关系主义作为某种特定范围或维度上研究文学的方法，也只具有某种特殊的理论意义，它们的理论观念和方法论要素，其实也都可以纳入历史主义的理论视野和方法论原则中来理解和认识。

当然，历史主义可能有各种不同的理论形态，我们这里所讨论的主要是马克思主义唯物史观意义上的历史主义。马克思曾经说过："我们仅仅知道一门唯一的科学，即历史科学。"❶ 我们理解马克思的这个说法，其本意在于强调：世界上一切事物和问题，都可以而且应当纳入历史视野中来认识和探讨，这是一种彻底的历史唯物主义态度。英国学者塞耶斯在探讨马克思主义人性观问题时认为，历史主义的对立面即本质主义，"黑格尔以来的历史主义哲学家都批判和否定这种本质主义方法"。他认为，在根本的意义上，"马克思主义是一种历史主义。事实上，它的确否定启蒙运动时社会哲学的本质主义方法"。就人性观而言，"马克思主义从历史的角度对人性、人的种种需求以及人的理性进行了精辟的论述。如果说历史是人性发展的结果，那么人性也同样是历史发展的产物"。"这是一个辩证的发展过程，一种社会活动与人性的互动。"这种历史主义的本质观换一个角度来看，也是一种人道主义的价值观，"马克思的人道主义观点是一种独特的历史观，它以人性的历史发展为基础，并且源于人性的历史发展"。"它本质上是一种人道主义的理论，它只是为各种道德价值提供了一个现实的社会历史背景。""马克思认为人类道德发展的理想就是人的全面发展，人类的真正财富就在于人性的发展。"❷ 在塞耶斯看来，在马克思主义的理论视野中，历史主义的本质观与人道主义的价值观是有机统一的。这种理论认识无疑能给我们许多启示，可以引入关于文学本质论的探讨中来，这不只是一种方法论的意

---

❶《马克思恩格斯选集》第1卷，人民出版社1995年版，第66页注①。
❷ 肖恩·塞耶斯：《马克思主义与人性》第九章"马克思主义和人性"，冯颜利译，东方出版社2008年版，第192-217页。

义，还因为归根到底"文学是人学"，将人学问题与文学问题关联起来思考探讨，也正是我们努力的方向。

马克思主义的历史主义方法论原则主要有以下方面。一是强调实践性。马克思说："全部社会生活在本质上是实践的。凡是把理论引向神秘主义的神秘东西，都能在人的实践中以及对这个实践的理解中得到合理的解决。"❶ 这就意味着，任何事物都不能先验地、抽象地加以说明和证明，而只能从人的实践活动出发，放到人的历史实践的过程中，从这种实践关系及其发展中去理解和说明。即便是观念形态或理论形态的东西，按照存在决定意识、理论源于实践的基本原理，也同样需要从实践出来来理解。二是强调主体性。马克思批评旧唯物主义的主要缺点在于，对于现实的事物，"只是从客体的或者直观的形式去理解，而不是把它们当作感性的人的活动，当作实践去理解，不是从主体方面去理解"❷。而唯物史观要求从实践出发理解事物，换个说法也就是要求从人的主体性出发理解事物，因为实践的主体是人，一切实践都是人的实践，一切历史也都是人的实践构成的历史。所以马克思说："整个所谓世界历史不外是人通过人的劳动而诞生的过程，是自然界对人来说的生成过程"；❸ "历史什么事情也没有做……创造这一切，拥有这一切并为这一切而斗争的，不是'历史'，而正是人，现实的、活生生的人……历史不过是追求着自己目的的人的活动而已"❹。从人的主体性出发理解实践活动，那么很显然，任何实践都是合规律性与合目的性的统一，是客观性与主观性的统一。由此出发来认识事物，也必然要求真理观与价值观统一，在本质论研究中则体现为本质观与价值观的统一。上面说到，塞耶斯认为马克思主义的人性观体现了历史主义本质观与人道主义价值观的有机统一，即根源于此。三是强调整体性。所谓整体性也就是

---

❶《马克思恩格斯选集》第1卷，人民出版社1995年版，第56页。
❷《马克思恩格斯选集》第1卷，人民出版社1995年版，第54页。
❸《马克思恩格斯文集》第1卷，人民出版社2009年版，第196页。
❹《马克思恩格斯全集》第2卷，人民出版社1990年版，第118-119页。

事物的普遍联系，这种联系不仅是共时态意义上的相互关联性，也是历时态意义上的运动过程的关联性。恩格斯认为，从黑格尔以来，有一个"伟大的基本思想"已经成为一般人的意识，"即认为世界不是既成的事物的集合体，而是过程的集合体，其中各个似乎稳定的事物同它们在我们头脑中的思想映象即概念一样都处在生成和灭亡的不断变化中，在这种变化中，尽管有种种表面的偶然性，尽管有种种暂时的倒退，前进的发展终究会实现"❶。这就意味着我们认识事物的存亡与兴衰，都不能孤立地从这个事物本身着眼，而是要从整体性着眼，即从这个事物与其他事物的普遍联系以及相互作用的运动过程来理解。四是强调发展性。毫无疑问，所谓历史的观点也就是发展的观点，从这个观点来看，任何事物都是处于历史发展的过程之中，所谓事物的本质特性与功能价值，也都是在历史运动过程中生成和变化的；任何事物存在的必然性与或然性，以及合理性与不合理性，也都只有从历史发展的观点才能得到说明。恩格斯说："在发展进程中，以前一切现实的东西都会成为不现实的，都会丧失自己的必然性、自己存在的权利、自己的合理性；一种新的、富有生命力的现实的东西就会代替正在衰亡的现实的东西……凡在人类历史领域中是现实的，随着时间的推移，都会成为不合理性的，就是说，注定是不合理性的，一开始就包含着不合理性；凡在人们头脑中是合乎理性的，都注定要成为现实的，不管它同现存的、表面的现实多么矛盾。"从这个观点来看，一切所谓永恒完美的东西，"是只有在幻想中才能存在的东西；相反，一切依次更替的历史状态都只是人类社会由低级到高级的无穷发展进程中的暂时阶段。每一个阶段都是必然的，因此，对它发生的那个时代和那些条件说来，都有它存在的理由；但是对于它自己内部逐渐发展起来的新的、更高的条件来说，它就变成过时的和没有存在的理由了；它不得不让位于更高的阶段，而这个更高的阶段也要走向衰落和灭亡……在它面前，不存在任何最终的东西、绝对的东

---

❶《马克思恩格斯选集》第4卷，人民出版社1995年版，第244页。

西、神圣的东西；它指出所有一切事物的暂时性；在它面前，除了生成和灭亡的不断过程，无止境地由低级上升到高级的不断过程，什么都不存在"。❶ 因此，这就要求把事物放到历史发展过程的链条中，联系特定的历史背景和历史条件去认识，才能真正认识事物存在的历史合理性与历史局限性。在上述历史主义方法论原则中，如果说实践性和主体性是认识理解事物的基本出发点，那么整体性和发展性就是认识理解事物的根本落脚点。

这种历史主义的理论视野及其方法论原则，无疑具有普遍的意义，即便对于文学现象的认识和文学问题的研究，同样具有指导意义。因为文学现象无论具有怎样的特殊性和复杂性，它都不外乎是人们的一种社会实践活动，是一种自由自觉的、合规律性与合目的性相统一的活动；文学现象说到底也是一种整体性关系中的存在，与其他社会现象构成复杂的相互联系和互动关系；文学像其他事物一样，也都要进入历史的发展过程，并且在这种历史过程中不断适应新的历史条件而变革发展。因此，对于古往今来复杂文学现象的认识，以及各种文学问题的研究，也都适合于运用历史主义的理论视野与方法，或者更进一步说，努力将历史主义的理论视野和方法论原则，转换成文学研究的特定理论观念和思维方式，以适应研究具体文学问题的需要。事实上，在前一时期文艺学界关于文学本质论问题的讨论中，有些理论主张就自觉或不自觉地关涉这种理论观念与方法问题。比如上面所说的建构主义理论，强调文学的本质不是发现的而是建构的，这种建构行为必然受到社会历史条件和语言文化因素的制约，并且总是为着一定的目的和需要而建构的；再如关系主义理论强调文学是关系中的存在，并且这种关系并不只是一种二元对立的关系，而是多元的、复杂的关系网络，这种关系网络还时常伸缩不定和不断转移，这种变化恰恰暗示了一种历史的维度，因此要求从文学的复杂关系出发研究文学的本质问题。应当说，这些理论主张都在一

---

❶《马克思恩格斯选集》第4卷，人民出版社1995年版，第216–217页。

定程度上包含着历史主义的某些思想观点，但又还不是一种真正历史主义的理论观念与方法。我们以为，如果真的要从方法论上对本质主义进行批判性反思，并且真正深化对文学本质论问题的认识，就还是应当回到历史主义的视野与方法，将有关问题纳入相应的历史语境中来进行探讨。

三、从历史主义视野看文学本质论问题

将文学问题纳入历史主义的视野中来加以观照，也许有以下几个方面的基本问题可以提出来进行探讨。

第一，关于文学存在本身的认识问题。从历史主义的观点来看，如上所说，古往今来的文学现象无论怎样复杂，从根本上来说都不外乎是人们的一种社会实践活动，都根源于人们的现实需要。一方面，这种文学实践活动并不是孤立的，而是与人类其他方面的社会实践活动密切相关的。越是在人类社会的早期阶段，文学活动与人的其他社会实践活动就越是密不可分，以至如果不与其他社会实践活动及其文化形态联系起来，就根本难以说明文学的起源及其发展，也难以认识和说明那些历史阶段上文学现象的特性与价值功能。随着人类生产力与社会分工的发展，文学生产越来越成为一种专门化的生产，文学现象也越来越成为一种独特的社会文化现象。然而，从文学作为一种社会实践活动的意义上来看，它仍然是与每个时代人们的其他社会实践活动密切相关的，如果不从它们的这种相互关系着眼，也仍然难以从根本上说明文学的特性与价值功能所发生的历史嬗变。另一方面，从"文学是人学"的意义而言，文学作为人的自由自觉的审美创造和接受活动，必然是根源于人的需要。那么，人何以需要文学（文学审美）？进而言之，在每一个历史阶段，人们究竟在什么样的意义上需要文学，又是以什么样的方式创造了文学，从而满足当时人们的这种现实需要？这也许是永远无法回避的本源性问题。随着社会历史发展，人们的现实需求（包括精神需求）不断发生变化，并且文学生产与传播的手段方式也同样不断发生变化，于

是文学活动及其文学现象也变得越来越复杂，各种文学样式、文学形态也都层出不穷。正是古往今来文学现象的这种复杂性，也就带来了对它的认识和解释的种种困难。

第二，关于文学本质的认识问题。既然要对文学现象进行研究，那么"文学是什么"就是一个基本的、难以回避的问题，这通常被认为是关于文学本质的问题。所谓文学本质，也就是作为文学这种事物的质的规定性，是它区别于其他事物的内在品质与根本特性。如果我们要追问"文学本质是什么？"可能先要回答"文学本质在哪里？"这种提问方式的不同，实际上意味着思维方式和探讨路径不同。历来形而上的思维方式相信存在某种文学的根本性质，就像某些理念论哲学相信在现实事物之上存在本原性的"理念"或"绝对精神"一样，而理论思维就是试图以思辨的方式找到这种本质，从而给文学下一个精准的定义，一劳永逸地解答"文学是什么"的问题，这正是一种本质主义的思维方式。而从历史主义的观点看，文学是一种根源于人们生存现实的实践活动和创造性成果，它随着社会历史发展因时而变生生不息，因此，文学本质就不是预成的，而是历史地生成的，根本就不存在所谓万古不变的文学本质。要说文学本质在哪里，它只存在于文学现象之中，对象之外无所谓文学本质。任何时候本质都不是外在的东西，而是包含在事物本体之中。不是本质决定对象，而是对象决定本质。此外，通常人们所讨论的所谓文学本质，也并不是一个可以确证的"实体"存在，而是一种"观念"的产物，是人们从文学对象中认识、发现和概括出来的，是思维对于存在的一种抽象认识把握的结果。问题在于，这种理论概括与阐释，是以特定的文学存在为依据的，而不是可以先验性地加以预设的。如果我们承认文学是在人们的社会实践活动中发生和发展的，那么也同样应当承认，文学本质不会是一成不变的，人们对文学本质的认识把握和理论概括也会是因时而变的，一切都应当放到文学实践的这种历史发展进程中来理解，这就是我们理应倡导的历史主义的文学本质观。

第三，关于文学本质论的认识问题。所谓文学本质论，也就是关于文学本质的理论学说,是建立在人们对于文学本质认识把握基础上的理论建构。作为一种理论建构,当然就与建构者的理论观念与思维方式相关。如上所说,如果是秉持先验论的观念与形而上的思维方式,试图寻求文学的某些固有的普遍性的本质,那就很可能被认为是本质主义的理论思路。当然也可能还有其他各种理论观念与探索方式,也会有各自的认知结果和理论建构。我们这里倡导以历史主义的理论视野和思想方法来看待文学本质论问题,意在阐述以下一些基本看法。

一是如何理解文学本质论的建构。历史唯物论历来反对虚无主义和不可知论,相信凡是在社会历史发展中存在的事物,都可以在历史视野的观照中得到合理的解释。文学本质问题虽然复杂,各种理论观念分歧甚大,但文学本质论的建构仍然是必要的,而且也是可能的。只不过,的确需要避开本质主义的理论误区,不要指望用一个或几个笼统的概念去界定文学,先验地、思辨地、形而上学地设定某种文学本质,然后用这个一成不变的、僵硬的、教条的理论模式去衡量、裁判不同时代和不同类型的文学,这显然是不可取的。文学本质问题的探讨和理论建构,首先要求确认所要说明的文学对象是什么,以及这种文学现象的边界在哪里。一定的理论形态自有其相应的适用范围,试图用某种理论建构去概括所有的文学现象,以及说服所有的人,这本身也许就是不切实际的。其次,任何一种文学本质论的建构,其实都是在用建构者的眼光去看待和说明文学,自觉或不自觉地表达他对文学的理解和信念,甚至寄托着对于文学的某种价值理想,这都很正常。从这个观点来看,无论是历史上的各种文学价值论,还是当今人们关于文学本质的理论建构,都应当放到当时的社会历史条件和文化语境去理解。任何一种关于文学本质的理论或者文学的定义,在得到一些人认同的同时,又引发更多人的不满和质疑,这也并不奇怪。列宁曾指出:"人的思想由现象到本质,由所谓初级本质到二级本质,不断深化,以至无穷。"[1] 这就意味着,事

---

[1]《列宁全集》第 55 卷,人民出版社 1990 年版,第 213 页。

物的本质是多方面多层次性的,我们对事物本质的认识把握也不可能一次性完成,而是不断展开和深化的。如果一种文学本质论的建构,能够揭示文学某些方面或层面的本质特性,对人们认识文学现象具有启示意义,这也许就足够了。

二是对历史上的各种文学本质论如何认识评价。从历史主义的观点看,历史上形成的各种文学本质论都是历史的产物,都可以从当时的社会历史条件和文化语境中得到说明,去认识分析它的历史合理性和历史局限性。通常说,一时代有一时代之文学,同样,一时代也有一时代之文学观。因此,不同的历史时代有不同的对于文学的认识,包括有不同的文学本质论,都是非常正常的。问题只在于,我们如何以历史主义的观点去认识和说明:某个时代或历史时期为什么会形成那样的文学观念和文学理论?如果这样追问下去,那么显然与这样几个因素相关:首先,与当时的文学现实相关,人们总是根据当时面对的文学现象来认识说明文学的特点与性质;其次,与当时人们对文学的现实需要和价值诉求相关,在文学观念中往往表现出当时人们的价值理想;最后,与当时的时代精神和文化风尚相关,文学观念也往往成为这种时代精神和文化风尚的表征。因此,我们可以把以往的各种文学本质论或文学定义,都看成历史性、阶段性的理论建构,是当时历史条件下人们对文学的一种认识和理解。我们未必要完全认同它,更不必把某些理论奉为绝对真理,但也未必要完全否定和解构它。过去的理论中也可能包含着一定的合理性乃至真理性的成分,显示出一定的思想智慧,值得我们加以吸收。在对历史上的各种文学本质论或文学定义进行历史反思时,也许不能轻易地给某种文学理论扣上"本质主义"的帽子,简单地批判否定。我们可以对其进行理论反思,但在进行价值判断和分析时仍应坚持历史的观点。我们以为,"反本质主义"更适用于当今的理论反思和创新建构,而不宜滥用于对过去理论学说的简单评判,否则可能容易陷于主观武断。再退一步说,即使某些被认为是本质主义的理论学说,也不见得就完全不对或不好,其中也可能包含某些合理的内核或成分,如一些

"理念"论的文学观、"唯美"论的文学观等,虽然未必有助于我们的经验认知,但所体现的价值理想却可以使我们获得某些启示,仍然可以批判地扬弃和合理地吸收。恩格斯曾说过,通常所谓真理与谬误、善与恶、必然与偶然等,"这些对立只有相对的意义,今天被认为是合乎真理的认识都有它隐蔽着的、以后会显露出来的错误的方面,同样,今天已经被认为是错误的认识也有它合乎真理的方面,因而它从前才能被认为是合乎真理的;被断定为必然的东西,是由纯粹的偶然性构成的,而所谓偶然的东西,是一种有必然性隐藏在里面的形式,如此等等"[1]。这就要求我们,在面对过去的理论学说时,既需要坚持批判反思的精神,同时也需要秉持理性平和的态度。在文学本质论研究方面,同样应当如此。

三是关于当今文学本质论的探讨。如上所说,任何关于文学本质的理论学说,都是一定历史时代的产物。那么当今时代当然也可以而且应该努力建构我们时代所需要的文学观念,表达我们这一代人对文学本质特性的新的认识理解,这是当今所需要的创新探索。当然,在这种探索建构中就会面临这样几个问题:首先,我们所需要面对的文学事实。因为理论总是对事实的认识和说明。如今我们所面对的文学事实,既包括历史上传承下来的文学,也包括当今正在发展的文学,而当今的文学恰恰正在走向泛化发展,经典化或精品化的文学与大众化消费性的文学并存,文学形态前所未有地复杂多样。我们进行什么样的理论建构,取决于我们怎样来认识看待这种文学现实,以什么样的文学事实作为主要的说明和阐释对象。问题的复杂性以及理论研究的难度和挑战性,很大程度上就在这里。其次,我们所需要利用的理论资源。任何新的理论建构都不可能完全抛弃原有的理论基础,也不可能完全拒绝对其他理论成果的借鉴,如果像某些"反本质主义"主张那样,试图把过去的理论全部推倒,显然并非明智之举。然而究竟如何对前人建构起来的理论学说进

---

[1]《马克思恩格斯选集》第4卷,人民出版社1995年版,第244页。

行必要的反思，历史地辩证地认识它的历史合理性与历史局限性，从而批判地扬弃和吸收，借前人的智慧来开启我们今人的智慧，从而进行我们这一代人新的探索和创造，这也是我们当今需要面对的挑战。最后，我们所需要坚守的文学信念和价值理想。如上所说，真正意义上的理论建构，并不仅仅是解释和说明事实，同时也是一种理想信念的建构，是合规律性与合目的性的统一，是真理观与价值观的统一。当代文学本质论的探索建构，应当是基于我们这一代人对文学（包括文学的历史和文学的现实）的认识理解，是基于我们这个时代对社会和人的合理健全发展的理解与诉求，其中也必然融入应有的文学信念和价值理想。当然，这只是从理论建构的一般要求而言，对于不同的理论家来说，必定还有其自身的理论素养和信念，有他们对文学的独到理解和认识，因此各有其不同的个性化的理论建构，这是属于情理之中的。但面对同样的社会现实和文学现实，担负同样的时代使命，那么就可以相信，不同的理论建构探索所表达的文学信念与价值追求，应该是可以相通的。

原载《社会科学》2014 年第 5 期

当代文学本质论观念嬗变的"人学"向度

从新时期以来文学理论观念变革的总体格局而言，呈现出多元探索发展的趋势，并且逐渐形成影响较大的几种主要倾向或理论思潮。其中一种是审美主义思潮，在对过去认识论或意识形态论的文学观念的批判反思中，致力于将文学观念扭转到审美的方面来，着重从审美的视角来理解和阐释文学的审美本质特性与价值功能，形成了诸如审美意识形态论、审美本性论、审美超越论乃至纯审美论等种种理论学说，标志着当代文学本质论观念嬗变与创新的一种趋向。另一种则是人本主义或者称为"人学"的思潮，在对社会现实和人的异化的批判反思中，着重从文学与人性、人生、人的主体性和精神自由的视角，来理解和阐释文学的"人学"本质特性与价值功能，也形成了诸如文学主体论、人生论、心灵情感论、自由精神论等种种理论观念，标志着当代文学本质论观念嬗变与创新的另一种向度。当然，在审美主义思潮与人本主义或"人学"思潮之间，其内在精神实际上存在着一些相通之处，但基本的理论观念还是有很大的不同。对于从意识形态论到审美论的文学本质论观念嬗变问题，笔者另著文进行了专题探讨，这里拟对当代文学本质论观念嬗变的"人学"向度问题，再作一些专题考察。

一

也许首先需要略加说明，通常所谓"人学"，广义上是对一切研究人的学问的统称，其范围非常广泛，几乎所有与人有关的学科都可包括在内。而文学界所讨论的"文学是人学"的命题，这里所说的"人学"实际上是一种特指，主要关涉人生意义价值的哲学，其主旨在于探寻人的本质特性、人生的意义价值及其理想追求等。所谓以"人学"为基础的文学本质论，就是从"文学是人学"的基本观念出发，以此为视角切入对文学本质特性与价值功能的观照、理解和阐释，从而建构以这种文学本质观为内核的理论系统。

"文学是人学"是一个颇有影响的理论命题，据说是来源于高尔基的文学思想。1957年钱谷融发表《论"文学是人学"》一文，对这一命题进行理论阐发[1]，随即引起广泛争论。在"文革"中这个问题更是被作为资产阶级人性论和人道主义思想受到严厉批判，此后理论界再不敢谈论这个话题，文艺作品也再不敢触及人性描写和表现人道精神的禁区。在新时期初思想解放的背景下，钱谷融这篇著名论文重新发表，作者对"文学是人学"的理论观点再次进行阐发，引起了文学界的广泛关注和共鸣，随之也引发了关于人性、人道主义与异化问题的激烈争论，使这一理论命题得到了比较充分的探讨，一时形成了一股"人学"理论探讨的热潮。另外，文学创作实践也争相突破各种文学观念、创作题材和写作方法的禁区，既出现了大批着眼于批判性描写社会异化与人性扭曲现象的作品，也出现了不少正面表现人的解放和人性复归主题的作品，这也就反过来促进了文学理论观念的进一步变革发展。

20世纪80年代中后期，一方面，文学界仍然持续展开关于人性和人道主义问题的讨论，"人"的意识不断觉醒和强化；另一方面，文学研究方法论的讨论也逐渐形成热潮，文艺创作和理论批评的主体意识不断增强。在此背景下，文学理论观念变革的"人学"向度，便以"文学主体性"问题的讨论为契机得到更大的推进。刘再复率先提出的"文学主体性"命题，原本主要是针对文学研究的思维方式而言。在提出这个理论命题之前，他曾著文提出"文学研究应当以人为思维中心"，认为

---

[1] 钱谷融：《论"文学是人学"》，《文艺月报》1957年5月号。

过去的文学研究存在很大的弊端,就是过于偏重从文学反映生活的客体因素方面着眼,忽视文学中"人"的主体因素的作用,因而提倡文学研究的重心应当从客体转向主体,进一步开拓研究的思维空间。❶ 随后他发表长文进一步论述"文学的主体性",强调文学研究要以人为中心,加强对文学主体性的研究,包括作为创造主体的作家的主体性,作为文学对象的人物形象的主体性,以及作为接受主体的读者和批评家的主体性。他认为,这种人的主体性又体现为实践主体性和精神主体性,文学活动中的主体性更主要是一种精神主体性的实现。❷ 提出文学主体论问题,意在恢复人在文学中失落了的主体地位,目的在于以此反对文学中的"物本主义"和"神本主义"倾向,反映了文学寻求向人本主义复归的内在要求。随着文学主体论问题引起理论界的热烈讨论,实际上已大大超出了文学研究思维方法论的范围,逐步深入对文学本质特性的认识,从而带来文学本质论观念的深刻变革。

进入20世纪90年代后,在市场经济改革不断推进,消费社会逐渐形成和大众文化蓬勃兴起的背景下,针对文学的大众化、世俗化、市场化转型及其文学精神价值所面临的问题和挑战,文学界围绕"人文精神"失落及其重建问题,又引起了一场颇有影响的大讨论。与此前关于文学主体论问题"一边倒"式的趋同性讨论不同,人文精神问题讨论一开始便形成了主张"终极关怀"与倡导"世俗关怀"两种截然不同的观点,彼此针锋相对争论不休,最终也难以形成结论。虽然争论双方对于人文精神的内涵理解各不相同,但是对于文学应当表现人文精神和体现人文关怀的基本立场是一致的,而且这种争论对于从多种维度深化对人文精神内涵的理解,乃至拓展对文学基本特性和精神价值的认识,无疑都具有积极的推动作用。正是在这场讨论的基础上,一些学者进一步提出并阐发了文学的新理性精神、新人文精神等理论命题,将相关问题

---

❶ 刘再复:《文学研究应以人为思维中心》,《文汇报》1985年7月8日。
❷ 刘再复:《论文学的主体性》,《文学评论》1985年第6期、1986年第1期。

的探讨不断引向深入，这都可以看作当代文学观念朝着"人学"向度嬗变的一种标志。

由此可见，新时期以来，从"人学"角度来理解和研究文学，的确形成了一股值得关注的潮流。从文学的历史发展来看，这既是对"五四"时期"人的文学"观念的历史回应，也是在改革开放新的时代条件下，寄托着人们对于人性复归、人的自由解放与全面发展的新期待，以及对文学的人本主义或人道主义价值取向的新追求。具体到文学理论观念变革与建构的意义而言，理论界并不只是停留在对某些文学现象的关注和讨论，也并不仅仅局限于对某些具体问题的探讨，而是力求提升到更高的理论层面，从文学本体论与本质论的层面上，推进文学基本理论的建设。从当代文学观念嬗变的"人学"向度来看，正如有学者所说，在"文学是人学"问题讨论基础上形成的文学人类学本体论，成为20世纪80年代文学本质论研究的一个重要维度。[1] 这种文学理论观念经过一段时间的积累和沉淀之后，逐渐进入一些文学理论教科书，从而成为当代文学本质论嬗变中较为成熟稳定，也比较有代表性的理论观念。对这种以"人学"为理论基础和主要向度的文学本质论观念，下面再分别加以考察。

二

在新时期以来以"人学"为向度的文学理论观念变革与建构的发展进程中，实际上有各种不同的情况。有的一开始并没有明确以"文学是人学"的命题作为理论基点和核心观念来进行整体系统性的理论构建，而是选取与"人学"相关的理论命题作为切入点，从特定的视角观照和阐释文学的本质特性与价值功能，显示出文学本质论观念嬗变的一种"人学"趋向。

首先是"主体论"的文学本质论观念建构。如前所说，"文学主体性"命题由刘再复率先提出，所贯穿的基本思想观念就是主张"文学研

---

[1] 邢建昌、李娜：《人类本体论：20世纪80年代文学本质论的一个维度》，《燕赵学术》2013年秋之卷。

究应当以人为思维中心"。就他的本意而言，是说作为文学研究者，不能总是去关注和研究文学反映生活的那些客体方面的因素，而应当去关注和研究文学中的"人"，以文学活动中的人为中心，包括作品中的人物、作家和读者在内。而人作为文学活动中的主体，是具有主体性的，所以文学研究应当关注和研究文学活动中人的主体性。可见他提出问题的出发点，主要是从如何进行文学研究的角度，也就是作为一种文学研究的思维方式提出来的，还不是一种直接阐释说明文学本质特性的理论观念。不过在这一理论命题当中，就已经包含着对文学的人学特性的感悟在内，如果稍加转换，从文学存在本身的角度来观照和提出这个问题，那就显然具有了文学本体论或本质论观念建构的意义。也正是在刘再复提出文学主体性命题的基础上，以及在当时围绕这个命题展开热烈讨论的背景下，文论家畅广元和他的学生们及时编著了一部让人耳目一新的论著《主体论文艺学》。这部论著虽然还算不上一部全面完整的文学理论教科书，但从它所讨论的基本问题和内容体例来看，仍然具有文学理论教材的特点，集中论证了文学基本理论中的一些核心问题。毫无疑问，这部论著的独特之处，就在于直接从"文学主体性"命题切入，并以此为逻辑起点，展开对文学活动及其作家、读者、作品、文学传统等各种相关要素、相互关系的探讨，形成自成一体比较完整的理论系统。而其中最核心的部分，当然是对文学活动的基本特性的认识和阐释，即文学本质论观念的建构。

该著开篇第一章题为"文学：主体的特殊活动"，既是对文学活动的基本定位，也是整体立论的逻辑起点。作者认为，文学活动是在人类社会实践活动的基础上产生的一种特殊的艺术创造活动，它根源于人作为实践活动主体的内在精神需要，从而通过创造一个文学的对象世界来满足这种需要。文学活动的特性在于自由，"文学是主体的特殊活动，是自由的达到自由的活动。所以，文学活动处在自由的最高位置上"[1]。也就是说，不仅文学活动本身是自由的，而且文学活动也是人作为主体

---

[1] 九歌著、畅广元审订：《主体论文艺学》，中国社会科学出版社1989年版，第74页。

达到自由精神境界的方式和途径。可见，论者是以人的"主体性"为中心，从"主体""活动""自由"三者的关系中来理解文学的本质特性，从而建构文学本质论观念的。在这个核心观念的基础上，论著围绕人的"主体性"在文学活动中的实现，按照文学活动的系统展开逻辑论证：作家是文学活动的第一主体，是精神价值的创造者，在文学创造活动中实现和确证自己的主体性；读者是文学活动的第二主体，通过文学阅读活动实现和确证自己的主体性；文学作品是主体对人性的审美把握活动的产物，蕴含着丰富的人文精神内涵，等等。在"人学"的观念和视野中，文学的本质特性必然关联着文学的价值功能，主体文学活动的功能就在于对人的建设，具体而言在于促进人的主体人格的建构与完善，由此形成对文学本质观的呼应。为了给主体论文学观寻找理论依据，论者还由此扩展到对其他理论资源的对接与借鉴。在他们看来，主体论的文学观念，并不是现在才出现的，实际上是根源于马克思主义人学观与文艺观，并且在中国古代文论和西方文论中，都有关于文学主体活动论的丰富理论资源，值得当代文艺理论加以吸收和借鉴。这种引古今文论特别是马克思主义文艺学来做理论后盾的做法，可以说既体现了论者比较宽阔的理论视野，同时也可以理解为当时特殊时代背景下理论创新建构的一种策略。

如果说上述论著还只是"主体性"理论观念的一种初步建构，作为文学理论教科书还不够完整系统，那么，此后不久畅广元等人编著《文艺学导论》时，便把文学活动论和主体论的文学观念纳入其中，作为其理论建构的核心观念和逻辑起点。该著第一编集中论述文学活动的发生、性质和特征，其中对于文学活动的性质概括表述为，"文艺活动是人的理想愿望的物化活动"，"文艺活动是人类情感的最高表现形态"，二者归一就是把文学活动理解为主体的精神价值的创造性表现。❶ 这一文学本质论观念，既是来源于传统的情感表现说，但又是置于文学主体

---

❶ 畅广元等：《文艺学导论》第二章，陕西人民教育出版社1991年版。

性的视野之中加以阐释，与上述《主体论文艺学》的理论观念基本一致，显示出向"人学"转向的趋势。

其次是"人生论"或"心灵论"的文学本质论观念建构，这可以裴斐《文学原理》为代表。该著第二章"什么是文学"直接回答文学本质论问题，在对各种文艺观念和文艺类型进行比较分析后，对文学作出了一个概括性的判断："文学是直接诉诸心灵的语言艺术。"❶ 论者认为，不管中外文论具有怎样的表现论与再现论的区别，也不管在美学风格上存在怎样的壮美与柔美的差异，从根本上说，文学的对象都是表现人生。与这一文学本质特性相对应的价值功能也在于此，即文学的功能虽具有多样性，诸如兴观群怨、寓教于乐、服务政治等，但"文学的最大功利是按照美的原则塑造人的心灵，使人更加热爱人生"。❷ 从人的个体性存在延伸到社会性存在，在这个基础上来理解文学表现人生，才能够进一步理解和说明文学的社会性、民族性和全人类性。从该著的整体观念来看，它并不否定以往的文学观，仍然承认文学是一种社会意识形态，具有审美的特性与功能，但它并不从意识形态论或审美论的角度立论，而是从"人生论"或"心灵论"的角度切入，以"文学表现心灵"的观念立论，循着心灵—人生—个体性人生—社会性人生的逻辑思路，向外逐层扩展来建构文学本质观念及其理论系统，其理论观念建构的"人学"特色显而易见。

还有以"诗意生存论"为基点的文学本质论观念建构。傅道彬等著《文学是什么》看上去是一本阐述文学理论基本知识的普及性读物，它的特点是以理论问题为引领，"问题"意识、理论观念性和理论系统性都比较强，在文学观念的反思与建构方面具有一定的开拓性。该著在阐述一些具体的文学理论问题之前，先设置了一个"引论"，首先对"文学是什么"这样一个"元问题"进行探讨，也就是首先解决一个总体文

---

❶ 裴斐：《文学原理》第二章，中央民族学院出版社1990年版。
❷ 裴斐：《文学原理》第八章，中央民族学院出版社1990年版。

学观念的问题，然后再引向对其他具体问题的探讨。论者的基本看法是，要直接回答"文学是什么"的问题可能比较难，不如转换一个角度，把"我们为什么需要文学"的问题作为切入点，更有助于接近前一个问题的答案。论者主要依据从海德格尔存在论哲学和诗学所获得的启示，认为"人类之所以需要文学需要诗，是源于生命与生存的需要，本真的生命就是诗化的生命，是人类诗意的栖居。文学从来不是少数人掌握的一种技艺，而是人类的生存状态"。从这样一个角度来认识理解文学，那么就可以说，文学是人类满足精神需要的一种方式；或者说文学不是别的，文学正是人类的一种生存方式。这样，文学的真正意义也就上升为生命与存在的意义，人类的本真生存总是要寻求诗意的栖居，伟大的文学家总是通过作品揭示出世界的意义。❶ 这显然是对"文学是什么"与"我们为什么需要文学"问题的一个"本源性"的回答，具有文学本体论或本质论的意义。这个回答所表明的文学本质论观念，又显然是建立在人的存在论和人学价值论的根基上的，由此决定了论者对其他文学理论问题的理解和阐释。这种文学本质论观念建构，有利于将"人学"向度的文学理论研究进一步引向深入。

三

与上述情况不同，在一些以"人学"为向度的文学理论观念变革与建构中，则更为明确地将"文学是人学"的理论观念纳入进来，以此观照和阐释文学的本质特性与价值功能，标志着一种更为自觉的理论观念嬗变。

这种理论观念嬗变又大致有两种情况，一种是属于多元文学本质论，在整体性的文学观念中纳入了"文学是人学"的理论命题，一定程度上将文学置于人学视野加以观照，成为多维度理解和阐释文学本质特性与价值功能的一个重要方面，显示出文学本质论观念嬗变的"人学"向度。

---

❶ 傅道彬等：《文学是什么》"引论"，北京大学出版社2002年版，第7页。

孙子威主编的《文学原理》出版于1989年，较早将"文学是人学"的理论观念引入文学理论教科书。该著第一章论述文学的本体、本质及基本特征，分别从文学是人学、艺术形象、语言艺术三个层面或维度进行阐述。❶ 从整体理论框架和思路可以看出，基本上还是20世纪80年代教材那种"三段论"的文学本质论模式。而与其他教材明显不同之处在于，以"文学是人学"的理论取代了"文学是社会意识形态"的命题及其地位，标志着文学本质论观念变革转型的一种趋向。但从该著的完整理论建构来说，还未能将这一"人学"思想观念真正转换成文学本质论的核心命题，对其理论内涵也未能加以充分阐述，所论文学本质论观点不太明确和集中，因此还不能说是真正意义上的人学的文学本质论建构，但它的这种转型趋向还是十分明显的。

陈传才、周文柏合著的《文学理论新编》也是持多元本质论的观点，但明显突出了以"人学"为其理论基点。首先，该著第一编"文学活动论"，把文学理解为一种具有系统结构的活动，文学作品是这个文学活动系统的核心要素和中介环节，这一看法显然与当时比较流行的"文学活动论"观念相通。在此基础上，第二编"文学本质论"集中对文学本质进行多维观照和阐释。论者认为，文学本质是由多方面的本质要素构成的，主要包括文学的社会意识形态本质，文学审美实践的特殊本质，以及文学区别其他艺术即语言艺术的特质。❷ 由此不难看出它对以往文学观念的继承性与融合性，但问题是把这几个方面或层次的文学本质，分别用"本质""特殊本质""特质"来表述，似乎显得概念逻辑有些不太清晰。不过该著的独辟蹊径之处在于，它在阐述了文学的多元本质之后，专门列出一章（第五章）来讨论"文学的人学特质"，也就是意在文学的多元本质观念中，把文学的"人学特质"作为理论基点和核心观念凸显出来。而这一文学的"人学特质"，既与上一编考察文

---

❶ 孙子威：《文学原理》第一章，华中师范大学出版社1989年版。
❷ 陈传才、周文柏：《文学理论新编》第四章，中国人民大学出版社1994年版。

学活动的特性，把文学活动视为"人的生命表现的对象化"的观点相呼应，又与后面关于文学价值与功能的阐述相关联，形成其理论的自洽性。这一理论思路显然是有新意的，体现了20世纪90年代初期文学理论观念的"人学"向度的转型趋向。只不过，从该著对文学的人学特质的具体论述来看，所着眼的主要是文学作为文化现象的人性表现，文学追求超越现实的理想品格，以及文学的民族性与世界性交汇的人类性等几个方面，所论显得比较宽泛和一般化，似乎并未把文学的人学内涵和特质充分阐释清楚，这表明了论者当时认识上的局限性。

另一种情况则可以说是一元或多元归一的文学本质论，更为明确地从"人学"基点立论，将"文学是人学"的理论观念，作为文学本质论建构的理论基点和核心观念，以此建构比较完整的理论体系，在新时期以来文学理论观念向人学方向变革转型的整体性趋向中，也许更具有代表性和理论意义。

曾庆元编著的《文艺学原理》没有明确引用"文学是人学"的说法，而是直接以马克思主义的"人学"思想作为理论基础来建构文艺本质论观念。在该著"导论"部分，首先提出了一个"文艺学的逻辑起点"问题，也就是从什么视角切入来认识说明文艺现象。作者认为，过去以认识论或反映论、生产论为逻辑起点的文艺学研究都存在各自的局限和不足，而只有以马克思的"掌握论"为逻辑起点，也就是把文艺理解为人类艺术地掌握世界的方式，才更为切近文学艺术的本体，这表明作者力图依据马克思主义文艺观来研究文艺学问题。第一章通过追溯"文艺的本源"说明文艺的由来，包括文艺的原始发生即起源，具体文艺创作活动的发生（包括文艺发生的社会动因和主观动因），最终得出结论性的看法，即揭示"艺术是人类掌握世界的一种特殊方式"。而艺术掌握世界方式的特点，就在于它表现情感和追求美。在这个"文艺本源论"的基础上，第二章进而专论"文艺的本质"，其核心观点是，"文艺是人追求自由精神的产物"。围绕这个核心观点，作者将文艺与宗教、哲学等进行异同比较，论证文艺的根本特性就在于追求人的自由精神，它以积极的姿态确证人的本质力量，人只有在艺术世界里才能摆脱感性世界的束缚，才能创造完美的世界，才能充分实现自己。顺着这一逻辑思路，进而探讨文艺创造及其文艺作品的审美特性，以及文艺导向审美自由和多方面的精神功能，文艺的这种审美特性和功能，显然是根源于文学的人学本质。❶ 总体而言，该著立论的根基是两个关键词：艺术掌握和自由精神；文艺本质观念的表述是两个判断句："艺术是人类掌握世界的一种特殊方式"；"文艺是人追求自由精神的产物"。它的整个理论体系，包括文艺创作论、文艺作品论、文艺鉴赏批评论、文艺发展论，也都是围绕这个基本命题和核心观点进行论述，从而形成比较系统的以"人学"为基点的文艺本质论观念及其理论体系建构。

狄其骢等著《文艺学通论》是一部比较晚出的教材，它试图直接以"文学是人学"命题作为文艺本质论观念及其理论体系的立论基础，其论证思路是，首先考察文学的多重本质属性，然后归结到"人学"的总根基上来立论建构。该著第二章"文学的外在属性与人学根基"，是集中讨论文学本质特征问题的部分，前四节分别讨论了文学的四种外在属性，即文学的社会属性、文化属性、语言属性和艺术属性，然后在第五节专门讨论"文学是人学"问题。作者认为，上述文学的所有外在属性，都可以归结到一个总的根基即"人"的根基上来，"因为说到底，社会、文化、语言、艺术等不仅是人所创造的，也是为了人而存在和发展的，而文学自身也是人以一种特有的方式所创造的一种特有的价值。所以，我们认为，如果说有必要给文学的根本属性做一个界定，那么，这个界定的最恰切、最简洁的表述就是'文学是人学'"❷。在这个立论的基础上，作者从多个角度论证了这一命题：从文学的整体特性与功能而言，文学的表现对象主要是人，文学的最终目的是为了人，文学是人的自我认识；从文学的具体表现内容而言，文学可以说既表现整体的

---

❶ 曾庆元：《文艺学原理》第二章，武汉大学出版社1998年版。
❷ 狄其骢等：《文艺学通论》，高等教育出版社2009年版，第44页。

人，也表现具体的人，在表现人时总是融进文学家的情感因素，等等。尤为值得注意的是，作者在建构以人学为根基的文学本质论观念及其理论体系时，具有一种可贵的当代意识和理论自觉。在该章全面论述了上述文学本质观之后，结尾专门设置了一个部分"重申文学是人学"，阐述了在当代条件下坚守这一文学理念的重要意义。作者认为，在当代社会商品化和技术化的条件下，文学越来越趋向于"物化"了，人的因素越来越被物的因素所取代，人的主体地位越来越受到异化和颠覆。"因此，文学本质上是人的创造还是物的制作，是精神的追求还是物质的获取，一句话，文学本质上是'人化'的还是'物化'的，在当代就成为一个关系着文学的前途命运的严峻问题。我们认为，要扭转当代文学的物化趋势，在理论上所能作出的最大努力，就是重申文学是人学……重申文学是人学，就是要大力弘扬文学的人学根基。这种人学的根基性就体现在，文学可以伴随着社会的政治、经济、文化、语言、艺术、科技的变化而变化，可以不断出现种种前所未有的形态和样式。但有一点是不会改变的，文学是人为了人而创造的，是为了不断提高人的自我认识、提升人的生存状态和精神境界而存在和发展的。"❶ 这就实际上意味着，对于"文学是人学"这个命题的探讨，既是一个理论问题，是一种关乎学理性的探讨；也是一个现实问题，关乎对文艺现实的认识和价值评判。对现实问题的这种理论回应，既体现了以人学为根基的文艺观念所应有的理论品格，同时也具有很强的现实针对性和实践意义。

总的来看，上述以"人学"为向度的文学本质论观念变革与建构，应当说是新时期以来文学实践创新发展和理论探索不断积累与沉淀的结果，可以看作当代文学理论思潮发展的一种风向标。一方面，这种理论观念变革反映了当代文学实践中人的主体意识觉醒和强化的新现实，也反映了改革开放时代条件下人们追求人性解放与自由发展的新要求，当然也反映了文学理论自身逐渐突破既定理论观念束缚，实现自我解放和

---

❶ 狄其骢等：《文艺学通论》，高等教育出版社2009年版，第51页。

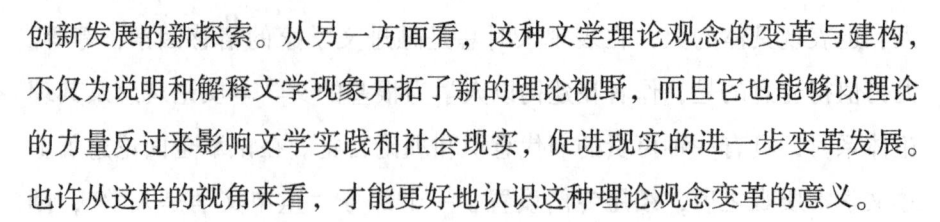

创新发展的新探索。从另一方面看,这种文学理论观念的变革与建构,不仅为说明和解释文学现象开拓了新的理论视野,而且它也能够以理论的力量反过来影响文学实践和社会现实,促进现实的进一步变革发展。也许从这样的视角来看,才能更好地认识这种理论观念变革的意义。

原载《中州学刊》2015年第3期

当代文学本质论观念嬗变：
从意识形态论到审美论

文学本质论旨在回答"文学是什么"这样一个基本理论问题，是对文学区别于其他事物的基本特性与功能的理论认识。这个问题之所以重要，不仅在于对文学存在的事实作出说明，并且还与"文学为什么"即文学价值论问题、"文学应如何"即文学的审美理想问题密切相关，这既关乎对文学事实的认识，也关乎文学的信念与价值取向。当然，并非凡是文学研究或文学理论研究都要探讨这样的问题，但在文学基本理论研究中，以及在文学基本理论教学中，这无疑是一个绕不开的问题。"反本质主义"的讨论有助于对文学本质研究的方法论进行反思，但无法把文学本质论这个问题本身反掉。其实，与其无休止地争论有没有文学本质，以及什么是文学理论中的本质主义和反本质主义，不如切实地探讨一下，在当代文学理论的变革发展中，都曾经有过一些什么样的文学本质观，形成了一些什么样的文学本质论？为什么在那样的时代条件下会形成这样的文学本质论观念，以及它们的得失如何？随着时代的变革发展，当代文学本质论观念又发生了怎样的嬗变，以及其根源何在？等等。笔者试图结合当代文学理论研究和教学的实际，对这些问题试作探讨。需要说明的是，在笔者看来，当代文学本质论观念虽然在各种类型的文学理论批评和文学研究中都有体现，但最集中最充分的还是体现在文学理论的教科书中。因为文学理论的教材和教学，讲的正是最基本的文学理论，它无法回避文学本质论问题；而且一般来说，只有经过一定的理论研究积淀，形成较大共识且比较成熟稳妥的理论观念，才可能进入文学理论教材和教学之中，因此这样的理论观念也应当是比较有代表性的。基于这种认识，笔者将依据我国当代比较有代表性的文学理论教科书，并且兼及其他理论研究成果，对当代文学本质论观念的嬗变问题展开探讨。

一

在中华人民共和国成立以后当代文学理论体系的建构中，最早建构起来的文学本质论观念，当属"意识形态论"的文学本质观。这一文学本质论观念，最集中、最充分地体现在20世纪60年代初由周扬主持编著的两部文学理论教科书中，即蔡仪主编的《文学概论》和以群主编的《文学的基本原理》。这两部文学理论教科书，一方面受到了此前一些苏联专家编著的文艺学教材的影响，另一方面则更直接秉承了毛泽东《在延安文艺座谈会上的讲话》的文艺思想。当年周扬以中央主管意识形态工作负责人的身份，在阐述关于文学理论教材编写的原则意见时明确提出，要把毛泽东文艺思想贯穿在里面，这是发展了的马克思主义文艺观点；要坚持文艺为人民服务和历史唯物主义的立场，要讲清楚文艺与政治、文艺与群众、文艺与现实生活的关系问题，等等。❶ 不过作为文学理论教科书，在贯彻这些文艺观点时无疑更为学理化了。这两部教材在当时显然具有特殊地位和某种标志性意义。其特殊之处主要在于：一是高度体系化，将中国文学理论现代转型以来的理论观念进行了系统整合，形成了逻辑比较严密的理论体系。通过与此前同类型的理论成果进行比较，特别是与20世纪50年代苏联专家和我国学者编著的教材比较，可以看出，许多被认为是马克思主义的文艺观点和内容都被吸纳进来了，而且逻辑性和体系性也都更加强化了。二是高度意识形态化，在当时的时代背景下，突出文学理论的意识形态性是毋庸置疑的，这些要

---

❶ 童庆炳：《新时期高校文学理论教材编写调查报告》附录二"周扬对编写文学概论的意见"，春风文艺出版社2006年版，第166—203页。

求在教材中都得到了认真贯彻和充分体现。三是高度学科化，如果说此前的一些文学理论教材编写，都还只是某些高校自身应付一时之需，那么这两部教材则是作为全国统编教材统一组织编写、全国高校统一使用，因而实际上提升到了文学理论学科建设的高度，成为这门学科基础理论建设的一个标志。基于以上特点，其重要地位和意义不言而喻。

这两部教材的篇章结构和具体内容虽然各有特点，但作为其理论基础和核心的文学本质论观念却基本相同，如果要概括为一句话来给文学下定义，那就是：文学是用语言创造形象反映社会生活的一种特殊的社会意识形态。这是一种以"意识形态"为中心的文学本质观，或可称为"意识形态论"的文学本质观。从整体上来看，这一文学本质观有三个基本要点：第一，文学是社会生活的反映，是一种特殊的社会意识形态。这是文学的根本性质，一切文学现象都应当归结到这个根本或根源上来认识和解释。这个观点直接来源于毛泽东《在延安文艺座谈会上的讲话》，如果还要进行理论渊源的追溯，则可追溯到列宁的反映论哲学思想，以及马克思、恩格斯的社会意识形态理论，足以证明是马克思主义的理论观点。第二，文学用形象反映社会生活，具有形象性特征，这是文学区别于哲学、道德、宗教等其他社会意识形态的根本特征。从一定意义上说来，特征作为事物的独特标志也可以理解为本质，所以通常有"本质特征"这样联系起来的说法。理解文学本质仅仅讲到反映社会生活显然是不够的，还需要推进到文学特征这个层次。通常在对文学的形象性特征进行理论阐述时，往往联系到中外理论家如刘勰、别林斯基、高尔基等人的形象论或形象思维论，可见其理论观念的普泛性。第三，文学用语言创造形象反映社会生活，是一种语言艺术，具有语言艺术的特点。这是文学区别于绘画、音乐、舞蹈等其他艺术形式的根本特点，如果不进一步作这样的比较区分，就不能更具体准确地说明文学的特性。概括起来说，文学的本质是反映生活的社会意识形态，基本特征是文学形象，特定的表现形式是语言艺术，三位一体以"意识形态"为中心构成文学本质论的完整理论系统。从这一理论系统的逻辑关系来看，是在对文学进行"意识形态"的基本性质定位之后，分层次将文学与其他同类型的事物加以比较，把文学从事物的种、属当中区分开来。在此基础上，再对文学的其他相关特性与功能进行理论阐述，如文学的社会属性，包括社会性、阶级性、人民性等；文学的社会作用，包括认识作用、教育作用、审美作用等；文学的创作规律，包括源于生活、高于生活、典型化等，都无不围绕着这一以"意识形态"为中心的文学本质论观念展开，从而体现了这一理论体系比较严密的逻辑性和系统性。

这一以"意识形态"为中心的文学本质论观念及其理论系统，从它的形成到居于权威性地位，显然与当时多方面的时代条件、文化语境和文学现实有关。首先，从总体上的大背景来看，中华人民共和国成立后到新时期初的这一历史时期，社会生活各个方面特别是思想文化领域高度意识形态化，要求一切思想文化都要为政治意识形态服务。在这种社会背景下，文学艺术当然也需要以自己的方式服务社会现实，并且从中争取获得自身的生存发展，因此在文学观念上不太可能逾越当时的意识形态阈限。其次，就影响当时文学观念的具体因素而言，一是如上所说，要求贯彻毛泽东文艺思想，而毛泽东《在延安文艺座谈会上的讲话》以来文艺思想的核心，就是文艺是反映社会生活的意识形态的观念。二是苏联"社会主义现实主义"文艺观念的影响，无论是经由周扬等人的引进宣传，还是经过苏联专家的教材阐释，这种以意识形态为核心的文艺观念，都实际上对我国一定时期内的文艺观念产生了深刻影响。三是马克思主义哲学观与文艺观的影响，在当时的语境中，一切学科都要求贯彻马克思主义指导思想，文学理论当然也不例外。其具体表现，就是用唯物反映论的哲学基本原理和意识形态论的文艺观说明文学现象和阐释文学规律。四是现实主义文学发展的客观依据。从中国新文学发展的事实来看，与现代社会变革发展进程及其要求相适应，逐渐形成了现实主义文学（特别是后来的革命现实主义文学）的主导性潮流。以这种现当代文学发展事实为依据，以现实主义文学形态作为主要的阐释对象，当然就更能够证明文学作为反映社会生活的意识形态这一文学观念的正确与合理，至于其他各类文学形态，其实也都可以纳入这一基本的文学观念系统中来加以观照，从而形成文学理论观念与文学现象之间的相互阐释。

这两部教材在"文革"前后至20世纪80年代在全国高校普遍使用，其所阐述的文学理论观念，在当时被认为是权威性观点，不仅在高校而且在文学界具有相当广泛的影响，无论对文学理论、文学批评还是文学实践，都产生了很大的作用。然而随着新时期不断推进改革开放和思想解放，以及文学实践不断变革发展，这个理论体系及其文学观念，便越来越显得与现实发展不相适应，因而逐渐被新的理论观念所改造或取代。现在看来，这一理论体系及其文学本质论观念，其主要问题或缺陷在于：一是把所确立的理论观念定于一尊排斥其他，有独断性的弊端。其实，把文学看成反映社会生活的意识形态的观点，并非就没有道理，至少不能完全否定。只不过问题在于，把它认定为马克思主义的基本观点，而且是唯一正确放之四海而皆准的文学原理和规律，把其他各种文学观点一概否定排斥，甚至当作"资产阶级观点"加以批判，就显得过于偏激和狭隘了。二是对"意识形态"的理解过于狭隘化，差不多是等同于政治意识形态，尤其是过于强调文学从属于政治，为一定阶级的政治服务，认为所有的文学都是这样的或必须是这样的，这不仅在理论上是有缺陷的，而且在文学实践上也容易带来不良后果。三是由上述问题带来，教材中一些理论观点和内容的论述，也往往比较简单化和绝对化，显得学理性不足。从历史的、辩证的观点来看，以这两部教材为标志的"意识形态论"的文学本质论观念及其理论体系，是适应特定时代需要的产物，具有明显的时代烙印，也毫无疑问具有时代的局限性。但现在也许还不能武断地说这种文学观念完全不对，或者像有些人那样，把它当作"本质主义"的理论观念的标本，完全予以否定和排斥，这又未免过于简单化了。对于这一历久形成并且影响深远的理论观念，一方面需要把它放到具体的历史语境中进行考察，说明它为什么是这样的，在那个历史时期为什么会形成并且流行这样的理论观念，究竟与哪些文学内部与外部的因素有关，力求从理论生成的"机制"加以认识和作出解释；❶另一方面，则需要进行具体辩证的分析，这一文学本质论观念及其理论模式中，是否包含某些合理性因素，有哪些因素在文学现象的阐释中是具有合理性的，并且至今也是仍然有效的。如今看来，这种以"意识形态"为中心的文学本质论观念无疑是有偏颇的，但偏颇并不等于完全错误，至少应当承认，把"意识形态"作为考察和阐释文学本质特征的一个维度仍然是必要和合适的。实际上直到今天，人们也仍然无法完全否认文学的意识形态特性，因此，这种文学理论观念如今仍在一定范围内和某种程度上具有其影响。

二

在新时期初改革开放的时代背景下，随着文学实践的不断创新发展，文学理论观念也随之发生一定程度的变革。一种情况是，在上述蔡仪和以群主编教材所奠定理论体系的基础上，根据当时的时代特点和现实需求，对其中的某些理论观念及具体阐述，进行一定程度的修正。比如关于文学与政治的关系，不再提文学从属于政治和为政治服务，改为阐述文学与政治同属于意识形态，彼此是相互影响的关系；不再强调文学批评政治标准第一、艺术标准第二，改为讲文学批评的思想性标准和艺术性标准。比如关于文学的阶级性问题，不再强调文学具有普遍的阶级性，而是阐述文学具有包括阶级性、人性和人民性等在内的多方面特性，等等。但在基本的文学观念尤其是文学本质论观念方面，并没有多少实质性的变化，即仍然坚持文学是反映社会生活的意识形态，是用形

---

❶ 美国学者乔恩·埃尔斯特认为，所谓机制，是指那些经常发生和容易认出的因果模式，而且这种模式通常是由我们没有认识到的条件或者不确定的结果所引发的。他认为，社会科学的任务在于阐明事物发生的不同机制，而不是作出某种"覆盖律"的解释。从机制来解释社会现象，可以提供更多额外的解释，而不像规律解释那样简单化约。"机制"的解释不只是集中在某种单一的因素上，而是同时关注各种不同的因素在同时发挥作用。参见乔恩·埃尔斯特、郭忠华：《社会科学如何对社会现象作出有效解释——关于"机制"、"工具箱"问题的对话》，《南国学术》2013年第1期。

象反映生活的语言艺术。这可以说是一种非实质性和局部性的理论修补，20世纪80年代出版的大部分教材基本上如此。另一种情况是，对原来的文学观念和理论体系进行更大幅度、更具有根本性和实质性意义的改造，这当然首先体现在文学本质论观念的变革。其中最有代表性也最为理论界所关注，而且实际上产生了较大影响的，是被称为"审美意识形态论"的文学观念变革和理论建构。

"审美意识形态论"作为新时期文学理论变革中的创新建构，正如童庆炳先生所说，从这个理论命题的提出到对它的深入讨论，乃至逐渐形成许多人的共识，并最终作为一个理论系统建构起来，有众多学者参与了讨论，应当说凝聚了许多人的理论智慧在内。[1] 而当这个理论观点被纳入文学理论教材，作为新的文学本质论建构起来并得到系统阐释，才使它作为一种较为成熟的理论观念积淀下来，从而产生更为广泛的社会影响。

以"审美意识形态论"作为核心的文学本质论观念来建构理论体系，最有代表性的是童庆炳、王元骧等编著的文学理论教材。1984年童庆炳编著出版的《文学概论》，对于文学的本质特征，是按照"文学是社会生活的反映""文学是社会生活的审美反映""文学是语言的艺术"三个层次加以阐述的[2]，可见其基本观点与此前普遍流行的理论观念基本趋同。但值得注意的是，它把以前所讲的文学特征，由"形象反映"改为了"审美反映"，虽只是二字之差，却具有实质性的意义。1989年童庆炳主编的《文学概论》，则更明确提出和论述了"文学的审美特质"，将形象性、情感性、想象性和虚拟性都纳入"文学的审美特征"之中加以阐述[3]，这比前一教材有更大推进。1992年童庆炳主编的《文学理论教程》第1版问世，这一教材的主要创新点，就在于集中论述了"文学的审美意识形态性质"，不仅逐层推进全面阐述了这个基本观点，

---

[1] 童庆炳：《文学理论教程》，高等教育出版社2004年第3版，第58—59页。
[2] 童庆炳：《文学概论》，红旗出版社1984年版。
[3] 童庆炳：《文学概论》，武汉大学出版社1989年版。

而且将这个观点贯穿整个理论体系。❶ 这本教材多次修订出版,使"审美意识形态"的文学本质论不断得到充实和强化,在理论界影响甚大。王元骧先后于1989年和2002年编著出版同名教材《文学原理》,也都明确用"文学是一种审美意识形态"来概括阐述文学的本质特性,将文学反映生活、文学的语言艺术特点,都置于这一理论命题之下加以论述。❷ 此外,还有其他一些教材和论著也都阐述此类理论观点,进一步扩大了它的影响。

"审美意识形态论"的文学本质论观念,并非对此前"意识形态论"文学本质观的全面颠覆,但可以称得上实质性的改造和理论重建。这种理论改造和重建有以下几个基本要点。

第一,仍然承认文学是一种社会意识形态,但更强调其特殊性,即在于它是一种"审美的"意识形态。在论证这一理论命题的逻辑思路上,都是首先阐述文学的"一般意识形态性质",或文学"作为意识形态的一般性质",这种一般性质仍然着眼于文学与社会生活的关系,即文学反映生活并在社会生活中具有重要地位和作用;然后再进一步阐述文学"作为审美意识形态的特殊本质",以及这种特殊本质的具体体现。分这样两个层次论述,前者是理论前提,后者才是真正的落脚点。在这一论证过程中,实际上是将原来的"意识形态论"掰开来,使其发生裂变,由一个东西变成了两个东西,即"一般意识形态"和"审美意识形态",然后将后者极力抬升到尽可能高的地位。这样便达到了一种比较理想的效果:既没有抛弃"意识形态论"的大框架和基本前提,又可以在"审美意识形态"的命题内装填新的内容。其结果是,把原来理论体系中关于"政治意识形态"方面的色彩大大弱化和淡化了,而把文学本身的审美特性大大地突出和强化了。这从某种意义上来说,也是特定时代条件下理论变革的一种策略。

---

❶ 童庆炳:《文学理论教程》,高等教育出版社1992年第1版。
❷ 王元骧:《文学原理》,浙江教育出版社1989年版;王元骧:《文学原理》,广西师范大学出版社2002年版。

第二，用"审美"取代"形象"，成为文学最根本的特性。在此前"意识形态论"的理论体系中，讲文学的特殊性，最根本的就是"形象"，即文学是"用形象反映生活"。在这种理论观念中，"形象"的地位再高，在文学中显得再重要，它也仍然是从属性的，是文学特殊的方式、手段和工具，是为反映生活和表达思想情感服务的，意识形态（反映生活）与形象（还有艺术语言等），始终都是主从关系。而在"审美意识形态论"的理论观念中，"审美"则是作为文学的根本特征：文学是对生活的审美反映和审美认识，有特殊的对象和特殊的形式；"审美"不只是文学的特点，而且也是文学的功能。这样，"审美"在文学中就不再是从属性和工具性的，而是本体和本质所在，这意味着如果离开了审美，文学就根本不存在。这与把"形象"作为文学的根本特征显然具有完全不同的意义。当然，在这种理论系统中也仍然会讲到文学"形象"，但它已显得并不那样重要，比较而言，在王元骧的教材中，仍较多保留了原来的一些理论观念，即仍把艺术形象作为文学审美内容的特殊表现形式进行专门论述；而在童庆炳的教材中，就已经不再专门讨论文学形象问题，充其量只是将"形象"看作"审美"中的一个因素而已。

第三，关于"审美意识形态"理论内涵的阐述。既然把"审美意识形态"确定为文学的根本性质，那么关键就在于对这一理论命题如何理解和阐释。从王元骧的论证思路来看，基本上是将其理解为"审美"与"意识形态"的有机结合。一方面，文学毫无疑问是对于社会生活的反映和认识，因此它具有社会意识形态的性质；另一方面，文学具有与其他社会意识形态根本不同的特点，文学反映的对象、目的、方式都是特殊的，这种特殊性就在于"审美"，因此，"文学的特殊本质就是审美反映"。进而言之，文学作为对生活的"审美反映"，最根本的特点又在于情感，是一种"情感反映"，其中包含审美感受和体验，审美认识和判断，等等。❶ 童庆炳则不太赞成把审美意识形态看成审美与意识形态的

---

❶ 王元骧：《文学原理》，广西师范大学出版社2002年版，第22—25页。

简单相加，而是把它看成意识形态的多样种类之一，是与哲学意识形态、政治意识形态、法律意识形态、道德意识形态等并列的一种特殊类型。"审美意识形态，是指与现实社会生活密切缠绕的审美表现领域，其集中形态是文学、音乐、戏剧、绘画、雕塑等艺术活动。审美意识形态在意识形态中具有特殊性：它一方面被看作意识形态中的富于审美特性的种类，但另一方面又渗透着社会生活以及其他意识形态的因子，与它们复杂地交织在一起。"而"文学的审美意识形态属性，是指文学的审美表现过程与意识形态相互浸染、彼此渗透的状况，表明审美中浸透了意识形态，意识形态巧借审美传达出来"。"文学的审美意识形态属性表现为无功利性与功利性、形象性与理性、情感性与认识性的相互渗透状况。"❶

从总体上来看，在当时的社会背景下提出"审美意识形态论"，其直接的目的意图，就是要与以前那种过度强制的、直露的"政治意识形态"相疏离甚至相决裂❷，把文学本质论从原来的偏向政治意识形态，向偏重审美的方向扳转，实质上也就是用"审美"来对"意识形态论"的文学本质论进行根本性的改造。而从"审美意识形态论"本身而言，当然又可以看成一种新的理论重建。笔者以为，联系当时文学观念变革的时代背景来看，对这种理论改造与重建的理论意义及实践意义，都理应给予积极的认识评价。但是，就这个理论命题本身的论证而言，其立论基础是否稳妥和坚实，学理性是否充分，理论逻辑是否严密等，仍然是可以继续讨论的。至于是否要将其提升到"文艺学第一原理"的高度❸，能不能把它看成唯一正确的文学本质论观念，也是值得进一步商榷的。近年来理论界围绕"审美意识形态论"所展开的讨论乃至争议，除去情绪化的因素外，就其理论命题本身的学理性探讨而言，也仍然是积极有益的，有利于将这个问题的认识引向深化。

---

❶ 童庆炳：《文学理论教程》，高等教育出版社2004年第3版，第58、61页。
❷ 童庆炳：《文学理论教程》，高等教育出版社2004年第3版，第60页。
❸ 童庆炳：《审美意识形态论作为文艺学的第一原理》，《学术研究》2000年第1期。

三

新时期文学经过一段时间的变革发展，特别是经历了朦胧诗、先锋小说、实验戏剧、寻根文学等开放性多样化的创新探索，人们的文学观念更加开放，对于文学的本质特性的认识也更趋于多元化。其中关于文学的审美特性与功能问题引起了更多的关注和讨论，文学理论和评论界甚至有些人提出了"纯审美"的主张，在文学界逐渐形成了一股审美主义的思潮。经过一段时间的积累和沉淀之后，到了20世纪90年代中后期，开始出现一些将"审美"作为文学根本特征的教材和论著。与此前"审美意识形态论"的理论观念根本不同，这种文学本质论观念不再将"审美"依附于"意识形态"，而是单独将"审美"确立为文学艺术的本质特征，对此也许可称为"审美论"的文学本质观。对于这种文学本质论观念也有必要单独进行考察。

在以"审美论"为基础和核心观念进行的理论建构中，较有代表性的文学理论教材有吴中杰著《文艺学导论》，杨春时等著《文学概论》，王先霈等主编《文学理论导引》等。这些著作的文学本质论观念基本趋同，但在具体的理论阐述中则又同中有异，可稍加比较评析。

吴中杰著《文艺学导论》总体理论框架设有本质论、创作论、作品论、鉴赏论、发展论五编，其中第一编专门讨论文艺本质论问题。在该著中"本质论"是一个大概念，它把文艺本质及其相关问题，如文艺的情感与形象融合的特点、文艺的社会功能、文艺的社会联系等，统统都包括在"本质论"部分之内。当然其中核心的部分是第一章"文艺的审美本质"，从标题可知，它明确无误地把文艺的本质确定为"审美本质"，应当说具有一种标志性的意义。[1] 从论证的出发点和基本思路来看，与此前的文学本质论观念相比，已不再首先从社会意识形态着眼，并且也不再将审美与意识形态联系起来，而是直接将"审美"确认为文

---

[1] 吴中杰：《文艺学导论》，复旦大学出版社1998年第1版。

艺的本质，意识形态的概念差不多已经消失了。尽管如此，我们还是可以注意到这样两点：一是它仍然十分重视文艺与社会生活的关系，包括文艺反映和表现社会生活，文艺对社会的影响作用，文艺与社会的联系即与哲学、宗教、政治的关系等。这表明对于过去文学理论中涉及的这些问题，它也仍然是关注和重视的，只不过有意回避使用"意识形态"这样的概念，也不再从这样的角度着眼来进行理论阐述。二是对于文艺的"审美本质"命题的论证，其着重点在于突出和强调文艺与现实的审美关系，包括文艺以审美的方式反映生活，具有审美认识的特殊性，文艺审美活动中再现与表现的统一等。从总体上看，这种"审美论"的文艺本质论建构还是显得比较粗疏，既没有一个集中凝聚的着力点，也缺乏一种具有明确含义的理论概括和逻辑严密的理论阐述，可视为一种比较宽泛意义上的"审美本质论"。从严格的理论建构的意义上来看，这显然还有较大的理论局限性。

杨春时等著《文学概论》的理论框架也设置了总体论、文本论、创作论、接受论四编，其中第一章为"文学的性质"，专门论述文学本质论问题。[1] 从论证思路上看，它的第一个突出特点，是将"文学是语言艺术"列为第一节，也就是作为文学性质的第一个问题，提升到首要的位置进行阐述，这在以往是很少见到的。过去的文学理论教材一般都是首先论述文学与社会生活的关系（文学反映生活），其次论述文学的特征如形象、审美等（文学以什么方式反映生活），最后才论到文学作为语言艺术的特点。因为在通常的理论观念中，文学的语言艺术特点只是文学的形式因素，是表现文学内容的工具和手段，只有首先确定好了文学表现内容的基本特性，然后才来探讨文学语言如何艺术地表现内容，这样也才合乎理论逻辑。然而在这本教材中，却把通常处于第三层级的问题，提升到了第一层级，作为文学性质的首要问题来讨论，这就表明，编著者是把"语言艺术"当作文学的根本性质来看待的。这就是

---

[1] 杨春时等：《文学概论》，人民文学出版社2002年第1版。

说，判断一个文本对象是不是文学，不是先看它的内容特点，而是首先看它是不是"语言艺术"，能否够得上作为"语言艺术"的标准。这看上去似乎是一种"语言形式"论的文学观念，与西方形式主义文论的观点颇为相通。然而实际上，论者不过是把语言艺术问题作为切入文学性质问题的一个切入点，由此而深入对文学"审美"本质特性的揭示。在"文学的性质"这一章接下来的第二至第四节中，论者完全将重心落到了对文学审美内涵的观照，把文学是以审美为导向的生存活动、文学是以审美为导向的生存体验等，作为重要的理论命题提出来进行专门的探讨。这里所表达的基本观念是，文学的表层特征是语言艺术，它构成作为文学的基本前提条件；而文学的深层内涵在于人的生存活动的审美体验与表现，这是文学的根本特性和意义所在。对于文学的审美特性，论者的着眼点主要落在"审美超越"的特点上，认为文学最重要的特性和功能，并不在于如何真实地反映人的生存现状，更在于导向对现实的审美超越。审美本身就是超越性的，说文学的本质特性是审美，差不多就等于说文学的本质是审美超越。从总体上来看，这一理论建构基本上抛开了社会意识形态的问题，直接从文学的艺术审美特征切入，采取由表及里、由浅入深的逻辑论证方式，建立了以"审美超越论"为核心的文学本质观及其理论系统，可谓特点鲜明、独树一帜，具有较为突出的理论创新意义和启示意义。不过，如果从更为宏观的理论视野，把"审美论"作为一种类型的文学本质观念来看，应当说"审美超越"也还只是"审美"丰富内涵中的一个方面的特性，还不足以成为"审美论"的完整系统的理论建构，对此应当还有更为广阔的理论探索空间。

　　王先霈等主编的《文学理论导引》没有使用诸如文学的"本质""性质"这样的概念，它更多是讨论"文学观念"问题。其开篇第一章题为"文学观念与文学本体"，实际上是集中讨论文学本体论与本质观念问题。此章依序安排的三节内容是文学的审美性、文学的形象性、语言的艺术，由此可以看出它的特点：第一，它对文学本质特性问题的把握和论述，依然承续了以往"三段论"的模式，即先对文学的基本性质

・311・

进行定位，接着讨论文学的基本特征（仍将"形象性"视为文学的根本特征），然后再阐述文学作为语言艺术的特性。在论者看来，从文学本质特性的大概念而言，应该是三位一体的，其中处于第一位和最核心的本质特性是"审美性"，而形象性和语言艺术都是审美性的具体体现。第二，在对文学本质特性问题的论述中，基本上回避了社会意识形态问题，只在个别地方稍微提到一下，如认为"作为一种社会意识形式，文学具有审美的意识形态性"❶。只是在最后一章论述文学活动的历史发展时，才较多介绍马克思、恩格斯关于经济基础与上层建筑及其意识形态的理论，论到文学发展与政治、经济、文化等方面的相互影响关系，但并没有把意识形态作为一个专门问题提出来加以讨论，这应当说是与第一章"审美论"的立论基础相适应的。第三，对于核心观念"文学的审美性"的论述，贯彻了历史与逻辑辩证统一的原则。论者首先对中外文论史上的基本文学观念，尤其是对于文学审美性的认识，进行了比较系统的梳理和阐释；然后在概括的基础上提出结论性看法："……在上述的各种文学观念中不仅存在着分歧，也有某种共识，即各种文学观都涉及了文学的审美性，都意识到了文学的存在和发展与人类的审美活动有关，都承认文学具有想象和虚构的特点。也就是说，随着文学的发展、成熟和独立，中外文学理论都开始越来越强调文学的特殊性，强调审美、想象、情感、形象、虚构以及语言等因素对文学的规定，于是逐渐形成了狭义的即审美的文学观。审美文学观的出现，说明人们对'什么是文学'有了更进一步的理解和把握。""文学的发展趋势所呈现的特点，使人们对'什么是文学'的思考，越来越集中在文学的审美特性上。"❷ 在这一基本立论的基础上，论者对"文学审美性"的内涵及其体现，同样联系文学观念的历史发展进行了梳理阐释，从文学的语言形式特点，到文学从审美关系上理解和表现人生生活、审美理想，再到文

---

❶ 王先霈等：《文学理论导引》，高等教育出版社2005年版，第1页。
❷ 王先霈等：《文学理论导引》，高等教育出版社2005年版，第6—7页。

学的虚构、想象、形象、情感特点等，逐一加以阐述。这方面的论证思路，与杨春时等著《文学概论》所论颇为相通。比较而言，王著对文学审美本质特性的论述，视野更为宽阔，内涵更为丰富，论证也比较系统深入，不过其概括性和凝聚性仍有所不足。

总体而言，文学"审美论"的构建，是在社会进一步改革开放、文学更加多样化发展的背景下，带来文学本质论观念的进一步嬗变，是在此前"审美意识形态论"的基础上，朝着"审美论"方向的再次推进。这种文学本质论观念，虽然并不否认文学与社会意识形态的关系，不否认文学具有一定的意识形态性，但并不把意识形态看成文学的根本性质或不可缺少的特性，不再认可文学对于意识形态的依附，在文学本质论的理论建构上完全与意识形态论"脱钩"。与此相对应，则是把审美确定为文学根本的、不可缺少的东西，这样就有可能使文学理论研究更为注重文学的独立性和自主性，更为注重文学的内部关系及内部规律，更有利于促进文学和文学理论批评的自律性创新发展。不过，问题也仍有另一个方面，就是能不能用"审美"来从根本上说明文学活动，以及解释所有的文学现象，可能仍然面临着一定的质疑和挑战。特别是在有些理论主张中，如果过于强调艺术审美而排斥其他因素，甚至走向"纯审美"或"为艺术而艺术"，那就有可能导致理论上的片面性，也可能对文学艺术实践产生不好的影响。在这方面，当然也应引起足够的重视。

当代文学本质论观念从意识形态论到审美论的嬗变，一方面反映了新时期文学实践变革发展的现实要求，即要求在文学观念上摆脱过去那种过于严苛的意识形态束缚，更多关注和尊重文学本身的特性与规律，使文学摆脱其依附性，从而在自主性和自律性的条件下繁荣发展；另一方面当然也反映了文学理论本身的求新求变的内在要求，即改变过去那种单一化的思维方式和理论模式，革新既有的理论观念，这样既能够适应当代文学实践的发展要求，也能够对各种文学现象作出更为切合实际的理论阐释，确证文学理论本身的学理性和有效性。而这一切无疑都是在新时期以来不断深化改革开放的大背景下发生的。在笔者看来，就这一文学本质论观念嬗变本身而言，实际上并不意味着好坏对错的置换，而只意味着观照文学特性的重心发生了某种偏移。审美与意识形态在理论观念上并不必然构成非此即彼的二元对立，而是可以理解为一个有机整体中既相互冲突又彼此依存的"张力"关系，对此当然还有待于更深入的理论研究。从当代文学本质论观念嬗变的历史进程来看，其实也并非到此为止，而是继续在不同的向度上往前推进，对此笔者将另著文探讨。

原载《学习与探索》2015 年第 5 期

"反本质主义"语境下的文学本质论探索

文学本质论是一个现代文学理论问题,通常在系统性文学理论建构中,文学本质论往往成为其理论基石和核心观念。文学本质论观念不同,便会有对于文学现象的不同认识和阐释,因而也就会有不同的文学理论体系建构。随之而来,不同的文学理论观念的分歧与交锋,也往往首先在这个基本问题上表现出来。改革开放以来,伴随着当代文学实践的不断创新发展,当代文论也努力打破过去过于政治化的文学本质论模式,寻求理论观念的变革与重建。从社会意识形态论到审美意识形态论,从审美论到人的文学论,标志着文学本质论观念的历史嬗变过程,反映了时代变革和文学发展的内在要求,对此值得进行理论反思。[1] 然而,从 20 世纪末以来,在后现代文化思潮影响下,当代文论界出现了"反本质主义"的激烈论争,形成了对传统文学观念和理论模式的冲击与挑战。在这样的语境下,当代文论将如何回应这样的现实挑战?如何在当下的文学理论建构(特别是文学理论教科书)中处理文学本质论问题?看来学界各有不同的应对策略。本文试对此略加观照和论析,以求进一步探寻当代文论的变革发展趋向。

一、反本质主义者的理论重建之路

当代文论界的反本质主义论争,可以说是由陶东风等学者对当代文

---

[1] 赖大仁:《当代文学本质论嬗变的人学向度》,《中州学刊》2015 年第 3 期;赖大仁:《当代文学本质观念嬗变:从意识形态论到审美论》,《学习与探索》2015 年第 5 期。

艺学的批判反思拉开序幕。在他们看来，在当今文艺学界，特别是大学文艺学教科书中，最典型地集中了本质主义的弊端，以各种关于"文学本质"的元叙事或宏大叙事为特征的、非历史的本质主义思维方式，严重地束缚了文艺学研究的自我反思能力与知识创新能力，使之无法随着文艺活动的具体时空语境的变化来更新自己，无法对新的文化与文艺状态作出及时而有力的回应，存在着严重的知识僵化、脱离实际的问题。作者以一些有代表性的文学理论教材为例，剖析了当代文艺学中本质主义弊端的具体表现。作者的结论不言而喻，当代文艺学要创新发展，就必须对这种本质主义思维方式和理论模式进行批判反思，从而寻求文艺学的知识重建。

那么应当如何重建呢？作者提出的基本思路是："以当代西方的知识社会学为基本武器重建文艺学知识的社会历史语境，有条件地吸收包括'后'学在内的西方反本质主义的某些合理因素，以发挥其建设性的解构功能（重新建构前的解构功能）。知识社会学的视角要求我们摆脱非历史的、非语境化的知识生产模式，强调文化生产与知识生产的历史性、地方性、实践性与语境性。"[1] 作者将自己主编的《文学理论基本问题》作为一个尝试，它有意打破了文艺学教材的传统体例，改为用中外文论史上反复涉及或在当今文学研究中大家集中关注的基本问题来结构全书，在认真梳理和研究中西方文论史的基础上，提出一些"基本问题"与重要概念。然后，按照历史化与地方化的原则方法，对这些重要的概念和问题作知识的介绍和历史的解释。最后，并不要求对这些概念和问题给出最终答案，不作结论，把问题敞开，让学生自己去思考。这意在使学生明白关于"文学"本来就有无限多元的解释与理解，从而培养他们开放的文学观念。[2]

从该著的理论框架和章节内容来看，的确与过去的文论教材大不相

---

[1] 陶东风：《文学理论基本问题》，北京大学出版社2004年版，第21页。
[2] 陶东风：《文学理论基本问题》，北京大学出版社2004年版，第25页。

同。它不是按照一定的逻辑起点提出理论命题，并按照一定的逻辑关系展开论证，从而建立具有自洽性的理论系统，而是根据作者的理解和意图，提出在作者看来比较重要的若干个文学理论问题，然后围绕这些问题，系统梳理和阐释评析中外文论中各种有代表性的理论观点，并阐述编著者自己的认识看法。该著设七章分别探讨了七个方面的问题，并且每章所涉及的问题和内容也颇为庞杂，相互之间并没有太多的逻辑关联性。

具体就文学本质论问题而言，也体现了编著者的基本立场和观念。第一，作者虽然有针对性地提出了反本质主义问题，但并不反对和抛开对文学本质论本身的探讨，该著第一章所提出讨论的就是"什么是文学"即文学本质论问题。之所以把它作为首要的概念和问题提出来探讨，是因为作者意识到，"'什么是文学'是文学理论的起点性问题，也是文学理论作为一个独立学科而存在的总问题。文学理论的基本性质和体系构成，都取决于对这一问题的思考和回答"[1]。第二，该著对文学本质论问题的讨论，其出发点和立足点，都与以往的文学理论教材不同。一是并不寻求给文学下定义，或者对这个问题寻找一个最终答案。二是不像其他教材那样，把文学本质论设置为理论体系的核心，成为全书"总纲"使其起统领作用，而是把它当作众多文学理论问题中的一个，与各章节所讨论的其他问题并列设置，并不具有特殊地位和作用。第三，探讨这个问题的具体方式，主要致力于梳理"文学"概念的历史变迁，介绍和评析中西各种关于"文学是什么"的基本知识和理论观点，最终也没有形成什么结论性看法。其本意就是为读者提供一些文学理论的历史性和地方性"知识"，了解文学理论的基本形态和发展趋势。从这个角度来看，该著自有其意义价值。但从文学理论教科书的功能要求来看，如果只是介绍有关问题的历史性知识，而缺少作者应有的立论性观点或建构性看法，这无疑会让读者陷于多元化"知识"的困惑之中，

---

[1] 陶东风：《文学理论基本问题》，北京大学出版社2004年版，第27页。

并且在"理论"上感到无所适从。对于这样一种状况，人们批评和质疑也是不无道理的。

文艺学界还有一位反本质主义的代表性理论家是南帆。一方面，他明确表达了自己反本质主义的理论立场，认为本质主义的典型症状是思想僵化、知识陈旧、形而上学猖獗；根本问题在于将表象与本质的区分视为天经地义的绝对法则，并且将这种二元对立设置为主从关系，从而导致文学理论研究的简单化。另一方面，他大力提倡"关系主义"，也就是彻底打破过去二元对立的思维模式，不再把一切理论预设都指向"本质"这个唯一的焦点，而是把文学还原到多元的关系网络中去。"关系主义倾向于认为，围绕文学的诸多共存的关系组成了一个网络，它们既互相作用又各司其职。总之，我们没有理由将这些交织缠绕的关系化约为一种关系，提炼为一种本质。文学的特征取决于多种关系的共同作用，而不是由一种关系决定。"❶ 在他看来，近期兴起的文化研究有理由被视为关系主义的范例，因为文化研究对于各种复杂关系的分析提供了远比本质主义更丰富的解释。

跟陶东风的做法一样，作为"关系主义"理论主张的一种具体尝试，南帆也主编了一本教材《文学理论新读本》，其中完全体现了编著者反本质主义的理论观念。第一，它回避或者说"隐去"了关于文学本质论问题，即没有把"文学是什么"作为专门问题列出来进行探讨，表明作者对讨论这样抽象的问题没有兴趣，既无必要也无意义。第二，编著教材无论怎么说都是一种系统化的理论建构，既然如此，显然就需要有一定的理论支点和逻辑思路来加以支撑，该著的"导言"实际上就是要解决这方面的问题。作者首先分析了此前文学理论研究的两条线索：一种是重视文学自身的审美品质与审美特征，另一种是重视文学的历史意识与历史维度，前者偏重"内部研究"，后者偏重"外部研究"，两者各有道理。作者试图将这双重视野统一起来，整合在同一个理论系统

---

❶ 南帆：《文学研究：本质主义，抑或关系主义》，《文艺研究》2007年第8期。

中。当然，这样的系统整合就仍然需要一个理论基点或支点，那么在作者看来，这个理论基点或支点就是"话语分析"。通过对伊格尔顿话语理论的引述与评析，作者阐述了自己的看法，认为"文学是一种话语实践"，这种话语实践的结果，向内指向文学文本的内部关系，向外指向社会历史领域，彼此相互交织构成错综复杂的关系系统。这样，"话语实践"就可以看作文学关系网络中的一个联结点，而"话语分析"也就可以成为文学理论与文学批评的一个切入点或理论"支点"。❶ 从该著的内容和结构来看，大致上体现了这样的基本理念与研究思路。第三，理论体系的开放性。该著导言的标题为"文学理论：开放的研究"，表明作者并不局限于某种理论模式，实际上抛开本质论问题的目的，就是为了打破封闭性走向开放。从教材内容可见，它把关于文学的各种话语方式，文本与文类的各种形态，文本内部与外部的各种关系，从经典文学到大众文学，从古典主义、浪漫主义、现实主义到现代主义、后现代主义等各种文学形态都纳入进来进行考察和阐释，的确体现了充分的开放性和包容性。

当然，对于这样一种反本质主义的文学观念及其理论探索，也引起了学界质疑和批评，有学者认为这种倾向未免矫枉过正，如果一部教材的编写指导思想模糊，缺乏一个统摄全书的中心思想，必然导致全书总体结构不明晰，章节安排混乱，不能体现文学理论的新发展和新动向。❷ 这种批评意见未必准确，但针对反本质主义倾向所提出的问题，还是值得我们认真反思的。

二、文学本质论向文学本体论的转换策略

当代文论界的反本质主义论争，既是对传统文学理论观念的有力冲击，也引起了文论界的自觉反思。在这种新的语境下，当代文论将如何

---

❶ 南帆：《文学理论新读本》"导言"，浙江文艺出版社 2002 年版。
❷ 张旭春：《全球化时代的文学理论？——评〈文学理论新读本〉》，《文艺争鸣》2009 年第 1 期。

应对，特别是对于文学本质论问题将如何对待，就成为一个现实问题。一些学者似乎自有主意，既不介入反本质主义论争，也不直接讨论文学本质论问题，而是改变策略，转换为文学本体论问题进行探讨，寻求新的突破。

董学文等著《文学原理》初版于2001年，是在文论界反本质主义讨论兴起的背景下出版的，可能在一定程度上受到其影响。该著值得关注之处，是不像过去的教材那样直接讨论文学本质论，而是改为探讨"文学本体"问题。该著"导言"中说："应该承认，对文学原理某些从思辨性讨论转向实证性研究的趋势并没有表明文学基本理论的探索已经终结。相反，实践表明文学原理基本概念、深刻内涵、应用前景及其新形态的展示，还远未被发掘出来，一个很大的必然王国还摆在我们面前。"[1] 这似乎正是针对反本质主义有感而发的。作者的新探索主要表现在两个方面，一方面是改变编著思路和体例，作者试图紧扣文学理论的"元问题"，舍去各种枝蔓的东西，把文学原理系统定位在"五个W"上，即"文学是什么""文学写什么""文学怎么写""文学写成什么样""文学有什么用"，由此构成全书的前五个章节，最后第六章作为总结讲文学的理论与方法。[2] 这样的内容安排和结构框架，与我们以往看到的文学理论教材明显不同。二是各章节对具体问题的探讨，也尽量避开原来的模式套路，进行具有创新性的理论探索。其中最突出的是第一章对"文学的本体与形态"的论述。

作者认为，文学是什么？这是文学原理必须解答的首个问题，也是深入研究文学的一个基本问题。对这个"元问题"可以从文学的本体与形态的有机结合进行探讨。"本体是什么？从哲学意义看，本体是事物的形态掩饰之下的特质，是此物之所以为此物的内在规定性。每一种事物都有自己的感性形态，但形态不等于本体，它只是事物的外在表征，

---

[1] 董学文、张永刚：《文学原理》，北京大学出版社2014年版，第1页。
[2] 董学文、张永刚：《文学原理》，北京大学出版社2014年版，第2页。

即我们可以通过感官直接把握的特点。本体则潜藏于形态,借形态显示自己,又决定着形态。因此,严格地说,本体是不可直观的,但它对我们认识事物又非常重要。"那么,什么是文学的本体与形态呢?概括地说,"文学本体当然也就是作家从文学特定的精神、审美和文化角度对世界的理解、思考和创造性把握。因此,文学作为本体或者观念,必然要涉及意识和思维、审美和精神这些重要范畴。而文学作为形式或者现象,则必然又要涉及物质形态、言、象、意等重要因素"。❶ 在作者看来,文学首先是在作家头脑中构思创造的,是一种观念形态的东西。这样就涉及两个方面:一方面,从作家构思创造的形式来说,它是一种大脑的意识活动即意识形式,同时它也是一种思维活动即形象思维;另一方面,从作家构思创造的内容来说,它是根源于人的审美需要,也是对事物的审美把握和体验,包含着形象性、情感性、思想性、真善美、意识形态性等丰富的精神内涵。其次,作家头脑中构思创造的这个艺术世界,要通过物质形态呈现出来,这种文学的感性存在状态,就成为文学现象,它直接诉诸人们感官的基本状貌、特征。文学是借助语言来实现物化获得物质形态的,它是文学语言或文学话语的构成物,而文学话语文本则又是由言、象、意构成的一个有机系统。按照这种理解,该著便从"文学作为观念"(包括意识和思维、审美和精神)和"文学作为现象"(包括特质形态、言象意)这样两个方面展开阐述,力求把文学与各种意识形态、艺术形态区分开来,从而揭示其不同于其他事物的特质。在此基础上,还进一步探讨了文学属性问题,认为文学属性是文学本体在现实中的流露,而文学最根本的属性,就是它的人学特性。以上述探讨为基础,该著最后给出了一个关于文学的概括性表述即定义:"创作主体运用形象思维创造出来的体现着人类感性意识形式特点并实现了象、意体系建构的审美话语方式。"❷

---

❶ 董学文、张永刚:《文学原理》,北京大学出版社2014年版,第9-10页。
❷ 董学文、张永刚:《文学原理》,北京大学出版社2014年版,第48页。

应当说，在文论界反本质主义的背景下，作者改变策略从文学本体论层面进行讨论，在根本上仍然是回答文学本质论问题。这种探索显然与过去那种千篇一律的理论模式大不相同，理论视野更为宽阔，力图从多个角度和维度逼近对文学本体的认识和说明，并且问题的探讨也更富有学理逻辑性和相当的理论深度。在立论阐述的同时，还对文学概念的演变进行梳理，介绍相关理论知识，显然也回应了反本质主义讨论中关于增加文学理论历史性知识的要求。当然，该著关于文学定义的表述未免显得过于复杂不易理解，而且一些理论阐述也显得过于深奥，作为基础理论教材也未必合适。

鲁枢元等主编《文学理论》初版于2006年，是在反本质主义争论激烈之时出版的。该著也同样避开了"文学本质"的表述，而转换为"文学本体"问题进行探讨。该著"绪论"阐述编著的初衷和思路说，文学现象极为复杂，文学关联的领域极为广阔，关于文学问题的探讨也必然是永无穷尽的。文学理论只是一套关于人类的文学活动现象的知识体系，一方面因为它的研究对象极为复杂和变动不居，另一方面因为研究者文学观念等不同，因此，包括文学理论在内的文艺学就很难成为一门"科学"，也就不可能是绝对意义上的客观的、本质的、唯一的、决定论的东西。因而更为可取的是，在研究分析文学现象时保持一种灵活的、开放的、自由的心态，在一定程度上对文学的基本知识、基本理论加以阐释和归纳。[1] 从这些表述可以看出，作者似乎是在对文论界的反本质主义作出某种回应，力图在文学理论观念上作出相应的调整。

从该著的内容结构来看，其实与通常的文论教材并没有太大差异，也都是讨论文学本体、文学创作、文学作品、文学价值、文学鉴赏、文学批评、文学演变等问题，但作者在对这些文学理论基本问题进行编排时，则着意贯穿了一种理念，这就是更希望把文学比作一棵在一定的生态环境中生长着的树，从而运用一种近乎生态学的眼光，一种有机整体

---

[1] 鲁枢元等：《文学理论》，华东师范大学出版社2009年版，第1—2页。

论的视野来看待和探讨这些问题。❶然而无论怎样调整，都还是把"文学本体"作为首要问题安排在第一章进行集中探讨。首先是对"文学"的概念含义及历史演变进行一种知识谱系性的考辨，介绍中外文论史上的相关知识。然后则是按照作者的理解，对文学的本体特征进行立论探讨。在作者看来，"文学是什么，其实就是文学的本体是什么，这是一个不易回答但又必须回答的问题"。"文学本体论是研究文学根本属性的一种理论，要思考与回答文学概念的具体含义、文学活动与其他的社会活动及精神活动的联系与区别、文学的基本构成、文学的主要属性是什么等问题。由此看来，文学的本体，就是研究决定一个写作活动及其结果是否是文学的那个东西。"❷那么，文学的主要属性是什么呢？作者从三个维度来观照和回答：第一，文学是一种人文现象，它是对人的关怀的产物。文学的人文性体现在，它要表现人性、表现人的道德感、表现人的终极追问等。第二，文学是一种审美活动，是在一种无利害、非概念的状态中产生的具有主观合目的性的审美愉悦。第三，文学是一种语言艺术，具有形象接受上的间接性、描写生活的广阔性和丰富性、表现思想情感的直接性和深刻性等特点。由此便构成文学本质属性的三维一体结构系统。

从总体上看，该著虽然转换为"文学本体"进行探讨，实际上仍然归结为文学本质属性问题。它所构建的三维一体的文学本质观或本体观，与过去童庆炳主编《文学理论教程》等教材的文学本质观念比较接近。但不同之处在于，它用"文学是一种人文现象"替换了"文学是一种社会意识形态"，意在强化文学的人文性而淡化其意识形态性，可看出在 21 世纪的新语境下文学观念的某种变化趋向，可以引起我们新的思考。

---

❶ 鲁枢元等：《文学理论》，华东师范大学出版社 2009 年版，第 2 页。
❷ 鲁枢元等：《文学理论》，华东师范大学出版社 2009 年版，第 6 页。

三、坚守本质立场的文学本质论重构

在很多人看来,反本质主义自有道理,但这并不意味着不能继续讨论文学本质论问题,也并非凡是对文学本质问题的讨论都要受到质疑。实际上,在反本质主义的语境下,仍有一些人不避嫌疑,继续直接探讨文学本质论问题,但他们的理论观念和具体探讨的理论模式,都与以往大不相同,具有某些新的特点。

阎嘉主编《文学理论基础》的体例结构比较接近传统,总体上由文学本质论、文学作品论、文学创作论、文学接受论、文学阐释论、文学流变论构成。它仍然把文学本质论作为文学理论的首要问题,在第一章中进行集中探讨。作者首先简要考察了"文学"概念的由来,并阐述了对文学本质问题的看法:"文学"作为文学理论的核心概念,一直以来都是各种理论和理论家关注的焦点,追问文学的"本质",同样也成了文学理论的重要问题。然而,"本质"总是指向某个事物固定不变的、实质性的、能决定其他特征的根本性质,而文学作为人类的一种社会活动,是否具有固定不变的"本质",也就成了争议的焦点。作者认为,"在今天的文学理论中,对文学本质的解释主要有两种路径:一种是通过考察不同的文学概念或定义来表明自己对于文学本质的理解,力图寻找到能解释所有文学现象的固定'本质';另一种则是从文学活动涉及的主要方面和事实出发来考察文学,试图揭示出文学本质问题的复杂性和开放性"[1]。看来作者是偏于采用后一种路径,借用美国文论家艾布拉姆斯《镜与灯》中提出的"视点"理论,以及文学四要素构成的文学活动系统,以此为"视点"来概括和梳理各种不同的文学本质观。接下来则分别讨论"作品与文学本质""世界与文学本质""作者与文学本质""读者与文学本质"。在每个部分的讨论中,首先解释相关概念,接着简要梳理和介绍中西文论中有代表性的理论观点,然后对这种理论观

---

[1] 阎嘉:《文学理论基础》,重庆大学出版社2014年版,第3页。

念的合理性和局限性加以评析，文后再附上"原典选读"即中西文论中的有关摘录片断。这种处理方式显得比较特别，在其他文论教材中似不多见。

这种文学本质论给人的感觉，是以"他论"代替"立论"，从视点、框架到理论观念都是引述和介绍他人的论述，而并未阐述作者自己的理论观点。而且这种按照四板块进行知识拼贴的做法，也显得有些简单化，缺乏有机整体性。看来作者更为注重文学理论的知识性，以及这种知识的历史性和开放性，比较接近陶东风《文学理论基本问题》的处理方式，似可看出较多受到反本质主义思想观念的影响。

杨守森等主编《文学理论实用教程》在体例结构上与别的教材明显不同。它首先把文学形态即诗歌、小说、散文、剧本等放在第一编进行具体描述，接着第二编讨论文学生成，第三编讨论文学存在，第四编讨论文学学术即对文学的批评与研究等。这种设置体现的观念和思路，不是从"文学是什么"的理论追问开始，而是先从对文学现象的认识开始，然后再上升到对文学存在有关理论问题的探讨。当然，它并未回避文学本质论问题，而是放在第三编的第十二章"文学界定"中，放在这个位置并不引人注意有些耐人寻味，从逻辑关系上来看则显得并不顺畅。从具体理论观念而言，作者显然对本质主义与反本质主义问题具有自觉反思，认为在关于文学的认识上坚持本质主义的态度，认为文学只存在单一、唯一的本质的观点是不可取的；而出于反本质主义的需要，质疑或否定文学的本质，取消对本质问题的探讨，也是极为片面的。然而，"无论人们如何试图取消或避开文学本质问题，事实上，文学本质问题始终是无法绕过的理论焦点，一直是文学研究的核心问题。文学理论是以此为基石而进行建构的，文学理论的发展也是沿着对这一基本问题的阐释而向前推进的"[1]。作者的具体做法，一是对"文学"概念的发展演变放在中西文论史的背景下加以概述，并对文学概念作广义和狭

---

[1] 杨守森等：《文学理论实用教程》，中国人民大学出版社2013年版，第215页。

义的区分；二是对"文学活动"进行动态观照，阐述有代表性的理论观念；三是对我国当代文论教材中有代表性的理论观点进行简要评述；四是在此基础上阐述作者的理论观点。值得注意的是，作者把文学的本质特征和文学的属性看成彼此相互联系的两个侧面：文学本质特征意在指明文学之所以为文学的质的规定性，旨在回答"文学是什么"这个文学理论"元问题"，而文学属性则是文学类属的特征问题。前者是处于核心层面的根本性质，后者则是处于本质核心层外的相关属性。具体而言，作者把文学的本质特征集中概括为三个方面：文学是塑造想象性形象的语言艺术；文学是传达生命精神的纯意识形式；文学是诉诸心觉的审美文化形态。而文学的多元属性则包括文学的诗学属性、美学属性、心理学属性、语言学属性、社会学属性、哲学属性等。由此便构成了一个内在本质和外在属性彼此关联呼应的有机系统。

从这种理论建构可以看出，作者试图极力拓宽视野，既比较全面地介绍有关"文学"概念和本质的历史性知识，同时又立足当下对文学本质特征和文学属性问题进行全面观照与阐释，这应当说是对反本质主义的一种积极的理论回应。当然，这种理论阐释似乎显得过于庞杂，涉及面过于宽泛，虽然充分注意到了文学的复杂性，但未必有利于真正深刻理解文学的本质特性。

四、隐去本质问题的文学本质论探索

在当代文论的反本质主义语境中，不管人们对于文学本质论和本质主义如何理解，实际上都很难划分二者之间的界线。为了避开某些是非之争，有些学者小心谨慎地避开正面讨论文学本质论问题，但实质上是在另辟蹊径进行某种新的探索，从而给我们带来一些新的启示。

王一川独著的《文学理论》教材初版于2003年，是在文论界反本质主义讨论开始兴起的背景下出版的。作者一方面对反本质主义有自觉的认识，另一方面则仍想坚持自己的文学信念不轻易放弃，于是他就要在理论观念与思路上进行某些策略性的折中与调整，以免被误解而归入本质主义理论范式之中。该著初版"引言"部分，谈到对文学理论普遍性问题的看法，认为卡勒等人的反本质主义观点自有其合理之处，但未必导向对文学理论普遍性的否定，每种文学理论都需要去寻求自身的特殊立足点来建构其理论框架，作者当然也不放弃这种努力。但他还是特别小心地避开使用"文学本质"一词，而转换为"文学属性"问题，并且对"本质"与"属性"两个概念的含义做了比较说明。❶ 在后来修订版"导论"和第三章中，作者进一步表明了对于文学本质论研究的看法，并再次将"文学属性"改为"文学特性"，对于从文学本质论到文学特性论的观念转变，也做了更为详细的阐述。作者坦言，自己并不固守"本质主义"或"中心主义"那种"唯一"，但也不轻易宣告它们"终结"或扬言"去本质主义"或"去中心主义"，而只是想按照自己的特定理解，对此作出相应的阐释。❷ 因而他尝试舍弃以往盛行的本质论而代之以特性论。所谓文学特性，"是指文学具有特定的属性或特殊品质……如果说，本质论倾向于确认文学的跨越个人、群体、时代乃至民族的普遍而唯一的共同属性，那么，特性论致力于确认文学的与个人、群体、时代和民族的具体状况紧密相连的特定品质。如果舍弃本质式思维而改用特性的视角去观察文学，可能会发现文学的植根于民族生活土壤之上的特定而又多样的面貌及其变化"❸。作者还特别指出，就目前我国文学理论界的实际情形来说，尚不存在探访文学理论原野的唯一"大道"，而可以见到若干条交叉"小道"，所以自己便选择了其中的一条"感兴修辞"论的小道进行探索，希望能看到一些独特的理论景致。❹

从具体的理论探索建构来看，可以说充分体现了上述理论观念。该著第二章"文学观念"属于历史观照，对中外历史上各种关于"文学"的概念及相关知识进行了梳理介绍，重点落在对中国古代到现代的感兴

---

❶ 王一川：《文学理论》，四川人民出版社2003年版，第69-70页。
❷ 王一川：《文学理论》，四川人民出版社2003年版，第6页。
❸ 王一川：《文学理论》，四川人民出版社2003年版，第74页。
❹ 王一川：《文学理论》，四川人民出版社2003年版，第6页。

论、修辞论的文论传统进行比较阐释，为推出其"感兴修辞"论的理论观点奠定必要的知识基础。作者提出设想，可以"在文学观念上来一次大胆的继承和革新，这就是把'感兴'论与'修辞'论在当代基础上融会起来，成为'感兴修辞'即'兴辞'"❶。第三章"文学特性"是全书的核心和总纲，将"感兴修辞"作为文学的根本特性提出来，具体阐述了文学兴辞性的内涵、兴辞的构成和类型等，从而建构起比较完整的理论系统。作者认为"可以给文学下一个操作性定义：文学是以富有文采的语言去表情达意的艺术样式，是一种在媒介中传输语言、生成形象和唤起感兴以便使现实矛盾获得象征性调达的艺术。简言之，文学是一种感兴修辞，更简洁地说，文学是一种兴辞"❷。基于这一核心观念，在接下来的各章节中，作者运用这一感兴修辞的文学观，分别观照和阐释文学文本、文学创作、文学阅读、文学批评等问题，从而完成这一理论系统的完整建构。

从整体上来看，作者立足于对文学理论传统的反思总结，在此基础上力图另辟蹊径，着力于建构新的文论观念和理论体系，这无疑是值得称道的。不过从作者对"感兴修辞"文学特性的阐释来看，有些问题仍然值得商榷。比如对于文学特性的阐述乃至文学定义，究竟是着眼于文学的"普遍性"还是某些个别"特性"，似乎并不明确，也没有把"感兴修辞"论的特定内涵或特性真正揭示和阐释出来。而且"感兴修辞"论可能比较适合于说明阐释诗歌散文类作品，实际上作者在阐释这个理论命题时所举例子也都是诗歌作品，叙事类作品的例子很少且解析也颇有局限性，这也许不是偶然的，而是理论本身的局限性使然。如果要将这个理论命题作为一种普遍性的文学理论来理解和建构，显然会有一个阐释的适应性和有效性的问题，这在当今文学样式多样化且极为泛化发展的现实情况下，可能就更是如此。

---

❶ 王一川：《文学理论》，四川人民出版社2003年版，第71页。
❷ 王一川：《文学理论》，四川人民出版社2003年版，第83页。

周宪著《文学理论导引》与上述王一川所著教材有某些相似之处。首先，在文学本质论观念方面，作者似乎也很小心地回避使用"文学本质"这个说法，但实际上并不回避这方面的问题。在该著"导论"中，作者认为，对于"文学是什么"的问题，是文学理论必须回答的，否则就无法去认识和评判文学；但是对这个问题的回答，不是亘古不变的，而是历史的发展的，可以因时而变作出新的阐释。基于这种认识，于是接下来做了两个方面的工作：一方面是对古往今来一些有代表性的文学概念及其含义进行梳理与比较评析。"导论"的第一节主要介绍和评析了"作为日常经验理解的文学""作为历史概念的文学""作为逻辑概念的文学"等几种关于文学的概念，说明对于"文学是什么"的问题，实际上有各种不同的理解和回答，这些回答都是历史性的、有特定语境的。另一方面则是作者提出自己的看法，概括性地给文学下了一个逻辑定义："文学是以用精致的语言书写的具有艺术价值的以文本为中心的文化系统。"❶ 这是作者对于文学本质的一种独特理解，以此作为理论系统建构的基础。

从上述文学定义来看，显然是一种"文本中心论"的文学本质观念，对此大概需要分两个层面来理解。第一层次，"文学是以文本为中心的文化系统"。作者更为具体的说法是，"文学是以文学文本为中心的人类文化活动的独立系统"❷。在这个层次中，又有两个要点：一是在根本上把文学理解为一种"文化系统"。在这里，"文化系统"是文学定义的中心词和落脚点，强调这一点，就在于强调文学的开放性，强调文学与作者、读者、语境等要素之间的关系，以及文学与社会历史、意识形态等之间的广泛联系，以免静止地、封闭性地理解文学。二是文学"以文本为中心"。"文学是包含了文本、作者、读者和语境等不同要素的文化系统，其中，文本是文学研究的重心所在，其他要素都是围绕着

---

❶ 周宪：《文学理论导引》，高等教育出版社2014年版，第12页。
❷ 周宪：《文学理论导引》，高等教育出版社2014年版，第12页。

文本而形成的特定的结构关系。"❶ 所以作者强调，文学研究一定要立足于文本，如果离开了文学文本，就谈不上对文学的理解和阐释。第二层次，则是对于"文学文本"如何理解的问题，作者的界定是，文学文本是"用精致的语言书写的具有艺术价值的文本"。其中也有两个要点：一是文学文本"用精致的语言书写"。这意在强调文学文本与其他语言文本不同，文学是一种语言的艺术，文学文本的语言特性在于用"精致的语言书写"。这与一般的文学观念基本相通，只是在表述上略有不同。二是文学文本"具有艺术价值"。这应当是指文学文本中具有丰富的意蕴内涵，蕴含着多方面的艺术价值。这显然是一个极为宽泛的说法，没有明确的所指。在作者看来，实际上"文学就像一个'大篮子'，里面可以置放许多不同的东西，从所谓的'纯文学'，亦即具有创造性、想象性、审美特性的文学，到参与现实并塑造人心的道德文章，再到功利活动之余所做的精神之游戏，等等，都触及文学的不同层面"❷。作为一个文学概念内涵的概括，似乎宽泛也有宽泛的好处，读者和研究者完全可以从自己的角度去理解，什么样的价值是"艺术价值"，以及文学究竟具有什么样的艺术价值。这在一个文学观念极为开放多元的时代，的确不失为一种明智之举。

值得注意的是，作者不厌其烦地强调文学"以文本为中心"，文学理论研究要从文本出发，正是为了克服过去这种脱离文学实际的弊端。当然，研究文学文本可以有两条路径，一条是专注于文本的风格、技巧、文类、修辞、叙述等层面的分析，即所谓"内部研究"；另一条是以文本与其他方面的关系为研究对象，如作家创作、社会背景、文学接受等，考察文本发生的外部情况，即"外部研究"。按照作者的理论逻辑，既然"文学是以文本为中心的文化系统"，那么就既要注重研究"文本"的内部关系，也要注重研究文本所关联的"文化系统"，两个

---

❶ 周宪：《文学理论导引》，高等教育出版社2014年版，第27页。
❷ 周宪：《文学理论导引》，高等教育出版社2014年版，第8页。

方面统一起来形成一个整体。按照这种逻辑思路，所以教材篇章结构的安排就是：以文本的文学性为圆心，由内向外，由小到大，由文学自身到文学的社会文化相关性，最终达到系统地把握文学的目的。❶

　　从总体上来看，该著的突出特点，正在于它的"文本中心论"的观念，这既是一种文学本质论观念，也是一种文学理论研究的观念和思路。可以说，是前一种观念决定了后一种观念和思路，并由此决定了这本教材的结构框架和理论系统。这就使得它在众多文学理论教科书中独树一帜。这也恰好证明了一点：有什么样的对于文学本质特性的理解，就会有什么样的文学理论研究思路和理论建构。如果没有比较明确的文学观念，就不可能有严密自洽的理论体系建构。

　　以上我们对我国当代文论反本质主义语境下，对于文学本质论问题的不同态度，以及对这个问题进行探索的不同路径，做了一些粗略梳理和简要评析。这未必能够反映反本质主义论争以来当代文论变革发展的全貌，但至少可以由此看出当代文论多元开放探索的发展趋向。实际上，一次反本质主义论争，不可能终结对于文学本质论的研究，而是更有助于人们调整观念和思路，导向对这个问题更全面深入的创新探讨。因为文学发展不会终结，人们对于文学本质特性的认识也需要与时俱进，因此，文学本质论的创新探索也必然还在路上。

原载《中州学刊》2016 年第 8 期

---

❶ 周宪：《文学理论导引》，高等教育出版社 2014 年，第 25-27 页。

文学本质论观念的历史嬗变及其反思

　　文学本质论观念，是指文学理论中关于文学本质问题的基本观点或看法，它旨在回答"文学是什么"这样一个根本性理论问题，集中反映人们对于文学这一事物的基本性质和特点的理论认识。通常在文学理论的系统性理论建构中，文学本质论观念往往成为其逻辑起点和核心理论观念，而不同文学理论观念的分歧与交锋，也往往首先在这个基本问题上表现出来。实际上，文学本质论是一个现代文学理论问题，文学本质论观念也是一个历史建构与嬗变过程。在经历了前一时期理论界围绕文学本质论问题展开的反本质主义论争之后，对文学本质论问题形成的历史背景，文学本质论观念的历史嬗变过程，以及所带来的有关理论问题进行必要的反思，也许有助于对这一问题的重新认识和思考探讨。

一、文学本质论问题形成的历史背景

　　无论在西方文论还是中国文论中，当今人们所讨论的"文学"都是一个现代概念，所谓文学本质论更是一个现代意义上的文学理论问题。美国文论家乔纳森·卡勒认为，要研究文学本质问题，或者说"要解释文学性，解释这一能够界定是否属于文学的品质，应该了解关于文学本质这一问题提出的历史背景"。按照乔纳森·卡勒的看法，在欧洲的文化传统中，关于"文学"的现代思想，仅仅可以上溯两个世纪，在莱辛1759年出版的《关于当代文学的通讯》一书中，"文学"一词才包含了现代意义的萌芽，指现代的文学生产。斯达尔夫人《从文学与社会制度的关系论文学》则真正标志着"文学"现代意义的确立。❶ 正是在这样的历史背景下，才逐渐兴起了现代的文学批评和文学研究。英国学者彼得·威德森在《现代西方文学观念简史》中也认为，西方社会"文学"这个概念的现代含义大致形成于19世纪前后，以法国批评家斯达尔夫人和英国批评家马修·阿诺德的看法为标志，总体上来说就是把"大写的文学"（Literature）从"小写的文学"（literature）中区分开来。所谓"大写的文学"也就是现代文学观念，是指那些特别富有创造性、想象性（包括虚构性）、审美性（总体上称为"文学性"）的作品类型。❷这个现代"文学"观念建构的过程，同时也是西方现代"文学"学术研究体制的建构过程。这种文学研究的体制化，无疑更有利于推进对文学的认识。而这种认识的最基本、最重要的方面，又无疑是对于文学的本质特性与价值功能的认识。

中国文学的情况也大致相似，这种现代意义上的"文学"观念，总体上来说也是把比较纯粹意义上的文学（纯文学）从比较混杂的文学（杂文学）中区分出来。这大致是以王国维《文学小言》等论著中的阐述为标志。他显然受到西方现代文学观念的影响，把"文学"看成一种超实用功利性的具有游戏、审美特性的写作或文体类型。❸ 这样就可以把符合这一特性的各种文体类型，如诗词曲赋、韵文散文、戏曲小说等都归入"文学"这个集合性概念之中，现代文学观念及其研究范式便由此确立起来。

"五四"以来的"文学革命"，一方面激烈批判和轰毁"文以载道"之类旧的文学观念，另一方面则努力寻求建立新的文学观念，新文学应该是什么、起什么作用，以及怎样来建设新文学等，一直是人们关注和讨论的热点问题。当时一批"文学革命"的先驱人物都致力于对此作出

---

❶ 乔纳森·卡勒：《文学性》，马克·昂热诺等主编：《问题与观点——20世纪文学理论综论》，史忠义等译，百花文艺出版社2000年版，第29-30页。
❷ 彼得·威德森：《现代西方文学观念简史》，北京大学出版社2006年版，第36页。
❸ 王国维：《文学小言》，《中国近代文论选》下卷，人民文学出版社1981年版，第766-770页。

富于现代意义的回答。比如,鲁迅1907年发表《摩罗诗力说》,明确阐述了他对文学特质的认识:"由纯文学上言之,则以一切美术之本质,皆在使观听之人,为之兴感怡悦。文章为美术之一,质当亦然,与个人暨邦国之存,无所系属,实利离尽,究理弗存。"❶现代文学改良与革命的倡导者胡适在1917年年初答钱玄同的《什么是文学》一文中说得明白:"语言文字都是人类达意表情的工具,达意达的好,表情表的妙,便是文学。"❷这一表述看似简单,实则大有深意,它一方面秉承抒情言志、言意合一的传统诗文观念,另一方面则表达了他以"活的语言文字"(白话)写"活的文学"(新文学)的文学改良诉求,是一种富有"五四"时期文学革命精神的新文学观。1919年罗家伦发表《什么是文学——文学界说》,在列举欧美学者关于文学的十多种定义之后,提出了自己的界说:"文学是人生的表现和批评,从最好的思想里写下来,有想象,有感情,有体裁(style),有合于艺术的组织,集此众长,能使人类普遍心理,都觉得他是极明了、极有趣的东西。"❸1925年郭沫若在《文学的本质》一文中,探讨了包括诗、小说、戏剧在内的所谓"文学"的本质,他说:"我现在所想论述的,是文学的本质上的问题:就是文学究竟是甚么的问题……我只想把我自己的体验和探讨所得叙述出来,提供一个解释。"他的解释终归还是依据言志抒情的传统观念,同时也根源于他自己主观表现的思想,认为"文艺的本质是主观的,表现的,而不是没我的,摹仿的"。❹周作人1932年在辅仁大学做了一篇《中国新文学的源流》的演讲,其中也明确提出了"文学是什么"的问题,他的回答是:"文学是用美妙的形式,将作者独特的思想和感情传达出来,使看的人能因而得到愉快的一种东西。"❺总之,"五四"前后

---

❶《鲁迅全集》第1卷,人民文学出版社1981年版,第71页。
❷ 胡适:《什么是文学》,《胡适文存》卷一,上海亚东图书馆1923年版,第297页。
❸ 罗家伦:《什么是文学——文学界说》,《新潮》1919年2月第一卷第二号。
❹ 郭沫若:《文学的本质》,《文艺论集》,人民文学出版社1979年版,第219、225页。
❺ 周作人:《中国新文学的源流》,华东师范大学出版社1995年版,第2页。

是中国现代文学观念建立的重要时期，除以上所述之外，还有不少作家和文论家阐述了对于文学本质特性的看法，标志着文学本质论观念的整体性自觉。

这种文学理论观念的现代转型及其建设，一方面体现在当时的文学理论批评中，另一方面也积淀在文学理论教科书中。随着现代教育的转型发展，文学教育在其中占有重要地位，而文学教育可能更需要首先解决这样一些前提性、关键性的文学观念问题，因而需要有更为自觉的理论建构。因此，如果我们要考察一定历史时期文学理论观念的转型与变革发展，既需要关注文学理论批评中的理论成果，更有必要关注文学理论教科书中的理论建构，其中往往有着更为自觉而成熟的理论积淀。从中国文学理论的现代转型与建构发展的历程来看，尤其是在文学理论教科书的理论体系建构中，"文学是什么"的问题，即文学本质论问题，始终是处于首要和核心地位的问题。因为对于文学本质特性的理解，决定着对于文学价值功能及其他文学问题的理解，也决定着文学批评的基本依据，秉持什么样的文学本质论观念，也决定着会有什么样的文学理论的系统建构。在老舍20世纪30年代于齐鲁大学授课的《文学概论讲义》中，开宗明义地宣称："在现代，无论研究什么学问，对于研究的对象须先有明确的认识，而后才能有所获得，才能不误入歧途。""……我们既要研究文学，便要有个清楚的概念，以免随意拉扯，把文学罩上一层雾气。"❶ 因此，他在其中专门设置了"文学的特质"一章，系统阐述关于文学本质的观念，他的基本看法是："感情与美是文艺的一对翅膀，想象是使它们飞起来的那点能力；文学是必须能飞起来的东西。使人欣悦是文学的目的，把人带起来与它一同飞翔才能使人欣喜。感情，美，想象，（结构，处置，表现）是文学的三个特质。"在此基础上，他特别强调说："知道了文学特质，便知道怎样认识文学了……文学的功能是什么？是载道？是教训？是解释人生？拿文学的特质来决

---

❶ 老舍：《文学概论讲义》，复旦大学出版社2004年版，第1—2页。

定，自然会得到妥当的答案的。文学中的问题多得很，从任何方面都可以引起一些辩论……可是讨论这些问题都不能离开文学特质"；"文学批评拿什么作基础？不论是批评一个文艺作品，还是决定一个作家是否有天才，都要拿这些特质作裁判的根本条件"。[1] 由此可见，注重对文学本质特性问题的研究探讨，并非只是文学理论研究本身的要求，也是为了更好地认识说明文学现象和评论分析文学作品。在现代文学观念及文学理论学科初创时期形成的这种认识看法，可以说至今仍未过时。

实际上，这种理论上的自觉意识，在中国文学理论现代转型与建构发展进程中一直得到了传承。直至中华人民共和国成立后的文学基础理论研究，尤其是文学理论教科书中，文学本质论始终是首要和核心的问题，文学本质论观念，在根本上决定着对其他文学问题的理解和阐释，决定着某种文学理论的体系建构和基本范式。反过来我们也可以看到，中华人民共和国成立以来，尤其是新时期以来，如果说存在着文学理论的范式变革与理论转型的话，也无不与文学本质论观念的根本变革有关。当然，就具体的文学观念而言，在不同的时代条件下，人们对于文学的本质特性与功能的认识看法，显然会因时而异，由此而带来文学本质论观念的历史嬗变。

二、当代文学本质论观念的嬗变

如前所说，在 20 世纪初我国现代文学观念开始建立之时，一方面承续了古代抒情言志的诗文观念传统，另一方面也受西方现代文学观念影响，显然偏重把表情达意、想象与审美看成文学最突出的本质特性。然而，在"五四"新文化运动之后，经过"文学革命"到"革命文学"的转变，为适应时代变革的现实要求，革命现实主义成为现代文学主潮，文学观念也随之发生根本转变。毛泽东《在延安文艺座谈会上的讲话》，既是对"五四"以来新文学发展的经验总结，同时也为此后的文

---

[1] 老舍：《文学概论讲义》，复旦大学出版社2004年版，第48页。

学理论观念奠定了基础。中华人民共和国成立后当代文论体系建构的代表性成果，是20世纪60年代初由周扬主持编写的两部文学理论教科书，即蔡仪主编的《文学概论》和以群主编的《文学的基本原理》。这两部教材都是以马克思主义哲学观和文艺观为指导，以毛泽东《在延安文艺座谈会上的讲话》中的文艺思想为依据，并且吸纳了20世纪50年代苏联专家的教材内容，建构了逻辑比较严密的当代文论体系。这个理论体系的文学本质观念，可以概括表述为：文学是用语言创造形象反映社会生活的一种特殊的社会意识形态，也可简称为"意识形态论"的文学本质观。其中有三个要点：第一，文学是社会生活的反映，是一种特殊的社会意识形态；第二，文学用形象反映社会生活，具有形象的特征；第三，文学用语言创造形象反映社会生活，是一种语言艺术，具有语言艺术的特点。由此构成三位一体的文学本质论的完整理论系统。这种文学理论观念，本来就是以"五四"以来革命现实主义文学主潮为对象而建立的，因而对于此类文学现象具有很强的阐释力，并且其强烈的意识形态性，也恰好适应了那个特殊时代的现实要求。然而从历史的辩证的观点来看，这种理论观念的时代局限性也是显而易见的，随着新时期社会变革和文学实践不断发展，它逐渐被新的理论观念所改造或取代也就是必然的。

在新时期初思想解放的时代背景下，文学实践追求恢复现实主义传统，文学理论致力于批判反思和拨乱反正，上述"意识形态论"的文学理论观念也得到一定程度的反思和修正，淡化了政治意识形态色彩。在此基础上，到20世纪80年代中期，出现了具有实质性意义的文学理论观念变革，其中最有影响的便是"审美意识形态论"的理论建构。这一理论观念并非对原来"意识形态论"的全面颠覆，但可以说是实质性的改造和理论重建。它的基本理论观念是：第一，仍然承认文学是一种社会意识形态，但更强调其特殊性，即在于它是一种"审美意识形态"。通过突出和强化文学的审美特性，进一步淡化文学的政治意识形态性。第二，用"审美"取代"形象"，视为文学最根本的特性。"审美"不只是文学的特点而且是文学的功能，是文学的本体和本质所在，如果离开了审美，文学就根本不存在。当然，对于"审美意识形态"的理论内涵，不同的学者各有不同的阐述。如有的理解为"审美"与"意识形态"的有机结合，文学的特殊本质就是"审美反映"，根本特征在于情感，是一种"情感反映"，其中包含审美感受和体验，审美认识和判断，等等。[1] 也有的把它看成意识形态的多样种类之一，是与政治意识形态、道德意识形态等相对应的一种特殊类型，是指与现实社会生活密切缠绕的审美表现领域，"文学的审美意识形态属性，是指文学的审美表现过程与意识形态相互浸染、彼此渗透的状况，表明审美中浸透了意识形态，意识形态巧借审美传达出来"。"文学的审美意识形态属性表现为无功利性与功利性、形象性与理性、情感性与认识性的相互渗透状况。"[2] 联系当时文学观念变革的时代背景来看，这种理论改造与重建显然具有积极的理论与实践意义。不过，就这个理论命题本身的论证而言，其立论基础是否稳妥和坚实，学理性是否充分，理论逻辑是否严密等，仍然是可以继续讨论的。

新时期文学经过一段时间开放性多样化的创新发展，人们的文学观念也更加开放，文学界有人提出了"纯审美"的主张，理论界对于文学的审美特性与功能也进行了更多关注和讨论，到20世纪90年代中后期，逐渐形成了以"审美论"为基础和核心观念的理论建构。这种理论观念不再将"审美"依附于"意识形态"，而是将"审美"确立为文学艺术的根本特征。例如，吴中杰著《文艺学导论》（复旦大学出版社1998年）明确提出了"文艺的审美本质"命题，主要从文艺与现实的审美关系、艺术反映生活的特殊性、文艺再现与表现的统一等方面着眼论证文艺的"审美本质"。杨春时等著《文学概论》（人民文学出版社2002年）的基本观念，一是从文学的表层特征来看，强调"文学是语

---

[1] 王元骧：《文学原理》，广西师范大学出版社2002年版，第22-25页。
[2] 童庆炳：《文学理论教程》，高等教育出版社2004年第3版，第58、61页。

言艺术",从而将这一命题提升到首要地位进行阐述;二是从文学的深层内涵来看,文学的本质特性是审美,文学审美的本质特性和功能则是"审美超越"。王先霈等主编《文学理论导引》(高等教育出版社 2005年)通过对中外各种文学观念的比较分析,得出结论性看法,即各种文学观都涉及了文学的审美性,都意识到了文学的存在和发展与人类的审美活动有关,都承认文学具有想象和虚构的特点,也就是说,人们对"什么是文学"的思考,越来越集中在文学的审美特性上。基于这种认识,该著对"文学审美性"的内涵及其体现,从文学的语言形式特点,文学从审美关系上理解和表现人生生活、审美理想,再到文学的虚构、想象、形象、情感等特点,逐一进行了深入阐述。总的来看,这种文学"审美论"观念,把审美确定为文学的根本特性,使文学理论研究更为注重文学的独立性和自主性,更为注重文学的内部关系及内部规律,更有利于促进文学和文学理论批评的自律性创新发展。但由此也带来一个问题,如果过于强调艺术审美而排斥其他因素,甚至走向"纯审美"或"为艺术而艺术",就有可能导致理论的片面性和文学实践的不良导向,值得引起足够的重视。

从新时期以来文学观念变革的总体格局而言,可以说是呈现多元探索发展的趋势,其中声势和影响最大的有两种思潮,一种是如前所说的审美主义,另一种则是人本主义或人道主义。后者主张文学回归"人学",从文学与人性、人的精神价值的视角认识文学的特性与功能。早在 1957 年,钱谷融发表《论"文学是人学"》对这一命题进行理论阐发,随即引起广泛争论乃至严厉批判。在新时期初思想解放的背景下,作者对"文学是人学"的理论观点再次阐发,引起了文学界的广泛共鸣,也引发了关于人性、人道主义与异化问题的激烈争论,从而形成一股人学理论热潮。20 世纪 80 年代中期,李泽厚等人提出,不仅文学创作要关心人,文学研究也要以人为中心,关注人的主体性问题。随后刘再复发表长文论述"文学主体性",引起理论界的热烈讨论,产生了广泛影响。20 世纪 90 年代,在发展市场经济和大众文化蓬勃兴起的背景下，面对文学大众化发展中的新趋向和新问题，又引起了关于"文学人文精神"问题大讨论，一些学者提出并阐发了文学新理性精神、新人文精神等理论命题，将讨论不断引向深入。例如，九歌著《主体论文艺学》（中国社会科学出版社1989年）直接从文学主体性着眼建构理论系统，它把文学界定为"主体的特殊活动"，认为文学活动的本质特性在于自由：不仅文学活动本身是自由的，而且也是达到主体自由精神境界的方式和途径。作家是文学活动的第一主体，是精神价值的创造者，在文学创造活动中实现和确证自己的主体性；读者是文学活动的第二主体，通过文学阅读活动实现和确证自己的主体性；文学作品是主体对人性的审美把握活动的产物，蕴含着丰富的人文精神内涵；主体文学活动的功能是对人的建设，即促进人的主体人格的建构与完善。艾斐《文学原理》（中央民族学院出版社1990年）则从另一个角度，即"人生论"或"心灵论"的角度切入对文学本质问题的探讨，认为无论从哪个角度看，文学的对象都是表现人生，而文学的最大功利，也是按照美的原则塑造人的心灵，使人更加热爱人生。从人的个体性存在延伸到社会性存在，在这个基础上来理解文学表现人生，才能够进一步理解和说明文学的社会性、民族性和全人类性。曾庆元编著《文艺学原理》（武汉大学出版社1998年）把"艺术是人类掌握世界的一种特殊方式"作为逻辑起点，以此切入对文艺本质的认识，阐述的核心观点是"文艺是人追求自由精神的产物"。文艺以积极的姿态确证人的本质力量，人只有在艺术世界里才能摆脱感性世界的束缚，才能创造完美的世界，才能充分实现自己。文艺创造及其文艺作品具有审美特性和功能，但这一切都显然是根源于文学的人学本质。狄其骢等著《文艺学通论》（高等教育出版社2009年）则更是直接以"文学是人学"作为文艺本质观念及其理论体系的立论基础，并从多个角度论证了这一命题。作者特别强调，之所以要在新的时代条件下重申"文学是人学"的理论观念，就是针对文学越来越趋向于"物化"和人的主体地位越来越异化的现实，倡导重建文学的人学根基，是为了不断提高人的自我认识、提升人的生存状态和精神境界。因此，这既是一个理论问题，也是针对现实问题所作出的理论回应。

如果说在新时期的前二十年，当代文学理论变革的主导性趋向，是在现代性基础上努力破除过去的传统文学观念，以各种方式和路径寻求理论重建，那么从20世纪末以来，则是在后现代性基础上，再次对已有的文学理论观念和范式进行批判反思，由此形成当代文论更加开放多样探索的新格局。这新一轮文学理论观念与范式的变革，应当说是从反本质主义的批判反思开始的。20世纪90年代后期，陶东风等学者率先提出文艺学的学科反思与重建问题，认为当代文论中存在着本质主义倾向，应当对这种本质主义思维方式和理论模式进行批判反思，从而寻求当代文论的知识重建。对于当代文论的本质主义与反本质主义之争暂且不论，问题在于当代文论该如何进行知识重建。陶东风提出的是建构主义的理论主张，以及历史化与地方化的原则方法。他主编的《文学理论基本问题》（北京大学出版社2004年），有意打破了以往文学理论教材的体系性结构，不是按照一定的逻辑起点提出理论命题，并按照一定的逻辑关系建构理论系统，而是提出在作者看来比较重要的一些文学理论问题，梳理和评析中外文论中各种有代表性的理论观点，在此基础上阐述编著者自己的认识看法。其中对于"什么是文学"的问题，也仍然承认这是文学理论的总问题和起点性问题，但认为对此不能以下定义或寻找最终答案的方式解决。作者的做法是，着重梳理"文学"概念的历史变迁，介绍和评析中西各种关于"文学是什么"的知识与理论观点，最终也没有给出什么结论性的看法。作者的本意就是只为读者提供关于"文学是什么"的历史性和地方性"知识"，而并不寻求结论，让问题本身"敞开"，在开放中获得建构性发展。同样站在反本质主义立场的理论家南帆，则提出了"关系主义"的主张，力图打破过去二元对立的思维模式，把文学还原到多元的关系网络中去。他所主编的《文学理论新读本》（浙江文艺出版社2002年），有意避开文学本质论问题，追求理论体系的开放性，把文学看成一种"话语实践"，并以此作为文学关

・341・

系网络中的一个联结点,把关于文学的各种话语方式,文本与文类的各种形态,文本内部与外部的各种关系等,都纳入其中加以考察和阐释,充分体现了理论视野的开放性和包容性。这种做法当然也引起了学界质疑和批评,有学者认为这种倾向未免矫枉过正,如果一部教材缺乏一个统摄全书的中心思想,必然导致全书总体结构不明晰,章节安排混乱,不能体现文学理论的新发展和新动向。❶

在反本质主义的理论背景下,也有一些学者比较审慎地对待这种理论倾向,避开理论上的是非之争,另寻理论探索之路。王一川著《文学理论》(四川人民出版社2003年;北京大学出版社2011年修订版)便有意避开了文学本质论问题,改为使用"文学属性"或"文学特性"的说法进行探讨,作者坦言自己并不固守"本质主义"或"中心主义"的观念,但也不轻易宣告"去本质主义"或"去中心主义",而只是想按照自己的特定理解,对此作出相应的阐释。他的具体探索路径,就是将"感兴修辞"作为文学的根本特性提出来立论阐述,并建构起相应的理论系统。周宪著《文学理论导引》也与此相类似,作者也很小心地回避使用"文学本质"这个说法,但实际上并不回避这方面的问题。他认为,"文学是什么"的问题是文学理论应当回答的,但这种回答不是亘古不变的,而是历史发展的,可以因时而变作出新的阐释。他所给出的新阐释就是:"文学是以用精致的语言书写的具有艺术价值的以文本为中心的文化系统。"❷ 这显然是一种"文本中心论"的文学观念,该著正是按照这样一种文学观念和思路,实现其具有逻辑自洽性的理论体系建构。

三、文学本质论问题之反思

从以上所述可知,文学本质论问题,实际上是一个现代意义上的文

---

❶ 张旭春:《全球化时代的文学理论?——评〈文学理论新读本〉》,《文艺争鸣》2009年第1期。

❷ 周宪:《文学理论导引》,高等教育出版社2014年版,第12页。

学理论问题，标志着现代"文学"观念的建立，意味着人们对文学这一事物的本质特性的认识进入更为自觉的阶段，在此基础上，现代文学理论与批评范式才得以建立起来。也许可以说，现代文学理论与批评中的关键问题，并不在于建构一个什么样的理论体系，而在于确立一种什么样的文学观念，其中最核心的便是文学本质论观念。然而，这种文学本质论观念无疑是一个建构的过程，同时也是随着社会变革和文学发展而不断发生历史嬗变的过程。问题只在于，在这种理论观念新旧更替的历史嬗变过程中，我们究竟收获了什么，同时又失去了什么？尤其是经历了近十年文论界的反本质主义论争之后，当今应该如何来重新认识文学本质论问题？或者说有哪些问题是值得我们重新反思的？对此，笔者提出以下几个方面的问题来略加探讨。

第一，对文学本质论问题本身的反思。如前所说，从中国现代"文学"观念及其理论范式建立以来，在相当长的一段时间里，都是把文学本质论作为关键乃至核心问题来论述的。然而，在前一阶段反本质主义的质疑声中，文学本质论问题一时显得声名狼藉，好像谈论文学本质就有"本质主义"的嫌疑，就是形而上学和保守僵化，这使得许多人对此避之唯恐不及，一时文论界望本质而生畏，谈本质而色变，好像这个问题将从此在文学理论与批评中消失或沉潜下去。实际上，当代文论中也确实很少有人谈论这方面的问题了，在一些新近编著的文学理论教科书中，或者完全回避文学本质论问题，或者十分小心谨慎地改用别种方式委婉言说，这种状况很难说是正常的。

平心而论，文论界在自我反思中提出反本质主义问题是有积极意义的，因为在过去一些文学理论学说中，的确不同程度上存在着文学观念狭隘僵化，以及思维方式简单化、绝对化、极端化的现象，通过批判反思引起人们对这种状况的警觉无疑是必要的。通过讨论至少可以引起我们对于过去的文学理论观念、理论范式和思维方式的自觉反思，有利于增强我们的理论自觉性。但问题在于，在某种非理性的情势下与声浪中，容易矫枉过正走向另一个极端，出现另一种简单化和形而上学偏向，走向否定主义和虚无主义。钱中文先生曾对此表达不满说："在所谓反文学理论的本质主义的讨论中，就把关于文学本质的探讨与本质主义捆绑在一起，不分青红皂白地加以批判、否定，不顾别人确认文学是一种多层次、多本质的审美文化现象，十分霸道地给别人的文学观念戴上本质主义的帽子。不承认事物具有本质特性，自己说不清楚，又不容许别人探讨，扬言本质应该被抛弃，办法是装作鸵鸟，把它'悬置'起来，以为就可把问题解决了。这种倾向几乎成了一种西方时髦的追逐，三十多年来，没有比这种理论思维更为轻佻的了！"❶ 把文学本质论研究等同于本质主义，又把本质主义等同于思想理论僵化，由此而导致文学理论界都不敢或不屑于探讨文学本质问题，这对当代文学理论的建设与发展并无益处。笔者认为，在学术讨论中应当慎用"本质主义"这样的概念，更不要轻易给人扣这样的帽子，否则不利于平等与平和地从学理上讨论问题。况且，即使说某些文学本质论的"观念"有可能存在本质主义弊端，也不能说文学本质论的"问题"本身是本质主义的。反本质主义充其量只能反掉某些被认为是"本质主义"的理论观念，但文学本质论的"问题"本身是反不掉的。当然，这样说也有一个重要前提，就是不必把文学本质论问题扩大化，而是应当在某些特定的范围内来认识这个问题的积极意义。

应当说，并非凡是从事文学活动的人都需要关心和思考文学本质问题。比如一般的作者、读者或文学研究者，都未必非要搞明白"文学是什么"的问题才去创作、阅读或从事研究，他们只要按照自己对文学的经验感悟去实践就行了。当然，如果他们对于"文学是什么"的问题能够产生兴趣，并且自觉地加以思考，对此有所理解和感悟，也仍然不无益处。但在一些情况下，关于文学本质问题的探究和回答，也许就是不可或缺的，不能把这种研究看成思想僵化。一是在文学基础理论研究

---

❶ 钱中文在中国中外文艺理论学会第十一届年会的祝辞，参见河南大学《中国中外文艺理论学会第十一届年会暨"面向时代的文学理论与批评"国际学术研讨会会议手册》。

中，不能缺少对于文学本质论问题的研究。正如有学者所说："文学理论是关于文学的理论，本质上是对某一特定时期文学实践的经验总结和规律梳理……'文学是什么'这类'元问题'，不是创作者或接受者需要思考的问题，而文学理论一旦出现，类似问题就成为无法绕过的核心问题。"❶ 如果对这样最基本的问题都不去回答或不能回答，那还叫什么文学理论？至于对这个问题应当如何研究和回答，形成什么样的观点和结论，那是另一回事。二是在文学理论教科书及其教学中，不能缺少文学本质论的内容，否则，作为文学基础理论的教科书及其教学也就是不合格的。至于对文学本质论问题怎么讲，阐述什么样的理论观点，那也是可以具体讨论的。

第二，对文学本质论观念嬗变的反思。如前所说，"文学是什么"属于文学理论的"元问题"，而对这个问题如何回答，则是一个理论观念问题。可以说文学本质论问题永远存在，而文学本质论观念则是不断变化的，如果试图寻找某种永恒不变的终极本质，或者固守着某种既定的理论观念不放，就的确有可能陷入本质主义的理论误区。有学者指出，"对文学而言，是否存在一套固定的、唯一的本质、原理、规律？我们并不认同后现代主义的'反本质主义'提法。本质是存在的，只是事物的本质总是随着时空条件的发展变化而发展变化。文学理论是关于文学的一种历史性、地方性（民族性）知识建构，不存在凌驾于历史和民族之上的终极本质。正是由于这一原因，近年来文学研究的理路发生了深刻的变化，传统的文学理论惯于追问'文学到底是什么'，今天，理论家更倾向于追问'到底哪些因素促使我们作出了这样的论断'"❷。这也就意味着，我们需要充分看到文学本质论观念的历史性和时代性。通常说"一时代有一时代之文学"，同样，一时代有一时代之文学观，

---

❶ 张江：《当代西方文论若干问题辨识——兼及中国文论重建》，《中国社会科学》2014年第5期。

❷ 张江：《当代西方文论若干问题辨识——兼及中国文论重建》，《中国社会科学》2014年第5期。

其中也包括文学本质论观念。文学本质观的形成，主要取决于两个方面的因素：一方面是这个时代的文学现实（事实），理论既是实践的总结，也是对文学事实的认识说明；另一方面是研究者的思想观念，即用什么样的观点、眼光、方法去认识说明，主观认识不同，得出的结论也就不同。所以，不同时代有不同的文学本质观是正常的，同一个时代有不同的认识见解也是正常的。可以进行比较研究，不一定非要定于一尊、非此即彼。对于当代文学本质论研究而言，应当系统梳理和反思过去各种文学理论观念。在这种梳理和反思中，最重要的不在于判断它是不是本质主义，更重要的还在于说明它为什么是这样的？努力用历史主义的态度和理论方法、视野，进行实事求是的考察和反思。一是在当时的历史背景下，为什么会形成和出现这样的文学本质观念？它与当时的历史条件是什么关系？它反映了当时历史条件下什么样的文学事实和人们的思想观念？二是它适应了什么样的现实需要？在当时起了什么样的作用？带来了什么样的结果？三是在今天看来，我们对这种文学观念进行反思，能够获得什么样的经验教训或历史启示？这样才能真正从历史的经验教训中获得有益的借鉴。

第三，对当今文学本质论研究的反思。毋庸讳言，近一时期文学本质论研究陷入了某种沉寂状态，这一方面可说是前一时期反本质主义论争带来的消极结果；另一方面也反映了当今时代文学发展的某种困境，以及当代文论在文化研究转向中一定程度的自我迷失。

首先，是文学阐释对象的迷失。应当说，历来有价值有影响的文论建构，都是建立在对某些特有文学对象的阐释基础上的。传统文论多以每个时代的经典文学为阐释对象，新时期以来文学观念的嬗变，也是以当代文学本身的创新发展为阐释基础的。如今所面临的困惑是，文学现象已经完全"泛化"了，文学被混杂和淹没在大众文化的汪洋大海之中，当代文论似乎找不到应有的阐释对象，于是就只好盲目地跟着一些文化研究转悠，导致自身的迷失。当代文论要走出这种困境，就需要重新找到自己的阐释对象。应当看到，在当今纷繁复杂让人眼花缭乱的文化现实中,仍然有许多重要的文学现象值得关注,有许多优秀作品在赓续经典文学传统,并且深刻地影响社会现实和人们的精神生活。当代文论可以有比较宽阔的理论视野,但无疑应当以当代有精神品位、有重要影响的文学作为主要阐释对象,否则就不可能把握一个时代的文学精神,更谈不上有新的理论发现和创造。

其次,是文学理论问题的迷失。反思新时期以来文学理论观念的嬗变,那些影响较大的理论观念,如文学审美论、文学主体论、文学的人文精神论、新理性精神论等,应当说都提出了那个时代人们普遍关心的问题,反映了时代变革的要求,回应了人们的现实关切,影响了文学和现实变革的发展进程。然而在后来所谓文化研究转向中,好像找不到应当关注的现实问题了。实际上,并不是文学发展没有问题值得关注,当今时代从现实生活到文学活动,很大的问题是在精神价值上没有方向感特别令人困惑。现实生活中的价值迷乱,会进入文学中来影响其精神价值取向,而文学中反映的生活现实和表现的精神价值,又会反过来介入现实影响人们的价值观。那么,文学究竟应当如何面对和回应这样的现实?应当表现什么样的时代精神和文学精神?当今何以还需要文学?它究竟能够起到什么样的作用?这些都是需要面对现实努力回答的问题。如果不能在新的现实面前对于文学是什么与为什么的问题作出新的回答,那么就不可能有当代文论的创新性理论建构,当然也难以发挥它应有的作用。

最后,是文学理论信念与价值立场的迷失。任何真正的理论建构与创新,不可能没有基本的理论信念与价值立场,这不难从各种理论建构,包括新时期以来文学理论创新建构中得到启示。然而在后来反本质主义观念的冲击下,这种理论信念与价值立场也无疑被动摇了。有些人已经不关心何以还需要文学理论,或者说它还有什么用处;有些人把文学理论看成某种知识而不是什么理论,把文学理论研究称为"知识生产"而不是什么理论创造;有些人把文学研究当作一门技术活,如专注于用某种结构主义或叙事学来解析文本结构,或者反过来用某些文本解析的实例来证明某种结构主义或叙事学理论，而把应有的文学精神价值追寻抛诸脑后。有些人只是把文学理论看成对文学事实的说明解释，热衷于追逐各种新潮的大众文化或文学现象，极力为其作出合理性阐释，而恰恰忘了，理论研究不只是跟在文学事实后面去说明它"是什么"，更重要的还在于，基于社会和人的合理健全发展的理念，以超越性的审美态度探究文学"应如何"，即文学应有的精神价值与审美理想，从而为文学研究与评价提供必要的理论参照和价值引导。具体就文学本质论而言，正如有学者所说，文学本质不仅有"实然性本质"，而且还有"应然性本质"，前者指向说明文学事实，后者则指向确立文学价值。❶在文学本质论探讨中，当然有必要充分重视文学的"实然性"本质特性，也就是基于文学事实的观照与理论概括；但更有必要去关注其"应然性"本质特性，也就是基于我们心目中所理想的文学品质和审美精神。如果缺失了当今时代应有的文学信念，就不可能有立足于现实的对于文学特性功能的深刻理解，当然也就谈不上进行当代人应有的理论探究与建构。这是当代文论研究，包括文学本质论研究在内，所需要面对和思考的现实问题。

原载《文艺理论研究》2017年第1期
人大复印报刊资料《文艺理论》2017年第5期全文转载
《高等学校文科学术文摘》2017年第3期摘编
收录于《中国文学理论批评文选（2017）》，作家出版社2018年

---

❶ 余虹：《在事实与价值之间——文学本质论问题论纲》，《天津社会科学》2006年第5期。

当代文艺学研究：在本质论与存在论之间

在我国文论界，从 20 世纪末以来兴起的"反本质主义"问题讨论，一方面关涉对过去各种文论研究观念与方法的批判性反思，另一方面也不断寻求当代文论创新发展的建构性探索，从中可以看出不同理论观念的分歧与论争。其中涉及一个基本问题，就是对"本质论"文艺学研究如何认识，以及往什么样的方向和路径寻求理论重建的问题。在上述理论反思与论争中，有一种比较普遍性的倾向，就是对"本质论"文艺学研究表示怀疑和否定，主张以别的理论观念与方法取而代之。近来又有学者提出更为激进的"反本质论"观点，认为"本质论"文艺学应当终结，从而以"存在论"文艺学取而代之。[1] 虽然论者所提出的问题以及所论述的某些看法不无道理，但就其所论证的基本观点而言，则是不无偏颇难以使人信服和认同的。由于这个问题涉及当代文论研究的基本观念与方法路径，值得认真探讨，笔者拟阐述自己的看法参与讨论。

一、"本质论"文艺学研究应该终结吗？

在我国当代文艺学理论体系中，文学本质论长期以来处于首要地位，成为文学理论研究中首先要回答的问题。从新时期以前蔡仪、以群等人主编的文学理论教材，到新时期以后童庆炳等人新编的教材，差不

---

[1] 单小曦：《从"反本质主义"到"强制阐释论"——中国当代文艺学的"本质论"迷失及其理论突围》，《山东大学学报》2016 年第 5 期。本文所引述的讨论内容除另注外均见该文，不另详注。

多都是这样一种理论观念和研究思路。只不过,在不同的理论建构中,所阐述的文学本质论观念是各不相同的。如果说新时期以前的文艺学体系是以社会意识形态论为核心文学观念,则新时期以后的文艺学体系逐渐转变为以审美意识形态论为主导性文学观念。20世纪末以来,在西方后现代主义思潮影响下,当代文论界兴起了"反本质主义"大讨论,影响颇为深远。在一些学者看来,我国当代文艺学普遍存在"本质主义"倾向,应当对此进行批判性理论反思,从而寻求当代文艺学的理论重建。实际上,这场"反本质主义"论争相当复杂:有人持极端之论,主张彻底反本质主义,把文学本质论问题"悬置"起来;也有人与此相反,认为本质主义文论研究没有什么不对,理应倡导科学的本质主义;还有一些人坚持"反本质主义"立场,但并不反对文学本质论研究本身,主张在对过去的文艺学进行学科反思的基础上,探寻当代文艺学的重建之路。[1] 当然,对于如何探索重建,则又各有不同的主张和思路。如有人提出"建构主义"理论,主张摆脱以往非历史的、非语境化的知识生产模式,以当代西方知识社会学的视角,重建具有历史性、地方性、实践性与语境性的文学理论知识系统。[2] 也有人提出"关系主义"理论,认为文学的特征取决于多种关系的共同作用,而不是由一种关系决定,应当把文学置于诸多共存关系组成的网络系统中,对文学的特性作出更丰富的解释。[3] 还有人提出"穿越主义"理论,认为应当穿越当下各种现实束缚,建立一个区别于现实的存在世界,重建一种以"好文学是什么"的本质追问为目标指向的"价值知识论"文艺学,从而达到对文学本质论的"穿越"和提升。[4] 上述这些在"反本质主义"论争中重新提出的理论建构,则又被后来的"反本质论"者质疑,认为"这三

---

[1] 赖大仁等:《文艺学反本质主义:是什么与为什么——关于文艺学反本质主义论争的理论反思》,《华中师范大学学报》2014年第3期。

[2] 陶东风:《文学理论的基本问题》,北京大学出版社2004年版,第21页。

[3] 南帆:《文学研究:本质主义,抑或关系主义》,《文艺研究》2007年第8期。

[4] 吴炫:《论文学的"中国式现代理解"——穿越本质和反本质主义》,《文艺争鸣》2009年第3期。

个主义与它们反对的主流文论一样，仍未脱离'本质论'文艺学范畴"。还有在近期针对"强制阐释论"的讨论中所提出的"本体阐释"命题❶，也被认为其"理论深部却埋着文学'本质论'的根基"。基于这样的判断，论者提出了更为彻底的"反本质论"观点，认为从哲学"本质论"思维模式，到文艺学"本质论"研究范式，都具有难以克服的先天缺陷；因此，不仅"本质主义"需要抛入历史的垃圾堆，无需任何留恋，而且对"本质论"范式也应该进行反思，彻底突破"本质论"范式的怪圈，寻找符合当代需要的理论范式，回应今天的文学文论现实，推动文艺学开拓出新的发展道路。在"反本质主义"和超越"本质论"范式之后，应当着力建构现代"存在论"文艺学，推动中国当代文艺学走向新的发展阶段。笔者以为，这种比前一时期"反本质主义"更为激进的彻底"反本质论"的理论观念，是难以使人信服的。

前一时期文艺学界的"反本质主义"，应当说目标指向比较明确，主要是指向那种"僵化、封闭、独断的思维方式与知识生产模式"❷；或者说它的"典型症状就是思想僵化，知识陈旧，形而上学猖獗"❸。针对这样一种在极左思潮影响下形成的极端化、绝对化的思维方式与理论模式进行批判反思，文论界是普遍认同和肯定的。只不过，究竟有哪些理论形态应归属于这种思维方式与理论模式，则显然存在争论。而后来的"反本质论"者，则进一步提出要彻底反对和抛弃"本质论文艺学研究范式"。那么，这种所谓研究范式指的是什么呢？论者并未明说，不过从所论述的意思来看，大概是把凡是坚持从"文学是什么"这样的本质论问题出发的理论研究，都归属于此种研究范式。如果是这样，所指显然过于宽泛模糊，这与其说是一种"研究范式"，还不如说是一种

---

❶ 针对"强制阐释论"而提出"本体阐释"理论的主要是张江先生。参见张江：《强制阐释论》，《文学评论》2014年第6期；张江：《当代文论重建路径：由"强制阐释"到"本体阐释"》，《中国社会科学报》2014年6月16日。

❷ 陶东风：《文学理论基本问题》，北京大学出版社2004年版，第3页。

❸ 南帆：《文学研究：本质主义，抑或关系主义》，《文艺研究》2007年第8期。

理论观念与研究思路，或者如曾繁仁先生所说，是不同的"研究方法与致思路径"。[1] 因此，"本质论"无非就是一种文艺学研究的思路与方法而已。当然，根本问题并不在此，而是应当继续追问下去，即为什么要把"文学是什么"这样的本质论问题，作为文学理论的基本问题来研究？这样的研究方法与致思路径是怎么形成的？它是不是具有合理性？在今天还有没有意义？如此等等。

如果稍加追溯，的确如论者所说，"文艺学'本质论'范式是西方哲学'本质论'在文论上的落实与延展"。西方哲学本质论源远流长，在根本上从属于西方哲学本体论和认识论。按通常看法，西方哲学源头上首先关注的是本体论问题，即追问"世界是什么？"以及"世界的本原是什么？"古希腊各种不同哲学派别，给出了各种各样的回答。很显然，在最早形成的哲学本体论之中，就包含着本质论的基本问题。然后，西方哲学发展从本体论转向认识论，将哲学追问探寻的重心，转向如何认识和解释世界，以及通过什么样的方法和途径来达到对世界存在的认识。这样，在哲学认识论的发展中，本质论和方法论的问题就更加凸显出来了。各种各样的哲学派别，无论通过什么样的方法与途径来认识和解释世界，不管是唯心主义还是唯物主义，理性主义还是经验主义，客观主义还是主观主义，思辨主义还是实证主义等，都无不以认识和解释世界是什么作为根本问题，无不以探究一切存在、一切事物的本质规律作为根本目标。随着科学认识论的发展，对世界存在以及各种事物的认识，还有人类自身各种实践活动及历史发展的认识，也越来越从原来的混沌未分走向分门别类，逐渐形成了各种各样的学科门类，建立了发展至今的现代学科体系。

通常说哲学是一切学问（学科）之母，这无疑是有道理的。因为任何学科门类所研究的对象世界，都有一个本体论和认识论的基本问题，

---

[1] 曾繁仁为祁志祥《乐感美学》一书所作"序"。参见祁志祥：《乐感美学》，北京大学出版社2016年版。

而哲学所建立起来的世界观与方法论，能够为其提供必要的理论基础和思维方式的指导。至于研究者具体接受和采用什么样的哲学观念与方法，则是另一码事。在具体研究中，哲学的基本问题，也通常成为各门类学科中的首要问题和基础问题。比如，不管是什么学科，都首先要确定它的特定研究对象及其研究范围。既然如此，就必然要求确定这个事物的本质特性是什么？这个事物与其他事物，特别是与其相邻近的事物的根本区别在哪里？否则，就无法对这个学科的研究进行基本定位。至于要进一步研究和认识说明这个事物的特点、意义价值和规律性，那就更需要以把握其性质作为基本前提。因此，在哲学本体论和认识论的现代发展中，把本质论问题凸显出来的理论观念及其思维方式，大概就是这样建立起来的。这种本质论观念及其思维方式，在各种学科门类中都普遍得到落实与延展，当然在文艺学研究中也不例外。

笔者曾对这方面的问题做过一些考察和阐述，认为无论在西方文论还是中国文论中，当今人们所讨论的"文学"都是一个现代概念，所谓文学本质论更是一个现代意义上的文学理论问题。❶ 根据英国学者彼得·威德森在《现代西方文学观念简史》中所论，西方社会"文学"这个概念的现代含义大致形成于19世纪前后，以法国批评家斯达尔夫人和英国批评家马修·阿诺德的看法为标志，总体上来说就是把"大写的文学"（Literature）从"小写的文学"（literature）中区分开来。所谓"大写的文学"也就是现代文学观念，是指那些特别富有创造性、想象性（包括虚构性）、审美性（总体上称为"文学性"）的作品类型。❷ 由此建构起了西方现代"文学"观念及其文学理论研究范式。中国文学的情况与此相似，这种现代意义上的"文学"观念，总体上来说也是把比较纯粹意义上的文学（纯文学）从比较混杂的文学（杂文学）中区分出来。这大致是以王国维《文学小言》等论著中的阐述为标志，他显

---

❶ 赖大仁：《文学本质论观念的历史嬗变及其反思》，《文艺理论研究》2017年第1期。
❷ 彼得·威德森：《现代西方文学观念简史》，钱竞、张欣译，北京大学出版社2006年版，第36页。

然受到西方现代文学观念影响，把"文学"看成一种超实用功利性的具有游戏、审美特性的写作或文体类型。❶按照这种现代文学观念，逐渐建构起了中国现代文学理论研究范式。

从历史的观点看，西方近两百年现代文学理论的发展演变，其核心问题依然是文学本质论观念的嬗变。具体而言，其中有论者文中提到的古老的"模仿说"及其各种后世变体——"镜子说""再现说""反映说""能动反映说""审美反映说"等；"表现说"及其各种变体——"直觉表现说""本能升华说""精神主体说""人类学本体论说"等。其实，此外还有如现代"审美自由说"及其各种变体，20世纪以来"文学性"理论学说及各种变体等。中国近百年现代文学理论的发展演变，情况同样如此。文学本质论观念的嬗变中包括古老的"文章博学说"及其各种变体、"言志抒情说"及其各种变体、"文以载道说"及其各种变体，以及在西方现代文学观念影响下形成的"审美自由说"及其各种变体、"情感表现说"及其各种变体、"生活反映说"及其各种变体等。还有新时期以来探索建构的"审美意识形态论""审美本性论""文学主体论""人的文学论""新理性精神论"等，都体现了这种文学本质论观念的嬗变，这些都无须多论。

通过上述历史反思，我们能够从中获得一些什么样的认识和启示呢？

从积极意义方面来看，可以归纳为这样几点。第一，文学本质论作为一个现代意义上的文学理论问题，的确具有重要的理论意义。它是根源于人们对于文学这种事物的认识需要，也关联着人们从事文学实践活动的需要。无论中外何种有影响的现代文学理论，几乎都体现了对于文学本质问题的自觉或不自觉的探求，或显或隐地包含着某种文学本质论观念。这就证明了这个问题存在的合理性及其理论价值，或者说，这是文学理论中一个绕不过去的基本问题。第二，在中外文论史上，对于文

---

❶ 王国维：《文学小言》，《中国近代文论选》下卷，人民文学出版社1981年版，第766—770页。

学本质问题有各种各样的探寻路向，形成了各种不同的文学本质论。从各种理论学说本身来看，各自说明了文学这种事物（包括文学实践活动及其生成的对象物）某个方面或层面的本质特性，拓展了对于文学本质特性的认识，具有其认识意义和理论价值。而从文学理论的学科整体性来看，这些如同"盲人摸象"一般获得的或大或小、或多或少的理论认识，有助于复合形成对于文学这种事物的比较全面和系统的认识。这样的认识过程是符合认识论规律的，当然也是具有历史合理性及其意义价值的。第三，文学的本质特性问题，始终关联着文学的价值功能问题，因而文学本质论并不只是一种理论观念或理论知识，而是与文学实践密切相关。通常说"一时代有一时代之文学"，那么同样可以说，一时代有一时代之文学观念。就某一时代的文学本质论观念而言，既反映了这个时代人们对于文学的某种本质特性的认识，同时这种理论观念也会以各种方式进入文学实践，影响和推动文学活动乃至社会变革的历史进程。国外的情况暂且不论，中国近一个世纪以来的文学观念变革和文学实践发展，就可以充分说明这一点。因此，应当看到并且肯定文学本质论研究的理论意义，看到并且肯定这种理论研究对于影响文学实践和推动历史进步的积极作用，而不应该把这种理论研究的意义轻易否定掉。

当然，问题也有另一个方面，就是在理论发展的历史进程中，从哲学本质论到文学本质论，都存在着某种"本质主义"倾向及其弊端，理应对其进行批判反思。从中国文论的历史发展来看，其中的本质主义倾向及其弊端，大都与极左思潮泛滥有关。除上述那些思维方式与理论观念上的特点外，甚至还包括唯我独尊、排斥其他的理论态度，粗暴地对待别种理论学说，轻易断定某种理论观点为某个阶级、某种主义的，赞同的便加以推行，不赞同的便要打倒。这种简单粗暴的态度与僵化、封闭、独断、绝对化、极端化的思维方式结合在一起，造成的后果是严重的，教训也是深刻的。因此，对"本质主义"倾向进行批判反思无疑是必要的，也是具有积极意义的。

不过问题在于，倘若矫枉过正，不加分析地把"本质论"研究也要完全否定和抛弃掉，则显然是过于偏激的。实际上，在为时不短的"反本质主义"讨论之后，我国当代文论则又面临着一些新的问题，如"反本质主义"过于滥用和扩大化的问题。有些人把从西方搬来的"反本质主义"理论，赋予其天然的合法性和正义性，用来讨伐各种理论学说，随意给某种理论学说扣上"本质主义"的帽子进行义正词严的批判。在有些人的"反本质主义"批判中，根本不顾"本质主义"与"本质论"的区别在哪里，把凡是坚持"本质论"研究思路与方法，都视为"本质主义"加以批判否定，全然不顾其中是否具有合理性。某些"反本质主义"者在激烈批判别人的同时，也会推出自己的某种理论建构，并自以为这才是最正确合理的，而别的理论思路都不屑一顾。这种自以为是的独断性理论，不知不觉自己又回到"本质主义"那里去了。另有一些"反本质主义"者的全部兴趣都在于反对别人的"本质主义"，自己并没有什么建设性理论构想，这样就难免陷入"虚无主义"，由此带来当今普遍存在的"自我迷失"的问题。这种情况在当今文艺学界同样比较突出，具体表现为理论问题、理论目标、理论价值的迷失，从而造成了当代文艺学的严重危机。其中，对文学本质论的过度解构，是造成这种理论危机的重要原因之一。

笔者以为，从"文学是人学"的观点来看，"文学是什么"的本质论问题，以及与此相关联的"文学应如何"的价值论问题，相当于人学中的"我是谁？""我要去哪里？"之类的问题，始终是文艺学的基本理论问题。只要文学现象存在，文学实践活动存在，文艺学学科还存在，这个基本理论问题就有存在的理由和根据。除非能够证明文学现象已经消亡和文学实践活动已经终结，否则，文艺学研究及其文学本质论问题就不可能终结。当然，对于这个理论问题如何研究和回答，那是一个建构什么样的理论观念的问题，不同时代有不同的理论观念建构，各有其历史合理性与时代局限性，这些都可以通过历史反思来加深认识和吸取经验教训。作为当代人的理论研究，可以不赞同过去时代的理论观念，但不必也不可能把文学本质论问题及其研究的可能性也都全部否定掉。否则，当代文艺学将会陷入更加严重的自我迷失和理论危机。

二、"本质论"文艺学与"存在论"文艺学互不相容吗？

上述"反本质论"者如此激烈地否定"本质论"文艺学研究，除了理论观念上的原因外，其主要目的意图可能还在于，要为推出"存在论"文艺学研究范式而进行理论"清场"，只有把原来占据主导地位的"本质论"文艺学研究清扫出去，才能为"存在论"文艺学研究开辟生长空间。在他们看来，"存在论"文艺学比"本质论"文艺学更具有现代性和先进性，只有以此取而代之，才能为当代文艺学开辟新的发展道路。那么，什么是"存在论"研究范式呢？按上述论者的说法，"现代存在论"来源于西方现象学文论、接受美学、阐释学文论的研究思路，它"不再追问作为存在者'本质'或'是什么'的问题，而是追问存在的'如何是'问题。它立足于存在者的整体而非某个部分（尽管可能是重要的具有决定意义的部分），通过分析存在者的如何存在即存在方式达到把握存在本身的目的。以'现代存在论'为哲学基础建构的文学理论即存在论文艺学。它主张立足文学活动整体、文学文本全貌对文学进行综合性和总体性研究"。应当说，这样一种"存在论"的理论观念与研究思路，自有其特点和价值，值得我们学习借鉴。然而问题在于，是否非要把这种"存在论"研究思路提升为一种理论范式，并且与"本质论"研究完全对立起来？这二者之间果真有高下优劣之分吗？前者就一定比后者更好和更有价值吗？这两种研究思路难道是非此即彼、互不相容的吗？这些问题都值得进一步探讨。

首先，是否可以把"本质论"与"存在论"视为两种根本不同的研究范式？这显然值得怀疑。按上述论者的说法，"本质论"主要追问"是什么"的问题，而"存在论"主要追问"如何是"的问题，那么，这只意味着二者的着眼点或切入点有所不同。其实，无论是追问其中哪一个方面的问题，都不可能不关联另一个方面的问题。比如"存在论"

主要追问"如何是",那么它就无法抛开"是什么"这个前提,如果没有搞清楚一个事物"是什么",它又怎么可能去研究事物的"如何是"?反过来说也是如此,"本质论"研究如果要真正搞清楚事物"是什么",也就必然要继续追问"如何是"的问题。可见二者之间彼此关联、互为前提,不可相互取代。再如,论者强调"存在论"研究是立足于存在者的整体而非某个部分,对于文艺学研究来说,则是立足于文学活动整体、文学文本全貌对文学进行综合性和总体性研究,那么,"本质论"研究难道就是只着眼于某个部分而不是立足于文学活动整体?它难道就不是一种综合性和总体性研究?论者有什么证据能够证明这两种研究是彼此对立的呢?

实际上,无论是本质论、存在论还是其他什么方法路径的研究,都不能涵盖或者替代文艺学中其他方面的研究。任何一种文艺学理论建构,往往都要选择某个合适的切入点,提出某个方面的基本问题,并且按照一定的逻辑思路,来展开对文学问题的系统性理论研究,从而建立一定的理论系统。以往传统的文艺学研究,由于受传统哲学本体论和认识论的影响,往往选择文学本质论问题作为切入点,把"文学是什么"作为首要和基本问题,按照这种逻辑思路展开理论研究。新时期以来的文艺学研究变革,不少理论学说都打破了这种研究套路,分别从文学本体论、文学审美论、文学主体论、文学文本论、文学价值论等方面切入展开研究。当然,文学存在论也可以是一种切入点。这些各不相同的理论研究,都属于研究的角度、思路和切入点不同,而未必是文艺学研究的"范式"不同。其实,不同的理论研究选择不同的角度、思路和切入点,就如同我们进入一座大房子,未必只有一个入口,从不同的入口进去,里面各个部分(各种问题)之间是彼此相通的。假如这些基本问题和研究思路之间难以相通,那也就不可能是真正科学意义上的文艺学研究。

倘若换一个角度,从文艺学体系建构的理论基点与核心观念方面提出问题,道理也是一样。无论是以"本质论"还是"存在论"作为理论基点与核心观念,都只意味着它所选择的理论体系建构的基点或"支点"不同，它所着重关注的现象和问题不同。无论怎样，它还是要借此去撬动相关理论问题的研究，要把这种理论观念与其他理论观念关联沟通起来，要对那些基本文学理论问题作出应有的回答。我们很难设想，某种理论学说选择了某种理论基点和核心观念，就只顾自说自话，而把其他文艺学基本问题抛开，甚或把它所不感兴趣的那些理论问题取消掉，这样的理论研究恐怕是难以让人信服的。正是从这个意义上说，真正科学的文艺学研究，各种不同的研究思路或范式之间应该不是彼此对立和互相排斥的。

其次，"本质论"与"存在论"这两种文艺学研究思路之间，果真具有高下优劣之分吗？后者就一定比前者更好和更有价值吗？如上所述，不同的研究思路和理论观念各有不同的特点，而且彼此之间应当可以相通，并不一定存在哪一种研究更好或更差的问题。"反本质论"者显然对"本质论"文艺学研究多有不满，这或许是因为其中曾有"本质主义"的不良倾向与弊端。然而问题在于，能否把"本质论"研究与"本质主义"混为一谈呢？如果把凡是以文学本质论问题作为切入点和研究思路，或者以文学本质论观念作为理论基点而建立理论体系，都统统归结为"本质主义"而加以否定，甚至武断地宣称"本质论"文艺学研究应当终结，这种极端化、绝对化的论断，岂不正是他们所要极力批判否定的"本质主义"思维方式吗？毫无疑问，选择任何一种研究角度和路径都不可能没有局限性，任何一种理论建构都不可能包打天下解决所有问题，因此，任何一种角度的理论研究都必然是各有所长和各有所短。从这个意义上说，无论是"本质论"还是"存在论"文艺学研究，都各有其理论探究的特点与意义价值，很难说哪一种才是最好的"研究范式"。断言"存在论"研究必定优于"本质论"研究，并且将取而代之成为当代文艺学新的发展道路，恐怕有些言过其实。实际上，同"本质论"研究思路一样，"存在论"研究也是从西方引进的。在西方学界，存在论哲学的形成发展，以及从存在论哲学到存在论诗学的延伸，不仅形成发展过程颇为曲折，而且其中涉及的理论渊源、理论派别和理论学说更是纷繁复杂，不同理论学说之间往往存在分歧和争论，是否有一个统一的"存在论"理论体系和研究范式，恐怕还有许多争议难有定论。我国学界对西方"存在论"哲学与文论的引介，也多是分别介绍一些代表性人物的理论，同样看不出有完整的理论体系和研究范式。而且从对它的阐释评析来看，研究者也指出了这种理论存在的不少缺陷。❶再从国内研究的情况来看，的确如论者所说，新时期以来在哲学、美学、文艺学研究中，都涌现出了不少以存在论的观念与方法进行研究的学术探索，也取得了相当丰硕的研究成果。如果把这种研究看成一种当代学术的创新发展，充分肯定其创新开拓的意义价值，这都是没有问题的。但这种研究路径也仍然在探索之中，也仍然还有不少争议，能不能说已经形成了一种稳定成形的存在论研究"范式"，尤其是能不能断定这种研究思路就一定是最好的，就应当完全取代其他思路的理论研究，这就恐怕还有待观察和检验，还不能轻易下结论。

最后，"本质论"文艺学研究与"存在论"文艺学研究是非此即彼、互不相容的吗？其实，无论哪个学科门类的学术研究，都不应该是一个只能容纳单个人表演的舞台，一个角色上场另一个角色就必须退场。一山不容二虎，这不是学术研究中所应该出现的局面。就文艺学研究而言，如果说过去在极左思潮影响下，"本质论"的研究思路曾经占据主导地位，排斥和压制了其他研究思路的发展，这无疑是值得吸取的教训，那么现在能不能反过来，以其人之道还治其人之身，为了拓展"存在论"研究思路的发展空间，就非要把"本质论"的研究思路彻底否定掉？如果这样，那就同样不是科学的态度。如前所说，在当代文艺学研究中，从不同的切入点和思路进入文学问题研究，就像从不同的入口进入一座大房子，进入房子里面，对那些基本文学问题的观察和认识，彼此之间是可以对话和沟通的。而且应当承认，不同的研究思路和观念方法，不一定有好坏优劣之分，而是各有其特点、优长和局限性。

---

❶ 朱立元：《当代西方文艺理论》第七章，华东师范大学出版社1997年版。

不同的研究思路之间，不应该相互排斥，而是应当相互补充，即便观点彼此对立也是一种互补。因此，"本质论"研究与"存在论"研究是可以相容和彼此互补的。不同的研究者各有自己的学术兴趣和研究专长，扬其所长充分发挥某个方面研究的优势，这是完全合情合理的。与此同时，也应当以开放的心态，充分理解和尊重别种研究思路的探索，从中获得有益的启示和借鉴。曾繁仁先生曾说过："本人是力主当代中国美学由认识论到存在论转型的，同时也认为现象学方法是当代美学研究的一种相对比较科学的方法，现象学与存在论是本人所强调的生态美学的哲学立场。当代中国美学研究由认识论到存在论的转型以及现象学方法的运用是一种历史的必然。"他同时又表示："现象学方法与本质论方法是当代美学研究中两种不同的治学方法与致思路径。前者是将美学作为人文学科，坚持美学是人学，审美是人的一种肯定性的情感经验，因此更多使用的是对这种经验的描述性论述。而'本质论'则是试图从某种逻辑起点出发的研究方法。这种本质论研究方法与致思路径，当然承认美的客观性、概念的逻辑起点等。我个人认为这种逻辑的研究方法也不失为一种可以运用的有效方法。"他主张这两种方法可以相互讨论，共同推动美学研究的进步。❶ 既有自己明确的学术取向，同时又充分开放与包容，这无疑是一种更加值得倡导的学术态度。

按照曾繁仁先生的说法，无论是本质论，还是现象学与存在论，都只是某种研究方法与致思路径，并不意味着必然得出什么样的结论。其实，每一种研究方法与致思路径当中，又会有多种发展取向及其可能性，关键问题在于，如何确定应有的研究对象与目标，校正研究问题的现实针对性，回答现实发展中提出的问题，构建适应当今时代要求的理论观念，去介入和影响现实变革发展进程，从而推动学科自身的创新发展。从这个意义上说，无论"本质论"还是"存在论"的文艺学研究，都应当大有可为。

---

❶ 曾繁仁为祁志祥《乐感美学》所作"序"。参见祁志祥：《乐感美学》，北京大学出版社2016年版。

三、"反本质主义"之后的当代文艺学研究

当代文论界持续多年、影响甚大的"反本质主义"问题讨论,从文艺学学科反思的角度来看,无疑具有一定的积极意义。虽然学界对于什么是"本质主义"、如何"反本质主义"存在不同理论观念的分歧与论争,并且也难以形成什么结论,但在一些基本问题上仍然具有相当程度的共识。比如,许多学者都认为,"反本质主义"主要应指向反对僵化、保守的理论观念和绝对化、极端化的思维方式,而不是要反对和否定本质论研究本身。陶东风先生曾被认为是"反本质主义"的急先锋,但他感到学界对其观点多有误解,他说:"我的反本质主义(如果可以这样称呼的话)更接近于建构主义的反本质主义,而不是后现代主义的激进的反本质主义。"❶ 这就是说,他只是反对"本质主义"的理论观念和思维方式,但并不反对文学本质论研究,他提出的"建构主义"中就包含了对文学本质论问题的重新探讨。童庆炳先生曾被人当作"本质主义"文艺学的代表人物,但他明确表示赞成反本质主义,并强调说:"我们赞成的是反本质主义求解问题的方式和超越精神,即不能把事物和问题看成是僵死的、一成不变的,并且要有不断进取精神,超越现成之论,走创新之路。"❷ 这就是说,反本质主义不是要走向否定论和怀疑主义,而是要走向文艺学研究的超越与创新。还有学者认为:"反本质主义只能是方法、手段或过程,而不是目的,不是结果。"❸ 而目的和结果应当是更加拓宽理论视野,以更加开放的观念和更加多样化的方法,推进和深化当代文论研究,其中也应当包括"本质论"文艺学的进一步深化研究。

如前所说,如果把"本质论"文艺学作为一种研究方法与致思路径

---

❶ 陶东风:《文学理论:建构主义还是本质主义——兼答支宇、吴炫、张旭春先生》,《文艺争鸣》2009年第7期。

❷ 童庆炳:《反本质主义与当代文学理论建设》,《文艺争鸣》2009年第7期。

❸ 章辉:《反本质主义思维与文学理论知识的生产》,《文学评论》2007年第5期。

来看待，那么，一方面关涉文学本质论问题，另一方面也包含本质论的研究方法，这两个方面是相互联系、彼此适应的。毫无疑问，文学本质论是文艺学中一个基本理论问题，自有其研究的必要性及其价值。无论"反本质主义"怎么反，都无法反掉文学本质论问题本身，也无法反掉对这个问题继续探讨的必要性与可能性。而对于本质论的研究方法，的确有必要进行深入的理论反思，避免陷入"本质主义"思维方式的误区。经过前一时期的"反本质主义"讨论之后，如今有必要重新认识和思考"本质论"文艺学研究中的相关问题。

第一，清理和反思文学本质论的研究思路，重新认识这种理论研究的意义价值。首先，需要对文学本质论研究与"反本质主义"讨论进行清理，搞清楚"本质论"研究与"本质主义"的区别何在。如前所述，在我国文艺学界的"反本质主义"讨论中，在一定程度上存在着"反本质主义"滥用和扩大化的问题。有些人把凡是坚持"本质论"观念和思路的理论，都当作"本质主义"加以批判否定，这肯定是没有道理的。应当划定必要的界限，只有那种坚持认为事物只有唯一的本质、先验的本质、抽象的本质、永恒不变的本质、放之四海而皆准可以解释和评判一切文学的本质，并且坚持认为自己的本质观才是唯一正确的绝对真理，而对于别种研究思路、研究方法和理论观点则一概反对、排斥、否定甚至打压等，这样的思维方式、研究方法和理论观念，才应该归于"本质主义"进行批判否定。如果不是这样，而是在理论研究中采用某种研究思路和方法，按照一定的学理逻辑提出某种本质论观点，并且按照这种理论思路和观点来解释相应的文学现象，就应当是属于正常和合理的文学本质论探索。即使这种学术探索和理论建构比较简单或有缺陷，也不能轻易归入"本质主义"而否定排斥。如今文艺学界在"反本质主义"的浩大声势之下，学者们都不太敢正面讨论文学本质论问题，也都极力回避使用"文学本质"这样的概念，这显然不是一种正常情况，理应得到改变。其次，有必要清理对于文学本质论研究意义价值的认识。在有些人看来，文学本质论纯粹是一个抽象命题，是一个通过逻辑概念推演的思辨性问题，因而总是容易把它与"本质主义"联系起来。其实，文学本质论并不是一个纯粹抽象思辨的问题，更不是只有通过逻辑概念推演才能研究的问题。对文学本质特性的认识把握，可以有很多具体途径和方法，如归纳、描述和阐释等。更重要的是，文学本质论在根本上属于认识论问题，而认识论则又关联着价值论，并且根源于实践论。按照马克思主义哲学观点，人的自由自觉的生命实践活动，是合规律性与合目的性的统一。其中，合规律性即要求认识事物的本质特性、功能与运动发展规律，从而与人的目的意图和价值诉求结合起来，达到更好的实践成效。文学实践活动当然也有这样的要求，文学本质论对于文学本质特性与功能的研究，便是适应这样的"合规律性"要求。作为文艺学基础理论，无疑需要对文学本质论问题进行研究，从而在文学观念上为文学实践和文学研究提供必要的理论参照。当然，并不是所有从事文学活动的人都需要研究文学本质论问题，对于具体的文学创作者和文学研究者而言，不一定要在理论上搞清楚"文学是什么"的问题；但也不能完全没有自觉的文学观念，包括对于文学本质特性与功能的理解，否则，他的文学创作或研究活动就很可能是盲目的，而不是真正自由自觉的。所以，对于文学本质论研究的意义价值，不能仅仅作为抽象命题和概念知识来认识，更应该从文学实践论和认识论的层面上来认识。

第二，以应有的历史主义态度，对过去的文学本质论研究进行历史考察和理论反思，总结经验教训和获得启示借鉴。首先，应当反对文学本质论乃至整个文艺学研究中的"非历史主义"和虚无主义倾向，建立应有的历史价值观。在"反本质主义"讨论中，有学者指出，"本质主义"理论的实质和要害之一，就在于它是一种"非历史主义"，不是假定事物具有一定的本质，而是假定事物具有超历史的、普遍的永恒本质（绝对实在、普遍人性、本真自我等），这个本质不因时空条件的变化而变化。❶ 因此，对其进行批判反思无疑是必要的。但同时也要看到，在"反本质主义"理论中同样存在着"非历史主义"现象，比如，不是用历史的观点去看待过去的各种文学理论（哪怕是有缺陷或错误的理论），没有看到这些理论形态本身也是一种历史建构的产物，没有从一定的历史语境出发对这些理论形态进行切实评析，而只是简单粗暴地斥为"本质主义"而扫入历史垃圾堆。如此而来的结果便是导向虚无主义。对有些人来说，过去那些历史建构的理论已经过时没有价值，不值得去研究；而当下的文学本质论研究，也觉得有可能重蹈"本质主义"覆辙而极力回避，这样便一切都将归于虚无了。对于这样的极端化倾向同样应当批判反思。从历史建构论的观点看，无论是西方近两百年现代文学理论的发展演变，还是中国近百年现代文学理论的发展演变，乃至改革开放新时期以来当代文论的变革，其核心问题都是文学本质论观念的嬗变，形成了诸多理论形态。应当充分看到文学本质论建构发展的历史性和时代性，努力用历史主义的态度、视野和方法，去研究分析在当时的历史背景下，为什么会建构这样的文学本质论？它反映了当时历史条件下什么样的文学事实和人们的思想观念？它适应了什么样的现实需要？在当时起了什么样的作用和带来了什么样的结果？等等。通过这样的历史反思，才能够获得应有的历史启示和有益的理论借鉴。❷

第三，需要分析当代文论研究中存在的问题，探寻各种可能的研究路径，推进文学本质论研究不断拓展和深化。当代文论在各种理论思潮影响下不断拓展，无疑有得有失。从问题方面而言，目前比较引人关注的主要有：一是受后现代"文化研究"影响，造成当代文论研究的自我迷失。本来，针对原来的文学研究过于自我封闭、视界狭小的弊端，适度引入文化研究的观念与方法，拓展文学研究的理论视野，应当是大有

---

❶ 陶东风：《文学理论：建构主义还是本质主义——兼答支宇、吴炫、张旭春先生》，《文艺争鸣》2009年第7期。

❷ 赖大仁：《文学本质论观念的历史嬗变及其反思》，《文艺理论研究》2017年第1期。

益处的。但后来的发展走向,却是盲目追随西方后现代"文化研究"思潮,用"文化研究"淹没、消解、取代"文学研究",有的甚至宣布文学、文学理论和文学研究的"终结",由此带来观念的混乱和文学研究的危机,包括文学研究的对象、目标和问题的迷失等。现在有必要拨乱反正,重新认识"文化研究"与"文学研究"的区别,以及各自的意义价值;适度回归"文学本体"观念,回归真正意义上的"文学研究",包括重视文学研究中的"本体阐释"问题;重新确立以"文学"为本体的文艺学研究对象、目标和基本问题,重建当代文艺学研究范式。对于文学本质论问题的研究如何认识,便与此密切相关。二是受当代西方文论思潮影响,在我国当代文论包括文学本质论研究中,一定程度上存在"理论中心主义"的偏向,以及理论脱离实践的问题。有些研究者热衷于将西方学者的理论,搬用到中国语境中来阐释发挥,而并不关心中国现实状况,也难以回应当今社会变革与文学实践中提出的问题。笔者比较认同有学者提出的观点,即应当从理论中心回归实践根基的文论重建,"必须从认识论根源入手,把理论生成的认识逻辑从理论与实践的倒置逻辑中校正过来,从而重新恢复理论与实践的正确关系,回归到实践这个根本出发点上来。要从具体的文学实践活动及其问题出发,而不是对现成西方理论的简单移植,并且要在这一基础上进行一种有效的理论重建"❶。三是与上述问题相关,关涉当代文论包括文学本质论研究的"非功能化"问题。具体而言,就是把文学理论当作某种知识形态,而不是当作理论形态。我们知道,知识形态是非功能性的,它只告诉我们关于某事某物有些什么样的认识结果,让我们增长知识;而真正的理论则要求从实践中来到实践中去,要研究解答来自实践中的问题,并且要努力介入实践发挥作用。反观现在不少文论研究,已经在很大程度上丧失了应有的理论功能。有的热衷于介绍阐释各种西方文论知识,不管是不是切合中国的文学实际;有的只顾把文论史上各种历史

---

❶ 李自雄:《理论中心、反本质主义与文论重建》,《中州学刊》2017年第5期。

化、地方化的文论知识，按照一定的专题加以系统性编排，成为某种文论专题资料汇编或文献式解读；有的虽然面对当下文学现象研究，也只是跟在某些时兴的文学事实后面作"实然性"的说明解释，而缺少"应然性"的价值评析和理论阐释，忽视文学理论对于文学实践的介入和导向作用。当然，这一切都根源于"后理论"时代所谓"知识论"（也有的称为"知识生产"）转向的影响，对此也应当联系现实进行必要的理论反思。

综上所述，我国当代文艺学包括文学本质论研究，还是应当回到马克思主义实践论的基本立场上来，坚持在实践论基础上，寻求合规律性与合目的性统一、认识论与价值论统一、知识论与功能论统一，推动当代文艺学创新发展。在这种基本理论诉求上，"本质论"文艺学与"存在论"文艺学应当是彼此相通的。

原载《学术月刊》2018年第6期
人大复印报刊资料《文艺理论》2018年第10期全文转载

"后理论"转向与当代文学理论研究

当今被认为已处于"后理论"转向时代,这个时代的各种文学和文化理论,都面临着不同程度的质疑与挑战,乃至引起激烈争论。我国文艺学界围绕文学本质论问题的论争即这种表现之一。文学本质论问题历来是文学理论的基本问题,不同文学理论观念的分歧与交锋,往往首先在这个基本问题上表现出来。20世纪90年代以来,随着西方后现代文化及其理论观念持续不断输入,开始动摇以往文学理论的稳固根基,关于文学理论知识生产的后现代转型,随即被推上了历史的前台。而其中关于文学本质论问题的讨论,具体而言,即围绕文学本质问题形成的本质主义与反本质主义的论争,无疑构成了近年来一个比较突出的文论"事件",这也许可以看作当今"后理论"转向时代的历史舞台上,文学理论的后现代性自身裂变的一个序幕。在"后理论"转向的背景下和语境中,对论争所引起的有关问题加以反思并作进一步探讨,也许有助于当代文论建设的深化与推进。

一、"后理论"转向与当代文学理论问题论争

如上所说,文艺学界围绕文学本质问题形成的本质主义与反本质主义的论争,是近一时期比较突出的文论"事件",放到更大的理论视野中来看,这一"事件"显然并不是孤立发生的,而是与"后理论"转向时代的理论观念变革密切相关。

按照《当代文学理论导读》一书作者拉曼·塞尔登等人的看法,自

从进入新千年以来，西方理论界出现了一批以"后理论"或"理论之后"为标题的著作，标志着一个新的"理论的终结"或"后理论"转向时代的到来。❶那么，这种所谓"后理论"转向意味着什么呢？拉曼·塞尔登等人在该著的"引论"和"结论：后理论"中，作了较为详细的阐述与评析，概括起来，大致有以下一些方面的含义：一是标志着历时性意义上的"理论之后"。具体而言，如果说在20世纪60年代到90年代，以巴尔特、德里达、福柯、拉康、阿尔都塞、克里斯蒂娃等为代表的一批理论家，以他们创建的那些"大写"的文化理论，开创了一个"理论时期"或者说"理论转向时期"，那么随着这批文化理论家相继辞世或退场，以他们为代表的后现代文化理论的黄金时期已经过去，再无具有特别影响的大理论产生，似乎标志着理论的时代已经结束，再没有什么单一的正统观念要遵循，再没有什么新运动要追赶，再没有什么新的理论文本要阅读了。二是表现为一种"反理论"或"抵制理论"的态度，即对此前的"大理论"的批判反思态度。在一些"后理论"家们看来，过去几十年"理论时期"所建构起来的那些以各种"主义"为标榜的"大写"的文化理论，曾经产生很大的影响，但也有诸多弊端和教训值得质疑与反思，如对文学"经典"及经典建立的标准的解构；对业已形成的"文学"和文学批评观念的颠覆，把文学研究推向各种形式的"文化研究"；理论与批评实践的分离，导致理论或批评功能的丧失，等等。当然，这种批判反思并非要完全否定和终结过去的理论，而是需要建立当代人应有的理论自觉。三是显示出与此前"理论时期"不同的一种新的理论趋向。这种"后理论"趋向既表现为对"前理论"偏向的某种修正，也表现为对前人遗留问题以及面对新的现实问题重新探讨，从这个意义上来说，"后理论"又可以说是一种"新理论"，它预示着一种新的理论发展趋向，正如塞尔登等人著作中所说，

---

❶ 拉曼·塞尔登等：《当代文学理论导读》，刘象愚译，北京大学出版社2006年版，第326页。

"在一定意义上，'后理论'所昭示的不过是'即将到来的'理论而已"❶。至于这种新的理论发展趋向是什么或应该是什么，不同的理论家则有各不相同的看法与主张。比如伊格尔顿在《理论之后》中认为，以往"正统的文化理论没有致力于解决那些足够敏锐的问题，以适应我们政治局势的要求"❷。因而他"提出的补救办法是一种雄心勃勃的'政治批评'"；而有些理论家则更为推崇"新审美主义"❸，其中透露出来的信息颇为耐人寻味值得分析。

从总体上来看，西方的"后理论"转向的确具有一种"反理论主义"的冲动，它所直接针对的正是此前包括文化研究在内的"大理论"，是对"大理论"所表征的本质主义、基要主义、普遍主义、逻各斯中心主义的反叛或反拨，去中心化、非同一性、差异合法化是其基本要义。❹应当说，这种"后理论"本身也是从后现代主义文化理论发展过来的，然后又走向了对此前文化理论的批判反思。在一些西方理论家看来，"在多数情况下，这些人的立场是取消文化理论和文化研究的，同时也摒弃后现代主义……因此，对上述许多人来说，来到'后理论'，似乎意味着从文化研究与后现代主义控制的时代走出来"❺。这种现象也被西方理论家称为"后现代理论裂变"，对此也很值得研究。

我国前一时期关于文学本质论问题的讨论，特别是围绕这个问题所形成的本质主义与反本质主义论争，从时间维度上看，差不多是在西方"后理论"转向的时期发生的。从对当代文艺学进行理论反思所借鉴的西方理论资源来看，似乎比较混杂，既有后现代文化理论资源，也包括一些"后理论"的因素在内。陶东风先生在谈到这个问题时曾说，自己

---

❶ 拉曼·塞尔登等：《当代文学理论导读》，刘象愚译，北京大学出版社2006年版，第12页。
❷ 特里·伊格尔顿：《理论之后》"前言"，商正译，商务印书馆2009年版。
❸ 拉曼·塞尔登等：《当代文学理论导读》，刘象愚译，北京大学出版社2006年版，参见该书"结论：后理论"部分。
❹ 张玉勤：《走向"后理论"时代的文学理论》，《广西社会科学》2010年第1期。
❺ 拉曼·塞尔登等：《当代文学理论导读》，刘象愚译，北京大学出版社2006年版，第338-339页。

所借鉴的理论资源比较庞杂，主要有形形色色的文化研究、布迪厄的知识社会学和文化社会学、福柯等人的后现代主义、罗蒂的实用主义，等等，这些学术或思想流派都不同程度地存在反本质主义倾向。[1] 他在具体阐述其理论观念时也说道："……以当代西方的知识社会学为基本武器重建文艺学知识的社会历史语境，有条件地吸收包括'后'学在内的西方反本质主义的某些合理因素，以发挥其建设性的解构功能（重新建构前的解构功能）。知识社会学的视角要求我们摆脱非历史的、非语境化的知识生产模式，强调文化生产与知识生产的历史性、地方性、实践性与语境性。"[2] 其他理论家的情况可能各有差别，但从总体情况来看，我国学界所借鉴的西方学术资源及其所受到的理论观念的影响，包括后现代文化理论和"后理论"转向的各种理论资源在内，因而是比较混杂的。

那么这就带来一个问题，即理论观念上的内在矛盾性。如上所述，西方的"后理论"转向本身就标志着一种"后现代理论裂变"。这就是说，它一方面是从后现代主义文化理论发展过来，另一方面则又走向了对此前文化理论的批判反思。具体而言，一方面，在对僵化的理论观念、本质主义思维方式等进行批判性反思方面，与此前的后现代文化精神是一脉相承的；另一方面，"后理论"所批判反思的对象，并不只是指向后现代主义之前的理论观念与模式，而是更多指向了后现代主义文化理论本身，特别是指向那些标榜各种"主义"的所谓"大写"的文化理论，对这种"理论主义"过于宏大高远而不能面对和解决现实问题，理论与批评实践分离而导致理论或批评功能丧失，文化研究过于远离和解构文学，导致文学在文化中被淹没和泛化等进行反思和批判，并寻求一定程度上的反拨和补救。这种"后理论"的批判反思显然预示了一种新的发展趋向。我国前一时期的当代文艺学反本质主义的讨论，其批判反思和致力于解构的主要指向，一是过去政治社会学的文学观念及

---

[1] 陶东风：《文学理论：建构主义还是本质主义——兼答支宇、吴炫、张旭春先生》，《文艺争鸣》2009年第7期。

[2] 陶东风：《文学理论基本问题》，北京大学出版社2004年版，第21页。

其理论模式，二是新时期以来建构起来的、以审美为内核的自律论的文学观念及其理论模式，而对于20世纪90年代以来逐渐兴盛起来的后现代理论和文化研究、文化批评则反思不多，甚至有促其继续扩展强化的势头。这与同一时间维度上西方"后理论"转向的发展趋向，无疑形成了较为明显的反差，这一点也值得我们关注和思考。当然，我们注意到，近期有的学者也开始了这方面的反思探讨，因而值得重视。

在当今进行文学理论问题探讨时，之所以要将"后理论"转向的问题引入进来，是因为这种"后理论"转向的一些理论观念，以及所关注的一些关键性问题，有助于我们自己的理论反思，并且在当代文学理论特别是文学本质论的建构性探索中有所启示和借鉴。

二、当代文学理论的批判反思性问题

在当今时代条件下，我们的文学理论研究，尤其是关于文学本质论问题的研究，有必要进一步加强理论反思，包括对各种理论观念和理论范式进行历史性与学理性的批判反思，在此基础上，才能增强或重建应有的理论自觉性。

如上所说，"后理论"转向的一个重要特点就是"反理论"，这里的"反理论"不是反对理论或反掉理论，不是要消解和抛弃理论，而是注重批判性地反思理论。美国文论家乔纳森·卡勒在谈到"理论究竟是什么"时，强调了理论的几个特点：第一，理论是跨学科的话语；第二，理论是分析的话语；第三，理论是对常识的批评；第四，理论具有反射性（反思性），是关于思维的思维，是带有很强质疑性的思维。[1]拉曼·塞尔登等人在《当代文学理论导读》中谈到"后理论"的基本观念时，也历数了一些西方理论家的观点，如乔纳森·卡勒说，理论是"对常识观念充满战斗气息的批判"，它"提供的不是一套解决方案，而是进一步思索的前景"；大卫·凯洛尔说，理论遭遇的是"未经检验的

---

[1] 乔纳森·卡勒：《当代学术入门·文学理论》，李平译，辽宁教育出版社1998年版，第16页。

主流批评策略……传统问题中固有的矛盾和复杂性",它寻求"提出不同的问题或者用不同方式来提问";迈克尔·佩恩说,"理论讲的是我们如何以自我反身的方式来看待事物";伊格尔顿说的也差不多,"倘若理论意味着对我们那些指导性假设的一种合理的体系性的思考,它就将永远是不可缺失的",等等。❶ 还有法国理论家安托万·孔帕尼翁也说:"理论不应被简化为一门技巧,一门教案……当然,这也不能成为将其玄学化、神秘化的理由。文学理论绝非宗教。再说,文学理论未必只有一种'理论意义',我完全有理由说,它很可能在本质上是论战性的,批判性的,生有反骨的。"❷ 这些理论观念的一个共同点,就是强调理论的反思性,特别是对所谓"常识"观念的批判性反思。实际上,我们从拉曼·塞尔登等人的《当代文学理论导读》中,从伊格尔顿《20世纪西方文学理论》和《后理论》等著作中,从安托万·孔帕尼翁的《理论的幽灵——文学与常识》等著作中,都可以读到他们对于以往各种文学理论,包括各种流派的文化理论、各种后现代主义理论观念的批判性反思和分析,这能够给我们许多启示。

比较而言,我们的理论反思传统是比较薄弱的。虽然新时期初我们有过对"文革"本身的批判,以及思想理论观念上的拨乱反正,但还不是真正意义上的理论反思。改革开放三十多年来的发展历程中,我们也曾有过大大小小、各种各样理论问题的讨论或争论,但真正学理性的理性反思较少,理论界自身也对此并不满意。具体就文学理论方面的情况而言,应当说我们的理论反思也是很不够的。在过去一段时间里,有一些文学理论教科书,都有意无意地强调是"以马克思主义为指导",或者直接自称为"马克思主义文艺理论",这就差不多是请来了一道"护身符",使得别人不敢或不能对其质疑。还有就是在过去人们的观念中,总是把教科书里所不断重复讲述的一些理论知识,以及所引用的一些似

---

❶ 拉曼·塞尔登等:《当代文学理论导读》,刘象愚译,北京大学出版社2006年版,第328页。
❷ 安托万·孔帕尼翁:《理论的幽灵——文学与常识》,吴泓缈、汪捷宇译,南京大学出版社2011年版,第7页。

乎很权威的名人名言，都当作文学理论"常识"来理解，对此也不敢或不能质疑。于是，我们的老师和学生，也就只能不加反思地理解、相信和接受这些现成的文学理论知识。对于这些现象，在很长时间里大家都习以为常不觉得有什么问题。前一时期兴起的文艺学反本质主义讨论，开启了当代文学理论的反思之路，应当说是很有意义的当代文学理论"事件"。然而不无遗憾的是，后来的一些论争又似乎过多地掺杂了情绪化的或其他复杂的因素，使得学理化的理论反思难以持续和真正深入下去。在这种情形下，在当今"后理论"转向的启示之下，进一步加强和推进我们的理论反思，应当说是很有必要的。

  作为理论反思，毫无疑问需要一定的怀疑和批判精神。从西方的现代性启蒙思想，到后现代文化理论，直至当今的"后理论"转向，应当说都始终充满一种批判性的反思精神，由此而推动了理论自身的进步。这种批判反思不仅指向过去的思想传统，如逻各斯中心主义之类，而且也指向当下流行的文化现象及其理论观念，乃至包括各种理论"常识"，还包括一些理论流派和理论家的自我批判反思在内。在这方面，我们的理论传统中可能尤其缺乏。如果说我们过去对于理论有过太多的迷信和盲从，如今实际上很多人又可能什么都不相信，什么都不当回事。但对于为什么相信和为什么不信，其实都没有经过理性思考，没有经过批判性的质疑反思，于是表现出对什么样的理论观念都不置可否，导致由盲从而走向麻木。正如有智者所告诉我们的那样，未经生活考验的"道德"是不可靠的，未经实践检验的"真理"是不可信的，未经证伪检验的"科学"是值得怀疑的，未经批判反思的理论"常识"也应当说是靠不住的。所以，真正的理论建设总是与批判反思相伴而行，对此应当有比较清醒的认识。不过从现实情况来看，要真正推进批判反思还是颇为不易，对不少人来说还是有太多的顾忌，还是容易为尊者讳，容易对理论权威抱有过度的敬畏，或者有时候也难以避免某些情绪化的因素等。如果不能克服这样一些因素，显然就难以形成良好的批判反思的习惯和风气。

当然，问题也还有另外一个方面，就是真正的理论反思，不仅仅是怀疑和批判，不只是否定性或解构性反思，而且应当是建构性的反思，或者说应当包含建构性的理论精神在内。批判质疑性的反思，目的在于打破僵化的理论观念和思维方式，从而开辟理论创新之路；而建构性的反思意味着，理论反思的根本目的是建构，是着眼于通过反思获得历史的经验和启示，从而为新的理论建构作必要的准备。对于过去的理论学说，如同对待过去的老房子，是把它当作完全无用的废物拆除抛弃，还是着眼于拆了以后再重建，在拆除中吸取和保留有价值的东西用到重建中去，这无疑是大不一样的。从历史的观点看，过去的各种文学理论都是历史的产物，都可以从当时的社会历史条件和文化语境中得到说明，去认识分析它们的历史合理性和历史局限性。即使某些被认为是本质主义的理论学说，其中也可能包含某些合理的内核或成分，可以使我们获得某些启示，仍然可以批判地扬弃和合理地吸收。因此，在面对过去的理论学说时，既需要坚持批判反思的精神，同时也需要秉持理性平和的态度。❶

三、当代文学理论重建的自觉性问题

在上述理论反思的基础上，需要进一步探讨的是，如何增强或重建当代理论自觉性的问题。其实，一些西方理论家显然也意识到，在"后理论"的语境中，有可能出现一些令人困扰的问题，就是很可能产生"理论的终结"之类的幻觉，以为可以不再去搞理论了，由此而引发一定的焦虑情绪。那么，"怎样才能走出消极被动地对待理论的困境？"这是当代文学理论必须面对的问题。如上所说，所谓"后理论"转向，并非不再需要理论，而是需要"新理论"。正如拉曼·塞尔登等在《当代文学理论导读》中所说："在目前的语境中，我们可以将'后理论'重写为'后理论主义'（post-Theoreticism），这里的'主义'是晦涩的、

---

❶ 赖大仁等：《历史主义视野中的文学本质论问题》，《社会科学》2014年第5期。

奥秘的经院主义的缩写，而'理论'却可以留下来，成为包容新批评实践的母体……在一定意义上，'后理论'所昭示的不过是'即将到来的'理论而已。"❶ 这就是说，"后理论"在批判反思过去理论的同时，也还是要面对新的现实建构新理论。从我们目前的语境来说，可能就更是如此。而要进行新的理论建构，不仅需要如上所说的理论反思，更需要在理论反思的基础上建立新的理论自觉。当然，这种理论自觉应当是多方面的，但就目前情况而言，可能主要是以下几个方面的问题。

一是当代文学理论建构的现实基点问题。一段时间以来，在不断引进当代西方文论的强势压力下，我们似乎已经习惯于从西方"先进"的文学理论资源中，选择看来比较"有用"的东西，采用移植、嫁接、拼贴等方法，生产出一些似乎比较"中国化"的文学理论，并寻求对与之相适应的文学现象进行阐释，从而显示理论的"有效性"。然而实际上，正如有学者指出，当代西方文论的最大缺陷在于，不是从文学实践出发，而是在文学领域之外，征用其他学科的理论，强制移植于文论场内，然后用这种无关文学的"文学理论"，对文学现象和文学作品进行"强制阐释"，这就直接侵袭了文学理论及批评的本体性，文论由此偏离了文论。❷ 如前所述，西方"后理论"家们在对西方后现代理论进行批判反思时，也指出了它们与批评实践相分离，导致理论或批评功能丧失的问题。只不过，在我们对西方文论的简单移植、嫁接和拼贴中，可能导致的是双重的"场外征用"和"强制阐释"。

其实，用历史发展的观点看，一时代有一时代之文学，同样，一时代有一时代之文学理论与批评。这个时代所特有的文学理论与批评，应当是建立在这个时代文学实践的基础之上的。因此，真正的理论建构，必定要求面对这个时代的文学实践。安托万·孔帕尼翁曾说："只要我们谈理论，就预设了一种实践（此说法并不只属于马克思主义），理论

---

❶ 拉曼·塞尔登等：《当代文学理论导读》，刘象愚译，北京大学出版社2006年版，第12页。
❷ 张江：《强制阐释论》，《文学评论》2014年第6期。

面向实践，理论基于并指导实践……文学理论不教我们如何写小说——它教的反而是文学研究，即文学史和文学批评，或者说文学探索。"❶ 虽然文学理论与批评不一定能够指导文学创作实践，但至少它要对文学现实作出说明和评判，在文学观念方面对文学活动产生影响，从而起到应有的引导作用。当今时代文学的各种创新实践已经不少，所缺少的恰恰是我们时代所需要的"正当化"理论，是理论对于文学实践的说明、评判与引导。

当然，文学理论一旦要面向和基于文学实践，就会面临着种种困惑：如今的文学太复杂太多样太泛化了，究竟应当面向和基于什么样的文学现实呢？实际上，任何时代的文学都并非单一自有其复杂性，任何文学理论也都只能主要面向和基于某一类文学现象进行说明阐释，而不太可能把所有文学现象都包罗进去。通常那些比较有影响的文学理论，往往都是基于这个时代最有创造性，最有特色和影响，最能体现这个时代的精神，因而也最值得重视的文学对象进行说明和阐释，成为这个时代最有代表性的文学观念。在笔者看来，在当今文学极为泛化的情况下，可以有不同的文学理论建构，某种理论偏重对某些特别值得关注的文学现象进行说明和阐释，有助于对此类文学现象的认识和引导，这自有其价值。其中，也还是有必要倡导建构这样一种主导性的文学理论，能够从当今时代泛文学发展潮流中，发现和关注那些更富有创造性、更具有丰厚的文学品质、更能体现当今时代精神的文学现象，面向和基于这样的文学现实来进行说明和阐释，从而建构应有的文学观念和理论系统，以此影响文学批评和介入文学实践，对当今文学发展起到更积极的导引作用。在当今开放多元发展的时代，对于许多人而言，或许是一个"小"时代、"微"时代，如微信、微博、微小说、微电影等，传达个人化生活经验和私人化的情感体验，的确成为一种"小写"的文学。如

---

❶ 安托万·孔帕尼翁：《理论的幽灵——文学与常识》，吴泓缈、汪捷宇译，南京大学出版社2011年版，第10页。

果面向和基于这样的文学现实,在理论的"宏大叙事"被宣布过时之后,当然也有理由建构某种与之相适应的"小写"的文学理论。然而这可能还不够,问题还有另一个方面,就是从当今时代的大局着眼,从国家民族发展和人类发展的大处境而言,当今又是一个"大时代",有许多值得文学和理论去关注的大问题。实际上,当今也仍然有不少这样"大写"的文学存在,如果面向和基于这样的文学现实,也应该有某种与之相适应的"大写"的文学理论建构起来。至于什么样的文学属于这个时代的"大写"的文学,与之相适应的"大写"的文学理论应当如何建构,这正是需要我们进一步思考和探讨的问题。

二是当代文学理论建构的文学观念和价值理念问题。一般而言,理论探索有两个基本的目标指向:一个是指向说明事实存在"是什么"或者"怎么样",是一种事实性、规律性的认识和探索,体现研究者的学理态度;另一个是指向思考和探究"应如何",是一种价值性、目的性的研究和探索,包含研究者的价值信念在内。实际上这两者之间又是密切相关、相互作用的。从文学是人学、文学理论归属人文学科的特性而言,可能价值理念是更为重要的方面。如上所说,文学理论建构应当面向和基于文学实践,但究竟面向和基于什么样的文学实践,选择什么样的文学现象作为其理论阐释的对象,以及对这些文学对象如何进行阐释与评判,实际上都是取决于理论家的文学价值理念。而且,如果一种文学理论是真正有效的,它所表达的文学观念和价值理念,也必定要对文学批评和文学现实起到影响与导引作用,其价值导向性不言而喻。

过去曾有一段时间,受西方科学主义文论思潮的影响,在我国文论界也流行过一种科学主义的理论观念,认为文学理论的功能就是对文学事实作出科学的说明和解释,而无关乎价值判断,最好是能够像自然科学那样用某种定理、公式、模型来说明解释文学事实。然而问题在于,是否有可能建立起这样公式化和模型化的文学理论姑且不论,即便是能够建立这样的文学理论,也就意味着在这样的理论视野中,一切文学都同质化了,一切文学的个性、差异和独创性都消失了,一切文学的价值创造也都变得没有意义了。那么，这种"科学"的文学理论除了自玩游戏自我证明之外，对于文学实践有什么关系？而这种与文学实践、文学价值没有关系的文学理论，又究竟有什么实际意义？笔者以为，真正意义上的文学理论建构，应当是两个方面的统一，即事实与价值的统一、学理与信念的统一。从事实与价值的统一而言，文学理论并不仅仅是陈述和说明文学事实，它还应当阐释缘由和作出价值判断；不仅需要告诉人们"是什么？"更需要引导人们思考"应如何？"从而寻找应有的价值方向，否则就难免陷入"一切存在即合理"的误区之中。从学理与信念的统一而言，文学理论作为一门人文科学，它既需要充分的学理性，即努力探究和揭示文学存在本身的特性和规律；同时它也是一种信念，往往寄托和表达人们对于文学的价值诉求及其审美理想。❶ 至于这种价值信念和审美理想应该是什么，不同的理论家当然会有不同的理解和追求，这里的问题是，理论家应当有充分的理论自觉，才会有积极的理论建构。

三是当代文学理论的"介入"功能问题。对于当代文学理论来说，不能满足于自给自足自说自话，而是要努力介入文学批评和文学研究，并借此而介入文学实践和社会现实。所谓"后理论"时代来临，就是注重对"理论"的反思，而反思的重点之一，就是理论与批评实践的关系。拉曼·塞尔登等人指出，在文学研究中，关键的问题是理论与批评的关系，所谓"理论的失败"就表现为理论与批评实践的分离，以为理论可以高高在上，不承认理论与实践相互印证、相互改变的辩证关系。他们主张，"理论是要被使用的、批评的，而不是为了理论自身而被抽象地研究的"❷。正因为此，孔帕尼翁才强调说，只要我们谈理论，就预设了一种实践，因为理论总是要面向实践，基于并指导实践。"后理论"的意图之一就是补救此前理论之弊，如伊格尔顿试图以雄心勃勃的"政

---

❶ 赖大仁：《当代文论研究：反思、调整与深化》，《文艺理论研究》2013年第3期。
❷ 拉曼·塞尔登等：《当代文学理论导读》，刘象愚译，北京大学出版社2006年版，第10—11页。

治批评"来改变现状介入现实，一些理论家倡导"新审美主义"，试图重建理论与批评实践的关系等❶，都显示出了这样一种补偏救弊的发展趋向。

在我国当代文论界，也曾有人声称，文学理论没有必要依附于文学创作，不必跟在作家创作后面亦步亦趋，满足于为文学实践作注释，而是完全可以自己独立生产，追求理论自身的意义。这种理论观念，一方面反映了在快速变革发展的文学实践面前，理论无力追赶的无奈；另一方面也表现出了理论的自我放弃和自我迷失。笔者以为，就文学理论的功能而言，虽然它不一定非要从具体的文学事实和实践经验中概括总结出来，但它应当能够说明解释文学现象与经验事实，能够介入文学实践从而发生影响作用，否则它就充其量只是一堆"知识"而不是"理论"。知识与理论的区别就在于：知识是非功能性的，是抽象化、平面化、书本化和被悬置了的东西，宛若风干了的陈年干果，有如词典之类工具书上的客观介绍；而理论则是功能性的，是根植于生活实践的土壤，富有思想和生命活力，它总是力图"介入"现实、"干预"生活，因而时时与生活实践保持某种紧张（张力）关系，以理论的特有方式对生活实践产生现实的影响作用。❷当代文论最值得反思的一种现象，就在于文学理论的"知识化"，文学理论研究变成了"知识生产"，文学理论著作和教科书变成了介绍评点各种文论的"知识拼盘"。在这里，文学理论又重新变得不成其为"理论"，而成为一种"知识"乃至"常识"，成为人们迷信盲从的对象。如上所说，理论本来应当是对知识、常识的批判反思，当它自身成为一种"知识"乃至"常识"之后，它就既失去了理论自身的批判反思功能，也失去了理论介入和影响文学实践发展的功能。对于我们当今的文学理论来说，有必要通过认真反思来

---

❶ 拉曼·塞尔登等：《当代文学理论导读》之"结论：后理论"，刘象愚译，北京大学出版社2006年版。

❷ 赖大仁：《当代文论变革中的科学性与人文性问题》，《学习与探索》2012年第11期。

增强这种理论自觉,重建文学理论对于文学实践的"介入"关系。❶ 如今文学界提出"重返 80 年代"的口号,我想其主要诉求,即在于呼唤 20 世纪 80 年代文学那种关注和介入现实变革的现代性精神,其中也包括文学理论积极介入文学实践和社会现实的精神,这应当说是文学和文学理论走向主体自觉的一种体现。

四是当代文学理论的开放与坚守的问题。在一些人的理解中,当今文学理论的开放性,主要是面向当今的文学实践开放,向多样化的文学形态开放,包括向大众化消费化娱乐化的文学现象开放,这应当不言而喻。但这又可能带来一个问题,即自觉或不自觉地把面向文学传统或传统文学形态的大门关上了,以为这样的文学已经过时不再需要了,这同样是一种偏执和盲视。我们所应有的理论视野,应当是全面的开放,包括向历史的文学经验开放,向现实的文学实践开放,向各种各样的文学形态和文学现象开放。不过,在这种开放性当中,还是有必要充分重视历代的文学传统和文学经验,充分重视文学经典的品质与价值;对于当代的文学形态而言,如前所说,也有理由更多关注那些更富于创新性、更充分体现当今时代精神、更富有经典文学品质的文学现象,更多研究"当代的文学经典化"问题❷,更多着眼于对当代文学发展的积极导引,这就是我们所理解的开放与坚守的辩证统一。

还有就是当代文学理论与其他学科的关系,一方面当然有必要向相关的学科领域开放,从其他学科借鉴理论资源,从中学习方法、获得启示、汲取智慧;另一方面又的确需要避免脱离文学本体的"场外征用"和"强制阐释"。换言之,一切理论资源的借鉴,都应当以尊重文学本身的特性为前提,都应当建立在文学"本体阐释"的基础上,并且也都是为了更好地说明阐释文学的性质和价值,而不是将文学批评和文学研究引向歧途。这同样是我们所理解的开放与坚守的辩证统一。总之,当

---

❶ 赖大仁:《文学理论要"介入"文学实践》,《文艺报》2012 年 8 月 20 日第 3 版。
❷ 泓峻:《推进当代文学的经典化》,《文艺报》2013 年 10 月 30 日第 3 版。

代文学理论在视野上应当力求开放,而在文学观念和价值理念上则应当有所坚守,不能一味顺应现实迎合时尚,随风俯仰随波逐流,否则就失去了理论的应有品格,也丧失了它导引文学实践的积极作用。所谓重建当代文学理论的自觉性,其意义正在于此。

原载《学术月刊》2015年第2期

人大复印报刊资料《文艺理论》2015年第5期全文转载

《高等学校文科学术文摘》2015年第2期摘要

《新华文摘》2015年第7期辑目

反向性强制阐释与"文学性"的消解

——兼对某些文学阐释之例的评析

在当今的后现代文化语境中,传统意义上的文学和文学研究,乃至各类学校里的文学教育,都正面临前所未有的挑战。这种挑战不仅来自文学的外部环境条件,如当今后现代消费文化对于文学的全面渗透与瓦解,现代图像文化、网络文化对于文学的强力吸附,而且也来自文学自身的某种自我消解,如在文学的过度泛化发展中致使其精神品格不断丧失,以及文学研究中某些有意无意的过度阐释所造成的自我伤害,还有文学理论与批评中的反本质主义理论观念,更是使文学空前遭遇到被解构的威胁。其中,有些看似非常正宗的文学研究,而且是针对文学本质特性或曰"文学性"的专门研究,却并非导向自我肯定的正向阐释,而恰恰是导向自我怀疑的反向性阐释,甚至是一种过度性强制阐释。这种阐释方式往往与对"文学性"本身的质疑联系在一起,有的甚至直接就是反本质主义理论观念的一种表征。这种看似认真的文学研究,对于文学及"文学性"的解构性威胁可能更大。这种情况当然首先是在西方当代文学理论批评中发生的,而我国当代语境中的文学理论批评也多少受到这种消极影响,本文试对此略加评析。

一

在对当代西方文论资源的借鉴利用中,英国理论家伊格尔顿的理论常被反本质主义论者所关注,他的某些论述也常被一些论者引用并加以阐释。伊格尔顿无疑是西方当代的理论大家，但他之所论也并非没有欠妥之处，如果不加分析地引用阐释，也恐怕会谬以千里。在《现象学，阐释学，接受理论——当代西方文艺理论》一著的"导论"中，伊格尔顿专门讨论了"什么是文学"即文学本质论的问题，其中论述道："根本不存在什么文学的'本质'。任何一篇作品都可以'非实用地'阅读——如果那就是把文本读做文学的意思——这就像任何作品都可以'以诗的方式'来阅读一样。假如我仔细观看列车时刻表，不是为了找出换乘的列车，而是在心里激起对现代生活的速度和复杂性的一般思考，那么可以说我是把它作为文学来读的。"然后，他接着引用他人的一个比喻说法，继续阐释说："约翰·M.艾利斯曾论证说，'文学'这个术语的作用颇有点像'杂草'这个词，杂草不是特定品种的植物，而只是园丁因这种或那种原因不想要的某种植物。也许'文学'的意思似乎恰好与此相反，它是因这种或那种原因而被某些人高度评价的任何一种写作。正如一些哲学家所说，'文学'和'杂草'是功能论的而不是本体论的术语，它们告诉我们要做些什么，而不是关于事物的固定存在。"[1]

　　首先，从这段论述中的理论观点方面来看。很显然，伊格尔顿在这里是针对"客观主义"的文学本质观而言的。在他看来，对于"文学是什么"的问题，有本体论与功能论两种理解。从本体论的角度理解，显然就会得出"客观主义"的结论，即认为客观地存在着"文学"这种东西（写作类型及作品文本），它是一种本体性的存在，它的本质也都是天然地预先确定的，只要把某种写作类型或作品文本归入其中，那它就是确定的"文学"。伊格尔顿显然不接受这种观点，因此他断然否定，认为根本不存在这样一种所谓文学的"本质"。与此相对立，他对于文学则是作了"功能论"的理解，这种理解则又显然是偏于主观性的。在他看来，一个文本对象是不是"文学"是不确定的，关键取决于阅读接

---

[1] 特里·伊格尔顿：《现象学，阐释学，接受理论——当代西方文艺理论》，王逢振译，江苏教育出版社2006年版，第8-9页。

受者以什么样的态度进行阅读。如果读者是进行"非实用地"阅读，也就是把文本对象"当作"文学来阅读，那么就不管这个文本对象本来是什么，它都能被认定是"文学"。笔者以为，公正地来说，"客观主义"的文学本质观的确是片面性的，这无须多论；而按照"功能论"的文学观念，强调对于文学的理解，要充分考虑阅读主体的因素，这无疑是有道理的。但这种强调显然又走向了另一个极端，把"非实用地"阅读直接等同于"文学阅读"，并进而推断这种阅读的对象文本就是"文学"，也就是把主观"当作"的东西认定为这种事物本身，这无疑又是一种极端的主观主义与片面性，是一种矫枉过正，这与客观主义的文学观念所犯的是同样的错误。从理论论证的角度来看，应当说这也是一种极端与偏激的阐释逻辑。

其次，从举例阐释方面来看。论者也许是为了通俗明白地说明其理论观点，于是就近取譬随意举了一个例子，说是我们也可以"非实用地"把列车时刻表当作"文学"作品来读，因为在这样的阅读中，它可以"在心里激起对现代生活的速度和复杂性的一般思考"，因而这列车时刻表也可作为"文学"来看待。笔者宁愿把这一比喻阐释理解为论者的一种幽默俏皮的行文风格，或者说是为了反驳"客观主义"文学观而故作极端之论。倘若是作为一种理论观点的论证阐释（从具体语境来看不无此意），那就真有偏激与过度阐释之嫌。我们无法确切地知道，是否真有人这样阅读过一本列车时刻表，即便真有人像论者所说这样"非实用地"阅读（即使有恐怕也是绝无仅有吧），那又是否能把这列车时刻表真当作"文学"呢？其中究竟有没有一点"文学性"（哪怕是最宽泛意义上的）可言呢？凡有正常思维的人都不难作出自己的判断。那么，这就带来了一个问题，当我们说某个文本是或者不是"文学"的时候，是否仅仅取决于读者（论者）的主观看法，而完全与文本对象本身的特性无关呢？"客观主义"的文学观念固然偏颇值得质疑，但完全排除"文学"中的客观性（即内含的"文学性"）因素，难道又是合理的吗？如果这样的话，又究竟凭什么来认识和说明某一事物的特性与功能呢？

由此也就关涉以上论述中的另一个比喻，也就是将"文学"与"杂草"相比，只不过从功能选择上来说恰好相反，"杂草"是要被除掉的东西，而"文学"则是要保留下来的东西。这个颇为知名的比喻也常被一些论者津津乐道，用来证明"文学"这个概念是无法言说的。这里的论证逻辑和理论推断同样显得似是而非。为了便于说明问题，笔者试用一个比"杂草"更为贴切一些的比喻来言说。比如，我们通常所说的"水果"这个概念，这无疑是一个抽象的集合式概念，它所指称的对象及其边界很难说是确定不变的。它不像"苹果""梨""桃"这样一类概念，所指称的对象是比较确定的，一般不会产生什么歧义。而"水果"作为一个抽象的集合式概念，所指称的对象包括苹果、梨、桃等，人们在对这类对象物的基本特性与功能加以认识的基础上，使用了"水果"这样一个概念来概括性地指称它们，并且对其进行说明解释。《现代汉语词典》中"水果"词条是这样解释的："名词，可以吃的含水分较多的植物果实的统称，如梨、桃、苹果等。"[1] 如果要较真的话，应当说这个解释也并不是无懈可击的。比如，甘蔗通常都被认为是水果，但严格地说它并不是植物的果实，而是这种植物的"茎"；萝卜通常是归入蔬菜类的，但有时候也可以当作水果食用。在生活实践中此类复杂情况肯定很多，但我们不能因为存在这样一些复杂情况，于是就要颠覆"水果"这个概念，断定关于这一事物的基本特性与功能的解说是不能成立的，甚至认为这个概念是不可言说的。如果这样的话，那就任何一本词典之类的工具书和植物学、动物学之类的教科书都完全无法编写，人类岂不是又要回到混沌无知的状态中去吗？

其实，"文学"这个概念的情形也与此类似。学界都普遍承认，无论在西方还是在中国，这都是一个现代性概念，而且也是一个抽象的集合式概念，它所指涉的对象，包括诗歌、小说、戏剧、艺术性散文等。人们根据这一类对象物的基本特性与功能的认识，在词典等工具书中编

---

[1]《现代汉语词典》，商务印书馆2012年版，第1218页。

写"文学"词条对其加以说明解释，编写文学理论之类教科书对其加以理论阐释，甚至建立"文学"的学科门类对其进行专门研究，其目的应当是更好地认识这一事物的特性与功能，更好地为人类社会的文明进步发挥作用。毫无疑问，"文学"这类事物与"水果"之类事物相比，其中的各种复杂情况不知要大过多少倍，但基本道理仍然是一致的。不管"文学"这类事物如何复杂，总还是能够从那些公认的对象物中，认识其最主要、最基本的特性与功能，给予一定的理论概括与阐释，为人们提供一定的认识借鉴。如果因为存在着文学的历史与现实的复杂性，便认为"文学"像"杂草"一样不可认识说明和无法言说阐释，显然是言之太过不足为据，对此津津乐道过度阐释更是大可不必。

最后，我们还是回到伊格尔顿的理论上来。如上所说，他的某些具体论述看来不无极端与偏激之处，我们未可全信。然而，如果我们不是拘泥于伊格尔顿的局部所论，而是从他的整体理论观念来看，其实可以发现，在整篇"导论"中，他又并不完全否定文学的"客观性"而只承认其主观性，并不认为"文学是什么"的问题不可言说。在"导论"的最后一段他是这样说的："如果把文学看做一种'客观的'描述的类型行不通的话，那么说文学仅仅是人们凭臆想而选定称做文学的写作同样行不通。因为关于这种种的价值判断根本不存在任何想入非非的东西；它们扎根于更深的信念结构，而这些信念结构显然像帝国大厦一样不可动摇。因此，我们迄今所揭示的，不仅是在众说纷纭的意义上说文学并不存在，也不仅是它赖以构成的价值判断可以历史地发生变化，而且是这种价值判断本身与社会思想意识有一种密切的关系。它们最终所指的不仅是个人的趣味，而且是某些社会集团借以对其他人运用和保持权力的假设。"[1] 这里的意思是说，仅仅从某种文本本身来认识文学，或者仅仅从个人的观念看法来认识文学，都是不对或者不够的，只有从文

---

[1] 特里·伊格尔顿：《现象学，阐释学，接受理论——当代西方文艺理论》，王逢振译，江苏教育出版社2006年版，第16页。

学与社会思想意识的关系着眼来认识文学，才能真正对文学作出应有的说明和价值判断。这种看法，是完全符合他关于"政治批评"的主张的。由此看来，伊格尔顿的行文阐说往往比较随意和飘忽不定，有时一些阐说甚至不免自相矛盾，对此还是有必要认真辨析，不宜只根据某些论断而随意阐释。

二

像伊格尔顿一样，美国著名文论家乔纳森·卡勒看来也是一位"功能"论者，颇为注重从文学语言的功能来理解文学。他有一篇十分著名的题为《文学性》的论文，专门探讨"什么是文学"即文学的特质问题。在追溯和比较了关于这个问题的各种观点后，他把关注点集中在"文学性"上面。俄国形式主义者首先提出了"文学性"的概念，指的是使一部既定作品成为文学作品的特性，他们认为这种"文学性"就在于文学作品语言结构的"生疏效应"。乔纳森·卡勒大概并不认同这种"客观论"的观点，认为"文学性"并不确定存在于文本自身，而是还依赖于解读文本的某些条件。他阐述说："本章节关于文学性的讨论，介于文本特性的确定（文本的结构的确定）与通常解读文学文本的习惯和条件的界定之间。两种角度几乎没有共同之处，很难说它们不是互相矛盾的两个角度。其实，语言和文化现象的性质似乎要求两种角度交替使用：只有相对于一套约定俗成的惯例，相对于此层次或彼层次，一个符号系列或声段才具有自己的特性。然而，角度的交替可能产生文学界定方面的困难。一方面，显然，与其说文学性是一种内在的品质，毋宁说它是文学语言与其他语言之间的差别关系的一种功能。"为了说明这个观点，他随即举了一个例子，"假如我们把一段报纸上的新闻按诗体的形式排列在一张纸上，文本中属于新的约定形式的某些功能品质就会显示出来：昨天，在七号国道上／一辆轿车／以每小时一百公里的速度冲向／一棵梧桐树／车上的四位乘客／全部丧生"（注：这里本应分行排列，但为节省篇幅改为用斜线间隔。下文所引诗例亦同）。然后论者阐释道，由于分行排列，于是就使得"这段社会新闻的特点发生了变化。'昨天'不再指某一确定的日期，而指所有的'昨天'，因而其内涵也相应变化，由偶然的单一事件变成了经常发生的事件。'冲向'一词也增添了新的活力，似乎轿车具有某种愿望。另外，'梧桐树'一词的'plat'音节也比较响亮。报道性风格和细节描写的缺乏，甚至可以表示一种屈服性的态度。从另一角度来看，主题的选择似乎包含着对当今感慨的评论，如今，车祸已是司空见惯的悲剧形式"。论者特别强调："上述阐释的基础，是把这段文字看作文学语言，并对它予以评说。正因为这种可能性是存在的，因此，我们需要思考文学性的本质。"当然，这样的阐释不能只看作孤例，而是与一种普遍性的看法有关，乔纳森·卡勒接着说："应当指出，如今理论研究的一系列不同门类，如人类学、精神分析、哲学和历史等，皆可以在非文学现象中发现某种文学性。……似乎任何文学手段、任何文学结构，都可以出现在其他语言之中。假如关于文学性质研究的目的就是区分文学与非文学，上述发现将令人沮丧；如果研究的目的在于鉴别什么是文学最重要的成分，关于文学性的研究则展示出文学对于澄清其他文化现象并揭示基本的符号机制的极端重要性。"[1]

对于以上所论，我们同样可以从理论和实例方面来加以讨论与评析，其中容易引起我们疑虑的大致有以下一些问题。

第一，对于"文学性"问题研究阐释的方向和目标是什么？是使这种认识更加趋于明晰，还是使其更加混杂模糊，乃至最终让这种"文学性"在泛化中淹没和消解掉？其实，乔纳森·卡勒在对"文学性"问题研究历史的考察梳理中已经说得明白，最初人们提出"什么是文学"的问题进行研究，其目的是认识文学区别于其他活动的特质，以及确定成为文学作品的标准有哪些？"直到专门的文学研究建立后，文学区别于其他文字的特征问题才提出来了。提出问题的目的，并非一味追求'区

---

[1] 乔纳森·卡勒：《文学性》，马克·昂热诺等主编：《问题与观点——20世纪文学理论综论》，史忠义等译，百花文艺出版社2000年版，第39-40页。

分'本身，而是通过分离出文学的'特质'，推广有效的研究方法，加深对文学本体的理解，从而摒弃不利于理解文学本质的方法。"❶ 在我们看来，这种努力的方向和目标并没有什么不对或不好。但颇为吊诡的是，在后现代文化语境中，对于"文学性"问题的研究则又出现了反向而行的趋向，也就是不断地往非文学的外围扩展，不断地使"文学性"泛化，正如乔纳森·卡勒文章中所说，"如今理论研究的一系列不同门类，如人类学、精神分析、哲学和历史等，皆可以在非文学现象中发现某种文学性"❷。这本来一点也不奇怪，世界上本来就没有纯而又纯的东西，但这并不意味着不能对事物进行区分研究。有些崇尚后现代思想观念的研究者，不是致力于面对文学去研究"文学性"，而偏偏要从非文学中寻找"文学性"，力图证明人类学、精神分析、哲学和历史中也有"文学性"，当然反过来说，文学当中也有人类学、精神分析、哲学和历史之类东西。这样便是你中有我，我中有你，证明"文学性"无处不在，任何文本中都有"文学性"。论证的结果就是重归于混沌，证明对于什么是"文学性"，什么是文学与非文学是不可言说的，也是说不清楚的。在后现代主义者看来，什么都说不清楚就正常了，谁要是试图去把某种事物或某个问题说清楚，那就有"本质主义"之嫌而必反之，这真有些让人匪夷所思。也许乔纳森·卡勒并不完全认同这种观念，否则他就没有必要去写这篇专论"文学性"的论文了。然而坦率地说，我们从文章中读到的多是他的矛盾与困惑，而它给读者带来的恐怕也只能是更多的矛盾与困惑。

第二，与上述问题相关，如果要研究"文学性"，重心应当在哪里？按照乔纳森·卡勒（还包括上述伊格尔顿）"功能"论的观点，对于文学性的讨论，仅限于文本特性本身是不行的（这被认为是"客观主义"

---

❶ 乔纳森·卡勒：《文学性》，马克·昂热诺等主编：《问题与观点——20世纪文学理论综论》，史忠义等译，百花文艺出版社2000年版，第30页。

❷ 乔纳森·卡勒：《文学性》，马克·昂热诺等主编：《问题与观点——20世纪文学理论综论》，史忠义等译，百花文艺出版社2000年版，第40页。

偏向），还需要研究读者解读文本的习惯和条件，这种看法自有其道理。然而问题在于，在文本特性与读者阅读条件两者之间，究竟哪个方面是更重要的，应当是"文学性"研究的重心？乔纳森·卡勒和伊格尔顿都认为读者的因素才是最重要的，只要读者有这种兴致，列车时刻表也可以当作"文学"来读，报纸新闻也可以读作"诗"。按照这种"主观主义"的理论逻辑，连列车时刻表和报纸新闻都可以当作"文学"，那世界上恐怕没有什么文本不可以当作"文学"了，那还有文学存在的可能和研究文学的必要吗？在这种将文学对象无限"泛化"的过程中，岂不是把文学完全消解掉了吗？在笔者看来，将"功能"因素纳入"文学性"问题的研究中来是有必要的，但研究的重心应当是在文本特性方面。所谓"皮之不存，毛将焉附"，任何事物"功能"的实现，都必然要以该事物本身的特性为前提。对于文学而言，如果没有文本中"文学性"的存在，又何来文学阅读接受中的文学性价值实现？至于文本中"文学性"的具体内涵是什么，以及如何认识把握这种文本特性，那就与研究者的文学观念相关了。在这方面无论怎样千差万别，总还是有悠久而强大的文学传统在起作用，可以作为当代人的参照，对此也是不可完全忽略的。

第三，由此而来就关涉一个问题，研究"文学性"究竟应该以什么样的文本为主要对象？对于文本特性应该主要关注什么？笔者以为，对于宽泛意义上的文学性研究而言，只要研究者有这种兴致，当然可以去研究任何文本（如哲学、历史乃至列车时刻表之类）中的"文学性"，实际上当今某些"文化研究"也正这样做。而对于文学研究（包括文学理论、文学批评等）的学科属性而言，还是理应把文学文本而不是非文学文本作为主要的研究对象，尤其是应当以那些公认的经典、优秀的文学文本作为研究重心。英国学者彼得·威德森的《现代西方文学观念简史》中，把西方现代文学批评传统的形成追溯到马修·阿诺德，说他在《现代批评的功能》中明确提出，文学批评关注的对象应当是"在世界上最好的即最著名的和最为人所思考的东西"；文学批评家应该有能力从"大量的普通类型的文学"中鉴别出"最好的诗歌艺术"。[1]加拿大学者雷吉纳·罗班在谈到文学概念的含义时说:"文学首先是指'经典作品',那些经过历史考验、经得起时尚变迁和不同批评流派评说、进入先贤祠的圣贤之作。文学还包括当代所有的'雅文学'作品;按照皮埃尔·布尔迪厄的说法,能够写出雅文学作品的作者为数不多……"[2]其实无论中西,自有文学研究以来就形成了这样一种传统。笔者一直想不明白,这种文学研究的传统究竟有什么不好,我们当代人为什么要把这种传统颠覆掉?在有些人看来,什么是优秀的、经典的作品根本说不清楚,如果要这样说那就是先验预设,是要坚决反对的。而我们认为,对于文学作品的好坏优劣是可以分辨的,一方面既有伟大的文学传统作为参照,另一方面也有众多读者的阅读反应作为依据,是可以有一定程度的共识乃至公认的。如果连这一点也不承认,那就只会陷入相对主义与虚无主义。研究"文学性"除了关乎文本对象外,还有就是究竟关注什么样的文本特性?不同的文本有不同的特性,文学文本也同样有多方面的特性,那么究竟哪些属于"文学性"的东西,不同的研究者当然会有不同的看法。当初形式主义者提出"文学性"这个概念时,主要是关注文本的语言结构特点;而据有论者研究,此前西方文学批评传统中,更多关注的则是文学作品的"审美性""创造性""想象性"等品质,将此视为文学的独特本质和更高价值,并以此作为"大写"的文学,乃至"好的文学""伟大文学"的评判标准。[3]这种传统文学观念与形式主义文学观虽然相去甚远,但它们仍有共同之处,那就是试图找到文学特性中那些"最重要的成分",从而将文学与其他事物区分开来,以便更好地认识文学的特性,使其更好地发挥作用。只要研

---

[1] 彼得·威德森:《现代西方文学观念简史》,钱竞、张欣译,北京大学出版社 2006 年版,第 39-41 页。

[2] 雷吉纳·罗班:《文学概念的外延和动摇》,马克·昂热诺等主编:《问题与观点——20 世纪文学理论综论》,史忠义等译,百花文艺出版社 2000 年版,第 45 页。

[3] 彼得·威德森:《现代西方文学观念简史》,钱竞、张欣译,北京大学出版社 2006 年版,第 36-38 页。

究的方向和目标相同，不同的认识可以形成互补，让我们对文学特性与功能的认识更加丰富和清晰起来。如今却让我们看到一种反向的努力，引导人们去关注和研究文学与非文学混杂难分的那种"文学性"，使文学与其他事物尽可能混淆起来。在笔者看来，这终归不是文学研究的"正路"。

再从乔纳森·卡勒所论到的报纸新闻分行排列变成"诗"的例子来看，这原本可以看作日常生活中随处可见的一种玩乐游戏，有人愿意这样玩那是个人的自由权利，类似的玩法甚至可以无穷无尽，因而对此不必太当真。有一点应当没有疑问，这首"诗"肯定算不上什么艺术创作，它与真正的诗人呕心沥血的艺术创造肯定不可同日而语；即便要说到它具有某种"文学性"，那也肯定不能与真正的诗作相提并论。论者非要说这样一段报纸新闻分行排列而成的"诗"是一首"好诗"，非要从中寻找和阐释出许多的"文学性"来，总给人一种刻意拔高和强制阐释之感。笔者的困惑在于，我们的文学批评和文学研究，将多少优秀的诗人作家及其杰作撇在一边不去研究阐释，却偏偏对这样近乎游戏的低劣之"诗"感兴趣，费了诸多心思来寻找和阐释其"文学性"，不知其意义价值究竟何在？

三

实际上，西方文学研究中的某些偏向，也对我国的文学理论与批评产生了一定的影响，我们也不妨略举数例并稍加评析。

张隆溪先生《二十世纪西方文论述评》是新时期较早介绍和评述当代西方文论的著作，其中就介绍评述了乔纳森·卡勒的结构主义诗学，并引述了上面那个报纸新闻变成"诗"的例子，只不过译文和排列稍有不同，"昨天在七号公路上/一辆汽车/时速为一百公里时猛撞/在一棵法国梧桐树上/车上四人全部/死亡"。然后论者阐释说："这本是一段极平常的报道，一旦分行书写，便产生不同效果，使读者期待着得到读诗的感受。"文中接着还引述了另一个更为著名的例子《便条》，"我吃了/

放在/冰箱里的/梅子/它们/大概是你/留着/早餐吃的/请原谅/它们太可口了/那么甜/又那么凉"。据说这原本只是一张普通的便条，经过分行排列之后，便成为一首著名的诗。论者引用这个例子，显然是为了更好地说明乔纳森·卡勒的观点，书中接下来阐释说："这是美国诗人威廉斯一首颇为著名的诗，它和一张普通便条的重要区别，不也在那分行书写的形式吗？……这类例子说明，诗之为诗并不一定由语言特性决定，散文语句也可以入诗，而一首诗之所以为诗，在于读者把它当成诗来读，即耶奈特所谓'阅读态度'。"[1] 看来论者认同乔纳森·卡勒的观点，认为一个文本是不是"诗"（文学），并不取决于文本自身的特性，而是取决于读者的"阅读态度"，即是不是把它当作"诗"（文学）来读。这种看法显然是过于主观化的，其偏颇之处上文已有评析不再重复。

后来，上述《便条》诗的例子还被写进了文学理论教材，把它作为"文学与非文学"相区别的一个典型范例来加以分析。论者阐释说，当这些句子未分行排列时，它便是一张普通的便条，"这些句子组成了日常生活中司空见惯的便条，似乎毫无审美意味或诗意，在通常情况下，谁也不会把它们当成文学来欣赏，显然应当被归入非文学的应用文类"。论者然后论述道："面对这样分行排列的'诗'，任何有耐心的读者都可能'读'出其中回荡的某种诗意。这首诗巧妙地引进日常实用语言，描写了我与你、冰箱与梅子、甜蜜与冰凉之间的对立和对话，使读者可能体味到人的生理满足（吃梅子）与社会礼俗（未经允许吃他人的梅子）之间的冲突与和解意义，或者领略现代社会人际关系的冷漠以及寻求沟通的努力。'那么甜'（so sweet）又'那么凉'（so cold）可以理解为一组别有深意的语词，既是实际地指身体器官的触觉感受，也可以隐喻地传达对人际关系的微妙体会。这里用平常语言写平凡生活感受，但留给人们的阅读空间是宽阔的、意味是深长的。"然而，看来论者对这

---

[1] 张隆溪：《二十世纪西方文论述评》，生活·读书·新知三联书店1986年版，第117-118页。

种情况似乎也不无疑惑，所以又说："那么，这里决定文学与非文学的标准是什么？看起来是句子的排列方式（分行与不分行）的差异，但是，倘是深究起来，这里的标准有些模糊。例如，难道诗与应用文的区别仅仅在于句子的排列方式吗？如果回答是肯定的，那么，是否任何非文学文体一经分行排列便成为诗了呢？这样一来，问题就更为复杂了。例如，我们信手从报纸上原文照抄一句话，把它加以分行排列：'举世瞩目/中国球迷挂心的/四十一届世界乒乓球锦标赛/团体赛/赛制有变'。这叫诗吗？尽管分行排列，但读者不难判断出它不是诗。"最后，论者总结道："判断文学与非文学的标准并不简单地在于审美属性及语言形式，而主要在于：第一，文学的语言富有独特表现力，例如'那么甜'与'那么凉'别含深意；第二，文学总是要呈现审美形象的世界，这种审美形象具有想象、虚构和情感等特性，例如《便条》建构了一个想象的人际关系状况；第三，文学传达完整的意义，本身构成一个整体；第四，文学蕴含着似乎特殊而无限的意味。"[1]

其实，在上述例子的阐释中，其关键之处在于，论者首先假定了这张便条分行排列后已经成为"诗"，然后再按照"读诗"和"解诗"的方法，通过"诗意的想象"方式，对它进行仔细解读，这样就可以从中阐释出许多的"深意"甚至是"无限的意味"。同样，后面那个关于"赛制"的报道，也是首先认定它是新闻报道而不是"诗"，所以也就不去做"诗"的解读，这样它当然就不是"诗"了。假如我们把那个关于"赛制"的报道分行排列后，也改变一下"阅读态度"，首先把它"当作"一首诗，而且认定它是一首"著名的诗"，然后也按照读《便条》诗一样来阅读和阐释，是不是也可以"读解"出一些"诗意"来呢？比如，或许可以这样来进行"诗意的想象"——"举世瞩目"意味着全世界都在关注"赛制有变"这件事；那为什么会特别让"中国球迷挂心"呢？外国球迷会不会也同样"挂心"？在这种"诗意"的联想

---

[1] 童庆炳：《文学理论教程》，高等教育出版社2004年版，第54-56页。

中，我们似乎可以感悟到，其中暗示或隐喻了中国与世界的空间关系，构成了中国球迷与世界球迷，或者"本土性"与"世界性"对立和对话，从而象征性地表现了中国球迷的爱国主义情愫。再如，为什么"团体赛/赛制有变"会特别引起"中国球迷挂心"呢？这也是暗示了球迷的"集体主义"信念，由此可以读出诗中这种"集体无意识"的象征性表现。以这样的"阅读态度"读这首"诗"，便可以激发我们无限的诗意想象，不仅读来耐人寻味、意味深长，而且能够给我们爱国主义和集体主义的思想启迪——对于这样的读解阐释，肯定会让人嗤之以鼻，认为神经不正常。然而这岂不正是《便条》和车祸新闻"诗"之类的解诗逻辑吗？这种解诗逻辑的关键就在于"循环论证"，即首先认定某个文本（或某种形式的文本）是"诗"或者不是"诗"，然后阐释者对其进行相应的"诗意"或者"非诗意"的读解阐释，最后得出结论判断其是"诗"或者不是"诗"。这里至关重要的在于解读者的"阅读态度"，而与文本对象本身的内涵特性没有太多的关系，这种阐释观念及其逻辑不能不令人怀疑。

这类例子其实还有不少。笔者以为，在中国语境中出现这种情况，很大程度上是出于西方理论批评的误导。我们总是相信西方理论批评都是对的，特别是对一些外国名人的学说更是不敢怀疑，他们阐述的理论观点容易被当作经典之论，他们所讨论过的例子也往往被当作经典之例，以为具有普遍意义，然而实际上未必都是如此。当然，这里并不是说此类例子毫无意义，如果是用来说明文学现象的多样性与复杂性似无不可，然而以此来论证文学的特性即"文学性"问题则未必妥当。因为这不仅无助于说明文学区别于其他事物的根本特性，反而更容易模糊对于"文学性"问题的认识理解，甚至有可能导向对于真正的"文学性"的消解。

以笔者愚见，在文学基础理论研究和教学中，还是应当以公认的经典、优秀的文学作为主要阐释对象，在此基础上建立基本的"文学性"观念，确立应有的文学价值导向。对于现实生活中的大众化写作现象，当然可以给予适当的关注，从文学现象的多样性与复杂性的意义上对它们作出说明，但不宜在有意无意的过度性阐释中形成误导。前些时候有媒体炒作某些"梨花体"诗，如《傻瓜灯——我坚决不能容忍》："我坚决不能容忍/那些/在公共场所/的卫生间/大便后/不冲刷/便池/的人"；近期又有人炒作一些"废话体"诗，如《对白云的赞美》："天上的白云真白啊/真的，很白很白/非常白/非常非常十分白/极其白/贼白/简直白死了/啊——"（此类诗应当与前述《便条》和车祸新闻"诗"相类似，而且好像还是某些被封为"诗人"的人正经八百作为"诗"来"创作"的），在当今开放多元的时代，如果有人愿意这样去写，也有人愿意去读，甚至有人愿意去吹捧，这都是个人的自由权利，大概别人无权干涉。但作为文学理论与批评，则没有必要从这样的写作及文本中去寻找和阐释什么"文学性"，因为其中实在没有多少作为文学（诗）的价值可言，更无助于让社会形成良好的文学价值导向。

那么，说到底，什么才是我们的文学理论与批评该做的工作呢？笔者还是宁愿认同19世纪中期英国诗人和批评家马修·阿诺德的看法，这里姑且摘引他在《当代批评的功能》中的一段话，作为本文的结束语，他说："批评的任务，正如我们已经说过的，是只要知道了世界上已被知道和想到的最好的东西，然后使这东西为大家所知道，从而创造出一个纯正和新鲜的思想的潮流。它的任务是，以坚定不移的忠诚，以应有的能力，来做这桩事；它的任务只限于此，至于有关实际后果以及实际应用的一切问题，即应完全抛弃，对这些问题也不怕没有人做出卓越的成绩来。否则的话，批评不仅违反了自己的本质，而且只是继续着它一向在英国所蹈的故辙，并将必然错过今天所得到的机会。"[1]

原载《文艺争鸣》2015 年第 4 期

---

[1] 马修·阿诺德：《当代批评的功能》，伍蠡甫主编：《西方文论选》下卷，上海译文出版社 1979 年版，第 81 页。

解构批评与文学阐释

——张江与米勒的对话讨论及其理论启示

近年来,张江先生接连发表文章,阐述对当代西方文论如何重新认识评价的问题,其中也涉及对解构主义理论和解构批评的认识评价问题。前两年有刊物发表了他与美国著名解构批评家米勒先生之间的两次通信[1],围绕解构批评与文学阐释的相关问题展开对话讨论。从双方讨论的话题和表达的观点来看,可以看出他们对一些问题的看法仍存在较大分歧。对于这场对话讨论,我们也许可以进行一些解读分析,从而进一步深化对有关问题的认识。为了便于比较,我们或可先对双方对话讨论的主要问题及其阐述的基本观点略加梳理,然后再来进行一些比较评析和理论探讨。

一、张江提出的主要问题及其表达的看法

从张江先生通信的内容来看,他主要向米勒先生提出了以下一些方面的问题或疑问,并且表达了他的一些基本看法。

第一,对解构主义和解构批评如何理解的问题。论者对解构主义和解构批评质疑,认为这种理论观念和批评方法是消极的、否定性的,是指向对文本意义的碎片化解构。然而米勒本人的批评实践却并非如此,

---

[1] 张江与米勒的通信讨论,见《文艺研究》2015年第7期,《文学评论》2015年第4期。文中所引作者论述均见该文,不另详注。

看来解构主义理论观念与解构批评实践是存在矛盾的。在说明解构主义的特点时，论者主要引述了中国学者的看法，认为解构主义是一种否定理性、怀疑真理、颠覆秩序的强大思潮。表现在文学理论和批评上，就是否定以往所有的批评方法，去中心化，反本质化，对文本作意义、结构、语言的解构，把统一的东西重新拆成分散的碎片或部分。但通过对米勒《小说与重复》等著作中一些批评实例的分析，可以看出批评家仍然是在对作品文本的分析阐释中寻找意义主旨。这就证明其批评实践背离了批评原则，二者之间存在着非常明显的不能调和的矛盾。这似乎也可以理解为，这种所谓解构批评原则在批评实践中也是做不到的。

第二，对文学作品的文本意义如何认识的问题。论者提出的问题是：一个确定的文本究竟有没有一个相对确定的主旨，并且这个主旨是否会为多数人所认同，或者说多数人是否会对文本主旨有相对一致的认同？按照解构主义的立场，一部作品文本是丰富多义的，并且多种意义都能成立又互不相容，因此，从来就不会存在唯一的、统一的意义中心和本原。解构主义批评也是强调文本的多样性，即文本中明显地存在着多种潜在的意义，它们相互有序地联系在一起，受文本的制约，但在逻辑上又各不相容。因而对于批评家和读者而言，对一个文本的分析和解读，绝无可能有相同的认识和结论。然而从米勒本人的一些批评实例来看，却并不能证明上述观点，而是恰恰可以反过来证明：一部作品文本是有主题的，尽管这个主题的表现形式不同。或者说，尽管文本意义可以多元理解，但终究还是有相对确定的含义自在于文本，应该为多数读者共同认定。在通信中虽然论者是以向对方质疑和进行商榷的口气谈论问题，但不难看出其中自有其认识判断，就是认为一个确定的文本，应当存在着相对确定的意义主旨，并且相信文本中这个相对确定的主旨或主题，能够得到多数人基本认同。而文学批评的意义，便是去发现作品文本中潜存着的这种意义主旨，并且以自己的方式对此加以揭示和阐释。

第三，关于文学作品的读解阐释是否可能的问题。论者提出的疑问是：从解构主义的立场来看，读解阐释似乎是不可能的，米勒本人也认为"解读的不可能性"是个真理。但问题在于，既然解读是不可能的，解读问题是失败的，为什么解构批评家并没有放弃解读的冲动？米勒本人也是一直立足于解读，以深入的解读见长，通过解读和阐释系统地表现了自己的理论立场和取向。如此看来，在这个问题上解构批评同样是自相矛盾的。

第四，关于文学创作和文学批评是否存在规律性的问题。论者提出的问题是：从解构主义的立场来说，到底有没有系统完整的批评方法，可以为一般的文学批评提供具有普遍意义的指导？进一步说，从文学理论的意义上总结，小说的创作有没有规律可循？如果按照解构主义坚决反对"逻各斯中心主义"的立场和理论逻辑，显然认为文本之中没有确切的可以供整一阐释的意义，而且认为没有整一的、具有一般指导意义的系统批评方法存在。然而从米勒的解构批评本身来看，却又并非如此，而总是寻求在千变万化的文本叙事中，在无穷变幻的故事线索中，找出具有普遍规律的一般方法。比如在《小说与重复》中，就是力图从"重复"入手解析文本，这本身就是一个大的方法论的构想，这种解读和阐释岂不是为了找到系统的、具有"规律"意义的普遍方法吗？由此可以肯定地说，文学创作和文学批评是有规律存在的，文学理论的任务就是找到和揭示这些规律。如此看来，解构批评在这方面也是充满矛盾的。

综上所述，张江先生的质疑集中到一点，就是认为解构主义的理论观念和文学批评原则是并不可靠的，而且与米勒本人的文学批评实践是并不一致的。这种理论主张与批评实践之间的自相矛盾，也反映了它与文学规律本身的背离。

二、米勒的回应及其阐述的基本观点

米勒在回信中首先肯定，对方提出的议题是非常重要的，值得反复讨论。他对这些问题基本上作出了回应，特别是对于他自己所理解的解构批评更是做了详细深入的阐释，有助于我们对这些问题的深度理解。

首先，关于对解构主义的认识。针对张江通信中所谈到的中国学者对于解构主义的理解，米勒表达了他自己的看法。他认为中国学界对于解构主义（至少是他本人的解构批评观点）的理解，过于强调了所谓"解构"的消极面。他说如果自己是或曾经是一个"解构主义者"，也从来不是中国学者所指的那种解构主义者，因为自己从来不拒绝理性，也不怀疑真理（虽然在一个特定的文学文本中关于真理的问题经常是复杂的，甚至是自相矛盾的），而只是希望以开放的心态进行自己的文本阅读。一部文学作品不一定就要保持某种"统一"，也许它是统一的，也许它不是，这有待于通过严谨的"阅读"来观察与展现。而且，对于"中心"与"本质"的讨论，也应该是敞开的。他还特别解释了"小孩拆解父亲留下的手表"这个比喻，说这里所表述的意思是，"解构"这个词暗示，这种批评把某种统一完整的东西还原成支离破碎的片段或部件。它绝不是说解构就像孩子为了反叛父亲，反叛父权制度，而将其手表拆开。德里达是在海德格尔的德语词汇 Destruktion 的基础上创造了"解构"（Deconstruction）这一词汇，不过他又在词汇"destruction"中加入了"con"，这样一来，这一词汇既是"否定的"（de），又是"肯定的"（con）。由于他感到对解构主义的正确理解特别重要，所以在第二次通信中再次重复了上述解释，并且补充了他在英文维基百科关于"解构主义"条目更确切的表述，即解构不是要拆解文本的结构，而是要表明文本已经进行了自我拆解。之所以会有文本的"自我拆解"，是根源于文学语言的比喻（隐喻）性，它会干扰人们所希望获得的直白的字面含义，这在诗歌文本中表现得特别突出，在其他文学文本中同样如此，所以需要特殊的解读方法来适应这样的批评要求。

其次，关于解构批评与批评阐释学（阐释学批评）、读者反应批评之间的关系。针对张江将解构主义与批评阐释学、读者反应批评放置到一起来讨论的做法，米勒也阐述了他的看法，他认为这几种文学批评的观念是根本不同的。批评阐释学是从希腊开始，起源于对《圣经》等经典文本的注释；而它的现代形式则起源于施莱尔马赫等人直到现象学的不断发展，它到现在仍然很重要也很活跃。他认为，阐释学阅读是一种"主题阅读"，阐释学批评的一个重要特点，就是力求寻找文本中单一的主题意义。"在寻找一个特定文本的单一、广泛被人们接受的文本意义时，'阐释学'或多或少就会出现。"米勒在对话文章中，还特意引述了保罗·德曼的一段话，说明文学研究中阐释学与文学诗学之间的紧张关系：当你作阐释学研究时，你所关心的是文本的意义；当你这样作诗学研究时，你所关心的是文体或一个文本产生意义的方式描述。一个人会因为过于关注意义的问题而无法同时做到阐释学与诗学两者兼顾。很显然，解构批评观念是疏离阐释学而更接近诗学的。米勒文章中还特别提到，德里达在其职业生涯的初期，曾受到胡塞尔现象学的极大影响，他后来创建"解构"理论，正是他对阐释学所作出的一种回应。这里所谓"回应"，实际上就是反叛的意味。至于读者反应批评，则可说是从另一方面与解构批评形成对立。在米勒看来，读者反应批评理论（如斯坦利·费什的观点）的特点在于，它认为一个文本本身没有任何意义，意义是从文本之外通过"读者社群"强加给文本的；而解构主义者却从来不会说任何文本本身没有任何意义，只会说很多文学作品都具有多个可以确定的含义，但不一定总是要相互不兼容。不过，必须仔细阅读特定文本才能够找出这些含义。米勒通过这种比较阐释，就把解构批评与阐释学批评、读者反应批评区别开来了。与此同时，他也就更明确地阐明了解构主义本身的基本观念，即它并不否定文本中包含意义，甚至认为一个文本中可能包含多个可以确定的意义；但它并不追求寻找文本中单一的主题意义，而是更为注重文本中多个意义之间的共存与兼容关系。这是米勒对解构主义及解构批评所作的进一步解释。

再次，对他所倡导的解构批评即"修辞性阅读"的说明阐释。这是米勒在两次（尤其是后一次）通信对话中，所要着力阐述的内容。他特别强调说：近来更愿意将自己所做的事情称为"修辞性阅读"，而不是

"解构性阅读"(从文学批评的角度说,可能称为"解构性批评""修辞性批评"更为确切)。他为什么要这样强调说明?这也许是因为,在很多情况下,人们都把米勒看成解构主义批评的代表性人物,然而米勒自认为,自己并不是人们通常所理解的那种解构主义者,而是有自己独特的批评理念与追求,所以他要用一个独特的概念来标示,这就是"修辞性阅读"。那么,什么是"修辞性阅读"(修辞性批评)?米勒曾在多种场合一再对此进行阐述,在这次的对话讨论中又再次详细说明。综合起来看,大致有如下基本含义:第一点,强调要"回到文本"。他说:"我的座右铭就是'永远回到文本'。"而且他还强调,不是一般意义上的回到文本,而是要以"科学化的"态度和方法对待文本,这样才能做到对一个特定文本的评论有据可依;在对文本进行研究和评论时,需要重视从文本中的引用,这样才能够足以支持我对该文本的判断。第二点,强调要特别注意文学文本区别于其他文本的特殊性。这种特殊性就在于,文学文本是修辞性文本,应当特别注意文本中隐喻以及讽刺等修辞手法的运用,而其他文本显然不像文学文本这样重视和运用修辞性(或可叫作"艺术性"),这应当说不言而喻。为什么要特别强调这一点呢?这就跟上面所说的解构批评观念相关。在解构批评看来,解构不是要拆解文本的结构,而是要表明文本已经进行了自我拆解,而所谓文本的"自我拆解"(或可理解为文本结构与意义的"开放性"),正是根源于文学语言的隐喻性,这样就会带来一个文本含义的不确定性或多义性,以及读者对文本进行多种意义读解的可能。修辞性文本会干扰人们所希望获得的直白的字面含义,所以需要特殊的解读方法来适应这样的批评要求。由此而来的第三点,也是对于"修辞性阅读"(修辞性批评)来说最重要的一点,就是强调文学阅读(批评)不应固守某种程式和理论,而是应当充分重视每个修辞性文本所具有的独特魅力,以及我们在这种修辞性阅读中所获得的奇妙独特的体验感受。米勒再次重复阐述他曾说过的一段话:"文学的特征和它的奇妙之处在于,每部作品所具有的震撼读者心灵的魅力(只要他对此有着心理上的准备),这些都意味着文学能连续不断地打破批评家套在它头上的种种程式和理论。"然后他强调："对我来说，这句话是我本人批评范式的一个重要内容。"在他看来，大多数人阅读小说或抒情诗，由此进入人物及其行动的想象世界，或者欣赏诗词在头脑中生成的源自作者的思想和情感，能够从中获得由修辞性语言及想象景象所带来的快感。他说自己读小说，也是因为非常喜欢那种进入小说想象世界的过程。由此可知，米勒所理解和倡导的"修辞性阅读"（修辞性批评），并不是要通过阅读刻意去寻找某种主题意义，而是更为注重从文学文本的修辞性阅读中所获得的真切体验与认识，在此基础上才形成对文学作品的批评阐释。

最后，关于文学批评的理论方法与文学阅读（文学批评）实践的关系问题。针对对方所提出的核心问题，即"从解构主义的立场来说，到底有没有系统完整的批评方法，可以为一般的文学批评提供具有普遍意义的指导？"米勒作出了十分明确的回答：从理论建构的意义上来说，显然是存在着这样的理论体系的，从亚里士多德一直到罗兰·巴特，西方有很多这样的批评理论方法存在，其中也包括解构主义的理论方法在内。但从文学批评实践的意义上来说，没有任何一套理论方法能够提供"普遍意义的指导"。他以非常肯定的语气说道："不存在任何理论范式，可以保证在你竭力尽可能好地阅读特定文本时，帮助你做到有心理准备地接受你所找到的内容。因此，我的结论是，理论与阅读之间是不相容的。我认为，人们实际的文学作品阅读，以及将其转变为日常生活的一部分的过程，比任何关于文学的理论都更加重要。"当然，这并不是说关于文学批评的理论方法毫无用处，而是说在文学阅读和批评实践中，它只是像仆人一样处于从属地位，理论的作用只不过是起一种辅助阅读的作用。换言之，对于文学批评实践而言，所谓理论范式与方法并不是最重要的，更重要的还是对于特定作品文本的阅读体验与感悟。

总的来看，米勒对于张江在讨论中所提出来的那些"具有挑战性的问题"，以平和而诚恳的态度作出了积极的回应。他似乎无意于争辩是非对错，而是尽可能明晰和充分地阐明自己对问题的看法，既尊重对方以及他人的理论立场，同时也毫不隐讳地表明自己的认识见解，使读者对讨论中所涉及的问题有更好的理解。

三、双方对话讨论的理论启示

如果我们从旁观者的角度，来看张江和米勒在通信对话中所讨论的问题，也许可以集中到以下两个方面的基本话题上来认识和评析，并由此启发我们对一些问题作更深入一步的思考和探讨。

第一个方面的话题，是对解构主义或解构批评如何认识的问题。这是双方首先讨论的一个核心问题，从双方所作的理论表述来看，显然彼此的认识看法是存在很大差异的。

从我们局外人的角度来看，这其实完全不难理解。首先，解构主义本身就是一个很复杂的东西，即使在西方学界，也往往是众说纷纭，存在各种不同的理解。如前所说，德里达最初在海德格尔的德语词汇的基础上创造了"解构"这个词汇，自有其主观预想以及所要表达的特定含义。然而，后来在其他人对这一词汇的使用和进一步理论阐释中，却很可能会产生各种程度不同的误读或曲解。这种情形再正常不过，几乎在各种颇有影响的理论学说的传播运用过程中，都会出现这种情况。如果要去仔细翻检西方学界关于解构主义的各种理论阐释，肯定会发现其中的种种差异乃至矛盾之处。所以米勒在回应张江对解构主义的质疑时，其语气似乎也并不那么肯定，而是要委婉地表示，"如果说我是或曾经是一个'解构主义者'"，并且还要特别声明，"但我从来都不是您说的中国教科书中所指的那种解构主义者"。这也就意味着，米勒对于解构主义所作的解释，只是表明他自己的理解看法，并不能认为是对于解构主义的权威注解。米勒本人尚且是这样一种态度，我们当然也应注意到其中的复杂性。其次，解构主义理论进入中国语境，则更有可能带来各种误读和误解。不同理论立场的使用和阐释者，往往会从各自的角度来认识解构主义，并根据自己的理论立场和现实需要对它加以读解阐释，这也应当说是不言而喻的。这种跨语境的读解阐释，有可能产生更大程度上的"误读",使这种理论学说变得更加复杂化,或者距离创立者的初衷更远。所以,当米勒在对话中获悉中国学者(教科书)对解构主义的理解时,难免会感到吃惊,并且要赶紧声明自己并不是这样的解构主义者。由此我们不难得到一种启示,就是对于一种理论学说,特别是经过了较漫长发展历程和跨语境旅行的理论学说,在对其进行阐释和评价时,要充分看到它的复杂性,避免对其作望文生义的简单化理解(此种情况在关于"文学终结论"、文艺学"反本质主义"等话题的讨论中都有不同程度的表现)❶,这应当说是合理的要求。

对于解构主义以及解构批评这样影响很大同时又很复杂的事物,要说清楚并不容易,要准确认识评价也许更难。但这似乎并没有那么重要,笔者以为比这更为重要的问题还在于,我们究竟为什么要关注和研究这种理论批评形态,以及我们可以从什么样的意义上来认识和借鉴它?从这个角度来看,这场围绕解构主义理论话题的对话讨论,有更值得我们重视的启示意义。

比如,在米勒对于解构主义问题的回应中,有一点是特别值得注意的,就是他认为中国学界过于强调了"解构"的消极面。那么,其言下之意,就是说解构主义还有积极的方面。所以,在接下来的讨论中,无论是对德里达创建"解构"这个词汇的由来和初衷的说明,还是他对自己被称为"解构"批评的辩护性理论阐释,都是力图证明解构主义的积极方面的意义。这也就启示我们,对于解构主义理论及其文学批评,是否的确有必要全面、辩证地认识和区分它的积极面与消极面?上面说到解构主义的复杂性,这种复杂性可能不仅表现在理论内涵的复杂,更表现为价值取向上的复杂。也许可以说,解构主义并不是铁板一块的东西,既有积极的解构主义,也有消极的解构主义;或者说,在解构主义这个矛盾统一体中,既有积极的方面,也有消极的方面。

---

❶ 赖大仁:《文学研究:终结还是再生?——米勒文学研究"终结论"解读》,《学习与探索》2005年第3期;赖大仁:《文艺学反本质主义:是什么与为什么——关于文艺学反本质主义论争的理论反思》,《华中师范大学学报》2014年第3期。

那么，如何来认识解构主义的积极面与消极面呢？从米勒的理论阐述中，我们也许可以获得以下几点认识。

其一，解构主义并不只是解构，同时也强调建构，是二者的有机统一。米勒在两次通信中，一再重复阐述德里达当初如何在海德格尔的德语词汇 Destruktion 的基础上，创造了"解构"（Deconstruction）这一词汇，不过他又在词汇"destruction"中加入了"con"，这样一来，这一词汇既是"否定的"（de），又是"肯定的"（con），就是试图从源头上说明这一点。而且，米勒还特别声明，自己从来都不是只强调"解构"的那种解构主义者，说自己从来不拒绝理性，也不怀疑真理云云，都表明他力图与那种消极的解构主义划清界限。由此也就不难看出，在米勒的心目中，真正的解构主义，既是否定的也是肯定的，或者说既是解构的也是建构的，其积极意义自在其中。而那些主张否定一切、怀疑一切、解构一切的解构主义理论，以及把解构主义简单理解为打倒、破坏和颠覆一切的理论阐释，都是一种消极的解构主义，或者说是过于强调了解构主义的消极方面。

其二，关于解构主义理论中"解构"的含义，以及如何判断其积极或消极的问题。之所以称为解构主义，"解构"肯定是其基本含义。从它的初衷和目的而言，解构作为一种思维方式，是要打破似乎是自然的、固有的等级划分和二元对立，把一部作品原有的、完整的结构拆解开来加以观照，并根据新的理解来重建作品新的结构和意义。它并不是要简单拆解或毁灭一个结构及其意义，而是要重建一种结构和意义，因此说它既是解构也是建构。解构批评家乔纳森·卡勒说，"解构最简单的定义就是：它是对构成西方思想按等级划分的一系列对立的批评：内在与外在、思想与身体、字面与隐喻、言语与写作、存在与不存在、自然与文化、形式与意义。要解构一组对立就是要表明它原本不是自然的和不可避免的，而是一种建构，是由依赖于这种对立的话语制造出来的，并且还要表明它是一种存在于一部解构作品之中的结构，而这种解构作品正是要设法把结构拆开，并对它进行再描述——这并不是要毁灭它，而是要赋予它一个不同的结构和作用。但是作为一种解读的方法，用巴巴拉·约翰逊的说法，解构是'文本之中关于意义的各种论战力量之间的一种嬉戏'，研究意义表述模式之间的张力，比如语言的述行特点和述愿特点之间的张力"[1]。从这种思路来看，解构本来的意义，正在于打破固有的封闭结构和模式化的思维方式，为重建新的结构和生成新的意义开辟道路，因此它本来是一种积极的思维取向。按照这种基本含义，或许可以这样说，如果解构的动机和目标，是为了打破固有的结构模式及其僵化的思维方式，寻求建构新的结构形态及其意义生成方式，那么就是"解构"的积极思维取向。与此相反，根本就无意于新的意义建构和思维创造，只有简单怀疑否定一切、盲目颠覆解构一切的冲动，那就显然是"解构"的消极思维取向。这种复杂情况在很多具体问题的争论中都会表现出来，如前一时期围绕文艺学"反本质主义"的论争中，就表现出这种复杂性和不同的思维价值取向。[2]

其三，关于解构主义中"建构"方面的诉求，以及在解构批评中如何实现的问题。在米勒看来，积极意义上的解构主义，并不是简单地破坏结构和消解意义，而是更在乎重建新的结构和生成新的意义。对于解构批评而言，其实就是在两个方面寻求突破。一个方面是极力打破此前结构主义的封闭性文本观念，重建新的开放性文本观念。如前所述，米勒毫不隐讳地表达了关于"解构"（拆解）文本的诉求，为此他甚至还用了一个孩子拆解父亲手表的比喻来说明。当张江先生在通信中用他这个比喻来求证其观点时，他不得不费力地加以解释，使人相信是别人误解了他的意思（坦率地说，这个比喻确实用得不好，很容易让人产生简单化的理解）。为澄清其看法，他不得不补充引述自己在英文维基百科关于"解构主义"条目的确切表述，强调解构不是要拆解文本的结构，而是要表明文本已经进行了自我拆解。他的意思本来是说，由于文学文

---

[1] 乔纳森·卡勒：《文学理论入门》，李平译，译林出版社2013年版，第131页。
[2] 赖大仁等：《文艺学反本质主义：是什么与为什么——关于文艺学反本质主义论争的理论反思》，《华中师范大学学报》2014年第3期。

本是修辞性文本，文学语言充满了隐喻性，因此，这种文本就会呈现出"自我拆解"式的开放性结构，其中充满了各种内在张力。把文学文本看成这样一种"自我拆解"式的开放性结构，才会有不断生成丰富多样的文学意义之可能。当然，这种丰富多样而又不确定性的文学意义之实现，则又取决于另一个方面，那就是读者（批评家）的建构性读解阐释。米勒不仅强调文本的开放性，同时也强调文本阅读的"开放性心态"，努力寻求某种特殊的解读方法，来适应这样的批评要求。这种特殊的解读方法，就是他所倡导的"修辞性阅读"。其实它的内核仍然是解构性思维，但它不是指向解构性的，而是指向建构性的、寻求新的意义生成的读解方式。在这里，解构作为一种解读作品文本的方法，它要着力于研究文本之中所构成的各种张力关系，包括文本叙述与意义之间的张力，文本中多重意义之间的张力，文本叙述方式与叙述者意图之间的张力等。在这种解构性阅读中，能够发现或生发更为丰富多样的意义。从这个角度看，这种解构性阅读也正可以看成文本意义的积极建构与生成，因此可以更多从积极的方面来认识。

与上述问题相关的第二个方面的话题，是应该如何进行文学批评（或文学阐释）的问题。张江从中国文学批评传统及其语境出发，阐述了他的理论见解；而米勒则站在他的解构批评立场，对此作出了回应性阐释。很显然，两者阐述的看法是有较大差距的，他们之间这种不同的文学批评观念之间的对话，以及所反映出来的中西文化的差异性，同样可以给我们一些启示，引发我们对相关问题的进一步思考。这里我们概括以下几个方面的具体问题略加评述和探讨。

其一，关于文学批评（或文学阐释）的目标问题。张江对此并没有做多少正面的理论阐述，他是以提问的方式来表达看法的。他给米勒的第一封信开门见山提出了这个问题："在我心里反复纠结的问题是，一个确定的文本究竟有没有一个相对确定的主旨，这个主旨能够为多数人所基本认同？"从他后面的分析及行文逻辑不难看出，他对此是作肯定回答的。不仅如此，通过对米勒本人一些批评实例的分析，他认为米勒自己的文学批评也是在努力寻找和论证一部作品的主旨（主题），从而暴露其批评理论与批评实践之间自相矛盾，期望对方能对此现象作出解释。而米勒在回信中却似乎不太明白对方何以会提出这样的问题，乃至惊异于"为什么这对于您来说是一个如此重要的问题？"由于他没有看到对方的具体解释，所以他就试图加以推测："我的猜测是，您认为，如果'多数人'能在一个特定的'确定文本'中找到'相对确定的主题'，那么大多数读者就会对如何阅读作品的问题达成一致性意见。这将创造一个读者社群，在这个社群中，各读者成员之间相互协调。"应当说，米勒的这个推测分析是大致不错的。张江所提出的问题及其表达的观点，应当是基于中国的文学批评传统及其文化语境。众所周知，根源于"诗以言志"和"文以载道"的文学观念，中国历来有主题批评的传统，就是要努力从诗文作品中读解和求证出表现的是什么"志"和"道"；同时这又和"兴、观、群、怨、识、事（事父事君）"的文学价值观念密切相关，要通过这种文学批评的主题阐释，来充分发挥文学的认识、教化、群治等方面的社会功用。这种主题批评传统在中国历史上一直占主导地位，在中国现当代文学批评中可能显得更为突出。因此，中国文学理论批评家持有这样的批评观念，应当说毫不奇怪。然而对于米勒这样的西方解构批评家来说，却似乎对此难以理解和认同，所以在回信中表达了他的疑问，并且仍然坚持阐述他自己的观点。他认为文学批评（文学阐释）的目标，并不是为了去寻找和求证某种主题或主旨，以此寻求多数人认同，从而起到思想情感和精神价值同构的作用；恰恰相反，他更为注重个体性的精神体验和独特发现，因此强调个性化阅读与阐释，既承认一个作品文本中可以有多种意义（主题或主旨）不分先后主次地平等并存，也尊重每个人（读者或批评家）对作品文本意义的不同理解与阐释，未必谁的评论阐释就一定更权威、更应当认同。而这一切都根源于一个基本理念，那就是文学阅读与批评阐释，完全是读者或批评家个人化的事情，而不是一个社会化和群体性的行为。这样就不难理解，他为什么明确反对阐释学批评的主题阅读与阐释方式。其实,持有这种文学阅读与批评观念的并不只是米勒,在当代西方批评家中有一定普遍性。比如,同样被认为是解构批评家的哈罗德·布鲁姆就强调说,文学阅读以及批评阐释,是为了消减孤独、增强自我和达到自我完善,而不是为了去影响你的邻居街坊,或者去改变别人的生活,"除非你变成你自己,否则你又怎么有益于别人呢?"只有首先通过阅读完善自己,最终才会成为别人的启迪有益于社会。[1]他的意思是说,无论是文学阅读还是批评阐释,不要总是想着如何去教化别人,而应首先想着如何完善和提高自己,自己完善和提高了,自然会有益于别人和社会(这似乎有点类似于中国古人所说"古之学者为我,今之学者为人"的意思),他的看法显然与米勒相通。应当说,张江提出的问题和表达的看法,与米勒、哈罗德·布鲁姆表达的看法之间,很难绝对判断谁对谁错,而只能说是彼此的志趣各异和目标不同,反映了中西文学批评传统和文化语境的差异所在。记得有一位教育理论家在谈到中西教育理念的差异时,曾表达过这样的意思:西方讲人的成长,所以注重个性;中国讲人格塑造,所以注重教化。这反映在文学观念上,也体现了这种差异性。

其二,关于对文学作品文本及其意义的理解问题。从张江和米勒的对话讨论来看,双方仍有一些共同之处,比如,都认为文学批评(文学阐释)要重视文本。张江明确提出"本体阐释"的命题,强调任何文学阐释都应当以文本为依据。米勒的"修辞性"阅读阐释更是离不开文本,所以他要把"永远回到文本"作为自己的座右铭。然而他们的分歧也是明显的,这就是对文本意义该如何理解的问题,这一点与前面所说的文学批评(文学阐释)的目标问题直接相关。从张江的主题(主旨)批评观念和眼光来看,一个作品文本无论有多么丰富多样的意义内涵,其中总会有一个更占主导性的方面(可称为主题或主旨),文学批评应当主要以此为阐释目标,揭示其主要方面的思想意义。看来米勒是试图

---

[1] 哈罗德·布鲁姆:《为什么读,如何读》"序曲:为什么读?",黄灿然译,译林出版社2011年版。

努力去理解对方的想法："我猜测您认为'主题'对于整个文本从开头到结尾或多或少都具有调试掌控。您可能假设，文本中的所有内容都在例证那一个主题。"但他好像还是无法完全认同对方的想法。在他看来，一方面，从作品文本的含义来说，由于文学作品是充满了隐喻、讽刺、象征之类的"修辞性文本"，其中的结构与意义可能是多指向的，彼此之间是充满张力的，多种含义纠结并存，很难认定其中哪种含义是更占主导地位或起决定性作用的；另一方面，在文学批评的意义阐释中，应当尽可能去发现一个文本中的多种意义指向，并且，即使认为其中一个或几个意义更为明显突出，那也是"这一个"批评阐释者的看法，未必其他的读者和批评阐释者也这样认为，更不能认定为作品文本中本来就是这样的。从上述对话讨论可以看出，这是两种很不相同的文学批评思维方式和致思路径：一种是偏重"聚焦性"的思维方式，注重发现和阐明作品中的某种更为明显和确定的主旨意义，并且寻求为多数人所认同，从而形成文学批评的精神价值导向作用；另一种则是偏重"发散性"的思维方式，注重个体性的阅读体验和独到发现，致力于发掘和阐释作品中可能存在的多种意义指向，使自己以及读者从一个作品中获得尽可能多的启示与教益。在这里，同样很难说是谁对谁错，而是不同的文学批评观念与思维方式的差异，各自都能给我们一些有益的启示。

其三，关于文学理论与批评方法的功能作用问题。这是双方在第二次通信中讨论的一个重点问题。如前所说，张江针对解构主义不相信任何确定性的东西（包括前人的理论方法）的理论观念，向米勒提出了一个富于挑战性的问题：到底有没有系统完整的批评方法，可以为一般的文学批评提供具有普遍意义的指导？从发问者的立场和语气来看，显然是相信存在文学和文学批评的规律性，也相信能够建立科学的文学理论和批评方法，从而为文学批评实践提供具有普遍意义的指导。看来米勒的回应不能简单归结为对此是赞成还是反对，他的看法实际上有两层意思。第一层意思是说，他并不否认各种文学理论和批评方法的客观存在，以及对于文学批评实践具有影响作用。但他并不相信任何一套理论批评方法能够无条件地起作用，特别是不相信能够起到"普遍意义的指导"这样的作用；任何一种理论范式，都不能够保证某种具体批评实践的有效性和成功，如果没有一定的条件，理论与阅读阐释之间有可能是不相容的。第二层意思是他着重要表达的，就是强调批评阐释最重要的是取决于阅读，也就是他所反复阐述的"修辞性阅读"。对他而言，文学批评（解构批评）就是"修辞性阅读"。所谓"修辞性阅读"，就是充分重视文学文本（修辞性文本）的特点和规律的阅读，是充分注意文本中的各种结构和意义张力关系的阅读，是尽可能去发现文本中的多种含义的阅读，也是充分重视读者的个体性审美体验与独特发现的阅读，只有建立在这种阅读基础上的文学阐释才是可靠的、有意义的。在他看来，在具体的批评实践中，理论方法只是起"辅助"的作用，这也许可以叫作"阅读第一、理论方法第二"。对于米勒这样一种观点，哈罗德·布鲁姆的一段话或许可以提供一种参照。他说："当你的自我完全铸就时，就不再需要方法了，而只有你自己。文学批评，按我所知来理解，应是经验和实用的，而不是理论的……从事批评艺术，是为了把隐含于书中的东西清楚地阐述出来。"[1] 他们的观点也许可以理解为：一个批评家应该是一个很有专业素养的"自我"，在成为这种"有素养"的自我（读者和批评家）的过程中，对于文学理论和批评方法的学习是不可忽视的重要方面。问题在于，这种理论方法要能够真正"内化"为自我的一种"素养"和读解能力，当这个"自我"完全铸就时，就不再需要去寻找某种外在的理论方法了。如果不是这样，只是把某种理论方法当作万能的工具拿来简单套用，那就仍然会出现理论方法与批评阐释两不相容的矛盾，其批评阐释的有效性和说服力就可想而知了。由此可知，在这个问题上，双方的观点也不是根本对立的，而是在不同层面和不同意义上各有不同的理解，所提出的问题和阐述的看法也都能给我们某些有益的启示。

---

[1] 哈罗德·布鲁姆：《为什么读，如何读》，黄灿然译，译林出版社2011年版，第3-4页。

总的来看，从双方的对话讨论可以看出，彼此的理论基点和价值取向存在较大差异：张江更多站在寻求文学和批评阐释活动的普遍规律性的理论基点，更为注重文学和批评阐释的社会性价值取向；而米勒则更多站在强调文学和批评阐释活动的个体独特性的理论基点，更为注重文学和批评阐释的个体自我体验与完善的价值取向。应当说，他们都各自关注和强调了文学及其批评阐释的价值功能的不同方面，都各有其理论启示意义。这两种不同的理论基点和价值取向在同一场对话中相遇，乃至在同一个理论平台上交锋，除了带给我们许多有益的理论启示之外，同时也会给我们带来更多的理论思考。尤为值得我们思考的问题是，在我们面对的各种不同的文学批评观念和价值取向中，究竟什么样的文学批评观念和价值取向，更有利于激活我们的文学批评传统，以及更能够适应当下文学批评和文学发展的现实要求？其他各种不同的文学批评观念和思维方法，又是否可以借鉴吸纳进来发挥积极的作用？这些问题都有待于我们进一步深入思考和探讨。

原载《江汉论坛》2017 年第 7 期
人大复印报刊资料《文艺理论》2017 年第 10 期全文转载

文学批评阐释的有效性及其限度

——从一个文学批评阐释之例说起

张江先生《开放与封闭——阐释的边界讨论之一》一文,通过对意大利理论家和小说家安贝托·艾柯两部著作的细读分析,提出了一个文学阐释中的重要理论问题,即文本的开放性与阐释的限度问题来加以质疑和探讨,阐发了十分深刻的理论见解。作者认为,在文学阐释中,打破文本的封闭性走向开放性无疑是有道理的,这样就为文本的开放性读解阐释打开了通道;但问题是,不能由此而走向另一个极端,否定文本的自在性及其所蕴含的有限的确定意义。确定的意义不能代替开放的理解,理解的开放不能超越合理的规约。应当在确定与非确定之间,找到合理的平衡点,将阐释展开于两者相互冲突的张力之间。❶ 这些独到见解都是极富启示意义的。在笔者看来,对于应当如何进行文学批评阐释的问题,也许还可以换一个角度来探讨,这就是在文学批评阐释活动中,究竟应当以什么作为依据和限度?这种批评阐释活动究竟从哪里来,又要到哪里去?这些都是值得进一步追问和探讨的问题。

我们这里也从一个文学批评阐释的例子说起。美国霍普金斯大学的斯坦利·费什(又译斯坦利·菲什)教授是著名的读者反应批评代表人物,他的理论观点与安贝托·艾柯的看法相通,在强调文学阐释的开放性方面甚至走得更远。他极力反对阅读理解的客观主义倾向,也不承认

---

❶ 张江:《开放与封闭——阐释的边界讨论之一》,《文艺争鸣》2017年第1期。

作品文本的客观性，认为作品的客观性只是一种假象，而且是一种危险的假象。因为它容易导致一种误解，即把作品当作一个某种既定价值和意义的贮存库，人们的阅读阐释行为，似乎就是从这个贮存库中把某种价值和意义提取出来，这显然是一种错误观念。针对这种客观阐释论，他明确提出"文学在读者""意义即事件"的观点，认为在阅读阐释活动中，作品本身"是什么"并不重要，重要的是读者和阐释者"你在做什么"。比如说你正在进行阅读，这个阅读行为本身就是一个"事件"，而所谓文学的"意义"就生成于这个事件之中。换句话说，所谓文学及其意义，并不取决于作品文本当中有什么或者是什么，而是取决于读者即时的阅读反应，也就是取决于事先不可预知的阅读效果。❶ 他相信这种把焦点放在阅读效果上的批评方法是一种更为行之有效的方法。不仅如此，他还将其作为一种教学方法运用于教学活动中，有意识地进行这样一种阅读反应的文学批评实验。

在《看到一首诗时，怎样确认它是诗》这篇著名的文章中，斯坦利·费什饶有兴味地详细叙述了他进行这种文学批评实验教学的一个例子。这个实验过程大致是这样的：当时他同时承担了两门课程的教学工作，同一天上午在同一教室上课，前两个小时给前一组学生讲课，主要讲文体学和语言学方面的内容；下课后另一组学生进入教室，这些学生主要是研修文学的，重点是如何进行诗歌阐释。当时，给第一组学生上课时写在黑板上的作业仍未擦去，上面是随意写下的几位语言学家的名字：

Jacobs-Rosenbaum

Levin

Thorne

Hayes

Ohman（？）

---

❶ 斯坦利·费什：《文学在读者：感情文体学》，聂振雄译，见《读者反应批评》，文化艺术出版社1989年版，第93-140页。

此时他突然想到，如何使两个班学生在所学内容上找到一个契合点，于是就在这一组人名的周围画上了一个方框，在框线上方注明"第43页"，然后告诉这些学生，黑板上看到的是从某本书上摘抄下来的一首宗教诗歌，这种类型的诗歌正是你们近期一直在学习的，现在要求你们对这首诗歌进行解释。很快学生们便开始作答，纷纷发表见解，从诗歌语言的能指与所指、诗歌的隐喻象征手法和结构模式、诗中表现的宗教精神与深厚意蕴等各个方面，对这首诗作出了应有尽有的各种解释。

从这样一个随意设置的读解阐释之例中，斯坦利·费什先生在惊异于学生所表现出来的非凡阐释能力的同时，也得出了他惊人的结论性看法。他认为，通常读者和文学批评家对于一首诗的识别行为，是由文本语言所表现的能够观察到的显著特点，以及它是否符合诗歌的基本特征来识别和判断的。而在这个例子中，这些学生并没有遵循这一模式，而是一开始便是识别行为，他们事先就知道他们所面对的是一首诗，接着才去注意这首诗到底具有哪些显著特点。因此，"作为一种技巧，解释并不是要逐字逐句去分析释义，相反，解释作为一种艺术意味着重新去构建意义。解释者并不将诗歌视为代码，并将其破译，解释者制造了诗歌本身"。由此他得出结论："所有的客体是制作的，而不是被发现的，它们是我们所实施的解释策略（interpretive stratehies）的制成品。"❶

如果联系上述读解阐释之例，把斯坦利·费什先生关于诗歌识别与解释的理论观念做一个简要概括，大概有这样几个要点：第一，阅读阐释的前提，是首先把文本对象认定为这是一首诗，然后就可以按照读解诗的那些方法和套路进行分析阐释。对于那个文本客体而言，它本身是不是诗并不重要，它里面有什么意义内涵也不重要，重要的是事先认定它是诗，并当作诗来阅读理解，就一定能够"读出"各种应有尽有的意义内涵，这正是读者反应批评的神奇魅力所在。第二，能够进行这样阅

---

❶ 斯坦利·费什：《看到一首诗时，怎样确认它是诗》，见斯坦利·费什：《读者反应批评：理论与实践》，文楚安译，中国社会科学出版社1998年版。

读理解的前提,应当是"有知识的读者",甚至要求是具有某种专业化知识并且训练有素的读者。"我们的读者的意识或者说知觉是由一套习惯性的观念(notion)所构建的,这些观念一旦发生作用,便会反过来构建一个合于习惯的,在习惯的意义上可被理解的客体。"❶ 课堂上的那些学生,都是一些专攻文学特别是宗教诗歌的专业读者,他们已经学会了如何识别基督象征,以及如何按照这种象征模式来读解阐释诗歌,所以,在那样一种随机设置的临场实验中,能够达到令老师十分满意的阐释效果,也就毫不奇怪了。第三,在阅读解释活动中,意义并不只是与文本和读者特性相关,"解释团体"要在其中起到更为重要的制约作用。他说:"我曾提出一种观点,认为意义(meanings)既不是确定的(fixed)以及稳定的(stable)文本的特征,也不是不受约束的或者说独立的读者所具备的属性,而是解释团体(interpretive communities)所共有的特性。解释团体既决定一个读者(阅读)活动的形态,也制约了这些活动所制造的文本。"❷ 这也许可以理解为,阅读解释并不只是读者单个人的随机读解行为,而是要受到群体性的观念模式和思维惯性的影响制约作用。从上述这个例子来看,可以想见当时课堂上这一组学生所构成的解释团体,以及这种场域氛围所形成的影响,它所导引的读解阐释方向及其效果不言而喻。

应当说,上述这个读解阐释之例,与斯坦利·费什先生的读者反应批评的理论观念之间,的确是可以相互阐释和彼此证明的,它们具有理论与实践之间的自洽性。而且,这种理论观念及其批评实践,也的确得到了一些评论界同行的认可和追捧,类似例子在其他地方也随时可见。比如,那个著名的"便条诗"例子,"我吃了/放在/冰箱里的/梅子/它们/大概是你/留着/早餐吃的/请原谅/它们太可口了/那么甜/又那么

---

❶ 斯坦利·费什:《看到一首诗时,怎样确认它是诗》,见斯坦利·费什:《读者反应批评:理论与实践》,文楚安译,中国社会科学出版社1998年版。

❷ 斯坦利·费什:《看到一首诗时,怎样确认它是诗》,见斯坦利·费什:《读者反应批评:理论与实践》,文楚安译,中国社会科学出版社1998年版。

凉"。它本来只是一张普通的留言便条，然而只要把它分行排列，并宣称它是一首诗，于是就可以对它任意读解阐释出各种各样的"诗意"。还有那个"车祸诗"的例子，"昨天，在七号国道上／一辆轿车／以每小时一百公里的速度冲向／一棵梧桐树／车上的四位乘客／全部丧生"。如果这行文字印在报纸上，那就是一个再普通不过的交通事故报道，而当有人把它分行排列，并宣称它是一首诗，于是就有人对它进行令人惊异的诗意解读和阐释。只不过比较而言，斯坦利·费什先生那个把一组人名当作宗教诗让学生读解阐释的实验，显得更为极端和离奇而已。

如果把上述例子视为一种日常生活中的智力游戏，当然也可以博得人们开心一笑，然后一笑了之。然而，真要把它作为一件正经事情来看待，并且还要以此为依据，堂而皇之地建构一套文学批评理论来加以推崇，那就真值得我们从学理逻辑上仔细考量了，因为这关涉文学批评阐释的有效性及其限度的根本问题。

为了便于提出和论证问题，我们不妨对上述读解阐释之例做几个假设和追问。第一，如果斯坦利·费什教授当时在课堂上如实告诉这些学生，写在黑板上的只是一组人名，并不是什么诗歌，那么，这些学生还会把它当作一首诗歌来读解阐释吗？第二，即使蒙着学生对他们提示这是一首诗，但并不特别强调这是一首宗教诗，那么，学生们还会极力往宗教精神的象征隐喻方面去读解阐释吗？第三，假如当时在场的是一组普通读者，而不是一些接受了斯坦利·费什教授专门训练的学生，那么，即使告诉他们这是一首诗，而且是一首宗教象征诗，他们还能够读解阐释出这么多几乎无中生有的意义吗？无需多言答案可想而知。同样的道理，对于"便条诗"和"车祸诗"之类的例子，大概也可以作出这样的推测分析：如果不是那些专门的理论家和批评家，为着某种特殊目的而刻意对其进行"诗意"解读，对于绝大多数普通读者而言，应该都会按照正常的思维逻辑进行阅读理解，难以读出比留言便条和车祸报道更多和更深的"诗意"。

由上述分析我们也许可以形成几点基本看法。其一，如果完全不顾文本对象的特性，把随便什么东西都随意称为诗歌或文学，这种玩笑游戏的态度，本身就是对诗歌（文学）的亵渎，恰恰容易导致对文学性及其意义的消解。❶ 其二，像上述一些文学批评阐释之例，无论是蒙着学生让他们把一组人名当作诗歌来读解阐释，还是评论家非要把留言便条和车祸报道之类当作诗歌来评论阐释，怎么说都不是一种严肃和负责任的批评阐释活动，在相当程度上会造成文学批评的误导。从批评伦理的意义上来说，这是对读者的不尊重，甚至可以说是一种愚弄，怎么说都是一种不道德的行为。其三，上述文学批评阐释之例，完全是一种预设了前提即主观预设在先的强制阐释行为，也是一种特别专业化的读解阐释活动，充其量只是小范围内的批评阐释实验，显然并不具有普遍性意义。要以这种极个别的专业化批评阐释实验为基础，来建立某种具有普遍性意义的文学批评理论，也显然是并不可靠也不科学的。

如果我们要从文学批评阐释活动的普遍规律着眼来提出问题，那么，就有必要考虑文学批评阐释的有效性及其限度的问题。联系上述文学批评阐释之例，也许有以下几个具体问题值得提出来加以探讨。

第一，在文学批评阐释活动中，完全否定文本对象的客观性是合理的吗？我们知道，从解构批评到读者反应批评的兴起，所针对的是此前文本中心论的文学批评观念与方法。那种文学批评观念显示出某种极端化的"客观主义"倾向，把作品文本看成一个封闭的完满自足的客体，当作一个装满了现成的价值和意义的贮存库，而人们的阅读与批评阐释活动，无非就是从这个贮存库中把某种价值和意义提取出来而已。针对这样一种极端化的"客观主义"倾向质疑和反叛，无疑是必要的，也是具有合理性的。但问题在于，对于极端化的"客观主义"倾向的反叛，是不是就要完全否定文本对象的客观性？就要完全无视一个文本的文学性及其意蕴内涵？无论从什么意义上来说，随意写下的一组人名怎么就能说成是一首诗？根本就不是艺术创造的人名排列怎么就会有文学性？

---

❶ 赖大仁：《反向性强制阐释与"文学性"的消解》，《文艺争鸣》2015年第4期。

谁都知道这个人名排列并不构成一个有机文本，更不具有任何文学意义上的价值内涵可言，却又凭什么能够读解阐释出这么多毫无由来也毫无依据的所谓价值意义？归结到根本上来说，失去了文本对象的客观性，完全没有艺术创造和文本意蕴特性的依据，这种天马行空、无中生有的文学批评还有什么合理性和科学性可言？除了把它作为一种文字游戏或愚人节目逗人取乐，还能有什么真正的文学批评阐释的意义？

第二，在文学批评阐释活动中，完全无视文本对象的特点和内涵，只凭主观预设进行任意性的强制阐释，这是合法有效的吗？如前所述，在斯坦利·费什先生的批评阐释理论以及那个一组人名的批评阐释之例中，第一个最重要的前提，就是不管文本对象本身是什么，要首先相信并把它认定为一首诗，这样就可以按照通常读解诗的那些套路进行分析阐释。这就有点像那个"指鹿为马"的故事，对于任何一种动物，你不要管它是不是马，只要你认定它是马，那么它就是马；然后按照马的特性进行识别和解释，其最终结果，不是马的东西也就变成了马。如果说文本中心论的文学批评是一种极端化的"客观主义"，那么，这种只凭主观预设进行任意性强制阐释的文学批评，就是极端化的"主观主义"。这种主观预设在先的批评阐释，其合法性和有效性又到底在哪里呢？

第三，在文学批评阐释活动中，文学批评阐释的开放性及其限度究竟何在？毫无疑问，文学批评阐释活动不可能是自我封闭的，像文本中心论的文学批评那样，试图把文学阐释完全封闭在文本结构之内，追求纯客观的分析解释，这几乎是不可能的，或者也可以说是自欺欺人的，因为你难以避免主观因素的介入，并且也难以证明你所分析阐释出来的完全是纯客观的东西。因此，作为文学批评阐释活动，具有相当程度的开放性本来就是应有之义。从文本特性方面而言，即便是一个语词概念，也有其基本的内涵和外延，对它的理解和解释不可能没有限度。一个语词概念的内涵决定了它的基本意义，在此基本义的前提下才能按照外延指向去理解它的引申义、隐喻义、象征义等，而且这些外延性的意涵与其本义之间也必定是彼此相关联的。一个文学文本显然比一个语词概念复杂得多，但从理解和解释的意义而言，其基本道理无疑是相通的。或许可以这样说，基于文学作品语言形象体系的基本内容而进行的内涵（本义）阐释，应当构成文学批评阐释的基本规定性，这是作为批评阐释活动的"内涵性限度"，也可以说是一种"底线性限度"，如果没有这种起码的限度，那就不可能有批评阐释的合法有效性。而基于作品文本的隐喻象征等而进行的外延性意义阐释，则构成批评阐释活动的开放性，这种批评阐释的开放性也理应有一定的限度，这就是以呼应和关联作品的内涵（本义）为限度，这或可称为"外延性限度"。这种文学作品的内涵性阐释与外延性阐释，不应当是南辕北辙的悖谬式关系，而理应是彼此既存在相互冲突同时又相互吸引的"张力"关系。如果打个比方，文学批评阐释活动就像卫星环绕地球旋转一样，无论它怎样远离地球，也无论它在绕行中有多少近地点与远地点的不断变化，它都是从地球出发的，而且也总是环绕地球运行的，一旦失去了地球这个目标，那么它就将不知所归，同时也失去了它本身存在的意义价值。

原载《文艺争鸣》2017 年第 11 期

后　记

在南昌师范学院（原江西教育学院）建校 70 周年之际，学校计划编辑出版"学者文丛"图书，感蒙学校领导美意将我忝列其中。我因在学校工作时间不长（2008 年 12 月起任学校副院长、党委委员，至 2014 年 11 月退休），对学校的学术贡献不多，深感自己才疏学浅不敢与其他前辈老师比肩，因而曾几次对此表达了推辞之意。然而张艳国校长亲自过问此事，情真意切地劝说动员，确实让我感念不已难以推辞，只好恭敬不如从命接受了这个任务。

我任教以来主要从事当代文学理论与批评的教学和研究，除教学和指导学生等工作之外，多年来一直在追踪研究改革开放以来当代文论与批评的变革发展进程，对其中一些重点问题进行反思性的理论探讨。为此先后承担了几个国家社科基金课题和省社科规划项目，也出版了几本著作和发表了一些学术论文，其中包括两本学术论文集：《当代文艺学论稿》（1999 年）和《当代文学及其文论：何往与何为》（2008 年）。为了遵守学术出版规范，避免与此前出版论文集内容重复，本书只收集前著之后发表的论文成果，并且契合书名所指内容范围，其他发表成果则不纳入其中。这些成果都是对我国当代文学理论创新发展的历史观照及其理论反思，大致属于当代文学理论学术史研究的范畴。本书中收录论文的写作和发表时间，差不多是我在南昌师范学院（原江西教育学院）工作的前后阶段，编选时也适当考虑了这个因素。本书收录的近三十篇论文，全都在学术刊物发表过，篇末注明了发表时间和刊物名称及转载情况。为了保持论文发表的本来面貌，除对文稿个别字句错误有所纠正和注释格式统一调整，其他方面都没有改变。发表拙文的这些刊物基本上都是本学科权威期刊或 CSSCI 期刊，还有部分论文由《新华文摘》《中国社会科学文摘》或人大复印报刊资料等转载，或获得省社科优秀成果奖等，在学界有一定的影响。

　　书稿编成提交之际，谨借此机会对南昌师范学院各位领导的关心和抬爱深表谢意！对我在学校工作期间曾给予真诚关心帮助的各位领导和教职工同事深表谢意！同时也要对本书编辑出版过程中给予关心帮助和付出辛劳的各位领导、老师同事和编辑等一并表示感谢！最后感谢严红兰协助书稿对接工作！

　　由于本人学识修养和学术水平有限，加以汇编成书时间匆忙，书中可能多有肤浅错谬之处，敬请各位领导和专家学者以及读者朋友批评指正，谨诚表谢意！

赖大仁

2022 年 5 月 1 日